Monika Felten
Die Nebelelfen

PIPER

Zu diesem Buch

Mit ihrer »Saga von Thale« wurde Monika Felten zur erfolgreichsten deutschen Fantasy-Autorin. Nun führt sie die Fans der Nebelelfen erneut nach Thale, in eine Zeit, lange bevor die Menschen das Land besiedelten. In einer Mine, in der das kostbare Sternenebulit abgebaut wird, öffnet sich ein Dimensionstor in eine andere Welt. Dort verwandelt der finstere Magier An-Rukhbar die Bergleute in übermächtige Krieger, mit deren Hilfe er die verhassten Nebelelfen endgültig vernichten will. Brinnah, Kurierreiterin der Nebelelfen, kommt dem schrecklichen Geheimnis auf die Spur. Sie sieht nur einen Weg, die Katastrophe von ihrem Volk abzuwenden: Sie muss die Zwischenwelt überwinden und den Elfenkönig warnen. Doch in jenem Schattenreich lauern tödliche Gefahren. Thale scheint unrettbar verloren …

Monika Felten, geboren 1965, gewann mit ihrer »Saga von Thale« zweimal den Deutschen Phantastik Preis. Die Trilogie »Das Erbe der Runen« und der Roman »Die Königin der Schwerter« waren ebenfalls große Erfolge. Zuletzt erschien »Kristall der Macht«. Monika Felten lebt mit ihrer Familie in der Holsteinischen Schweiz.
Weiteres zur Autorin: www.monikafelten.de

Monika Felten

Die Nebelelfen

ROMAN

Piper München Zürich

Entdecke die Welt der Piper Fantasy:

Piper-Fantasy.de

Von Monika Felten liegen bei Piper vor:
Die Nebelelfen
Elfenfeuer. Die Saga von Thale 1
Die Macht des Elfenfeuers. Die Saga von Thale 2
Die Hüterin des Elfenfeuers. Die Saga von Thale 3
Die Elfen des Sees
Die Nebelsängerin. Das Erbe der Runen 1
Die Feuerpriesterin. Das Erbe der Runen 2
Die Schattenweberin. Das Erbe der Runen 3
Die Königin der Schwerter
Kristall der Macht

FSC Mix
Produktgruppe aus vorbildlich bewirtschafteten Wäldern und anderen kontrollierten Herkünften
www.fsc.org Zert.-Nr. GFA-COC-001223
© 1996 Forest Stewardship Council

Ungekürzte Taschenbuchausgabe
Juni 2011

Dieser Roman wurde vermittelt durch: AVAinternational GmbH
www.ava-international.de
Umschlagkonzeption: semper smile, München
Umschlaggestaltung: Guter Punkt, München | www.guter-punkt.de
Umschlagabbildung: Lea Müntges | www.soundso.de.tc
Karte: Erhard Ringer
Satz: psb, Berlin
Druck und Bindung: CPI – Clausen & Bosse, Leck
Printed in Germany ISBN 978-3-492-26798-4

Für alle Freunde der Nebelelfen

FINSTERMARK
Cha-Gurrlinen Lager
Kianys Dorf
GRASLÄNDER
Kuomis Dorf
Yunktun
YLMAZUR GEBIRGE
Friedhof der Riesenalpe
THALE
Himmelsturm
Kuriervogelhöhlen
WÄLDER von DARAN
Nimrod
In-Gwana-Thse
VALDOR BERGE
Daran
Bajun-Gletscher
Ilahjas Dorf
N
W
O
S
Caira-Dan
SÜMPFE VON NUMARK

Prolog

In der kleinen Kammer tief in den Gewölben von Nimrod war es still. Kein einziger Laut des geschäftigen Treibens, das die Hallen und Korridore der Inneren Festung erfüllte, vermochte bis hierher vorzudringen. Die Kammer befand sich in einem weit abgelegenen Teil der Gewölbe, und nur die wenigsten wussten von ihrem Vorhandensein. Hinter einem Mantel aus Magie verborgen, hatte sie die Herrschaft An-Rukhbars schadlos überstanden und ihre Schätze vor der Vernichtung bewahrt. Die dicken Wände aus nacktem Fels und die massive Tür aus Schwarzeichenholz sorgten dafür, dass nichts die Ehrfurcht gebietende Stille störte, die das Wissen vieler Generationen auf vergilbten Pergamenten bewahrte, und ein mächtiger Zauber hielt die klamme Feuchtigkeit der benachbarten Gewölbe von den empfindsamen Materialien fern.

Es geschah nicht oft, dass jemand die altehrwürdige Ruhe störte, um in den Pergamenten und dicken, ledergebundenen Büchern nach dem Wissen zu forschen, das im Lauf vieler Hundert Sommer verloren gegangen war, doch an diesem Nachmittag hatte das Licht in Form einer kleinen Öllampe Einzug in die Kammer gehalten.

Im flackernden Schein der Lampe hatte Sayen verschiedene Dokumente aus den Regalen genommen, angesehen und wieder zurückgestellt, bis er eines gefunden hatte, das Rat und Hilfe zu versprechen schien.

Jedes Mal, wenn er die spröden Seiten des dicken Buchs umblätterte, das vor ihm auf dem staubigen kleinen Tisch lag und in dem er nun schon eine kleine Ewigkeit las, beschlich ihn das Gefühl, als könne er das Raunen und Seufzen unzähliger Folianten und Pergamente hören, die sich in ihrer Ruhe gestört fühlten und empört miteinander flüsterten. Das Knistern und

Rascheln des uralten Pergaments wirkte in der lastenden Stille laut und befremdlich, doch das Wissen, das sich darin verbarg, war so kostbar, dass Sayen nicht aufhören konnte zu lesen.

Unmittelbar nachdem ihm der Abner den Auftrag erteilt hatte, die Möglichkeiten zur Verteidigung der Festungsstadt zu erkunden, war er die unzähligen Treppen hinabgestiegen, um hier unten aus den Erfahrungen früherer Generationen zu lernen. Ein halbes Dutzend Bücher hatte er seither auf- und wieder zugeschlagen, bevor er auf dieses eine gestoßen war. Die uralten, verwitterten Schriftzeichen, die ein unbekannter Druide in formvollendeter Schönheit auf das Pergament gezeichnet hatte, hatten ihn sofort in ihren Bann gezogen.

Das Buch kündete von einer großen Schlacht. Einer Schlacht, die so weit zurücklag, dass Sayen noch in keinem anderen Buch davon gelesen hatte. Sie fand statt, lange bevor die ersten Menschen in Thale siedelten, zu einer Zeit, da allein das Volk der Nebelelfen über das Land zwischen den schneebedeckten Gipfeln des Ylmazur-Gebirges und der Valdor-Berge herrschte …

(aus: »Die Macht des Elfenfeuers«)

Erstes Buch

Die Verschwörung

1

Thale, viele Generationen vor »Elfenfeuer«, zu einer Zeit, da allein das Volk der Nebelelfen über das Land herrschte …

Über den schneebedeckten Gipfeln des Ylmazur-Gebirges wich das letzte Grau des Abends dem Tiefblau der Nacht, das sich wie eine samtige, mit funkelnden Edelsteinen besetzte Decke über Thale breitete. Während sich weit im Osten die schmalen Sicheln der Zwillingsmonde To und Yu anschickten, ihre nächtliche Reise zu beginnen, erhoben sich die lichtscheuen Jäger in den Sümpfen von Numark von ihren Schlafplätzen, um im Nebel auf Beutefang zu gehen.

In der Maaren-Siedlung am südlichen Ende des Ylmazur-Gebirges wurde es still. Die Kinder waren in die Hütten gerufen worden, die Alten hatten sich von den Bänken erhoben, auf denen sie den Tag schwatzend oder schweigend verbracht und ihre müden, altersschwachen Glieder in der Sonne gewärmt hatten. Die Jungen und Kräftigen hatten ihr Tagwerk beendet und waren an die Herdfeuer ihrer Familien zurückgekehrt, um Kraft für den kommenden Tag zu schöpfen.

Es war ein entbehrungsreiches Leben, welches das kleinwüchsige Volk der Maare führte. Zwar hatte der Bergbau in den vergangenen einhundert Sommern bescheidenen Wohlstand in die ärmlichen Hütten getragen, aber die Arbeit in den Stollen war hart und gefährlich und hatte schon etliche Opfer gefordert.

Warti Farfugel schlief tief und fest und träumte wie so oft von einem Leben ohne Staub und Steine, das er an der Seite seiner Frau Ginnir und den beiden Söhnen an einem See nahe den großen Wäldern verbrachte.

Wenn er am Morgen erwachte, wurde ihm jedes Mal schmerzlich bewusst, dass dies wohl immer nur ein Traum bleiben würde. Nicht, weil ihm der nötige Reichtum für ein solches Leben fehlte, sondern weil sich Ginnir und die Kinder seit dem Frühjahr auf seltsame Weise verändert hatten. Auch wenn er sich nach wie vor rührend um sie kümmerte und ihnen seine Liebe jeden Sonnenlauf aufs Neue bewies, konnte er sich des drückenden Gefühls nicht erwehren, dass sich die drei immer weiter von ihm zurückzogen.

Er konnte sich die Veränderung nicht erklären, denn es war nichts Ungewöhnliches zwischen ihnen vorgefallen. Und sie waren nicht die Einzigen, die in den vergangenen Sonnenläufen alle Lebensfreude verloren hatten. Fast schien es, als wären die Maare plötzlich von einer geheimnisvollen Krankheit befallen, die sich rasch immer weiter ausbreitete und eine bedrückende Schwermut über das sonst so fröhliche Volk brachte. Die plötzliche Kühle bekümmerte Warti zutiefst, denn sie drohte sein kleines Glück zu zerstören, auch wenn Ginnir wie auch die Kinder weiterhin freundlich, zuvorkommend und hilfsbereit waren und nie ein böses Wort fiel. Manchmal glaubte Warti, etwas Fremdes in ihren Augen zu sehen, das ihn ängstigte. Doch das Gefühl war so flüchtig, dass er es nicht wirklich fassen konnte, und so redete er sich jedes Mal ein, dass er sich getäuscht haben musste.

Je tiefer der Graben wurde, der ihn von seinen Lieben trennte, desto mehr sehnte er sich nach den Nächten, die ihm einen seiner wunderbaren Träume bescherten.

In dieser Nacht fuhr er im Traum mit Ginnir zum Angeln auf einen kristallklaren See hinaus. Die Sonne schien hell von einem wolkenlosen Himmel, und Ginnir wirkte so glücklich, wie er sie schon lange nicht mehr gesehen hatte.

Ein Geräusch in unmittelbarer Nähe ließ ihn jäh aus dem Schlaf aufschrecken. Gehetzt blickte er sich um, konnte im schwachen Mondlicht aber nichts Bedrohliches entdecken. Ginnir und die Kinder schliefen tief und fest und rührten sich nicht. Im Schlaf trugen ihre Gesichter nicht den abweisenden, harten Ausdruck, den Warti so sehr verabscheute, aber es war auch kein Frieden, den er darin fand.

Warti schlug die Decke zurück und trat vor das Lager seiner beiden Söhne. Jafne, sein Erstgeborener, stöhnte leise und zeigte einen Gesichtsausdruck, der auf einen furchtbaren Traum schließen ließ. Bendt, sein Jüngster, zitterte und weinte im Schlaf.

Der Anblick zerriss Warti fast das Herz. Gerade wollte er die Jungen vorsichtig wecken, um sie aus den Schrecken ihrer Traumwelten zu befreien, als ein Schatten lautlos am Fenster vorbeiglitt und seine Aufmerksamkeit erregte.

Räuber!

Diebe!

Plünderer!

Warti schlug das Herz bis zum Hals, als er sich auszumalen versuchte, wer da draußen so heimlich im Finstern herumschlich. Dass es einer der Dorfbewohner sein könnte, stand für ihn außer Frage. Maare waren ein friedliebendes Volk, das keine Waffen besaß und nie gelernt hatte, sich zu verteidigen. Sie fürchteten die Nacht und verließen ihre Hütten nach Sonnenuntergang nur im äußersten Notfall. Ein Umstand, den sich einige besonders skrupellose Abtrünnige schon zunutze gemacht hatten. Das Sternenebulit, das von den Maaren aus dem Leib der Erde gebrochen und an die Kunstschmiede der Nebelelfen verkauft wurde, besaß einen enormen Wert, der so manchen in Versuchung führte. Immer wieder kam es vor, dass ein Teil der Ernte auf geheimnisvolle Weise verschwand, aber niemals war einer der Diebe gefasst worden – bis jetzt.

Warti schnitt eine Grimmasse, zog die Hände zurück und ballte sie zu Fäusten. Wenn der Dieb da draußen glaubte, dass alle Maare im Dorf Feiglinge waren, hatte er sich getäuscht. Er, Warti, würde hinausgehen und den Plünderer beobachten. Vielleicht würde es ihm allein nicht gelingen, ihn zu überwältigen, aber wenn er sein Gesicht sehen würde, konnte er ihn wiedererkennen und die bislang vergebliche

Suche nach den Sternenebulitdieben ein ganzes Stück voranbringen.

Als Warti sich erhob, spürte er, dass seine Knie weich wurden. Nach wie vor war er entschlossen, dem Dieb zu folgen. Angst hatte er trotzdem. Einer plötzlichen Eingebung folgend, griff er nach dem kurzen Schürhaken, der neben dem Herdfeuer bereitlag, und steckte ihn wie ein Schwert in den Gürtel, der seine viel zu weite Hose zusammenhielt. Er hatte noch nie gekämpft oder eine Waffe gegen jemanden erhoben, aber das geschmiedete Metall gab ihm ein Gefühl von Sicherheit. Für einen trügerischen Augenblick fühlte er sich wie ein ruhmreicher Krieger.

Leise nahm er seinen Umhang vom Haken, schlich zur Tür und trat in die kühle Herbstnacht hinaus. Keinen Augenblick zu früh! Als er den Blick suchend durch das Dorf schweifen ließ, entdeckte er den Schatten gerade in dem Moment, da dieser den Weg zu den Minen einschlug.

»Hab ich dich!« Auf Wartis Lippen zeigte sich ein grimmiges Lächeln. Er verdrängte die leise Stimme der Vernunft, die ihm zuflüsterte, dass er im Begriff war, eine große Dummheit zu begehen, und machte sich daran, die Verfolgung aufzunehmen. Der Umhang, der ihn schützte, war so dunkel wie die Nacht, und seine nackten Füße bewegten sich nahezu lautlos über den Boden. Die Luft war feucht und von den schweren Düften des Herbstes erfüllt, während die Geräusche der Schlafenden aus den Hütten an seine Ohren drangen und irgendwo in den Sümpfen der Todesschrei einer bedauernswerten Kreatur davon kündete, dass die Nacht voller Gefahren war.

Warti hatte den breiten, ausgetretenen Pfad zu den Minen noch nicht erreicht, als er aus den Augenwinkeln erneut eine Bewegung im Schatten bemerkte. Wie angewurzelt blieb er stehen, presste sich mit dem Rücken an die dunkle Holzwand einer Hütte und hielt den Atem an.

Der Dieb ist nicht allein, schoss es ihm durch den Kopf, und er spürte, wie sein ohnehin spärlicher Mut weiter sank. Vielleicht war es besser, einfach umzukehren und das Sternenebulit den Dieben zu überlassen. Was kümmert es mich, dachte er bei sich. Das Sternenebulit gehört mir nicht. Die wenigen Handvoll, die sie mitnehmen werden, sind zu ersetzen. Mein Leben habe ich nur einmal.

Andererseits …

In Gedanken malte Warti sich aus, wie er als Held gefeiert wurde und mit einer stattlichen Belohnung in den Händen nach Hause zurückkehrte. Dann wäre er reich und könnte sich den Traum von einem friedlichen Leben in den Wäldern sofort erfüllen.

Nie mehr arbeiten. Nie mehr Steine schleppen.

Gewiss würden dann auch Ginnir und die Jungen ihr Lachen wiederfinden. Der Gedanke an eine mögliche Belohnung und die Folgen flutete wie eine warme Woge durch seinen Körper und nahm ihn gefangen. Dies war eine Gelegenheit, die sich ihm vermutlich niemals wieder bieten würde. Ein Glücksfall, der sein ganzes Leben verändern konnte.

Die Augen zu schmalen Schlitzen zusammengepresst, beobachtete Warti, wie die Gestalt näher kam. Wie er, war auch sie ganz in den dunklen Umhang der Minenarbeiter gehüllt. Die Kapuze verbarg das Gesicht. Größe und Statur ließen auf einen Angehörigen seines Volkes schließen, auch wenn die Bewegungen ein wenig seltsam anmuteten. Schleppend setzte der Fremde einen Fuß vor den anderen. Entweder war er sehr alt oder er hatte sich ein wenig zu viel Mut angetrunken, was Warti allerdings bezweifelte, denn zu beiden Vermutungen wollte die Haltung der Arme nicht so recht passen. Sie hingen schlaff herunter und pendelten bei jedem Schritt kraftlos hin und her.

Seltsam. Warti runzelte die Stirn. Einen Dieb, der Böses

im Schilde führte, stellte er sich anders vor. Allerdings hatte er noch nie wirklich einen zu Gesicht bekommen.

Die vermummte Gestalt bog auf den Weg zur Mine ein. Warti zählte langsam bis zehn, dann löste er sich aus den Schatten und folgte ihr.

Wer immer dort vor ihm ging, schien sich sicher zu fühlen. Obwohl Warti mehrfach gegen einen Stein stieß, der mit verräterisch lautem Klacken davonsprang, und zweimal einen trockenen Ast zertrat, schien der Dieb ihn nicht zu bemerken. Nicht ein einziges Mal drehte er sich um, um sich zu vergewissern, dass ihm niemand folgte. Nicht einmal blieb er stehen, um zu lauschen. Er trottete einfach nur dahin, fast wie ein Schlafwandler, den ein Traum mitten in der Nacht in die Minen zwang.

Wieder versuchte die Stimme der Vernunft, Warti zu warnen. »Es ist zu leicht«, wisperte sie. »Hier stimmt etwas nicht.«

Aber Warti schob alle Bedenken beiseite. Natürlich ist es leicht, dachte er bei sich. So oft, wie die Diebe hier schon unbehelligt eingedrungen sind, rechnen sie inzwischen vermutlich nicht mehr damit, dass es Schwierigkeiten geben könnte. Wie die Diebe an den beiden Wachen vorbeikommen wollten, die den Eingang zu den Stollen nachts bewachten, war ihm allerdings ein Rätsel.

Die Antwort, die er wenig später auf seine stumme Frage erhielt, war so unglaublich wie erschreckend. Obwohl die Diebe sich nicht die geringste Mühe gaben, ihr Nahen zu verbergen, machten die Wachtposten keine Anstalten, sie aufzuhalten. Und mehr noch, als hätten sie den nächtlichen Besuch bereits erwartet, nickten sie den beiden nur kurz zu und ließen sie ohne ein Wort passieren.

Hier stimmte etwas nicht! Endlich war auch Warti bereit, der wispernden Stimme der Vernunft recht zu geben. Daran, sich zurückzuziehen und Verstärkung zu holen, dachte er hingegen noch lange nicht. Er spürte, dass er etwas Großem auf der Spur war. Etwas, das sein Vorstellungsvermögen bei Weitem überstieg. Etwas, das es nun erst recht herauszufinden galt.

Wenn die Vermummten wirklich Diebe waren, mochte das halbe Dorf in deren Machenschaften verstrickt sein. Wut stieg in Warti auf, als er daran dachte, dass sich womöglich schon unzählige Dorfbewohner heimlich an dem Sternenebulit bereichert hatten, während er tagaus, tagein schuftete und sich mit dem kargen Lohn der Minenarbeiter zufriedengab.

Er musste unbedingt herausfinden, was da vor sich ging, und so fasste er einen gewagten Plan. Die Kapuze tief ins Gesicht gezogen, die Arme nutzlos neben dem Körper pendelnd, bewegte er sich schweigend und so schleppend auf die Wachen zu, wie er es bei seinen Vorgängern gesehen hatte. Das Herz klopfte ihm dabei bis zum Hals, so laut, dass er fürchtete, die Wachen könnten es hören. Diese aber würdigten ihn kaum eines Blickes; sie nickten ihm nur kurz zu und ließen ihn passieren.

Das erste Stück des Tunnels fiel steil nach unten ab. Nach etwa fünfzig Schritten erreichte Warti die erste Wegbiegung, tauchte in den nur spärlich erhellten Tunnel dahinter ein und lehnte sich keuchend mit dem Rücken gegen die Wand. Ohne dass er es bemerkt hatte, hatte er die ganze Zeit die Luft angehalten. Nun war ihm schwindlig. Endlose Augenblicke verstrichen, bis er sich so weit gesammelt hatte, dass er sein selbst gewähltes Abenteuer fortzusetzen vermochte.

Er wollte gerade weitergehen, als sich von hinten erneut schlurfende Schritte näherten. Noch jemand? Warti stutzte. Das wurde ja immer seltsamer. Kurz entschlossen schlüpfte er in eine kleine Nische, in der ein Teil des Handwerkszeugs auf den Beginn der Frühschicht wartete, spähte in den Gang hinaus – und erlebte eine Überraschung.

»Fafla!« Der geflüsterte Name entwich seinen Lippen wie von selbst, als er erkannte, wer sich ihm dort aus dem Dunkeln näherte. Fassungslos starrte er seinem besten Freund nach, der schlaftrunken an ihm vorbeitappte, ohne ihn zu bemerken.

Fafla. Das konnte nicht sein! Warti ballte die Fäuste. Wenn es eine ehrliche Haut im Dorf gab, dann war es Fafla. Der stämmige Sohn eines Vorarbeiters galt als der Inbegriff von Rechtschaffenheit und Kameradschaft. Niemals würde er sich an dunklen Machenschaften beteiligen. Dafür hätte Warti ohne zu zögern die Hand ins Feuer gelegt. Bis zu diesem Augenblick jedenfalls.

Die ganze Sache wurde immer befremdlicher.

»Noch kannst du umkehren«, wisperte es hinter Wartis Stirn, aber seine Neugier war stärker als jede Vernunft. Entschlossen zog er sich die Kapuze tiefer ins Gesicht und trat in den Gang hinaus, um Fafla zu folgen.

Die Hohlwege und Stollen, die sein Freund zielstrebig durchquerte, schienen kein Ende zu nehmen. Lange Zeit führten sie bergab, teilten und überschnitten sich und bildeten mit ihren Ausläufern einen regelrechten Irrgarten, in dem sich ein Unkundiger längst hoffnungslos verlaufen hätte.

Fafla machte niemals halt und zögerte nicht ein einziges Mal, wenn die Tunnel sich teilten. Immer tiefer drang er in die unterirdische Welt vor, bis der Boden wieder leicht anstieg.

Warti folgte ihm in angemessenem Abstand. Angst sich zu verirren hatte er keine. Auch wenn er das Ziel seines Freundes nicht kannte, wusste er doch immer, wo er sich befand. Er, der fast sein ganzes Leben in der Mine verbracht hatte, kannte die Tunnel und Stollen so gut, dass er selbst im Dunkeln mühelos hinausgefunden hätte. Noch ehe er es sehen konnte, wusste er, was er hinter der nächsten Weggabelung vorfinden würde: die größte und schönste Höhle, auf die sie bei ihren Grabungen gestoßen waren. Von der kuppelartigen Decke hingen lange Tropfsteine wie versteinerte Eiszapfen herab und wuchsen mit unendlich anmutender Geduld den steinernen Dornen entgegen, die unter ihnen aus dem Boden sprossen. Funkelnde Adern aus Sternenebulit durchzogen die Höhlenwände wie silberne Fäden, in denen sich das Licht von einem Dutzend Fackeln brach, die irgendjemand in der Mitte der Höhle zu einem Kreis angeordnet hatte.

Warti hatte weder einen Blick für die Schönheit der Höhle übrig noch blieb ihm Zeit, darüber nachzudenken, wer hier mitten in der Nacht so viele Fackeln entzündet hatte. Seine ganze Aufmerksamkeit galt den Maaren, die sich im Kreis der Fackeln versammelt hatten. Nicht drei waren es, wie er vermutet hatte. Es waren mindestens zehn.

Zehn! Warti schluckte trocken. Angesichts der Überzahl bekam er weiche Knie und bedauerte sein waghalsiges Unternehmen. Furchtsam drängte er sich an die schattige Wand und sandte ein kurzes Gebet an einen der unzähligen Götter seines Volkes, dass man ihn nicht entdeckte.

Die Stille in der Höhle war es, die ihn davon abhielt, sogleich kehrtzumachen und die Flucht zu ergreifen. Die Stille war es aber auch, die wiederum seine Neugier weckte. Maare waren ein geschwätziges und lautes Volk. Wo immer sich zwei begegneten, wurde geredet und gelacht. Dass mehr als zehn von ihnen völlig lautlos beisammenstanden, war nicht nur ungewöhnlich, es war geradezu unheimlich.

Warti musste all seinen Mut zusammennehmen, um noch einmal in die Höhle zu sehen. Vorsichtig lugte er um die Ecke und sah, dass die Versammelten sich genau in der Mitte des Kreises zusammengestellt hatten. Die Köpfe in den Nacken gelegt, die Arme schlaff herunterhängend, starrten sie blicklos auf einen Punkt an der Höhlendecke, den Warti von seinem Versteck aus nicht sehen konnte. Erst als sich im

Dunkel über den Versammelten ein grünlicher Lichtschein zeigte, erkannte er, was ihre Aufmerksamkeit auf sich zog. Im ersten Moment glaubte er sich zu täuschen. Ein Licht in dieser Höhe hatte er noch nie gesehen, schon gar kein grünes. Er blinzelte, aber das Licht blieb. Und es wurde heller. Es war, als ob dort oben ein Vorhang zur Seite gezogen wurde, der gleißendes Licht in die Höhle fluten ließ, bis die Versammelten inmitten einer grün leuchtenden Lichtsäule standen.

Warti klappte vor Staunen der Mund auf. Was hier geschah, war nicht natürlich. Und noch etwas spürte er. Das Licht war den Maaren nicht freundlich gesinnt. Es war böse. Und es war gefährlich. Warum nur hielten alle so still? Sie mussten doch auch spüren, dass sie in Gefahr waren.

Am liebsten hätte Warti gerufen und die anderen gewarnt, aber er fürchtete sich und wollte sich nicht verraten. Dann schwebte der erste Maar wie von Geisterhand getragen in die Luft und verschwand in dem Leuchten. Die anderen folgten ihm nach.

Warti war wie erstarrt. Sein Verstand weigerte sich zu glauben, was er sah. Das konnte nur ein furchtbarer Albtraum sein! Verzweifelt klammerte er sich an den Gedanken, bis der Letzte der Versammelten an der Reihe war.

Fafla!

Nicht Fafla!

Als Warti sah, wie sein bester Freund sich vom Boden löste, vergaß er alle Vorsicht. Sein einziger Gedanke war, dass er Fafla helfen musste, dass er nicht zulassen durfte, dass dieses Etwas auch ihn verschlang. So schnell ihn seine kurzen Beine trugen, stürmte er durch die Höhle auf das Licht zu, rannte mitten hinein und bekam gerade noch Faflas Beine zu fassen.

Verzweifelt klammerte er sich daran fest, in der Hoffnung, den Freund durch das zusätzliche Gewicht nach unten zu ziehen. Aber sosehr er auch strampelte und zerrte, Fafla schien nicht einmal zu merken, dass er sich an ihn klammerte, und strebte ungerührt dem Licht entgegen.

»Lass los!«, kreischte die Stimme der Vernunft in ihm. »Lass sofort los!« Diesmal wusste Warti, dass sie recht hatte. Er musste Fafla freigeben, wenn er sich nicht selbst in Gefahr bringen wollte. Der Boden war schon mehr als eine Maarenlänge unter ihm. Ein Sturz aus dieser Höhe würde schmerzhaft sein, aber nicht tödlich. Er durfte nicht länger warten.

Warti schloss die Augen und gab Fafla frei. Er spürte, wie der Freund seinen Armen entglitt, und machte sich auf einen harten Aufprall gefasst. Aber der blieb aus. Als Warti die Augen wieder öffnete, sah er den Höhlenboden unter sich entschwinden, während er selbst auf ein gleißendes, kreisrundes Tor in der Höhlendecke zuschwebte.

Nein!

Panik stieg in ihm auf, sein Puls raste. Er wusste, dass er einen furchtbaren Fehler gemacht hatte. Aber das Unheil nahm seinen Lauf, und es gab nichts, was er jetzt noch dagegen tun konnte.

»Artair!«

Die Art, wie Brinnah in Gedanken nach ihm rief, verriet, dass etwas vorgefallen sein musste. Blinzelnd hob Artair den Kopf und ließ den Blick über die nebelverhangene Ebene schweifen, die seinen Schlafplatz – eine Gruppe grauer Felsblöcke in den westlichen Ausläufern des Ylmazur-Gebirges – von den dichten Wäldern im Süden trennte.

Die Sonne ging gerade auf und tauchte den Himmel im Osten in ein leuchtendes Farbenspiel aus Rot- und Violetttönen, wie es nur im späten Sommer über Thale zu sehen war. Der Wald im Westen lag noch im Dunkeln, aber der Riesenalp hatte gute Augen und konnte die helle Gestalt, die auf die grasbewachsene Ebene hinauslief, vor dem Hintergrund der Bäume mühelos ausmachen.

»Artair, wach auf!«

Wieder erreichte ihn ein Gedankenruf von Brinnah, und wieder spürte er, wie aufgeregt sie war.

»Ich bin wach«, gab er kurz Antwort. »Warte auf dem Hügel. Ich komme.«

Der Hügel erhob sich nahe dem Wald über der Ebene. Seine Flanken fielen sanft zur Ebene hin ab, aber ein Erdrutsch vor vielen Hundert Sommern hatte einen Teil davon auf mehr als zwanzig Längen abbrechen lassen und so einen hervorragenden Start- und Landeplatz geschaffen.

In der Nähe von Brinnahs Heimatdorf zu landen, war ihm nicht möglich. Für die enorme Spannweite seiner Flügel standen die Bäume dort viel zu dicht beisammen. So leistete der Hügel nicht nur Artair gute Dienste; auch seine Brüder und Schwestern, die als Kuriervögel im Dienst der Nebelelfen standen, schätzten den Hügel als Landeplatz.

Artair erhob sich und schüttelte sein Gefieder. Vorsichtig trat er an den Rand der Felsen, die sich nur wenig mehr als zehn Längen über dem Boden erhoben, und kniff die Augen fest zusammen. Nach einem kurzen Innehalten breitete er die Flügel aus, stieß sich ab und schwang sich in die Lüfte.

Er erreichte die Hügelkuppe fast zeitgleich mit Brinnah, die sich noch den schmalen Pfad hinaufkämpfte, der zum Landeplatz führte. Die junge Nebelelfe war eine ausdauernde Läuferin, die auch weite Strecken ohne Anzeichen von Erschöpfung zurücklegen konnte, aber diesmal wirkten ihre Bewegungen kraftlos. Artair legte den Kopf schief und beobachtete mit einer Mischung aus Sorge und Verwunderung, wie seine Gefährtin näher kam.

»Cyrill ist gegangen.«

Die Worte trafen Artair wie Fausthiebe. Er spürte, wie sich sein Herz zusammenkrampfte und ein heißer Schmerz durch seinen Körper jagte. Sein Atem stockte, und er zitterte so sehr, dass sein Gefieder raschelte.

Nicht Cyrill, schoss es ihm durch den Kopf. Nicht Cyrill.

Dem Schrecken folgte Unglauben.

Das konnte nicht sein. Brinnah musste sich täuschen. Cyrill hätte es ihm gesagt. Er würde sich niemals ohne ein Wort des Abschieds davonstehlen. Er würde ihn niemals im Stich lassen, ohne …

»Es ist wahr, Artair.« Zum ersten Mal, seit er Brinnah kannte, sah der Riesenalp Tränen in ihren Augen. »Er ist gegangen. Heute Nacht. Ferwyned hat es im Traum gesehen. Als er Cyrill rief, erhielt er keine Antwort. Den Schlafplatz fand er verlassen vor.«

»Nein! Nein, das glaube ich nicht.« Artair schüttete den massigen Kopf so heftig, als könne er die Wahrheit damit aus seinen Gedanken vertreiben. »Er ist sicher nur zur Jagd ausgeflogen oder …«

»Es ist schwer für uns alle, aber wir dürfen die Augen nicht vor dem verschließen, was uns traurig macht.« Brinnah trat neben ihn und strich ihm sanft über das Gefieder. »Glaub mir, auch ich wünsche mir nichts sehnlicher, als dass er zurückkommt«, sagte sie mitfühlend. »Aber das wird er nicht. Niemals mehr. Er hat gespürt, dass sich seine Zeit dem Ende zuneigt, und seine letzte Reise angetreten. Ferwyned fand eine weiße Feder auf Cyrills Schlafplatz.«

»Der weiße Riesenalp!« Artair gab einen keuchenden Laut von sich. Eine Weile schwieg er, dann sandte er Brinnah erneut einen Gedanken: »Dann ist es also wahr.«

Brinnah nickte. Tränen liefen über ihre Wangen, als sie die Arme um Artairs Hals schlang, den Kopf gegen sein weiches Gefieder lehnte und schweigend nach einem Trost suchte, den es nicht gab.

So standen sie beisammen, der junge Riesenalp und seine Reiterin, die Gesichter der aufgehenden Sonne zugewandt, doch ohne jeden Blick für die Schönheit des Morgens. Die prächtigen Herbstfarben des Waldes, die im Sonnenlicht aufflammten, konnten die Düsternis ihrer Gedanken ebenso wenig durchdringen wie der Gesang eines kleinen Vogels, der mit raschem Flügelschlag über dem Hügel aufstieg und sein Lied so stimmgewaltig in den Morgen schmetterte, als hielte der Frühling schon wieder Einzug in Thale.

»Cyrill war alt«, sagte Brinnah schließlich wie zu sich selbst. »Die weiten Flüge haben ihm immer mehr zugesetzt. Erst von ein paar Sonnenläufen sagte Ferwyned zu mir, dass er sich große Sorgen um seinen Riesenalp mache. Cyrill hat nie geklagt. Er hat Ferwyned beharrlich verschwiegen, wie es wirklich um ihn stand, aber ich glaube, Ferwyned hat sehr wohl gespürt, dass es mit seinem Gefährten zu Ende ging.«

»Cyrill war immer sehr verschlossen«, antwortete Artair. »Aber *das* hätte er mir sagen müssen.«

»Vielleicht kam es am Ende auch für ihn überraschend.«

»Du findest wohl für alles eine Entschuldigung, wie?« Artair ließ den wuchtigen Schnabel geräuschvoll zuklappen. Nach dem ersten Schrecken und der Trauer über den Verlust des Freundes spürte er Wut in sich aufsteigen und ärgerte sich, dass Brinnah Cyrills Verhalten in Schutz nahm. »Es ist wenig ehrenhaft, sich heimlich davonzustehlen und den Nachfolger seinem Schicksal zu überlassen.«

»Aber er wusste es doch nicht.« Brinnah löste sich von ihm und stellte sich so, dass sie ihn ansehen konnte. »Er wusste es nicht«, wiederholte sie noch einmal eindringlich. »Wie kannst du da erwarten, dass er auf dich Rücksicht nimmt? Für ihn war alles geregelt. Warum hätte er anders handeln sollen? Du wirst seinen Platz als Kuriervogel einnehmen, und ich werde Ferwyned als Kurier nachfolgen. So wurde es vor fünf Sommern bestimmt, und so wird es sein.

Wir beide haben immer gewusst, dass es für uns nicht leicht werden würde, aber wir haben eingewilligt. Gemeinsam haben wir uns entschlossen, diesen Weg zu gehen, obwohl wir um die Schwierigkeiten wussten. Nun müssen wir uns der Herausforderung stellen.«

Artair schwieg lange. Er wusste, dass Brinnah recht hatte, aber es war ihm kein Trost. Fünf Sommer zuvor waren sie beide ausgewählt worden, Cyrills und Ferwyneds Nachfolge anzutreten. Für Brinnah, die sich schon immer gewünscht hatte, eine Kurierreiterin zu werden, war es die Erfüllung ihrer Träume gewesen, für ihn der Beginn einer Ausbildung, die er nur mithilfe jener Täuschungen und Lügen hatte beenden können, die sein Leben bestimmt hatten, seit er das Nest verlassen hatte.

Er hatte der Wahl zugestimmt, obwohl er gewusst hatte, dass er nicht zum Kuriervogel taugte. Allerdings hatte er damals noch gehofft, seine Ängste überwinden zu können. Cyrill war kräftig gewesen, und der Zeitpunkt, da er dessen Platz würde einnehmen müssen, war ihm unendlich weit entfernt erschienen.

Artair seufzte.

In Wirklichkeit hatte er nie eine Wahl gehabt. Solange er zurückdenken konnte, waren seine Vorfahren Kuriervögel gewesen. Nie hatte auch nur ein Riesenalp daran gezweifelt, dass er diesen Brauch fortsetzen würde. Auch Brinnah, die als Einzige um seine Sorgen und Nöte wusste, hatte ihm unermüdlich Mut zugesprochen. »Du schaffst das«, hatte sie ihm immer wieder gesagt. »Irgendwann wirst du erkennen, dass deine Ängste unbegründet sind, und dich davon frei machen. Dann bist du wie alle anderen und musst dich nicht mehr hinter Lügen und Ausflüchten verstecken.«

Allein ihr hatte er es zu verdanken, dass er die üblicherweise einen Sommer währende Ausbildung zum Kuriervogel nach drei Sommern doch noch erfolgreich hatte abschließen können. Gemeinsam hatten sie immer einen Weg gefunden, die geforderten Übungen und Aufgaben zu lösen, ohne dass jemand von seinen Ängsten erfahren hatte. Als sie schließlich in Brinnahs Heimat zurückgekehrt waren, hatte Artair gehofft, das Schlimmste sei vorbei. Niemals hätte er es für möglich gehalten, dass Cyrill sie schon so früh verlassen würde. Der Gedanke daran, was nun auf ihn zukam, ließ Übelkeit in ihm aufsteigen.

Gern hätte er Brinnahs Zuversicht geteilt, aber er konnte es nicht. Was, wenn er versagte?

Kuriervögel waren kraftvoll, unerschrocken und vor allem eines: ehrlich. Versager und Betrüger wurden in der eingeschworenen Gemeinschaft nicht geduldet. Niemand würde ihm seine Täuschungen verzeihen, und niemand würde Mitleid mit ihm haben, wenn sie sein Geheimnis – seine tiefe Angst – entdeckten.

2

Warti fürchtete sich wie nie zuvor in seinem Leben.

Tosender Wind, beißende Kälte und allgegenwärtiges, frostig grünes Licht empfingen ihn, als er durch die kreisrunde Öffnung gezogen wurde. Über ihm schwebten in einer Reihe Fafla und die anderen so ruhig, als ob sie schliefen. Warti schaute nach unten, wo die Fackeln auf dem Höhlenboden und die Öffnung in der Decke rasch kleiner wurden.

Zurück! Ich muss zurück!

Wartis Herz raste. Todesangst löste die Starre, mit der der Schrecken seine Glieder umfangen hielt, und verlieh ihm ungeahnte Kräfte. Wild mit den Armen rudernd, versuchte er, sich umzudrehen und gegen den Sog anzuschwimmen, der ihn beharrlich nach oben zerrte – vergeblich. So sehr er sich auch mühte, der Weg zurück war ihm verwehrt. Verzweiflung schnürte ihm die Kehle zu und trieb ihm die Tränen in die Augen. Was hatte er nur getan? Warum war er nicht umgekehrt, als noch Zeit dazu gewesen war? Warum hatte er nicht auf seine innere Stimme gehört, die ihn immer wieder gewarnt hatte?

Jetzt war es zu spät.

Warti schluchzte innerlich auf, als ihm klar wurde, dass er seine Familie wohl niemals wiedersehen würde. Er wusste nicht, was hier geschah und was ihn am Ende der Reise erwartete. Ihm war nur klar, dass er es eigentlich gar nicht wissen wollte, und er wünschte sich nichts sehnlicher, als dass alles nur ein furchtbarer Albtraum wäre, aus dem er bald erwachen würde.

Als er wieder nach unten schaute, war die Öffnung verschwunden. Unter ihm gab es nur noch das grüne Leuchten, sonst nichts. Dafür hatte sich über ihm etwas verändert. Als er nach oben sah, erkannte er, dass sich dort eine Öffnung aufgetan hatte. Schon glitt der Erste der Gruppe hindurch und verschwand jenseits davon.

Warti zwang sich zur Ruhe. Der Gedanke, dass die unheimliche Reise ein Ziel hatte, hatte etwas Tröstliches an sich, war jedoch nicht dazu geeignet, ihm die Furcht zu nehmen. Bangen Herzens fragte er sich, was sich hinter der Öffnung befand, und wenn sich auch ein Teil von ihm insgeheim an den Gedanken klammerte, dass er sich vielleicht in der vertrauten Höhle wiederfinden würde, wusste der andere Teil längst, dass sich diese Hoffnung nicht erfüllen würde.

Was immer hier vor sich ging, geschah nicht zufällig. Die Reaktion der Wachtposten an der Mine und die Art, wie die Fackeln inmitten der Höhle aufgestellt waren, ließen darauf schließen, dass jemand oder mehrere aus seinem Heimatdorf die Entführung vorbereitet hatten. Warti war überzeugt, dass weder Fafla noch die anderen freiwillig in die Höhle gegangen waren. Zwar hatten sie sich nicht gegen den Sog des Lichts gewehrt und keine Anstalten gemacht zu fliehen, aber das hatte gewiss nichts zu bedeuten.

Obwohl sie sich bewegten, schienen sie immer noch zu schlafen und gar nicht mitzubekommen, was mit ihnen geschah, so als würde ein anderer über ihren Körper bestimmen und ihren Geist im Schlaf gefangen halten. Warti hatte so etwas schon einmal erlebt und erinnerte sich noch gut daran.

Damals, vor vielen Wintern, war ein fahrender Gaukler in die Siedlung der Maare gekommen. Während er eine Kupfermünze vor dem Gesicht der alten Brenni Nafugl hatte hin und her pendeln lassen, hatte er sie dazu gebracht, Dinge zu tun, über die alle herzhaft gelacht hatten. Sie war auf einem Bein über den Platz gehüpft, hatte mit den Armen geschlagen, als wären es Flügel, und dabei gackernde Geräusche von sich gegeben wie ein Huhn. Der Vorarbeiter Jol Masfugl hatte sich sogar wie ein Schwein im Dreck gewälzt. Keiner der beiden konnte sich anschließend daran erinnern, was sie getan hatten, und vor allem Jol war sehr wütend geworden, weil man ihn viele Sommer später noch damit aufzog, dass er sich wie ein Schwein benommen hatte.

Die leeren Blicke derer, die sich in der Höhle versammelt hatten, ähnelten denen der Verzauberten von damals auf erschreckende Weise, und so gelangte Warti zu der Überzeugung, dass er der Einzige hier war, dessen Sinne nicht umnachtet waren.

Inzwischen waren es nur noch fünf, die dem Licht zustrebten, vier, bis er an der Reihe war. Wenn er genau hinsah, glaubte er, hinter der Öffnung Gestalten zu erkennen, die sich bewegten und die Maare in Empfang nahmen. Ein weiterer Beweis dafür, dass alles wohlgeplant sein musste.

Was soll ich tun? Hinter Wartis Stirn überschlugen sich die Gedanken, und er erkannte, dass er nur eine Möglichkeit hatte: Solange er nicht wusste, was ihn hinter der Öffnung erwartete, musste er sich ebenfalls schlafend stellen. Wer immer dort auf die Maare wartete, rechnete vermutlich nicht damit, dass jemand den Weg bei vollem Bewusstsein angetreten hatte. Vielleicht befand sich ja etwas Verbotenes oder Geheimes hinter der Öffnung. Etwas, das niemand sehen durfte …

Als Fafla über ihm durch die Öffnung glitt, machte er sich bereit. Die Arme schlaff herunterhängend, ließ er das Kinn auf die Brust sinken, unterdrückte das Zittern in seinen Händen und bemühte sich um eine lockere Haltung. Er war nie ein guter Mime gewesen und betete darum, dass ihm die Täuschung gelang.

Auf der anderen Seite des Tors packten ihn zwei in dunkle Umhänge gewandete Gestalten und führten ihn durch eine Höhle zu den anderen Maaren, die mit dem Rücken zur Wand teilnahmslos ihrem Schicksal harrten. Sie waren weder gefesselt noch wurden sie bewacht. Offensichtlich ging hier niemand davon aus, dass die Gefangenen einen Fluchtversuch wagen würden.

Die beiden Dunkelgewandeten geleiteten Warti an seinen Platz am Ende der Reihe und verschwanden aus seinem Blickfeld. Er sah nicht auf, hörte aber, wie sie davonschlurften. Als er sicher war, dass sie ihn nicht mehr beobachteten, hob er den Kopf ein wenig an und wagte zum ersten Mal einen längeren Blick durch die Höhle

Sie ähnelte von der Ausdehnung her der großen Höhle in der Mine. Das war aber auch schon die einzige Gemeinsamkeit, wie Warti verstohlen feststellen konnte. Die Tropfsteine und die steinernen Dornen, die aus dem Höhlenboden wuchsen, fehlten hier völlig. Dafür war der Boden so ebenmäßig, als wäre er bearbeitet worden. Überall an den Wänden gab es wundersame Lichtquellen, die den gewaltigen Hohlraum bis in den hintersten Winkel erhellten. Der größte

Unterschied aber lag in der Vielzahl der verhaltenen Stimmen und Geräusche, die den Raum erfüllten wie das Summen in einem Bienenstock. Hier herrschte eine rege Betriebsamkeit. Da er sich schlafend geben musste, gelang es Warti nur schwerlich, sich ein Bild von denen zu machen, die ihn am Ende des Tors in Empfang genommen hatten.

Hochgewachsen waren sie wie die Nebelelfen in Thale, die die Maare um mehr als eine halbe Länge überragten. Sie gingen aufrecht und unterhielten sich miteinander in einer unbekannten kehligen Sprache. Die Kutten aus dunklem Stoff verbargen ihre Körper vollständig, und die Gesichter blieben in den Schatten unter den weiten Kapuzen verborgen.

Etwa drei Dutzend der seltsamen Geschöpfe hielten sich in der Höhle auf. Einige eilten geschäftig hin und her, während andere an Tischen Dinge taten, deren Sinn Warti verborgen blieb.

Als sich zwei von ihnen zu ihm umdrehten, senkte er hastig den Blick und nahm seine teilnahmslose Haltung wieder ein. Die beiden kamen näher, gingen an ihm vorbei, wählten den Ersten aus der Reihe aus und führten ihn zu einem kleinen Tisch, auf dem eine einzelne Schale stand. Ein Befehl wurde gerufen, worauf sich das Licht in der Höhle so sehr verfinsterte, dass die beiden Dunkelgewandeten nur noch schemenhaft zu erkennen waren.

Und noch etwas geschah.

Warti konnte spüren, wie sich in der Höhle Kräfte zusammenballten, die weit über das hinausgingen, was die Nebelelfen an Magie vollbrachten. Die ungeheure Bosheit, die in diesen Kräften mitschwang, jagte ihm einen eisigen Schauder über den Rücken. Furcht schnürte ihm die Kehle zu, und der Gedanke, dass alles noch viel schlimmer sein könnte, als er es sich ausgemalt hatte, trieb seinen Pulsschlag in die Höhe.

Ich muss hier weg. Der Gedanke blitzte kurz hinter seiner Stirn auf, verlosch jedoch sogleich, als er dessen Unsinnigkeit erkannte. Selbst wenn es ihm im Halbdunkel gelingen sollte, sich von der Gruppe zu entfernen, wo sollte er hin? Soweit er es erkennen konnte, gab es weit und breit keine Möglichkeit, sich irgendwo zu verstecken. Seine Flucht würde enden, ehe sie begonnen hatte

Aus den Augenwinkeln sah er, wie die Dunkelgewandeten von allen Seiten zusammenkamen und einen Kreis um den Maar und die beiden anderen bildeten. Ein sonorer Summton aus vielen Dutzend Kehlen erfüllte die Höhle wie eine Beschwörung, während über der Mitte des Kreises funkelnder Silberstaub in der Luft aufstieg. Endlose Herzschläge lang geschah nichts. Dann verstummte der Ton wie abgeschnitten, und ein gleißender Blitz, dem ein dumpfer Schlag folgte, zwang Warti, die Augen zu schließen. Als er sie wieder öffnete, hatte sich die Reihe der Dunkelgewandeten geöffnet. Zwei der hochgewachsenen Gestalten schleiften den ausgewählten Maar an den Armen wie tot hinter sich her. Nur ein paar Schritte von Warti entfernt legten sie ihn achtlos auf den Boden und kehrten zurück, um den Nächsten in die Mitte des Kreises zu führen.

Wieder ertönte der Summton, und wieder sah Warti den Silberstaub in der Luft, aber diesmal war er gewarnt und schloss die Augen, ehe der Blitz ihn blendete. Ein Schlurfen ertönte, und ehe Warti sich versah, lag ein weiterer Maar neben dem ersten am Boden.

Warti klopfte das Herz bis zum Hals. Auf keinen Fall wollte er das Schicksal seiner Stammesgefährten teilen, die sich einer nach dem anderen wie die Zicklein zur Schlachtbank führen ließen. Er musste handeln, aber ihm fehlte ein Plan.

Verzweifelt nutzte er die kurzen Momente der Helligkeit, um nach einem Versteck Ausschau zu halten – und wurde fündig.

Hinter ihm, keine fünf Schritte entfernt, stand ein kleiner Karren an der Wand. Er bestand aus zwei großen Speichenrädern, einer einfachen Ladefläche, die knapp über der Achse zwischen der Rädern befestigt war, und hatte vorn zwei lange Streben, die offenbar dazu dienten, dass das Gefährt gezogen werden konnte. Auf der Ladefläche lag, unordentlich zu einem Haufen zusammengeschoben, eine Plane. Ob sich etwas darunter befand, konnte Warti nicht erkennen, aber die Zeit drängte, und er durfte nicht wählerisch sein.

Als der nächste Silberstaub in die Höhe stieg und die Aufmerksamkeit der Dunkelgewandeten allein dem Geschehen in der Kreismitte galt, nahm er allen Mut zusammen, huschte zum Karren und schlüpfte unter die Plane, während der Donnerschlag, der dem Blitz folgte, die verräterischen Geräusche übertönte, die das steife Gewebe verursachte. Flach auf dem Bauch liegend, verharrte Warti in seinem Versteck und rührte sich nicht, während er durch einen Faltenwurf der Plane beobachtete, was draußen vor sich ging.

Die Dunkelgewandeten schienen seine Flucht nicht bemerkt zu haben. Wie schon zuvor holten sie einen Maar nach dem anderen ab und legten ihn nach dem Ritual neben die anderen auf den Boden. Fafla war als Letzter an der Reihe. Warti spürte einen schmerzhaften Stich, als die Dunkelgewandeten seinen Freund holen kamen. In hilfloser Wut ballte er die Fäuste, biss sich fest auf die Unterlippe und spähte weiter durch den Spalt, um zu sehen, was draußen vor sich ging.

Diesmal standen die Dunkelgewandeten nicht so dicht gedrängt, und zum ersten Mal erhaschte Warti einen Blick auf das, was innerhalb des Kreises vor sich ging. Fafla stand inmitten des Rings aus düsteren Gestalten. Er wirkte verloren und irgendwie mitleiderregend, aber selbst jetzt schien er nicht zu spüren, in welcher Gefahr er sich befand. Ihm zur Rechten hatte sich einer der Dunkelgewandeten vor dem

Tisch mit der Schale aufgebaut. Er hatte die Arme erhoben und bewegte sie auf eine Weise, die darauf schließen ließ, dass er eine Beschwörungsformel rezitierte, während die Umstehenden wieder den unheimlichen Summton anstimmten.

Während er die letzten Worte sprach, griff der Dunkelgewandete in die Schale und warf eine Handvoll glitzernden Staubes in die Luft. Ein gleißender Blitz zuckte durch die Höhle, und Warti schloss hastig die Augen. Als er sie wieder öffnete, sah er ein hünenhaftes Geschöpf aus funkelndem Nebel, das Fafla gegenüberstand.

Die Zeit war zu kurz, um es zu betrachten, aber die wenigen Herzschläge, die es in der Luft zu schweben schien, genügten, um Warti erschrocken aufkeuchen zu lassen. Magie! Was immer die Dunkelgewandeten beschworen hatten, war weder ein Maar noch Tier. Es war eine muskulöse Kreatur, doppelt so groß wie Fafla, mit breitem Kreuz, wuchtigem Schädel und Pranken, so groß, dass sie einen Maar mühelos zerquetschen konnten. Ein Wesen, zum Kämpfen geschaffen …

Plötzlich kam Bewegung in die albtraumhafte Kreatur. Auf das Zeichen eines Magiers hin verschwamm das Abbild und ballte sich zu einer faustgroßen Nebelkugel zusammen. Für Bruchteile eines Wimpernschlags verharrte die Kugel in der Luft und schoss dann pfeilschnell auf Fafla zu. Der Aufprall war hart und traf Fafla mitten in die Magengrube. Mit einem dumpfen Keuchen entwich die Luft aus seinen Lungen. Er krümmte sich wie unter Schmerzen und sank besinnungslos zu Boden.

Warti hielt entsetzt die Luft an. Aus den Augenwinkeln sah er, wie die Gruppe der Magier sich auflöste. Offenbar vermisste ihn niemand.

Niemand?

Ein Magier eilte auf die Gruppe der Maare zu, zählte die Gefangenen durch und winkte die anderen herbei. Mit bangem Herzen beobachtete Warti, wie auch sie nachzählten. Anders als ihr Kamerad schienen sie jedoch zu dem Schluss zu kommen, dass die Maare nach wie vor vollzählig waren. Nach einem kurzen, heftig geführten Wortwechsel drehten sie sich um und ließen den Magier allein.

Warti konnte sein Gesicht nicht sehen, seine Bewegungen ließen jedoch keinen Zweifel daran, dass er wütend war. Langsam hob er den Kopf und ließ den schattenverhüllten Blick durch die Höhle schweifen. An der Plane, unter der Warti sich versteckte, hielt er abrupt inne.

Jetzt ist es aus, dachte Warti. Er spürt, dass ich hier bin.

Ihm wurde abwechselnd heiß und kalt. Schweißtropfen perlten auf seiner Stirn, während er vergeblich versuchte, das Zittern seiner Glieder zu unterdrücken.

Ich will nicht sterben …

Mit angehaltenem Atem beobachtete er, wie der Magier langsam auf den Karren zukam. Als ihn nur noch wenige Schritte davon trennten, kniff Warti die Augen so fest zusammen, als könne er das Unvermeidliche damit aufhalten. In Gedanken hörte er schon das Scharren des harten Gewebes und malte sich aus, wie der Magier ihn triumphierend unter der Plane hervorzerrte …

Die Zeit tröpfelte dahin, aber nichts geschah. Weder wurde die Plane angehoben, noch wurde er darunter hervorgezerrt. Als er nach einer gefühlten Ewigkeit wieder einen Blick in die Höhle wagte, sah er den Magier in ein Gespräch vertieft. Ein dürres, spärlich behaartes Wesen, mit überlangen Armen und Beinen und einem für den hageren Körper viel zu großen Schädel, von dem ein Paar großer Ohren abstanden, hatte ihn aufgehalten und schien ihm Bericht zu erstatten.

Die Körpersprache des Wesens deutete darauf hin, dass etwas wenig Erfreuliches vorgefallen sein musste. Geduckt und demütig stand es vor dem Magier, schaute ihn mit großen, hervorquellenden Augen ängstlich von unten her an und zuckte beim Sprechen immer wieder zusammen, als fürchte es, geschlagen zu werden.

Der Magier lauschte dem Bericht schweigend und mit ernster Miene. Als das Wesen geendet hatte, nickte er knapp und folgte ihm.

Warti atmete auf. Die Gefahr schien gebannt.

Aber die Erleichterung währte nicht lange. Kaum dass der Magier aus seinem Blickfeld verschwunden war, kamen zwei andere herbei, die sich an den besinnungslosen Maaren zu schaffen machten.

Warti sah, wie einer der beiden sich über Falfa beugte, ihm mit dem Finger an die Stirn tippte und ein kurzes Wort sprach. Das Wort war noch nicht verklungen, als Fafla die Augen aufschlug und sich mit ungelenken Bewegungen aufrichtete.

Der Magier trat vor ihn, hob beschwörend die Arme und sagte wieder nur ein einziges Wort, worauf Fafla sich zu verändern begann. Der kleinwüchsige und gedrungene Körper schwoll an, wurde größer und kräftiger, die Arme länger und die Beine stämmiger. Aus Händen und Füßen sprossen lange, gebogene Klauen, während sich aus der Nase eine kurze, eberähnliche Schnauze mit zwei gebogenen Hauern formte.

Namenloses Entsetzen ergriff Warti, als er mit ansah, wie sich sein Freund in ein monströses Ungeheuer verwandelte, das der Nebelgestalt zum Verwechseln ähnlich sah und nur für eines geschaffen schien – zum Töten.

Ein zorniges, grauenerregendes Brüllen hallte durch die Höhle, als sich das Untier gegen die unsichtbaren Fesseln zu wehren begann, mit denen die Magier es offenbar gefangen hielten. Schaumiger Geifer troff von den gebogenen Hauern, als die Kreatur den Kopf wild hin und her warf und sich unter der Geißelung wand, als könne sie es nicht erwarten, endlich freigelassen zu werden.

Die beiden Magier schienen mit der Verwandlung überaus zufrieden zu sein. Wie ein Schmied sein Schwert nach dem Abkühlen, begutachteten sie die tobende Kreatur, um sie dann mit einem Fingerzeig in den harmlosen Maaren zurückzuverwandeln, dessen Antlitz Warti so vertraut war.

Aber es war noch nicht vorbei. Nacheinander verwandelten die beiden nun jeden Maar für kurze Zeit in einen der hässlichen Eberkrieger, als wollten sie sich vergewissern, dass ihnen der Zauber gelungen sei. Als auch der Letzte wieder seine ursprüngliche Gestalt angenommen hatte, führten sie die Maare zurück zu der grün schimmernden Öffnung im Boden, durch die sie zuvor in die Höhle gelangt waren.

Sie schicken sie zurück! Warti spürte, wie sein Herzschlag sich beschleunigte. Alles in ihm schrie danach, aufzuspringen und sich den Heimkehrern anzuschließen. Allein die Furcht hielt ihn zurück. Was er gesehen hatte, war gewiss nicht für seine Augen bestimmt. Sein Wissen war für die Magier gefährlich, und er war sicher, dass sie nicht zögern würden, ihn zu töten, um ihr Geheimnis zu bewahren.

Vor der Öffnung traten die Maare einer nach dem anderen in das Licht und verschwanden in der Tiefe.

Warti rang mit sich.

Unschlüssig, was er tun sollte, wog er das Für und Wieder einer Flucht ab, während er beobachtete, wie Fafla sich dem Tor als Letzter der Gruppe näherte. Am Ende siegten Furcht und Vorsicht über einen Mut, den Warti nie wirklich besessen hatte. Im Vertrauen darauf, dass noch eine Gruppe kommen und sich ihm dann eine günstigere Gelegenheit zur Flucht bieten würde, harrte er in seinem Versteck aus.

Tränen stiegen ihm in die Augen, als er sah, wie Fafla den Heimweg antrat. Das Licht erlosch und damit jede Möglichkeit, nach Hause zurückzukehren. Warti wischte die Tränen fort und seufzte. Der Rückweg war ihm versperrt. Alles, was er jetzt tun konnte, war zu warten.

Die Zeit verstrich. Die Luft unter der Plane war stickig,

und Wartis Lider wurden immer schwerer. Eine Weile gelang es ihm noch, wach zu bleiben, dann forderte die Erschöpfung ihren Tribut, und er schlief ein.

»Du schaffst das.« Brinnah hatte Artair das Reitgeschirr angelegt und in seinem Nacken Platz genommen. Zum ersten Mal trug sie die braune Tasche aus gegerbtem Leder, die allen Botenreitern in Thale gemein war. Ferwyned hatte sie ihr beim höchsten Stand der Sonne übergeben, als auch die letzte Hoffnung, Cyrill lebend wiederzusehen, in ihm erloschen war.

Wie alle Nebelelfen, die eine Seelenfreundschaft mit einem Riesenalp eingegangen waren, hatte er kurz zuvor gespürt, wie das Leben Cyrill verließ. Von Trauer und Schmerz gezeichnet, hatte er nicht die Kraft gefunden, das wichtige Amt der Botenreiterin im Rahmen der üblichen Zeremonie feierlich an Brinnah zu übergeben, aber die Botschaften, die noch in der Tasche waren, mussten umgehend zugestellt werden, und so hatte er Brinnah die Tasche wortlos ausgehändigt.

Brinnah war das nur recht. Auch sie trauerte um Cyrill, der ihr in den vielen gemeinsamen Sommern zum Freund geworden war, und sie fühlte mit Ferwyned, dessen Trauer ihr schmerzlich bewusst machte, dass auch Artair sie irgendwann verlassen würde. Nebelelfen und Riesenalpe besaßen eine Lebensspanne, die Hunderte Sommer währte, aber meist waren es die Riesenalpe, die als Erste die Reise zu den Ahnen antraten.

Die Pergamente, die zu den Sternenebulitminen nahe den Sümpfen von Numark gebracht werden sollten, waren eine willkommene Ablenkung von den unerträglichen Gedanken, und so zögerte sie nicht, sich sofort auf den Weg zu machen.

»Es ist nur ein kurzes Stück«, sagte sie in Gedankensprache

zu Artair, der immer noch auf dem Hügel stand und misstrauisch in die Tiefe schaute.

»Kurz?« Artair schüttelte sich.

»Wir könnten zum Yunktun fliegen und dem Flusslauf folgen«, schlug Brinnah vor. »Das ist zwar ein Umweg, aber so meiden wir den Wald, und du musst nicht so hoch hinauf.«

»Hm.«

»Artair! Du hast zugestimmt, als du zu Cyrills Nachfolger ernannt wurdest«, erinnerte ihn Brinnah streng.

»Aber da wusste ich doch nicht, dass es so schnell …«

»Das wusste niemand. Jetzt müssen wir beweisen, dass wir würdige Boten sind.« Allmählich wurde Brinnah ungeduldig. Sie war die Einzige in Thale, die Artairs Geheimnis kannte, und hatte stets zu ihm gehalten. Cyrills Tod hatte sie beide völlig unvorbereitet getroffen, doch es gab kein Zurück. Von diesem Sonnenlauf an standen sie in den Diensten des Elfenkönigs, und Brinnah war fest entschlossen, das in sie gesetzte Vertrauen nicht zu enttäuschen.

»Ich weiß«, erwiderte Artair kleinlaut und atmete tief durch. »Also gut, wenn wir über den Yunktun fliegen, mache ich es.«

»Nichts anderes habe ich erwartet.« Brinnah sandte Artair einen liebevollen Gedanken. »Du wirst sehen, es ist alles halb so schlimm. Wenn wir erst ein paarmal unterwegs gewesen sind, ist der Flug kein Problem mehr. Mein Vater sagte immer: Man wächst mit seinen Aufgaben.«

»Ich bin aber nicht *man.*« Artair trat vor und breitete die Flügel aus. »Du weißt so gut wie ich, dass ich meine Höhenangst niemals überwinden werde.«

Mit einem kraftvollen Satz erhob er sich in die Lüfte und ging sofort in einen flachen Gleitflug über. Brinnah schüttelte seufzend den Kopf, sagte aber nichts. Seit sie Artair kannte, flog er nicht höher als zwanzig Längen über der Erde. Seine ungewöhnliche Furcht vor der Höhe reichte weit zurück in seine Kindheit.

Wie die meisten Riesenalpe war auch er in einer Höhle hoch oben im Ylmazur-Gebirge aus dem Ei geschlüpft. Gemeinsam mit den anderen Jungvögeln hatte er die ersten Mondläufe seines Lebens in der großen Nisthöhle verbracht. Es war eine geborgene Zeit gewesen, an die er sich gern erinnerte, auch wenn sie mit dem »Morgen des Abflugs« ein jähes und für ihn furchtbares Ende gefunden hatte.

Der Sprung von dem Plateau vor der Höhle in die schwindelerregende Tiefe der Schlucht war nicht nur die erste Mutprobe für die jungen Riesenalpe, es war auch der Abschied von dem behüteten Leben im Nest. Hatten sie der Höhle erst einmal den Rücken gekehrt, waren die jungen Riesenalpe auf sich allein gestellt und kehrten erst hundert Winter später zum Brüten wieder in die Höhlen zurück.

Artair hätte diesen letzten und entscheidenden Schritt gemeinsam mit seinen beiden Brüdern und seiner jüngeren Schwester wagen sollen. Aber während seine Brüder den Augenblick des ersten Flugs ungeduldig herbeigesehnt hatten, war der Gedanke, sich in den bodenlosen Abgrund stürzen zu müssen, für Artair unerträglich gewesen. Die ungeheure Höhe hatte ihm schon damals Angst gemacht. In den Nächten zuvor war er immer wieder heimlich auf das Plateau hinausgegangen. Er hatte nach unten geschaut, erschaudernd den Sog der Tiefe gespürt und sich Nacht für Nacht in seinen Träumen mit zerschmetterten Gliedern auf den Felsen liegen sehen.

Als der Augenblick genaht hatte, an dem die Jungvögel die Nester verließen, hatte er sich ganz nach hinten gestellt, dort wo auch seine kleine Schwester Betivahr aufgeregt auf ihren ersten Flug wartete. Während sich die anderen Jungvögel begeistert in die Tiefe gestürzt und übermütig im Aufwind gekreist hatten, hatte Artair den Absprung immer weiter hinausgezögert, bis am Ende nur noch er und Betivahr neben dem erfahrenen Riesenalp gestanden hatten, der die Aufwinde studiert und für die unerfahrenen Jungvögel den Moment des Abflugs bestimmt hatte.

Das Schicksal hatte es so gewollt, dass Betivahr das Kommando zum Abflug überhört hatte, weil zwei Jungvögel sich im Flug kreischend gebalgt hatten. Zu spät hatte sie sich von der Felskante abgestoßen. Als sie dann die Flügel ausgebreitet hatte, war der tragende Luftstrom abgerissen und sie wie ein Stein in die Tiefe gestürzt.

Der Anblick seiner Schwester, die mit hilflosem Geflatter in die Tiefe fiel, hatte furchtbare Narben in Artairs Seele hinterlassen. Ohne nachzudenken, war er ihr damals gefolgt, um ihr zu helfen, und hätte dabei fast selbst sein Leben verloren. Es war mehr Glück als Können gewesen, dass er den Sturz im allerletzten Moment durch ein waghalsiges Manöver hatte abfangen können.

Seine Schwester hatte dieses Glück nicht gehabt.

Brinnah wusste, das Artair im Traum häufig vom Anblick des zerschmetterten Körpers heimgesucht wurde, der wie ein Knäuel aus Blut und Federn auf den Felsen lag. Das Bild hatte sich tief in Artairs Gedächtnis gebrannt und hinderte ihn bis heute daran, sich wie ein richtiger Riesenalp zu verhalten. Er war vermutlich der einzige Riesenalp in ganz Thale, der sich vor dem Fliegen fürchtete. Ob zur Jagd oder in der Ausbildung zum Botenvogel, nie flog er hoch hinauf, niemals in die Berge und nur sehr ungern über die dichten Wipfel der Bäume der großen Wälder, wo er den Boden nicht sehen konnte.

Es grenzte an ein Wunder, dass er alle Prüfungen bestanden hatte. Und Brinnah war mächtig stolz auf ihn gewesen, als er über sich hinausgewachsen war und die letzte und schwerste Prüfung, den Flug zum Himmelsturm, am Ende doch noch gemeistert hatte. Damals hatte sie noch gehofft, dass der Flug in die Berge den Bann brechen und Artair seine Ängste nehmen würde, aber genau das Gegenteil war der Fall gewesen.

Nach dem Flug zum Himmelsturm war Artair einen halben Mondlauf gar nicht geflogen. Die Furcht hatte ihm so sehr zugesetzt, dass er schwer krank geworden war, und Brinnah hatte ihm versprechen müssen, niemals wieder so etwas von ihm zu verlangen. Seitdem waren sie nicht mehr in den Bergen gewesen, und Brinnah war fest entschlossen. ihr Versprechen zu halten. Sie war froh, dass Artair ihr weiterhin zur Seite stand, damit ihr Traum, Botenreiterin zu werden, wahr werden konnte, und sie liebte ihn trotz seiner Ängste mehr als alles andere auf der Welt. Er war ihr Freund und Gefährte, Beschützer und geduldiger Zuhörer, und sie konnte sich ein Leben ohne ihn nicht vorstellen.

Niemals würde sie ihn im Stich lassen, selbst dann nicht, wenn er sich eines Morgens entschließen sollte, nur noch zu Fuß zu gehen …

Der Gedanke zauberte ein Lächeln auf Brinnahs Lippen. Sie schloss die Augen und gab sich für einen Augenblick ganz dem Gefühl des kühlen Windes hin, der ihr sanft über die Wangen und durch die langen, fast weißen Haare strich.

Kurierreiterin Brinnah, dachte sie bei sich und spürte, wie der Klang des Namens ihr Herz höher schlagen ließ. Ein wenig schämte sie sich, weil sie aus Ferwyneds Kummer und Artairs Furcht einen Vorteil für sich zog, aber dann überwog doch die Freude, und sie gestattete es sich, das wunderbare Gefühl zu genießen, am Ziel ihrer Wünsche zu sein.

3

Mit leichtem Flügelschlag trug Artair seine Reiterin zur Yunktun-Ebene. Zu ihrer Rechten erstreckten sich die großen Wälder wie ein dunkelgrünes Meer ineinander verwobener Baumkronen bis zum Horizont. Zu ihrer Linken war das Land, so weit das Auge reichte, von wogendem Gras bedeckt. Es war die Heimat der Steppenbüffel, die das hügelige Grasland durchstreiften, das weit im Norden an die Finstermark grenzte.

Die Finstermark.

Brinnah erschauerte, als sie an die karge, lebensfeindliche Steinwüste dachte, in der nicht einmal das genügsame Silbermoos gedieh. Glaubte man den Legenden, die an den Feuern der Maare erzählt wurden, war die Finstermark die Heimat von gefährlichen und düsteren Wesen – eine Gegend, die keine Nebelelfe und kein Maar freiwillig betreten würden.

Der Gedanke an die Maare lenkte Brinnahs Aufmerksamkeit wieder auf ihre Aufgabe. Sie richtete den Blick nach Westen, wo sich das glänzende Band des Yunktun durch die Ebene schlängelte. Der größte Fluss Thales entsprang hoch im Norden, dort, wo die Ausläufer des Ylmazur-Gebirges an die Finstermark grenzten, wand sich durch das Grasland und die Yunktun-Ebene und verzweigte sich schließlich zu einem Delta, dessen Arme sich in den undurchdringlichen Sümpfen von Numark verloren.

Der Yunktun war die Lebensader des Landes. Nicht nur im Frühjahr, wenn hoch oben in den Bergen die Schneeschmelze einsetzte, auch in den milden und regenreichen Wintern überflutete er die Ebene und sorgte dafür, dass die Felder fruchtbar blieben. In den heißen und trockenen Sommern, wenn die Brunnen versiegten und die kleineren Flüsse im Grasland nur Rinnsale waren, war sein Wasser für viele Tiere überlebenswichtig. Nicht nur die Steppenbüffel versammelten sich in riesigen Herden an seinen Ufern, bis die Regenzeit das dürre Grasland wieder erblühen ließ.

Brinnah liebte den Yunktun. Während ihrer Ausbildung zur Kurierreiterin hatte sie häufig am Fluss gesessen, um zu träumen. Der Anblick des funkelnden Wassers erinnerte sie an eine Legende, die von einem endlosen tiefblauen Wasser weit im Westen erzählte, dessen schäumende Wellen sich an weißen, von hohen Dünen gesäumten Stränden brachen. Ein mutiger Riesenalp sollte seinen Kurierreiter einmal bis dorthin getragen haben. Zum Beweis hatte dieser dem Elfenkönig eine große Muschel mitgebracht, in der man das Rauschen der Brandung hören konnte.

Die Muschel wurde im Thronsaal des Palasts aufbewahrt. Brinnah hatte sie nur ein einziges Mal gesehen und das Rauschen gehört, aber dieses eine Mal hatte genügt, um in ihr eine brennende Sehnsucht zu wecken, die umso schwerer auf ihr lastete, weil sie wusste, dass sie sich niemals erfüllen würde. Das Ylmazur-Gebirge stellte für Artair ein unüberwindliches Hindernis dar; spätestens nach dem Flug zum Himmelsturm war ihr klar geworden, dass er sie niemals an das endlose Wasser würde begleiten könnten.

Brinnah seufzte. Die schaumgekrönten Wellen zu sehen und das Rauschen der Brandung zu hören, würde für sie immer ein Traum bleiben.

Wenig später blieb der Wald hinter ihnen zurück. Artair schwenkte nach Süden und hielt, dem Verlauf des Flusses folgend, in seichtem Gleitflug auf die Sümpfe von Numark zu.

Brinnah verdrängte die trüben Gedanken, blickte sich um und entspannte sich. Wozu in die Ferne schweifen, wenn Thale ein so wunderschönes Land war?

Die Sonne stand noch hoch am Himmel, der Wind kam von Norden und meinte es gut mit ihnen. Wenn nichts Unvorhergesehenes geschah, würde sie den Brief abliefern und den Rückflug antreten können, ehe es dunkel wurde. »Na, siehst du«, sandte sie Artair einen aufmunternden Gedanken. »Das ist doch gar nicht so schlimm.«

Artair antwortete nicht, aber Brinnah spürte auch ohne Worte, wie angespannt er war. Im Gegensatz zu ihr war er noch nie bei den Sternenebulitminen gewesen und fürchtete wohl, dass der Start- und Landeplatz für die Botenvögel zu hoch gelegen sein könnte. Brinnah hätte ihm gern Mut zugesprochen, aber der Landeplatz, den sie kannte, war im vergangenen Winter einem Erdrutsch zum Opfer gefallen, und sie wusste nicht, wo die Maare einen neuen eingerichtet hatten.

»Die Minen liegen in den Vorbergen. Der neue Landeplatz wird schon nicht so hoch gelegen sein«, richtete sie erneut einen Gedanken an Artair und hoffte, dass sie damit recht behalten würde.

Die Sonne neigte sich dem Horizont zu, als Brinnah feststellen musste, dass sie Artair ihre Zuversicht zu früh kundgetan hatte.

Der neue Landeplatz für die Kuriervögel thronte in einem gewaltigen Baum inmitten der Siedung, in der die Minenarbeiter und ihre Familien lebten. Es war der wohl ungewöhnlichste Landeplatz in ganz Thale, aber er sprach für den Einfallsreichtum und das handwerkliche Geschick des kleinen Volkes. Inmitten der Baumkrone, knapp vierzig Längen über dem Boden, war eine Plattform von zehn mal zehn Längen errichtet worden, die selbst dem größten Riesenalp genügend Platz zum Landen bot. Eine Brüstung aus Pfählen und Brettern schützte die Reiter an drei Seiten vor einem Sturz in die Tiefe, während die vierte Seite offen blieb, damit die Riesenalpe ungehindert an- und abfliegen konnten.

Für einen kleinwüchsigen Riesenalp wie Artair musste es ein Kinderspiel sein, dort zu landen.

»Niemals!« Artairs Gedanke erreichte Brinnah so nachdrücklich, dass es keiner weiteren Worte bedurfte. Sie spürte, wie die Furcht seinen Pulsschlag in die Höhe trieb und ihm die Kehle zuschnürte. Ein Gefühl, das ihr wohlvertraut war. Schon während der Ausbildung, hatten sie damit zu kämpfen gehabt, und oft war es nur ihrer unendlichen Geduld zu verdanken gewesen, dass Artair sich schließlich ein Herz genommen und seine Furcht verdrängt hatte. Überwunden hatte er sie allerdings nie, und so war der immer wiederkehrende Kampf gegen sein innerstes Selbst das größte Hindernis für sie beide.

Diesmal flog er den Landeplatz auf halber Höhe an. Viel zu niedrig, um die Plattform zu erreichen, die sich fast zwanzig Längen über ihnen in den Himmel reckte.

»Sei vernünftig, Artair«, bat Brinnah. »Du siehst doch, dass es hier weit und breit keinen anderen Platz zum Landen gibt.«

»Dann wirf den Brief einfach ab«, erwiderte Artair gereizt. »Da unten stehen ein paar Maare. Wenn ich dicht genug heranfliege, können sie ihn auffangen.«

»Du weiß so gut wie ich, dass ich die Briefe persönlich aushändigen muss«, sagte Brinnah streng. »Glaubst du wirklich, ich leiste mir bei meinem ersten Kurierflug eine solche Nachlässigkeit? Auch wenn wir Ferwyned und Cyrill nachfolgen, müssen wir doch erst beweisen, dass wir der Aufgabe gewachsen sind – wir beide.« Die letzten Worte sagte sie so nachdrücklich, dass Artair zusammenzuckte.

»Entschuldige«, lenkte Brinnah ein, der der scharfe Tonfall im Nachhinein leidtat. »Ich wollte dich nicht kränken.«

Die Siedung der Maare glitt unter ihnen dahin. Sie war groß, viel größer, als Brinnah sie in Erinnerung hatte. Hunderte, ja Tausende von Hütten unterschiedlicher Bauart, so schien es, waren hier in den vergangenen Sommern neu errichtet worden. Wo einst dichter Wald gestanden hatte, durchzogen nun Wege und Straßen die Vorberge wie ein filigranes Spinnennetz.

Das Ausmaß der Siedlung war so gewaltig, dass Brinnah sich des Eindrucks nicht erwehren konnte, dass nahezu alle vom Volk der Maare in der Nähe der Mine sesshaft geworden waren. Die vielen Hütten und Häuser standen dicht gedrängt und wirkten wenig einladend. Brinnah war froh, dass es in der Siedlung einen eigenen Botendienst gab. So blieb es ihr erspart, unter Tausenden von Maaren, die in ihren Augen alle gleich aussahen, diejenigen herauszufinden, denen die Botschaften galten.

Artair flog einen weiten Bogen, und Brinnah stellte erfreut fest, dass er an Höhe gewann. Sie spürte seine Anspannung, als wäre es die ihre, und sandte ihm einen Gedanken, um ihn zu ermutigen, noch ein Stück höher zu fliegen. »Du schaffst das«, flüsterte sie ihm lautlos zu. »Ich weiß, dass du es kannst.«

Mit kräftigen Flügelschlägen gewann Artair weiter an Höhe. Brinnah sah den Baum mit der Landplattform näher kommen und versuchte abzuschätzen, ob sie schon hoch genug waren, um eine Landung zu wagen. Endlose Herzschläge lang war sie überzeugt, das Artair die Plattform zu tief anflog, aber dann legte er unmittelbar vor dem Baum noch einmal alle Kraft in seine Flügelschläge und erreichte die Plattform in einem waghalsigen Tiefflug, der ihn bei der Landung fast bis ans Ende der Plattform schlittern ließ. Das harte Horn seiner Krallen schabte mit einem grauenvollen Geräusch über das Holz und hinterließ dort tiefe Furchen, während seine wild schlagenden Flügel Äste und Zweige knickten und die Baumkrone auf der einen Seite fast entlaubten.

Brinnah waren Artairs ruppige Landemanöver wohlvertraut. Sie hielt sich an den Ledergurten fest, die als Reitgeschirr dienten, kniff die Augen fest zusammen und wartete, bis das Rumpeln und Krachen ein Ende fand, ehe sie sie wieder öffnete. »Das müssen wir aber noch üben«, sandte sie einen Gedanken an Artair und lachte. »Sonst bekommen wir hier früher oder später Landeverbot.«

»Das wäre mir nur recht.« Artair war so aufgewühlt, dass seine Gedanken nur schwer zu verstehen waren.

»Ich weiß.« Brinnah strich dem Riesenalp zärtlich über das weiche Nackengefieder. »Ich bin sehr stolz auf dich.« Sie zupfte ein paar Blätter aus ihren Haaren und richtete ihr Gewand, dann kletterte sie über Artairs ausgestreckten Flügel auf die Plattform. »Flieg nicht weg«, sagte sie neckend, während sie zu der Strickleiter ging, die zum Boden hinunterführte. »Ich bin gleich wieder da.«

Artair schüttelte sich und drehte ihr in gespielter Empörung den Rücken zu, aber sie wusste auch ohne eine Antwort, dass er auf sie warten würde.

Die Strickleiter war nichts für Feiglinge. Der Blick zum Boden, mehr als vierzig Längen unter ihr, weckte selbst in Brinnah ein mulmiges Gefühl. Es kostete sie einige Überwindung, die schwankenden Sprossen zu betreten und Stufe für Stufe in die Tiefe zu klettern. Zum Glück war es an diesem späten Nachmittag nahezu windstill, denn obwohl die Leiter am Boden gesichert und festgezurrt war, war Brinnah überzeugt, dass sie sich im Wind heftig bewegen würde. Während sie langsam nach unten kletterte, fragte sie sich, wie viele Kurierreiter ihr Leben wohl schon bei solch waghalsigen Klettertouren verloren haben mochten.

Ein Blick nach unten zeigte ihr, dass ihre Ankunft nicht unbemerkt geblieben war. Rings um den Baum hatten sich etliche Maare versammelt, die nach oben spähten und Brinnah stumm und mit ausdruckslosen Mienen musterten.

Für den Bruchteil eines Augenblicks überlegte sie, ob sie die Briefe nicht doch besser hätte abwerfen sollen, wie Artair es vorgeschlagen hatte, aber dann überwog ihr Stolz, und sie setzte den Weg fort.

Unten angekommen, hielt sie nach einem Haus Ausschau, über dessen Tür mit Feder und Flügel das Wappen der Boten und Kurierreiter prangte. Am besten, ich frage jemanden, dachte sie und schaute sich suchend um. Die Maare hatte einen großen Kreis um sie gebildet und standen dicht an dicht. Vermutlich wusste jeder von ihnen, wo sie die Botschaften abgeben konnte, aber da war etwas, das Brinnah davon abhielt, die Frage an sie zu richten.

Erst jetzt, da sich die Aufregung der holprigen Landung und des langen Abstiegs über die schwankende Strickleiter ein wenig legte, wurde Brinnah sich der bedrückenden Stimmung bewusst, die in der Siedlung vorzuherrschen schien. Es war geradezu unheimlich. Obwohl sich auf dem Platz so viele Maare eingefunden hatten, war es völlig still. Niemand sagte etwas, niemand lachte, und niemand sprach eine freundliche Begrüßung aus.

Unvermittelt musste Brinnah an ihren ersten und bisher einzigen Besuch bei den Maaren denken. Damals war sie mit Ferwyned und Cyrill hierhergekommen und sofort von einer Schar lachender Kinder umringt worden, die sie mit Fragen bestürmt hatten. Neben den Kindern waren damals auch viele ausgewachsene Maare zum Landeplatz gekommen, und Ferwyned hatte ihr erklärt, dass der Besuch eines Riesenalps für alle Maare immer ein ganz besonderes Ereignis darstellte. Man hatte sie freundlich aufgenommen, ihnen Speis und Trank gereicht und die Kinder mit liebevollen Ermahnungen zurückgehalten, die Cyrill hatten streicheln oder auf seinen Rücken klettern wollen.

Seitdem hatte Brinnah die Maare als ein lebensfrohes und freundliches Volk in Erinnerung, das den Nebelelfen wohlgesonnen war und sich über jeden Besuch freute. Nun erlebte sie genau das Gegenteil. Die Blicke, die man ihr zuwarf, waren düster, manche sogar feindselig, die Haltung der Maare abweisend und kühl. Nicht ein einziges Kind war zu sehen, und die wenigen Halbwüchsigen wirkten ebenso unwirsch wie die älteren Maare.

Sicher haben sie gesehen, was Artair da oben angerichtet hat, schoss es ihr durch den Kopf. Und jetzt sind sie wütend auf uns.

Überzeugt, dass dies der Grund für das seltsame Verhalten der Maare sein musste, zwang sich Brinnah zu einem Lächeln und sagte laut: »Es … es tut mir sehr leid, dass mein Riesenalp da oben ein paar Äste umgeknickt hat. Er … ist noch sehr jung und unerfahren und muss den Anflug noch ein wenig üben.« Sie verstummte und wartete auf eine Entgegnung, aber die Gesichter zeigten keine Regung, und niemand sagte auch nur ein Wort.

Brinnah straffte sich und räusperte sich verlegen. Dann fügte sie hinzu. »Sollte etwas beschädigt worden sein, wird unser König Gwiddan-Sh-e-Nat selbstverständlich Ersatz leisten.«

Wieder keine Antwort

Das Schweigen lastete schwer in der Stille, und obwohl sich immer mehr Maare rings um den Platz versammelten, schien es fast, als wäre niemand zugegen. Brinnah war verwirrt. Auch wenn keiner offen das Wort an sie richtete, konnte sie die Wogen von Abneigung und Hass fast körperlich spüren, die ihr aus der Menge entgegenschlugen.

Und noch etwas war seltsam. Im Gegensatz zu früher trugen die Maare ausnahmslos zerschlissene und schmutzige Kleidung, ganz so, als würden Sauberkeit und Ordnung ihnen nichts bedeuten. Die langen Haare waren verfilzt, die Gesichter ungewaschen.

Was ging hier vor?

Am besten, ich verschwinde gleich wieder, schoss es ihr durch den Kopf. Aber erst muss ich die Pergamente abgeben! Brinnah straffte sich. So weit kam es noch, dass sie gleich bei ihrem ersten Flug einen Rückzieher machte.

»Was ist los?« Artair schien ihre Verunsicherung zu spüren.

»Ich weiß nicht«, erwiderte Brinnahs wahrheitsgemäß. »Die Maare benehmen sich seltsam.«

»Seltsam?«

»Ja, irgendwie anders. So abweisend.«

»Vielleicht kommen wir ungelegen?«

»Mag sein.«

»Komm lieber wieder rauf, wenn es dir da unten zu ungemütlich ist«, riet Artair. »Wir können die Pergamente immer noch abwerfen.«

»Unsinn. Maare sind ein friedliches Volk. Mir passiert schon nichts.« Brinnah rückte ihre Tasche zurecht, nahm die Pergamente heraus, die für die Maare bestimmt waren, hielt sie für alle gut sichtbar in die Höhe und sagte laut: »Ich bringe wichtige Botschaften. Wo kann ich die Pergamente abgeben?«

Wieder erhielt sie keine Antwort. Der Kreis um sie herum schien jedoch etwas enger geworden zu sein.

Brinnah erschauderte. Es lag etwas in dem Schweigen, das sie zu tiefst beunruhigte. Und wenn der Verstand ihr nach wie vor sagte, dass die Furcht grundlos war, war sie inzwischen geneigt, nicht auf ihn zu hören.

Dann geschah doch etwas.

Als sie es schon nicht mehr zu hoffen wagte, teilte sich die Menge wie auf ein geheimes Kommando hin und gab den Blick frei auf ein kleines Haus am anderen Ende des Platzes, das noch recht neu aussah. Über der halb geöffneten Tür hing das Schild mit dem Wappen der Kuriervogelreiter.

Brinnah atmete auf. Nur ein paar Schritte trennten sie noch davon, ihre Aufgabe zu erfüllen, dann konnte sie die Siedlung endlich wieder verlassen.

Grimmige Blicke aus mehr als hundert Augenpaaren folgten ihr, als sie sich auf den Weg zu dem Haus machte. Sie versuchte Haltung zu bewahren und sich ihre Furcht nicht anmerken zu lassen, aber das Gefühl, dass hier etwas nicht stimmte, wollte nicht weichen, und jeder Schritt, mit dem sie sich weiter vom Landeplatz entfernte, fiel ihr doppelt schwer. Obwohl es in den Vorbergen bereits abendlich kühl war, schwitzte sie, und die Sorge, dass jeden Augenblick etwas Unvorhergesehenes geschehen könnte, schnürte ihr die Kehle zu.

»Komm zurück.« Artairs Gedankenruf bekräftigte, was ihre innere Stimme ihr riet, aber Brinnah achtete nicht darauf. Entschlossen trat sie durch die Tür und fand sich in einem kargen Raum wieder, dessen Einrichtung lediglich aus einem Tisch und zwei Stühlen bestand. Ihre Hoffnung, drinnen einen Maar anzutreffen, dem sie die Pergamente aushändigen konnte, erfüllte sich indes nicht. Sie war allein.

»Hallo?« Brinnah stellte ihre Botentasche geräuschvoll auf dem Tisch ab und schaute sich um. Von dem Raum zweigten zwei schlichte Holztüren ab, die beide nachlässig gearbeitet waren und schief in den Angeln hingen. Hinter einer dieser Türen polterte und rumorte es, als wäre dort jemand bei der Arbeit. Brinnah hatte wenig Lust zu warten und überlegte nicht lange. Kurz entschlossen trat sie vor die Tür und öffnete diese mit den Worten: »Es wäre wirklich sehr freundlich, wenn mir endlich jemand die …« Die Worte erstarben ihr auf den Lippen. Um Atem ringend, prallte sie zurück und tastete nach der Tür, während sie mit einer Mischung aus Furcht und Entsetzen das albtraumhafte Wesen mit der eberähnlichen Schnauze und den gebogenen Klauen anstarrte, das in dem Nebenraum kauerte.

»Brinnah! Was ist mit dir?« Artairs Ruf erreichte sie wie aus weiter Ferne. Unfähig zu antworten, wich sie langsam zurück, um den Raum zu verlassen, aber einige Maare waren ihr gefolgt und versperrten ihr den Fluchtweg.

»Brinnah?« Tiefe Sorge schwang in den Worten mit, als Artair erneut nach ihr rief. »Was ist los? Warum antwortest du nicht?«

Brinnahs Herz raste, ihre Gedanken überschlugen sich. Reglos starrte sie auf das Monstrum, das sich erhoben hatte und langsam auf sie zustapfte.

Für den Bruchteil eines Augenblicks durchzuckte sie die Frage, warum die Maare sich nicht fürchteten, dann traf sie etwas hart am Hinterkopf, und eine samtene Dunkelheit löschte ihr Bewusstsein aus.

»Brinnah?«

Mit kleinen, vorsichtigen Schritten schob Artair sich auf das Ende der Plattform zu, um nachzusehen, was am Fuße des Baums vor sich ging. Dass Brinnah ihm nicht antwortete, schürte die Sorge in ihm, dass ihr etwas zugestoßen sein mochte, und er ärgerte sich über seine Hilflosigkeit.

Mehr als zehn Flügelspannweiten unter ihm standen die Maare dicht gedrängt vor dem Eingang des Hauses, in dem Brinnah verschwunden war. Sie hatte zu ihm gesagt, dass die Maare sich seltsam verhielten, aber das ließ sich von seinem erhöhten Platz aus nicht feststellen.

Artair fluchte leise. Warum hatte Brinnah nicht auf ihn gehört, als er sie zur Umkehr ermahnt hatte? Musste sie denn immer ihren Dickkopf durchsetzen? Sie hatte doch gespürt, dass da unten etwas nicht stimmte …

In die Menge auf dem Platz kam Bewegung. Artair sah, wie die Maare auseinanderstrebten und vor dem Eingang eine Gasse bildeten. Zwei Maare kamen herausgelaufen und verschwanden zwischen den Häusern, um nur wenige Herzschläge später mit einer Trage zurückzukehren und in das Haus zu treten. Kaum hatten sie die Tür passiert, schloss sich die Gasse, und die Maare drängten wieder zur Tür.

Artair wurde immer unruhiger. Ungeduldig trat er von

einem Bein aufs andere und schüttelte sein Gefieder, um der Anspannung Herr zu werden, die ihn erfasst hatte. In Gedanken erwog er, hinunterzufliegen, um selbst nach Brinnah zu sehen, aber das Wissen darum, dass er dann einen gewaltigen Fußmarsch vor sich haben würde, ehe er einen geeigneten Platz zum Starten fand, hielt ihn zurück.

Um nicht gänzlich untätig zu sein, rief er in Gedanken immer wieder nach Brinnah, empfing statt einer Antwort jedoch nur ein Gefühl, als schlafe sie.

Artair wusste, dass Brinnah den Maaren nichts Böses zutraute, aber es war lange niemand hier gewesen, und sie hatte selbst gespürt, dass etwas nicht stimmte. Der Riesenalp seufzte und schüttelte wohl schon zum hundertsten Mal sein Gefieder. Endlich kam Bewegung in die Menge auf dem Platz. Wieder wurde eine Gasse frei gemacht, und wieder sah Artair einen Maar in der Tür. Auch diesmal war er nicht allein. Zusammen mit dem anderen Maar hielt er die Trage umfasst, auf der eine regungslose Gestalt lag – Brinnah!

Ein eisiger Schrecken durchzuckte Artair, als er seine schlimmsten Befürchtungen bestätigt fand. Hilflos musste er mit ansehen, wie die Maare die besinnungslose Brinnah forttrugen.

Unschlüssig, was er tun sollte, zog Artair sich vom Rand der Plattform zurück, hob den massigen Kopf und schaute nach Westen, wo die glutrote Sonnenscheibe den Abendhimmel hinter den Ausläufern des Ylmazur-Gebirges in Rot- und Orangetönen entflammte, während die Nacht im Osten mit leisen Pfoten heranschlich und ihr dunkles Tuch über Thale breitete.

Ich bleibe hier, wache und warte!

Der Gedanke formte sich wie von selbst hinter seiner Stirn. Er musste nicht lange überlegen und nichts abwägen. Davonzufliegen und Brinnah ihrem Schicksal zu überlassen, wäre für ihn einem Verrat an ihrer Freundschaft gleichgekommen. Niemals, so lautete seine innerste Überzeugung, würde er Brinnah im Stich lassen – selbst wenn ihm das über kurz oder lang einen knurrenden Magen einbringen würde.

4

In der stickig-warmen Finsternis seines Verstecks wurde Warti von Rütteln und Schaukeln aus dem Schlaf gerissen. Verwirrt öffnete er die Augen und versuchte sich zu erinnern, was geschehen war. Sogleich kam ihm die Höhle in den Sinn und mit ihr die unheimlichen Magier, die seine Freunde in Furcht einflößende Bestien verwandelt hatten. »Oh, Schatten!« Ein eisiger Schrecken durchzuckte ihn, und er überlegte fieberhaft, wie lange er wohl geschlafen haben mochte. Dass sich der Boden unter ihm bewegte, verhieß nichts Gutes. Vorsichtig bewegte er die verkrampften Muskeln und hob die Plane ein wenig an. Gleißendes Sonnenlicht flutete durch einen Spalt in das Dunkel unter der Plane, ein untrügliches Zeichen dafür, dass er sich nicht mehr in der Höhle befand.

Sein Versuch, durch den Spalt einen Blick auf die Umgebung zu erhaschen, scheiterte kläglich an dem grellen Licht. Das Einzige, was er erkennen konnte, waren die Speichen des großen hölzernen Rades, das zu dem Karren gehörte. Warti seufzte und fuhr sich mit der Zunge über die trockenen Lippen. Er hatte entsetzlichen Durst und sehnte sich nach einem Schluck Wasser, wagte aber nicht, unter der Plane hervorzukommen. So blieb ihm nichts anderes übrig, als stillzuhalten und abzuwarten. Wenig später spürte Warti, wie das Gefährt die Richtung änderte. Der schmale Lichtstreifen, der durch den Spalt fiel, wurde länger, wanderte über den Boden und verschwand. Neugierig wagte Warti erneut einen Blick nach draußen. Hinter dem Rad, dessen hölzerne Speichen sich fortwährend durch sein Blickfeld bewegten, erstreckte sich eine karge Wüste aus rotem Felsgestein. Von einem wolkenlosen Himmel brannte eine blutrote Sonne unbarmherzig auf die Ödnis herab und ließ die Luft über den erhitzten Steinen flimmern.

Wieder beschrieb der Karren einen Bogen. Das Sonnenlicht kehrte zurück und zwang Warti, sich in den Schatten zurückzuziehen. Seufzend ließ er die Plane sinken.

Ich werde hier elendig verdursten und Ginnir und die Kinder niemals wiedersehen, dachte er bei sich. Das erste Abenteuer meines Lebens wird zugleich auch mein letztes sein …

»Unsinn.« Warti straffte sich Er war vermutlich der Einzige, der wusste, dass die Magier die Bestien zurück in seine Welt geschickt hatten. Die Siedlung war in höchster Gefahr, und nur er allein konnte sein Volk warnen. Er durfte nicht aufgeben. Er musste kämpfen.

Nachdem er mit seinen Überlegungen so weit gekommen war, fühlte er sich etwas besser. Zwar plagten ihn Hunger und Durst auch weiterhin, aber jetzt, da er wusste, was er zu tun hatte, fiel es ihm leichter, beides zu ertragen.

Doch er hatte ein neues Problem. Der Karren bewegte sich von der Höhle fort, er aber musste dorthin zurück. Je schneller, desto besser. Jede Länge, die sich der Karren weiter von dem Ort entfernte, an dem sich das Tor in die Heimat befand, würde seine Rückkehr nur noch mehr erschweren.

Und wenn ich schon einen halben Sonnenlauf verschlafen habe? Der Gedanke durchzuckte ihn wie ein Blitz. Daran, dass die Höhle schon unerreichbar fern hinter ihm liegen konnte, hatte er noch gar nicht gedacht. Er durfte nicht länger warten. Er musste hier raus!

Verstohlen tastete Warti nach dem Schürhaken, den er daheim eingesteckt hatte. Das harte Metall unter den Fingern zu spüren, hatte etwas Beruhigendes. Was immer ihn dort draußen erwarten mochte, er würde ihm nicht unbewaffnet gegenübertreten. Entschlossen krallten sich seine Finger um den Schürhaken. Er wartete noch drei Herzschläge lang und atmete tief durch. Dann schlug er die Plane kraftvoll zurück und richtete sich auf.

Mit einem Ruck blieb der Karren stehen.

Um ein Haar hätte Warti den Halt verloren. Nur mit Mühe gelang es ihm, das Gleichgewicht zu halten. Die Sonne blendete ihn. Sein Herz raste. Er spürte, dass er eine Dummheit gemacht hatte, und rechnete jeden Moment mit einem Angriff – aber nichts geschah.

Endlose Herzschläge verstrichen, ehe sich das Bild vor seinen Augen klärte. Suchend ließ er den Blick über die rote Einöde schweifen, konnte aber nirgends einen Esel oder ein anderes Lasttier entdecken, das den Karren gezogen hatte.

Seltsam. Warti runzelte die Stirn und kratzte sich hinterm Ohr. Der Karren hatte sich bewegt, aber wer hatte ihn gezogen? Aus den Augenwinkeln gewahrte er eine Bewegung am Boden, wirbelte herum und sah gerade noch, wie etwas unter dem Karren verschwand. Er war also doch nicht allein. Unschlüssig starrte er auf die Stelle, an der er die Gestalt gesehen hatte.

Wer immer den Karren gezogen hat, scheint ebenso ängstlich zu sein wie ich, überlegte er. Der Gedanke machte ihm Mut. Mit einem Satz, der nichts von seinen eigenen Ängsten preisgab, sprang er zu Boden und bewegte sich mit drohend vorgestrecktem Schürhaken auf die Stelle zu, an der sich die Gestalt versteckt hielt.

»Zeig dich!«, rief er befehlend auf und legte alle Strenge, die er aufbringen konnte, in diese beiden Worte. Niemand antwortete; nur ein Wimmern drang ihm aus dem Schatten an die Ohren.

»Komm sofort da raus. Oder muss ich dich holen?« Warti schlug das Herz bis zum Hals, aber er ließ sich seine Furcht nicht anmerken. »Also, was ist?«, fragte er und stellte sich breitbeinig hin, um seinen Worten Nachdruck zu verleihen.

Das Wimmern wurde lauter. Ein paar Atemzüge lang geschah nichts, dann war ein Rascheln zu hören. Warti wich vorsichtshalber einen Schritt zurück, ließ den Karren aber nicht aus den Augen. Argwöhnisch betrachtete er das Wesen, das sich langsam und mit erhobenen Händen unter dem Karren hervorwagte.

»Nirr, Nirr«, wimmerte es und schaute ihn mit seinen großen, lidlosen Augen flehend an, während es sich auf Knien weiter auf ihn zubewegte. Als es nur noch zwei Schritte von ihm entfernt war, verneigte es sich demütig, bis die Stirn fast den Boden berührte, und schluchzte: »Nirr manra. Nirr manra.«

»Ja … nun … also …« Warti war verwirrt. Mit allem hätte er gerechnet, nur damit nicht. Es war das erste Mal, dass sich jemand vor ihm verneigte.

Das Wesen hatte große Ähnlichkeit mit dem, das er schon in der Höhle gesehen hatte, und es benahm sich auch so. Es war nicht viel größer als Warti selbst, aber so dünn, dass man aus einem Maar leicht zwei davon hätte machen können. Es war fast nackt und nur mit einem schmutzigen Schamtuch bekleidet. Die dunkelbraune Haut war rissig, von Narben verunstaltet und mit einer dünnen Schicht aus rotem Staub bedeckt. Ein Ohr war eingerissen, und an der rechten Hand fehlte einer der vier Finger. Die Beine waren an den Fußgelenken mit einer Kette zusammenbebunden, die dem Wesen nur kleine Schritte erlaubte.

Obwohl Warti immer noch auf der Hut war, empfand er tiefes Mitgefühl mit dem fremdartigen Geschöpf. Nun wurde ihm klar, warum er nirgends ein Lastentier hatte erkennen können, und er senkte betreten den Schürhaken.

»Steh auf, ich tu dir nichts«, sagte er sanft. »Du musst keine Angst vor mir haben.«

Das Wesen rührte sich nicht. Zitternd presste es die Stirn an den Boden, wimmerte leise und murmelte immer wieder: »Nirr manra. Nirr manra.«

»Ich verstehe kein Wort.« Warti seufzte und schob den Schürhaken in den Gürtel zurück. »Na komm schon, steh auf. Das kann man ja nicht mit ansehen«, ermunterte er das fremde Wesen und griff nach dem dürren Arm, um ihm aufzuhelfen.

Ein grauenhaftes Kreischen zerriss die Luft über der Wüste, als er den Arm berührte. Mit einem furchtsamen Satz wich das Wesen vor ihm zurück, als sei es geschlagen worden, und schaute ihn verängstigt aus großen Augen an.

»Entschuldige. Das ... das wollte ich nicht.« Warti keuchte. Das Kreischen hatte ihm einen gehörigen Schrecken eingejagt.

Wenn ich doch nur etwas hätte, das ich ihm schenken kann, dachte er bei sich. Dann könnte ich ihm vielleicht begreiflich machen, dass ich ihm nichts Böses will. Suchend klopfte er seinen Umhang ab – und würde fündig. In der größten Tasche fand er drei Nusskekse, die Ginnir einen Sonnenlauf zuvor gebacken hatte. Er hatte sie mit zur Arbeit in die Minen nehmen wollen, sie am Abend in ein großes Blatt eingewickelt und in die Tasche gesteckt. Nun waren sie zerbrochen und unansehnlich, aber es war besser als gar nichts. Ein Versuch konnte nicht schaden.

Langsam zog Warti die Kekse aus der Tasche, öffnete das Blatt und hockte sich hin. »Hier!«, sagte er freundlich und hielt dem Wesen die zerbrochenen Kekse auf der flachen Hand entgegen. »Essen. Für dich.«

Das Wesen hörte auf zu wimmern. Warti glaubte ein Aufblitzen in den Augen zu sehen, als es die Kekse entdeckte, aber etwas schien es zurückzuhalten, denn es nahm sie nicht an.

»Hier, Essen!«, wiederholte er noch einmal und rutschte

noch ein Stück näher an das Wesen heran. Diesmal flüchtete es nicht.

Warti nahm ein Stück von den Keksen, stecke es sich in den Mund, kaute genüsslich und rieb sich mit einem wohligen Laut über den Bauch. »Essen lecker!«, sagte er langsam und lachte, während er dem Wesen erneut die Kekse anbot.

Diesmal schien ihn das Wesen verstanden zu haben. Mit einer ansatzlosen Bewegung, die er dem dürren, geschundenen Körper nicht zugetraut hätte, riss es Warti das Blatt aus der Hand und stopfte es mitsamt den Keksen in den Mund.

»He, nicht so gierig.« Warti lachte und zeigte dem Wesen die leeren Handflächen. »Das war alles, was ich hatte.«

Das Wesen gab ein zufriedenes Gurren von sich und verzog den Mund zu einem schüchternen Lächeln. Es war deutlich zu sehen, dass es sich etwas entspannte.

Warti atmete auf und setzte sich zu dem Wesen auf den Boden. »Warti«, sagte er langsam und sehr betont, während er sich gleichzeitig mit dem Zeigefinger gegen die Brust tippte. »Warti.«

»Waarrtie«, wiederholte das Geschöpf.

»Ja.« Warti nickte und lächelte.

»Nam.« Das Geschöpf hob die Hand und wiederholte Wartis Geste, indem es mit einem Finger auf sich deutete.

»Nam.« Warti nickte und schenkte dem Wesen ein Lächeln. »Freut mich, dich kennenzulernen, Nam«, sagte er tonlos. »Hast du vielleicht etwas zu trinken für mich?«

»Äh?« Nam schüttelte den Kopf und schaute verwirrt drein.

»Ich weiß, du verstehst mich nicht.« Warti seufzte, formte die Hand zu einem Kelch und tat, als würde er daraus trinken. »Trinken!«, sagte er, während er die Geste wiederholte. »Hast du etwas zu trinken für mich? Wasser oder was ihr hier sonst so zu euch nehmt?«

»Aqui!« Nams Miene hellte sich auf. »Aqui!« Die Ketten rasselten, als er sich erhob und zum Karren ging.

»Ja, was auch immer.« Warti fuhr sich mit der Hand ermattet über die Augen. Dieses Abenteuer war entschieden zu abenteuerlich für ihn; er sehnte sich zurück in die vertaute und beschauliche Welt, die er verlassen hatte.

»Aqui!« Nam kehrte zurück und reichte Warti etwas, das ihn auf unangenehme Weise an eine Ziegenblase erinnerte. Im Innern schwappte eine handwarme Flüssigkeit, vor der Warti inständig hoffte, dass es Wasser war. Aber selbst wenn nicht, er hatte einen so furchtbaren Durst, dass er alles getrunken hätte.

Der Stopfen war schnell geöffnet, und er trank mit langen, gierigen Schlucken. Wasser war es nicht, das erkannte er sofort, aber das Gebräu hatte einen angenehmen, leicht mineralischen Geschmack und löschte seinen Durst viel schneller, als Wasser es vermocht hätte. »Danke.« Als er Nam den Schlauch mit einem Lächeln zurückgab, fehlte nicht einmal die Hälfte der Flüssigkeit.

Derart gestärkt zog er seinen viel zu warmen Mantel aus, klopfte sich den Staub von den Kleidern und fragte: »Kannst du mir sagen, wie ich wieder in die Höhle der Magier zurückfinde?«

»Äh?« Nam machte ein dümmliches Gesicht und runzelte die Stirn.

»Nichts.« Warti winkte seufzend ab. »Ich finde den Weg schon irgendwie.« Er drehte sich um und tat ein paar Schritte in die Richtung, in der er die Höhle vermutete, als er Nam hinter sich rufen hörte. Die Sprache war ihm fremd, und er verstand kein Wort, spürte aber sehr wohl, dass Nam ihn zurückhalten wollte. Die Ketten rasselten, als Nam Warti zu folgen versuchte. »Nirr nebebab na habru esl sinon«, rief er. »Nirr nebebab, Warrtie!«

Warti drehte sich um. »Ach, Nam«, sagte er bedauernd.

»Ich verstehe dich doch nicht.« Er überlegte kurz, dann sagte er: »Warti«, er zeigte mit dem Finger auf sich, »geht«, er deutete ein paar Schritte an, »zurück«, mit dem Finger wies er in die Ferne, »zur Höhle.« Als er Höhle sagte, beschrieb er mit den Armen einen weiten Bogen, der die Höhle darstellen sollte. Dann wiederholte er noch einmal mit denselben Bewegungen: »Ich ... gehe ... zurück! Verstehst du?« Er schluckte trocken und sagte mehr zu sich selbst: »Ich muss hier weg. Ich muss nach Hause.«

»Warrtie, nirr An-Rrukhbarr! Nirr. Nirr!« Blankes Entsetzen sprach aus Nams Worten, während er beschwörend die Arme hob und heftig den Kopf schüttelte. »Warrtie diet!« Um die Worte zu unterstreichen, fuhr er sich mit dem Finger in eindeutiger Weise an der Kehle entlang.

»Schon möglich.« Warti nickte. Er wusste, dass eine Rückkehr gefährlich war, aber er hatte keine Wahl. Wenn er Ginnir und die anderen warnen wollte, musste er so schnell wie möglich nach Hause und darauf hoffen, dass das Glück ihm auch weiterhin zur Seite stand.

»Warrtie tumbarr Nam!«, hörte er Nam sagen und sah, wie dieser ihn mit einer Geste aufforderte, ihm zu folgen.

»Nein. Ich muss nach Hause. Meine Familie ist in Gefahr.«

»Tumbarr Nam! Tumbarr Nam!«, schnatterte Nam aufgeregt winkend. Als Warti immer noch keine Anstalten machte, ihm zu folgen, hielt er abrupt inne und legte die Stirn in Falten. Plötzlich hellte sich seine Mine auf. Er lächelte und ballte die rechte Hand zur Faust. Dann legte er sie dorthin, wo Warti sein Herz vermutete, und sagte: »Nam Frreunt.« Nams Augen leuchteten vor Stolz, als er das Wort mit deutlichem Akzent ausgesprochen hatte. Aber er war noch nicht fertig. Sein Lächeln vertiefte sich und er sagte: »Warrtie – Frreunt – helffen!«

Warti runzelte die Stirn. »Du«, er deutete auf Nam, »willst mir«, er deutete auf sich, »helfen?«

»Helffen, yia! Helffen!« Nam nickte eifrig, winkte wieder und wiederholte noch einmal: »Warrtie, nirr An-Rrukhbarr! An-Rrukhbarr Warrtie diet!«

»Aber ich muss zurück.«

»Zzzurruck yia. Nam Warrti helffen zzzurruck.«

Warti überlegte. Nam bot ihm Hilfe an, so viel hatte er verstanden. Aber konnte ein geknechtetes Wesen wie er ihm wirklich helfen? Andererseits ... was hatte er schon zu verlieren? Ohne Hilfe würde er vermutlich niemals aus dieser endlosen roten Wüste herausfinden und elendig verdursten, ehe er die Höhle fand.

Warti atmete tief durch und gesellte sich zu Nam, um ihm beim Ziehen des Karrens zu helfen. Seine Haltung drückte Entschlossenheit aus, als er sein Unbehagen beiseiteschob und hinzufügte: »Du hast gewonnen. Ich komme mit.«

»Verdammt, wie konnte das geschehen?«

»Sie stand plötzlich in der Tür.«

Aus der Dunkelheit, die Brinnahs Bewusstsein umfangen hielt, schwebten ihr Stimmen zu.

»Das ist keine Entschuldigung. Wir beide sind die Einzigen, die das geheime Wort kennen. Wenn die anderen sehen, dass wir es uns so leichtmachen, werden sie wütend. Du kannst froh sein, dass niemand außer deinen Vertrauten es gesehen hat.«

»Aber dieser Körper ist so eng. Ich halte das nicht mehr lange aus.«

Die Stimmen waren sehr nah. Gern hätte Brinnah die Augen geöffnet, aber die Muskeln gehorchten ihr nicht.

»Wir leiden alle in diesen erbärmlichen Hüllen«, hörte sie jemanden sagen. »Aber wir müssen den anderen ein Vorbild sein. Hab Geduld. In ein paar Sonnenläufen ist alles vorbei. Solange wirst du wie alle anderen in deinem Versteck aushalten. Verstanden?«

»Aber ich …«

»Kein aber. Das ist ein Befehl.«

Betretenes Schweigen folgte.

»Und was machen wir jetzt mit ihr?«

»Wir töten sie.«

Töten? Ein eisiger Schrecken durchzuckte Brinnah, als sie begriff, dass die Stimmen von ihr sprachen. Wo, bei den Toren, befand sie sich? Was war geschehen? Verzweifelt forschte sie in ihren Gedanken nach etwas, das ihr weiterhelfen konnte, fand aber nichts. Wieder versuchte sie die Augen zu öffnen, und diesmal hatte sie Erfolg. Unweit der hölzernen Pritsche, auf der sie lag, erkannte sie die gedrungenen Gestalten zweier Maare, die sich berieten.

»Das geht nicht«, sagte der eine gerade. »Ihr Vogel hockt immer noch oben auf dem Landeplatz und beobachtet alles …«

Die Maare! Der Landeplatz! Schlagartig kehrten Brinnahs Erinnerungen zurück. Sie war zu den Minen geflogen, um Botschaften zu überbringen …

»Wenn sie nicht zurückkehrt, werden die Nebelelfen kommen und Fragen stellen. Das tun sie immer, wenn den Kurierreitern etwas zustößt.«

»Hm.«

Wieder Schweigen.

»Wie auch immer. Sie weiß zu viel.«

»Töten kommt nicht infrage. Selbst wenn wir es heimlich tun, wird ihr Riesenalp es spüren und die anderen hierher führen.«

»Wir lassen es wie einen Unfall aussehen.«

»Das ändert nichts daran, dass sie herkommen werden, um den ›Unfall‹ zu untersuchen. Du weißt so gut wie ich, dass wir hier keine Schnüffler gebrauchen können. Nicht jetzt, so kurz bevor wir …« Der Sprecher verstummte abrupt.

»Was ist?«

»Sie hat sich bewegt.«

Schritte näherten sich.

Brinnah schloss die Augen und rührte sich nicht. Ihr Kopf schmerzte, ihr Herz raste, und übel war ihr auch. Sie fürchtete um ihr Leben und verfluchte sich selbst dafür, sich nicht bewegen zu können. In ihrer Not wollte sie in Gedanken einen Hilferuf an Artair senden, aber der Versuch scheiterte schon im Ansatz und brachte ihr nur noch heftigere Kopfschmerzen ein.

»Unsinn, sie ist noch bewusstlos.« Die Maare standen nun unmittelbar neben ihr.

»Sie hat sich bewegt, sage ich.«

»Dann dürfen wir nicht länger warten. Die Gefahr, dass sie erwacht und Kontakt zu ihrem Riesenalp aufnimmt, ist zu groß.« Das Geräusch eines Messers, das aus einer Scheide gezogen wurde, ließ Brinnah innerlich zusammenzucken. »Tot kann sie keinen Schaden mehr anrichten.«

»Sag mal, hast du mir nicht zugehört? Wenn du sie tötest, wird der Riesenalp es spüren und den Elfenkönig benachrichtigen.«

»Dann töten wir eben auch den Riesenalp. Ich habe hervorragende Bogenschützen unter meinen Männern.«

»Ich habe eine bessere Idee.« Schritte entfernten sich und kehrten kurz darauf zurück. »Das hier wird sie lange genug schlafen lassen, um meinen Plan umzusetzen. Der Riesenalp wird glauben, dass sie immer noch ohne Bewusstsein ist, und irgendwann wird er das Warten aufgeben – spätestens wenn der Hunger in seinen Eingeweiden unerträglich wird.«

Brinnah spürte, wie ihr Kopf angehoben wurde. Sie wollte sich wehren, aber ihre Glieder waren schwer wie Blei, und die Muskeln gehorchten ihr nicht. Jemand setzte ihr einen Kelch an die Lippen, zwang sie grob, den Mund zu öffnen, und goss ihr eine so große Menge Flüssigkeit in den Rachen, dass sie gezwungen war zu schlucken. Das Gebräu schmeckte bitter und brannte in der Kehle.

Brinnah schluckte hektisch. Sie fürchtete zu ersticken, hustete und würgte und warf den Kopf hin und her, aber die beiden Maare hielten sie mit eisernem Griff fest und gaben erst nach, als sie genug getrunken hatte.

Gift, schoss es ihr durch den Kopf, sie wollen mich vergiften!

Mit furchtsam aufgerissenen Augen starrte sie die beiden Maare an.

»Sieht aus, als hätten wir sie geweckt«, bemerkte der eine besorgt.

»Das ändert sich gleich.« Ein zufriedenes Grinsen umspielte die Lippen des anderen. »Die macht uns so schnell keinen Ärger mehr. Sobald der Trank wirkt, können wir sie fortschaffen. Danach kümmern wir uns um ihren Vogel.«

Fortschaffen … keinen Ärger … sie töten …

Wortfetzen wirbelten in Brinnahs Gedanken herum. Sie wusste, dass sie wichtig waren. Sehr wichtig. Doch obwohl sie die beiden Maare noch klar und deutlich vor sich sah, gelang es ihr nicht, dem Gehörten einen Sinn abzugewinnen. Es war, als ob ihr Geist in einem zähen Nebel gefangen war. Das Bild der beiden Maare verschwamm vor ihren Augen. Die Worte, die die beiden miteinander wechselten, drangen nur noch dumpf und verzerrt durch den Nebel, der ihren Geist umfing. Müdigkeit griff nach ihr und hüllte sie in eine samtene Dunkelheit, die ihr Bewusstsein an einen Ort führte, wo es weder Furcht noch Schmerzen gab.

5

Die Sonne hatte den Zenit fast überschritten, als Warti von einer Anhöhe aus eine Ansammlung kuppelartiger Hütten erblickte, die inmitten der Wüste um einen Brunnen errichtet worden waren.

»Nam, Warrtie da!« Zum ersten Mal, seit er Nam begegnet war, glaubte Warti so etwas wie echte Freude in Nams Gesicht zu erkennen, als dieser erst auf sich und dann auf die Hütten zeigte.

»Ach wirklich?« Seufzend ließ Warti den Blick über das halbe Dutzend kleiner Hütten schweifen. Nams Heimat war ein trostloses, armseliges Dorf. Trocken, staubig und offensichtlich bar jeden Lebens. Keine Kinder spielten zwischen den Hütten, in deren Windschatten sich kleine rote Sanddünen gebildet hatten. Kein einziger Greis saß im Schatten der aus getrocknetem Schlamm errichteten Hauswände, und nirgends war auch nur die Spur eines zwei- oder vierbeinigen Haustiers zu sehen. Der einzige Hinweis darauf, dass das Dorf bewohnt war, bestand in einer Handvoll Karren, die in einer Reihe abseits der Hütten aufgestellt waren. »Cum!« Nam nickte ihm aufmunternd zu und ging den Hügel hinab.

Obwohl das Dorf verlassen wirkte, blieb ihre Ankunft nicht unbemerkt. Kaum dass sie den Brunnen passierten, kamen aus den Hütten drei Gestalten herbeigeeilt, die Nam zum Verwechseln ähnlich sahen. Auch sie trugen staubige, zerschlissene Kleidung, und auch ihnen waren die Füße mit Ketten zusammengebunden.

Sie begrüßten Nam so überschwänglich, als wären sie in großer Sorge um ihn gewesen, und bedachten Warti, der einige Schritte entfernt stehen geblieben war, mit Misstrauen.

Schüchtern wich er den Blicken aus. Er fühlte sich in Gesellschaft der fremdartigen Geschöpfe nicht eben wohl und hielt es für besser, sich erst einmal zurückzuhalten, bis Nam seine Anwesenheit erklärt hatte.

Dieser hielt sich jedoch nicht lange mit Worten auf und winkte ihn zu sich. »Warrtie!«, stellte er ihn vor und beschrieb wort- und gestenreich, wie sie sich begegnet waren. Die Hinzugekommenen lauschten mit unbewegter Miene. Nicht die kleinste Regung ließ erkennen, ob sie seine Anwesenheit guthießen oder ablehnten.

»Nam e Warrtie geggen Tutom«, hörte Warti Nam sagen. Er wusste nicht, was das bedeutete, aber die anderen schienen durchaus damit einverstanden zu sein.

Während sie die Plane von dem Karren luden und sich dann in ihre Hütten zurückzogen, wandte Nam sich Warti zu und erklärte, indem er wieder eine Hand auf das Herz legte: »Tutom Frreunt.«

»Ein Freund?«, fragte Warti. »Wollen wir ihn besuchen?«

»Frreunt!« Nam nickte

»Na dann.« Warti deutete auf die Hütten. »Worauf warten wir?« Er half Nam, den leeren Karren neben die anderen zu schieben, und folgte ihm zu einer der Hütten, die alle gleich aussahen. Keiner der Eingänge wurde von einer Tür verschlossen, nicht einmal ein Fell oder ein Stück gewebten Stoffes diente als Vorhang. Auf Fenster hatte man völlig verzichtet. Am sonderbarsten aber war, dass die Hütten viel zu klein wirkten, um mehr als eine Person aufzunehmen – selbst wenn sie so kleinwüchsig war wie Nam oder ein Maar.

Warti spürte, wie seine Neugier wuchs, als er Nam am Brunnen vorbei zu einer Hütte folgte. Sie waren wieder allein. Außer dem leisen Klirren von Nams Ketten hörte Warti nur das Säuseln des Windes, der durch das Dorf strich und wie im Spiel feinen Staub vor sich hertrieb. Es war eine unheimliche und seltsam bedrückende Stille, die in ihrer Vollkommenheit nur von der Finsternis übertroffen wurde, die Warti hinter dem Eingang empfing.

Nach dem gleißenden Licht der roten Sonne gewöhnten sich seine Augen nur langsam an die Dunkelheit. Verwundert blickte er sich um und sah, dass kein Licht von draußen ins Innere der Hütte fiel. Obwohl der Eingang durch nichts geschützt wurde, schien das Sonnenlicht wie abgeschnitten am Eingang zu enden.

Auch die Hitze schien auf magische Weise vor die Tür verbannt zu sein. Kaum, dass Warti in den Schatten hinter der Tür eintauchte, spürte er eine angenehme Kühle auf der Haut, die ihn aufatmen ließ.

»Warrtie?«

Nur sehr undeutlich konnte Warti Nams Umriss vor sich in der Dunkelheit erkennen. Er stand ein paar Schritte entfernt und wartete auf ihn. Vorsichtig und immer darauf bedacht, mit den nackten Füßen nirgendwo dagegenzustoßen, schloss Warti zu ihm auf und folgte ihm in das Dunkel, während er, einer Eingebung folgend, seine Schritte zählte.

Achtzehn, neunzehn, zwanzig …

So viele Schritte!

Warti stutzte und blickte sich um. Mehr als zwanzig Schritte hinter ihm zeichnete sich die halbrunde Öffnung des Eingangs als heller Fleck in der Hüttenwand ab. Zwanzig Schritte? Das war unmöglich. Die Hütte hatte höchstens einen Durchmesser von sechs oder sieben Schritten gehabt. Zudem schien sie unbewohnt und ohne jegliche Einrichtungsgegenstände zu sein. Warti verfluchte seine Augen, die sich noch immer nicht an die Dunkelheit gewöhnt hatten. Das Ganze wurde immer seltsamer.

»Warrtie?« Nam fasste ihn am Arm und bedeutete ihm weiterzugehen.

Fünfundzwanzig, sechsundzwanzig, siebenundzwanzig …

Dann bemerkte er es: Der Weg führte nach unten. Das konnte nur bedeuten … Er breitete die Arme aus und fand seine Vermutung bestätigt: Sie waren nicht in einer Hütte, sie gingen durch einen Tunnel. Was er oben in der Wüste gesehen hatte, konnten nur die Eingänge zu einem Geflecht unterirdischer Gänge sein, die tief ins Erdreich hineinreichen mussten. Darum war es oben so still gewesen.

Warti atmete auf. Er hatte sein halbes Leben in den Minen unter der Erde zugebracht, und der Gedanke, dass auch Nam im Leib der Erde lebte, weckte in ihm ein Gefühl von Verbundenheit.

Das Klirren der Fußfesseln begleitete ihn, während er Nam immer tiefer in die Dunkelheit hinein folgte. Nach einer Weile entdeckte er in der Ferne endlich ein Licht.

Nam schritt nun so schnell aus, wie die kurze Kette es ihm erlaubte. Warti folgte ihm. Die vage Verbundenheit, die er verspürte, konnte ihn nicht darüber hinwegtäuschen, dass er sich immer noch nicht sicher war, ob er Nam wirklich trauen konnte, auch wenn er tief in sich spürte, dass ihm von diesem geknechteten und verängstigten Volk keine Gefahr drohte. Ob man ihm hier helfen konnte, wieder nach Hause zu kommen, wagte er allerdings zu bezweifeln.

Das Licht, das er gesehen hatte, entströmte dünnen silbernen Gesteinsschichten, die sich, ähnlich wie das Sternenebulit in seiner Heimat, in feinen Adern durch die Tunnelwände zogen. Es war ein kaltes Licht, aber nach der langen Dunkelheit war es ihm ebenso willkommen wie die ersten Strahlen der Frühlingssonne nach einer frostigen Winternacht.

Aufmerksam blickte er sich um. Er befand sich mitten in einem gewaltigen Labyrinth aus Tunneln und Stollen, das jenes der Sternenebulitmine in seiner Heimat in Ausdehnung und Größe noch um ein Vielfaches zu übertreffen schien. Von seinem Standpunkt aus konnte er mindestens zehn Eingänge sehen, die von dem Tunnel abzweigten. Einige waren so schmal, dass nur eine Person hindurchgehen konnte, andere so breit, dass mühelos ein Karren hirndurchgeschoben werden konnte. Und es gab Schächte, die von der Tunneldecke senkrecht nach oben führten.

Nam wählte einen breiten Tunnel, aus dem Stimmen und

geschäftige Geräusche drangen, die mit jedem Schritt lauter wurden.

Wartis Anspannung stieg. Er war überzeugt, dass die anderen Nam und ihn schon angekündigt hatten, und fragte sich im Stillen, wie die Begrüßung wohl ausfallen würde. Während Nam zügig ausschritt, wurde er immer langsamer und blieb schließlich verunsichert stehen, als er sah, wie viele von Nams Stammesbrüdern sich in der Höhle am Ende des Tunnels eingefunden hatten, um ihn zu begrüßen.

»Cum!« Nam drehte sich zu ihm um und forderte ihn mit einem Lächeln auf einzutreten. Als Warti zögerte, beschrieb er mit der ausgestreckten Hand einen Halbkreis, deutete auf die Versammelten und sagte: »Frreunt.«

Warti atmete noch einmal tief durch und betrat die Höhle. Schlagartig wurde es still. Warti spürte die Blicke aus mehr als fünf Dutzend Augenpaaren auf sich ruhen.

»Warrtie«, verkündete Nam gut vernehmlich und deutete mit den drei Fingern seiner verstümmelten Hand auf Warti. Ein Raunen erhob sich über der Menge, als die Versammelten miteinander zu tuscheln begannen. Nam ging nicht darauf ein. Suchend schaute er sich um und rief fragend: »Uä Tutom?«

»Ia ho!«, kam die heisere Antwort von jenseits der Menge.

Die Umstehenden rückten auseinander und bildeten eine Gasse, durch die sich mit schlurfenden Schritten eine gebeugte Gestalt näherte.

Tutom war alt. Sehr alt. Furchen durchzogen das hagere Gesicht, in dem die Augen tief in den Höhlen lagen; dürre Finger umklammerten einen Stab aus poliertem Wurzelholz. Sein Gewand erinnerte mehr an einen Sack als an ein Kleidungsstück. Es war so lang, dass es auf dem staubigen Höhlenboden schleifte. Der zerschlissene Gürtel aus geflochtenem Leder, mit dem es um die Hüfte gegürtet war, ließ erahnen, wie mager Tutom war.

Mit kleinen, müden Schritten kam er auf Nam und Warti zu, blieb stehen, grüßte Nam mit einem kurzen Kopfnicken und musterte Warti danach mit langen, durchdringenden Blicken.

Warti wand sich innerlich, aber er riss sich zusammen und hielt dem Blick tapfer stand. Er hatte es noch nie leiden können, angestarrt zu werden, und außerdem lag etwas in dem Blick, das ihn beunruhigte.

»Du Warrtie?«, fragte der Alte schließlich auf eine Weise, die deutlich machte, dass ihm der Name vertraut war. Warti nickte, der Alte tat es ihm gleich. »Ein Maarr«, stellte er fest.

»J… ja.« Fassungslos starrte Warti den Alten an. Er glaubte, sich verhört zu haben, doch schon mit dem nächsten Satz bewies Tutom, dass er der Sprache der Maare mächtig war und offensichtlich mehr wusste, als Warti zu hoffen gewagt hatte. »Von Thale?«

»Ja.« Warti war so überrascht, dass ihm die Worte fehlten. »Wie …? Woher wisst Ihr das?«, stammelte er. »Wie … wieso sprecht Ihr meine Sprache?«

»Du nicht derr errste Maarr hiärr«, erklärte Tutom in einem eigentümlichen Dialekt, der das R rollen ließ.

»Nicht der erste?« Warti runzelte die Stirn. »Das verstehe ich nicht.«

»Du wirrst – bald.« Mit alterszitternden Fingern holte Tutom etwas aus der Tasche seines Umhangs hervor, das wie ein flacher, ovaler Stein aussah. Er war von einer zarten eisblauen Farbe und so durchscheinend, dass Warti im Innern feine hellblaue Linien erkennen konnte.

Gespanntes Schweigen erfüllte die Höhle, als der Alte den Stein zwischen Daumen und Zeigefinger nahm, auf Warti zutrat und den Stein so hielt, dass er nur einen Fingerbreit von dessen Stirn entfernt war.

»Was …?«, hob Warti an, verstummte aber sogleich, als der Tutom ihm mit einer knappen Geste zu schweigen gebot. Für wenige Herzschläge maß er den Stein mit prüfendem Blick, dann nahm er ihn fort und verkündete an die Umstehenden gewandt: »Warrtie nirr Gurrlin!«

Warti konnte förmlich spüren, wie sich die Anspannung, die die Zuschauer ergriffen hatte, schlagartig löste. Ein Summen wie von einem Bienenschwarm erfüllte die Höhle, als alle auf einmal zu reden begannen. Gleichzeitig teilte sich die Menge erneut und gab den Weg frei für eine kleinwüchsige, gedrungene Gestalt, die durch die Gasse auf Warti zustürmte.

»Palin? Palin Bruntugel?« Warti traute seinen Augen nicht, als er erkannte, wer da vor ihm stand. »Aber du bist … du … du bist doch tot.«

»Na, na … sehe ich etwa wie ein Geist aus?« Palin breitete in gespielter Empörung die Arme aus. »Ich bin ebenso lebendig wie du, Warti«, erklärte er lachend. »Mit dem Unterschied, dass ich schon ein Weilchen länger hier festsitze.« Lachend schloss er Warti in die Arme. »Ich bin so froh, dass du hier bist, alter Freund.«

»Und ich bin froh, dass du am Leben bist.« Warti löste sich aus der Umarmung und schaute seinen Freund an. »Ich war so traurig und verzweifelt, als man uns damals die Nachricht von deinem Tod brachte. Es hieß, du wärst in eine Felsspalte gestürzt.«

»Gestürzt? Ha!« Palin schüttelte den Kopf. »Wohl eher geschwebt.«

»Dann … dann bist du auch in diesem grünen Licht gewesen?« Warti spürte, wie sein Herz heftig zu pochen begann. Wenn es Palin wirklich wie ihm ergangen war, konnte dieser ihm sicher einiges erklären. »Und du warst auch bei Magiern in den dunklen Mänteln?«, fragte er aufgeregt.

»Du meinst An-Rukhbars Schergen? O ja, die habe ich gesehen. Und nicht nur das. Ich habe …«

»Nirr sprrechen jetzt!«, mischte sich Tutom mahnend in

das Gespräch ein und deutete in die Richtung, aus der er gekommen war. »Wirr meine Höhle gehen.«

Schwarz, neblig und lautlos senkte sich die Nacht über die Siedlung der Maare. Hohe Wolken, die im verlöschenden Licht der Sonne aufgezogen waren, verdeckten die Monde und die Sterne, und nur die erleuchteten Fenster der Hütten spendeten ein wenig Licht in der Finsternis.

Eine kühle Feuchte überzog die Blätter der Bäume und Sträucher mit feinen Tautropfen, legte sich auf Dächer und Zinnen und verdeckte den Blick auf die Berge, die als schwarze Giganten in der Dunkelheit aufragten.

Artair wartete. Von der Plattform hoch oben in dem Baum ließ er den Blick wachsam über das Dorf schweifen, aber wohin er auch blickte, überall fand er nur leere Gassen und dunkle Häuser. Das Dorf, von dem Brinnah ihm so viel Gutes erzählt hatte, wirkte trostlos und wenig gastfreundlich – mehr noch, es wirkte tot.

Artair seufzte und schüttelte den Tau aus seinem Gefieder. Seit die Maare Brinnah fortgetragen hatten, hatte er nichts mehr von ihr gehört. Wenn er im Geiste nach ihr rief, konnte er spüren, dass sie schlief, aber das beruhigte ihn kaum. Brinnah war gewiss etwas zugestoßen, und die Sorge um sie hielt ihn wach. Irgendwann musste sie wieder zu sich kommen, und diesen Augenblick wollte er auf keinen Fall verschlafen.

Mitternacht kam und ging vorüber, aber nichts geschah. In der Finsternis ringsum blieb alles ruhig. Artair hockte zusammengekauert am Rand der Plattform, spähte in die Dunkelheit und lauschte vergeblich auf ein Lebenszeichen von Brinnah. Je weiter die Nacht voranschritt, desto düsterer und unheilvoller wurden seine Gedanken.

Wenn Brinnah nun schwer verletzt ist?, überlegte er. Wenn sie Hilfe benötigt, die die Maare ihr nicht geben können? Soll ich nicht besser Hilfe holen, statt hier tatenlos herumzusitzen? Der Gedanke, womöglich einen folgenschweren Fehler zu machen, ließ Artair die Kehle eng werden. Am Abend war er noch überzeugt gewesen, das Richtige zu tun – jetzt nicht mehr.

Wenn es hell wird, werde ich Ferwyned holen, dachte er bei sich. Er wird wissen, was zu tun ist.

Und wenn es dann schon zu spät ist?, wisperte eine Stimme in ihm. Die Nacht ist noch lang.

Artair spähte voraus und kämpfte mit seinen Ängsten. Noch nie war er ohne Mondlicht in der Nacht geflogen – und die Plattform war so hoch … Unter ihm war nichts als schwarze, wogende Dunkelheit, und es gab nichts, an dem er seinen Weg hätte abschätzen können.

Ich muss es tun.

Ich muss!

Artair erhob sich und trat an den Rand der Plattform. Ein leichter Windzug strich über sein Gefieder. Die Gelegenheit war günstig. Zögernd breitete er die Flügel aus, spannte die Muskeln und machte sich bereit.

Wenn ich mich beeile, erreiche ich Ferwyned bei Sonnenaufgang, versuchte er sich selbst Mut zu machen. Dann können wir beim höchsten Stand der Sonne wieder zurück sein.

Ich muss fliegen.

Jetzt.

Artair kniff die Augen fest zusammen. Ein paar Herzschläge lang stand er einfach so da und spürte den Wind auf dem Brustgefieder. Dann raffte er allen Mut zusammen, den er aufbringen konnte, und stieß sich ab.

Tutoms Höhle bestand aus einem großen und einem kleinen Hohlraum, die, wie Warti auf den ersten Blick erkannte, in mühevoller Arbeit in den Fels geschlagen worden und ärmlich eingerichtet waren. Auch hier waren die Wände von den silbernen Fäden durchzogen, die ein kaltes und diffuses Licht spendeten, und wie überall war es auch hier angenehm warm, ohne dass Warti irgendwo eine Feuerstelle oder eine andere Wärmequelle entdecken konnte.

Sowohl in dem kleinen Hohlraum, der mit seiner aus dem Fels gehauenen Liegestatt ganz offensichtlich als Schlafkammer diente, als auch in dem größeren Raum gab es kaum Einrichtungsgegenstände. Außer ein paar Kisten und Körben, die entlang der Wände aufgereiht waren, entdeckte Warti nur noch ein paar große Kissen mit abgewetzten, grob gewebten Bezügen, die auf dem Boden lagen.

Nam, Palin und Warti setzten sich darauf, während Tutom etwas von dem seltsamen Getränk, das zugleich den Durst löschte und den Hunger stillte, in vier irdene Becher füllte und ihnen reichte. Warti war so begierig darauf, Palin endlich Fragen stellen zu können, dass er kaum stillsitzen konnte. Eine Spur zu hastig leerte er seinen Becher und eröffnete nach einem kurzen Seitenblick auf Tutom das Gespräch mit der Frage: »Wie bist du denn hierhergekommen, Palin?«

»Auf demselben Weg wie du.« Palin setzte den Becher ab. Für einen Augenblick wirkte er nachdenklich. »Wie ich in die Höhle kam, daran kann ich mich nicht mehr erinnern«, sagte er schließlich. »Sicher weiß ich nur, dass ich mich abends schlafen legte und dann in dieser Höhle erwachte, in der An-Rukhbars Schergen die Gurrline in die Körper unserer Brüder und Schwestern pflanzen. An das grüne Licht in der großen Höhle daheim und das Schweben durch das Tor habe ich mich lange Zeit nicht erinnern können, aber Tutom hat mir geholfen, die Lücken in meinem Gedächtnis zu füllen.«

»Dann ist es also wahr!« Warti ballte die Fäuste. »Ich meine, ich habe das doch nicht geträumt. Du hast doch auch gesehen, was da geschieht – oder?«

»Du meinst, dass sie eine fremde Wesenheit in die Körper unserer Freunde pflanzen?« Palin nickte bedächtig und fügte hinzu: »Ja, das ist leider nur allzu wahr.«

»Aber warum? Warum tun sie das?« Warti rang hilflos die Hände. »Ich habe gesehen, wie sie sich verwandeln, einer nach dem anderen ... Es war furchtbar.«

»Es noch viel meerr als das«, mischte Tutom sich in das Gespräch ein. »Vor viilen Sonnen, als Himmel über Veluna warr noch blau, maine Volk aine Schicksal wie das Daine errlaiden musste.« Ein Schatten huschte über sein Gesicht, und für einen Augenblick wirkte er noch älter, als die unzähligen Falten vermuten ließen. »Sklaven err aus dem stolzen Volk derr Harrdamis gemacht hat. Getötet err hat und unserre Welt zerrstörrt, bis nichts meerr blieb außerr Staub und Steine und eine Himmel mit aine rrote Sonne, di spendet kain Leben.« Er hob den Blick und schaute Warti tief in die Augen. »Wiillst du sehen?«, fragte er. »Willst du errfahrren was geschiht mit Welt von Warrtii, wenn An-Rrukhbarr siigrraich sain?«

»Siegreich?« Warti schüttelte den Kopf. »Aber ... aber wir haben doch gar keinen Krieg!«

»Derr Krriig noch niicht ausgebrrochen«, sagte Tutom mit unheilvollem Unterton. »Aberr bald err die Gurrliine wecken und verrniichten alles, was sich ihm stellt in Weg. Dann err plünderrn und morrden wiirrd, bis siich alle unterrwerrfen ihm und dann err aus Welt von Warrtii wirrd machen, was err auch aus Welt der Harrdamis hat gemacht – aine tote Welt.«

»Das glaube ich nicht.« Warti warf Palin einen Hilfe suchenden Blick zu. »Mit einer Handvoll Gurrline, oder wie die Kreaturen heißen, kann dieser ... dieser An-Rukhbar Thale niemals erobern.«

»Mit einer Handvoll nicht!« Palin seufzte. »Aber es sind weit mehr, als du denkst. Meine Gruppe war nicht die Erste, die in diese Welt entführt wurde. Inzwischen dürfte es in

Thale kaum einen Maar geben, dem noch kein Gurrlin innewohnt.«

»Du lügst!« Warti sprang erbost auf. »Bis gestern war ich noch in Thale. Dort ist alles friedlich wie immer. Ich glaube euch kein Wort.«

»Und doch es iist warr«, warf Tutom ein.

»Und dann sitzt du noch hier und redest?«, herrschte Warti Palin an. »Warum bist du nicht zurückgekommen und hast uns gewarnt, als du von der Gefahr erfahren hast? Warum hast du nicht ...?«

»Weil es unmöglich ist, Warti!«, fiel Palin ihm ins Wort. »Es gibt nur einen Weg, und den können nur An-Rukhbars Schergen öffnen.« Er atmete tief durch und mäßigte seine Stimme, dann fuhr er fort: »Glaubst du, ich hätte es nicht versucht? Glaubst du wirklich, das Schicksal unseres Volkes ist mir gleichgültig?« Er schüttelte energisch den Kopf, und als er weitersprach, war seine Stimme von Trauer erfüllt. »Du weißt, wie sehr ich Runula und meine beiden Mädchen liebe. Zu wissen, in welcher Gefahr sie sich befinden, und ihnen nicht helfen zu können, hat mich fast in den Wahnsinn getrieben. Dreimal habe ich versucht, zu ihnen zurückzukehren, und dreimal bin ich gescheitert. Der dritte Versuch hat Sim, meinen besten Freund unter den Harrdamis, das Leben gekosten. Seitdem bin ich nicht wieder bei den Höhlen gewesen.«

»Verzeih, das ... das wusste ich nicht.« Warti schämte sich für seine harschen Worte und schaute betreten zu Boden. »Vielleicht tröstet es dich zu hören, dass Runula und die Mädchen wohlauf sind. Ich habe sie erst vor ein paar Sonnenläufen gesehen.«

»Danke.« Auch Palin schlug nun einen versöhnlichen Tonfall an. »Aber ich fürchte, du hast nur ihre Hüllen gesehen. An-Rukhbars Schergen habe ihre Arbeit fast beendet. Ich habe keine Hoffnung, dass man sie verschont hat.«

»Du meinst, sie sind alle …?« Warti schluckte trocken. Er wagte nicht, den Gedanken zu Ende zu führen, aber Palin verstand ihn trotzdem.

»Ja«, sagte er matt. »Ich fürchte, in wenigen Sonnenläufen werden wir beide die Einzigen sein, die nicht von einem Gurrlin besessen sind.«

»Dann derr Krriig beginnt«, warf Tutom ein.

»Bei den Toren!« Warti schlug die Hände vors Gesicht, als ihm das ganze schreckliche Ausmaß der Bedrohung bewusst wurde. »Können wir denn gar nichts tun?«, fragte er entmutigt und fügte hinzu: »Was sind das überhaupt für Geschöpfe, diese Gurrline?«

»Gurrline sind magische Wesen. Geister, die An-Rukhbars Schergen mittels Magie erschaffen«, erklärte Palin. »Wenn sie keinen Wirtskörper bekommen, überleben sie nicht lange. Daher holen die Magier immer kleine Gruppen zu sich und verbinden die Maare mit den Gurrlinen. Ihr Ziel ist es, unbemerkt ein Heer in Thale einzuschleusen, um das Land zu erobern. Die besessenen Maare kehren zurück und erinnern sich an nichts. Sie führen ihr Leben ganz normal weiter, bis zu dem Augenblick, da die Gurrline den Befehl erhalten, sich zu zeigen. Innerhalb eines Wimpernschlags wird mitten in Thale wie aus dem Nichts ein Heer von Tausenden Gurrlinen erscheinen und unter der Führung von An-Rukhbars Magiern gegen die Nebelelfen marschieren, um das Land zu unterjochen. So war es hier und vermutlich in Dutzenden anderen Welten zuvor.«

»Aber warum? Warum ausgerechnet Thale?« Warti schüttelte den Kopf. Was Palin ihm da erzählte, war schlimmer, als jeder Albtraum es hätte sein können. Niemals zuvor hatte er sich so hilflos gefühlt.

»Weil wir etwas haben, das sie brauchen und das es nicht in jeder Welt gibt – Sternenebulit«, erklärte Palin ernst. »Das Metall benötigen sie für die Rüstungen der Gurrline. Ein

Brustschild aus diesem Metall kann von keiner Waffe durchdrungen werden und macht sie nahezu unbesiegbar. So ziehen sie durch die Welt, morden, versklaven und plündern sie aus, bis es kein Sternenebulit mehr gibt, um dann die nächste Welt zu überfallen. Im Grunde benehmen sie sich nicht anders als ein Ziegenhirt, der seine Ziegen so lange grasen lässt, bis kein Halm mehr wächst, um dann zur nächsten Weide weiterzuziehen. Mit dem Unterschied, dass sie die alten Welten nicht aufgeben, sondern Besatzungstruppen zurücklassen und so ihr Reich immer weiter vergrößern.«

»Und ... und wir können nichts dagegen tun?«, fragte Warti erschüttert. »Sind die Gurrline wirklich so unbesiegbar, wie sie aussehen?«

»Niicht unbesiigbarr sii sind«, warf Tutom ein. »Aberr es nur aiines giibt, dass dii Panzerr durrchdrriingen und sii töten kann – Pfaiilspitzen aus Sternenebuliit.«

»Aus Sternenebulit?« Warti glaubte, sich verhört zu haben. »Aber Palin sagte doch ...«

»... dass die Magier aus dem Sternenebulit die Rüstungen für ihre Krieger erschaffen.« Palin nickte. »Gerade deshalb ist Sternenebulit auch das einzige Metall, das ihnen etwas anhaben kann. Gewöhnliche Schwerter, Pfeile und Dolche prallen von den Rüstungen ab.« Er verstummte und fügte dann hinzu: »Ein Pfeil aus reinem Sternenebulit hingegen durchdringt sie mühelos.«

Warti schwieg. Hinter seiner Stirn wirbelten die Gedanken. Er fühlte sich einsam, auf eine schwer zu beschreibende Weise entwurzelt und wünschte sich nichts sehnlicher, als sofort nach Hause zurückzukehren, um Ginnir und die Jungen vor dem grausamen Schicksal zu bewahren, das den Maaren drohte. Den Gedanken, dass es dafür vielleicht schon längst zu spät sein könnte, schob er ebenso energisch beiseite wie die Erinnerung daran, dass Ginnir sich in den vergangenen Sonnenläufen so seltsam benommen hatte.

»Ich muss zurück!«, bekräftigte er noch einmal den Entschluss, den er schon in der Wüste gefasst hatte, ballte die Fäuste und erhob sich.

»Aber das ist unmöglich.« Palin schüttelte energisch den Kopf. »Du kommst hier nicht weg. Hast du nicht gehört, was ich gesagt habe?«

»Doch, das habe ich.« Warti ließ sich nicht beirren. »Dass es dir nicht gelungen ist, heißt aber noch lange nicht, dass es auch mir nicht gelingen wird. Ich muss es versuchen, sonst werde ich mich für den Rest meines Lebens für meine Feigheit verachten.«

»Was hast du vor?«, fragte Palin.

»Ich werde Ginnir und die Jungen fortbringen. Irgendwohin, wo diese Gurrline noch nicht sind«, erklärte Warti mühsam beherrscht. Jetzt, da er einen Entschluss gefasst hatte, wollte er am liebsten sofort zu den Höhlen zurückkehren. Allein die Höflichkeit hielt ihn noch zurück. »Wenn sie in Sicherheit sind, werde ich zu den Nebelelfen gehen und ihnen von den Gurrlinen erzählen«, schilderte er seinen Plan. »Der Elfenkönig Gwiddan-Sh-e-Nat gilt als mutig und weise. Er wird wissen, was zu tun ist. Vielleicht ist es ja noch nicht zu spät, vielleicht gelingt es ihnen, Thale doch noch vor den Gurrlinen zu schützen.«

»Du ain mutiges Herrz.« Tutom nickte anerkennend. »Auch dain Frreund so warr, als er hiirherrkam.«

»Ihr habt ihm geholfen«, erwiderte Warti knapp und fragte: »Helft ihr mir auch?«

»Helfen wiir werden«, erwiderte Tutom in der behäbigen Art des Alters, die Warti ein Höchstmaß an Geduld abforderte. »Nam dich wirrd führren durch dii Tunnel zu Höhle. So die Magiärr euch nicht sehen. Den Weg zurrück du aberr musst finden allain.«

»Das werde ich.« Warti war sich dessen längst nicht so sicher, wie seine Wort den anderen Glauben machen sollten.

Aber er verdrängte Zweifel und Ängste und klammerte sich an die Hoffnung, dass es noch nicht zu spät war, um Ginnir und seine Söhne zu retten. »Kommst du mit?«, wandte er sich an Palin.

»Ich … was …? Wieso ich?« Die Frage schien Palin zu überfordern. Abwehrend hob er die Hände, schüttelte den Kopf und sagte: »Das … das kann ich nicht. Du weißt, dass ich es versucht habe, aber …«

»Nun, dann eben nicht.« Warti war nicht bereit, noch mehr Zeit zu vergeuden. »Du hast dich entschieden zu bleiben, und das respektiere ich. Es ist dein Weg, aber nicht der meine. Wenn ich nicht wenigstens den Versuch wage, unser Volk zu retten, werde ich niemals mehr in den Spiegel blicken können, ohne Abscheu zu empfinden.«

»Frreunt berraiit!« Nam erhob sich und nickte Warti zu.

»Danke.« Warti gelang ein Lächeln.

»In derr Nacht dii Höhlen leerr sain«, hörte er Tutom sagen. »Sie gut bewacht werrden, aberr die Magiärr niicht wiissen, dass wiirr kennen gehaime Wege.«

»Ich schwöre, dass ich alles tun werde, um den Gurrlinen und Magiern das Handwerk zu legen.« Warti deutete eine Verbeugung an. Das Herz klopfte ihm vor Aufregung bis zum Hals, als er hinzufügte: »Nicht nur, um meine Heimat zu schützen, sondern auch um das zu vergelten, was sie euch angetan haben.«

»Di Göttär der Harrdamis diich laiten und beschützen mögen.« Tutom erhob sich, griff in seine Tasche und reichte Warti den flachen hellblauen Stein. »Dis ain Geschenk von mirr«, erklärte er mit väterlichem Lächeln. »Auf di Farrbe du sehen musst, dann es dirr wiirrd zaigen, wem du kannst verrtrauen.«

6 Tiefes Schweigen erfüllte die Höhle, in der sich ein Dutzend Maare kreisförmig um eine nahtlos im Boden eingelassene, blank polierte Obsidianplatte aufgestellt hatten. An der Decke, mehr als fünf Längen über ihren Köpfen, befand sich eine runde und ebenso polierte Fläche von mehr als einer Länge Durchmesser. Verschlungene, silbern funkelnde Schriftzeichen rahmten den tiefschwarzen Kreis ein, an dessen Rändern sich schwach ein unheilvolles grünes Leuchten abzeichnete.

»Sie sind noch da.«

Die beiden Maar-Gurrline, die Brinnah auf einer Trage in die Höhle schleppten, setzten ihre Last ab und gönnten sich eine kurze Rast, um Atem zu schöpfen. Viel Zeit blieb ihnen nicht. Wie auf ein geheimes Kommando hin traten die Maare vor und versammelten sich in der Mitte der Obsidianplatte. Die Köpfe in den Nacken gelegt, die Arme schlaff herunterhängend, starrten sie blicklos auf die runde Platte über ihren Köpfen, die sich wie von Geisterhand langsam zur Seite bewegte und den Weg für ein grünes Licht freigab, das in die Höhle flutete.

»Es geht los!«

Wohl wissend, dass die anderen sie nicht bemerken würden, hoben beiden Maar-Gurrline die Trage wieder an und eilten auf die Lichtsäule zu. Sie fühlten sich sicher und gaben sich nicht die geringste Mühe, leise zu sein oder ihre Ankunft zu verbergen.

Das Volk der Maare war schwach und leicht zu beeinflussen. Dies und die Tatsache, dass es in ihrer Welt ein großes Vorkommen des seltenen Sternenebulits gab, hatten schon früh die Aufmerksamkeit An-Rukhbars auf sich gezogen. Der mächtige Magier hatte bereits viele Welten unterworfen und ausgebeutet, um seinen unersättlichen Hunger auf das wertvolle Edelmetall zu stillen, auf das er seine Macht gründete. Dabei ging er stets auf dieselbe Weise vor. Seine mächtigste Waffe waren die Gurrline. Sie schlüpften in die Körper einer heimischen Rasse, bis das Heer groß genug war, um sich das Land in einem Überraschungsangriff zu unterwerfen. Danach begann die Ausbeutung der Sternenebulitvorkommen.

In Thale hatten die Maare es An-Rukhbar und seinen Magiern besonders leicht gemacht. Nur wenige waren es, die das Licht noch nicht durchschritten hatten, aber auch diese würden in den kommenden Sonnenläufen gerufen werden, um zu vollenden, was die Magier viele Mondläufe zuvor begonnen hatten. Der Angriff auf das Volk der Nebelelfen stand unmittelbar bevor.

Als die beiden Maar-Gurrline die Obsidianplatte erreichten, glitt der erste Maar soeben inmitten der grünen Lichtsäule zur Höhlendecke empor; gleich darauf folgten die anderen.

»Du gehst.« Der vordere Maar-Gurrlin deutete auf seinen Begleiter.

»Aber ich …«

»Keine Widerrede. Du hast uns mit deiner Ungeduld in diese Lage gebracht. Darum wirst du auch dafür sorgen, dass die Nebelelfe uns keine Schwierigkeiten macht.«

»Aber was … was soll ich den Meistern sagen?«

Auf der Obsidianplatte schwebte gerade der letzte Maar in die Höhe.

»Wie wäre es mit der Wahrheit?« Der vordere Maar-Gurrlin bückte sich und hob Brinnah mit einer für den kleinen Körper erstaunlich kraftvollen Bewegung in die Höhe. »Dir fällt schon etwas ein. Hauptsache, sie ist hier weg.« Mit einer Geste, die keinen Widerspruch duldete, legte er seinem Gegenüber die besinnungslose Nebelelfe in die Arme. »Und jetzt geh!«

Zögernd trat der Maar-Gurrlin ins Licht und wurde sogleich von dem Sog erfasst, der ihn in die Höhe trug.

»Was hat das zu bedeuten?« Ungehalten deutete der blau gewandete Magier, der die Maare hinter dem Tor erwartete, auf Brinnah. »Bist du von Sinnen, eine Nebelelfe hierher zu bringen?«

»Verzeiht.« Der Maar-Gurrlin senkte demütig das Haupt. »Aber es wäre gefährlich gewesen, sie im Maarendorf zu belassen. Sie weiß zu viel …« Mit wenigen Worten schilderte er, was vorgefallen war.

»Ihr hättet sie töten müssen!«, herrschte der Magier ihn an. »So kurz vor dem Ziel dürfen wir kein Wagnis mehr eingehen.«

»Ja, Meister, ja. Das wissen wir. Und wir hätten sie auch getötet, aber da gibt es ein Problem. Sie ist eine Botin und kam mit einem dieser großen Vögel ins Dorf.«

Der Magier musterte Brinnah aufmerksam. »Eine Riesenalpreiterin, so, so … Nun, das ist in der Tat etwas anderes. Sie zu töten, hätte unnötig Aufsehen erregt.«

»Deshalb erschien es uns als das Sicherste, sie zu euch zu bringen«, erklärte der Maar-Gurrlin. »Von hier kann sie keinen Kontakt zu ihrem Riesenalp aufnehmen und damit auch keinen Schaden anrichten. Der Riesenalp wird die Veränderung nicht bemerken und denken, dass sie noch immer besinnungslos ist. So gewinnen wir kostbare Zeit.«

»Und diesen Plan habt ihr ganz allein ersonnen?« Ein lauernder Unterton schwang in den Worten des Magiers mit.

»Ja, Meister.« Der Maar-Gurrlin schien die drohende Gefahr nicht zu erkennen. »Wir dachten …«

»Ihr dachtet?«, herrschte der Magier ihn an. »Seit wann denken Gurrline? Ihr führt Befehle aus, aber ihr habt nicht zu denken! Verstanden? Mir scheint, dass diese Maarenkörper nicht gut für euch sind. Es wird Zeit, dass es endlich ein Ende hat.«

»O ja, Meister, ja«, erwiderte der Maar-Gurrlin unterwürfig. »Ihr glaubt gar nicht, wie sehr wir unter der Enge dieser Hüllen leiden und den Sonnenlauf herbeisehen, da wir sie endlich abstreifen können.« Er hob die Arme etwas und lenkte das Gespräch wieder auf Brinnah, indem er fragte: »Und was machen wir mit ihr?«

»Sie bleibt hier!« Der Magier deutete auf einen Käfig, der nicht weit entfernt an der Höhlenwand stand. »Sperr sie dort ein«, befahl er. »Und gib gut auf sie acht. Wir werden später entscheiden, was wir mit ihr machen.«

»Achtgeben?« Der Maar-Gurrlin zuckte zusammen und warf über die Schulter einen Blick zum Tor, das sich bereits wieder schloss. »Aber ich wollte ...«

»... zurück?« Der Magier gab einen Laut von sich, der sich wie ein spöttisches Lachen anhörte. »Wo denkst du hin? Du hast unsere Pläne mit deiner Dummheit leichtsinnig gefährdet. Und da soll ich dich zurückschicken?« Er schüttelte den Kopf, hob die Hand und legte den hageren Zeigerfinger auf die Stirn des Maar-Gurrlins. »Du bleibst hier und büßt für dein Versagen, indem du die Nebelelfe bewachst«, sagte er bestimmt. »Und damit du nicht wieder in Versuchung kommst, den Maarenkörper eigenmächtig zu verlassen, binde ich dich hiermit an ihn, bis zu dem Augenblick, da ich dich wieder freigebe oder du angegriffen wirst.« Ein Zischen erklang, als ein dünner Blitz aus der Fingerkuppe die Stirn des Maar-Gurrlin traf und die Haut zwischen den Augenbrauen versengte.

»Aber ... Meister, Meister. Ich flehe Euch an, Ihr könnt mich doch nicht ...«

»Sag du mir nicht, was ich kann oder nicht, elendes Gewürm«, zischte der Magier mit mühsam unterdrückter Wut. »Jetzt troll dich und tu, was ich dir aufgetragen habe, ehe ich meinen Großmut vergesse und dich das Schicksal aller Versager ereilt!«

»Verzeiht, Meister. Verzeiht«, presste der Maar-Gurrlin mit gesenktem Blick hervor. »Ich ... ich bin schon weg.« Mit

Brinnah auf den Armen eilte er zu dem Käfig, legte sie darin ab und verschloss die Tür sorgfältig mit einem dicken Vorhängeschloss. Als er den Schlüssel herausziehen wollte, zischte ein weiterer Blitz nur haarscharf an seinen Fingern vorbei. Die schimmernde Lichtschnur wand sich um den Schlüssel, zog diesen aus dem Schloss und ließ ihn wie von Geisterhand in die Richtung des Magiers schweben, der ihn lachend auffing.

»So ist es sicherer«, sagte er und wandte sich ab. Sodann gesellte er sich zu den anderen Magiern, die sich bereits in einem Kreis um den ersten gefangenen Maar aufgestellt hatten, um mit dem Ritual der Vereinigung zu beginnen.

Der Nebel in den Niederungen verdichtete sich.

Ferwyned saß allein auf der kleinen Anhöhe, von der aus er mit Cyrill unzählige Male zu gemeinsamen Botenritten aufgebrochen war, und beobachtete, wie die Nacht im Osten dem Licht der aufgehenden Sonne wich. Am Himmel wurden vereinzelt hohe Wolken sichtbar, die sich langsam rosa färbten, während die Sterne verblassten.

Ferwyned fröstelte. Die dicke, dicht gewebte Jacke der Riesenalpreiter, die ihm auf Hunderten Flügen so vortreffliche Dienste geleistet hatte, hielt die Kälte der Nacht fern. Die Kälte in seinem Herzen hingegen vermochte sie nicht zu lindern.

Cyrill war gegangen. Ohne ein Wort des Abschieds war er dem weißen Riesenalp in die Berge gefolgt, auf eine Reise, von der es kein Zurück gab. Seit Langem schon hatte Cyrill gespürt, wie es um ihn stand, und hatte es seinem Reiter nicht verheimlicht. Ferwyned aber hatte es nicht wahrhaben wollen, und so hatte ihn die Erkenntnis, dass Cyrill gegangen war, zutiefst getroffen.

Ferwyned seufzte. Der Schmerz hatte in ihm eine große Leere geschaffen, die er mit Schweigen und düsteren Gedanken füllte. Die Trauer um den verlorenen Freund war so erdrückend, dass sie ihm den Schlaf raubte und die Luft zum Atmen nahm. Das Gestern lag unerreichbar fern zurück, ein heller Fleck, erfüllt von Licht und Lachen, den er niemals wieder würde erreichen können, während ihm die Gegenwart wie ein finsteres Verlies erschien, das kein Sonnenstrahl zu erhellen vermochte. Eine Zukunft gab es nicht. Mit Cyrill war auch ein Teil von ihm gestorben.

Der Himmel im Osten erglühte in einem flammenden Rot, während die schneebedeckten Gipfel des Ylmazur-Gebirges bereits im Licht der aufgehenden Sonne erstrahlten.

Ferwyned schloss die Augen und wartete auf den Augenblick, da der erste Sonnenstrahl sein Gesicht berührte. Cyrill hatte diesen Moment geliebt. Wenn das Licht die Schatten davonjagte und die Wärme der Sonne die Kälte der Nacht aus seinen Knochen vertrieb …

Eine Träne stahl sich aus Ferwyneds Augenwinkel und benässte seine Wange, als ihm bewusst wurde, mit welcher Selbstverständlichkeit der neue Morgen heraufzog und das Leben seinen gewohnten Gang nahm – als gebe es weder Tod noch Kummer und Schmerz. Er hatte geglaubt, die Sonne könne ihm Trost spenden und die Schatten der Nacht vertreiben, aber das Licht schien ihn zu verspotten, indem es ihm zeigte, dass die Welt mit Cyrills Tod nicht untergegangen, sondern immer noch dieselbe war.

Wütend ballte er die Fäuste.

Niemand vermisst Cyrill, dachte er verbittert. Niemand außer mir. Brinnah und Artair werden von nun an die Botschaften überbringen, so wie Cyrill und ich es zuvor getan haben. Es gibt keine Lücke und keinen Bruch. Niemand wird uns vermissen.

Zum ersten Mal in seinem Leben fühlte Ferwyned sich unbedeutend, klein und austauschbar, ein bitteres Gefühl, das er in seinem langen Leben nie zuvor verspürt hatte.

Noch vor wenigen Sonnenläufen hatte er als Kurierreiter eine gehobene und allseits geachtete Stellung innegehabt; nun war er ein Nebelelf wie Tausende andere auch. Das Leben, das er bisher geführt hatte, gab es nicht mehr. Cyrill hatte es mit sich genommen. Ferwyned seufzte. Er wusste, dass einige Kurierreiter den Tod ihres Gefährten zum Anlass genommen hatten, ein neues, völlig anderes Leben zu beginnen. Die meisten hatten eine Familie gegründet und damit eine Aufgabe übernommen, die sie ausfüllte und glücklich machte, andere hatten ihr Leben den schönen Künsten gewidmet. Ferwyned hingegen hatte sich immer geweigert, auch nur einen Gedanken daran zu verschwenden, wie sein Leben ohne Cyrill weitergehen könnte, und er bezweifelte, dass ihm ein Neuanfang gelingen würde.

Am einfachsten wäre es, wenn auch ich gehen würde ...

Der Gedanke blitzte hinter seine Stirn auf, und für einen Augenblick war er versucht, ihm nachzugeben. Ohne Cyrill erschien ihm das Leben sinnlos und leer. Die Vorstellung, einfach alles hinter sich zu lassen, war verlockend und ...

... feige.

Entschlossen verdrängte Ferwyned den Gedanken. Davonlaufen war noch nie seine Art gewesen. Es würde hart werden, aber er würde sich der Zukunft stellen, bis zu dem Zeitpunkt, da er selbst gerufen wurde.

»Ferwyned!«

Cyrill!

Ferwyneds Herzschlag beschleunigte sich, als der Gedankenruf ihn wie aus weiter Ferne erreichte. Für den Bruchteil eines Augenblicks keimte in ihm die Hoffnung, sein Riesenalp würde zu ihm zurückkehren. Wie erstarrt saß er auf dem Plateau, hielt den Atem an und die Augen geschlossen und lauschte in den beginnenden Morgen. Endlose Herzschläge verstrichen, in denen das Rauschen des Windes das einzige Geräusch blieb, das ihm an die Ohren klang. Der Ruf wiederholte sich nicht. Ferwyned nahm einen tiefen Atemzug und zwang sich zu Ruhe. Cyrill war tot. Er musste sich getäuscht haben.

Ganz in der Nähe schmetterte ein kleiner Vogel einsam seinen Sonnengruß in den Morgen. Das stimmgewaltige Trällern wirkte in der herbstlichen Stille seltsam fremd, wie eine inbrünstige Liebeserklärung an den vergangenen Sommer, erfüllt von Sehnsucht nach dem Frühling, der so unendlich weit entfernt schien und sich auch mit den schönsten Klängen nicht herbeilocken ließ. Der kleine Vogel schien das zu spüren. Ohne noch einmal gesungen zu haben, machte er sich mit leisem Flügelschlag davon – so wie Cyrill.

Ferwyned spürte einen schmerzhaften Stich. Der Vergleich war nicht gerecht, aber er wehrte sich nicht dagegen, denn an diesem Morgen war nichts gerecht.

»Ferwyned!«

Ferwyned zuckte zusammen, als sei er geschlagen worden. Der Gedankenruf stammte eindeutig von einem Riesenalp. Ein Irrtum war ausgeschlossen.

Vorsichtig öffnete er die Augen und blinzelte ins Licht. Im ersten Moment konnte er nichts erkennen, dann sah er vor dem Hintergrund der aufgehenden Sonne einen gewaltigen Schatten, der sich dem Hügel mit leichtem Flügelschlag näherte.

»Cyrill! Also doch!«

Ferwyned sprang auf, unfähig, sein Glück zu fassen. Der steile Abhang verhinderte, dass er dem Riesenalp entgegenstürmte, aber das tat seiner Freude keinen Abbruch. Ein Wunder war geschehen. Die Götter hatten ihn erhört und ein Einsehen gehabt. Cyrill kehrte zu ihm zurück. Nun würde alles wieder so werden wie …

»Ich bin es, Artair.«

Ein Faustschlag hätte Ferwyned nicht härter treffen können. Instinktiv wich er zurück, um den Hügel frei zu machen, aber selbst als der Riesenalp flügelschlagend zur Landung ansetzte und er die fremdartige Zeichnung des Gefieders erkennen konnte, klammerte sich ein Teil von ihm immer noch an die Hoffnung, dass es Cyrill sei, der zu ihm zurückkehrte.

»Ferwyned. Welch ein Glück, dich hier zu treffen.«

Ferwyned antwortete nicht. Fassungslos starrte er Artair an, der sich umgedreht hatte und mit dem ureigenen, schwerfälligen Wiegeschritt der Riesenalpe auf ihn zukam. »Ar... Artair?« Energisch schüttelte er den Kopf, als hätte er geschlafen, und bemühte sich, eine Haltung einzunehmen, die nichts von seiner Schwermut verriet.

»Wo ... wo ist Brinnah?«, fragte er schnell. Er war nicht wirklich in Sorge um die junge Kurierreiterin, aber dass Artair allein zurückkehrte, war ungewöhnlich und zumindest eine Bemerkung wert.

»Sie ist noch im Maarendorf.«

»Im Maarendorf?«, wiederholte Ferwyned verwundert. »Warum ist sie nicht ...?«

»Sie ist verletzt.«

»Oh.« Ferwyned nickte verstehend. »Ein Unfall?«

»Ich weiß es nicht.« Hilflosigkeit und Verzweiflung schwangen in Artairs Gedanken mit. »Es ist alles so seltsam.«

»Seltsam?« Ferwyned runzelte die Stirn.

»Bitte, Ferwyned, komm mit«, bat Artair flehend. »Ich habe schon so lange keine Verbindung mehr zu Brinnah. Sie ist furchtbar erschrocken, und dann haben die Maare sie auf einer Trage aus dem Haus gebracht. Wohin, weiß ich nicht. Seitdem habe ich nichts mehr von ihr gehört. Es ... es ist, als ob sie schliefe, allerdings wacht sie nicht auf. Ich mache mir furchtbare Sorgen um sie, aber ich kann doch nicht hinunterfliegen und nachsehen, da ist alles so winzig und eng. Ich wusste einfach nicht mehr weiter, und da habe ich mich entschlossen, zurückzufliegen und dich zu holen, damit du nachsehen kannst, wie ...«

»Halt ein!« Ferwyned hob die Hand in einer befehlenden Geste. Artairs Gedanken kamen so schnell, dass er Mühe hatte, ihnen zu folgen. »Ich soll dich begleiten?« Er runzelte die Stirn. »Ins Maarendorf? Jetzt? Sofort?«

»Ja.« Artair deutete mit dem massigen Kopf ein Nicken an.

»Du sagtest, du hättest gesehen, dass die Maare Brinnah auf einer Trage fortgebracht haben …?«

»Ja.«

»… aber du weißt nicht, was passiert ist.«

»Richtig.«

»Und du hast seitdem nicht mehr mit Brinnah sprechen können?«

»So ist es.«

»Hast du denn eine Nachricht von den Maaren erhalten?«

»Nein.«

»Hm.« Ferwyned legte nachdenklich die Hand ans Kinn. »Das ist in der Tat sehr seltsam. Für mich sieht es ganz nach einem Unfall aus. Ich würde mir da nicht allzu viele Sorgen machen, die Maare haben hervorragende Heiler. Aber wenn Brinnah so lange ohne Bewusstsein ist, wäre es natürlich üblich, dass die Maare uns eine Nachricht zukommen lassen. Immerhin hat Brinnah als Kurierreiterin eine verantwortungsvolle Aufgabe inne, bei der sie nicht so leicht ersetzt werden kann.«

»Heißt das, du kommst mit?«

Ferwyned spürte, dass Artair besorgt und sehr in Eile war, aber er wusste auch, dass Brinnah es hasste, bemuttert zu werden. »Vielleicht geht es ihr ja schon wieder besser«, räumte er ein.

»Nein!« Artair schüttelte nachdrücklich den Kopf. »Das würde ich spüren. Sie ist noch nicht wieder zu sich gekommen.«

»Sicher?«

»Ganz sicher.«

»Nun, dann sollte ich in der Tat einmal nachsehen, was da los ist.« Ferwyned straffte sich, ging um Artair herum und kletterte auf dessen Rücken. Dass Brinnah dem Riesenalp das Reitgeschirr nicht abgenommen hatte, zeugte davon, dass sie sich nicht lange bei den Maaren hatte aufhalten wollen.

In tausendmal einstudierten Bewegungen steckte Ferwyned die Füße in die ledernen Schlaufen des Sattels, setzte die Kapuze auf, zog seine Handschuhe über und ergriff die Zügel. Es war wie immer. Er spürte den Takt der vertrautkraftvollen Bewegungen, als der Riesenalp mit weit ausgreifenden Schritten zum Abflug ansetzte, spürte den Wind im Gesicht und hörte das Rauschen der mächtigen Schwingen, die Riesenalp und Reiter jeden Moment hoch in die Lüfte tragen würden.

Kummer und Schmerz waren wie weggeblasen. Ferwyned seufzte beglückt und schloss die Augen. Für einen Augenblick glaubte er wieder auf Cyrills Rücken zu sitzen und harrte voll freudiger Erwartung dem Augenblick, da der Riesenalp ihn in majestätischem Kreisen hoch hinauftragen würde, bis der Wald nicht mehr als ein rotgoldener Flicken auf dem Land war, durch das sich der Yunktun nur als ein silberner Faden wand.

Artairs unbeholfenes Flügelschlagen riss ihn jäh aus seinen Gedanken. Er spürte die Welle der Angst, die von dem Riesenalp ausging, und fürchtete schon, sie würden abstürzen, als Artair im letzten Augenblick einen Aufwind fand und wieder an Höhe gewann.

»Verzeih …«, sandte Artair ihm einen kleinlauten Gedanken.

Ferwyned atmete tief durch und versuchte seinen hämmernden Herzschlag zu beruhigen. Artairs Unbeholfenheit hatte ihm einen gewaltigen Schrecken eingejagt. Mit Cyrill hatte er in der Vergangenheit so manchen haarsträubenden und auch gefährlichen Flug bestritten, aber nicht ein einziges Mal hatte er dabei das Gefühl gehabt, dass Cyrill nicht Herr der Lage war. Die Sorge um Brinnah schien Artair noch mehr zuzusetzen, als er zugeben wollte, anders konnte er sich den missglückten Start nicht erklären.

»Halb so schlimm. Das ... das kann jedem Riesenalp mal passieren«, sagte er, um einen verständnisvollen Tonfall bemüht. »Mir ist klar, dass du jetzt ganz andere Sorgen hast und abgelenkt bist.«

Artair erwiderte nichts. Pfeilschnell glitt er über das erwachende Land dahin, wählte zu Ferwyndes Überraschung aber nicht den kürzesten Weg über die Wälder von Daran, sondern eine andere Route, die einen gewaltigen Umweg bedeutete.

»Auf dieser Route verlieren wir viel Zeit«, richtete Ferwyned einen erstaunten Gedanken an Artair, als sie die Yunktun-Ebene erreichten und Artair nach Süden schwenkte. »Ich dachte, du hättest es eilig.«

»Das habe ich auch«, erwiderte Artair, blieb Ferwyned aber eine Erklärung schuldig. Der Elf beließ es dabei und schob die Ungereimtheiten auf Artairs mangelnde Erfahrung. Der Alp war noch sehr jung, und er war nicht Cyrill.

Cyrill. Ferwyned spürte, wie sein Herz sich zusammenkrampfte. Ohne dass er etwas dagegen tun konnte, kehrte die Trauer zurück und lenkte seinen Gedanken wieder in düstere Bahnen, die ihn Brinnah, Artair und die Maare für den Rest des Fluges vergessen ließen.

Das laute Scharren von Horn auf Holz war es, das ihn gerade noch rechtzeitig warnte, um bei der holprigen Landung im Maarendorf nicht aus dem Sattel geschleudert zu werden. Instinktiv hielt er sich am Reitgeschirr fest, während er das

Ende der Landeplattform besorgniserregend schnell näher kommen sah.

Artair mühte sich redlich. Wild mit den Flügeln schlagend, versuchte er rechtzeitig zum Stehen zu kommen, war den hohen Baum aber viel zu schnell angeflogen. Dass es trotzdem nicht zur Katastrophe kam, verdankte er allein der Tatsache, dass sich einer der dicken Kronenäste so dicht an der Plattform emporreckte, dass er ihn mit dem gewaltigen Schnabel packen und sich daran festhalten konnte.

Die hölzerne Plattform ächzte und stöhnte, als sich der Ast unter der Last bog, während Artairs Körper, vom eigenen Schwung getragen, eine halsbrecherische Drehung vollführte.

Blätter und Äste regneten auf die Plattform, und Teile des hölzernen Geländers zersplitterten. Ferwyned rechnete mit dem Schlimmsten, aber die Maare besaßen zu Recht den Ruf, ausgezeichnete Baumeister zu ein.

Die Plattform hielt.

Nach einer gefühlten Ewigkeit ließ der Regen aus Blättern und Ästen endlich nach, und die Baumkrone hörte auf zu schwanken. Artair öffnete den Schnabel und ließ den Ast los, der trotz seiner Größe wie eine Peitsche an seinen Platz zurückschnellte.

»Alles in Ordnung?«, erkundigte er sich mittels Gedankensprache bei Ferwyned, während er ein paar große Stücke Baumrinde ausspuckte, die sein scharfer Schnabel vom Ast geschält hatte.

»Ich lebe noch, wenn du das meinst.« Ferwyned klopfte sich die Blätter von der Jacke. Er war verärgert, aber er wollte Artair nicht kränken und bemühte sich um einen ruhigen Tonfall. Auch Cyrill war nicht jede Landung perfekt gelungen, aber diese war die erste, bei der er wirklich um sein Leben gefürchtet hatte. »Die Landung solltest du allerdings dringend üben – am besten ohne Reiter. Sonst kommt noch jemand zu Schaden.«

001667446

K 1-9800538-2-0-1

Stage Theater des Westens präsentiert

Disneys DER GLÖCKNER VON NOTRE DAME

Disneys Musical-Meisterwerk

Stage Theater des Westens, Kantstr. 12, 10623 Berlin

Dienstag, 8. August 2017 19:30 Uhr

PK 2	Hochparkett Mitte	Reihe	Platz
man	links	4	15

Aus urheberrechtlichen Gründen sind Bild- und Tonaufnahmen nicht gestattet. Umtausch und Rückgabe ausgeschlossen. Nach Vorstellungsbeginn kein Einlass. Ermäßigungsnachweise sind beim Einlass vorzulegen.

Kein Einlass für Kinder unter 3 Jahren.

Disney DER GLÖCKNER VON NOTRE DAME

DAS MUSICAL

»Tut mir leid, aber ich habe seit Mitte der vergangenen Nacht nicht mehr geruht«, erwiderte Artair schuldbewusst. »Der lange Flug hat mich sehr erschöpft.«

»Das ist verständlich, aber keine Entschuldigung.« Bei aller Bewunderung für Artairs Ausdauer gelang es Ferwyned nicht, seinen Ärger zu unterdrücken. »Du bist ein ausgebildeter Kuriervogel und kein tollpatschiger Nestling.« Er sprang von Artairs Rücken, trat an den Rand der Plattform und spähte nach unten. Das Licht der Nachmittagssonne fing sich in den herbstlich verfärbten Blättern und tauchte das Maarendorf in einen goldenen Glanz. Die Schönheit des Anblicks konnte jedoch nicht darüber hinwegtäuschen, dass hier etwas nicht stimmte.

»Seltsam.« Ferwyned runzelte die Stirn.

»Was ist los?«

»Du solltest lieber fragen, was nicht los ist.« Ferwyned wandte sich Artair zu. »Wirkte das Dorf auch so verlassen, als du mit Brinnah hier angekommen bist?«

»Zu Anfang schon«, gab Artair Auskunft. »Der Platz füllte sich erst nach und nach.«

»Hm.« Ferwyned drehte sich um und schaute wieder nach unten. Weit und breit war niemand zu sehen – nicht einmal Kinder, die Cyrill und ihn sonst immer stürmisch begrüßt hatten. Er lauschte, konnte jedoch keine Stimmen oder Geräusche alltäglichen Lebens hören. Wäre der Rauch nicht gewesen, der aus den Kaminen einiger Hütten aufstieg, hätte man glauben können, das Dorf sei verlassen. »Seltsam.« Nachdenklich legte er die Hand ans Kinn. »Dabei ist unsere Ankunft ja wohl kaum zu überhören gewesen.« Er seufzte und straffte sich. »Vermutungen bringen uns nicht weiter. Das Beste wird sein, wenn ich hinuntergehe und mich ein wenig umsehe, während ich nach Brinnah suche.«

»Sei vorsichtig.« Aufrichtige Sorge schwang in Artairs Worten mit. »Ich möchte ungern noch einmal losfliegen, um Hilfe zu holen.«

»Keine Sorge.« Ferwyned beschrieb mit der Hand ein Zeichen in der Luft und hüllte sich in einen Elfenzauber, der ihn nahezu unsichtbar machte. »Die Maare werden mich nicht bemerken.«

»Ich hoffe, Brinnah geht es gut«, hörte er Artair in seinen Gedanken sagen, während er schon auf dem Weg zur Strickleiter war, die nach unten führte. »Ich spüre, dass sie lebt, aber das Gefühl ist so schwach und zart, als könne es jeden Augenblick erlöschen.«

7

Die Nacht war schon weit vorangeschritten, als Warti und Palin nach einem kräftezehrenden Marsch durch finstere, endlos anmutende unterirdische Gänge unter Nams Führung endlich den Teil des Höhlensystems erreichten, zu dem auch die Höhle der Magier gehörte. Das Ende der geheimen Gänge, die das Volk der Harrdamis über Generationen hinweg gegraben haben musste, kündigte sich bereits einige Hundert Schritte zuvor an.

Der Stollen, durch den sich die drei schon seit Stunden zwängten, stieg leicht an und wurde immer enger, bis sie sich nur noch auf Händen und Knien fortbewegen konnten. Am Ende war er so eng und dunkel, dass selbst Warti, der sein halbes Leben in Tunneln und Stollen verbracht hatte, eine unangenehme Beklemmung spürte.

»Glaich da!«, hörte er Nam in der Dunkelheit vor sich flüstern.

Der junge Harrdamis schien im Dunkeln sehr viel besser sehen zu können als Warti und Palin, denen oft nur das Klirren der Fußketten verriet, wo sich ihr Anführer aufhielt.

»Gut.« Warti benässte die staubigen Lippen mit der Zunge, während er sich lauschend vergewisserte, dass Palin immer noch hinter ihm war.

»Das wird auch Zeit.« Obwohl Palin flüsterte, war nicht zu überhören, dass er am Ende seiner Kräfte war. Warti erging es nicht viel besser. Der Mangel an Schlaf, Hunger, Durst und die Strapazen des Abenteuers forderten immer nachdrücklicher ihren Tribut. Allein das Gefühl größter Dringlichkeit und die Angst um seine kleine Familie sorgten dafür, dass er der Erschöpfung nicht nachgab und sich weiter vorankämpfte, entschlossen, auch das Letzte aus seinem Körper herauszuholen.

Angesichts der Strapazen hätte er erleichtert sein müssen, dass sie ihr Ziel nun endlich erreicht hatten, aber genau das Gegenteil war der Fall. Je näher sie der Höhle kamen, desto mehr wurde ihm bewusst, wie wenig sie auf die möglichen Gefahren vorbereitet waren, die sie in den Höhlen erwarten mochten. Außer dem Schürhaken, den er noch immer bei sich trug und dessen Eignung als Waffe ihm höchst fragwürdig erschien, besaßen sie nichts außer ihren Händen, um sich im Falle eines Angriffs zur Wehr zu setzen.

Um schneller voranzukommen, hatten sie zudem nur wenig Wasser und kaum Proviant mitgenommen, ohne zu bedenken, dass sie vielleicht gezwungen sein würden, eine längere Zeit in den Tunneln auszuharren, ehe sie diese verlassen konnten. Diese und andere wenig erfreuliche Gedanken gingen Warti durch den Kopf, während er hinter Nam durch den Tunnel robbte.

»Halt.« Nams leise Warnung erreichte ihn in ebendem Augenblick, da er mit der Nase gegen die Füße des Harrdamis stieß. »Wirr da. Nam sehen.«

Schleifende Geräusche verrieten, dass Nam sich entfernte. Dann erschien irgendwo voraus ein schmaler Lichtschein. Es war nicht mehr als ein heller Streifen, kaum einen Finger breit, aber er genügte, um Warti zu zeigen, dass Nam die Wahrheit gesagt hatte. Der Streifen verschwand, und Nam kehrte zurück.

»Guut!«, sagte er knapp. »Komm.«

»Keine Magier?«, vergewisserte sich Warti.

»Magiär schlafen.«

»Sicher?«

»Ija.«

»Nun geh schon!«, meldete sich Palin von hinten zu Wort. »Wenn ich noch lange hier ausharren muss, werde ich noch verrückt.«

»Geh?«, erkundigte sich Nam.

»Ja, geh.« Warti seufzte. Er vertraute dem Harrdamis, hätte aber lieber selbst einen Blick in die Höhle geworfen, ehe er sein Leben aufs Spiel setzte. »Wir folgen dir.«

Wie ausgestorben.

Das war Ferwyneds erster Gedanke, als er den Platz am Fuße der Landeplattform überquerte. Wie oft war er schon hier gewesen? Wie oft hatte er die überschäumende Lebensfreude der Maare hautnah miterlebt, wie oft ihre Begeisterung für seinen Riesenalp gespürt, wie oft ihre Freundlichkeit erfahren?

Und jetzt?

Zielstrebig überquerte er den leeren Platz und hielt auf das Gebäude zu, in dem er sonst immer die Botschaften abgegeben hatte. Die Tür war verschlossen, die Räume hinter den Fensterscheiben lichtlos und verlassen – so wie das ganze Dorf. Ferwyned verharrte vor der Tür, schloss die Augen und richtete seine Sinne auf das, was selbst den hervorragenden Augen eines Nebelelfs verborgen blieb.

In der Ferne hörte er das Rauschen des kleinen Gebirgsbachs, der sich auf seinem Weg in die Sümpfe an dem Dorf vorbeischlängelte. Irgendwo rief ein Käuzchen, und ein einsames Heupferd schickte den ersten Sternen einen zirpenden Abendgruß entgegen. Der aufkommende Wind strich ihm sanft über die Wange und wisperte in den Zweigen der Bäume, die verstreut zwischen den Hütten standen. Im Dorf selbst war es friedlich und still.

Zu still.

Ferwyned erinnerte sich noch gut daran, wie gern die Maare nach dem arbeitsreichen Schaffen in den Minen abends beisammensaßen, scherzten, lachten und musizierten. Die Dunkelheit war erfüllt gewesen von Stimmen, Lachen und Musik, doch wo noch vor zwei Mondläufen Heiterkeit und Lebensfreude geherrscht hatten, erwartete ihn jetzt nichts als Schweigen. Ferwyned straffte sich und nahm einen tiefen Atemzug. Artair hatte recht. Irgendetwas stimmte hier nicht.

Das Gefühl einer drohenden Gefahr hing fast greifbar in der Luft, aber selbst mit seinen empfindsamen Sinnen konnte er nicht erkennen, worin diese Gefahr bestand. Hinter den verschlossenen Fensterläden bemerkte er weder den Atem des Todes noch die unverkennbaren Anzeichen einer Seuche.

Nirgends fand er Hinweise darauf, dass sich Quarline in der Nähe befanden, die die Maare in Angst und Schrecken versetzten. Es schien auch keinerlei Streitigkeiten oder gar einen Aufstand gegeben zu haben. Und doch konnte kein Zweifel daran bestehen, dass die Maaren sich äußerst sonderbar verhielten.

»Was ist?«, hörte er Artair in Gedanken fragen. »Hast du Brinnah schon gefunden?«

»Nein«, erwiderte Ferwyned knapp.

»Sie haben sie in die Gasse rechts neben der Hütte getragen«, gab Artair Auskunft.

»Dort steht das Haus des Heilers«, erinnerte sich Ferwyned. »Ich sehe mal nach.« Er umrundete die Hütte und bog in die dunkle Gasse ein. Trotz des schlechten Lichts konnte er sich des Gefühls nicht erwehren, dass die kleinen Behausungen weniger gut gepflegt waren als bei seinem letzten Besuch. Überall wucherte Unkraut. Die Blumen in den hölzernen Kisten vor den Fenstern waren welk, und auf dem Boden häufte sich Unrat. Auch die Luft schien längst nicht mehr so klar und rein zu sein wie bei seinem letzten Besuch. Ferwyned nahm einen Geruch wahr, der sich am ehesten mit den Ausdünstungen wilder Schweine vergleichen ließ; dennoch konnte er nicht bestimmen, woher erstammte.

Unsichtbar wie ein Schatten näherte er sich dem Haus des Heilers und spähte durch den Spalt der geschlossenen Fensterläden. Wie die meisten Hütten bestand auch das Haus des Heilers aus einem einzigen Raum, der zugleich als Wohn-, Schlaf- und Arbeitsstätte diente. Ferwyned war schon einmal hier gewesen, als ein Maarenjunge von Cyrills Rücken gefallen war und sich den Arm gebrochen hatte. Drinnen sah alles noch so aus, wie er es in Erinnerung hatte. In den Regalen standen unzählige Körbe, Tiegel und andere Gefäße. Von der Decke hingen Bündel mit getrockneten Kräutern, und mitten im Raum stand ein wuchtiger Tisch, auf dem der Heiler nicht nur die Kranken behandelte, sondern auch seine Medizin herstellte. Darauf stand ein großer Korb, in dem drei lebende Hühner eingesperrt waren. Der Anblick des Federviehs, dessen Kot den Tisch beschmutzte, machte Ferwyned stutzig. Und noch etwas war seltsam. Anders als bei seinem letzten Besuch wirkte der Raum unaufgeräumt und schmutzig, ganz so, als bemühte sich der Heiler schon seit vielen Sonnenläufen nicht mehr darum, Ordnung zu halten.

Die Pritschen, die an den Wänden für die Kranken bereitstanden, waren leer. Von Brinnah fehlte jede Spur. Auch der Heiler war nirgends zu sehen, obwohl die kleine Öllampe auf dem Tisch angezündet war.

»Und?« Artair schien seine Enttäuschung zu spüren. »Wo ist sie?«

»Beim Heiler jedenfalls nicht.« Selten hatte Ferwyned sich so hilflos gefühlt. Wenn Brinnah nicht hier war, konnte sie überall sein. Aber er konnte ja wohl kaum jedes Haus nach ihr durchsuchen.

Schwere Schritte von nackten Füßen auf Stein ließen ihn aufhorchen. Jemand näherte sich. Obwohl Ferwyned wusste, dass er nicht gesehen werden konnte, zog er sich in eine Nische zurück. Das Erste, was er bemerkte, war, dass der Geruch nach wilden Schweinen strenger wurde. Gleich darauf sah er eine Gestalt die Gasse heraufkommen. Es war der Heiler. Offenbar hatte er sich eine ganze Weile nicht gewaschen, denn der Gestank ging ohne Zweifel von ihm aus. Mit einem Geräusch, das auch ein Grunzen hätte sein können, stieß er die Tür zu seinem Heim auf und stapfte hinein.

Ferwyned war verwirrt. Maare waren ein einfaches Volk. Sie pflegten nicht gerade eine Hochkultur, aber sie galten auch bei den Nebelelfen als ordnungsliebend und zuverlässig. Ein Benehmen, wie es der Heiler gerade gezeigt hatte, war unter Maaren nicht üblich. Ferwyneds erster Gedanke war gewesen, dem Heiler zu folgen und ihn nach Brinnah zu fragen. Aber da war ein Gefühl, das ihn warnte und zögern ließ.

Er trat aus der Nische und wollte erneut durch den Spalt zwischen den Fensterläden spähen, als er wieder Schritte sich nähern hörte. Diesmal war es ein Maar, den er noch nie gesehen hatte; er schien es eilig zu haben, denn er öffnete die Tür zum Haus des Heilers, ohne anzuklopfen, trat ohne ein Wort des Grußes ein und ließ die Tür offen.

»Wo ist Marni?«, fragte er verärgert. »Dieser Faulpelz sollte heute neues Sternenebulit für die Rüstungen in die Schmiede schaffen. Die Schmiede haben nur noch einen kleinen Vorrat. Aber er ist nicht …«

»Marni ist weg.« Durch den Spalt zwischen den Fensterläden sah der Elf den Heiler auf einer der Pritschen liegen, wo er – Ferwyned traute seinen Augen nicht – ein ungerupftes Huhn roh verspeiste.

»Wie – weg?« Der Hinzugekommene stemmte die Hände in die Hüften. »Heißt das, er ist abgehauen? So kurz vor dem Ziel?«

Der Heiler spuckte ein paar Federn aus, wischte sich den Mund mit dem blutigen Handrücken ab und sagte: »Nein, er ist nur zurückgegangen.«

»Warum?«

»Wir mussten die Kurierreiterin loswerden.«

»Ihr solltet sie töten.«

Töten? Ferwyned glaubte, sich verhört zu haben. Was ging hier vor? Niemals hätte ein Maar auch nur das Wort töten in den Mund genommen.

Die beiden in der Hütte sahen zwar aus wie Maare, benahmen sich aber nicht so. Die Sache wurde immer seltsamer.

»Das ging nicht.« Der Heiler rülpste laut. »Dann hätte ihr Vogel uns die Nebelelfen auf den Hals gehetzt.«

Ferwyned stutzte. Das klang ja fast, als sähen die Maare in seinem Volk einen gefürchteten Feind.

»Und jetzt?«, hörte er den anderen fragen.

»Jetzt ist sie oben, und der dumme Vogel glaubt, dass sie immer noch bewusstlos ist. Sollen die Meister doch entscheiden, was mit ihr zu tun ist.«

»Und Marni?«

»Keine Ahnung.« Der Heiler bleckte die Zähne und riss ein großes Stück Fleisch aus der Brust des Huhns. »Ich habe in der Höhle auf seine Rückkehr gewartet, aber das Tor schloss sich, ohne dass er zurückkam.«

»Und die Rüstungen?«, herrschte der Maar den Heiler an. »Du weißt, dass die Zeit drängt. Wir können auf niemanden verzichten. Du hättest sein Verschwinden melden müssen, damit ein anderer seine Aufgaben übernimmt.«

»Vergessen.« Der Heiler beschäftigte sich wieder mit dem Huhn und schaute nicht einmal auf.

»Vergessen, vergessen! Ist das alles, was dir dazu einfällt?« Der Maar baute sich drohend vor dem Heiler auf, riss ihm das Huhn aus der Hand und schleuderte es quer durch den Raum. »Dann wirst du eben gehen und das Sternenebulit aus der Mine zur Schmiede bringen. Sofort! Und wage ja nicht zu widersprechen, sonst werde ich den Meistern von deinem Ungehorsam berichten.«

Der Heiler gab ein unwilliges Knurren von sich und erhob sich.

»Erst sehe ich in der Höhle nach, ob Marni schon zurückgekehrt ist«, kündigte er an. »So weit kommt es noch, dass ich seine Arbeit mache.«

»Aber beeil dich.« Der andere öffnete den Korb, packte eines der erschrocken herumflatternden Hühner am Hals, hielt das Tier grinsend in die Höhe und brach ihm das Genick. »Mir ist es gleich, wer von euch für Nachschub sorgt. Hauptsache, die Schmiede haben das Sternenebulit zur Mitte der Nacht.« Damit drehte er sich um und verließ mitsamt dem Hühnerkadaver das Haus.

Der Heiler erhob sich, ergriff einen Stuhl und schleuderte diesen seinem Gast wütend hinterher, aber es war zu spät. Der Stuhl zerbarst an der Tür, die bereits wieder geschlossen war. Außer sich vor Wut warf der Heiler ein Regal um, dessen Inhalt zu Bruch ging, und schleuderte einen weiteren Stuhl quer durch den Raum. Mit wütendem Blick stand er inmitten des Chaos und schnaubte wie ein wild gewordener Steppenbüffel. Dann stieß er einen Fluch aus und stapfte zur Tür.

Ferwyned presste sich dicht gegen die Hauswand. Fassungslos hatte er alles mit angesehen. Waren das wirklich dieselben freundlichen und friedfertigen Maare, die ihn in den vergangenen Sommern so herzlich in ihrer Mitte willkommen geheißen hatten? Es schien, als hätte sich das Wesen der Maare schlagartig ins Gegenteil verkehrt – und sie hatten Brinnah entführt!

Nach oben!

Ferwyned hatte keine Vorstellung, wo dieses Oben sein mochte, aber eines war sicher: Brinnah befand sich nicht mehr in dem Maarendorf. Wenn er sie finden wollte, gab es nur eine Möglichkeit. Er musste dem Heiler folgen.

Lautlos wie ein Geist löste er sich aus den Schatten und folgte dem Heiler durch das Dorf zu den Minen. Der Maar führte ihn vorbei an verdunkelten Hütten und verschlossenen kleinen Läden und schwenkte schließlich auf einen breiten, von den Rädern schwer beladener Karren tief gefurchten Pfad ein, der an einem Hain mit Haselholz und Weiden vorbei aus dem Dorf hinausführte.

Über allem lastete die Stille wie ein Bahrtuch.

Fast unmerklich begann der Pfad anzusteigen. Felsen und Sträucher säumten ihren Weg, bis hin zu einem eisernen, mit Spitzen und Zinken bewehrten Zaun, der sich rings um den Eingang des Bergwerks fast vier Längen in die Luft reckte und Unbefugte vom Betreten der Minen abhalten sollte. Angesichts des geöffneten Schlagbaums und des schnarchenden Postens wirkte das imposante Bauwerk fast ein wenig lächerlich. Es wunderte Ferwyned nicht, dass der Heiler den Schlagbaum passierte, ohne aufgehalten zu werden.

Geschmeidig wie eine Katze löste der Elf sich aus dem Schatten der Felswand und folgte dem Heiler in den Stollen, der stetig bergab führte und sich schon bald mehrfach verzweigte. Obwohl Ferwyned auch in den spärlich beleuchteten Tunneln und Gängen noch gut sehen konnte, musste er all seine Aufmerksamkeit darauf verwenden, den Maar nicht aus den Augen zu verlieren. Manches Mal war es allein seinem feinen Gehör zu verdanken, dass er den richtigen Tunnel wählte.

Fast wäre er mitten in die finstere Höhle hineingestolpert, in welcher der Heiler stehen geblieben war und sich suchend umschaute.

»Marni ... ni ... ni ... ni ...«

Das Wort verhallte auf eine Weise, die vermuten ließ, dass die Höhle sehr viel größer war, als Ferwyned es im Licht der einzigen Fackel am Eingang erkennen konnte. Doch auch das wenige, was er in ihrem Schein zu sehen bekam, war mehr als beeindruckend.

Von der kuppelartigen Decke hingen lange Tropfsteine wie versteinerte Eiszapfen herab, denen sich vom Boden aus steinerne Zapfen entgegenreckten. Sternenebulitadern durchzogen die Höhlenwände wie silberne Fäden, und Halterungen, in denen weitere Fackeln steckten, ließen vermuten, dass die Höhle nicht immer so verlassen war.

»Marni?«

»... ni ... ni ... ni ... ni ...« Das Echo schien den Heiler zu verspotten. Ferwyned sah, wie der Maar eine weitere Fackel an der Flamme entzündete und suchend umherging. Das Licht wurde schwächer, als er den hinteren Teil der Höhle betrat. Dann kehrte er zurück. Ferwyned hörte ihn leise fluchend näher kommen, löste das Kurzschwert von seinem Gürtel und machte sich bereit. Er hatte Fragen. Viele Fragen. Es wurde Zeit, die Tarnung abzulegen.

Als der Maar die Fackel in einem Sandhaufen gelöscht und in die Halterung zurückgesteckt hatte, löste Ferwyned den Zauber, der ihn unsichtbar machte, und versperrte dem Maar den Weg mit den Worten: »Wo ist Brinnah?«

Es war, wie Nam gesagt hatte: Weit und breit war kein Magier zu sehen. Warti atmete auf. Der schmale Durchlass, der die geheimen Gänge mit der Höhle verband, endete hinter dem größten Wandteppich, den er jemals gesehen hatte. Eine bessere Möglichkeit, den Eingang zu verbergen, hätten die

Harrdamis nicht wählen können. Der Teppich war schwer und reichte bis zum Boden hinunter. Er ließ ihnen gerade so viel Raum, dass Warti kopfüber aus dem Loch kriechen und sich aufrichten konnte, um Platz für Palin zu machen.

Der Wandteppich schmückte einen Nebenraum der Höhle, in der Warti angekommen war. Zahlreiche Geräte und Instrumente, deren Sinn und Zweck sich ihm nicht erschlossen, waren hier wahllos in-, auf- und übereinander gestapelt. Das heillose Durcheinander erinnerte Warti an Ginnirs Abstellkammer, in der sie all die Dinge aufbewahrte, die keinen Nutzen mehr hatten, von denen sie aber glaubte, sie später noch einmal gebrauchen zu können.

»Pssst!« Nam war zum Eingang gehuscht, spähte in die große Höhle hinein und winkte die beide Maare zu sich. »Magiär schlafen«, wiederholte er noch einmal und strahlte vor Stolz über das ganze Gesicht. »Guut.«

»Gut ist noch untertrieben. Das ist mehr, viel mehr, als ich zu hoffen wagte.« Warti konnte sein Glück kaum fassen. Auf dem Weg hierher waren ihm tausend Dinge durch den Kopf gegangen, die misslingen konnten. Und nun passierte – nichts.

»Und was machen wir jetzt?«, hörte er Palin leise hinter sich fragen. »Ich meine, es ist ja gut und schön, dass wir hier allein sind, aber hast du denn auch eine Idee, wie wir wieder nach Hause kommen?«

»Nun, ich dachte, wir versuchen …« Warti verstummte, als in der Höhle ein Grunzen zu hören war.

»Was war das?« Aus Palins Gesicht war alle Farbe gewichen. Nam schaute besorgt drein und murmelte etwas Unverständliches, machte aber keine Anstalten, weiterhin die Führung zu übernehmen.

Wieder ertönte das Grunzen, diesmal lauter und länger.

»Da schnarcht jemand.« Warti deutete in einen Teil der Höhle, den sie von ihrem Standort nicht einsehen konnten.

»Es kommt von dort. Wartet hier, ich sehe nach.« Während er sich vorsichtig an der Wand entlangschob, tastete Warti nach dem Schürhaken an seinem Gürtel. Keine allzu gute Waffe, aber besser als gar nichts. Aufmerksam blickte er sich um. Anders als er es in Erinnerung hatte, war die Höhle nur spärlich beleuchtet. Einige wenige Lichtquellen an der Decke und den Wänden verströmten ein dämmeriges grünliches Licht, das keinen Ursprung zu haben schien und vermutlich durch Magie am Leben gehalten wurde.

Die vielen lichtlosen Bereiche verliehen der Höhle etwas Bedrohliches, aber Warti ließ sich davon nicht beirren. Immer auf Deckung achtend, bewegte er sich auf das Geräusch zu. Eine ganze Weile konnte er nicht erkennen, woher es stammte, dann sah er es. Im Schatten nahe der Höhlenwand lag eine schlafende Gestalt auf dem Boden – ein Maar!

Warti blinzelte verwirrt. Er konnte nicht sagen, was er erwartet hatte, aber einen Maar ganz gewiss nicht.

Ein neuerliches Grunzen, das den kleinen Körper erbeben ließ, schallte durch die Höhle und löschte auch den letzten Zweifel aus, dass ein anderer der Urheber dieses so gar nicht maarenhaften Grunzens sein konnte.

»Fels und Stein! Das ist ja einer von uns.« Wie aus dem Nichts tauchte Palin an Wartis Seite auf. »Was tut der hier?«

»Ssslafen!« Auch Nam war Warti gefolgt.

Warti brachte kein Wort über die Lippen. Dass einer von ihnen sich allein inmitten der Magierhöhle aufhielt und schnarchte, erschien ihm so unglaublich, dass er nicht recht damit umzugehen wusste. Der Teil seines Gewissens, der an das Gute glaubte, drängte ihn, den Schläfer zu wecken, der nur ein entflohenes Opfer der Magier sein konnte, aber der andere Teil, der hinter allem eine Gefahr vermutete, mahnte ihn zur Vorsicht.

»Das ist doch ...« Mit wachsendem Unbehagen beobachtete Warti, wie Palin sich an ihm vorbeischob und sich dem Schlafenden näherte.

Darauf bedacht, den Maar nicht zu wecken, beugte Palin sich vor und betrachtete dessen Gesicht. »He, das ist mein Freund Marni«, rief er überrascht aus. »Marni!« Er streckte die Hand aus, um den vermeintlichen Freund zu wecken.

»Palin, warte!«, rief Warti erschrocken. »Wir wissen nicht ...« Aber es war zu spät. Kaum, dass Palin den Maar an der Schulter berührt hatte, schlug dieser die Augen auf. Ein unwilliges Knurren entwich seiner Kehle, als er sich zum Sitzen aufrichtete und verschlafen zu erkennen versuchte, was vor sich ging.

»Marni!« Palin strahlte. »He, Marni, alter Freund. Ich bin es, Palin. Erkennst du mich nicht?«

»Pa... Palin?« Marni blinzelte verwirrt. Für einen Augenblick wirkte er, als ob er angestrengt nachdenken müsse. Dann hellte sich seine Miene auf, und er fragte: »Palin Wartugel?«

»Ja, genau.« Palin nickte beglückt und fragte: »Bist du ihnen auch entkommen?«

»Entkommen?« Marnis Blick irrte umher und blieb schließlich an Warti hängen. »Wer ist das?«, fragte er.

»Das ist Warti. Du kennst ihn doch«, erwiderte Palin.

»Warti ...« Wieder musste Marni lange überlegen. Etwas an der Art, wie er sich benahm, gefiel Warti gar nicht. Marni wirkte auf den ersten Blick wie ein gewöhnlicher Maar, aber nach allem, was er in der Höhle hatte mit ansehen müssen, war er misstrauisch geworden. Immerhin hatten auch die Besessenen wie gewöhnliche Maare ausgesehen.

Der Stein! Plötzlich fiel ihm der Stein ein, den Tutom ihm geschenkt hatte. Entschlossen griff er in die Tasche und nahm den ovalen, eisblauen Kiesel in die Hand. Er musste Gewissheit haben! Als er den Stein hervorholte, bemerkte er die Veränderung. Er war sehr warm und nicht mehr eisblau.

In ihm pulsierte ein rötliches Licht, das eine enorme Hitze ausstrahlte.

»Palin!« Warti trat vor, packte Palin an der Schulter und riss ihn zurück.

»He, was soll das?« Empört wollte Palin die Hand abstreifen, als Marni sich jäh zu verändern begann. Starr vor Schreck wurden Warti und Palin Zeuge, wie der harmlose Marni sich binnen weniger Augenblicke in eine furchterregende Kreatur mit Ebergesicht verwandelte, die sie fast um das Doppelte überragte.

»Laaauf!« Warti versetzte Palin einen Stoß, der ihn außer Reichweite der Kreatur brachte. Er selbst wich langsam zurück, wobei er den Schürhaken mit beiden Händen umklammerte und ihn wie ein Schwert vor sich hielt. »Ich wusste es«, murmelte er, um Luft ringend. »Ich wusste, dass du einer von ihnen bist.«

Der Maar-Gurrlin machte einen stampfenden Schritt auf Warti zu und musterte ihn mit einem unergründlichen Blick aus kleinen Schweinsaugen, während von den gebogenen Hauern schaumiger Geifer zu Boden tropfte.

»Flieh, Warti!« Palins Ruf verhallte ungehört. Warti hatte nur Augen für das Monstrum, das ihm den Weg versperrte.

»K... komm nicht näher!«, stieß er zitternd hervor. Seine Hände umklammerten den Griff des Schürhakens so fest, dass die Knöchel weiß hervortraten. Niemals zuvor hatte er eine Waffe auf ein lebendes Wesen gerichtet, niemals zuvor jemanden verletzt und niemals einen anderen getötet. Er hatte keine Erfahrung im Kämpfen, aber er war wild entschlossen heimzukehren und dachte nicht daran, sich von diesem widerlichen Monstrum daran hindern zu lassen.

»Warti, lauf!« Nackte Angst schwang in Palins Stimme mit. Warti reagierte nicht. Schweiß perlte auf seiner Stirn, während er die Bestie mit den Augen fixierte.

Der Maar-Gurrlin warf den Kopf in den Nacken, gab ein

markerschütterndes Brüllen von sich und schlug Warti den Schürhaken mit einer plötzlichen Bewegung aus der Hand. Der Haken flog durch die Luft und prallte ein ganzes Stück weit entfernt klirrend auf den Boden. Die gebogene Spitze brach ab, der Haken rutschte noch ein paar Längen weiter über den Boden und blieb dann liegen. Warti wusste, dass er fliehen musste, aber er rührte sich nicht. Seine Füße schienen mit dem Boden verwachsen, während eine namenlose Furcht seine Gedanken lähmte. Er wusste, was gleich geschehen würde, fühlte sich aber außerstande, etwas dagegen zu unternehmen.

Mir grausamer Langsamkeit sah er den Maar-Gurrlin auf sich zukommen, das Maul mit den dolchartigen Reißzähnen weit geöffnet, die klauenbewehrte Pranke zum tödlichen Schlag erhoben. Warti stockte der Atem, Furcht schnürte ihm die Kehle zu, und um seine Brust schien ein eiserner Ring zu liegen. Er wollte nicht sterben, nicht hier und nicht jetzt, vor allem nicht, ohne seine Familie in Sicherheit zu wissen.

Im Angesicht des Todes schloss er die Augen. Über das Rauschen des Blutes in seinen Ohren hinweg hörte er den Maar-Gurrlin brüllen, zornig und kraftvoll, und wartete auf den Schmerz, der das Ende ankündete.

Doch der Schlag blieb aus. Warti hörte den Maar-Gurrlin brüllen und toben, bemerkte aber, dass sich etwas in den Lauten verändert hatte. Sie waren immer noch zornig und hasserfüllt, aber es schwang auch etwas anderes darin mit, das zuvor nicht zu hören gewesen war. Schmerz!

Zögernd wagte er einen Blick, und was er zu sehen bekam, verschlug ihm den Atem. Die Bestie war immer noch vor ihm, aber sie war nicht allein. Eine Gestalt klammerte sich im Nacken des Eberkriegers fest. Den Schürhaken wie ein Messer in den Händen haltend, hieb sie immer wieder auf die lederartige Haut des Eberkriegers ein. Außer sich vor Wut und Schmerz, drehte sich der Maar-Gurrlin um die eigene Achse und versuchte, seinen Peiniger abzuschütteln. Dieser aber hatte seinen Platz geschickt gewählt. Die zupackenden Klauenhände erreichten ihn nicht – noch nicht.

»Palin!« Warti überlief es eiskalt, als er den Freund auf dem Rücken des Eberkriegers erkannte.

Ich muss ihm helfen! Die Not des Freundes ließ ihn seine eigene Furcht vergessen. Hektisch schaute er sich nach etwas um, das ihm als Waffe dienen konnte, und entdeckte auf einem nahen Tisch eine ganze Reihe von gläsernen Gefäßen, in denen Flüssigkeiten in verschiedenen Farben schimmerten. Warti zögerte nicht. Mit wenigen Schritten war er bei dem Tisch, schnappte sich ein Gefäß nach dem anderen und bewarf damit den Maar-Gurrlin unter wüsten Beschimpfungen.

Der Angriff kam so unerwartet, dass der Maar-Gurrlin für einen Atemzug verwirrt innehielt. Palin reagierte sofort und rammte dem Maar-Gurrlin den Schürhaken mit einem verzweifelten Aufschrei bis zum Heft zwischen die Schulterblätter.

Der Eberkrieger erstarrte mitten in der Bewegung. Auf seinem Gesicht zeigte sich ein Ausdruck des Erstaunens. Für scheinbar endlose Augenblicke herrschte in der Höhle eine fast greifbare Stille.

Warti sah Palin grinsen, da stieß der hünenhafte Krieger einen Schrei aus, packte den überraschten Palin mit einer blitzartigen Bewegung und schleuderte ihn wie eine Puppe gegen die Wand.

Warti hörte die Knochen seines Freundes mit einem abscheulichen Geräusch brechen und sah, wie er kopfüber auf dem Boden aufschlug, wo er mit unnatürlich verrenkten Gliedern liegen blieb. »Palin!« Wartis Schrei zerriss die Stille in der Höhle. Achtlos ließ er die Gefäße fallen, die er noch wurfbereit in den Händen hielt, unterdrückte aber im letzten Augenblick den Wunsch, seinem Freund zu Hilfe zu eilen.

Der Maar-Gurrlin stand noch immer zwischen ihnen, und die harten Augen fixierten ihn mit tödlicher Gelassenheit. Es schien nur eine Frage der Zeit, bis er Palins Schicksal teilen würde.

Vergebens, dachte er bei sich, als der Eberkrieger den ersten Schritt auf ihn zutat. *Es war alles vergebens.* In wenigen Augenblicken würde er Palins Schicksal teilen.

Langsam wich er zurück, die Augen fest auf den Maar-Gurrlin gerichtet.

Ein Schritt, zwei …

Der Eberkrieger knurrte. Seine Bewegungen wirkten schwerfällig, was dem Furcht einflößenden Eindruck aber keinen Abbruch tat.

… drei …

Der Krieger stieß ein Brüllen aus und hob den Arm zum Schlag.

… vier.

Warti stieß mit dem Rücken gegen etwas Hartes. Der Steintisch, auf dem die Gefäße standen! Einer verzweifelten Hoffnung folgend, tastete er hinter seinem Rücken blindlings nach etwas, das er auf das Monstrum werfen konnte, war dabei aber so fahrig, dass die Gefäße umkippten und davonrollten, ehe er sie fassen konnte.

Seine Bewegungen wurden immer hektischer. Sein Herz hämmerte wie wild. Wie das fleischgewordene Grauen ragte der Krieger vor ihm auf. Wartis Hände umklammerten in hilfloser Verzweiflung die Tischkante. »Nein«, flüstere er keuchend, während er auf den alles vernichtenden Schlag wartete. »Bitte, nein.« Als er den Blick hob, sah er die krallenbewehrte Pranke auf sich zurasen.

Es ist vorbei. Im letzten Augenblick seines Lebens sah er noch einmal Ginnir vor sich, die ihn mit einem Blick aus unendlich traurigen Augen anschaute. Warum hast du uns im Stich gelassen?, schien sie zu fragen. Der Anblick traf Warti mitten ins Herz, aber er wusste, dass er es nicht mehr ändern konnte.

»Verzeih mir!«, murmelte er, während er auf den Schmerz wartete, der sein Leben auslöschen würde. »Verzeih!«

Aber der Schmerz blieb aus. Alles, was er spürte, war ein kühler Windzug, als die Pranke ihn verfehlte.

Während sein Blick sich klärte, sah er den Eberkrieger taumeln. Keuchend suchte er mit den Händen in der Luft nach einem Halt, den es nicht gab. Seine Lider flatterten, und ein ersticktes Brüllen entfloh seiner Kehle. Dann erlosch das Licht in seinen Augen. Die stämmigen Beine knickten ein, und er stürzte wie ein gefällter Baum zu Boden.

Warti rettete sich mit einem beherzten Sprung zur Seite, sodass der Eberkrieger mit dem Oberkörper auf dem Steintisch aufschlug. Mit lautem Krachen zerbarst die Tischplatte in zwei Teile. Gefäße und allerlei Gerät rutschten in die Mitte und begruben den Maar-Gurrlin unter sich, aus dessen blutüberströmtem Rücken der Griff des Schürhakens ragte.

Unfähig, einen klaren Gedanken zu fassen, starrte Warti den Toten an, ehe ihm bewusst wurde, dass es wirklich vorbei war. Vorbei! Am Ende hatte Palins heldenhafte Tat doch noch Früchte getragen.

Palin! Warti zuckte zusammen, als erwache er aus einem furchtbaren Albtraum. *Ich muss Palin helfen.*

Mit wenigen Schritten erreichte er die Stelle, wo sein Freund lag. Voller Sorge kniete er nieder und versuchte Palins Herzschlag zu erspüren. Als er die Hand fortnahm, sah er Blut an seinen Fingern und in einer ölig schimmernden Lache sich auf dem Boden ausbreitend. Er kam zu spät. Palin war tot.

»Nein!« Warti schluchzte auf. »Oh, nein!« Tränen rannen ihm über das staubige Gesicht und hinterließen helle Spuren auf seinen Wangen. Palin hatte sich auf sein Drängen hin überwunden mitzukommen und seinen Mut mit dem Leben bezahlt. Warti fühlte sich schuldig.

»Err muutig.« Nam wagte sich zögernd aus seinem Versteck und trat zu Warti.

»Er ist tot!« Warti fuhr herum und funkelte Nam an. Schuldgefühle, Wut und Trauer ballten sich binnen weniger Atemzüge zu einem Sturm zusammen, der sich in einem zornigen Wortschwall über dem Harrdamis entlud. »Wo warst du?«, herrschte er Nam an. »Du elender Feigling hättest uns helfen können. Dann wäre er jetzt vielleicht noch am Leben. Aber nein, du musstest dich ja verkriechen. Der ach so tapfere Nam, immer zur Flucht bereit, wie? Nur keine Gefahr eingehen, immer schön ducken und demütig sein, ja? Ist es das, was euch auszeichnet? Demut? Kein Wunder, dass euch diese Magier schon so lange knechten. Mein Volk würde sich das nicht gefallen lassen. Sieh dir Palin an. Er war mutig, ja. Und selbstlos. Er hat mir das Leben gerettet. Er hätte es verdient, dass auch ihm jemand zu Hilfe kommt. Er ... er konnte doch nicht ... war doch nicht ... hatte doch noch nie ...« Warti brach ab, schlug die Hände vor das Gesicht und ließ den Tränen freien Lauf.

Kostbare Zeit verstrich, während er um Palin trauerte. Er wusste, dass er diese nicht hatte, denn die Nacht musste schon weit vorangeschritten sein, aber selbst das war ihm in diesem Augenblick gleichgültig. Angesichts des toten Freundes haderte er mit dem Schicksal und dem Leben im Allgemeinen, verfluchte den irrwitzigen Fluchtplan, der eigentlich keiner war, und vor allem sich selbst für seine unselige Neugier, die ihn in diese vertrackte Lage gebracht hatte. Er wollte Gutes tun und sein Volk vor dem Schicksal der Harrdamis bewahren, aber was er auch tat, er machte alles nur noch schlimmer. Er würde sein Ziel nie erreichen. Er war ein Versager. Die Erkenntnis ließ ihm die Kehle eng werden, und für einen Augenblick wünschte er tatsächlich, auch er wäre tot.

»Warrtie, nir manlas kortu.« Nam trat näher und legt Warti mitfühlend die Hand auf die Schulter.

»Lass mich in Ruhe.« Warti entwand sich ihm mit einer ruckartigen Bewegung. Er wollte keinen Trost. Schon gar nicht von Nam. Die Geste verfehlte ihre Wirkung nicht. Warti hörte Nam seufzen. Schlurfende Schritte und das Klirren der Fußkette zeugten davon, dass er sich entfernte. Warti machte keine Anstalten, den Harrdamis aufzuhalten. Er fühlte sich ausgebrannt und leer und haderte mit Palins schmerzlichem Ende.

Die Zeit verrann. Warti fühlte sich außerstande, irgendetwas zu tun. Er brachte es nicht übers Herz, Palins Leichnam einfach liegen zu lassen, und kam sich vor wie ein Verräter, weil er wusste, dass ihm nichts anderes übrig blieb.

Er ist gestorben, damit ich die anderen warnen kann.

Nur zögernd formte sich der Gedanke inmitten der Trauer, die seinen Geist erfüllte. *Wenn ich aufgebe, war sein Opfer vergebens. Aber wenn ich weitermache, kann ich seinem Tod einen Sinn geben …*

»Warrtie tumbar Nam! Warrtie tumbar Nam!« Nams aufgeregte Rufe rissen Warti aus den Gedanken. Das Klirren der Fußkette kündete davon, dass er angelaufen kam. »Tumbar! Tumbar!«, schnatterte er aufgeregt und versuchte winkend, Wartis Aufmerksamkeit zu erregen. Warti war immer noch wütend auf Nam, aber etwas in der Art, wie der Harrdamis sich benahm, ließ ihn aufmerken.

Die Magier kommen! Ein eisiger Schrecken durchzuckte seine Glieder. Wie lange waren sie schon hier? Und welchen Lärm hatten sie gemacht? Wie viel Zeit blieb ihnen noch?

Nam erreichte ihn, fasste ihn an der Schulter und deutete in die Höhle hinein, wo zuvor der besessene Maar geschlafen hatte.

»Da! Da!«, rief er aufgeregt. »Da sslaffen!«

»Schlafen?« Warti blinzelte verwirrt. »Ich?«

»Nirr, nirr!« Nam schüttelte energisch den Kopf, erhob sich und gab Warti mit hektischen Handzeichen zu verstehen, dass er ihm folgen solle. »Warrtie tumbar Nam!«

»Danke, mein Freund.« Warti bedachte Palin mit einem letzten langen, traurigen Blick. »Danke für alles. Ich werde deiner Familie erzählen, dass du ein Held warst.« Dann erhob er sich und folgte Nam.

»Warrtie!« Nam stand vor einem Käfig aus dicken Gitterstäben und gestikulierte wild. »Tumbar, tumbar«, drängte er und deutete in den Käfig.

»Ich bin ja schon da.« Warti seufzte und wischte eine Träne fort. Das Licht war spärlich. Der Käfig stand fast völlig im Schatten. Erst als er sich ihm bis auf wenige Schritte genähert hatte, konnte er erkennen, worauf Nam deutete. In dem Käfig lag jemand, zusammengekrümmt wie ein schlafendes Kind. Warti schnappte nach Luft, als er die langen hellen Haare sah, die das Gesicht verdeckten. Ein Irrtum war ausgeschlossen: In dem Käfig lag eine Nebelelfe!

8

»Wo ist Brinnah?«

Die Worte schienen in der Luft zu hängen, erstarrt, wie die Gesichtszüge des Maars, der Ferwyned mit einer Mischung aus Erschrecken und Verwunderung anstarrte.

»... nah ... nah ... nah ...« So leise, als wolle selbst das Echo die angespannte Stille nicht brechen, verhallten die Worte in der Düsternis der Höhle.

»Sprich!« Es war Ferwyned, der das Schweigen brach. »Und keine Ausflüchte. Ich habe alles mit angehört und weiß, dass du und dieser Marni sie von deinem Haus hierher gebracht habt.« Er tat, als spähe er in die Höhle hinein, und fragte: »Also, wo ist sie?«

»Das wirst du nie erfahren.« Etwas an der Art, wie der Maar ihm antwortete, warnte Ferwyned. »Ach, und warum nicht?« Die Augen fest auf den Maar gerichtet, tastete er nach dem Messer an seiner Taille und löste den Lederriemen, der es hielt. Ärger lag in der Luft, und er wollte vorbereitet sein.

»Weil du diese Höhle nicht mehr lebend verlassen wirst.« Der Maar hatte den Satz noch nicht vollendet, als ein grauenerregendes Knirschen und das scheußliche Geräusch reißender Haut an Ferwyneds Ohren drangen. Starr vor Entsetzen musste er mit ansehen, wie sich der Maar binnen weniger Augenblicke in eine riesige, muskelbepackte Kreatur verwandelte, die einem Albtraum entsprungen schien und ihn um eine Armlänge überragte. Das Gewand riss auf, bis nur mehr Fetzen davon übrig waren, während sich das friedliche Maarengesicht zu einer geifernden Eberfratze mit mächtigen Hauern verformte, deren siegesgewisses Grinsen zwei lange Reihen gekrümmter Zähne entblößte. Ferwyned spürte die Kälte, die sich in seinen Eingeweiden ausbreitete. Niemals zuvor hatte er eine so schreckliche Kreatur gesehen, niemals auch nur davon gehört, dass es so etwas in Thale gab. Und doch stand sie so leibhaftig vor ihm wie das fleischgewordene Grauen.

Er empfand Abscheu und Schrecken, aber keine Furcht. Zu oft schon hatte er der Gefahr ins Auge geblickt, hatte gegen Quarline und andere Gegner gekämpft. Er war allein, doch er war nicht wehrlos. Wie von selbst fand das Jagdmesser den Weg in seine Hand, während er gleichzeitig jene Geste machte, die ihn vor den Augen der Bestie verbergen würde. Der Trick gelang. Die Bestie stieß ein wütendes Brüllen aus, das den Boden erzittern ließ, und wirbelte herum, um zu erkennen, wohin der Elf verschwunden war.

Ferwyned grinste, hob das Messer und machte einen Schritt auf das Monstrum zu, das ihm nun den Rücken zuwandte. Ein Fehler, wie er sogleich bemerkte. Obwohl er weder zu hören noch zu sehen war, schien die Bestie seine Nähe zu spüren. Mit einem zornigen Brüllen fuhr sie herum. Die vorgestreckten Klauen schnitten tödlich wie Sensen durch die Luft.

Instinktiv warf Ferwyned den Kopf zurück. Gerade noch rechtzeitig, ehe er ihm von den Schultern getrennt werden konnte. Vom eigenen Schwung getragen, stolperte er zwischen zwei Felsendornen hindurch rückwärts außer Reichweite der Bestie.

Aber die Atempause währte nicht lange. Die Bestie konnte ihn nach wie vor nicht sehen, schien jedoch zu wissen, wo er auf sie harrte. Ferwyned sah sie die Dorne umrunden und auf sich zukommen und machte sich bereit. Geschickt duckte er sich unter dem Prankenhieb hindurch, warf sich mit einem Satz von hinten auf das Monstrum und rammte ihm das Messer bis zum Heft unter das rechte Schulterblatt. Das Monstrum schrie vor Wut und Schmerz und warf sich herum, um den unsichtbaren Angreifer abzuschütteln, aber Ferwyned hatte sich längst in Sicherheit gebracht. Mit Genugtuung bemerkte er das Blut, das aus der Stichwunde quoll, während die Bestie die Eberschnauze in die Luft reckte, um erneut seine Witterung aufzunehmen.

Ferwyned warf einen raschen Blick zum Höhlenausgang, der kaum zwanzig Schritte entfernt wie ein finsteres Maul in der Höhlenwand gähnte. Für den Bruchteil eines Augenblicks erwog er zu fliehen, verwarf den Gedanken aber gleich wieder. Etwas Bedrohliches ging hier vor. Etwas, das weit mehr Fragen aufwarf als die, wohin Brinnah verschwunden war. Hier war eindeutig Magie im Spiel, und das verhieß nichts Gutes.

Die Elfe war eine viel größere Gefahr für unsere Pläne.

Die Worte, die die beiden Maare im Haus des Heilers gewechselt hatten, kamen ihm wieder in den Sinn. Sie hatten auch von Rüstungen gesprochen, die in der Schmiede hergestellt wurden. Rüstungen? Ferwyned runzelte die Stirn. Die Krieger der königlichen Garde waren die Einzigen in Thale, die Rüstungen aus Sternenebulit trugen, und diese wurden allein von den Schmieden am Hofe des Elfenkönigs hergestellt. Wenn die Maare tatsächlich Rüstungen schmiedeten, von denen niemand etwas wissen sollte, konnte das nur eines bedeuten …

Ferwyned konnte den Gedanken nicht zu Ende führen, denn die Bestie griff erneut an. Er wirbelte herum, sprang zur Seite und bewegte sich geschickt zwischen den Felsendornen hindurch, die an dieser Stelle zahlreich beieinanderstanden. Aber die steinernen Dornen konnten die Bestie nicht aufhalten. Mit der Pranke schlug sie die schlankeren Felsnadeln beiseite und zwängte sich mit roher Gewalt zwischen den dickeren hindurch. Dabei bewegte sie sich schnell und offenbar ohne Schmerzen. Die mit schaumigem Geifer bedeckten Zähne waren zu einem grauenerregenden Grinsen entblößt.

Auf einer kleinen Freifläche holte sie Ferwyned ein und stürzte sich auf ihn. Aber der Elf war vorbereitet. Er duckte sich und warf sich gewandt zur Seite, während er gleichzeitig die Klinge hochriss und dem Ungeheuer einen klaffenden Schnitt über den Rippen zufügte.

Mit zornigem Gebrüll vollführte die Bestie blitzschnell eine Drehung, um sofort wieder auf Ferwyned einzudringen, der die kurze Klinge nun abwehrbereit in beiden Händen hielt. Geschmeidig wie eine Katze stürzte er sich auf die Kreatur und rammte ihr das Messer tief in den Oberschenkel. Die Klinge durchtrennte Muskeln und Sehnen, das Bein knickte ein. Die Bestie versteifte sich, stieß einen Schrei des Entsetzens aus und stürzte wie ein gefällter Baum zur Seite, wo sie zusammengekrümmt und zuckend liegen blieb.

Ferwyned rang um Atem. Auch seine Kräfte waren nicht unerschöpflich. Nicht mehr lange, und er hätte die Flucht ergreifen müssen, um nicht ein Opfer dieses Wesens zu werden. Er war erleichtert, blieb aber vorsichtig. Seine ersten Attacken hatten dem Ungeheuer kaum etwas anhaben können. Der Stich ins Bein hatte ihm das Gleichgewicht geraubt, doch wie schwer die Verletzung wirklich war, konnte er nur vermuten. Ebenso gut mochte es auch eine Falle sein.

Ferwyned wartete lange, ehe er es wagte, seine Tarnung aufzugeben. Sorgsam darauf bedacht, einen sicheren Abstand zu wahren, trat er vor, das Messer abwehrbereit auf die Bestie gerichtet, und sagte: »Du hast verloren. Ich weiß nicht, wer oder was du bist, aber ich verspreche dir, dich nicht zu töten, wenn du mir sagst, was ich wissen will.«

Die Bestie rührte sich nicht. Ihr rasselnder Atem ging stoßweise. Die wulstigen Lieder über den Schweinsaugen flackerten. Nichts deutete darauf hin, dass sie Ferwyneds Worte gehört oder verstanden hatte.

»He, ich rede mit dir.« Ferwyned runzelte die Stirn. Die Wunden, die er der Bestie zugefügt hatte, waren äußerst schmerzhaft, aber gewiss nicht tödlich. Vorsichtig trat er einen Schritt näher. Die Bestie lag im Schatten, ein strenger Geruch, der zu dem eberähnlichen Äußeren passte, ging von ihr aus. Der Gestank war würzig, aber da war noch etwas anderes, das ihn fast überdeckte – der metallische Geruch frischen Blutes.

Und dann bemerkte er es. Eine ölig schimmernde Lache, die langsam unter dem Körper der Bestie hervorkroch und rasch größer wurde. Die ungeheure Blutmenge konnte unmöglich von den Messerstichen stammen. Ferwyned beugte sich über den reglosen Körper und sog die Luft durch die Zähne. Aus dem massigen Körper ragte die blutige Spitze eines Felsendorns, der die Bestie beim Sturz aufgespießt hatte. Ferwyned seufzte. Seine Hoffnung, noch etwas über Brinnah zu erfahren, würde sich nicht erfüllen. Er wandte sich ab, um die Höhle zu verlassen, als die Bestie sich noch einmal aufbäumte. Die Pranke schnellte vor, packte Ferwyned am Bein und riss ihn zu Boden. Der Sturz war hart und schleuderte ihm das Jagdmesser aus den Händen. Er wollte danach greifen, aber die Bestie hielt ihn mit eisernem Griff und zerrte ihn unaufhaltsam auf sich zu.

Ferwyned wehrte sich nach Leibeskräften, hatte den barbarischen Kräften aber nichts entgegenzusetzen. Unaufhaltsam sah er die schnappenden Kiefer näher kommen, während blutiger Schaum aus dem Maul der Bestie quoll. Es war unglaublich, welche Kräfte sie noch besaß, obwohl sie im Sterben lag.

Ferwyned kämpfte. Mit bloßen Fäusten hieb er auf die Klaue ein, die sein Bein umklammert hielt, und packte schließlich die gebogenen Hauer mit den Händen, um sich die tödlichen Reißzähne vom Leib zu halten. Die verzweifelte Gegenwehr zehrte an seinen Kräften, als die Bestie endlich Schwäche zeigte. Ferwyned spürte, wie ein Zittern ihren Körper durchfuhr. Die Bewegungen wurden schwächer. Blut floss aus dem halb geöffneten Maul. Dann war es vorbei. Mit einem gurgelnden Laut sackte die Kreatur in sich zusammen und starb. Ferwyned keuchte. Auf seiner Stirn glänzten Schweißperlen. Ermattet sank er zu Boden, wohl wissend, dass er nicht viel länger hätte widerstehen können.

Schließlich richtete er sich zum Sitzen auf. Hier konnte er nichts mehr ausrichten. Es wurde Zeit, die Höhle zu verlassen. Er wollte aufstehen, aber etwas hinderte ihn daran. Selbst im Tode hielt die Bestie sein Bein so fest umklammert, dass ein Fortkommen unmöglich war. Sosehr er auch zerrte und zog, die gekrümmten Klauen gaben nicht nach. Er war gefangen.

Brinnah trieb durch eine Welt der Träume. Es war ein seltsames Gefühl, ganz so, als ob ihre Seele zugleich in und außerhalb des Körpers wäre. Mal sah sie sich selbst am Boden liegen, gefangen in einem Käfig wie ein Tier. Mal erschienen schillernde Farben vor ihren Augen, schön wie ein Regenbogen, die nur wenige Augenblicke später in schwarzweiße Bilder übergingen und eine große Sehnsucht in ihr zurückließen. Geräusche kamen und ebbten ab. Jemand rief ihren Namen. Sie spürte, dass sie antworten musste. Aber der Gedanke war so flüchtig wie die Bilder und fort, ehe sie eine Antwort auf die Reise schicken konnte.

So trieb sie dahin durch eine Traumwelt, in der das Unwirkliche Wirklichkeit war, in der Licht und Schatten sich die Hand reichten und es weder Kummer noch Schmerz gab. Eine Welt, die sie in eine wohltuende Wärme und tröstliches Vergessen hüllte und in der selbst die Dunkelheit von Frieden erfüllt war. Sie fühlte sich wie auf Wolken schwebend, leicht und frei, und wünschte, dieses wunderbare Gefühl möge ewig andauern, während sie gleichzeitig versuchte, nicht auf die Stimme zu achten, die ihr zuflüsterte, all dies könne nur eines bedeuten: dass sie tot sei.

Irgendwann spürte sie eine Veränderung. Die Farben verblassten. Es wurde kalt. Das Gefühl des Schwebens und Getragenwerdens endete jäh mit einem Sturz in bodenlose Schwärze. Schrecken und Angst durchzuckten Brinnah wie glühendes Eisen. Sie wollte schreien, aber sie hatte keine Stimme. Furcht schnürte ihr die Kehle zu. Sie wurde von Krämpfen geschüttelt; Schmerzen, die so furchtbar waren, dass sie glaubte, verrückt zu werden, peinigten jeden Muskel ihres Körpers.

»Sie kommt zu sich.«

Wasser benässte ihre Lippen und erinnerte sie daran, wie durstig sie war. Ihre Lippen öffneten sich wie von selbst und schnappten gierig nach dem köstlichen Nass. Sie verschluckte sich, hustete und spuckte, aber das war ihr gleich, solange sie nur weitertrinken konnte. Viel zu früh wurde der Wasserstrahl dünner und versiegte schließlich ganz. Brinnah bäumte sich auf, doch da war eine Hand, die sie mit den Worten: »Tut mir leid, das war alles, was ich hatte«, sanft, aber bestimmt zurückdrängte. Widerwillig gab Brinnah dem Drängen nach und legte sich wieder hin. Für wenige Atemzüge bewegte sie sich nicht. Dann öffnete sie die Augen und blickte in das besorgte Gesicht eines Maars, der sich über sie beugte.

Ein Maar!

Schlagartig kehrten ihre Erinnerungen zurück.

Sie war mit Artair zu den Maaren geflogen ... da waren viele Maare gewesen ... eine seltsame Stimmung ... eine verlassene Hütte ... Geräusche und ...

»Nein!« Brinnah riss die Augen auf, als sie sich an die furchtbare Kreatur erinnerte, die sie in dem Nebenraum der Hütte entdeckt hatte. Einem plötzlichen Fluchtinstinkt folgend, warf sie sich herum und versuchte auf dem Bauch liegend von dem Maar fortzurobben.

»Warte!« Er setzte ihr nach und hielt sie fest. Brinnah schlug die Hand weg und versuchte aufzustehen, aber die Beine versagten ihr den Dienst. Ermattet gab sie die Gegenwehr auf, barg das Gesicht in den Händen und ergab sich in ihr Schicksal.

Was immer sie erwartet hatte, es trat nicht ein. Niemand griff sie an. Niemand berührte sie. Niemand fügte ihr ein Leid zu.

»Du musst keine Angst haben«, hörte sie den Maar wieder sagen. »Wir sind Freunde.«

Brinnah antwortete nicht. Obwohl ihr Kopf schmerzte, als hacke ein Riesenalp ununterbrochen mit seinem Schnabel darauf ein, versuchte sie mit ihren feinen Sinnen zu erkunden, wie viele Maare sich noch in der Nähe aufhielten, erspürte zu ihrem Erstaunen aber nur zwei Wesenheiten um sie herum. Vorsichtig öffnete sie die Augen, schaute sich um und fragte verwirrt: »Wo bin ich?

»In einer Höhle, im Land der Harrdamis«, erklärte der Maar mit ruhiger Stimme.

»Harrdamis?« Brinnah schüttelte den Kopf, was ihr erneut heftige Schmerzen einbrachte. »Unmöglich. So ein Volk gibt es nicht.«

»Nicht in Thale«, bestätigte ihr der Maar. Er kam näher, reichte ihr die Hand und half ihr, sich aufzusetzen. Dann hockte er sich zu ihr und sagte ernst: »Aber wir sind ja auch nicht mehr in Thale.«

»Nicht … mehr …?« Brinnah runzelte verwirrt die Stirn. »Das verstehe ich nicht.«

Der Maar seufzte. »Ich würde es dir gern erklären, aber so viel Zeit bleibt uns nicht.« Der gehetzte Unterton, der in seiner Stimme mitschwang, entging Brinnah nicht. »Wir sind in großer Gefahr«, erklärte er ihr knapp. »Wenn es uns nicht bald gelingt, zurückzukommen, sind wir beide tot.«

Brinnah antwortete nicht sofort. Sie fühlte sich schwach. Jede Bewegung verursachte ihr Übelkeit. Sie atmete tief durch, presste die Lippen aufeinander und versuchte, in der allgegenwärtigen Dunkelheit etwas zu erkennen. Der Maar hatte recht, sie waren wirklich in einer Höhle. In einer sehr großen sogar. Sie schien bewohnt zu sein. Überall standen Dinge herum, die nicht natürlichen Ursprungs waren. Worum es sich handelte oder wozu sie dienten, konnte sie auf den ersten Blick allerdings nicht ausmachen.

»Wie komme ich hierher?«, fragte sie matt und fuhr sich mit den Händen über die Augen.

»Das weiß ich nicht.« Der Maar deutete auf einen Käfig, der hinter ihnen an der Wand stand. »Man hatte dich dort eingesperrt. Nam hat dich entdeckt. Zum Glück fand ich hier Werkzeug, mit dem ich das Schloss öffnen konnte, so haben wird dich befreit.«

»Ich ... war da drin eingesperrt?« Brinnah schüttelte erneut den Kopf, was sie sofort bereute. »Daran kann ich mich nicht erinnern. Ich weiß nur noch, dass ...«

»Nicht jetzt!«, fiel der Maar ihr ins Wort. »Die Zeit drängt. Wie ist dein Name?«

»Brinnah.«

»Also gut, Brinnah. Ich bin Warti. Ich stamme aus der Siedlung bei den Sternenebulitminen«, stellte der Maar sich vor. »Ich kann dir alles erklären. Na ja, fast alles. Wie du in den Käfig gekommen bist, weiß ich natürlich nicht. Aber das muss alles bis später warten. Unsere Heimat ist in höchster Gefahr. Ein vernichtender Angriff steht unmittelbar bevor. Wir müssen so schnell wie möglich zurück und den Elfenkönig warnen, sonst ist es zu spät.« Er machte eine hilflose Geste und seufzte. »Ich weiß, es klingt verrückt, aber du musst mir glauben.«

Brinnah seufzte und straffte sich. »Ob ich dir glauben kann, entscheide ich später. Zuerst einmal muss ich zurück. Mein Riesenalp ist noch immer in der Siedlung. Ich spüre seine Nähe, aber ich kann ihn nicht erreichen. Er macht sich sicher schon Sorgen. Also, gehen wir.« Ohne auf ihre schmerzenden Muskeln und Gelenke zu achten, rappelte sie sich auf und schaute Warti fragend an, der immer noch am Boden hockte. »Was ist los? Sagtest du nicht, dass wir uns beeilen müssen? Worauf wartest du noch?«

»So einfach ist das leider nicht.«

»Warum?« Brinnah schaute Warti verwundert an. »Wir sind hierhergekommen, also wird es auch einen Weg zurück geben.«

»Das stimmt schon, nur weiß ich nicht, ob wir ihn finden werden.« Warti erhob sich und deutete durch die Halle zu der Stelle, an der er die grüne Lichtsäule zum letzten Mal gesehen hatte. »Irgendwo dahinten gibt es ein magisches Tor, das wie eine grüne Lichtsäule aussieht«, erklärte er. »Es verbindet Thale mit dieser Welt und endet in der großen Höhle der Sternenebulitminen.«

»Dann sollten wir es suchen.« Brinnah tat entschlossen ein paar Schritte in die Höhle hinein, keuchte auf und blieb wie angewurzelt stehen. »Was ist das?«, fragte sie mit einem entsetzten Blick auf den getöteten Maar-Gurrlin am Boden.

»Das, Brinnah, sind unsere Feinde.« Warti trat neben sie. »Es steht zu befürchten, dass sich bereits Hunderte, wenn nicht sogar Tausende von ihnen in Thale befinden und nur darauf warten, den Befehl zum Angriff zu erhalten.«

»So einen habe ich schon mal gesehen.« Brinnah erschauderte.

»Wo?«

»In der Siedlung bei den Minen.« Brinnah konnte den Blick nicht von dem Krieger mit dem Ebergesicht abwenden. »Er kauerte in einem Nebenraum, als ich die Botschaften abgeben wollte. Er … griff mich an. Ich wich zurück und erhielt einen Schlag auf den Kopf. Mehr weiß ich nicht.«

»Dann haben sie ihre Tarnung schon aufgegeben.« Warti ballte die Hände zu Fäusten. »Verdammt. Es ist noch viel schlimmer, als ich befürchtet habe.«

Wenige Herzschläge später erreichten sie die Stelle, an der eine kreisrunde Obsidianplatte im Höhlenboden eingelassen war. Der blank polierte schwarze Stein schimmerte im Schein der wenigen Fackeln, während die Zeichen, die rings um die Platte herum auf dem Höhlenboden prangten, nur undeutlich zu erkennen waren.

»Das ist es.« Warti bückte sich, betrachtete die Zeichen und strich mit der Hand prüfend über die Obsidianplatte. »So eine Platte gibt es auch daheim in der Höhle«, erklärte er. »Zwischen beiden besteht eine Verbindung, so viel ist sicher.« Er seufzte. »Wir müssen das Tor irgendwie öffnen. Aber wie?«

»Was sind das für Zeichen?« Brinnah hocke sich neben Warti.

»Keine Ahnung.« Warti schüttelte betrübt den Kopf. »Kannst du sie lesen?«

»Nein.« Brinnah spürte mit dem Finger die Linie eines Symbols nach. »Wir Nebelelfen verwenden andere Zeichen. Solche habe ich noch nie gesehen.«

»Vielleicht kann Nam uns weiterhelfen?« Warti schaute sich suchend um. »Wo steckt er überhaupt?«

»Nam?« Brinnah zog die Stirn kraus. Sie erinnerte sich, dass sie die Nähe von zwei Wesenheiten gespürt hatte, als sie erwacht war, hatte aber angenommen, dass es eine Täuschung gewesen war. »Wer ist Nam?«

Warti blieb ihr die Antwort schuldig. »Nam!«, rief er mit gedämpfter Stimme. »Wo bist du? Wir brauchen deine Hilfe.«

Endlose Herzschläge lang geschah nichts, dann waren das leise Klirren von Ketten zu hören und Schritte, die sich rasch näherten. Kurz darauf löste sich aus den Schatten das seltsamste Wesen, das Brinnah je gesehen hatte. Dürr war es, mit großen, hervorquellenden und ängstlich dreinblickenden Augen, überlangen Armen und Beinen und einem scheinbar viel zu großen Kopf, von dem ein Paar großer Ohren abstand. Seine Kleidung war schmutzig und zerschlissen. In sicherer Entfernung blieb das Wesen stehen, deutete auf Brinnah und fragte mit dünner Stimme: »Frreunt?«

»Ja, Freund.« Warti nickte. »Brinnah ist eine Nebelelfe. Du musst keine Angst vor ihr haben.«

Nam antwortete nicht, aber Brinnah konnte spüren, dass sich die Anspannung und Furcht des Wesens allmählich legten. Das Misstrauen jedoch blieb. Den Blick fest auf Brinnah gerichtet und bereit, jederzeit zu fliehen, kam es näher.

»Was steht da?« Warti kam gleich zur Sache und deutete auf die Zeichen. »Kannst du es lesen?«

»Nirr, nirr!« Nam schüttelte den Kopf, hob abwehrend die Hände und wich einen Schritt zurück. Die Zeichen schienen ihm nicht geheuer zu sein.

»Verstehe.« Warti ließ den Kopf hängen. »Wäre ja auch zu einfach gewesen.«

»Und jetzt?«, fragte Brinnah, die hoffte, dass Warti noch einen anderen Plan hatte.

»Wenn wir das Tor nicht öffnen können, sitzen wir hier fest«, gab Warti zu. »Es ist der einzige Weg nach Hause.« Er nahm einen tiefen Atemzug und schaute sich um. »Ehrlich gesagt hatte ich gehofft, einen Hebel oder einen anderen Mechanismus zu finden, der das Tor öffnet. Aber hier ist weit und breit nichts zu sehen. Das bedeutet, dass es sich nur durch Magie öffnen lässt, und damit kann ich nicht …« Er verstummte, als ein quietschendes Geräusch, das an rostige Türscharniere erinnerte, aus der Ferne durch die Höhle hallte.

»Maaagiär!« Nams Gesicht hatte alle Farbe verloren. Sein Atem ging schnell. »Warrtie fliih, sssnell«, keuchte er. »Sonnst dit.« Er packte Warti am Arm und versuchte ihn mit sich zu ziehen, aber dieser wollte offenbar noch nicht aufgeben. »Die Magier kommen zurück«, wandte er sich an Brinnah. »Wenn uns nicht schnell etwas einfällt, ist Thale verloren.«

Brinnah antwortete nicht sofort. Sie spürte Wartis Verzweiflung und Nams Furcht, als wären es ihre eigenen Gefühle, und wenn sie auch nicht wusste, wer diese Magier waren, vor denen die beiden sich so fürchteten, ahnte sie doch, dass ihr Leben in großer Gefahr war. »Wir könnten es durch die Zwischenwelt versuchen.«

»Die Zwischenwelt!« Wartis Miene hellte sich auf. Seine Augen glänzten, als er neue Hoffnung schöpfte. »Ja, natürlich. Worauf wartest du noch?«

»Es ist gefährlich.«

»Das ist es hier auch.«

Brinnah nickte. Warti hatte recht, sie hatten keine Wahl. Die Zwischenwelt bot den Nebelelfen in Thale die Möglichkeit, binnen weniger Augenblick eine Strecke zurückzulegen, für die selbst ein Riesenalp einen Sonnenlauf benötigt hätte. Für die Reise musste sie nur ein Pentagramm auf den Boden zeichnen, hineintreten und fest an den Ort denken, der ihr Ziel war. Magische Zeichen an den fünf Spitzen des Pentagramms sorgten dafür, dass die Zwischenwelt sich öffnete und die Elfen an den Ort gelangten, dessen Bild sie vor ihrem geistigen Auge entstehen ließen. Aber so einfach diese Form des Reisens anmutete, so gefährlich war sie, denn in der Zwischenwelt lauerten Quarline. Den gefährlichsten Raubtieren von Thale war die Fähigkeit angeboren, die Zwischenwelt ohne jede Form von Magie zu betreten. Ihre Instinkte waren so fein, dass sie jeden, der die Zwischenwelt betrat, binnen kürzester Zeit aufspüren konnten. Um die Zwischenwelt sicherer zu machen, jagten die Nebelelfen die gefürchteten und langlebigen Raubkatzen schon seit vielen Wintern. Diese waren jedoch so schwierig zu erlegen, dass die Zwischenwelt vermutlich noch lange Zeit ein Weg sein würde, den die Elfen nur in höchster Not wählten.

So wie in diesem Fall.

Brinnah zögerte nicht länger. Mit sicherem Griff zog sie ein kleines, in Tuch gewickeltes Stück Holzkohle aus der Tasche ihrer Jacke und zeichnete damit einen großen fünfzackigen Stern auf den Höhlenboden. Die Holzkohle trug jeder Kurierreiter stets bei sich. Botenflüge führten oft in die Berge, in Gebiete, in denen es nichts als Steine gab. Wenn einem Riesenalp dort etwas zustieß, war das verkohlte Holz oft die einzige Möglichkeit, ein Pentagramm zu zeichnen, um durch die Zwischenwelt Hilfe zu holen.

»Beeil dich!« Panik flackerte in Wartis Blick, als in dem Hauptstollen, der in die Höhle führte, nun auch Stimmen zu hören waren.

»Wenn ich einen Fehler mache, kann es sein, dass sich das Tor nicht öffnet, oder schlimmer noch, es kann sein, dass es uns nicht dorthin bringt, wo wir hinwollen«, entgegnete Brinnah leise, während sie mit eiligen Strichen an jeden der fünf Zacken des Sterns ein magisches Symbol zeichnete. »Dann wären wir verloren.«

»Das sind wir hier auch gleich.« Warti war so nervös, dass er nicht stillstehen konnte. »Geh!«, sagte er zu Nam. »Versteckt dich in dem Stollen, sonst finden sie dich.«

»Warrtie, mitkomm!« Verzweiflung schwang in Nams Stimme mit. Er schien nicht zu verstehen, was Brinnah und Warti vorhatten, und hoffte wohl immer noch, dass sie ihm folgen würden. »Komm, komm!« Nachdrücklich deutete er auf den Wandteppich, der eine Nische im vorderen Teil der Höhle schmückte. »Warrtie fliih, ssnell!«

»Nein!« Warti schüttelte den Kopf. »Nam da!« Er deutete ebenfalls auf den Wandteppich. »Warti und Brinnah da!« Er deutete auf das Pentagramm. »Nach Hause!«

»Ääh?«

»Wie soll ich dir das jetzt erklären?« Warti stöhnte. »Hau ab! Geh! Verschwinde! Verstehst du denn nicht? Wir brauchen dich nicht mehr!« Die Worte klangen hart und unfreundlich, aber Brinnah wusste, dass dies nicht mehr als der Versuch war, Nam zur Flucht zu bewegen.

»Fertig!« Sie erhob sich und trat in das Pentagramm. »Komm.«

Mit einem Schritt war Warti neben ihr, während Nam sie nur weiterhin verständnislos beobachtete.

»Wohin?«, fragte Brinnah.

»Am besten gleich zum Elfenkönig. Wir haben schon genug Zeit verloren«, erwiderte Warti, hob den Arm und versuchte Nam mit einer scheuchenden Geste zur Flucht zu bewegen. »Hau endlich ab, verdammt!«

Der Hauptstollen am Eingang der Höhle wurde inzwischen vom Lichtschein nahender Fackeln erhellt. Auch die Stimmen der Magier wurden immer lauter.

Brinnah nahm einen tiefen Atemzug, schloss die Augen, hob die Hände in die Höhe und rief sich das Bild des Palastes in Erinnerung, in dem der König der Nebelelfen lebte. Ihre Lippen bewegten sich, während sie lautlos die uralten Worte der Nebelelfen sprach, die ihr das Tor zur Zwischenwelt öffnen würden …

Nichts geschah.

»Was ist?« Panik flackerte in Wartis Blick.

»Ich … ich weiß nicht.« Brinnah keuchte vor Anstrengung. »Da ist nichts.«

»Versuch es noch einmal.«

Aber auch der zweite Versuch schlug fehl.

Warti fluchte. »Bitte, beeile dich.«

»Ich versuche es ja.« Brinnahs Stimme hatte einen unnatürlich schrillen Klang angenommen. Alles war richtig, das Pentagramm, die Zeichen, die Worte … und doch tat sich nichts.

»Vielleicht sind wir zu weit weg …« Warti erstarrte, als eine Gruppe hochgewachsener, in dunkle Umhänge gekleideter Gestalten im Höhleneingang auftauchte.

Nam duckte sich bei dem Anblick, als sei er geschlagen worden. Er zitterte und wimmerte leise, machte aber keine Anstalten zu fliehen.

»Die Höhle, versuch es mit der Höhle in den Minen!«, rief Warti Brinnah zu. »Schnell!«

»Aber ich weiß nicht, wie es dort aussieht.« Brinnahs Stimme überschlug sich fast. Die Gestalten im Höhleneingang hatten sie entdeckt. Noch hielt die Überraschung sie zurück, aber binnen weniger Herzschläge würden die Magier sich gewiss auf sie stürzen.

»Stell dir einfach eine Höhle mit Tropfsteinen vor.«

»Das genügt nicht!« Brinnah überlegte fieberhaft. Dann

fiel ihr etwas ein. Mit einem Schritt war sie neben Warti und legte ihm die Hand auf die Stirn. »Denk ganz fest an die Höhle!«, forderte sie ihn auf.

In die Gruppe der Magier kam Bewegung. Sie hatten ihren Schrecken überwunden und gingen zum Angriff über.

Nams Wimmern wurde schrill.

»Warti, schnell. Denk an die Höhle.« Brinnah schloss die Augen und versuchte, sich zu konzentrieren. Kostbare Augenblicke verstrichen, in denen sie nichts als Dunkelheit sah. Doch gerade als sie glaubte, der Versuch würde fehlschlagen, formte sich vor ihrem geistigen Auge das Bild einer großen Höhle, in deren Boden eine kreisrunde Obsidianplatte glänzte. Verzweifelt griff sie im Geiste nach dem Bild und hielt es fest, während sie erneut die geheimen Worte der Elfen sprach.

Wie aus weiter Ferne hörte sie die Magier vor Wut aufschreien und Warti etwas rufen. Dann prallte etwas hart gegen ihre Beine, und der Zauber entfaltete seine Wirkung.

Zweites Buch

Die Bedrohung

1

In der Zwischenwelt war es still, dunkel, neblig und bitterkalt.

Brinnah wagte kaum zu atmen. In ihrer Ausbildung hatte sie gelernt, wie die geheimen Pfade der Zwischenwelt geöffnet werden konnten, gleichzeitig aber auch vor Augen gehalten bekommen, welche Gefahren damit verbunden waren. Die Furcht vor den Quarlinen, aber auch davor, sich in den finsteren Gestaden unrettbar zu verirren, hatte sie bisher davon abgehalten, auf diese Weise zu reisen. Stets hatte sie sich glücklich geschätzt, auch in heiklen Situationen immer einen anderen Ausweg gefunden zu haben.

Diesmal hatte sie keine Wahl gehabt.

Das Pentagramm war das erste, das sie in ihrem langen Leben gezeichnet hatte. Zum ersten Mal hatte sie die magischen Zeichen an die Spitzen des Sterns gesetzt, zum ersten Mal die geheimen Worte gesprochen. Sie hatte nur diesen einen Versuch gehabt – und war erfolgreich gewesen.

Angesichts der gelungenen Flucht vor den Magiern hätte Brinnah stolz und erleichtert sein können, aber sie war es nicht. Die Furcht war allgegenwärtig. Niemals zuvor war sie ein solches Wagnis eingegangen, und niemals zuvor hatte sie sich so sehr gefürchtet wie in der scheinbaren Ewigkeit, in der sie durch die düsteren Nebel der Zwischenwelt auf das unbekannte Ziel zusteuerte. Verzweifelt klammerte sie sich an das Bild der Höhle, das sie Wartis Gedanken entnommen und wie eine eigene Erinnerung ihn ihrem Bewusstsein verankert hatte, während sie sich bemühte, ihre Ängste zu verdrängen, und im Stillen darum betete, dass alles gut gehen möge.

Brinnah zitterte vor Anstrengung und Furcht, und obwohl in den Nebeln eine klirrende Kälte herrschte, spürte sie, wie ihr der Schweiß an Stirn und Nacken hinablief.

Mit ihren feinen Elfensinnen horchte sie in der erdrückenden Stille auf verdächtige Geräusche und focht einen stummen Kampf mit ihren Sinnen aus, die ihr in der wallenden Düsternis immer wieder die Umrisse der gefährlichen Raubkatzen vorgaukelten.

Von anderen Kurierreitern, die älter, erfahrener und vermutlich auch mutiger waren als sie, hatte sie gehört, dass eine Reise durch die Zwischenwelt nicht lange andauerte. Wer das Ziel klar vor Augen hatte, konnte es binnen weniger Herzschläge erreichen, ehe auch nur ein Quarlin die Witterung aufgenommen hatte.

Brinnah hatte die verstrichenen Herzschläge nicht mitgezählt, ahnte aber, dass es schon jetzt weit mehr waren, als es hätten sein dürfen.

Es ist nicht genug! Wartis Erinnerung an die Höhle reicht nicht aus, um uns dorthin zu bringen!

Der Gedanke schnürte ihr die Kehle zu. Der Anblick der Höhle, den sie verzweifelt aufrechtzuerhalten versuchte, flackerte und drohte zu verlöschen, während die Nebel ringsum deutlich langsamer vorbeizogen.

Nein! Brinnah schloss die Augen und rief sich das Bild erneut ins Gedächtnis. Es war alles, was sie hatte. Es war der einzige Ort, bei dem sich ein Tor zur Zwischenwelt geöffnet hatte, und sie klammerte sich daran wie ein Ertrinkender an einen Grashalm.

Und wenn es gar nicht möglich ist? Der Gedanke durchzuckte Brinnah jäh wie ein Blitz. Wenn die Zwischenwelt nur Orte in Thale miteinander verbindet, nicht aber andere Sphären? Sie erschauderte. Diese Möglichkeit hatte sie in der Eile nicht erwogen.

Wir sind verloren! Panik erfasste sie und legte sich wie ein eiserner Ring um ihren Brustkorb. Das Bild der Höhle zerplatzte wie eine Luftblase auf dem Wasser, während das Gefühl des sanften Gleitens, mit dem sie sich durch die Nebel bewegt hatten, erstarb.

»Was ist los? Warum halten wir an?« Es war Sorge, nicht Furcht, die in Wartis Stimme mitschwang. Er war dicht neben Brinnah und blickte sie aus großen Augen an. In der Sphäre der Zwischenwelt klang seine Stimme ungewöhnlich dunkel und seltsam gedämpft, trotzdem waren die Worte gut zu verstehen.

Brinnah erschauderte. Er vertraut mir. Und ich habe versagt …

Beschämt versuchte sie, das Bild der Höhle erneut vor ihrem geistigen Auge zu erschaffen, aber was sie auch tat, es zeigte sich nicht mehr.

»Es ist weg«, sagte sie tonlos. »Ich kann die Höhle nicht mehr sehen. Ich weiß nicht, wie …« Ein furchtsames Wimmern, das nicht von Warti stammen konnte, ließ sie verstummen. Verwundert blickte sie nach unten und erkannte die Umrisse einer dritten Person, die zusammengekrümmt auf dem Boden lag. »Nam?« Brinnah blinzelte verwirrt. »Wie kommt er denn hierher?«

»Die Magier haben ihn angegriffen«, erklärte Warti knapp. »Sie hätten ihn getötet. Ich konnte ihn nicht zurücklassen. Als das Tor sich öffnete, habe ich ihn in das Pentagramm gezogen.«

»Barad!« Brinnah fehlten die Worte.

»Er ist verwundet und benötigt Hilfe«, fuhr Warti fort und fügte hinzu: »Schnell.« Nam wimmerte wieder. Er war nicht bei Bewusstsein und schien große Schmerzen zu haben.

»Schnell!« Brinnah gab einen zischenden Laut von sich und schüttelte den Kopf. »Hast du mich nicht verstanden? Das Bild ist weg. Wenn ich das Ziel nicht sehe, kommen wir nirgendwohin.«

»Ich kann dir helfen«, schlug Warti vor. »So wie in der Höhle.« Er erhob sich und nickte Brinnah zu »Ich bin bereit.«

Brinnah seufzte. Sie war erschöpft und bezweifelte, dass es

ihr noch einmal gelingen würde, in den Geist des Maars einzudringen, aber es war der einzige Weg, und so blieb ihr nichts, als es noch einmal zu versuchen.

»Also gut. Denk ganz fest an die Höhle.« Sanft legte Brinnah die Hand auf Wartis Stirn und schloss die Augen. Ihr Geist berührte den des Maars und drang vorsichtig immer tiefer in ihn ein. Warti wehrte sich nicht, obwohl ihm die Berührung unangenehm sein musste. Viele der gewöhnlich fest verschlossenen Tore seines Bewusstseins, die Brinnah auf ihrem Weg passierte, standen offen, während sie den Ort in Wartis Geist suchte, an dem sich das Bild der Höhle befand.

Als sie darauf stieß, gelang es ihr wider Erwarten fast mühelos, es an sich zu binden und die Lücke zu füllen, die das Schwinden der ersten Erinnerung bei ihr hinterlassen hatte.

»Ich habe es.« Brinnah schenkte Warti ein Lächeln, nachdem sie ihren Geist von dem des Maars gelöst hatte. »Du bist sehr tapfer. Die Berührung eines fremden Geistes ist für viele nur schwer zu ertragen.«

»Ich muss nach Hause, um meine Frau und meine Kinder in Sicherheit zu bringen«, erklärte Warti und fuhr sich mit den Händen über die Augen. »Dafür würde ich jedes Opfer bringen.«

»Deine Frau kann sehr stolz auf dich sein.« Brinnah lächelte anerkennend, wurde dann aber gleich wieder ernst. »Halte dich an mir fest und nimm Nams Hand«, riet sie und sandte ein kurzes Gebet an die Götter, dass sie den Weg jetzt finden und keinen Quarlinen begegnen möge. »Ich möchte nicht, dass wir in dem Nebel getrennt werden.«

Ferwyned hatte jedes Zeitgefühl verloren.

Die ebenso mühsamen wie vergeblichen Versuche, sein Bein aus der Klaue des Eberkriegers zu befreien, hatten seine

Kräfte schwinden lassen, während die Hilferufe, die er an Artair gesendet hatte, offenbar ungehört verhallt waren. Wenn er nicht gerade selbst so große Probleme gehabt hätte, hätte er sich sicher um den Riesenalp gesorgt. So aber blieb die Frage, wie er die Höhle verlassen konnte, ehe die ersten Maare – oder die Wesen, die vorgaben, Maare zu sein – in die Höhle gelangten, sein vordringliches Problem.

Ferwyned fluchte leise und schaute wohl schon zum hundertsten Mal zu seinem Jagdmesser hinüber, das weniger als fünf Schritte von ihm und doch unerreichbar weit entfernt am Fuß eines Felsendorns lag. Die Klinge hatte auf einer Seite Zähne, die hervorragend zum Sägen taugten. Genau das, was er dringend gebrauchen konnte.

Ferwyned schluckte trocken. Der Gedanke, jeden Finger des Eberkriegers einzeln abzutrennen, war alles andere als erbaulich, aber, wie es schien, die einzige Möglichkeit, aus der misslichen Lage zu entkommen.

Wenn, ja, wenn nur … Ferwyned seufzte. Weit und breit gab es nichts, womit er die Schritte hätte überbrücken können. Das Schicksal meinte es wahrlich nicht gut mit ihm. Die gezackte Scheide blitzte verlockend im schwachen Schein der Fackeln und schien ihn zu verhöhnen. Denn selbst wenn er sich reckte, so weit es ihm die schmerzenden Gelenke erlaubten, fehlte ihm immer noch eine ganze Armlänge, um das Messer zu erreichen. Ferwyned ballte die Hände zu Fäusten und fluchte leise. Wenn er nicht bald eine Lösung fand, würde er Cyrill schneller in die Gestade der Ahnen folgen, als er es sich in seinen schlimmsten Albträumen hätte ausmalen können.

»Artair!« Wieder versuchte er es mit einem Gedankenruf, und wieder erhielt er keine Antwort. Artair würde ihm zwar nicht helfen können, aber während er hier festsaß, konnte der Riesenalp zum Elfenkönig fliegen, ihm von den Vorgängen im Marendorf berichten und Hilfe holen. Dazu musste Artair aber wissen, was Ferwyned entdeckt hatte, und das wiederum war ohne eine Gedankenverbindung unmöglich.

Und wenn sie Artair bereits überwältigt haben?

Der Gedanke durchzuckte Ferwyned wie flüssiges Eis. Der Heiler oder vielmehr das Wesen, das wie der Heiler ausgesehen hatte, hatte um die Gefahr gewusst, die von dem Riesenalp ausging. Ferwyned spürte ein mulmiges Gefühl in der Magengegend. Es war viel Zeit vergangen, seit er den letzten Gedanken von Artair empfangen hatte. Vielleicht war er längst …

»Unsinn!«, sagte Ferwyned nachdrücklich, als könne er so die belastenden Gedanken verdrängen. Um sich abzulenken, verdoppelte er seine Anstrengungen noch einmal, indem er das gefangene Bein ruckartig hin und her bewegte und mit bloßen Fäusten auf die Klaue des Eberkriegers einhämmerte. Doch was er auch tat, die Finger gaben nicht nach. Sein Schicksal war besiegelt.

Brinnah wagte kaum zu atmen.

Sie vermochte nicht zu ermessen, wie lange sie nun schon in der Zwischenwelt waren, ganz sicher aber viel zu lange.

Während sie im Nebelgrau dahintrieben, wurde ihr schmerzlich bewusst, wie wenig sie über die geheimnisvolle Sphäre wusste. Wie alle Kurierreiter hatte auch sie in der Ausbildung einen kurzen Ausflug in die Zwischenwelt machen müssen, um für Notfälle gewappnet zu sein. Danach hatte sie sich nie wieder darum gekümmert. Warum auch? Sie hatte Artair, der sie überall hintrug, und bisher hatte sie es nicht nötig gehabt, sich der Gefahr auszusetzen und einem Quarlin zu begegnen.

Diese Unerfahrenheit rächte sich nun.

Sie hatte Warti Hoffnung auf einen Fluchtweg gemacht. Dabei war das Pentagramm nicht mehr gewesen als eine Verzweiflungstat, aus der Not geboren, um den Magiern, die angeblich ihre Feinde waren, zu entkommen. Für ein Abwägen des Für und Widers war keine Zeit gewesen, und jetzt fragte Brinnah sich, ob sie wirklich richtig gehandelt hatte. Nicht nur das ihre, auch Wartis und Nams Leben waren in Gefahr. Und diese ging nicht allein von den Quarlinen aus.

Fröstelnd schlang Brinnah die Arme um den Oberkörper. Weder sie noch ihre Begleiter waren für einen Aufenthalt in dieser Kälte angemessen gekleidet. Die eisige Luft zehrte an ihren Kräften und machte ihre Gedanken und Bewegungen träge. Brinnah spürte, dass Warti zitterte. Ihr selbst gelang es kaum noch, das Zähneklappern zu unterdrücken.

Verzweifelt bemüht, das Ziel nicht aus den Augen zu verlieren, klammerte sie sich an das Bild der Höhle, das sie von Warti übernommen hatte.

»W… w… wie lange noch?« Warti zitterte so heftig, dass er die drei Worte nur mit Mühe hervorbrachte. Er hatte Nam unter den Armen gepackt und an sich gezogen, um ihn zu wärmen – eine ebenso rührende wie aussichtslose Geste.

»Bald.« Brinnah gab sich wortkarg. Was hätte sie auch sagen sollen? Sie kannte die Antwort ja selbst nicht.

»Er stirbt!« Es lag kein Vorwurf in dem Blick, mit dem Warti sie von unten musterte, aber das machte die Sache auch nicht besser. »K… k… kannst d… du n… nicht schneller …?«

»Nein!« Brinnah verwünschte ihre Schwäche. Selbst wenn es möglich war, die Reise durch die Zwischenwelt zu beschleunigen, wusste sie nicht wie.

Warti schien zu spüren, was sie ihm nicht sagen wollte. Er senkte den Blick und seufzte tief.

Schweigend glitten sie dahin, hoffend, bangend, wartend, während die Kälte ihnen die Kräfte und die Hoffnung raubte. Brinnah fühlte, wie Müdigkeit nach ihr griff. Zweimal fielen ihr die Augen zu, aber immer gelang es ihr gerade noch, das Bild der Höhle festzuhalten und den Verlockungen des Schlafes zu widerstehen.

Einmal glaubte sie, die Umrisse der Höhle vor sich im Nebel zu erkennen. Ihr Herzschlag bescheunigte sich, doch gerade als sie die Hand ausstreckte, um Warti darauf aufmerksam zu machen, verschwand das Bild. Brinnah schüttelte den Kopf und kniff die Augen zu schmalen Schlitzen zusammen, doch was immer sie glaubte gesehen zu haben, war fort. Seufzend fuhr sie sich mit den Händen über die Augen. Ihre erschöpften Sinne hatten ihr einen Streich gespielt. Zum ersten Mal in ihrem Leben hatten ihre feinen Elfensinne, auf die sie sich immer hatte verlassen können, versagt.

So weit ist es also schon! Brinnah spürte Tränen in den Augen und kämpfte gegen die aufkommende Verzweiflung an. Sie machte sich selbst etwas vor, das wusste sie. Sie hatte geglaubt, einen Fluchtweg zu kennen, und war in eine Falle geraten. Es gab kein Zurück. Sie würden erfrieren, verhungern oder beides zusammen. Der Gedanke jagte ihr einen eisigen Schauder über den Rücken. Sie dachte an Artair, der immer noch auf sie wartete, an ihre Familie und ihre Freunde, die sie niemals wiedersehen würde …

… und dann hörte sie es. Ein Kratzen, ein Klacken – das Geräusch von Krallen auf hartem Fels. Was immer dort im Nebel herumschlich, gab sich keine Mühe, sein Kommen zu verbergen. Brinnah spürte, wie sich ihre Nackenhaare aufstellten, als ihr ein leises Knurren an die Ohren drang.

Ein Quarlin!

Schlagartig waren Müdigkeit und Kälte vergessen. Brinnah tastete nach ihrem Messer am Gürtel, fand die Scheide jedoch leer vor. Nun bereute sie es, nicht daran gedacht zu haben, den Schürhaken mitzunehmen, mit dem der Maar das Monstrum in der Höhle getötet hatte. Er wäre keine gute Waffe gewesen, aber wenigstens etwas. So hatte sie nichts als ihre Hände, um sich zu verteidigen.

»W… was ist?« Auch Warti schien die Bedrohung zu spüren.

»Schscht.« Brinnah legte mahnend einen Finger auf die Lippen. Das Kratzen und Scharren wurde lauter. Brinnah machte sich bereit. Im Angesicht der Gefahr vergaß sie Furcht, Erschöpfung und Kälte, schloss die Augen und überließ sich ganz ihren angeborenen Instinkten.

Hinter ihr erklangen hechelnde Atemzüge. Sie wirbelte herum und erhaschte einen Blick auf einen massigen Körper, der im Schutz der Nebel schattengleich um sie herumstrich.

Ein Quarlin!

Brinnah sog die Luft scharf durch die Zähne. Dass ein Quarlin in der Nähe war, konnte nur bedeuten, dass sie Thale sehr nahe sein mussten. Doch diese Erkenntnis nützte ihnen wenig, denn ohne Waffe würde der Quarlin das Letzte sein, was sie in ihrem Leben von Thale sehen würde …

Als hätte der Quarlin ihre Gedanken gelesen, glitt er geschmeidig aus der Dunkelheit hervor und gab sich zu erkennen.

Brinnah hörte Warti aufkeuchen. Kälte breitete sich in ihrer Magengrube aus. Sie hatte schon viel über die gefürchteten Raubtiere gehört; noch nie aber hatte sie einem von Angesicht zu Angesicht gegenübergestanden. Sie hatte gehört, dass sie groß sein sollten, aber nicht damit gerechnet, dass sie so groß waren. Die Schulter des Quarlins reichte ihr bis zu den Hüften. Für den kleinwüchsigen Maar war der Kopf des Raubtiers, dessen Fell orange und schwarze Streifen trug, sogar auf Augenhöhe. Lange und spitze Eckzähne gaben dem geifernden Maul ein bedrohliches Aussehen, während aus den Pranken messerscharfe Krallen hervorschauten. Ein strenger Raubtiergeruch ging von dem Quarlin aus. Seine Augen glühten orange in der Dunkelheit.

Eine Woge von Empfindungen schlug Brinnah entgegen, als sie dem Quarlin in die Augen schaute. Wut, Blutgier, Hass und Mordlust raubten ihr fast den Atem und drohten das

Bild der Höhle mit sich fortzureißen, an das sie sich nach wie vor klammerte, weil es ihre einzige Hoffnung barg. Aber da war auch noch etwas anderes, ein Gefühl, das Brinnah zunächst nicht einordnen konnte …

Quarline waren dafür bekannt, sich sofort auf ihre Beute zu stürzen, dieser aber zögerte. Sprungbereit stand er vor ihnen, die Ohren angelegt, die Zähne gebleckt. Die Nasenflügel bebten, die langen Schnurrhaare zuckten, der Schwanz peitschte nervös hin und her, und doch schien er sich nicht zu einem Angriff entschließen zu können.

Etwas verwirrte ihn …

Brinnah ließ den Quarlin nicht aus den Augen. Dieser aber hatte nur Augen für Nam. Nam! Brinnah verstand. Dem Quarlin war die Witterung von Maaren und Elfen seit vielen Hundert Wintern vertraut. Nams Geruch aber war ihm fremd. Er passte nicht in das Beuteschema des Quarlin, der offenbar zu ergründen versuchte, ob es sich bei dem fremden Wesen um eine leichte Beute oder einen Feind handelte. Brinnah spürte, wie er mit sich rang. Der Drang zuzuschlagen war übermächtig, aber die angeborene Vorsicht verhinderte, dass er ihm leichtfertig nachgab.

Das Zögern hätte Anlass zur Hoffung geben können, aber Brinnah machte sich nichts vor. Früher oder später würde der Quarlin sein Mistrauen überwinden und angreifen, dessen war sie gewiss.

Brinnah war erstaunt, wie nüchtern sie die Dinge betrachtete. Sie hatte den Tod immer gefürchtet. Doch jetzt, da sie ihm in die Augen sah, schien er seinen Schrecken verloren zu haben. So mussten sich Krieger fühlen, ehe sie in die Schlacht zogen, so musste es auch Cyrill ergangen sein, als der weiße Riesenalp kam, ihn zu holen …

Eine Veränderung im Nebel riss Brinnah aus ihren Gedanken. Das einheitliche Grau schien sich aufzulösen, und sie glaubte einen flackernden Feuerschein vor einem schwarzen Hintergrund zu erkennen. Zunächst dachte sie, die Augen würden ihr wiederum einen Streich spielen, aber dann spürten auch ihre anderen Sinne eine Veränderung. Der Geruch von feuchtem Gestein streifte ihre Nase, und es wurde wärmer.

Die Höhle! Brinnah schlug das Herz bis zum Hals, als sie erkannte, dass es diesmal keine Täuschung war. Das Ziel, das sie schon verloren geglaubt hatte, lag zum Greifen nahe vor ihnen. Nur noch wenige Herzschläge, dann ...

Der Quarlin knurrte, duckte sich und setzte zum Sprung an. Er schien die Nähe der Höhle zu spüren und wollte sich die sichere Beute nicht entgehen lassen.

»Brinnah, da! Die Höhle.« Warti deutete auf einen Punkt jenseits von Brinnahs Blickwinkel. Seine Stimme war nicht mehr als ein heiseres Krächzen. Eine Furcht, die kaum noch zu ertragen war, schwang darin mit, und Brinnah konnte nicht umhin, den kleinwüchsigen Maar für seine Selbstbeherrschung zu bewundern. Er musste sich fühlen wie ein Hasenjunges, das sich plötzlich einem Wolf gegenübersah, und doch hatte er weder versucht zu fliehen, noch war er in Panik geraten.

»Schscht«, zischte Brinnah ihm zu. »Ich spüre es.« Sie bewegte sich nicht. Ihre Augen fixierten den Quarlin, während sie in Gedanken die Götter anflehte, dass ihnen die wenigen Augenblicke bis zur rettenden Höhle noch vergönnt sein mochten. Mit angehaltenem Atem beobachtete sie, wie der Quarlin sein Maul öffnete und lange Reihen spitzer, gekrümmter Zähne sichtbar wurden. Noch schien er sich nicht entschieden zu haben, wen er zuerst angreifen sollte ...

»Wenn ich sage: Los!, ziehst du Nam so schnell du kannst in die Höhle«, raunte Brinnah Warti zu. »Verstanden?«

Der Maar nickte stumm. Sein Gesicht war so bleich wie die Nebel, die Augen angstgeweitet. Er zitterte am ganzen Körper, aber es war nicht mehr die Kälte, die ihn frösteln ließ. Brinnah warf einen schnellen Blick auf den Fackelschein, der zu ihrer Linken nah und doch so unerreichbar fern durch den Nebel zu sehen war. Sie konnte nicht sagen, ob es Warti in seiner Angst gelingen würde, sich und Nam in Sicherheit zu bringen. Aber sie hatte keine Wahl. Sie hatte die beiden in Gefahr gebracht und würde alles dafür tun, damit sie unbeschadet aus der Sache herauskamen und den Elfenkönig warnen konnten – auch wenn es sie selbst das Leben kosten würde.

Brinnah spürte, wie sie sich entspannte. Sie machte sich keine Illusionen darüber, was gleich geschehen würde. Sie straffte sich, nahm einen tiefen Atemzug und rief: »Looos!«, während sie gleichzeitig einen Schritt auf den Quarlin zumachte.

2

»Etwas Dunkles?« Gwiddan-Sh-e-Nat lehnte sich in dem gepolsterten und mit kunstvollen Schnitzereien versehenen Stuhl aus Schwarzeichenholz zurück und runzelte die Stirn. »Was bedeutet das?«

»Wenn ich das nur wüsste.« Ennaiel, die oberste Priesterin der Nebelelfen und engste Vertraute des Königs, seufzte betrübt. Sie war die älteste der Priesterinnen am Hofe und genoss bei allen ein hohes Ansehen. Wie die übrigen Priesterinnen trug sie ein schlichtes, moosgrünes Gewand aus fließendem Gewebe; das einzige Zeichen ihres hohen Standes war der mit verschlungenen silbernen Ornamenten bestickte Gürtel. Die langen weißen Haare waren an den Schläfen zu dünnen Zöpfen geflochten und am Hinterkopf zu einer kunstvollen Frisur hochgesteckt, die das alterslose Gesicht betonte.

»Seit mehr als einem Mondlauf erwache ich des Nachts, weil mir die Ahnung einer dunklen Aura den Schlaf raubt. Lange hielt ich es für eine Täuschung, denn was mich im Mondlicht bedrückte, war bei Sonnenaufgang nicht mehr zu spüren.« Sie machte eine kurze Pause. Ihre auffallend hellblauen Augen schienen in die Ferne zu blicken. »Ich habe versucht, die Ursache zu ergründen«, sagte sie schließlich. »Aber alles, was ich herausfand, war, dass sie in der Nähe des Ylmazur-Gebirges liegen muss.«

»Du meinst, im Grasland im Norden? In den Wäldern oder den Sümpfen im Süden?«, fragte Gwiddan-Sh-e-Nat. »Das Ylmazur-Gebirge erstreckt sich entlang der westlichen Grenze des Landes; es auf seiner gesamten Länge abzusuchen, würde mehrere Mondläufe dauern.«

»Im Grasland ist es nicht. Der Ursprung liegt weiter im Süden« Ennaiel war sich ihrer Sache ganz sicher. »Wo genau, konnte ich bisher allerdings nicht herausfinden.«

»Nun, in der Tat, das ist wirklich nicht viel.« Der Elfenkönig nickte bedächtig. »Aber ich kenne dich lange genug, um zu wissen, dass du nicht ohne Grund die Stimme erhebst. Was ist geschehen, dass du mich so früh am Morgen aufsuchst?«

»Vor Kurzem spürte ich die finstere Aura das erste Mal auch am Abend«, erklärte Ennaiel. »Nicht lange, aber doch lange genug, um meine Besorgnis zu erregen. Seitdem erreichen mich immer wieder Schwingungen, die denen der Nacht ähneln.« Sie holte tief Luft, blickte den Elfenkönig ernst an und sagte mit unheilvollem Unterton: »Etwas regt sich im Westen, Gwiddan. Etwas, was anders ist als alles, was unser Land bisher hervorgebracht hat. Es gibt keine Worte, mit denen ich es beschreiben könnte. Alles, was ich habe, ist mein Gefühl, und das sagt mir, dass Unheil naht.«

Gwiddan-Sh-e-Nat legte nachdenklich die Hand ans Kinn und schwieg. Gemessen an der langen Lebensspanne, die den Nebelelfen gegeben war, war er mit seinen fünfhundert Sommern noch ein junger König. Erst achtundsiebzig Sommer zuvor hatte er den Thron von seinem Vater Lotheron-Sh-e-Nat übernommen, der im hohen Alter von eintausendundfünf Sommern den Weg zu den Ahnen angetreten hatte.

Thale war ein friedliches Land. Noch nie, auch nicht zu Zeiten seines Vaters, hatte es eine Bedrohung von außerhalb gegeben. Allein die Quarline, die das Land und die Zwischenwelt durchstreiften, sorgten immer wieder für Kummer, wenn sie einen Nebelelf in der Zwischenwelt töteten oder arglose Reisende in ihren Lagern überfielen. »Wir sollten der Sache nachgehen.« Er wandte sich Ennaiel zu. »Wenn es dir gelingt, den Ort etwas genauer zu bestimmen, könnte ich Kurierreiter ausschicken, die sich dort einmal umsehen sollen«, schlug er vor.

Ennaiel schenkte ihm ein Lächeln. Sie war eine ruhige und besonnene Frau, aber ihr Einfluss war nicht zu unterschätzen. Ihr scharfer Verstand und ihre besondere Empfindsamkeit für Stimmungen hatten sie schon in jungen Jahren zur Vertrauten von Gwiddans Vater aufsteigen lassen, eine Stellung, die zuvor nur männliche Elfen innegehabt hatten.

Sie galt als freundlich, gerecht und weise, konnte jedoch auch hartnäckig sein, wenn es darum ging, eine gegenteilige Meinung vor den anderen überzeugend zu vertreten. Nicht selten war es ihr Rat, auf den der König sich bei strittigen Fragen verließ.

»Ich hatte gehofft, dass du das vorschlagen würdest«, sagte sie. »Aber ich fürchte, dass es mir nicht gelingen wird, den Ort genauer zu beschreiben. Ein Findezauber erfordert eine sorgfältige Vorbereitung, mit der ich erst beginnen kann, wenn ich die Aura wieder spüre. Ich habe es versucht, aber die unheilvollen Schwingungen dauern nie lange genug an, um sie in den Zauber einzubinden.«

»Und wenn wir abwarten, wie es sich entwickelt?«

»... ist es womöglich schon zu spät.« Ennaiel schüttelte den Kopf und beugte sich leicht nach vorn. »Etwas Dunkles erwacht im Westen«, sagte sie mit einem geradezu beschwörenden Unterton in der Stimme. »Mit jedem Sonnenlauf, der verstreicht, wird es mächtiger. So viel ist gewiss. Wir dürfen nicht den Fehler machen, es unbeachtet zu lassen, denn was immer es auch sein mag, ein Freund ist es nicht.«

»Dann müssen wir die Kurierreiter sofort entsenden«, entschied Gwiddan. »Aber wonach sollen sie suchen?«

»Am einfachsten wäre es, wenn sie die Elfen und Maare, die dort leben, befragen, ob sie etwas Ungewöhnliches bemerkt haben.«

Der Elfenkönig schüttelte den Kopf. »Die Sümpfe sind nahezu unbewohnt, und die Maare, die das Land nördlich davon bis hin zu den Wäldern besiedelt hatten, sind inzwischen fast alle zu den Sternenebulitminen gezogen, um dort zu arbeiten.«

»Dann sollten wir uns dort einmal umhören«, schlug Ennaiel vor. »Maare sind ein geselliges und geschwätziges Volk. Wenn nur einer von ihnen etwas Ungewöhnliches beobachtet hat, wird es sich wie ein Steppenfeuer in Windeseile in der ganzen Siedlung verbreiten.« Sie machte eine entschuldigende Geste und fügte hinzu: »Ich weiß, das ist kein besonders Erfolg versprechender Plan, aber es ist das Einzige, was wir im Augenblick tun können. Ich habe lange gezögert, zu dir zu kommen – fast schon zu lange –, weil ich hoffte, dir Genaueres sagen zu können. Die Kurierreiter sind unsere einzige Hoffnung, mehr über die möglichen Gründe für meine Ahnungen herauszufinden. Ich kann vor hier nichts weiter tun, als die Entwicklung zu beobachten und zu beten, dass die Götter schützend die Hand über dieses Land halten werden.«

Schatten umhüllten die Tropfsteine in der großen Höhle wie ein zäher schwarzer Nebel, gegen den sich das Licht der verlöschenden Fackeln nur mehr an wenigen Stellen behaupten konnte.

Ein kühler Windzug streifte Ferwyneds Gesicht, als er in seinen Bemühungen, die Umklammerung der Klaue zu lösen, innehielt und aufblickte, weil er eine Veränderung zu spüren glaubte. Das Erste, was ihm auffiel, war die Stille. Sie war nicht neu, aber anders.

Still wie der Tod, dachte Ferwyned und spürte, wie ihm ein Schauder über den Rücken lief. Etwas stimmte nicht. Etwas würde geschehen. Mit steifen Gliedern richtete er sich zum Sitzen auf und schaute sich um.

Nichts.

Oder doch?

Ferwyned kniff die Augen zusammen, um besser sehen zu können. Dort, wo die Schatten am tiefsten waren, glaubte er eine Bewegung zu erkennen. Es war nicht viel. Ein Verschieben der Dunkelheit. Ein Gleiten von Schatten in Schwärze, aber es genügte, um seine Aufmerksamkeit zu wecken. Ferwyned rührte sich nicht. Den Blick fest auf die Bewegung gerichtet, beobachtete er, wie sich in der Dunkelheit ein Nebel bildete, der aus dem Nichts zu kommen schien und reglos an einer Stelle verharrte. Zunächst sah er nur die undurchdringliche graue Wand, aber dann schien es, als lösten sich die Nebelschwaden langsam auf. Dahinter glaubte er, zwei Gestalten zu erkennen; die eine wirkte seltsam unförmig und gedrungen, die andere …

Ferwyned zog die Luft scharf durch die Zähne, als er den Quarlin erkannte. Verwirrt starrte er auf das Bild, das sich im schwindenden Nebel immer deutlicher abzeichnete.

Die Zwischenwelt! Der Gedanke durchzuckte ihn wie ein Blitz. Die geheimen Wege der Nebelelfen wurden kaum genutzt. Noch nie hatte er mit eigenen Augen gesehen, wie sich ein Tor dorthin öffnete – bis jetzt. Und noch etwas erkannte er. Hinter dem sich auflösenden Nebel waren nicht zwei, sondern vier Gestalten zu sehen. Nicht einmal fünf Schritte trennten drei von ihnen von dem Quarlin, der geduckt und sprungbereit am Boden kauerte.

Ferwyned spürte, wie sein Herz heftig zu pochen begann, als er sich der Gefahr bewusst wurde, in der die drei schwebten. Und er verfluchte das Schicksal, das ihn zur Untätigkeit verdammte. Er gab nur eines, was er tun konnte, um den dreien zu helfen …

Ferwyned zögerte nicht. Ohne darüber nachzudenken, dass er sich damit selbst in Lebensgefahr brachte, zog er seinen Umhang aus …

»Looos!« Während Brinnah Warti das Zeichen gab, kniff sie die Augen fest zusammen und machte einen Schritt auf den Quarlin zu. Sie rechnete fest damit, dass dieser sie sofort angreifen würde, und hoffe inständig, dass Warti dadurch Zeit gewinnen würde, um Nam und sich selbst in Sicherheit zu bringen.

Aber der Aufprall des Quarlins blieb aus. Der entscheidende Augenblick zog sich hin, wie ein Innehalten im Lauf der Zeit, und nichts geschah. Als Brinnah die Augen öffnete, sah sie Warti mit Nam flüchten. Der Quarlin hatte sich aufgerichtet und starrte den beiden nach, aber Brinnah erkannte schnell, dass nicht sie es waren, denen die Aufmerksamkeit der Raubkatze galt.

In der Höhle, jenseits der sich auflösenden Nebelwand, bewegte sich etwas. Etwas Großes, Dunkles, dessen hektische Bewegungen den Quarlin offensichtlich verwirrten. Er musste noch ein Jungtier sein, nicht weniger blutrünstig und gefährlich als die älteren Quarline, aber noch zögerlich und leicht zu beeinflussen. Ein erfahrener Jäger hätte sich durch nichts von der einmal gestellten Beute abbringen lassen.

Brinnah erfasste die Lage in Bruchteilen eines Atemzuges und reagierte sofort. Mit einer ansatzlosen Bewegung brachte sie sich außer Reichweite des Quarlins und hetzte mit weit ausgreifenden Schritten auf das Tor zu, das sich kaum zehn Schritte entfernt vor ihr auftat.

Die plötzliche Bewegung weckte den Quarlin aus seiner Starre. Unvermittelt setzte er Brinnah nach, indem er sich mit einem weiten Satz aus der Halbhocke auf sie stürzte. Die Schnelligkeit der großen Katze überraschte Brinnah nicht. Sie hatte mit einer Verfolgung gerechnet und war darauf vorbereitet – nicht aber auf Warti, der unmittelbar hinter dem Tor erschöpft innegehalten hatte.

Fast wäre Brinnah über ihn gestolpert. Allein ihren Instinkten hatte sie es zu verdanken, dass sie einen Sturz im letzten Augenblick abfangen konnte.

»Lauf!«, rief sie Warti zu und warf sich nach links. Aus den Augenwinkeln sah sie Warti aufspringen und zur Seite hechten.

Dann war der Quarlin heran. Ein Sprung beförderte ihn aus der Zwischenwelt, über den besinnungslosen Nam hinweg, in die Höhle, wo er witternd stehen blieb, um die Lage zu erkunden.

Brinnah sah Warti mit furchgeweiteten Augen hinter einem Felsen hervorschauen. Er sorgte sich um Nam, den er nicht hatte fortschaffen können, aber der Quarlin hatte nur Augen für Brinnah und beachtete die beiden anderen nicht.

»Brinnah!«

Brinnah zuckte zusammen, als sie in Gedanken hörte, wie jemand ihren Namen rief. Der Quarlin fauchte, entblößte seine Zähne und warf nervös den Kopf hin und her. Mehr noch als in der Zwischenwelt wirkte er unentschlossen, als wenn die Fülle von Eindrücken ihn verwirrte.

»Schau nach links, da liegt mein Messer.«

Ferwyned! Endlich erkannte Brinnah die Stimme. »Ferwyned, was …? Wie …?«

»Mein Messer!«, drängte Ferwyned in ihren Gedanken. »Nimm es dir.«

Brinnah hielt den Atem an und riskierte einen kurzen Blick nach links. Tatsächlich. Kaum drei Schritte entfernt lag ein Jagdmesser am Fuß eines Felsendorns. Warum holte Ferwyned es sich nicht selbst? Er schien direkt hinter ihr zu sein, aber sie wagte nicht, sich umzudrehen.

Der Quarlin fauchte wieder. Sein Schwanz zuckte nervös und traf Nam am Bein, der im Schlaf gequält aufstöhnte.

»Brinnah, schnell!« Furcht und Sorge schwangen in Ferwyneds Worten mit. Brinnah zögerte, aber nur kurz. Als der Quarlin sich Nam zuwandte, machte sie zwei rasche Schritte auf das Messer zu und nahm es an sich. Angesichts der riesigen Raubkatze war es nicht mehr als ein Spielzeug in ihren Händen, aber eine kleine Waffe war immer noch besser als gar keine. Geduckt wollte sie Deckung suchen, aber diesmal war der Quarlin wachsam. Brinnah spürte eine Eiseskälte in sich aufsteigen, als das mächtige Brüllen des Raubtiers den Höhlenboden erzittern ließ und es mit einem Satz auf sie zuschoss. Brinnah wich zurück. Sie spürte den Atem des Quarlins auf ihrer Wange und glaubte sich verloren. Schweiß perlte auf ihrer Stirn. Ihre Hände umklammerten das Messer so fest, dass das Heft schmerzend in ihre Hand drückte. Es war winzig, so winzig …

»Hilf mir«, flehte sie in Gedanken. »Hilf mir, Ferwyned.« Ohne nachzudenken und gelähmt von Furcht und Entsetzen, hielt sie das Messer vor sich wie ein Schild und wusste doch, dass sie damit nichts würde ausrichten können. Wenn nicht ein Wunder geschah, war sie verloren.

»He, du fette Katze!« Wartis Stimme gellte durch die Höhle. Etwas Dunkles flog heran und traf den Quarlin im Nacken. Er fauchte und wirbelte herum, aber Warti hatte sich schon wieder hinter einem Felsendorn verborgen. Kurze Zeit später tauchte er hinter einem anderen Felsendorn auf, schleuderte einen weiteren Stein auf den Quarlin und rief: »Na los, du faules Biest. Versuch doch, mich zu fangen!«

Der Quarlin sprang vor, aber Warti war schon wieder verschwunden. Es wunderte Brinnah nicht, ihn nur wenige Augenblicke später an einer anderen Stelle zu entdecken. Wieder rief er dem Quarlin herausfordernd etwas zu, und diesmal warf er gleich zwei Steine, die den Quarlin an Kopf und Rücken trafen.

Das war zu viel. Mit wütendem Gebrüll sprang der Quarlin dorthin, wo er Warti gesehen hatte, nur um festzustellen, dass der Maar ihm entkommen war.

»Brinnah!« Ferwyneds Gedanke erreicht Brinnah wie ein Hilferuf.

»Wo bist du?« Wartis mutiges Ablenkungsmanöver verschaffte ihr die Zeit, sich nach dem Freund umzusehen. Sie entdeckte ihn halb hinter einer Erhebung verborgen, die sie zunächst für einen Felsen gehalten hatte. Erst aus der Nähe betrachtet, erkannte sie, was es wirklich war. »Bei den Toren.« Sie keuchte auf, als sie in dem vermeintlichen Felsen eines der schrecklichen Wesen erkannte, das sie auch in Nams Welt gesehen hatte. Ein Felsendorn hatte seinen Brustkorb durchbohrt und ihm einen schrecklichen Tod beschert.

»Gib mir das Messer! Schnell!« Ferwyned streckte ihr die Hand entgegen. Briannahs Blick fiel nach unten, wo die Klaue des toten Eberkriegers immer noch Ferwyneds Bein umklammert hielt.

»Verdammt. Warte, ich helfe dir.« Sofort kniete sie nieder, reichte Ferwyned das Messer und packte die erstarrten Finger.

»Das ist zwecklos. Ich versuche schon eine halbe Ewigkeit, diese Finger aufzubiegen.« Ferwyned setzte das Messer an. »Hilf lieber deinem mutigen Begleiter«, riet er. »Wer weiß, wie lange er das Spiel mit dem Quarlin noch durchhalten kann.«

Brinnah nickte, sammelte rasch ein paar Steine auf, die der Sturz des riesigen Kriegers aus dem Fels gelöst hatte, und erhob sich, froh, das grausige Abtrennen der Finger nicht mit ansehen zu müssen. Lautlos, wie es nur Nebelelfen vermochten, huschte sie in den hinteren Teil der Höhle. Dort angekommen, versteckte sie sich hinter einem Felsen und schleuderte einen der Steine auf den Quarlin, um Warti beizustehen, der die riesige Raubkatze mit seinen ständigen Attacken schon fast zur Raserei gebracht hatte.

»Hier bin ich, du Vieh!«, rief sie und legte alle Kraft, die sie aufbringen konnte, in den Wurf. Der Quarlin fuhr herum, aber da hatte sie sich bereits wieder hinter den Felsen geduckt. Warti begriff sofort. Der Quarlin hatte die Bewegung noch nicht vollendet, als Warti aus der Deckung heraus erneut einen faustgroßen Stein auf den Quarlin schleuderte und diesen mit gebrüllten Verwünschungen auf sich aufmerksam machte.

Von nun an hatte der Quarlin keine Atempause mehr. Stakkatoartig flogen Steine mal von der einen, mal von der anderen Seite auf ihn zu, ohne dass er irgendwo einen Feind ausmachen konnte. Der Quarlin geriet außer sich. Seine Schnauze blutete, die Augen hatten einen gehetzten Ausdruck angenommen, und aus dem Maul quoll weißer Schaum.

Schließlich wurde es ihm zu viel. Ein wütendes Brüllen ließ die Höhle erbeben. Dann spannten sich die Muskeln der Raubkatze, und sie verschwand mit einem Satz in der Zwischenwelt.

Wie abgeschnitten kehrte Stille ein. So abrupt, dass Brinnah es nicht glauben konnte. Ihr Herz hämmerte, und ihr Atem ging keuchend. Schweiß benässte ihre Stirn und das Gewand. Einige Augenblick stand sie einfach so da, die Hand mit dem vorletzten Stein zum Wurf erhoben und den Blick auf die Stelle gerichtet, wo der Quarlin auf sie gelauert hatte.

»Er ist fort!« Eine Berührung an der Schulter und Ferwyneds sanfte Stimme ließen ihre Anspannung und Furcht auf ein erträgliches Maß zusammenschrumpfen. Brinnahs überreizte Sinne kehrten langsam in die Wirklichkeit zurück, und sie spürte, wie sich zaghaft ein Triumphgefühl in ihr ausbreitete. Sie hatten es wirklich geschafft – ohne Verluste. Sie hatten den Quarlin in die Flucht geschlagen!

Mit der Erkenntnis kam die Erschöpfung. Wie eine dunkle Woge flutete sie durch Brinnahs Körper. Der Stein entglitt ihrer Hand und fiel zu Boden, während sie sich langsam zu Ferwyned umdrehte, einen tiefen Atemzug nahm und sagte: »Du hast recht, es ist vorbei.«

»Ich wünschte, es wäre so.« Ferwyned schüttelte den Kopf. »Ihr habt den Quarlin in die Flucht geschlagen, und ich konnte mich befreien, aber ...« Er deutete mit einem Kopfnicken auf den toten Eberkrieger, hob die blutverschmierten Hände ins Licht, damit Brinnah sie sehen konnte, und fügte hinzu: »Ich fürchte, es fängt gerade erst an.«

In der Ferne waren Stimmen und das Klirren von Metall zu hören. Brinnah warf Ferwyned einen vielsagenden Blick zu, fasste ihn am Arm und bedeutete ihm, ihr zu folgen. Gemeinsam eilten sie zu Warti, der immer noch bei Nam wachte und ängstlich in Richtung des Höhleneingangs blickte. »Gibt es noch mehr Ärger?«, fragte er auf eine Weise, die deutlich machte, dass er fest damit rechnete.

»Ich fürchte, ja.« Brinnah nickte. »Hat die Höhle noch einen anderen Ausgang?«

»Mehrere.«

»Aber?«

»Wir können sie nicht benutzen. Viele sind nach Wassereinbrüchen unpassierbar geworden.« Warti deutete zur Höhlendecke. »Irgendwo da oben verläuft ein unterirdischer

Fluss durch den Berg«, erklärte er. »Wenn wir neue Stollen graben, müssen wir sehr vorsichtig sein. Leider gelingt uns das nicht immer.«

»Gibt es denn wenigstens einen Ausgang, der passierbar ist?« Brinnah war die Ungeduld deutlich anzumerken. »Wir müssen hier raus. Und zwar sofort.«

»Ja, es gibt einen.«

»Worauf warten wir dann noch?«

Warti deutete auf Nam. »Könnt ihr ihn tragen?«, fragte er. »Ich lasse ihn auf keinen Fall zurück.«

»Was …? Ähm, wer ist denn das?« Ferwyned musterte Nam mit erstauntem Blick.

»Ein Freund.« Brinnah hielt sich nicht mit langen Erklärungen auf. »Wie geht es ihm?«

»Ich weiß es nicht.« Warti schüttelte den Kopf. »Wir müssen ihn zu einem Heiler bringen. Wir haben hier einen, der ist …«

»Ihr hattet einen«, fiel Ferwyned Warti ins Wort und deutete auf den toten Eberkrieger. »Ich weiß nicht, was hier vorgeht, aber diese Kreatur dahinten hat am gestrigen Abend noch wie euer Heiler ausgesehen.«

»Also auch er …« Warti erbleichte. »Es ist schlimmer, als ich befürchtet habe.«

»Was ist schlimmer?« Ferwyned schien auf eine Erklärung zu warten, aber Brinnah drängte zur Eile. »Wir tragen Nam«, entschied sie und fragte Ferwyned: »Nimmst du ihn?«

Ferwyned seufzte, weil er immer noch auf eine Antwort hoffte, nickte dann aber und hob Nam auf seine Arme. »Der wiegt ja kaum etwas«, stellte er erstaunt fest.

»Umso besser.« Brinnah war schon auf dem Weg in den hinteren Teil der Höhle, wo Warti auf ein finsteres Loch in der Höhlenwand zueilte. »Dann kommen wir schneller voran.« Sie zog eine der letzten brennenden Fackeln aus einer

Wandhalterung und rief: »Beeil dich. Ich möchte nicht mehr in der Nähe sein, wenn die Maare den Getöteten entdecken.«

»Warum nicht?« Ferwyned schloss zu ihr auf und schaute sie von der Seite her an. »Was weißt du über diese ebergesichtigen Kreaturen?«

»Genug, um zu wissen, dass unser Volk in höchster Gefahr ist.«

Der Tunnel, durch den Warti sie führte, war so niedrig, dass Brinnah und Ferwyned geduckt gehen mussten, um sich nicht die Köpfe zu stoßen. Der Maar lief mit der Fackel voraus, die beiden Nebelelfen bildeten mit Nam die Nachhut. Ein- oder zweimal blickte Brinnah zurück, und auch Ferwyned warf hin und wieder einen besorgten Blick über die Schulter.

Nach einer Weile brach Brinnah das Schweigen. »Wir müssen Gwiddan-Sh-e-Nat unverzüglich warnen, sonst ist es zu spät«, erklärte sie im Laufen.

»Wofür zu spät?« Unmut schwang in Ferwyneds Stimme mit. Offenbar ärgerte er sich darüber, dass seine Fragen noch immer unbeantwortet waren.

»Um ein Heer aufzustellen.«

»Aber wir haben kein Heer.«

»Eben.«

»Das verstehe ich nicht.«

»Ist auch nicht ganz einfach.« Brinnah hustete, weil ihr der Staub, den Warti aufwirbelte, im Hals kratzte. »Ich erzähle dir alles, wenn wir hier heil herauskommen und mit Artair zurückfliegen – versprochen.«

»Artair.« Etwas an der Art, wie Ferwyned den Namen des Riesenalps aussprach, ließ Brinnah aufhorchen.

»Was ist mit ihm?«

»Ich … ich kann ihn nicht erreichen.«

Weit hinter ihnen waren aufgeregte Stimmen zu hören.

Offenbar hatten die Maar-Gurrline den Toten gefunden und versuchten zu ergründen, was geschehen war.

»Er hat mich geholt, weil er sich um dich sorgte«, erklärte Ferwyned knapp. »Ich habe mich im Dorf auf die Suche nach dir begeben und bin dem Heiler in die Höhle gefolgt. Seitdem habe ich von Artair nichts mehr gehört.«

»Seltsam.« Brinnah schloss kurz die Augen und versuchte Artair zu erreichen. Sie spürte, dass er ganz in der Nähe war, aber ihre Gedankenrufe verhallten ungehört. »Er schläft«, erklärte sie schließlich.

»So lange schon?« Ferwyned bückte sich unter einem Felsvorsprung hindurch. »Bist du sicher?«

»Ganz sicher.« Brinnah ließ sich nicht beirren.

»Gut. Ich fürchtete schon, man könnte ihn …«

»Seid still!« Wartis mahnende Worte ließen Ferwyned verstummen. »Wir sind gleich draußen.«

Brinnah reckte sich und spähte voraus, konnte aber nur den tanzenden Feuerschein von Wartis Fackel erkennen. Einen Wimpernschlag lang glaubte sie, Warti hätte sich getäuscht, aber dann sah auch sie das Licht, das vom Ende des Tunnels kündete. »Was ist da vorn?«, erkundigte sie sich im Flüsterton.

»Der Stollen mündet in die große Höhle nahe dem Eingang«, gab Warti ebenso leise Auskunft.

»Wachen?«

»Vermutlich.«

»Verdammt.« Brinnah ballte die Fäuste. Die Wachen stellten für sie und Ferwyned kein Problem da. Die Gabe, sich vor den Augen anderer zu verbergen, war allen Nebelelfen zu eigen und erlaubte es ihnen, ungesehen aus der Höhle hinauszugelangen. Auch Warti würde vermutlich niemandem auffallen. Das Problem war Nam. Brinnah überlegte fieberhaft, wie sie den Bewusstlosen unbemerkt aus der Höhle schaffen sollten.

»Ich könnte Nam in einen der Karren legen, mit dem das Sternenebulit aus der Höhle geschafft wird«, schlug Warti vor, als hätte er Brinnahs Gedanken gelesen. Der Vorschlag schien ihm zu gefallen, aber kaum, dass er ihn ausgesprochen hatte, verfinsterte sich seine Miene. »Doch was sage ich den Wachen, wenn sie mich fragen, wohin ich damit will? So einfach kommt man mit den Karren hier nämlich nicht hinaus.«

»Sag einfach, dass du das Sternenebulit zu den Schmieden bringen sollst«, schlug Ferwyned vor. »Ich weiß aus zuverlässiger Quelle, dass sie dringend auf Nachschub warten.«

»Wirklich?« Wartis Miene hellte sich auf.

»Wirklich.« Ferwyned grinste. »Meinst du, du schaffst das?«

3

Chulain zog den Bauchgurt des Reitgeschirrs fest, richtete sich auf und strich mit der Hand sanft über Munyas weiches Gefieder. Draußen vor dem Höhleneingang schickte die Sonne zaghaft erste Stahlen über den Horizont, die die hohen Schleierwolken und schneebedeckten Gipfel der Valdor-Berge in zartes Rosa tauchten, während die Welt am Fuße der Berge noch im Schatten der Nacht verharrte.

Munya schüttelte sich und sandte ihm einen mürrischen Gedanken. Chulain seufzte und unterdrückte ein Gähnen. So früh am Morgen brachen sie sonst nie auf, schon gar nicht, wenn sie am Abend zuvor erst nach Einbruch der Dunkelheit von einem Botenflug zurückgekommen waren. Er nahm es dem Riesenalpweibchen nicht übel, dass sie ihn seinen Unmut spüren ließ.

Die drei anderen Kuriervögel, die mit ihnen von den

nächtlichen Botenflügen oder der Jagd heimgekehrt waren, schliefen ganz in der Nähe und würden den Sonnenlauf vermutlich im Halbdunkel der Höhlen verbringen. Munya hätte es ihnen gewiss gern gleichgetan, aber diesmal war ihr eine ausgiebige Ruhe nicht vergönnt.

Lange vor Sonnenaufgang war Chulain von einem Pagen geweckt und zum König gerufen worden, der ihm einen dringenden und geheimen Auftrag erteilt hatte. Wie kein anderer besaß Chulain das Vertrauen Gwiddan-Sh-e-Nats, und die Tatsache, dass der König ihm mit Berchan und Seithrun zwei der dienstältesten und erfahrensten Kurierreiter zur Seite gestellt hatte, ließ keinen Zweifel daran, dass die Lage wirklich ernst war.

Gwiddan-Sh-e-Nat hatte versucht, seine Besorgnis herunterzuspielen, indem er betont beiläufig von ungewöhnlichen Ereignissen gesprochen hatte, die Händler aus dem Westen zu berichten wussten. Aber Chulain kannte den jungen König lange genug, um zu erkennen, dass viel mehr dahinterstecken musste als nur das Gerede schwatzhafter Händler.

Ehe Gwiddan die Königswürde von seinem Vater übernommen hatte, waren er und Chulain unzertrennlich gewesen, und wenngleich diese Freundschaft auch nach wie vor bestand, hatte die unbeschwerte Zeit mit dem Tode von Gwiddans Vater ein jähes Ende gefunden.

»Du bist so schweigsam. Bedrückt dich etwas?« Berchan, der die Halteriemen im Nacken seines Riesenalps festgezurrt hatte, hielt in der Arbeit inne und blickte Chulain stirnrunzelnd an. Er trug bereits den mit wärmendem Steppenbüffelfell gefütterten Umhang der Kurierreiter. Die dicken Reithandschuhe hatte er sich unter den Arm geklemmt.

»Nein.« Chulain schüttelte den Kopf. »Ich werde nur das Gefühl nicht los, dass der König uns etwas verheimlicht.«

»Und wenn schon. Es steht uns nicht zu, seine Anweisungen zu hinterfragen«, brummte Berchan, der mit seinen achthundert Wintern schon unter Gwiddans Großvater gedient hatte und dafür bekannt war, den königlichen Befehlen bedingungslos Folge zu leisten. »Im Übrigen finde ich einen Erkundungsflug zum Ylmazur-Gebirge nicht besonders ungewöhnlich.«

»Also, ich gebe Chulain recht, dass Ziel und Aufgabe diesmal nur sehr vage beschrieben sind«, mischte Seithrun sich in das Gespräch der beiden ein. »Außerdem wirkte der König heute Morgen ungewöhnlich angespannt.«

»Er ist der König«, sagte Berchan in einem Ton, als erkläre dies alles. »Er schuldet uns weder über seine Befehle noch seine Verfassung Rechenschaft. Unsere Aufgabe ist es, ihn nach Kräften zu unterstützen und alles dafür zu tun, dass sich seine Sorgen und Nöte in nichts auflösen. Also, lasst uns nach Westen fliegen und ihm beweisen, dass die Händler sich nur vor ihren eigenen Schatten fürchten.« Mit diesen Worten drehte er sich um, streifte die Reithandschuhe über, zog sich die fellbesetzte Kapuze zum Schutz gegen die morgendliche Kälte tief ins Gesicht und stieg auf seinen Riesenalp.

Seithrun warf Chulain einen Blick zu und seufzte. »Sein Benehmen ist manchmal befremdlich«, sagte er kopfschüttelnd. »Aber eines muss man ihm lassen – er hat recht.« Er griff nach seinen Reithandschuhen, nickte Chulain zu und machte sich auf den Weg zu seinem Riesenalp, der abflugbereit im vorderen Teil der Höhle auf ihn wartete.

»Na dann …« Chulain nahm einen tiefen Atemzug.

»Geht es endlich los?«, hörte er Munya in Gedanken gereizt fragen.

»Ja.« Chulain legte allen Schwung, den er aufbringen konnte, in das eine Wort, kletterte über Munyas Flügel in den Sattel und zog die Halteriemen vorsorglich fest. Es würde kein angenehmer Flug werden. Munya war launisch, und wenn ihr etwas nicht passte, konnte sie Chulain mit ihrer schlechten Laune schon mal einen ganzen Sonnenlauf verderben. Es kümmerte sie herzlich wenig, dass ihr Reiter auch nur Befehle ausführte, die zudem vom König selbst kamen. Ihr Bestand an Protestbekundungen reichte von beharrlichem Schweigen über gereizte Antworten und spitze Bemerkungen bis hin zu gewagten Flugmanövern und abrupten Sturzflügen, die Chulains Nerven schon so manches Mal an die Grenzen ihrer Belastbarkeit gebracht hatten.

Am Ausgang der Höhle warteten Seithrun und Berchan. Als sie Chulain kommen sahen, gaben sie ihren Riesenalpen das Zeichen zum Abflug. Chulain sah, wie sich die gewaltigen Vögel mit ihren Reitern in den Abgrund stürzten und seinen Blicken entschwanden, um wenige Augenblicke später im Aufwind des Morgens kreisend an Höhe zu gewinnen.

Munya wartete nicht auf Chulains Kommando. Wie immer, wenn sie schlecht gelaunt war, ließ sie sich ohne Rücksicht auf den rebellierenden Magen ihres Reiters wie ein Stein in die Tiefe fallen und zögerte den Sturzflug bewusst eine Spur länger hinaus, als es nötig gewesen wäre. Als sie endlich die Schwingen ausbreitete, um an Höhe zu gewinnen, tat sie dies in ausschweifenden Kreisen, die sie mehr als einmal gefährlich nahe an die Felswände heranführten.

»Wenn du so weitermachst, wirst du uns beide noch umbringen«, ermahnte Chulain das Riesenalpweibchen in Gedanken. Er erwartete nicht wirklich eine Antwort. Und er erhielt auch keine. Immerhin wurde der Flug etwas ruhiger. Geschickt nutzte Munya den Aufwind an der steilen Bergflanke und trug Chulain in luftige Höhen, während die Valdor-Berge und die prächtige Hauptstadt der Elfen weit unter ihnen zurückfielen.

Munya schwenkte ein und folgte den beiden anderen Riesenalpen in wohlbemessenem Abstand nach Westen, dorthin, wo sich irgendwo jenseits der dunstigen Nebelschwaden die schneebedeckten Gipfel des Ylmazur-Gebirges in den Himmel reckten.

Chulain spürte, wie die ersten Sonnenstrahlen seinen Rücken wärmten, und richtete den Blick nach unten, wo sich der Anblick einer sonnenbeschienenen und baumlosen Ebene in den Nebeln verlor. Noch war es kühl und feucht, aber die Sonne und der wolkenlose Himmel ließen auf einen schönen Tag und etwas Wärme hoffen. Chulain entspannte sich und versuchte, so gut es ging, die verkrampften Muskeln zu lockern. Munya hatte ihrem Ärger Luft gemacht. Weitere gefährliche Manöver waren nicht zu erwarten. Er beugte sich vor und tätschelte aufmunternd ihr Halsgefieder. Es war sehr früh, und der Weg war weit, dennoch schien dieser Morgen wie kaum ein anderer für einen so langen Flug geschaffen zu sein.

Fast kam es Warti so vor, als hätte er dieselbe Szene schon einmal erlebt. Nur, dass diesmal er den Karren zog und der schlafende Nam, unter einer Decke verborgen, die Höhle verließ. Mithilfe der unsichtbaren Nebelelfe war es ihm gelungen, einen Karren in den ausgedienten Stollen zu schaffen und Nam hineinzulegen. Nun galt es, einen günstigen Augenblick abzuwarten und den Karren unauffällig aus dem Stollen und an den Wachen vorbei ins Freie zu ziehen.

Als der Streit zweier Maare die Aufmerksamkeit der Arbeiter und Wachen auf sich zog, schien die Gelegenheit gekommen. Mit raschen Schritten verließ Warti den Stollen und machte sich auf den Weg zum Höhlenausgang, während sich hinter ihm immer mehr Maare in den Streit einmischten und der Lärm weiter anschwoll.

Das Licht der aufgehenden Sonne flutete durch die Öffnung in der Felswand und schmerzte Warti in den Augen. Nach den langen Sommern, die er in den Minen gearbeitet hatte, war er den Wechsel von Licht und Dunkelheit gewohnt, aber diesmal hatte er sich viel länger in den Höhlen aufgehalten als zuvor und musste kurz die Augen schließen, um sich an die Helligkeit zu gewöhnen.

»He, du!« Eine Hand packte ihn von hinten an der Schulter und zwang ihn, stehen zu bleiben. »Wo willst du mit dem Sternenebulit hin?«

Warti stand wie erstarrt. Sein Herz raste, und er musste sich zur Ruhe zwingen, um nicht aufzufallen. Langsam drehte er sich um. »Zu ... zu den Schmieden«, stammelte er und ärgerte sich über den hölzernen Tonfall seiner Stimme. »Sie ... sie brauchen Nachschub.«

»Nachschub?« Der Wachtposten runzelte die Stirn. Es war Ruflin Baumfugl, ein älterer Maar mit starkem Bartwuchs, der mit seiner Familie erst vor Kurzem zu den Minen gekommen war. Warti kannte ihn nur flüchtig. »Wofür?«

»Für ... für ...« Warti rang um Worte. Der Nebelelf hatte ihm nicht gesagt, wofür die Schmiede das Sternenebulit benötigten. Nach allem, was er von Nam und den anderen Harrdamis erfahren hatte, stellten sie vermutlich Rüstungen daraus her, aber sicher war er sich dessen nicht.

»Na, wofür?« Ruflins Stimme hatte einen lauernden Unterton angenommen. Er war der Einzige, der sich nicht um den Streit weiter hinten in den großen Eingangsstollen kümmerte. Dieser war inzwischen zu einer handfesten Schlägerei angewachsen. »Du willst doch zu den Schmieden – oder?«

»Hmmm.« Warti nickte eine Spur zu heftig. Er war so aufgeregt, dass er keinen Ton hervorbrachte.

»Oder dachtest du etwa, die Unruhe nutzen zu können, um ein wenig von dem kostbaren Metall für dich auf die Seite zu schaffen?«

»Nein!« Wartis Empörung war echt. In all den Sommern, in denen er schon in den Minen nach Sternenebulit schürfte, war ihm nicht ein einziges Mal der Gedanke gekommen, sich daran zu bereichern.

»Nicht? Na, dann hast du ja sicher nichts dagegen, wenn ich einen Blick unter die Plane werfe.« Ruflin grinste schief.

Er ahnt etwas! Warti schluckte trocken. Ein eisiges Gefühl bereitete sich in seiner Magengrube aus. Mit angehaltenem Atem beobachtete er, wie Ruflin sich über den Karren beugte und die Hand nach der Plane ausstreckte, als wie aus dem Nichts ein Stein herangeflogen kam und den Wachtposten am Hinterkopf traf. Ruflin gab einen ächzenden Laut von sich, riss verblüfft die Augen auf und sackte besinnungslos zu Boden.

»Aber ich habe etwas dagegen«, hörte Warti eine vertraute weibliche, aber körperlose Stimme neben seinem Ohr raunen. »Beeil dich, ehe die Streithähne dahinten etwas bemerken.«

Warti nickte steif. Mit einem raschen Rundblick vergewisserte er sich, dass niemand etwas von dem Vorfall mitbekommen hatte, dann schnappte er sich den Karren und schob ihn aus der Höhle.

Um nicht aufzufallen, schlug er zunächst den Weg zur Schmiede ein. Doch kaum, dass er sich unbeobachtet fühlte, bog er in eine schmale Straße ein, die zum großen Platz in der Mitte des Dorfes führte, dorthin, wo auch der hohe Baum mit der Landeplattform für die Riesenalpe stand. Die wenigen Maare, denen er begegnete, grüßte er freundlich, als sei nichts geschehen, und stellte fest, dass er sich zum ersten Mal nicht über ihr wortkarges und teilnahmsloses Gebaren ärgerte. Er wusste aber, dass die Flucht kein Spaziergang bleiben würde und er sich beeilen musste. Was in der großen Höhle geschehen war, würde sich gewiss schnell herumsprechen, und der besinnungslose Wachtposten würde ihren Verfolgern einen weiteren Hinweis liefern. Nicht mehr lange, und die Straßen würden von Maaren wimmeln, die nach dem Mörder des Maar-Gurrlin suchten. Der Gedanke an die Nähe der möglichen Verfolger ließ Warti seine Schritte beschleunigen.

Dann plötzlich blieb er stehen. »Brinnah?« Suchend schaute er sich um. Er konnte die Nebelelfen nicht sehen, war sich aber sicher, dass sie ganz in der Nähe sein mussten.

»Was ist? Warum bleibst du stehen?«, ertönte Brinnahs Stimme dicht neben ihm.

»Geht ihr schon vor. Ich ... ich muss noch etwas erledigen.«

»Dafür ist keine Zeit«, raunte Brinnah ihm zu. »Die Eberkrieger können jeden Augenblick hier auftauchen.«

»Ich weiß.« Warti nickte. »Aber ich muss Ginnir und die Kinder warnen. Sie müssen das Dorf sofort verlassen und sich in den Bergen verstecken. Ich kann sie doch nicht einfach im Stich lassen.«

»Also gut.« Brinnah seufzte, und Warti spürte, dass sie nicht wirklich mit seinen Plänen einverstanden war. »Aber beeil dich. Wir treffen uns am Landeplatz.«

Als Warti die kleine Hütte erreichte, in der er mit seiner Familie lebte, fand er die Tür offen stehend vor. Aus dem kleinen Schornstein stieg heller Rauch auf. Warti atmete auf. Ginnir war daheim. Vermutlich bereitete sie gerade die Morgenmahlzeit für die Jungen zu.

Er vergewisserte sich, dass Nam noch schlief, und schob die Karre mitsamt dem Harrdamis in den kleinen Unterstand neben der Hütte, in der er sein Feuerholz lagerte.

Mit wenigen Schritten erreichte er die Tür und trat ein.

Ginnir stand an der Feuerstelle und backte kleine Teigfladen auf einer heißen Steinplatte, die an Ketten über der Glut hing.

Sie trug das gelbe Kleid aus feinem Gewebe, das er ihr im vergangenen Sommer von einer Reise in die Elfenhauptstadt mitgebracht hatte. Es war ihr Lieblingskleid, das sie eigentlich nur zu besonderen Anlässen trug.

Als sie Warti sah, schaute sie auf und fragte: »Wo warst du so lange? Ich habe mir Sorgen gemacht.«

Warti zögerte. Er hatte fest damit gerechnet, dass Ginnir ihm freudig um den Hals fallen würde, weil sie erleichtert war, ihn wiederzusehen.

Vielleicht ist sie wütend auf mich?, überlegte er angesichts ihrer kalten und abweisenden Begrüßung. Immerhin habe ich mich, ohne eine Nachricht zu hinterlassen, aus dem Haus geschlichen.

»Glaub mir, es tut mir leid, dass ich so lange fort war, ohne dir Bescheid zu geben«, sagte er sanft, trat vor und ergriff Ginnirs Hände. »Aber ich konnte dich nicht erreichen.«

»Warum denn nicht?« Ginnir bückte sich, um die Fladen zu wenden.

»Dir das alles jetzt zu erklären, würde viel zu lange dauern«, erwiderte Warti in einem Tonfall, der deutlich machte, dass er in Eile war und etwas Wichtiges zu sagen hatte. »Hör mir gut zu! Du und die Kinder, ihr müsst das Dorf sofort verlassen! Es ist gefährlich, wenn ihr hierbleibt. Sehr gefährlich. Und ich möchte nicht, dass euch etwas geschieht.«

Ginnir schaute ihn von unten her an. »Hier ist alles wie immer«, sagte sie. »Du musst dir keine Sorgen um uns machen.«

»Das ist es ja gerade.« Warti rang verzweifelt die Hände. »Es sieht zwar so aus wie immer, aber das ist es ist nicht. Die Maare, unser Volk, wird verzaubert. Ich weiß, das klingt unglaublich, aber ich habe es mit eigenen Augen gesehen. Sie werden nachts in die große Höhle gelockt und durch ein Tor in eine andere Welt geschickt. Wenn sie zurückkehren, sehen sie noch aus wie Maare, aber in ihren Körpern hausen furchtbare Wesen, die unser Land überfallen wollen.« Warti machte eine Pause, um Atem zu schöpfen, dann fuhr er fort: »Bitte, Ginnir, du musst mir glauben. Nimm Jafne und Bendt und geh zu meinen Eltern in die Berge. Dort seid ihr sicher. Unterwegs hüte dich vor jedem, der dir begegnet. Sag nicht, warum du das Dorf verlässt, und verrate niemandem, was ich dir gerade erzählt habe.«

Ginnir starrte ihn an und schwieg.

»Bitte, Ginnir«, flehte Warti. »Versprich mir, dass du das Dorf sofort verlässt.«

»Und du? Was ist mit dir?«

»Ich muss den Elfenkönig warnen. Ich komme zu euch, sobald ich kann. Das Wichtigste ist, dass ich euch in Sicherheit weiß.« Plötzlich fiel Warti etwas ein. Er kramte in seiner Tasche nach dem Stein, den Tutom ihm gegeben hatte, und sagte: »Hier habe ich etwas für dich. Einen Stein, mit dem du erkennen kannst, wer von unseren Leuten besessen ist und wer nicht. Wenn du ihn auf jemanden richtest, der besessen ist, verändert er seine Farbe.« Er holte den Stein hervor, um ihn Ginnir zu geben, führte die Bewegung aber nicht zu Ende. Fassungslos starrte er auf den Stein in seiner Hand, während der Boden unter seinen Füßen jäh alle Festigkeit zu verlieren schien und die Beine ihm den Dienst zu versagen drohten. »Nein! Nein!«, stieß er keuchend hervor und blinzelte, aber das Bild vor seinen Augen änderte sich nicht: Der Stein leuchtete rot!

Die Jagd begann, als Brinnah und Ferwyned die Hälfte der Strecke zum Landeplatz der Riesenalpe zurückgelegt hatten. Obwohl sie sich lautlos und nahezu unsichtbar durch die verlassenen Gassen der Siedlung bewegten, schienen die Verfolger ihr Ziel zu kennen. Waren sie zunächst nur als vereinzeltes Lärmen in der Ferne zu hören, erklangen die Rufe und gutturalen Laute schon bald auch in unmittelbarer Nähe.

Brinnah hielt sich dicht bei Ferwyned, den sie nur als verzerrten Schemen vor sich wahrnehmen konnte. Gemeinsam hasteten sie so schnell vorwärts, wie es nur die Nebelelfen in Thale vermochten, vorsichtig, ohne Panik oder Furcht, aber immer darauf bedacht, dass der Abstand zu ihren Verfolgern nicht noch weiter zusammenschmolz.

Ferwyned suchte sich seinen Weg, ohne zu zögern. Ob intuitiv oder aus Erfahrung, konnte Brinnah nicht sagen. In ihren Augen wählte er die Abzweigungen scheinbar planlos, aber sie vertraute darauf, dass er sich in den verwinkelten Gassen sehr viel besser auskannte als sie, die sich nicht einmal daran erinnern konnte, wie sie in die Minen gelangt war.

Hin und wieder sah sie den Baum mit der Landeplattform in einer Lücke über den Dächern der Hütten und Häuser aufragen. Darauf war ein Schatten zu erkennen, der nur Artair sein konnte, doch obwohl Brinnah in Gedanken immer wieder nach ihm rief, erhielt sie keine Antwort.

»Sie kommen näher«, hörte sie Ferwyned in der Gedankensprache sagen.

»Maare sind nicht so schnell.«

»Das sind keine Maare.«

Brinnah fröstelte, als sie begriff, was Ferwyned damit meinte. Offenbar hatten die Eberkrieger ihre Tarnung aufgegeben, um denjenigen zu stellen, der ihren Kameraden getötet hatte. Aus den Augenwinkeln sah sie eine Ansammlung massiger Schatten in einer Seitengasse, die sich unheilvoll bewegten, und schon im nächsten Augenblick waren die Geräusche der Verfolger so nah, dass ihre Hand unwillkürlich zu der leeren Messerscheide an ihrem Gürtel wanderte.

»Barad!« Brinnah fluchte leise. Da explodierte etwas in den Schatten zu ihrer Linken. Jemand packte sie und riss sie von den Füßen. Der Aufprall war hart. Sie schnappte nach Luft und wehrte sich mit Händen und Füßen gegen die Urgewalt des Eberkriegers, aber was sie auch tat, der Angreifer hielt sie unbarmherzig fest.

Er kann mich sehen! Der Gedanke durchzuckte Brinnah

wie ein Blitz. Oder er spürt mich. Sie verdoppelte ihre Anstrengungen, doch auch diese verpufften scheinbar wirkungslos angesichts der ungeheuren Kräfte der Bestie.

Dann war Ferwyned bei ihr und mit ihm ein armdicker Zaunpfahl, den er wie eine Keule auf den Schädel des Eberkriegers niedergehen ließ. Das schauerliche Geräusch berstender Knochen drang Brinnah an die Ohren, Blutstropfen benässten ihr Gesicht, und stinkender Geifer tropfte auf ihr Gewand. Dann war sie frei und ergriff ohne nachzudenken Ferwyneds Hand, der ihr aufhalf und zur Eile mahnte.

Mit weichen Knien setzte sie die Flucht fort. Benommen von dem Schrecken, die lähmende Todesfurcht noch in den Gliedern, gelang es ihr kaum, sich auf den Beinen zu halten. Endlich tauchte der freie Platz am Ende der Gasse auf, und die Hoffnung, dass ihnen die Flucht doch noch gelingen konnte, gab ihr neue Kraft.

Hinter sich hörte sie das zornige Brüllen der Verfolger und betete darum, dass sie den Baum mit der Landeplattform rechtzeitig erreichten.

»Wo bleibt Warti?«

Brinnah konnte nicht umhin, Ferwyned für seine Umsicht zu bewundern. An den Maar hatte sie nach dem Schrecken gar nicht mehr gedacht. Andererseits spielt es auch keine Rolle, wie es Warti und Nam erging. Wenn die beiden den Baum noch nicht erreicht hatten, konnten sie ihnen nicht mehr helfen.

Kaum, dass das gelbe Kleid die ersten Risse zeigte, wirbelte Warti herum und floh aus der Hütte. Einer verzweifelten Hoffnung folgend, hastete er zu dem Fenster, hinter dem seine Söhne schliefen, doch als er Tutoms Stein vor den Mauerdurchbruch hielt und dieser rötlich zu pulsieren begann, wurde ihm klar, dass auch diese Hoffnung eine falsche war.

Warti atmete schwer und lehnte sich mit den Rücken an die Mauer. Tränen rannen über sein Gesicht. Er hatte alles verloren. Er war allein. Die beschauliche Welt, in der er noch vor ein paar Nächten gelebt hatte, gab es nicht mehr. Die Magier aus der fremden Sphäre hatten ihm das Liebste genommen, was er besaß. Es gab nichts mehr, für das es sich noch zu leben lohnte.

Aus dem Innern der Hütte drangen Geräusche an seine Ohren, die darauf schließen ließen, dass das Wesen in Ginnir die Verwandlung vollendet hatte. Wütendes Schnauben mischte sich mit dem Bersten von tönernem Geschirr und dem Poltern von Möbelstücken. Nur Bruchteile eines Augenblicks später wurde die Tür so kraftvoll aufgestoßen, dass sie gegen die Hauswand prallte und zersplitterte, während sich die gebückte Gestalt eines massigen Eberkriegers unter dem Türrahmen hindurch ins Freie schob. Warti erkannte Überreste von Ginnirs gelbem Lieblingskleid an dem muskelbepackten Körper und spürte eine tiefe Verzweiflung in sich aufsteigen.

Was hatten die Magier ihr, was hatten sie seinen Söhnen angetan? Wie lange schon hatte er mit ihnen unter einem Dach gelebt, ohne etwas von einer solchen Veränderung zu bemerken? Wie lange schon hatte er das Lager mit etwas geteilt, das nur noch ein Trugbild seiner Liebsten gewesen war?

»O Ginnir …!« Beim Klang des Namens kamen Warti erneut die Tränen. Verzeih mir. Im Angesicht der Götter habe ich geschworen, dich und die Kinder zu beschützen, aber ich habe versagt – versagt …

Warti sah, wie der Eberkrieger witternd die Schnauze in den Wind hielt, und presste sich dicht an die Wand. Seine Instinkte drängten ihn zur Flucht, und sein Verstand sagte ihm, dass er hier nichts mehr würde ausrichten können, aber noch weigerte sich ein Teil von ihm beharrlich, der Wahrheit ins Auge zu blicken. Dieser Teil suchte weiter fieberhaft nach einer Lösung, wie er Ginnir und den Jungen helfen konnte, während der andere Teil längst wusste, dass es dafür zu spät war.

In seine Gedanken hinein hörte er ein Lärmen am Ende der Gasse, das rasch lauter wurde. Der Eberkrieger horchte auf und wandte den Kopf in die Richtung, aus der sich die Geräusche näherten.

Die Bestie sieht mich nicht!

Warti reagierte sofort. Mit wenigen Schritten erreichte er den Holzschuppen, in dem er die Karre untergestellt hatte, und nutzte die Gelegenheit, sich dort zu verstecken. In den Schatten zwischen Holzscheiten verborgen, erhaschte er einen kurzen Blick auf eine aufgebrachte Horde Maar-Gurrline, die sich stampfend und schnaubend an dem Schuppen vorbei durch die Gasse zwängten. Einige trugen noch Überreste der Kleidung der Minenarbeiter, ein Zeichen dafür, dass sie sich erst vor Kurzem verwandelt haben mussten.

Sie suchen die Elfen.

Der Gedanke jagte Warti einen eisigen Schrecken durch die Glieder und machte ihm bewusst, dass es um weit mehr ging als um das Wohl des Einzelnen. Nach allem, was er in Nams Welt erfahren hatte, wagte er zu bezweifeln, dass es in der Siedlung außer ihm noch einen Maar gab, der nicht besessen war. Vielleicht hatte es noch andere gegeben, die nicht in die fremde Sphäre geholt worden waren, aber er gestattete es sich nicht, darüber nachzudenken, was mit ihnen geschehen sein mochte, und klammerte sich an den Gedanken, dass ihnen rechtzeitig die Flucht gelungen war. Dennoch: Selbst wenn eine Handvoll Maare dem Zugriff der Magier entkommen sein sollten, das Ergebnis blieb dasselbe. Das Volk der Maare – sein Volk – gab es nicht mehr, und wenn kein Wunder geschah, würde es auch bald keine Nebelelfen mehr geben. Die Eberkrieger würden in das Land einfallen, es blutig unterdrücken und die Überlebenden knechten, so wie es auch in Nams Welt geschehen war.

Die beiden Nebelelfen und er selbst waren die Einzigen, die von dem nahenden Unheil wussten. Ihnen hatte das Schicksal aufgetragen, Thale zu retten. Sein Leben war an einem Punkt angelangt, den er sich in seinen schlimmsten Albträumen nicht hätte ausmalen können, aber er durfte sich nicht in Trauer ergehen und aufgeben.

Wer sollte Gwiddan-Sh-e-nat warnen, wenn die Nebelelfen den wütenden Maar-Gurrlinen zum Opfer fielen? Wer sollte die Magier aufhalten und ihre finsteren Pläne durchkreuzen, wenn keiner von ihnen die Elfenhauptstadt erreichte? Und wer sollte sich um Nam kümmern, der nach wie vor an der Schwelle des Todes zu verharren schien? Wer, wenn nicht er?

Die Maar-Gurrline hasteten vorbei und nahmen das Lärmen mit sich fort. Warti ballte die Fäuste und zählte bis hundert. Dann wagte er einen Blick zum Haus und atmete auf. Der Eberkrieger, der von Ginnirs Körper Besitz ergriffen hatte, war fort. Vermutlich hatte er sich jenen angeschlossen, die auf der Jagd nach den Elfen waren. Warti nahm einen tiefen Atemzug und machte sich bereit. Er wusste jetzt, was er tun musste, und mehr noch als zuvor fühlte er sich bereit, die Herausforderung anzunehmen. Die Trauer und den Schmerz über den Verlust seiner Lieben würde er in seinem Herzen immer bei sich tragen, aber tief in sich spürte er, dass sich darunter noch etwas anderes regte. Etwas Mächtiges, das wie ein alles verzehrendes Feuer aufloderte und jede Faser seines Körpers auszufüllen schien. Wie ein glühender Strom floss es in die Kammern seines Bewusstseins, in denen das Wissen um das grausame Schicksal seiner Lieben eine bleierne Leere und das Gefühl von Ohnmacht zurückgelassen hatte, und füllte diese mit grimmiger Entschlossenheit.

Sollten die Magier ruhig glauben, in den Maaren fügsame Wirtskörper für ihre barbarischen Krieger gefunden zu haben.

Ihn würden sie nicht bekommen. Im Angesicht der Hütte, in der er so viele glückliche Sommer verbracht hatte, schwor Warti sich, nicht eher zu ruhen, bis auch der letzte Magier unter den Pfeilen und Schwertern der Nebelelfen den Tod gefunden hatte.

Dann holte er den Karren und machte sich auf den Weg.

4

Die Räume der Priesterinnen lagen in einem Seitenflügel des königlichen Palastes, den die Maare vor vielen Hundert Sommern in mühseliger Arbeit aus dem Fels der Valdor-Berge geschlagen hatten. Der Palast war das Zentrum der Hauptstadt des Elfenreiches, ein beeindruckendes Bauwerk, das in der Geschichte des langlebigen Volkes seinesgleichen suchte. Kunstvoll gestaltet und mit unzähligen Motiven verziert, thronte er über der Ebene am Fuße der Berge – massiv und wehrhaft, eine Feste, geschaffen für die Ewigkeit.

Im Garten der Priesterinnen breitete eine uralte Eiche ihre gewaltige Krone über einen achteckigen, von Balustraden gesäumten Innenhof, auf dem marmorne Bänke zum Verweilen einluden.

Es war still. Kein Windzug strich über das Gras, auf dem der Nebel der Nacht Abermillionen winziger Tautröpfchen zurückgelassen hatte. Die fein gesponnenen Netze der Spinnen wirkten erstarrt und wie mit Edelsteinen geschmückt.

Ennaiel beachtete das alles kaum. Mit bloßen Füßen schritt sie in dem weitläufigen Atrium auf und ab und hinterließ mit jedem Schritt ein dunkles Mal auf dem feuchten Gras. Hin und wieder hob sie nachdenklich den Blick zu den bunt gefärbten Blättern der Eiche, die im Licht der Morgensonne in Rot- und Goldtönen erstrahlten. Dann wiederum verharrte sie sinnend, die schlanken Finger auf der knorrigen Rinde der Eiche ruhend, als ob sie selbst Teil des Baumes wäre.

Seit der erste Schimmer des Morgens den Himmel im Osten rot gefärbt hatte, wurde Ennaiel von heftigen Visionen heimgesucht, die von drohendem Unheil kündeten, aber wie schon in den Mondläufen zuvor, fand sie auch diesmal nirgends einen Hinweis darauf, worin die Bedrohung bestehen könnte. Wieder spürte sie nur, dass sich Düsternis im Westen regte, dort, wo auch die nächtlichen Schwingungen ihren Ursprung hatten.

Ennaiel wusste, dass sie dem König umgehend davon berichten musste. Doch welchen Sinn hatte das, wenn sie ihm immer noch nicht viel mehr über die Art der Bedrohung sagen konnte als bei ihrer Besprechung vor Sonnenaufgang? Die Kurierreiter waren auf dem Weg, aber es würde noch eine Weile dauern, durch sie Aufschluss darüber zu erlangen, was im Westen vor sich ging.

Die Elfenpriesterin seufzte leise, schloss die Augen und lehnte die Stirn an die Rinde der Eiche, als könne diese ihr Trost spenden und Kraft geben. Thale war ein friedliches Land. Seit die ersten Elfen auf der Suche nach einer neuen Heimat in das Land zwischen dem Ylmazur-Gebirge und den Valdor-Bergen gekommen waren, hatte es keine Kriege, keine Not und kein Elend mehr gegeben. Jene, die sich noch an die Zeit davor erinnerten, waren längst zu den Ahnen gegangen, und ihre Nachfolger kannten den Krieg und seine Schrecken nur aus den Überlieferungen.

Ennaiel wusste, dass der König ihr vertraute. Doch wenn es ihr gelingen sollte, ihn und seine Berater von dem Nahen eines Unheils zu überzeugen, brauchte sie Beweise. Allein wegen ihrer Visionen und Gefühle würde sich Gwiddan niemals auf mehr einlassen als auf das Entsenden von Kundschaftern.

Zu spät … zu spät …

Da war sie wieder, die mahnende Stimme in ihren Gedanken, die sie zur Eile drängte. Das Gefühl der fremden Macht, die sich im Westen regte, war so stark, dass sie glaubte, es greifen zu können. Doch immer, wenn sie es versuchte, entzog es sich ihr und verschwand, ohne eine Spur zu hinterlassen.

Schweigend verharrte Ennaiel im Schatten der Eiche. Die Augen geschlossen, den Blick nach innen gerichtet, lauschte sie auf die mahnende Stimme und versuchte, die Furcht zu verdrängen, die der Gedanke an das, was sie tun musste, mit sich brachte.

»Herrin Ennaiel?« Die schüchternen Worte der Novizin, die gekommen war, sie zu holen, drangen an ihr Ohr. »Man trug mir auf, Euch zu sagen, dass alles bereit ist.«

Ennaiel löste sich vom Stamm der Eiche, straffte sich und nahm einen tiefen Atemzug, als ihre Sinne in die Wirklichkeit zurückkehrten. Die Furcht war noch da, aber sie war entschlossen, sich nicht davon leiten zu lassen. Ihr gelang sogar ein Lächeln, als sie sich umwandte, der Novizin zunickte und sagte: »Ich danke dir. Geh und sag den anderen, dass ich auf dem Weg bin.«

Wie es das Ritual verlangte, wurde Ennaiel im Obersten Heiligtum von sieben Priesterinnen in weißen Gewändern erwartet. Und wie es das Ritual verlangte, wurde der fensterlose Raum unter der Sternenkuppel von siebenundsiebzig Kerzen erhellt, die in einem weiten Kreis um eine mit Bergziegenfellen bedeckte Liegestatt und die wartenden Priesterinnen aufgestellt waren.

Der schwere Duft verbrannter Kräuter empfing Ennaiel, als sie den Raum betrat, dessen gewölbte Decke von einem Dutzend marmorner Säulen getragen wurde. Wie selbstverständlich löste sie die silbernen Spangen auf den Schultern und ließ ihr Gewand zu Boden gleiten. Die Blicke der Priesterinnen folgten ihr, während sie nackt und gemessenen Schrittes zur Liegestatt ging. Dort stand ein silberner Pokal mit einer dunklen Flüssigkeit für sie bereit. Ein kurzes Zögern nur, dann setzte sie ihn an die Lippen und leerte ihn mit einem Zug. Das Getränk war bitter und warm; vor allem aber war es giftig.

Die Wirkung setzte fast augenblicklich ein. Als Ennaiel sich niederlegte und die Augen schloss, glaubte sie bereits den Pulsschlag von sieben Herzen zu spüren, und wie von selbst stimmte auch ihr Herzschlag in das rhythmische Pulsieren mit ein.

Keine Worte oder Gesten waren nötig, um zu beginnen. Jede Priesterin wusste, was sie zu tun hatte. Und obwohl das Ritual seit Hunderten von Sommern nicht mehr vollzogen worden war, weil es so große Gefahren barg, verspürte Ennaiel weder Furcht noch Sorge bei denen, die sie auf ihrer Reise leiten würden.

Ein Luftzug streifte ihre Haut und kündete davon, dass die Priesterinnen ihre Plätze einnahmen. Sieben Hände legten sich nacheinander an vorbestimmten Stellen sanft und warm auf ihren Körper, während die Priesterinnen zugleich ein leises Summen anstimmten, dessen Schwingungen sich über die Hände auf sie übertrugen.

Ennaiel entspannte sich und machte sich bereit für eine Reise, von der es vielleicht kein Zurück geben würde. Ging nur ein wenig fehl, war sie verloren; doch dieses Wagnis musste sie eingehen, wenn sie Gewissheit haben wollte. Tief atmete sie den würzigen Duft der Kräuter ein, der ihre Sinne ausschaltete, ihr Bewusstsein lähmte und ihre Seele lockte, sich von der Enge des Körpers zu befreien, während sich die Wirkung des Tranks weiter entfaltete.

Binnen weniger Augenblicke wurde Ennaiel ganz ruhig. Atem und Herzschlag verlangsamten sich, und sie fühlte, wie eine tiefe, kraftvolle Gelassenheit sie erfüllte.

Sie war bereit.

Das Summen der Priesterinnen schwoll an, und Ennaiel spürte, wie ihre Seele sich regte. Über ihr an der mit funkelnden Sternen geschmückten Decke erschien ein Licht, das sie selbst mit geschlossenen Augen sehen konnte. Und dieses Licht war so warm und verlockend, dass sie sich nichts sehnlicher wünschte, als in das Leuchten einzutauchen.

Sie fühlte sich glücklich und schwerelos, ließ alle Sorgen und Nöte hinter sich und bewegte sich wie auf Wolken schwebend dem Licht entgegen. Sie wusste, dies war nicht das Ende. Es war vielmehr die Erfüllung des Seins und der Übergang in eine andere, bessere Welt. Von der Furcht, die sie verspürt hatte, war nichts geblieben. Alles war gut. Alles war richtig. Gleich würde sie in das Licht eintauchen und …

Halte ein!

Ein Befehl aus sieben Stimmen ließ das Leuchten in sich zusammenfallen und fast verlöschen. Ennaiel sah, wie es sich zurückzog, und jagte ihm hinterher. Mit rasender Geschwindigkeit verließ sie das Heiligtum durch die Decke, flog hinauf zu den Wolken, zu den Gipfeln der Valdor-Berge und weiter bis zu den Sternen, wo es nichts als Schwärze gab. Hier verlor sie das Licht und wurde sogleich von einer großen Traurigkeit übermannt, aber gerade als sie sich im Dunkel zu verirren glaubte, war das Summen wieder da, das sie vertraut und voller Wärme auf die Erde zurückgeleitete.

Das Gefühl des Nachhausekommens übermannte Ennaiel, und das Glück, das sie dabei empfand, war so übermächtig, dass sie es kaum zu ertragen vermochte. Nach dem Dunkel zwischen den Sternen konnte sie sich nicht sattsehen an den Farben und der Vielfalt, mit der sich das herbstliche Thale ihr darbot. Wie ein Vogel glitt sie über das Land dahin, sah, Berge, Wiesen und Felder im Licht der goldenen Herbstsonne und die Hauptstadt der Elfen in ihrer ganzen Pracht.

Nach Westen!

Eingewoben in das melodische Summen ihrer Begleiterinnen, erreichte sie der Befehl wie etwas, das von ihr selbst zu kommen schien. Sie schwenkte ein und ließ die Valdor-Berge hinter sich, während sie schneller, als jeder Riesenalp es vermocht hätte, über das hügelige Land der Vorberge und die Yunktun-Ebene hinweg auf die dunkle Linie der großen Wälder zuglitt, hinter denen die schneebedeckten Gipfel des Ylmazur-Gebirges im Sonnenlicht erstrahlten. Sie hatte die Wälder fast erreicht, als eine wogende Düsternis ihre Aufmerksamkeit erregte. Ein schwarzer Nebel, so schien es, breitete sich an den südlichen Berghängen aus, dort, wo die Maare nach Sternenebulit gruben.

Ennaiel schwenkte ein und glitt darauf zu. Eine Aura von Magie und abgrundtiefer Bosheit ging von dem Nebel aus, während er wie unter einem Schild verbarg, was jenseits der Nebelwand vor sich ging. Der Hass und die Verachtung, die den Nebel offenbar am Leben erhielten, waren für die zarte Seele der Elfenpriesterin nur schwer zu ertragen, aber noch hatte sie nicht gefunden, wonach sie suchte, und so nahm sie all ihren Mut zusammen und tauchte in den Nebel ein.

Die ersten Hütten der Maarensiedlung, die sie erblickte, waren ärmliche, rasch zusammengezimmerte Baracken, die den Bewohnern vermutlich nicht einmal ausreichend Schutz vor Regen bieten konnten. Ennaiel war erschüttert. Je näher sie dem Mittelpunkt der Siedlung kam, desto gepflegter und wohlhabender erschienen die Bauten. Eines aber hatten der arme und der reiche Teil der Siedlung gemein: Beide waren verlassen.

Ennaiel musste nicht lange suchen, um zu erfahren, was das zu bedeuten hatte. Als der Marktplatz in Sicht kam, wusste sie es. Wie es schien, hatten sich alle Maare dort versammelt und waren sehr aufgeregt.

Maare? Ennaiel hielt so abrupt inne, dass die Verbindung

zu den Priesterinnen abzureißen drohte. Das waren keine Maare, das waren …

Ehe sie Genaueres erkennen konnte, wurde sie jäh zurückgerissen, so schnell, dass die Landschaft unter ihr einem Meer aus verschwommenen Farben glich. Mit der Wucht eines Felsbrockens stürzte sie in das Oberste Heiligtum zurück. Die Kraft, mit der sie in ihren Körper zurückkehrte, war so heftig, dass es sie beinahe von der Liegestatt geschleudert hätte. Sie spürte noch, wie die Priesterinnen sie packten und festhielten, als sie sich aufbäumte und den Schmerz, der sie zu zerreißen drohte, mit einem gellenden Schrei aus ihrem Leib presste. Dann griff die Dunkelheit nach ihr und löschte mit den Schmerzen auch ihr Bewusstsein aus.

Brinnah rannte. Das Pflaster des Platzes, in dessen Mitte sich der Baum mit der Landeplattform erhob, flog unter ihren Füßen dahin, als sie Ferwyned hinterhereilte, der ihr nur wenige Schritte voraus war.

Sie war erschöpft. Der Mangel an Schlaf und Nahrung zehrte an ihren Kräften und forderte immer nachdrücklicher seinen Tribut. Die Muskeln in ihrem Körper verkrampften sich, und in ihrem Hinterkopf pulsierte ein hämmernder Schmerz. Keuchend rang sie nach Luft. Die Umgebung nahm sie nur noch verschwommen wahr. Längst war die Grenze des Erträglichen überschritten. Nicht mehr lange, und sie würde mitten im Laufen umfallen wie ein Pferd, das sich auf der Flucht bis zum Tod verausgabte.

Es ist nicht mehr weit. Nur noch ein paar Schritte … Brinnah biss die Zähne zusammen, entschlossen, auch das Letzte aus ihrem Körper herauszuholen. Angesichts des Grauens, das die friedliebenden Maare ereilt hatte und das sich anschickte, ganz Thale zu erobern, war ihr eigenes Leben nicht wichtig. Was jetzt zählte, war, dass der König rechtzeitig gewarnt wurde, um seine Krieger zusammenzurufen und Pläne für die Verteidigung des Landes aufzustellen.

Irgendwie gelang es ihr, mit Ferwyned Schritt zu halten, der ausgeruhter war als sie und unverletzt. Von Warti fehlte jede Spur, aber das musste nichts zu bedeuten haben, denn alles, was mehr als fünf Schritte von ihr entfernt war, verschwamm vor ihren Augen zu einem wabernden Nebel.

Um ein Haar wäre sie gegen den Baum geprallt, dessen mächtiger Stamm plötzlich wie aus dem Nichts vor ihr auftauchte. Der eisige Schrecken, der ihren Körper durchzuckte und sie zu einem blitzartigen Ausweichmanöver zwang, lichtete den Nebel und sie erkannte, dass Ferwyned die ersten Sprossen der Strickleiter bereits erklommen hatte und ihr zuwinkte.

»Schneller, Brinnah!«, rief er ihr in Gedankensprache zu. »Sie sind gleich hier.«

Kaum hatte er das gesagt, zischte von hinten ein Pfeil heran und bohrte sich unweit von Brinnah in den Baumstamm.

»Geh vor!« Brinnah versuchte, sich ihre Erschöpfung nicht anmerken zu lassen. Ein weiterer Pfeil sirrte heran, verfehlte sein Ziel und verlor sich irgendwo in den Büschen jenseits des Platzes. Brinnah erreichte die Strickleiter, warf einen Blick zurück über die Schulter und wünschte, sie hätte es nicht getan. Hinter ihr stürmten mehr als zwei Dutzend der furchterregenden Eberkrieger mit Schwertern, Äxten und Bogen bewaffnet auf den Platz.

»Schnell!« Ferwyneds Ruf brach das Entsetzen, das der Anblick der Horde in Brinnah hervorrief. Ihre Hände zitterten, als sie nach den Seilen griff, den Fuß auf die erste Sprosse setzte und sich anschickte, die Plattform zu erklimmen.

Eine Sprosse, zwei, drei, vier …

Mit jeder Sprosse entfernte sie sich ein Stück weiter vom Boden und der Gefahr zu ihren Füßen, während die Zuversicht, dass am Ende alles gut ausgehen würde, weiter wuchs. Niemals, so viel war sicher, würden die Eberkrieger die Strickleiter erklimmen können. Allein die Pfeile, die nach wie vor auf sie abgeschossen wurden, bereiteten Brinnah Sorge.

»Die schießen, als hätten sie noch nie einen Bogen in der Hand gehabt«, hörte Brinnah Ferwyned in Gedanken spotten. Anders als sie war er schon früh in der Kunst des Bogenschießens ausgebildet worden und hatte ein gutes Auge für die Güte der Schüsse.

Brinnah war das Unvermögen der Bogenschützen nur recht. Über alles andere konnte sie sich später Gedanken machen – wenn sie dann noch am Leben war. Jetzt zählten allein der Aufstieg und die bange Frage, was sie oben auf der Plattform wohl erwarten mochte.

Artair.

Alles hing davon ab, dass es dem Riesenalp gut ging und er sie von hier fortbringen konnte. Doch obwohl sie ihm so nahe war, war es ihr noch nicht gelungen, ihren treuen Gefährten gedanklich zu erreichen. Was, wenn er …?

Ein eisiger Schrecken durchzuckte Brinnah, als ein Ruck die Strickleiter durchlief und ihr Fuß ins Leere trat. Sie rutschte ein Stück nach unten und schrammte sich das Bein an den harten Seilen auf, konnte einen Sturz durch beherztes Zupacken aber gerade noch verhindern. Die Hände fest um die Seile gekrallt, die Füße wieder sicher auf den Tauen stehend, verharrte sie knapp drei Mannslängen unterhalb der Baumkrone und wartete darauf, dass sich ihr hämmernder Herzschlag beruhigte. Über ihr erreichte Ferwyned gerade die Plattform. Sie rechnete fest damit, dass er sofort zu Artair gehen würde, aber seine Sorge galt ihr. »Bleib nicht stehen!«, rief er ihr zu und unterstrich die Worte mit auffordernden Handbewegungen. »Beeile dich. Sonst …« Die letzten Worte erstarben ihm auf den Lippen. Panik flackerte in seinem Blick, als er an Brinnah vorbei hinunterschaute.

Brinnah wagte einen Blick nach unten und sah zwei Eberkrieger, die das untere Ende der Strickeiter ergriffen hatten. Die dicken Taue, die die Leiter vor starken Schwankungen schützten, hatten sie mit ihren Äxten gekappt und versuchten nun, Brinnah durch ruckartige Bewegungen wie einen reifen Apfel vom Baum zu schütteln.

»Festhalten!«

Ferwyneds Warnung war überflüssig. Noch während er sie aussprach, begann die Strickleiter so stark zu schwanken, dass ein Fortkommen unmöglich war. Brinnah konnte nichts anderes tun, als sich an den Seilen festzuklammern.

»Barad!« Ferwyneds wütendes Fluchen war auch ein Zeichen seiner Hilflosigkeit. In Gedanken verwünschte Brinnah sich für ihre Schwäche, die es ihr unmöglich machte, die letzten Stufen zur Plattform zu erklimmen. Ihre Hände krallten sich so fest um die Seile, dass die rauen Fasern ihr in die Haut schnitten. Jeder Muskel in ihrem Körper war zum Zerreißen gespannt. Sie fühlte sich halbwegs sicher in ihrer Position, wagte es aber nicht, auch nur einen Finger zu lösen, um die nächste Stufe zu erklimmen.

Unten am Boden hatten sich zwei weitere Eberkrieger zu den anderen gesellt. Gemeinsam zogen, zerrten und rüttelten sie an der Leiter und brachten diese zum Schwingen. Brinnah sah den Baumstamm auf sich zurasen und hielt vor Schreck die Luft an, aber der erwartete Aufprall blieb aus – noch.

»Ferwyned!« Ein verzweifelter Hilferuf entfloh ihrer Kehle, während sich die Strickleiter schwungvoll vom Baum fortbewegte, einen Bogen beschrieb und gleich darauf wieder auf ihn zuraste. Brinnah schrie so hell und schrill wie nie zuvor, schloss die Augen und machte sich bereit für den Schmerz, der dem Aufprall folgen würde.

Die Götter meinten es gut mit ihr, sie verfehlte den Stamm um Haaresbreite. Aber die Kräfte der Eberkrieger am Boden schienen unerschöpflich. Sie gaben nicht auf, sondern verstärkten ihre Anstrengungen weiter. Brinnah presste die Lippen fest aufeinander, wohl wissend, dass der kleine Erfolg nichts weiter war als ein Aufschub des Unausweichlichen. Nicht mehr lange, und sie würde abstürzen, mitten hinein in die Horde der Bestien …

»Bleib ganz ruhig.« Ferwyneds Stimme erklang so dicht an ihrem Ohr, dass sie erschrak. Sie riss die Augen auf und sah, dass er nur eine Sprosse über ihr war.

»Bist du von Sinnen?« Brinnah schnappte nach Luft. Ferwyned musste verrückt geworden sein! Er war in Sicherheit gewesen. Wer sollte den König warnen, wenn sie beide abstürzten? »Was tut du hier?«

»Dich retten.« Ferwyned kam noch näher und schob sich an ihr vorbei. Das zusätzliche Gewicht verlangsamte die schwankenden Bewegungen der Leiter, aber es würde gewiss nicht lange dauern, bis die ungeheuren Kräfte der Eberkrieger erneut die Oberhand gewannen.

»Halte deine Füße ruhig.« Aus den Augenwinkeln sah Brinnah das Jagdmesser in Ferwyneds Hand aufblitzen, als er sich bückte. Mit einer Hand klammerte er sich an den Sprossen fest, die andere führte das Messer über die Seile.

Brinnah schloss die Augen und sandte ein Gebet an alle Götter, die sie kannte: »Bitte, bitte lasst ihn Erfolg haben!«

»Halte dich fest und zieh dich hoch.« Noch während Ferwyned das sagte, spürte Brinnah, wie die Sprosse unter ihren Füßen nachgab, als es Ferwyned gelang, das erste Seil zu durchtrennen. Brinnah reagierte sofort. Ohne auf ihre schmerzenden Muskeln zu achten, zog sie sich nach oben. Dass es ihr gelang, grenzte an ein Wunder. Ihr Herz raste, und sie spürte Hoffnung in sich aufkeimen, aber die Gefahr war noch längst nicht gebannt. Ferwyned mühte sich mit dem Kappen des zweiten Seils, und Brinnah wagte nicht hinzusehen. Verzweifelt klammerte sie sich an die Strickleiter, die ins Trudeln geriet und Drehungen vollführte, die ihren Magen rebellieren ließen.

»Ferwyned!« Ihre Stimme war nicht mehr als ein Krächzen, Furcht schnürte ihr die Kehle zu. Jeder Atemzug wurde zu einer kleinen Ewigkeit. Sie hielt die Augen geschlossen, aber sie betete nicht mehr. Sie wartete …

… und wartete.

Dann war die Strickleiter frei. Ein wütendes Brüllen, das vom Boden zu ihr heraufklang, bestätigte ihr das Gefühl. Ferwyned hatte es geschafft, sein Jagdmesser hatte die Stricke durchtrennt. Die Gefahr war gebannt.

Keuchend richtete er sich auf, schlang die Arme um Brinnahs Oberkörper und hielt sie schweigend fest, bis das wilde Pendeln der Strickleiter zu einem sanften Schwanken wurde. Sie spürte seinen Atem an der Wange und barg das Gesicht an seiner Schulter. »Ich verdanke dir mein Leben«, sagte sie leise. »Das werde ich dir nie vergessen.«

»Du hättest dasselbe für mich getan.« Ferwyned räusperte sich verlegen. »Komm, wir müssen weiter.«

Brinnah nickte.

»Schaffst du es?«

»Ich versuche es.«

»Dann geh du zuerst.« Ferwyned lockerte den Griff um sie und gab sie frei. »Aber vorsichtig.«

5

Artair!

Brinnahs Herz machte vor Freude einen Satz, als sie sich auf die Landeplattform zog und die vertrauten Umrisse ihres Riesenalps erkannte. Die Freude über das Wiedersehen verdrängte sogar die Erschöpfung und die Erinnerung an die ausgestandenen Ängste, um binnen eines Atemzugs in lähmendes Entsetzen umzuschlagen.

»Er bewegt sich nicht!« Mit wenigen Schritten war Brinnah an der Seite des Alps und legte die Hand auf sein Gefieder. Es war warm. »Was … was ist mit ihm?«

»Er schläft.« Ferwyned riss einen Stoffstreifen aus seinem Untergewand und verband damit eine tiefe Schnittwunde, die er sich auf der schwankenden Strickleiter zugefügt hatte.

»So fest? Unmöglich.« Brinnah schüttelte den Kopf. »Artair hatte schon immer einen leichten Schlaf. Da muss …« Sie stutzte, weil sie auf dem Holz der Plattform einen großen, dunkel schimmernden Fleck entdeckte, kniete nieder und berührte ihn mit zwei Fingern. »Das ist Blut«, stellte sie fest, nachdem sie die Flüssigkeit näher in Augenschein genommen hatte. »Frisches Blut.«

»Von Artair?«

»Nein, von einer Bergziege.«

»Dann wird er wohl hungrig gewesen sein.« Ferwyned maß dem Blut anscheinend keine Bedeutung bei. »In den Bergen gibt es genügend wilde Ziegen …«

»Ausgeschlossen!« Brinnah schüttelte energisch den Kopf. »Er … er würde mich nie allein lassen, nur weil er Hunger hat.«

»Das kommt darauf an, *wie* hungrig er war.«

»Die Maare müssen die Ziege hier heraufgeschafft haben.« Brinnah schluckte trocken, als sie sich in Gedanken ausmalte, was geschehen sein mochte. »In dem Tier muss etwas gewesen sein, das schläfrig macht … Sie haben Artair betäubt, damit er keine Hilfe holen kann.«

»Aha.« Ferwyned ließ sich nicht anmerken, ob er ihr zustimmte. Er war an den Rand der Plattform getreten und schaute in die Tiefe. »Wie auch immer, wir sollten versuchen, ihn so schnell wie möglich zu wecken. Diese widerlichen Kreaturen können ohne die Leiter zwar nicht heraufkommen, aber wir haben ohne Artair auch keine Möglichkeit mehr, von hier fortzukommen.«

»Ich werde sehen, was ich tun kann.« Brinnah kniete neben dem wuchtigen Schädel des Riesenalps nieder und legte ihre Hände sanft auf dessen Stirn. »Wir haben ja ein wenig Zeit.« Sie wollte gerade die Augen schließen, um in Artairs Geist einzutauchen, als ein dumpfer Schlag die hölzerne Plattform erschütterte.

»Zeit?«, hörte sie Ferwyned besorgt fragen, während ein erneuter Schlag den Boden erbeben ließ. »Wohl kaum.«

Brinnah schaute ihn fragend an. »Wie meinst du das?«

Ferwyned antwortete nicht sofort. Voller Sorge blickte er noch einmal auf den Platz hinunter und sagte dann: »Die da unten fangen gerade an, den Baum zu fällen.«

»Fels und Stein!« Wie angewurzelt blieb Warti stehen, als er den Platz erreichte, wo er die beiden Nebelelfen treffen wollte. Schon von Weitem hatte er das Lärmen einer aufgebrachten Menge gehört, bis zum Schluss aber gehofft, dass sich ihm dennoch eine Möglichkeit zur Flucht bieten würde.

Diese Hoffung fand beim Anblick Dutzender Eberkrieger, die sich in einem dichten Pulk um den Baum mit der Landeplattform drängten, ein jähes Ende. Erschüttert hielt er inne und suchte die Plattform nach den Elfen ab. Aber außer dem massigen Körper eines Riesenalps, der entweder tot oder schlafend hoch oben auf der Plattform lag, konnte er nichts erkennen.

»Verdammt!« Warti spürte, wie ihm die Tränen kamen. So konnte es doch nicht enden, nach allem, was sie durchgemacht und auf sich genommen hatten.

Unvermittelt tauchte ein Gedanke hinter seiner Stirn auf. Wenn die Elfen tot sind, bin ich der Letzte! Der Letzte, der weiß, was hier vor sich geht. Der Letzte, der den Elfenkönig warnen kann. Warti seufzte entmutigt. Wie sollte ihm das gelingen? Zu Fuß würde er viele Sonnenläufe zum Palast unterwegs sein. Der Angriff würde vermutlich beginnen, ehe er sein Ziel erreicht hätte. Einen Augenblick lang war er versucht aufzugeben. Dann fiel sein Blick auf Nam, der sich unter der Decke stöhnend regte, und er fasste einen Entschluss.

»Keine Sorge, ich lasse dich nicht im Stich, mein Freund«, sagte er, und es klang wie ein Schwur. »Ohne dich wären wir beide nicht hier. Ich bin sicher, Brinnah und Ferwyned kommen uns holen. Und ich weiß auch, wo sie nach uns suchen werden.« Mit diesen Worten nahm er den Karren wieder zur Hand und machte kehrt, um sich auf geheimen Pfaden unauffällig aus der Stadt zu schleichen.

»Artair!«

»Artair, wach auf! Ich bin es, Brinnah!«

Brinnah … Brinnah … Brinnah …

Der Klang des Namens schwebte durch Artairs Träume, ohne Bedeutung und ohne Sinn. Eine Unrast schwang darin mit, die etwas in ihm berührte und ihn drängte, die Augen aufzuschlagen, aber er war zu müde und zu träge, um dem Drängen nachzukommen. Die Worte verstummten, und der Schlaf griff erneut nach ihm. Sanft schwebte er davon …

»Artair! Nicht schlafen. Du musst aufwachen! Hörst du?«

Da war sie wieder, die Stimme, die ihm seine Ruhe nicht gönnen wollte. Artair spürte Ärger in sich aufsteigen und regte sich unwillig.

»Artair, bitte! Bitte wach auf!«

Stille, Träume, Ruhe … Artair fühlte, wie sein Bewusstein der Wirklichkeit entfloh und eintauchte in Ereignisse längst vergangener Zeiten, als er noch jung und sein Leben sorglos gewesen war. Da waren seine Brüder und seine Schwester. Sie hockten dicht beieinander im Nest und riefen ihn zu sich. Langsam bewegte er sich auf sie zu ..

… als er jäh die Nähe einer Wesenheit spürte, die seine Sinne berührte und ihn von dem Ort wegführte, an dem er verweilen wollte. Sanft, aber bestimmt, wie eine Mutter, die ihre Kinder an die Hand nimmt, ergriff die Wesenheit sein Bewusstsein und führte es aus dem Dunkel der Traumwelt …

Widerstrebend und unendlich langsam tauchte Artair aus dem tiefen Schlaf auf, der ihn urplötzlich übermannt und gefangen gehalten hatte. Schwerfällig hob er den Kopf ein wenig, kämpfte gegen das Schwindelgefühl an, das die Bewegung ihm einbrachte, und öffnete blinzelnd die Augen.

Die hölzerne Plattform, auf der er lag, war ihm fremd. Er war nicht daheim. Aber wo …?

Der Schwindel ließ etwas nach, und er schüttelte sein Gefieder. Dabei streifte sein Blick unzählige Häuser und Hütten, die sich in der Ferne an die Hänge einer Gebirgskette schmiegten.

Die Siedlung! Ich bin bei den Sternenebulitminen.

Ganz unvermittelt kehrte die Erinnerung zurück und mit ihr auch das Wissen darum, was geschehen war.

Ferwyned war fortgegangen, um Brinnah zu suchen. Er hatte hier oben gewartet und gebangt. Dann waren zwei Maare mit einer frisch geschlachteten Bergziege auf die Plattform gekommen.

»Das ist ein Geschenk des Dorfältesten«, hatten sie gesagt. »Damit du nicht Hunger leiden musst, während sich unser Heiler um deine Reiterin kümmert.«

Die Maare hatten seltsam gesprochen, und er war misstrauisch gewesen, aber dann hatte er sich daran erinnert, wie lobend Ferwyned und Brinnah sich über das friedliebende Volk geäußert hatten, und alle Bedenken beiseite geschoben. Er hätte der Verlockung ohnehin nicht widerstehen können. Seit zwei Sonnenläufen hatte er nichts gegessen. Sein Magen hatte geknurrt, und der Geruch nach Blut hatte eine große Gier in ihm geweckt, sodass er die kleine Ziege mit wenigen

Bissen verschlungen hatte. Was danach geschehen war, daran hatte er keine Erinnerung.

»Artair, o Artair. Du bist wach!« Zwei Arme umschlangen seinen Hals, so vertraut, so sanft …

Brinnah?

Artair blinzelte. »Brinnah?«, fragte er noch einmal zaghaft in Gedanken, weil er fürchtete, die Berührung sei nur ein Traum. »Bist … bist du es wirklich?«

»Ja.« Er hörte Brinnah lachen. »Ja, ich bin es. Ich bin wieder da. Ferwyned hat mich gerettet.«

»Wo warst du?« Artair hatte große Mühe, die Worte in Gedanken zu formen. Bei aller Freude darüber, wieder mit Brinnah vereint zu sein, fühlte er sich noch immer nicht ganz wach. In seinem Innern focht er auch jetzt noch mit einem heftigen Schwindelgefühl und kämpfte verbissen darum, die Augen offen zu halten. »Was ist geschehen?«

»Das erkläre ich dir alles später«, erwiderte Brinnah. »Es ist jetzt keine Zeit … Barad!«

Der Baum erzitterte. Es war unmöglich, und doch war ein Irrtum ausgeschlossen. Der Boden der Landeplattform übertrug die rhythmischen Erschütterungen auf Artairs Körper.

Eins, zwei, drei, vier … Pause.

Eins, zwei, drei, vier … Pause.

Artair stutzte. Das fühlte sich an wie …

»Äxte!« Brinnah sprach aus, was er vermutet hatte. »Sie fällen den Baum!«, stieß sie hervor. »Sie wollen verhindern, dass wir das Dorf verlassen.«

»Wer? Die Maare?« Artair blinzelte und versuchte wenigstens ein Auge offen zu halten, aber das Sonnenlicht war zu hell und blendete ihn.

»Unsinn, nicht die Maare. Die … die …« Brinnah suchte nach den richtigen Worten, während das rhythmische Klopfen sich weiter verstärkte.

»Artair, bitte.« Das war Ferwyneds Stimme. Auch er klang

tief beunruhigt. »Du musst uns so schnell wie möglich hier fortbringen. Nicht nur wir sind in Gefahr, das ganze Land ist es. Wir sind die Einzigen, die wissen, was hier vorgeht. Wir müssen den Elfenkönig warnen. Sonst ist es zu spät.«

Artair antwortete nicht. Er spürte die Besorgnis der beiden und begriff, dass sich etwas Grundlegendes geändert haben musste, während er geschlafen hatte, aber sein Verstand arbeitete noch nicht richtig, und er konnte die Gefühle und Gedanken nicht miteinander in Einklang bringen.

»Die Maare haben versucht, dich zu vergiften«, erklärte Brinnah, die seine Verwirrung zu spüren schien. »Die Bergziege war voll von giftigen Pflanzensäften. Es war wohl zu wenig, um so ein riesiges Tier wie dich zu töten. Aber es genügte, um dich ziemlich lange außer Gefecht zu setzen.«

»Deshalb hat sie so bitter geschmeckt.«

»Wie schön, dass du es wenigstens bemerkt hast.« In Brinnahs Spott schwang ein liebevoller Unterton mit, aber sie wurde gleich wieder ernst. »Die Maare sind nicht mehr unsere Freunde«, sagte sie eindringlich. »Sie sind von einer Macht besessen, die größer ist als alles, was wir uns vorstellen können. Eine Macht, die unser Land unterjochen wird, wenn wir ihr keinen Einhalt gebieten. Der König ist noch völlig ahnungslos. Wir müssen ihn warnen. Aber das können wir nur, wenn du uns hier schnell fortbringst. Die Strickleiter ist zerstört, wir sitzen hier oben fest, während die Maare – oder das, was aus ihnen geworden ist – versuchen, den Baum zu fällen.« Sie verstummte und schaute den Riesenalp von der Seite her an. »Verstehst du jetzt, warum wir es so eilig haben?«

»Ja.« Artair gelang ein Nicken. »Aber …«

»Aber was?«, fragten Brinnah und Ferwyned wie aus einem Munde.

»Aber ich …« Artair stockte, atmete tief durch Er schämte sich entsetzlich, das zugeben zu müssen. Ein kurzes Zögern, dann sagte er: »Ich kann meine Flügel nicht bewegen.«

Ennaiel erwachte von dem klackenden Geräusch, mit dem die schwere Eichentür ihres Schlafraums ins Schloss fiel. Erschrocken riss sie die Augen auf, blickte sich um und entdeckte eine Novizin, die den Raum mit einem Krug voll Wasser betreten hatte. Diese senkte beschämt den Blick, deutete eine Verbeugung an und murmelte: »Verzeiht, Herrin. Ich … ich wollte Euch nicht wecken.«

Ennaiels Blick huschte zum Fenster, durch das man den blauen Himmel sehen konnte. »Wie lange habe ich geschlafen?«, fragte sie, ohne auf die Worte der Novizin einzugehen.

»Einen halben Sonnenlauf. Die Sonne wird bald untergehen.«

»So lange?« Ennaiel sog die Luft scharf ein, setzte sich auf und schwang die Beine aus dem Bett.

»Aber Herrin, Ihr solltet …«

»Ich sollte längst beim König sein und ihm Bericht erstatten«, fiel Ennaiel der Novizin ins Wort und befahl: »Reiche mir meine Robe.« Die Novizin stellte den Wasserkrug ab und tat, wie ihr geheißen.

»Danke.« Ennaiel schenkte der Novizin ein Lächeln. »Und jetzt sei so gut und suche nach dem König. Richte ihm aus, dass ich ihn unverzüglich sprechen muss. Es ist sehr wichtig. Ich werde in seinen Gemächern auf ihn warten.«

»Das werde ich.« Die Novizin verneigte sich und verließ den Raum. Als die Tür hinter ihr zufiel, schloss Ennaiel kurz die Augen, seufzte und fuhr sich mit den Händen über das Gesicht, als könne sie die Erschöpfung damit vertreiben, die die Ohnmacht in ihr hinterlassen hatte. Sie wusste, was sie zu tun hatte, obgleich die Novizin recht hatte. Das Gift, das ihr die Visionen ermöglicht hatte, war noch immer in ihrem Körper, und wenn es seine Wirkung auch weitgehend verloren hatte, so war sie doch geschwächt. Sie musste ruhen. Aber dafür war keine Zeit. Sie wusste jetzt, wo die Quelle des

Übels zu suchen war, und obwohl die Vision nur einen verschwommenen Eindruck hinterlassen hatte, hatte sie ihr doch alles verraten, was sie wissen musste. Was immer der Auslöser für ihre düsteren Vorahnungen war, hatte seinen Ursprung in der Maarensiedlung bei den Sternenebulitminen. Und noch etwas glaubte sie in ihren Erinnerungen zu finden. Es gab kein Bild dafür, nur ein Gefühl und einige wenige verschwommene Eindrücke, die sie hatte aufnehmen können, ehe die anderen Priesterinnen sie um ihrer eigenen Sicherheit willen zurückgerufen hatten. Eindrücke von einem verlassenen Dorf, von einem für Nebelelfen unsichtbaren Deckmantel aus Bosheit und Hass, der das Land bedeckte, und von riesigen, Furcht einflößenden Wesen, die sich auf dem Platz in der Mitte der Siedlung versammelt hatten.

Ennaiel fröstelte, als sie daran zurückdachte. Sie hatte schon häufig Visionen empfangen, auch ohne das Gift dafür zu nutzen. Diesmal aber war es anders. Diesmal hatte sie Angst.

Gwiddan muss es wissen!

Der Gedanke richtete ihr Augenmerk wieder auf das, was vor ihr lag. Hastig zog sie ihre Robe über und erhob sich von ihrem Lager. Ein leichtes Schwindelgefühl erfasste sie, als sie die ersten Schritte tat, und zwang sie, sich an einem Stuhl festzuhalten. Aber sie ließ sich nicht beirren. Kaum dass der Schwindel abgeklungen war, setzte sie ihren Weg fort.

»Festhalten!« Ferwyneds Warnruf kam gerade noch im rechten Augenblick. Mit einem unheilvollen Knirschen neigte sich der Baum nach links, während das Hämmern der Äxte nur kurz verstummte, um gleich darauf den monotonen Takt wiederaufzunehmen.

Eins, zwei, drei, vier …

Eins, zwei, drei, vier …

Holz splitterte, als sich die Klingen mit jedem Schlag tiefer in den Stamm fraßen.

»Artair.« Verzweiflung schwang in Brinnahs Stimme mit. »Bitte, Artair, tu doch etwas.«

Artair schämte sich. Noch nie hatte er die junge Nebelelfe so hilflos und ängstlich erlebt. Er hätte ihr zu gern geholfen, aber er konnte es nicht. Die Wirkung des Gifts hatte gerade so weit nachgelassen, dass er den Kopf heben und sich umblicken konnte. Flügel, Krallen oder Schwanzfedern spürte er nicht. Es war, als gäbe es sie nicht. Was er auch tat, wie sehr er sich auch anstrengte, die Muskeln gehorchten ihm nicht.

Er musste Brinnah nicht antworten. Sie wusste, wie es um ihn stand. Aus den Augenwinkeln sah er, wie sie sich Ferwyned zuwandte. Der erfahrene Kurierreiter hatte sich bisher zurückgehalten und nur einmal die Hoffnung geäußert, dass die Lähmung verschwinden möge, ehe die Äxte der Eberkrieger den gewaltigen Baum zu Fall bringen konnten. Angesichts der jüngsten Entwicklung wirkte auch er besorgt.

»Können wir denn gar nichts tun?«, fragte Brinnah.

»Ich fürchte, nein.« Ferwyned schüttelte den Kopf. »Wenn einer der Heiler bei uns wäre, hätten wir vielleicht eine winzige Chance. Aber so …« Er seufzte.

»Was meinst du damit: Wenn einer der Heiler hier wäre?«, hakte Brinnah nach.

Ferwyned zögerte, es schien fast, als wäre es ihm unangenehm, die Frage zu beantworten. Dann räusperte er sich und sagte: »Ehe ich Kurierreiter wurde, habe ich den Weg eines Riesenalp-Heilers beschritten. Dort lehrte man uns auch die Kunst, durch Überantworten zu heilen.« Er verstummte.

»Heißt das, du könntest ihm helfen?«, fragte Brinnah erstaunt.

»Ich … ich fürchte nein. Es ist zu gefährlich.« Es war deutlich zu spüren, wie Ferwyned mit sich rang. Offenbar kannte er einen Weg, der Artair retten mochte, war aber nicht bereit, diesen einzuschlagen.

»Gefährlich?« Brinnah gab einen spöttischen Laut von

sich und deutete zu Boden. »Und was ist das hier? Ein Spiel?« Sie stemmte die Hände in die Hüften und sah Ferwyned herausfordernd an. »Barad, Ferwyned, wenn du Artair und damit uns helfen kannst, dann solltest du es tun«, sagte sie bestimmt. »Jetzt. Sofort. Sonst ...« Ein Knirschen und das Gefühl, dass sich die Landeplattform erneut ein Stück neigte, unterstrichen ihre Worte auf dramatische Weise. Zwei Fässer, die am Ende der Plattform standen, gerieten ins Rutschen, fielen um, kullerten ein Stück über den Boden und stürzten in die Tiefe. »... sind wir die Nächsten, denen es so ergeht.« Brinnah bedachte den Elf mit einem eindringlichen Blick. »Bitte. Was immer es ist. Tu es.«

»Es ist so lange her ...«

Die Äxte am Boden nahmen ihren Takt wieder auf. Ferwyned schaute erst Brinnah und dann Artair an, straffte sich und sagte sodann: »Also gut, ich versuche es.«

Artair sah, wie Brinnahs Augen leuchteten. »Was hast du vor?«, richtete er eine Frage in Gedankensprache an Ferwyned.

»Überantworten ist eine Heilkunst, bei dem der Heiler die Leiden des Kranken auf sich nimmt, um diesen zu retten«, sagte Ferwyned laut, damit auch Brinnah es hören konnte. »Ich werde versuchen, das Gift, das dich lähmt, in mich aufzunehmen, damit du fliegen kannst.«

»Aber dann ...« Brinnah packte ihn am Arm und zwang ihn, sie anzusehen, »... dann bist du ...«

»... für eine Weile gelähmt.« Ferwyned nickte und fügte hinzu: »Wenn alles gut geht.«

»Und wenn nicht?«

Ferwyned antwortete nicht.

»Das lasse ich nicht zu.« Brinnah hielt ihn fest.

»Ich sagte doch, dass es gefährlich ist.«

»Aber nicht, dass es so gefährlich ist.«

»Ach, nein? Und was ist das hier? Ein Spiel?« Während

er Brinnahs Worte aufgriff, deutete Ferwyned auf die Eberkrieger am Boden. »Wage ich es nicht, sind wir tot, ehe die Sonne untergeht«, prophezeite er. »Aber wenn ich erfolgreich bin, selbst wenn ich sterbe, könntet ihr beide den König immer noch warnen.«

»Aber …« Alle Farbe war aus Brinnahs Gesicht gewichen.

»Kein aber.« Ferwyned streifte ihre Hand ab. »Wir haben keine Wahl.«

»Doch, die haben wir!« Triumphierend zog Brinnah ein Stück Holzkohle aus ihrer Tasche und begann, um Artair herum ein riesiges Pentagramm zu zeichnen.

»Was hast du vor?«

»Ich bringe uns hier raus«, erklärte Brinnah, ohne aufzusehen. »Wir reisen durch die Zwischenwelt.«

»Das ist zu gefährlich!« Ferwyned schüttelte den Kopf. »Denk an den Quarlin.«

»Der Quarlin ist längst wieder fort.« Brinnah ließ sich nicht beirren. Mit sicheren Strichen machte sie sich daran, die Spitzen des Sterns mit den geheimen Zeichen zu versehen. »Was du vorhast, ist ebenfalls gefährlich, aber durch die Zwischenwelt sind wir schneller.«

»Das ist wahr«, pflichtete Artair ihr bei. Er hatte noch nie gehört, dass ein Riesenalp durch die Zwischenwelt gereist war, hielt eine solche Reise angesichts ihrer Lage aber für die klügste und sicherste aller Möglichkeiten. Gespannt beobachtete er, wie Brinnah die Arbeit mit dem letzten Krümel Holzkohle vollendete und Ferwyned zu sich in das Pentagramm winkte. Als er neben ihr stand, schenkte sie ihm ein aufmunterndes Lächeln, schloss sie die Augen und sagte: »Auf zum Palast des Königs.«

Artair wartete gespannt.

Nichts geschah.

Vielleicht ist es so langsam, weil ich so groß bin?, überlegte er schuldbewusst, sagte aber nichts und wartete weiter.

Nichts geschah. Nur das Hämmern der Äxte klang an seine Ohren.

»Was ist los?«, hörte er Ferwyned schließlich fragen.

»Woher soll ich das wissen?«, herrschte Brinnah den Elf an. Man musste kein Seher sein, um zu erkennen, dass ihre Wut nichts weiter war als ein Ausdruck der Verzweiflung. »Es … es geht nicht«, stammelte sie. »Ich … ich sehe nichts. Da ist etwas. Ich komme nicht durch. Ich sehe den Palast nicht. Nur Finsternis!«

»Dann haben die Magier uns auch diesen Weg versperrt.« Ferwyned straffte sich und verließ das Pentagramm. »Ich weiß nicht, wie es ihnen gelungen ist, aber es scheint, als wollten sie verhindern, dass wir auf diesem Weg von hier fortkommen. Dann gibt es nur noch eines.«

»Nein, Ferwyned! Warte. Ich versuche es noch …«

»Du hast es lang genug versucht!«, schnitt Ferwyned ihr das Wort ab. »Wir haben nicht mehr viel Zeit. Ich muss es auf meine Art tun.«

Brinnah biss sich auf die Unterlippe und schwieg. Artair spürte, wie sie mit sich kämpfte. Ein Teil von ihr verstand Ferwyneds Beweggründe, aber ein anderer Teil sträubte sich dagegen und suchte verzweifelt nach einer anderen Lösung.

»Er hat recht, Brinnah«, sandte er ihr einen Gedanken. »Wir haben keine andere Wahl. Die Zwischenwelt ist uns verwehrt, und es kann noch eine ganze Weile dauern, bis die Wirkung des Gifts nachlässt. Der Weg, den er zu gehen bereit ist, ist unsere einzige Hoffnung.«

Brinnah schaute ihn lange an, dann ließ sie die Schultern hängen, wandte sich um und ging wortlos zum anderen Ende der Plattform. Ferwyned blickte ihr nach, versuchte aber nicht, sie aufzuhalten. Einen tiefen Atemzug nehmend, trat er neben Artair, legte ihm die Hand auf das Gefieder und fragte: »Bist du bereit?«

»Ja.« Noch während Artair ihm den Gedanken sandte, spürte Ferwyned, wie der Riesenalp sich entspannte.

Das Vertrauen rührte Ferwyned. Es dauerte jedoch noch einige Atemzüge, bis er seine Ängste so weit unter Kontrolle hatte, dass er den nächsten Schritt wagte. Es war lange her, seit man ihn gelehrt hatte, die Tore eines fremden Bewusstseins zu öffnen und in dessen Körper einzudringen – sehr lange. Fast ein halbes Leben …

Ohne dass er etwas dagegen unternehmen konnte, waren die Bilder wieder da, die ihn sonst nur in seinen Träumen heimsuchten: Najwehn krümmte sich am Boden. Blutiger Schaum quoll über seine Lippen. Er röchelte – er starb. Ferwyned spürte, wie sein Herz sich bei dem Anblick zusammenkrampfte. Wie damals wünschte er sich, seinem Freund helfen zu können, und wusste doch, dass es zu spät war. Die junge Frau, der sein Freund das Leben gerettet hatte, war eine Fremde gewesen. Für sie war der Tod des Heilers der Schritt in ein neues Leben gewesen, für Ferwyned der Augenblick, da er den Wunsch, Heiler zu werden, für immer aufgegeben hatte …

»Ich bin bereit.« Artairs Worte verscheuchten die Erinnerung an jenen schicksalhaften Augenblick, da Ferwyned schmerzlich erfahren hatte, dass ihm eine wesentliche Eigenschaft der Heiler fehlte: die Bereitschaft, das Wohl anderer über das eigene Leben zu stellen. Lange hatte er geglaubt, niemals die Größe Najwehns zu erreichen, den er für seine selbstlose Tat ebenso verfluchte wie bewunderte. Aber diesmal war es anders. Diesmal fühlte er tief in sich, was auch Najwehn damals gefühlt haben musste. Er war bereit, das Wagnis auf sich zu nehmen, um sein Volk zu retten – auch wenn es seinen Tod bedeutete.

Als er die nötige innere Ruhe gefunden hatte, trat Ferwyned neben Artair, legte ihm die Hände flach auf die Stirn und atmete tief durch. Den Blick starr geradeaus gerichtet, schloss er die Augen und versank langsam in die tiefe Meditation, die nötig war, um das Ritual der Überantwortung einzuleiten. Die Umgebung verschwamm vor seinen Augen, und er spürte, wie sich eine lähmende Kälte in seinem Körper ausbreitete. Ehe diese ihn völlig ergriff, öffnete er die Lider und suchte den Blick des Riesenalps. Ein letztes Atemschöpfen, dann schaute er ihm tief in die Augen und machte sich auf die Suche nach dem Ort in Artairs Körper, an dem das Gift seine vernichtende Wirkung entfaltete.

Als er es fand, raubte ihm der Zusammenprall fast den Atem. Wie eine finstere, alles verschlingende Woge brandete die Zerstörungswut des Gifts durch sein Bewusstsein. Ein gewaltiger Sturm aus Bosheit fegte die eigenen Gefühle hinfort, und ein grimmiger Hunger wütete wie mit Klauen in seinen Eingeweiden. Für einige Herzschläge verlor er sich in der entfesselten Wildheit der zerstörerischen Kräfte, die Artairs Muskeln lähmten und einen erbitterten Kampf gegen die heilenden Kräfte seines Körpers ausfochten. Schließlich gelang es ihm mit einer enormen Willensanstrengung, die beiden Kontrahenten voneinander zu trennen und das Wüten des Giftes auf sich selbst zu lenken.

Wellen von Hass und Zerstörungswut brandeten über ihn hinweg, als das Gift ihn als neues Opfer erkor, aber Ferwyned wartete nicht, bis es ihn anfiel. Er floh. Er hatte erreicht, was er wollte. Nun galt es, das Gift aus Artairs Körper zu locken. Wie ein hungriger Wolf folgte es ihm auf dem Weg zurück in seinen eigenen Körper. Er spürte das Gift dicht hinter sich und mahnte sich, ruhig zu bleiben, während er gleichzeitig seine Instinkte auszuschalten versuchte, die warnend aufkreischten und das Eindringen des Giftes verhindern wollten.

Weiter … weiter …

Er durfte nicht aufgeben …

Keuchend vor Anstrengung kämpfte Ferwyned sich aus den Tiefen von Artairs geschwächtem Körper an die Oberfläche. Er wusste, dass er nur diesen einen Versuch haben würde, aber er wusste auch, dass ihm die Erfahrung fehlte, um das Ritual sauber durchzuführen. Seine Erinnerung an das, was er einst gelernt hatte, war nicht nur lückenhaft, sondern auch von Ängsten getrübt. Alles, was er sicher wusste, war, dass das Gift ihn nicht einholen durfte, solange er noch in Artairs Körper weilte. Nur wenn er seinen eigenen Körper erreichte und das Gift mit sich nahm, würde Artair frei sein.

So kämpfte er sich weiter den Weg zurück, das Gift dicht auf den Fersen, und spürte zugleich, wie seine Kräfte schwanden.

Weiter …

Mit aller Kraft, die er aufbringen konnte, klammerte er sich an das Band, das ihn mit seinem Körper verband. Es war dünn, so furchtbar dünn …

Dann war es fort, und Ferwyned spürte, wie er jäh die Orientierung verlor. Nicht so das Gift. Wie eine dunkle Woge raste es von hinten heran. Ein tosender Sturm, der nur einem Zweck diente: zu töten. Niemals zuvor hatte Ferwyned sich einer so zerstörerischen Kraft gegenübergesehen, und für den Bruchteil eines Augenblicks war er versucht aufzugeben.

»Ferwyned!«

Brinnahs Stimme erreichte ihn in höchster Not und wies ihm die Richtung, die er verloren hatte. Ein letztes Mal sammelte er seine Kräfte und formte sie zu einem Gedanken, den er mit ihren Worten verband: »Ich bin hier.«

Das Schicksal meinte es gut mit ihm. Wie von Zauberhand erschien das Band, das ihn zurück in seinen Körper führen würde, als leuchtender Streifen in der Dunkelheit. Er griff danach und fühlte sich hochgerissen. Mit einem Schlag, der ihn von den Füßen riss, fuhr er in seinen Körper zurück, dicht gefolgt von der Giftwolke, die ihn nahezu im selben Augenblick einholte.

Jetzt!

Der Sturm aus Empfindungen erstarb, als Ferwyned mit letzter Kraft die Verbindung zu Artair kappte, während sich die Wolke tödlichen Giftes lautlos über ihn senkte und ihm das Bewusstsein raubte.

6

»Willst du damit sagen, die Bedrohung geht von den Maaren aus?« Gwiddan-Sh-e-Nat zog eine Augenbraue in die Höhe. Er hatte Ennaiels Bericht schweigend gelauscht. Nicht das kleinste Zucken in seinem Gesicht hatte erkennen lassen, was er über ihre Worte dachte. Aber der Priesterin hatte er nichts vormachen können. Sie kannte ihn lange genug und spürte instinktiv, dass er ihr nicht glaubte.

Ennaiel straffte sich. Dass Gwiddan die regelmäßige Zusammenkunft mit seinen Beratern verlassen hatte, um anzuhören, was sie ihm zu sagen hatte, verriet ihr, dass er ihre Befürchtungen allen Zweifeln zum Trotz ernst nahm. »Nicht von den Maaren«, korrigierte sie ihn. »Von etwas, das sich dort eingenistet hat.«

»Von etwas …?«, wiederholte Gwiddan gedehnt.

Ennaiel seufzte. »Ja, ich weiß, es klingt seltsam. Aber ich kann es nicht näher beschreiben. Als mein Bewusstsein in die Nähe des Dorfes kam, habe ich die Bedrohung als einen schwarzen Nebel wahrgenommen. Das Dorf selbst war weitgehend verlassen. In Zentrum aber, dort, wo die Riesenalpe landen können, hatten sich unzählige Wesen versammelt, die nicht wie Maare aussahen …«

»Und wie sahen sie aus?«

»Ich … ich weiß es nicht.« Ennaiel seufzte und schüttelte den Kopf. »Sie haben mich entdeckt und kamen auf mich zu. Ich weiß nicht, wie es ihnen gelungen ist, mich zu bemerken, schließlich war ich nicht körperlich dort, aber sie spürten meine Anwesenheit. Die Priesterinnen erkannten, dass ich in Gefahr war, und riefen mich zurück.« Ennaiel sah Gwiddan eindringlich an. »Du musst mir glauben«, sagte sie beschwörend. »Ich habe mein Leben riskiert. Was ich dir erzählt habe, ist alles, was ich in der kurzen Zeit herausfinden konnte. Nun ist es an dir, der Sache auf den Grund zu gehen.«

»Ich habe erst heute Morgen auf dein Drängen hin drei Kurierreiter nach Westen geschickt«, erwiderte Gwiddan.

»Nach Westen, ja, aber nicht zur Siedlung der Maare!« Ennaiel hob in einer mahnenden Geste die Hände. »Dort müssen sie suchen, und wenn sie nicht sofort dorthin fliegen, kann es schon zu spät sein.«

»Also schön, dann werde ich ihnen eine Nachricht zukommen lassen – wenn es dir so am Herzen liegt.« Gwiddan lächelte. »Deine Sorge ehrt dich, Ennaiel«, sagte er sanft. »Auch wenn ich sicher bin, dass sie unbegründet ist. Ich habe bei den Händlern, die aus dem Westen kommen, nachfragen lassen, ob ihnen etwas Ungewöhnliches aufgefallen ist. Nicht ein einziger wusste etwas zu berichten, das uns Grund zur Sorge liefern würde – nicht einmal die, die geradewegs von den Minen in die Hauptstadt zurückgekehrt sind.«

»Weil es sich vor unseren Augen verbirgt!« Mit einer plötzlichen Bewegung erhob Ennaiel sich, trat auf den König zu und ergriff seine Hand. »Die Bedrohung ist da«, sagte sie mit unheilvollem Unterton in der Stimme. »Je schneller wir wissen, was es ist, desto besser können wir uns darauf vorbereiten. Wenn du meinen Worten keinen Glauben schenkst, schick die Kuriere zur Siedlung, aber sag ihnen, sie sollen vorsichtig sein. Jeder Sonnenlauf ist kostbar. Wir können uns keine Verzögerung erlauben.«

»Ferwyned!«

Instinktiv fing Brinnah den Kurirreiter auf, als dieser kraftlos zu Boden sank. Sie hatte gespürt, dass es nicht so lief, wie er es sich erhofft hatte, und war zu Artair geeilt, um ihm beizustehen. Ihr Gedankenruf hatte Ferwyned gerade im rechten Augenblick erreicht und ihm den Weg zurück gewiesen, aber der Preis, den er für Artairs Rettung zahlen musste, war hoch.

»Lebt er?« Zögernd, fast ängstlich erreichte Brinnah Artairs Gedanke. Sie spürte Ferwyneds Atem an der Wange und nickte matt.

»Ja«, sagte sie ohne eine Spur vor Erleichterung in der Stimme. »Ja, er lebt – noch.« Sie schloss die Augen, um die Flamme des Lebens in Ferwyned zu erspüren, keuchte auf und zog sich erschrocken zurück. Das Gift war stark. Sein Überleben stand auf Messers Schneide. Sie musste ihn zu einem Heiler bringen, und zwar schnell.

Eine Erschütterung im Boden und das bedrohliche Knirschen berstenden Holzes lenkten ihr Augenmerk wieder auf das vordringliche Problem. »Wie fühlst du dich?«, fragte sie Artair in Gedanken.

»Besser.« Artair bewegte sich vorsichtig und schüttelte sein Gefieder. »Ich ... ich glaube, er hat es tatsächlich geschafft.«

Aber bei den Göttern, um welchen Preis?, fragte sich Brinnah erschaudernd. Dann zwang sie sich zur Ruhe. Ferwyned hatte gewusst, was ihn erwartete; dass er es trotzdem gewagt hatte, zeugte von einem Mut, von dem Brinnah nicht sicher war, ob sie ihn hätte aufbringen können. Nun war es an ihr zu vollenden, was Ferwyned begonnen hatte. Sie hatte es in der Hand, seinem Opfer einen Sinn zu geben und ihn zu retten – wenn die Götter ihr gewogen waren.

Wieder durchlief ein Ruck den Baum, und wieder neigte er sich ein Stück weiter zur Seite. Ferwyned wäre gewiss heruntergerollt, hätte Brinnah ihn nicht festgehalten. Ihr war klar, dass ihnen nicht mehr viel Zeit blieb.

»Kannst du fliegen?«, fragte sie Artair.

»Ich bin mir nicht sicher«, kam die ausweichende Antwort. »Es wäre mir lieber, wenn ich mich noch ein wenig ausru…«

»Dafür ist keine Zeit.« Brinnah war bereits dabei, Ferwyned auf Artairs Rücken zu zerren. Er war schwer, und es dauerte länger, als sie gedacht hatte. Als sie ihn endlich mit den Riemen für den Krankentransport gesichert hatte, durchlief den Baum ein Beben, das wahrhaftig nichts Gutes verhieß, während von unten rhythmische Rufe die letzten Axthiebe begleiteten.

»Wir müssen hier weg!« Mit einem Satz war Brinnah im Sattel und legte mit zitternden Fingern den Bauchgurt an, während Artair sich schwankend erhob.

»Flieg, Artair!« Brinnah spürte, wie er zögerte, spürte, wie die krankhafte Furcht vor der Tiefe sich mit der Sorge vereinte, ob die eben zurückgewonnenen Kräfte für einen Start ausreichen würden, während das Wissen um die knappe Zeit ihn gleichzeitig zur Eile drängte.

»Bitte! Artair, flieg!« Brinnah schluchzte auf. Jeden Moment konnte der Stamm dem Ansturm der Axtklingen erliegen – dann war es zu spät. »Bitte! Bitte, flieg!«

Und Artair flog.

Im gleichen Augenblick, da sich der Baum unter seinen Krallen zu Boden neigte, stieß er sich so fest er konnte von der Plattform ab und breitete die Schwingen aus. Nach einem kurzen Sturzflug glitt er über die Masse der Angreifer am Boden hinweg, deren Jubelschreie jäh in ein Gebrüll aus Wut und Entsetzen umschlugen, das selbst das Krachen und Bersten übertönte, mit dem der gewaltige Baum auf dem Boden aufschlug.

»Was soll das heißen: Wir rasten nicht?«

Vor dem Hintergrund eines tiefroten Himmels im Westen lenkte Berchan seinen Riesenalp so dicht neben Chulain und Munya, dass sich die Flügelspitzen der beiden gewaltigen Vögel fast berührten. Dass er ihm die Worte gegen den Wind zurief und nicht die Gedankensprache gebrauchte, zeigte Chulain, wie ärgerlich er war.

»Das heißt, dass wir auch in der Nacht fliegen werden«, erwiderte der Elf in Gedankensprache. »Der König drängt zur Eile. Es muss neue Erkenntnisse geben, denn er befiehlt, dass wir direkt zur Siedlung bei den Sternenebulitminen fliegen sollen.«

»Ohne Rast?« Auch Berchan bediente sich nun der Gedankensprache. »Barad! Ich spüre meinen Hintern schon jetzt nicht mehr.«

»Du wirst wohl alt, mein Freund!«, mischte sich Seithrun neckend in das Gespräch ein. »Ich kann mich an Zeiten erinnern, da bist du um der Liebe willen zwei Sonnenläufe und Nächte hindurch ohne Rast geflogen.«

»Das war etwas anderes«, brummte Berchan unwirsch.

»Munya sagt, sie fühle sich kräftig genug, die Reise fortzusetzen«, erklärte Chulain, ohne auf die Worte der beiden einzugehen. »Wie geht es den anderen?«

»Gut.«

»Er wird es schaffen.«

»Na, dann macht es euch gemütlich.« Chulain sandte Munya einen aufmunternden Gedanken. »Wenn alles gut geht, sind wir kurz nach Sonnenaufgang am Ziel.«

Im Takt der behäbigen Flügelschläge glitt die Zeit dahin.

Längst hatte sich die Sonne hinter den schroffen, schneebedeckten Gipfeln des Ylmazur-Gebirges zur Ruhe begeben, die in der Ferne als dunkle Linie am Horizont zu erkennen waren, während die Sterne über ihnen ihr Antlitz hinter einem Schleier aus Dunst verbargen, der sich in der Kühle der Nacht gebildet hatte.

Chulain hatte es sich in den weichen, warmen Federn, die die Mulde zwischen den Flügeln der Riesenalpe füllten, bequem gemacht und unterdrückte ein Gähnen. Im Stillen dankte er den Göttern, dass kein Wind wehte, denn der Luftzug, den der nächtliche Flug mit sich brachte, war auch so schon eisig genug.

»Schlafe du nur. Ich kenne den Weg.« Munya schien zu spüren, dass Chulain die Augen zufallen wollten.

»Ich weiß.« Chulain wusste, dass er dem Riesenalpweibchen nichts vormachen konnte. »Meinst du wirklich, ich könnte ganz kurz …«

»Auch etwas länger.« Munya klang belustigt. »Die Nacht ist noch jung. Ruh dich aus, alter Freund. Ich bringe dich sicher ans Ziel.«

»Alt?«, brauste Chulain auf. »Werd ja nicht frech. Es ist nicht das Alter, sondern …«

»… die Nachwirkung einer zu kurzen Rast. Ich weiß«, lenkte Munya versöhnlich ein. »Es war ein Scherz.«

»Auch du hattest eine zu kurze Rast«, erwiderte Chulain. »Ich käme mir schäbig vor, würde ich schlafen, während du fliegen musst.«

»Das ist dumm«, schalt Munya. »Wer weiß, was uns bei den Minen erwartet? Vielleicht kann ich dann ruhen, während du all deine Kräfte benötigst. Also sei klug und schließe die Augen. Bis zum Morgengrauen wird gewiss nichts geschehen, was die Aufmerksamkeit eines müden Kurierreiters erfordert. Und außerdem …«, sie machte eine bedeutungsvolle Pause, »… schlafen Berchan und Seithrun auch schon eine Weile.«

Die sanften Auf-und-ab-Bewegungen des Riesenalpweibchens trugen Chulain mit sich fort, als er die Augen schloss und dem Schlaf gestattete, zu ihm zu kommen. Ein Teil von ihm blieb jedoch wachsam, und so kam es, dass er sich auch im Schlaf auf dem Rücken eines Riesenalps wähnte, dessen Schwingen ihn im Sonnenlicht über das Land trugen …

Unter ihnen glitt die Yunktun-Ebene dahin, in deren Mitte der breite Strom wie ein silbernes Band glitzerte. Mit mächtigen Flügelschlägen, schneller als ein Riesenalp es jemals vermocht hätte, ließ er den Fluss hinter sich und glitt auf die Vorberge zu, jenen fruchtbaren und hügeligen Landstrich, der die Ebene mit den Valdor-Bergen verband. Tief in sich spürte er das Hochgefühl der Vorfreude, das ihn immer wieder aufs Neue ergriff, bevor er den prächtigen Palast des Elfenkönigs aus der Ferne sehen konnte.

Nur noch wenige Wimperschläge, dann würde der heiligste Ort der Nebelelfen vor ihm auftauchen. Das Juwel aller Bauwerke, die die begnadeten Künstler seines Volkes mithilfe der Maare geschaffen hatten. Der Stolz aller, die …

Chulain erstarrte, als er statt des erwarteten Palastes eine schwarze Rauchwolke über den Vorbergen aufsteigen sah. Eine Wolke, so dunkel und Unheil verkündend, wie er sie nie zuvor gesehen hatte. Und so groß, dass sie eigentlich nur von einem Waldbrand stammen konnte – obwohl es dort, wo sie sich erhob, keinen Wald geben konnte …

Chulain spürte, wie die Furcht mit eisigen Klauen nach ihm griff, als der Traumriesenalp an Höhe gewann und ihm einen Blick auf das gewährte, was dort brannte – auf die schwelenden Überreste dessen, was einst der Palast des Elfenkönigs gewesen war.

»Chulain!« Munyas Ruf ließ die furchtbaren Bilder verblassen. Das Grauen hingegen haftete ihm noch an, als er die Augen aufschlug. »Was ist los?«

»Da vorn ist etwas.«

»Und was?« Chulain blinzelte und warf einen kurzen

Blick über die Schulter, wo die aufgehende Sonne gerade die ersten blassrosa Streifen an den Himmel zeichnete, während das Land vor ihm noch im Dunkeln lag. »Ich kann nichts erkennen.«

»Man kann es auch nicht sehen. Ich fühle es«, versuchte Munya sich an einer Erklärung. »Es fühlt sich an wie … wie … Unheil. Soll ich weiterfliegen?«

»Was sagen die anderen?«, wollte Chulain wissen.

»Sie spüren nichts und nennen mich einen Hasenfuß.«

»Verstehe.« Chulain seufzte. Munya war sehr empfindsam. Anders als die übrigen Riesenalpe besaß sie einen ausgeprägten Sinn für Stimmungen, der dem der Nebelelfen in nichts nachstand und zumindest Chulains Fähigkeiten oft sogar noch übertraf. Einmal hatte sie an einem Landeplatz einen dort versteckten Quarlin allein an dessen ungestilltem Blutdurst ausfindig gemacht und sich geweigert zu landen. Ein anderes Mal hatte sie Chulain davon abgeraten, in den Bergen zu übernachten, weil sie einen Schneesturm nahen gespürt hatte, obwohl keine einzige Wolke am Himmel zu sehen gewesen war. Diese und andere Vorfälle hatten Chulain gelehrt, auf Munyas Rat zu hören, auch wenn es hin und wieder vorkam, dass sie sich täuschte.

In den Augen der anderen Riesenalpe galt Munya wegen ihrer übertrieben anmutenden Vorsicht als ängstlich, und nicht selten sah sie sich dem Vorwurf ausgesetzt, sich vor einer Aufgabe drücken zu wollen. »Hasenfuß« war nur einer von vielen Ausdrücken, mit dem die anderen sie bedachten. Chulain wusste, dass sie darunter litt, obgleich sie es sich nicht anmerken ließ.

»Unheil, sagst du«, versuchte er sie zu trösten, indem er ihr zeigte, dass er sie ernst nahm. »Was noch?«

»Es ist böse. Wenn du mich fragst, sollten wir die Richtung ändern.«

»Aber wir müssen zu den Minen.«

»Dann fliegen wir eben einen Umweg.«

»Das geht nicht, der König hat befohlen, den kürzesten Weg zu nehmen.«

»Dann weiß der König sicher nicht, dass hier Gefahr lauert.« Munya ließ sich nicht beirren.

»Wie weit ist es noch entfernt?«, erkundigte sich Chulain.

»Schwer zu sagen. Das Gefühl wird mit jedem Flügelschlag stärker. Ich vermute, dass wir es mit den ersten Sonnenstrahlen erreichen werden.«

»So bald schon?« Chulain seufzte. Wäre er mit Munya allein unterwegs, würde er nicht zögern, einen Umweg in Kauf zu nehmen. Aber sie waren nicht allein, und es war unwahrscheinlich, dass Berchan und Seithrun sich aufgrund von Munyas Ängsten zu einem längeren Flug überreden lassen würden.

»Soll ich weiterfliegen?«, fragte Munya wieder.

»Ja.«

»Aber …«

»Kein aber. Wir sind nicht allein. Du hast gehört, was die beiden anderen Riesenalpe von deiner Besorgnis halten. Sie werden keinen Umweg fliegen.«

»Hast du Berchan und Seithrun gefragt?«

»Nein.«

»Warum nicht?«

»Weil ich die Antwort kenne.«

»Aber da ist etwas!«

»Munya!« Chulain atmete tief durch. »Ich weiß, dass du ein feines Gespür besitzt, und ich hätte mit dem Umweg auch kein Problem. Aber da vorn gibt es nichts, vor dem wir uns fürchten müssten. Dort wohnen Maare. Und die Maare sind, wie du weißt, unsere Freunde. Sie würden niemals …«

»Rede nicht mit mir wie mit einem Nestling«, fiel Munya Chulain ärgerlich ins Wort. »Ich weiß, dass die Maare unsere Freunde sind, aber ich weiß auch, was ich fühle.«

»Munya, wenn du dich täuschst, machen wir uns zum Gespött aller Nebelelfen. Berchan und Seithrun werden es gewiss nicht für sich behalten. Ich habe einen Ruf zu verlieren – verstehst du das nicht?«

»Du hast auch ein Leben zu verlieren.«

»Munya, es sind Maare!« Chulain schnaubte ungehalten. »Wir haben doch keinen Krieg!«

Munya antwortete nicht. In stummem Protest setzte sie den Flug in der eingeschlagenen Richtung fort, während sich die Sonne im Osten über die fernen Valdor-Berge erhob und das Land mit goldenen Fingern aus dem Schlaf erweckte.

»Siehst du, es ist nichts.« Chulain lachte, als er Munya wenig später den erleichterten Gedanken sandte. Die Sonne hatte die Nacht nach Westen vertrieben und ließ die Wälder unter ihnen in feurigen Herbstfarben erstrahlen. Das Ylmazur-Gebirge lag zum Greifen nah vor ihnen. Davor waren die Hütten und Häuser der Maarensiedlung schon deutlich zu erkennen. Alles war friedlich. »Ich werde dem Palast berichten, dass wir unser Ziel erreicht haben.« Chulain schloss die Augen, sandte einen Gedanken an den Palast – und stutzte.

»Was ist?«, erkundigte sich Munya, der Chulains plötzlicher Stimmungswechsel nicht entging.

»Ich erreiche ihn nicht.«

»Wen?«

»Den Palast. Da ist nichts. Niemand antwortet. Ich höre nur ein Rauschen.«

»Ich habe doch gesagt, dass hier etwas nicht stimmt.«

»Unsinn.« Chulain schüttelte den Kopf. »Hier ist alles friedlich, das siehst du doch.«

»Dann liegt es vielleicht an dir.«

»Das werden wir gleich sehen. Berchan?«

»Ja?«

»Ah, gut. Du kannst mich hören.«

»Klar und deutlich – warum?«

»Ich wollte dem Palast Bericht erstatten, aber ich erreiche ihn nicht. Versuch du es mal.«

Endlose Herzschläge lang herrschte Schweigen. Dann ertönte Berchans Stimme wieder in Chulains Gedanken. »Du hast recht. Es geht nicht. Da ist so ein seltsames Rauschen in der Sphäre So etwas habe ich noch nie erlebt. Was ist mit Seithrun? Vielleicht hat er mehr Glück.«

Chulain wandte sich um und schaute zu seinem Gefährten, der ein Stück zurückgefallen war. »Seithrun, hast du gehört was Berchan und ich …?« Die Worte erstarben Chulain auf den Lippen, als ein kurzes Aufblitzen von Metall zwischen den Bäumen seine Aufmerksamkeit weckte. »Barad! Was …?« Er hatte den Gedanken noch nicht zu Ende gedacht, als sich ein Schwarm dunkler Vögel über die Bäume erhob und auf Seithruns Riesenalp zuraste.

Vögel? Chulain stockte der Atem. Bei den Göttern. Das waren keine Vögel! »Seithrun!« Noch während er den Namen schrie, wusste er, dass die Warnung zu spät kam. Die Zeit schien ihre Bedeutung zu verlieren, als er einen Schauer aus Dutzenden schwarzen Pfeilen auf Seithruns Riesenalp zurasen sah. Die meisten verfehlten ihr Ziel, aber die Masse der Geschosse machte die Unfähigkeit der Bogenschützen wett. Es waren viel zu viele, um ihnen ausweichen zu können. Der Riesenalp war verloren. Ehe er die Richtung ändern konnte, bohrten sich fünf lange Pfeile tief in seinen ungeschützten Leib.

Mit einer abrupten Bewegung schoss der Riesenalp nach oben, als könne er dem Schmerz damit entkommen, und öffnete den Schnabel zu einem grauenhaften Schrei. Dann sackten die gewaltigen Flügel kraftlos nach unten, und er fiel wie ein Stein zur Erde, den hilflosen Seithrun mit sich in den Tod reißend.

»Neiiin!« Berchans Schrei brach den Bann, den der Anblick des tödlichen Sturzes über Chulain gelegt hatte. Aus den Augenwinkeln sah er, wie der Riesenalp seines Freundes die Flügel anlegte und auf den Wald zuschoss. »Barad! Berchan, komm zurück. Wir müssen weiter nach oben!«, brüllte er Berchan zu, der seinen Riesenalp über der Absturzstelle kreisen ließ. »Komm da weg! Schnell!«

»Und Seithrun?«, kam die Antwort in Gedankensprache. »Wir können ihn doch nicht im Stich lassen.«

»Niemand überlebt einen Sturz aus dieser Höhe!«, erwiderte Chulain mit einem Anflug von Panik in der Stimme, während Munya weiter an Höhe gewann. »Ich spüre, dass er tot ist. Komm sofort zurück. Da unten sind …« Chulain glaubte, sein Herz würde stehen bleiben, als er erneut etwas zwischen den Bäumen aufblitzen sah. »Bei den Göttern!«, stieß er atemlos hervor. »Berchan, pass auf!« Wer immer sich im Schatten der Bäume verbarg, diesmal gelang die Überraschung nicht. Chulain hörte Berchan fluchen und sah, wie dieser seinen Riesenalp von der Stelle fortlenkte, an der Seithrun zwischen den Bäumen verschwunden war. Mit mächtigen Flügelschlägen ließ der Riesenalp die Angreifer hinter sich, während er gleichzeitig an Höhe gewann und mit Berchan auf seinem Rücken auf die Siedlung zuflog.

»Du schaffst es. Du schaffst es!« Chulains Hände verkrampften sich zu Fäusten, als er die Flucht seines Freundes von oben beobachtete. Als er sah, wie eine Salve schlecht gezielter schwarzer Pfeile Berchan verfehlte, atmete er erleichtert auf.

»Barad, was ist da unten los?«, hörte er Berchan in Gedanken fragen. »Sind die Maare verrückt geworden?«

»Maare verwenden keine Waffen.« In sicherer Entfernung vom Boden lenkte Chulain Munya auf die Häuser zu. »Die Pfeile sind riesig. Kein Maar würde sie … He, wo ist der Baum?« Fassungslos starrte Chulain zu der Stelle, an der sich bei seinem letzten Besuch der riesige Baum mit der Landeplattform über der Siedlung erhoben hatte. »Er ist weg.«

»Er ist nicht weg. Er ist umgestürzt.« Berchan, der ihm inzwischen ein Stück voraus war, klang zutiefst erschüttert. »Bei den Göttern, nein ... Er ist nicht gestürzt. Er wurde gefällt!«

Kaum, dass er das gesagt hatte, sah auch Chulain den gefällten Riesen am Boden liegen. Die Plattform war geborsten. Nicht mehr als ein Trümmerhaufen aus Brettern und Pfählen, die wie mahnende Finger in den Himmel ragten, war von ihr übrig. »Warum haben sie das getan?« Wie alle Nebelelfen fühlte auch Chulain sich der Natur verbunden. Einen so gesunden und kräftigen Baum tot im Staub liegen zu sehen, schmerzte ihn ebenso wie Seithruns Tod.

»Das sehe ich mir einmal genauer an.« Berchan lenkte seinen Riesenalp tiefer.

»Halte ihn auf!« Munya klang besorgt.

»Berchan, nein! Komm zurück! Das ist zu gefährlich.« Chulain rief, so laut er konnte, aber Berchan antwortete nicht. Aufmerksam den Boden betrachtend, kreiste er über dem verlassenen Platz, während Chulain und Munya viele Längen über ihm ihre Kreise zogen und aufmerksam nach möglichen Angreifern Ausschau hielten.

»Sieht aus, als hätte es einen Kampf gegeben«, teilte Berchan Chulain in Gedankensprache mit. »Kannst du irgendwo Maare sehen? Der Ort wirkt wie ausgestorben.«

»Ich sehe niemanden«, erwiderte Chulain, der angesichts der Pfeilangriffe gar nicht so unglücklich darüber war. »Vielleicht sind sie überfallen worden.«

»Schon möglich, aber von wem? Außerdem müssten hier dann Tote liegen oder Verwundete. Ich müsste Spuren von Blut sehen, zerbrochene Waffen – irgendetwas. Aber hier ist nichts, außer dem aufgewühlten Boden und einer Axt mit abgebrochenem Stil, die noch in dem Stamm steckt.«

»Aber so viele Maare können doch nicht einfach verschwinden.« Chulain ließ den Blick über die Siedlung schweifen, die längst zu einer Stadt geworden war. »Hier leben Tausende …«

Ein erstickter Laut ließ ihn zusammenzucken. Jäh richtete er den Blick auf seinen Freund, der mit leblos herabhängenden Armen seitlich aus dem Sattel hing. Allein den Haltegurten war es zu verdanken, dass er noch nicht heruntergefallen war. »Berchan!« Chulains Stimme überschlug sich fast. »Flieg zu ihm, Munya!«, befahl er. »Wir müssen ihm helfen.«

»Zu spät.« Munya sagte das so tonlos, dass Chulain wütend wurde. Er setzte zu einer ärgerlichen Antwort an, als er erkannte, dass sie recht hatte. Aus Berchans Rücken ragte ein schwarzer Pfeil, der ihn genau zwischen den Schulterblättern getroffen hatte. Berchan war tot. Und auch sein Riesenalp war getroffen worden. Ein Pfeil ragte aus seiner Flanke, schien ihn aber nicht schwer verletzt zu haben. Mit kräftigen Flügelschlägen versuchte er an Höhe zu gewinnen. Aber er war nicht schnell genug. Ohne dass Chulain auch nur einen Angreifer sehen konnte, sirrte erneut ein Pfeilhagel wie aus dem Nichts kommend auf den Riesenalp zu. Die meisten Geschosse verfehlten auch diesmal ihr Ziel, einer aber bohrte sich gespenstisch lautlos in die Brust des Riesenalps. Dieser bäumte sich kreischend auf und vollführte in der Luft eine Drehung, die Berchan endgültig aus dem Sattel warf. Aber er fiel nicht. Der Fuß des Kurierreiters, der nun wie eine Puppe kopfüber unter dem Riesenalp hing, hatte sich in einer der Halteschlaufen verfangen, die ihn erbarmungslos festhielt. Der große Vogel gab nicht auf. Schwer verletzt versuchte er, sich in Sicherheit zu bringen, doch er war zu langsam. Ein einzelner wohlgezielter Pfeil durchbohrte seine Kehle, kaum dass er an Höhe gewonnen hatte, und setzte dem Fluchtversuch ein rasches Ende.

Chulain hörte das Kreischen des Riesenalps und das Rauschen der Flügel, die im Todeskampf unkontrolliert durch die Luft peitschten, als der gewaltige Vogel zu Boden taumelte. In einer Wolke aus Steinen und Staub brach er durch das Dach eines der Häuser und rührte sich nicht mehr.

»Höher, Munya!« Nur mit einer gewaltigen Willensanstrengung gelang es Chulain, das Entsetzen zu verdrängen, das der grausame Tod seiner Freunde und Gefährten in ihm ausgelöst hatte.

Der Befehl war überflüssig. Munya hatte bereits zu kreisen begonnen und gewann in den Aufwinden des sich erwärmenden Erdbodens rasch an Höhe. Die Pfeile, die man ihnen nachsandte, erreichten sie nicht mehr. Chulain sah sie herankommen, einen Bogen beschreiben und wieder zur Erde fallen, ohne Schaden anzurichten.

»Es müssen gewaltige Bogen sein, die so hoch schießen können«, hörte er Munya in seine Gedanken hinein sagen. »Die Langbogen der Elfen reichen gerade einmal halb so hoch hinauf.«

»Nicht die Bogen sind es, die mir Sorge bereiten«, erwiderte Chulain mit gramerfüllter Stimme. »Sorge bereitet mir die Frage, welche Wesen sich da unten verbergen, die in der Lage sind, solche gewaltigen Bogen zu spannen.«

»Ich werde ganz sicher nicht noch einmal hinunterfliegen, um nachzusehen«, erklärte Munya.

»Das musst du auch nicht.« Chulain ballte in grimmiger Entschlossenheit die Fäuste. »Dieser Auftrag hat schon genug Opfer gefordert. Wir werden zurückfliegen und dem König berichten, was hier vor sich geht. Nur wenn wir die anderen warnen und weitere Opfer verhindern, ist der Tod unserer Freunde nicht vergebens gewesen.«

»Ich verstehe deine Eile und fühle mit dir«, sagte Munya. »Auch ich habe Freunde verloren. Aber eine Heimkehr muss bis heute Abend warten.«

»Warum?«

»Weil ich erschöpft bin. Ich bin seit gestern Morgen ohne Rast geflogen und hatte vor dem Start kaum Gelegenheit zu schlafen. Wenn ich mich nicht ausruhen kann, werde ich im Flug einschlafen und wie ein Stein vom Himmel fallen.«

»O Munya, verzeih.« Chulain schämte sich. »Das … das habe ich völlig vergessen … ich … ich wollte nicht … Natürlich kannst du rasten. Aber wo? Der Baum mit der Plattform wurde gefällt. Wir können nicht …«

»Ich fliege zum alten Landeplatz«, erklärte Munya. »Er liegt außerhalb der Siedlung. Vielleicht ist es dort sicherer.«

7

»Siehst du, Nam, ich wusste, dass sie uns nicht im Stich lassen. Ich wusste es!«

Von seinem Versteck hinter ein paar Sträuchern, hoch über der alten Landeplattform, sah Warti den Riesenalp näher kommen. Nachdem er den Baum, auf dem der Riesenalp gewartet hatte, nicht rechtzeitig hatte erreichen können, war ihm der Gedanke gekommen, dass die beiden Nebelelfen vielleicht nach ihm suchen und den alten Landeplatz anfliegen würden. Also hatte er aus einem verlassenen Haus ein paar Kissen und eine wärmende Decke für Nam gestohlen, ihn darin gebettet und war so schnell er konnte dorthin gelaufen.

Den Anblick des Riesenalps hatte er zunächst für eine Täuschung gehalten. Ein Bild gewordener Wunschgedanke, den seine von Furcht und Schlafmangel überreizten Sinne ihm vorgaukelten. Aber sosehr er auch blinzelte und sich mit den Händen über die Augen fuhr, der Riesenalp verschwand nicht. Er kam näher und näher, bis Warti den Reiter auf seinem Rücken erkennen konnte.

Nur einer …

Warti stutzte, schob den Gedanken an das, was geschehen sein mochte, aber zur Seite. In seiner Lage konnte er nicht wählerisch sein.

»Und? Spürst du etwas?«, erkundigte Chulain sich bei Munya.

»Nichts, was auf eine Gefahr hinweist«, gab das Riesenalpweibchen zur Antwort. »Wie es scheint, ist der Landeplatz sicher.«

»Ja, so lange, bis sie uns aufgespürt haben.« Chulain warf einen besorgten Blick über die Schulter zur Siedlung, die für seinen Geschmack viel zu nah war, um dort zu landen. Nach wie vor hielt er es weiter oben in den Bergen für sicherer, aber er spürte auch, dass Munya dringend eine Rast brauchte, und im Umkreis gab es keinen anderen geeigneten Start- und Landeplatz. »Ich bin überzeugt, dass sie uns beobachtet haben. Es wird nicht lange dauern, bis sie hier auftauchen.«

»Eine kurze Rast ist besser als gar keine.« Munya ließ sich nicht beirren. »Ich spüre meine Schwingen kaum noch.«

»Schon gut«, lenkte Chulain ein. »Aber wir müssen wachsam sein – sehr wachsam. Und vorsichtig. Sieh nur, die alte Landeplattform ist fast völlig zerstört. Von der Felsplattform, auf der sie errichtet war, ist bloß noch ein winziger Rest vorhanden.«

»Das muss genügen.« Munya klang erschöpft. »Ich versuche es.« Sie stellte die Schwingen auf und verlangsamte den Flug. Für einen Augenblick sah es so aus, als würde sie den kleinen Felsvorsprung zu schnell anfliegen, aber Munya war erfahren genug, um auch in schwierigem Gelände sicher zu landen.

»Ruh dich aus, ich halte Wache.« Chulain löste die Halteriemen, stieg über Munyas ausgestreckten Flügel von deren Rücken und setzte sich vor ihr auf den Felsen. »Von hier aus habe ich eine gute Sicht.«

Munya antwortete nicht. Als Chulain sich umblickte, erkannte er, dass sie die Augen bereits geschlossen hatte und schlief. Chulain konnte nicht umhin, sie dafür zu bewundern. Wenn sie um die getöteten Gefährten trauerte, dann offensichtlich nicht auf dieselbe Weise, wie er es tat. Nach allem, was geschehen war, war für ihn an Schlaf nicht zu denken. Sobald er die Augen schloss, sah er Seithrun mit seinem Riesenalp in die Tiefe stürzen und Berchan, dessen lebloser Körper an einem der Halteriemen hing und wild durch die Luft geschleudert wurde. Die Bilder hatten sich tief in seine Seele gebrannt, und er wusste, dass er sie niemals würde vergessen können.

…und ich bin schuld an ihrem Tod.

Die Gewissheit, dass er den Tod seiner Freunde hätte verhindern können, war für ihn am schwersten zu ertragen. Wenn er auf Munya gehört hätte und sie einen Umweg geflogen wären, wären sie jetzt noch am Leben. Wenn er den beiden von Munyas Sorgen und Bedenken berichtet hätte, hätten sie zumindest die Wahl gehabt, selbst zu entscheiden. Wenn Berchan auf ihn gehört hätte und nicht so tief geflogen wäre … Wenn, wenn … Dutzende von Möglichkeiten, die den Lauf des Schicksals hätten beeinflussen können, gingen ihm durch den Kopf, und er quälte sich damit, obwohl er wusste, dass es für solche Gedanken längst zu spät war.

Das leise Scharren von bloßen Füßen auf lockerem Geröll ließ ihn alarmiert aufspringen. In einer ansatzlosen Bewegung wirbelte er herum und kam auf die Füße, während sein Jagdmesser wie von selbst den Weg in seine Hand fand.

»Brinnah? Ferwyned …? Oh, verzeih, du bist gar nicht …« Der Maar, der die Landeplattform betreten hatte, hob in einer ängstlichen Geste die Hände. »Ich dachte …«

»Was?« Chulains Stimme klang rau und unfreundlicher als beabsichtigt.

»Ich … ich habe jemand anders erwartet.«

»So, und wen?«

»Eine Kurierreiterin namens Brinnah oder einen Kurier namens Ferwyned.«

»Sie waren hier?« Chulain senkte das Messer und versuchte, sich sein Erstaunen nicht anmerken zu lassen. Brinnah kannte er nur flüchtig. Er hatte sie nicht mehr gesehen, nachdem sie ihre Ausbildung beendet hatte. Mit Ferwyned hingegen verband ihn eine tiefe Freundschaft.

»Ja.«

»Wann?«

»Bis gestern. Die … die Eberkrieger haben die Landeplattform gefällt. Ich konnte sie nicht erreichen und hoffte, sie würden hierherkommen und …«

»Eberkrieger?«, hakte Chulain nach. »Die mit den langen schwarzen Pfeilen?«

»Ich kenne ihre Pfeile nicht«, räumte der Maar ein. »Ich … ich weiß nur, dass sie mein Volk ausgelöscht haben.«

»Ausgelöscht?« Chulain horchte auf. »Wie ist das möglich? Warum weiß der König nichts davon?«

»Er kann es nicht wissen.« Der Maar starrte auf seine schmutzigen Füße, wohl um Chulain nicht in die Augen sehen zu müssen. »Brinnah, Ferwyned und ich wollten zu ihm fliegen und ihm berichten. Aber ich habe sie verloren.«

»Sind sie tot?«

»Ich weiß es nicht.« Der Maar schüttelte den Kopf. »Vielleicht sind sie tot – wie so viele hier.«

Chulain steckte das Messer ein, seufzte, trat auf den Maar zu und legte ihm die Hand so unter das Kinn, dass er ihn ansehen musste. »Wie ist dein Name?«

»Warti.«

»Ich bin Chulain«, stellte der Elf sich vor. »Der König schickte mich und meine Begleiter aus, weil die Priesterinnen Anzeichen für Unheil in dieser Gegend zu spüren glaubten.«

»Unheil!« Warti gab einen Laut von sich, der sich wie ein spöttisches Lachen anhörte. Dann hob er den Blick und schaute sich um. »Wo sind deine Begleiter?«

»Sie sind tot.« Chulain presste die Lippen zusammen und rang den Schmerz nieder, der bei den Worten erneut in ihm aufflammte. »Ich nehme an, jene, die du Eberkrieger nennst, haben sie getötet.«

»Schon möglich.« Warti nickte. »Hier geschehen furchtbare Dinge. Das ganze Land ist in Gefahr.«

»Was weißt du über diese Krieger?«, wollte Chulain wissen.

»Alles – na ja, fast alles. Ich war ihr Gefangener und konnte fliehen. Brinnah und Ferwyned haben mir dabei geholfen.«

»Willst du mir davon berichten?«

»Das will ich gern, aber die Zeit drängt. Mein Freund ist schwer verletzt und benötigt dringend Hilfe.«

»Wo ist er?«

»Dort hinten.« Warti deutete zu den Büschen, hinter denen er sich zuvor versteckt gehalten hatte.

»Komm.« Chulain war schon auf dem Weg zu den Büschen. »Ich will sehen, was ich für ihn tun kann.«

Artair flog, so schnell er konnte.

Dunkelheit und dichter Nebel hatten lange verhindert, dass er den Boden sehen konnte, aber der Hochnebel hatte sich in der zweiten Nachthälfte aufgelöst, und so hatte er die Richtung mühelos anhand der Sterne bestimmen können.

Auch der Wind meinte es gut mit ihm. Ein leichter Luftstrom von Süden erlaubte ihm einen schnellen und kräftesparenden Flügelschlag, der ihn bis zum Sonnenuntergang ohne eine Rast ans Ziel bringen würde. Aber all das erschien nebensächlich angesichts des Ungeheuerlichen, das ihm widerfahren war.

»Hoffentlich kommen wir nicht zu spät.« Brinnah, die den fiebernden Ferwyned in den Armen hielt, schien nichts von dem zu spüren, was seit dem Sprung von der umstürzenden Landeplattform in Artair vor sich ging. Zunächst hatte er es für eine Folge der gefährlichen Lage gehalten. Doch als der Flug andauerte und das Gefühl weiter anhielt, hatte er sich Gedanken über die Veränderung gemacht, die so unglaublich und so phantastisch war, dass er immer noch nicht daran zu glauben wagte, obwohl er nun schon eine geraume Zeit hoch über den Wipfeln der großen Wälder dahinflog. Auf einer Strecke, die er noch drei Sonnenläufe zuvor ängstlich gemieden hätte …

»Wie fühlst du dich?«, erkundigte sich Brinnah mit einem Anflug von Besorgnis in der Stimme.

»Besser als jemals zuvor.« Angesichts des Opfers, das dieses Wohlbefinden gefordert hatte, schämte Artair sich fast ein wenig dafür, dass es ihm so gut ging. Ferwyned war dem Tode nahe, und auch Brinnah litt. Sie machte sich große Sorgen um den Elfen, aber das allein war es nicht. Artair wusste, dass sie sich Vorwürfe machte, weil sie die zwei Gefährten, die sie bei ihrem Abenteuer gefunden hatte, in der Siedlung hatte zurücklassen müssen. Nach der geglückten Flucht hatte sie immer wieder versucht, ihn zu überreden, dass er umkehren und nach den beiden suchen solle. Er aber hatte sich geweigert – zum einen, weil er die Wesen fürchtete, die in der Siedlung hausten, zum anderen, weil er wusste, wie schlimm es um Ferwyned stand. Eine Umkehr und eine Suche hätten den Elf das Leben gekostet.

Am Ende hatte Brinnah sich entscheiden müssen. Ihre Wahl war schweren Herzens auf Ferwyned gefallen, und nun haderte sie mit dem Schicksal und mit dem Gedanken, jene im Stich gelassen zu haben, denen sie ihr Leben verdankte. Es schmerzte Artair, sie leiden zu sehen, und er versuchte, sie mit einer guten Nachricht etwas aufzumuntern. »Das

Gift hat keine Nachwirkungen hinterlassen«, sagte er und hob die Stimme. »Außer einer: Die Angst ist weg.«

»Die Angst?« Brinnah, die sich in ihren Nöten scheinbar nur schwer auf etwas anderes konzentrieren konnte, klang verwirrt. »Wovor?«

»Siehst du es nicht?«, fragte Artair. »Wir fliegen hoch über dem Wald.«

»Über dem Wald?« Brinnahs Aufmerksamkeit schien stärker beeinträchtigt, als Artair vermutet hatte. »Aber das ist …«

»… jetzt nicht mehr unmöglich«, beendete der Riesenalp den Satz an ihrer statt. »Ich kann es selbst kaum glauben, aber es ist wahr.«

»Dann fürchtest du dich nicht mehr vor der Höhe und vor Gegenden, in denen du den Boden nicht sehen kannst?«, fragte Brinnah ungläubig.

»Schau nach unten. Da hast du den Beweis.«

»Das … das ist unglaublich.« Staunend blickte Brinnah auf die herbstlich gefärbten Baumkronen hinab. »Wie ist das möglich?«

»Ich glaube, ich habe es Ferwyned zu verdanken. Seit er das Gift aus meinem Körper genommen hat, spüre ich keine Angst mehr vor der Höhe« Artair schickte Brinnah einen tröstlichen Gedanken. »Mach dir keine Sorgen. Ich fliege so schnell ich kann. Er wird wieder gesund, da bin ich ganz sicher.«

»Mögen die Götter deine Worte erhören.« Artair spürte, dass Brinnah seine Zuversicht nicht zu teilen wagte. »Das Fieber ist stärker geworden, und es gibt nichts, was ich für ihn tun kann.«

»Hast du die Heiler in der Hauptstadt inzwischen erreichen können?«, erkundigte sich Artair.

»Ja«, erklang Brinnahs Antwort in seinen Gedanken. »Sie wissen, dass wir kommen. Es ist seltsam. Seit wir das Umland der Maarensiedlung hinter uns gelassen haben, ist dieses grässliche Rauschen fort, und die Sphäre der Gedanken ist wieder frei.«

»Was hast du ihnen erzählt?«, wollte Artair wissen.

»Nichts.«

»Nichts?«

»Nein. Was ich erfahren habe, ist allein für die Ohren des Königs bestimmt. Er soll entscheiden, was zu tun ist.«

»Das ist sehr klug von dir.«

»Danke!« Artair spürte, wie Brinnah seufzte. »Im Augenblick ist es mir ehrlich gesagt viel wichtiger, dass Ferwyned durchkommt.«

»Das wird er.« Artair legte alle Überzeugungskraft, die er aufbringen konnte, in den Gedanken und beschleunigte den Flug noch etwas. »Er ist stark. Er wird durchhalten.«

»Was ist das?« Verblüfft starrte Chulain das Wesen an, zu dem Warti ihn geführt hatte.

»Wer ...«, korrigierte Warti.

»Wer?«

»Wer ist das? Nam ist kein Tier. Er ist ein Harrdamis.«

»Ein was?« Chulain konnte den Blick nicht von dem seltsamen Wesen abwenden, das in seinen Augen wie eine verrückte Mischung aus unterschiedlichen Tierarten anmutete.

»Ein Harrdamis. Sein Volk lebt in der Welt, aus der auch die Eberkrieger stammen«, versuchte sich Warti an einer Erklärung. »Dort herrschen Magier, die diese Krieger befehligen und unter der Führung An-Rukhbars schon viele Welten erobert haben. Sie haben es auf das Sternenebulit abgesehen. Unsere Welt ist nur eine von vielen, die sie in einem gewaltigen Feldzug durch das Uni...«

»Halt ein!« Chulain hob ruckartig die Hand und sah Warti prüfend an. »Du willst damit sagen, es gibt mehr Welten als diese hier?«

»Ja.«

»Und man kann zwischen den Welten reisen? Einfach so?«

»Nun ja, so einfach ist es nicht. Es gibt ein Tor in den Minen. Ich vermute, dass die Magier es dort errichtet haben, um mein Volk in ihre Welt zu holen und ihnen die Seelen der Eberkrieger einzupflanzen, damit sie hier unbemerkt …«

»Warte, warte!« Chulain fuhr sich mit den Händen müde über die Augen. Je mehr er erfuhr, desto mehr verwirrte es ihn. »Also noch mal«, sagte er betont langsam. »Was geht hier vor?«

»Ich fürchte, das ist nicht so einfach zu erklären«, räumte Warti ein. »Darum ist es ja auch so wichtig, dass Nam wieder zu sich kommt. Sein Land wurde von den Magiern und ihren Eberkriegern erobert und sein Volk unterdrückt. Er kann uns wertvolle Hinweise geben.«

»Woher weiß ich, dass er nicht selbst einer der Angreifer ist?«, fragte Chulain misstrauisch.

Warti trat vor, schlug die Decke zurück und hob Nams dürren Arm in die Höhe. »Du hast von langen Pfeilen gesprochen, die sie verwenden«, sagte er. »Glaubst du wirklich, dieser Arm vermag den Bogen zu spannen, der nötig ist, um sie abzuschießen?«

Chulain starrte auf den mageren Arm. »Nein«, sagte er und schüttelte den Kopf. »Nein, das kann ich mir nicht vorstellen.« Dann straffte er sich und wechselte das Thema. »Also, was fehlt ihm?«

»Bei unserer Flucht durch die Zwischenwelt …«

»Zwischenwelt?« Nun verstand Chulain gar nichts mehr. Aber Warti war offenbar zu keinen Erklärungen mehr bereit. »Später erkläre ich dir alles«, sagte er. »Zuerst müssen wir uns um Nam kümmern. Der Feuerstrahl eines Magiers traf ihn auf der Flucht. Seitdem ist er bewusstlos.«

»Eine Verletzung mittels Magie …?« Chulain schürzte die Lippen und schüttelte den Kopf. »Ich fürchte, dafür bin ich nicht der Richtige. In solchen Fällen können nur die Heiler in der Hauptstadt helfen.«

»Dann müssen wir dorthin!« Plötzlich hatte Warti es sehr eilig. »Fliegst du uns?«

»Das würde ich gern, glaub mir. Je eher wir hier wegkommen, desto besser. Aber mein Riesenalp ist erschöpft und muss sich ausruhen. Wir können nicht ...«

»... mehr warten«, hörte er Munyas Stimme in seinen Gedanken. »Wir müssen sofort losfliegen. Beeilt euch. Sie kommen!«

Chulain verzichtete darauf, die Gurte anzulegen. Nam wie ein Kind auf den Armen haltend, hockte er auf Munyas Rücken, wies Warti an, sich gut festzuhalten, und gab dem Riesenalpweibchen das Zeichen zum Abflug.

Keinen Augenblick zu früh!

Kaum dass Munya sich in die Lüfte erhob, tauchten am Fuß des Hangs die ersten hünenhaften Kreaturen auf. »Bei den Göttern, Eberkrieger ist wahrlich eine treffende Bezeichnung.« Chulain, der die Angreifer zum ersten Mal von Nahem sah, war erschüttert. Erleichtert bemerkte er, dass Munya schnell an Höhe gewann und sie außerhalb der Reichweite der schwarzen Pfeile brachte. »Wie viele mögen es sein?«

»So viele, wie es Maare gegeben hat.« Eine Bitternis, die Chulain tief berührte, schwang in Wartis Stimme mit, und er fragte sich unwillkürlich, wie viele Freunde und Verwandte der Maar wohl verloren haben mochte. Er suchte nach tröstlichen Worten, aber als er die Aussage ein zweites Mal überdachte, fiel ihm deren ganze Tragweite auf. »So viele?«, fragte er bestürzt und fügte hinzu: »Aber das sind ja ...«

»Tausende!« Warti nickte. »Ich sagte doch schon, dass hier furchtbare Dinge geschehen und das ganze Land in Gefahr ist. Dachtest du etwa, ich übertreibe?«

»Nun, ehrlich gesagt, habe ich nicht ... Bei den Göttern!«

Chulain brach ab und starrte bestürzt voraus. Munya hatte den Kamm überwunden, hinter dem die alte Landeplattform an einem Hang gelegen hatte, und glitt nun in direkter Linie auf den Yunktun und die fruchtbare Ebene zu, die der Fluss unmittelbar vor seinem Delta durch fortwährende Überschwemmungen geschaffen hatte. Es war ein Landstrich, dessen Anblick von unzähligen grünen Wiesen und Feldern geprägt war, zwischen denen verstreut die Höfe der Maare lagen, welche die Siedlung an den Minen mit Nahrung versorgt hatten.

An diesem Morgen aber war kein Grün zu erkennen. Das Bild, das sich Chulain bot, war geprägt von braunen und schwarzen Farbtönen, von Tausenden Eberkriegern, die sich hier versammelt hatten, von aufgewühltem Erdreich und dem unheilvollen Blitzen von Rüstungen und Schilden.

»Fels und Stein!« Fassungslos starrte Warti auf die Krieger, die weit unter ihnen um eilig errichtete Feuerstellen saßen und auf etwas zu warten schienen.

»Es sind so viele«, sandte Munya Chulain einen besorgten Gedanken. »Was haben sie vor?«

»Das sieht aus, als rüsteten sie zum Krieg«, sagte er laut.

»Das sieht nicht nur so aus«, bemerkte Warti. »Sie wollen dieses Land erobern, um an das Sternenebulit zu kommen. So wie sie es schon mit unzähligen anderen Welten getan haben. Es wird Krieg geben.«

»Wo kommen die alle so schnell her?«, fragte Chulain bestürzt. »Durch das Tor?«

»Dieser Überfall wurde von langer Hand vorbereitet«, erklärte Warti düster. »Ich weiß nicht, wann es begann, aber ich bin überzeugt, dass sie ihre Krieger seit vielen Mondläufen heimlich in unser Land geschmuggelt haben, indem sie ihre Brut in den Körpern meines Volkes versteckten. Nach und nach holten sie alle Maare durch das Tor in ihre Welt und schickten sie als ihre Knechte zurück. Der Angriff war erst in ein paar

Sonnenläufen geplant, aber wie es aussieht, haben sie ihre Pläne geändert und ihre Tarnung schon jetzt abgelegt.«

»Das ist unglaublich. Wir müssen dem König unverzüglich davon berichten.« Aus den Augenwinkeln bemerkte Chulain Schwärme von Pfeilen, die ihnen vom Boden aus nachgesandt wurden, aber Munya schien damit gerechnet zu haben. Sie flog so hoch, dass keines der Geschosse sie erreichte. »Was ist das?« Er horchte auf.

»Sie singen!«, gab Munya zur Antwort. »Und sie stampfen.«

»Sie singen und stampfen?«, wiederholte Warti, der nicht so ein feines Gehör besaß wie die Nebelelfen und Riesenalpe. »Warum?«

»Vielleicht, um ein Unwetter zu beschwören, das uns vom Himmelt holt.« Chulain deutete nach oben, wo sich über ihren Köpfen wie aus dem Nichts brodelnde dunkle Wolken zusammenballten, in denen es unheilvoll blitzte. »Barad, Munya! Das sieht nicht gut aus. Gar nicht gut. Kannst du noch schneller fliegen?«

»Ich versuche es, aber erwarte nicht zu viel.«

Chulain spürte Munyas Erschöpfung, als wäre es seine eigene. Es schmerzte ihn, seiner treuen Gefährtin so viel abzuverlangen, zumal sie noch zwei weitere Reiter zu tragen hatte, aber er wusste auch, dass Thale verloren war, wenn es ihnen nicht gelang, den König zu warnen.

Das rhythmische Stampfen und Singen der Krieger am Boden wurde immer schneller und steigerte sich zur Ekstase, während sich die Wolken weiter auftürmten und gleißende Blitze zu Boden zuckten.

»Schneller, Munya!« Chulains Herz raste. Was dort unten geschah, überstieg alles, was er bisher an Schrecknissen erlebt hatte. Das gewaltige Heer der Eberkrieger erschien ihm wie ein Sturm, der schnell und ohne jede Vorwarnung aufgezogen war und sich anschickte, das Land und alle, die darin lebten, mit seiner Urgewalt hinwegzufegen. Er bezweifelte, dass den Nebelelfen noch genügend Zeit blieb, um sich gegen den drohenden Angriff zu rüsten.

»Seht doch, der Sturm bleibt hinter uns zurück.« Warti deutete nach hinten. »Es sieht aus, als blieben die Wolken direkt über den Kriegern stehen.«

»Du hast recht.« Chulain drehte sich verwundert um. »Was mag das zu bedeu…« Weiter kam er nicht, denn in diesem Augenblick schoss ein gleißender, Funken sprühender Blitz aus den Wolken zu Boden und zwang ihn, die Augen zu schließen. Es folgte ein ohrenbetäubender Donnerschlag, als der Blitz inmitten der Krieger einschlug. Eine gewaltige Druckwelle überrollte Munya von hinten kommend und brachte sie bange Herzschläge lang aus dem Gleichgewicht. Allein ihrer großen Erfahrung war es zu verdanken, dass sie die Luftwirbel geschickt abfing und keiner ihrer Reiter zu Boden stürzte.

Chulain keuchte. Das Licht hatte ihn geblendet, sein Kopf dröhnte, und seine überreizten Elfensinne drängten ihn, diesen Ort so schnell wie möglich zu verlassen. Es dauerte lange, ehe er sich imstande sah, auf Wartis bange Frage zu antworten, die der Maar wohl schon zum vierten Mal stellte: »Was war das?«

»Auf jeden Fall kein Unwetter«, presste er hervor. »Und auch nichts Natürliches. Ich kenne mich in solchen Dingen nicht sonderlich gut aus, aber wenn du mich fragst, würde ich sagen, dass es eine Anrufung war.«

»Was könnten sie denn angerufen haben?«, überlegte Warti laut.

»Die Frage müsste wohl eher heißen: Wen haben sie gerufen? Aber das ist jetzt nicht wichtig. Ich werde ganz gewiss nicht zurückfliegen, um es mir anzusehen«, gab Chulain zur Antwort. »Alles, was wir tun können, ist zum König zu fliegen. Wir müssen ihm berichten – und hoffen, dass er uns Glauben schenkt.«

Drittes Buch

Die Entscheidung

1

»Dann ist es also wahr.« Gwiddan-Sh-e-Nat wirkte betroffen und tief erschüttert. Aufmerksam und mit wachsender Besorgnis hatte er Brinnahs Bericht gelauscht und sie nur selten mit kurzen Fragen unterbrochen.

»Ihr haltet mich nicht für verrückt?« Brinnah war erleichtert, dass der Elfenkönig sie ernst nahm.

»Verrückt? Nein.« Gwiddan-Sh-e-Nat schüttelte den Kopf und lächelte. »Nach allem, was du mir gerade berichtet hast, wünschte ich fast, es wäre so. Aber leider gab es auch hier schon Hinweise darauf, dass sich Unheil im Land zusammenbraut.«

»Hinweise?« Brinnah zog erstaunt eine Augenbraue in die Höhe. »Wie das?«

»Die Priesterin Ennaiel spürte schon vor vielen Sonnenläufen etwas Dunkles, das sich im Westen regt. Wir haben drei Kurierreiter ausgeschickt, die die Lage in der Maarensiedlung erkunden sollen.«

»Kurierreiter?«, fragte Brinnah verwundert. »Ich habe niemanden gesehen.«

»Ihr Eintreffen dürfte sich mit deinem Aufbruch überschnitten haben. Allerdings …« Der Elfenkönig verstummte kurz und fuhr dann fort: »… haben wir den Kontakt zu ihnen verloren.«

»Das wundert mich nicht«, erklärte Brinnah. »Ich habe von der Siedlung aus mehrfach versucht, den Palast zu erreichen. Aber niemand hat geantwortet. Da war so ein Rauschen, das die Verbindung gestört hat. Erst als die Siedlung weit hinter mir lag, konnte ich wieder Kontakt aufnehmen.«

»Wer immer diesen Feldzug plant, scheint uns sehr gut zu kennen.« Der Elfenkönig nickte bedächtig. »Er setzt alles daran, uns im Unklaren zu lassen, bis der Angriff beginnt – und fast wäre ihm dies auch gelungen.« Er straffte sich, erhob sich von seinem Platz und erklärte mit fester Stimme:

»Ich werde unverzüglich meine Berater zusammenrufen. Es ist noch nicht zu spät, und es gibt viel zu tun. Nur wenn wir schnell handeln, werden wir für einen Angriff gerüstet sein.«

»Dann wird es Krieg geben?«, fragte Brinnah voller Unbehagen. Die Frage war dumm und überflüssig, aber sie hatte das Gefühl, irgendetwas sagen zu müssen, und ihr fiel gerade nichts anderes ein.

»Im Augenblick sieht es ganz danach aus.« Gwiddan-Sh-e-Nat nickte. »Diese Magier sind nicht gekommen, um zu verhandeln. Sie scheinen fest entschlossen, uns anzugreifen und sich mit Gewalt zu holen, wonach es ihnen verlangt. Dass sie das Volk der Maare mit grausamer Heimtücke und Magie gleichsam ausgerottet haben, ohne dass wir auch nur im Ansatz etwas davon bemerkt haben, zeigt, wozu sie fähig sind. Mit solchen Wesen kann man nicht verhandeln. Allein die Schärfe eines Schwerts vermag ihre Pläne noch zu durchkreuzen. Sobald alle beisammen sind, werde ich nach dir schicken. Es ist wichtig, dass du deinen Bericht noch einmal ausführlich vor allen wiederholst.«

»Habe ich noch Zeit, zuvor nach Ferwyned zu sehen?«, fragte Brinnah. »Nachdem die Heilerinnen sich seiner angenommen haben, bin ich sofort hierhergekommen, aber ich mache mir große Sorgen um ihn und würde gern nach ihm sehen.«

»Ja, geh nur.« Der Elfenkönig nickte. »Und mach dir keine Sorgen. Die Heilerinnen werden alles in ihrer Macht Stehende für ihn tun.«

»Danke!« Brinnah erhob sich, deutete eine Verbeugung an und wandte sich zum Gehen.

Die Räume, in denen die Heilerinnen Kranke und Verwundete pflegten, lagen in einem der unzähligen Seitenflügel des Palastes. Es war weit von den Gemächern des Königs bis dorthin, und immer wieder musste Brinnah vorbeikommende

Elfen nach dem Weg fragen. Alle begegneten ihr freundlich und zuvorkommend, und ein Lächeln begleitete jeden Gruß. Hier und dort hörte sie Musik und Gelächter, das von Frohsinn und Sorglosigkeit kündete, oder sie sah Elfen, die sich mit weltvergessener Hingabe den schönen Künsten widmeten. Der ganze Palast, so schien es, war erfüllt von Lebensfreude und Frieden, die ihr das Herz schwer machten.

Mehr denn je kam sie sich vor wie ein Unheilsbringer. Ein schwarzer Vogel inmitten weißer Tauben, dessen Erscheinen das Ende all dessen ankündigte, was ihr Volk bisher bewegt hatte. Selbst wenn sie den Krieg gewännen, und dessen war sie gewiss, würde nichts mehr so sein, wie es jetzt war. Zum ersten Mal seit Tausenden von Sommern würden sie gezwungen sein, in den Kampf zu ziehen, so wie es ihre Ahnen einst in einer Zeit getan hatten, die in der Überlieferung nur das dunkle Zeitalter genannt wurde. Brinnah konnte sich noch vage an einige Textauszüge erinnern, die von Tod und Heldenmut auf dem Schlachtfeld berichteten, aber all das schien so unendlich weit entfernt, dass es ihr unmöglich war, sich ein ähnliches Schicksal für Thale vorzustellen.

Der Bildhauer, der auf einem der vielen Innenhöfe des Palastes an einer Skulptur arbeitete, erschien ihr ebenso wenig geeignet, Schwert und Schild zu führen, wie sie sich einen Langbogen in den Händen des jungen Musikers vorstellen konnte, um den sich eine Gruppe von Elfen versammelt hatte. Noch weniger aber vermochte sie sich auszumalen, wie es sein würde, all diese strahlenden Gesichter als bleiche, blutverschmierte Totenmasken auf dem Schlachtfeld zu sehen, erstarrt im Augenblick des Todes, den die Axt eines Eberkriegers über sie gebracht hatte …

»Ah, da ist ja unsere kleine Heldin!« Die Stimme einer Heilerin riss Brinnah aus ihren Gedanken. Die ungewöhnlich kleinwüchsige und rundliche Elfe war in einem der Seitengänge aufgetaucht und kam direkt auf Brinnah zu. »Er hat schon nach dir gefragt«, sagte sie, als sie Brinnah erreichte. »Folge mir, ich bringe dich zu ihm.«

Froh über die willkommene Abwechslung von ihren düsteren Gedanken, folgte Brinnah der Heilerin in einen Raum, der von unzähligen Kerzen und Lampen so sehr erhellt wurde, als habe man dem Tod keine Möglichkeit bieten wollen, sich in den Schatten zu verbergen.

Ferwyned war wach und erfreute sich offensichtlich bester Gesundheit. Er saß aufrecht auf seinem Lager, und obwohl Kissen ihm den Rücken stützten, waren seine Bewegungen kraftvoll, als er Brinnah zuwinkte und sie mit einem gewinnenden Lächeln begrüßte.

»Ferwyned!« Brinnah strahlte, als sie an das Lager des älteren Kurierreiters trat und seine Hand ergriff. »Ich bin so froh, dich wohlauf zu sehen.«

»Das habe ich allein dir zu verdanken.« Ferwyned bekräftigte die Worte mit einem Lächeln, während er Brinnahs Hände zum Dank fest in die seinen nahm. »Du hast mir das Leben gerettet.«

»Nun, dann ist das jetzt ja ausgeglichen«, scherzte Brinnah, wurde dann aber gleich wieder ernst. »Warti und Nam hingegen habe ich nicht retten können.« Sie nahm einen tiefen Atemzug, als müsse sie erst Kraft schöpfen für das, was sie sagen wollte, und fuhr dann fort. »Ich ... ich wollte zurückfliegen und nach ihnen suchen – wirklich. Aber es ging nicht. Artair hatte Sorge wegen der Bogenschützen, und dein Zustand verschlechterte sich beständig. Ich musste mich entscheiden. Ich ...«

»Du musst dich nicht entschuldigen. Niemand macht dir einen Vorwurf«, sagte Ferwyned tröstend. »Du hast getan, was du für richtig hieltest. Wäre ich an deiner Stelle gewesen, ich hätte vermutlich nicht anders gehandelt. Wir beide haben Warti und dem seltsamen Fremden viel zu verdanken, aber sie kamen zu spät. Wo hättest du nach ihnen suchen wollen? Und vielleicht waren sie da schon nicht mehr am Leben.«

»Ich weiß.« Brinnah ließ den Kopf hängen. »Du sprichst genau das aus, was ich mir immer wieder selbst gesagt habe. Was ich getan habe, war vernünftig. Aber das Gefühl, die beiden im Stich gelassen zu haben, will einfach nicht weichen.«

»Selbstvorwürfe sind ein zerstörerisches Gift«, mahnte Ferwyned. »Du solltest ihnen nicht zu viel Raum geben, sonst erlangen sie irgendwann zu große Macht über dich und lassen der Freude und dem Glück keinen Raum. Schau mutig voraus und stehe zu deinem Entschluss, denn es war der einzig richtige.«

»Weil du lebst.« Brinnah schluckte gegen die Tränen an, die ihr die Kehle eng werden ließen. Ferwyned so schnell genesen zu sehen, war mehr, als sie zu hoffen gewagt hatte. »Die Heiler und Heilerinnen hier müssen wahrlich Magier sein.«

»Es sind die besten des Landes.« Ferwyned lachte. »Und wer weiß, vielleicht war ja auch ein wenig Magie mit im Spiel. Schon morgen kann ich aufstehen und dem König Bericht erstatten.«

»Nicht nötig. Ich war eben bei ihm«, sagte Brinnah. »Er hat nicht einen Augenblick daran gezweifelt, dass ich die Wahrheit sage, und beruft nun den Rat ein, um ihn von den Vorgängen bei den Minen und der Bedrohung zu unterrichten.«

»Den Göttern sei Dank.« Ferwyned atmete auf. »Ich fürchtete schon, man würde uns hier für verrückt erklären.«

»Nun, andere würden das vielleicht auch tun.« Brinnah warf einen Blick über die Schulter zu einer Gruppe von vier Heilerinnen, die ganz in der Nähe an einem Tisch beisammensaßen, senkte die Stimme und beugte sich zu Ferwyned hinüber, um nicht so laut sprechen zu müssen. »Der König hat mir erzählt, dass eine der Priesterinnen die Veränderung bereits gespürt hat. Allerdings wusste sie nicht, wie sie das Gefühl nahenden Unheils deuten sollte. Sie haben drei Kurierreiter ausgeschickt, um bei den Minen nach dem Rechten zu sehen.«

»Wen?«

»Das hat er mir nicht gesagt, aber wie es aussieht, ist der Kontakt zu den dreien abgebrochen.«

»Das wundert mich nicht. Auf der Plattform konnten wir schließlich auch niemanden erreichen.« Ferwyned seufzte betrübt. »Ich hoffe nur, sie kehren gesund zurück.«

»Verzeih, aber der König lässt ausrichten, du mögest schon jetzt in den Ratssaal kommen.« Eine Novizin war hereingekommen und trat an Ferwyneds Lager.

»So schnell?« Brinnah blickte überrascht auf. Sie hatte gehofft, noch etwas länger bei Ferwyned bleiben zu können, war aber auch erleichtert, dass der König trotz der vorgerückten Stunde Maßnahmen ergriff. »Ich muss gehen«, sagte sie an Ferwyned gewandt. »Der König möchte, dass die Mitglieder des Rats den Bericht über die Ereignisse bei den Minen von mir selbst hören.« Sie legte ihm die Hand auf den Arm. »Ich komme später noch einmal vorbei und erzähle dir, wie der Rat entschieden hat. Ruhe du dich inzwischen aus. Ich fürchte, in den kommenden Mond- und Sonnenläufen werden wir dazu kaum mehr Gelegenheit bekommen.«

Während Brinnah von der Novizin zum König geführt wurde, saß dieser schon mit seinen Beratern zusammen. Kurz zuvor hatte Ennaiel vor dem Rat gesprochen und berichtet, was sie über die Bedrohung im Westen wusste. Nachdem sie den Raum verlassen hatte, nutzten die Anwesenden die Gelegenheit, um Gwiddan-She-e-Nat ihre Ansichten zu schildern.

Die meisten zeigten sich überrascht und besorgt. Sie waren dem Ruf des Königs gefolgt, ohne zu ahnen, welch beunruhigende Neuigkeiten dieser für sie bereithielt. Und selbst jetzt, da Ennaiel gesprochen hatte, fiel es ihnen schwer zu glauben, dass es einem Feind dieser Größenordnung gelungen sein konnte, sich unbemerkt in ihr Land einzuschleichen.

»Verzeih mir die Skepsis, Gwiddan, aber was du sagst, überzeugt mich nicht. Wir können doch nicht ein so gewaltiges Heer aufstellen, nur weil eine unserer Priesterinnen eine düstere Vision hatte.« Alban, der Älteste in der Runde, hatte den Ausführungen der anderen geraume Zeit schweigend gelauscht, ehe er selbst die Stimme erhob. Er galt als umsichtig und besonnen und hatte schon Gwiddans Vater mit seinem Rat zur Seite gestanden. »Wenn du mich fragst, sollten wir abwarten, was die Kurierreiter bei ihrer Rückkehr zu berichten haben, ehe wir eine derart weitreichende Entscheidung treffen.«

Zustimmendes Gemurmel wurde laut. Aber Alban war noch nicht fertig. »Ich schätze Ennaiel als eine kluge Priesterin, die nicht vorschnell handelt. Und es würde mir nie in den Sinn kommen, ihre Empfindungen infrage zu stellen. Aber ich schließe mich der Meinung der anderen an, die ihre Ausführungen für zu vage halten, um daraufhin Schritte in einem solchen Ausmaß einzuleiten. Bedenke, welchen Schaden unser Ruf nehmen kann, wenn sich unser Heer am Ende bloß einer Handvoll Strauchdiebe gegenübersieht.«

Gwiddan ließ sich nicht beirren. »Täte ich es nur aufgrund von Visionen, hätte ich euch schon vor einigen Sonnenläufen zusammengerufen. Aber es gibt Neuigkeiten, die mich zu raschem Handeln zwingen.«

»Dann solltest du uns auch darüber in Kenntnis setzen«, forderte Dhaofey, die Alban zur Rechten saß und ein wenig müde wirkte. »Ob uns eine Fehlentscheidung in dieser Größenordnung einen schlechten Ruf einbringt, kümmert mich wenig. Aber der Winter naht. Hast du dir einmal überlegt, wie wir die vielen Krieger ernähren sollen? Wie wir sie in so kurzer Zeit mit Waffen und Rüstungen ausstatten und sie in den Kampftechniken unterweisen sollen? Als deine Schatzmeisterin muss ich dir sagen, dass wir weder die Mittel noch die Möglichkeiten dazu haben. So etwas lässt sich nicht von heute auf morgen umsetzen.«

»Dessen bin ich mir wohl bewusst.« Gwiddan nickte zustimmend. »Aber die Zeit, die du einforderst, haben wir nicht. Wir müssen, oder wir werden untergehen.«

»... wir müssen uns dieser gewaltigen Herausforderung unverzüglich stellen, oder wir werden untergehen!« Elnath, der für seine spitzen Bemerkungen bekannt war, erhob sich und vollführte eine theatralische Geste. »Welch eine Dramatik doch in diesen Worten liegt. Aber liegt auch eine Wahrheit in ihnen, oder sind sie nur Mittel zum Zweck, um ...?« Er verstummte, weil die Tür zum Beratungssaal in diesem Augenblick geöffnet wurde. Eine Novizin trat ein. Ihr folgte eine junge Nebelelfe in der Gewandung der Kurierreiter. Während die Novizin sich kurz verneigte, wieder hinausging und die Tür hinter sich schloss, verharrte die Kuriereiterin bei der Tür und trat erst auf ein Zeichen des Königs näher.

»Meine Freunde, dies ist Kurierreiterin Brinnah«, stellte Gwiddan die Elfe vor, die auf Geheiß der Novizin am anderen Ende der langen Tafel stehen geblieben war und ein wenig unsicher in die Runde schaute. »Mit Artair, ihrem Riesenalp, lebt sie nahe dem Ylmazur-Gebirge. Sie erreichte den Palast am späten Abend und kam sofort zu mir, um mir von dem Furchtbaren zu berichten, das sich in der Maarensiedlung bei den Minen zugetragen hat, und mich zu warnen. Ich habe euch bewusst noch nichts davon erzählt, denn ich möchte, dass ihr es von ihr selbst erfahrt.« Er schenkte Brinnah ein aufmunterndes Lächeln und unterstrich es mit einer auffordernden Geste, während er sprach: »Nun, Brinnah, erteile ich dir das Wort. Hab keine Furcht. Ich bin überzeugt, alle hier sind begierig zu erfahren, was du gesehen und erlebt hast.«

»Danke.« Brinnah gelang ein Lächeln. Sie spürte die Blicke der dreizehn am Tisch versammelten Elfen auf sich ruhen, bemühte sich um eine selbstbewusste Haltung und nahm ein paar tiefe Atemzüge, ehe sie damit begann, ihr Abenteuer zu erzählen.

»... und es grenzt an ein Wunder, dass uns die Flucht noch rechtzeitig gelungen ist«, schloss sie schließlich nach einer gefühlten Ewigkeit ihren Bericht. Niemand hatte sie unterbrochen. »Nur ein paar Herzschläge später, und unser Leben wäre verwirkt gewesen.«

»Ist dein Begleiter wohlauf?«, erkundigte sich Dhaofey.

Brinnah nickte. »Ich komme gerade von Ferwyned und kann sagen, dass er bereits auf dem Weg der Besserung ist.«

»Nun, wenigstens das ist eine erfreuliche Nachricht.« Gwiddan erhob sich, füllte einen silbernen Pokal mit Wein und reichte ihn Brinnah. »Dein Bericht ist sehr aufschlussreich. Er gibt uns wertvolle Hinweise und Antworten, wirft aber auch Fragen auf.« Er nickte ihr zu und bedeutete ihr mit einer Handbewegung, sich zu setzen. »Es wäre schön, wenn du noch eine Weile hierbliebest, um diese zu beantworten.«

»Soweit es mir möglich ist, will ich das gern tun.« Brinnah setzte sich, nahm einen Schluck Wein und wartete. Gwiddan wandte sich indes an die Ratsmitglieder. »Nun wisst ihr, was uns erwartet«, sagte er, ließ in einer wohlbemessenen Pause den Blick über die Gesichter der Anwesenden schweifen und fragte dann: »Seid ihr immer noch der Meinung, dass es falsch ist, ein Heer aufzustellen?«

»Was die Kurierreiterin berichtet, ist in der Tat mehr als

beunruhigend«, meldete Alban sich zu Wort. »Von Geschöpfen, wie sie sie beschreibt, habe ich noch nie etwas gehört. Es müssen gar furchtbare Wesen sein, und wir tun gewiss gut daran, sie nicht zu unterschätzen. Vor allem, wenn es stimmt, was sie sagt, und sie tatsächlich aus einer anderen Welt kommen.«

»Aus einer anderen Welt.« Elnath erhob sich. »Wie viele Welten kennst du denn, Alban? Was hast du über sie gehört oder gelesen?« Er schaute den älteren Elf herausfordernd an, wartete aber nicht, bis dieser ihm antwortete, sondern fuhr fort: »Keine! Hab ich recht? Gib es zu: So, wie du noch nie von den Ebergeschöpfen gehört hast, wusstest auch du bis eben nicht, dass es außer der unseren noch andere Welten gibt – so wie ich und alle anderen hier. In keiner der Überlieferungen sind Hinweise darauf zu finden, und ich bin sicher, dass nicht einmal die Magier am Hofe von ihrer Existenz wissen.«

»Worauf willst du hinaus, Elnath?«, fragte Gwiddan scharf.

»Das will ich dir sagen.« Elnath musterte Brinnah mit einem Blick, der bis auf den Grund ihrer Seele vorzudringen schien. »Ich frage mich, wie viel von dem Gehörten ich der Kurierreiterin glauben kann.«

»Jedes Wort! Ich habe nicht gelogen.« Brinnah wollte aufspringen, aber der König legte ihr sanft eine Hand auf den Arm und hielt sie zurück. »Warum zweifelst du?«, fragte er, an Elnath gewandt. »Ich sehe keinen Grund dafür.«

»Erinnert ihr euch nicht, was sie zu Beginn sagte?« Elnath schaute erst den König und dann die Ratsmitglieder an. »Sie sagte, sie habe einen Schlag auf den Kopf bekommen und das Bewusstsein verloren! Und dann wacht sie auf und findet sich in einem Käfig in einer völlig fremden Welt wieder. Seltsam, nicht wahr? Und dann verhelfen ihr ausgerechnet ein Maar und ein fremdartig anmutendes Wesen zur Flucht. Natürlich durch die Zwischenwelt, wie sonst? Lässt euch das nicht stutzig werden?« Er machte eine bedeutungsvolle Pause und sprach dann weiter, ohne eine Antwort abzuwarten. »Wer sagt uns denn, dass es diese andere Welt nicht nur in ihren Träumen gibt? Dass alles, was dort geschehen ist, nicht allein eine Ausgeburt ihrer Phantasie ist, die durch den Schlag auf den Kopf ausgelöst wurde? Wer sagt uns, dass …?

»Aber ich habe die Magier gesehen, ihre Höhle und …«

»Auch die Eberkrieger?

»Nur einen, und der lag tot am Boden.«

»Tot?« Elnath horchte auf. Seine Stimme gewann an Schärfe, als er nachfragte: »Wieso tot? Ich denke, diese Kreaturen sind unbesiegbar?«

»Woher soll ich das wissen?« Brinnah warf dem Elfenkönig einen Hilfe suchenden Blick zu. »Ich … ich war doch noch bewusstlos, als die anderen mit ihm kämpften. Außerdem hat Ferwyned auch einen von ihnen getötet.«

»Das war ein Unfall, wenn ich mich recht erinnere.« Elnath ließ nicht locker. »Ein nadelspitzer Felsendorn kann auch für große Geschöpfe zu einer tödlichen Gefahr werden.«

»Ich lüge nicht. Es ist genau so geschehen, wie ich es gesagt habe.« Brinnah streifte die Hand des Elfenkönigs ab, der sie mit sanftem Druck zur Ruhe mahnte, blieb jedoch sitzen und blickte gereizt in die Runde: »Glaubt ihr anderen auch, dass ich alles nur geträumt habe?«

»Nicht alles«, warf Elnath beschwichtigend ein. »Nur den Teil, der die Magier und die andere Welt betrifft.«

Niemand sprach ein Wort. Selbst Alban, der sich sonst rasch zu Wort meldete, schwieg. Für endlose Augenblicke blieben die leisen Atemgeräusche die einzigen Laute im Raum. Schließlich erhob sich ein junger Nebelelf, der sich bisher zurückgehalten hatte. Zögernd blickte er sich um und sagte dann mit überraschend fester Stimme: »Ich vermag nicht zu sagen, wie es den anderen geht. Ich kann nur für mich sprechen. Doch ich denke, dass Elnaths Einwand durchaus berechtigt ist. Zu häufig geschieht es, dass Traum und Wirklichkeit miteinander verschmelzen, gerade wenn es sich um eine Kopfverletzung handelt.«

»Aber es ist wahr! Alles!«

»Gibt es dafür Beweise?« Elnaths Stimme wurde schneidend. »Verzeih, wenn ich das so direkt frage, aber wir sitzen hier beisammen, um über das Wohl und Wehe unseres Volkes und das Leben Unschuldiger zu entscheiden. Diese aufgrund falscher Informationen zu treffen, könnte fatale Folgen haben.« Zustimmendes Gemurmel wurde laut, doch ehe jemand das Wort ergreifen konnte, wurde die Tür des Beratungssaals erneut geöffnet, und ein weiterer Kurierreiter betrat den Raum mit den Worten: »Ja, es gibt Beweise.«

Augenblicklich kehrte Stille ein. Alle Gesichter wandten sich dem Kurierreiter zu, der sich mit festem Schritt dem Tisch näherte, während er kurz das Haupt zum Gruß neigte.

»Chulain!«, rief Gwiddan mit einer Mischung aus Freude und Besorgnis. »Den Göttern sei Dank, du bist zurück. Wo sind die anderen?«

»Tot.« Nicht die kleinste Regung im Gesicht des Kurierreiters verriet, was in ihm vorging.

»Tot?« Ein Erbeben durchlief den Raum, als die Ratsmitglieder das Wort vielstimmig wiederholten.

»Jene, die sich anschicken, unsere Heimat zu vernichten, haben sie getötet, ehe wir uns der Gefahr überhaupt bewusst wurden«, berichtete Chulain mit mühsam beherrschter Stimme. »Jedes Wort, das Brinnah gesagt hat, ist wahr. Und wer immer noch Zweifel hegt, möge die Räume der Heiler aufsuchen. Dort werdet ihr nicht nur den Maar vorfinden, der Brinnah zur Flucht verholfen hat, sondern auch das fremdartige Wesen aus der Heimat der Eberkrieger …«

»Nam und Warti leben?« Brinnah sprang auf. »Wie ist das möglich?«

»Ich fand sie nahe der Siedung, und mein Riesenalp trug sie hierher«, erklärte Chulain knapp. »Eile war geboten, denn der Fremdling ist schwer erkrankt. Die Heiler kümmern sich um ihn und den Maar. Ich hoffe, er kommt durch, denn wir werden seine Hilfe noch bitter nötig haben.«

»Wie meinst du das?«, fragte Gwiddan.

Chulains Miene verfinsterte sich. »Ich habe sie gesehen«, sagte er mit unheilvollem Unterton in der Stimme. »Alle!«

»Wen?«, wollte Elnath wissen, der längst nicht mehr so selbstsicher wirkte wie zuvor.

»Die Eberkrieger«, erwiderte Chulain finster. »Munya flog zufällig über das sich sammelnde Heer hinweg, als wir den Rückweg antraten.« Er seufzte, schaute erst den König und dann die anderen an. »Ich kann euch nur raten, euch auf das Allerschlimmste gefasst zu machen und unverzüglich damit zu beginnen, die Verteidigung zu planen«, sagte er. »Es sind Tausende, und sie sind bereits auf dem Weg.«

2

Die Kunde, dass es Krieg geben könnte, verbreitete sich wie ein Lauffeuer im ganzen Palast und in der Stadt, die rings um die Palastmauern entstanden war. Bis die Sonne am nächsten Morgen ihren höchsten Stand erreichte, wusste jeder dort von Gwiddan-Sh-e-Nats Entscheidung, ein Heer aufzustellen, das den Angreifern entgegentreten sollte, ehe diese vor den Palastmauern Stellung beziehen konnten. Er selbst hatte die Nachricht am frühen Morgen durch Herolde verbreiten lassen, um möglichen Gerüchten vorzubeugen. Nun schien es unter den Nebelelfen kein anderes Gesprächsthema mehr zu geben.

Als Brinnah sich von ihrem Schlafgemach auf den Weg machte, um Ferwyned, Warti und Nam zu besuchen, traf sie überall auf Elfen, die beisammenstanden und über den bevorstehenden Angriff und die Pläne des Königs redeten. Die Art, in der dies geschah, überraschte sie. Wohin sie auch kam, nirgends spürte sie ein Gefühl von Angst oder gar Verzweiflung, die angesichts der übermächtig erscheinenden Eberkrieger durchaus angemessen gewesen wäre. Außer ein paar Unsicherheiten und Zweifeln, die hin und wieder geäußert wurden, schienen sich die Elfen hinter den dicken Mauern des Palastes sicher zu fühlen. Wann immer Brinnah stehen blieb und den Gesprächen lauschte, beschlich sie das Gefühl, dass die meisten Elfen sich der Tragweite des Geschehens gar nicht bewusst waren.

Keiner von ihnen hatte schon gelebt, als die verheerenden Kriege in der alten Heimat getobt und die Nebelelfen von dort vertrieben hatten. Und obwohl alle die Gräuel des Krieges aus den Überlieferungen der Alten kannten, schien kaum einer ernsthaft daran zu glauben, dass Tod, Schrecken und Zerstörung ihre blutigen Hände nun auch nach der neuen Heimat ausstrecken könnten.

Die Nebelelfen sprachen über den Krieg wie über etwas, das weit entfernt stattfinden und ihr eigenes Leben nicht betreffen würde. Die meisten schienen überdies davon auszugehen, dass der drohende Krieg nicht viel mehr sein würde als ein Sommergewitter, das mit Regen und Sturm über dem Land wütete, etwas Schaden anrichtete, vorüberzog und schon bald der Vergangenheit angehörte. Einheitlich vertraten sie die Ansicht, dass der König mit seinen Beschlüssen und Anordnungen richtig handelte, ohne sich dabei bewusst zu sein, dass jeder von ihnen schon bald mit seinem Leben für diese Entscheidung würde einstehen müssen.

Natürlich gab es auch welche, die mit ihren Worten bereits kühne Heldentaten vollbrachten. »Sollen sie nur kommen, diese Ebergeschöpfe«, hörte Brinnah vor allem die jungen, hitzköpfigen Elfen tönen. »Ich werde sie mein Schwert spüren und sie im Schlamm elendig verbluten lassen!« Oft wurden auch Spott und Hohn über die Feinde laut, oder es wurden Späße über sie gemacht, die alle zum Lachen brachten.

Je mehr sie mit anhörte, desto unbehaglicher wurde Brinnah zumute. Die Elfen im Palast erscheinen ihr an diesem Morgen so fremd, dass sie sich fast schämte, Teil dieser einfältigen Gemeinschaft zu sein. Anders als in ihrer Heimat nahe den Bergen, wo das Leben harte Arbeit bedeutete, wirkten die Nebelelfen am Hofe geradezu verweichlicht, und sie wagte sich kaum vorzustellen, was geschehen würde, wenn einer der jungen Wichtigtuer tatsächlich einem Eberkrieger gegenüberstünde.

Vor den Räumen der Heilerinnen traf Brinnah auf Chulain, der Ferwyned ebenfalls einen Besuch abstatten wollte. Die Beratungen hatten bis weit in die Nacht angedauert, und wie Brinnah hatte auch Chulain sich sofort in seinen Schlafraum zurückgezogen, um noch etwas zu ruhen, ehe der Morgen aufzog.

Anders als Brinnah war ihm jedoch nur eine kurze Rast vergönnt gewesen. Brinnah wusste, dass er bereits seit Sonnenaufgang auf den Beinen war und Vorbereitungen für den Abflug der Kurierreiter traf, die die Kunde des Krieges auf Geheiß des Königs im ganzen Land verbreiten sollten. Alle Elfen, die eine Waffe führen konnten, wurden aufgefordert, sich unverzüglich auf den Weg in die Hauptstadt zu machen, wo unter der Führung des Königs das größte Elfenheer aufgestellt werden sollte, das es in Thale je gegeben hatte.

»Du siehst müde aus.« Brinnah begrüßte Chulain mit einem Lächeln.

»Es war eine kurze Nacht, und es gibt viel zu tun.« Chulain seufzte und fuhr sich mit den Händen über das Gesicht, als könne er die Müdigkeit fortwischen. »Nicht jeder ist von den Befehlen des Königs begeistert. Einige halten sie für übertrieben, andere haben nichts Besseres zu tun, als die angebliche Bedrohung als einen einzigen großen Schwindel abzutun, während ein Haufen ungestümer Hitzköpfe in den Höhlen der Kuriervögel schon die Schwertklingen schärft und lieber sofort losschlagen würde, als Botschaften zu überbringen, wie es ihnen aufgetragen wurde.«

»Ich habe auch den Eindruck, dass niemand hier eine Vorstellung davon hat, was ihn erwartet«, sagte Brinnah mit einem Nicken. »Die Stimmung im Palast erinnert mich eher an die Vorbereitung auf ein großes Turnier und nicht an den Vorabend einer Schlacht, die viele Opfer fordern wird.«

»Ja, der lange Müßiggang ist den Elfen hier wahrlich nicht gut bekommen.« Chulain schüttelte betrübt den Kopf. »Wenn man sich umsieht, könnte man meinen, die einstmals so stolzen Nebelelfen wären zu einem Volk der Schöngeister und Wichtigtuer geworden, deren einzige Waffe in der Schärfe ihrer Wortwahl besteht.« Er schüttelte missbilligend den Kopf. »Ich kann nur hoffen, dass es vor den Toren der Stadt noch genügend Elfen gibt, die zu kämpfen gelernt haben. Sonst wird das böse für uns enden.«

»Ist es so schlimm?«, fragte Brinnah besorgt. Chulain sprach genau das aus, was auch sie auf dem Weg durch den Palast bewegt hatte. Und er teilte ihre Zweifel, dass das, was der König an Truppen würde aufbieten können, nicht annähernd genug war, um den Invasoren ernsthaft die Stirn zu bieten.

»Schlimmer!« Chulain lachte, aber es lag keine Freude darin. »Wenn es uns nicht gelingt, die Krieger wenigstens halbwegs auszubilden, werden uns die Eberkrieger schon im ersten Ansturm überrennen.« Er bemerkte Brinnahs erschrockenen Blick und lenkte ein. »Na ja, ganz so schlimm muss es natürlich nicht kommen. Aber du siehst ja selbst, was für ein erbärmlicher Haufen sich hier herumtreibt. Wenn du meine Meinung hören willst, besteht unsere einzige Hoffnung darin, dass Nam schnell genug gesundet, um uns über ihre Schwächen zu informieren und uns Hinweise zu geben, wie sie zu besiegen sind.«

»Geht es ihm denn schon besser?« Brinnah wusste, dass Chulain ihren Versuch, über etwas anderes zu sprechen, durchschauen würde, aber das war ihr gleich. Die Aussicht darauf, von den Eberkriegern überrannt zu werden, hatte etwas Niederschmetterndes an sich, und sie war froh, dass der Elf ihr die Möglichkeit gab, das Thema zu wechseln.

»Er schläft noch«, meinte Chulain. »Aber die Heiler sind zuversichtlich, dass er bald erwachen wird. Er ist bei ihnen in den besten Händen.« Er zwinkerte Brinnah aufmunternd zu. »Nicht alle hier sind so oberflächlich, wie es den Anschein haben mag. Auch am Hof gibt es viele fähige Elfen.«

»Gut zu wissen.« Chulains Worte trösteten Brinnah nicht wirklich, aber sie wollte ihn nicht mit ihren düsteren Gedanken quälen. »Hast du den Plan schon bekommen?«, erkundigte sie sich, um das Gespräch wieder auf eine sachliche Ebene zu bringen.

»Ja, heute Morgen.« Chulain nickte. »Der König und seine Berater müssen die Nacht durchgearbeitet haben. Ich hätte nicht damit gerechnet, dass sie die Routen so schnell festlegen. Schon in der Nacht sind Reiter aufgebrochen, die das Heer aus sicherer Entfernung beobachten sollen.«

»Wo werden Artair und ich hinfliegen?«, fragte Brinnah.

»Man hat euch einige Dörfer im Grasland zugeteilt«, erwiderte Chulain. »Aber keine Sorge, der Weg dorthin ist nicht allzu weit. Mir scheint, sie haben bei der Wahl berücksichtigt, was ihr beide in den vergangenen Sonnenläufen durchgemacht habt.«

»Artair wird nicht gerade begeistert sein«, murmelte Brinnah. »Die anderen Riesenalpe verspotten ihn ohnehin schon, weil sie ihn für feige halten.«

»Nun, an den Plänen werde ich nichts mehr ändern können«, sagte Chulain. »Aber sei unbesorgt. Für uns Elfen und die Riesenalpe wird es bald mehr als genug Gelegenheiten geben, unseren Mut zu beweisen. Und jetzt lass uns hineingehen. Ferwyned wartet sicher schon gespannt darauf, was du zu berichten hast.« Er öffnete die Tür zu dem Raum und bedeutete Brinnah einzutreten.

»Brinnah!« Ferwyned war wach und setzte sich augenblicklich auf, als er die junge Kurierreiterin erblickte. »Ich habe schon auf dich gewartet. Die Heilerinnen sprechen davon, dass es bald Krieg geben wird. Was …?« Er verstummte, als er Chulain hinter Brinnah bemerkte. »Chulain. Was führt dich hierher?«

»Ich wollte mal sehen, wie es dem Kurierreiter geht, dessen Selbstlosigkeit wir es zu verdanken haben, dass der König gewarnt werden konnte, ehe es zu spät ist.« Chulain lachte. »Ich freue mich, dich so munter zu sehen, alter Freund.«

»Ich fühle mich auch schon viel besser.« Ferwyned erwiderte das Lächeln, wurde dann aber wieder ernst und fragte: »Was ist nun dran an dem Gerede über den Krieg?«

»Der wird sich wohl nicht vermeiden lassen.« Brinnah seufzte betrübt. »Artair und ich werden gleich mit den anderen Kurierreitern aufbrechen, um alle Elfen, die ein Schwert führen können, zum Palast zu rufen. Der König wird das größte Heer aufstellen, das Thale jemals gesehen hat.«

»Das wird auch bitter nötig sein.« Ferwyned nickte und wandte sich an Chulain. »Wenn du gesehen hättest, was bei den Mienen …«

»Er hat es gesehen«, fiel Brinnah ihm ins Wort. »Und mehr noch. Er hat Nam und Warti gerettet und zum Palast gebracht.«

Ferwyned zog überrascht eine Augenbraue in die Höhe. »Und du nennst mich einen selbstlosen Helden? Ich möchte meinen, dieser Titel gebührt dir.«

»Nein, das tut er nicht.« Ein Schatten huschte über Chulains Gesicht. »Dass ich die beiden fand, war reiner Zufall.«

»Wo sind sie?«, wollte Ferwyneds wissen, der Chulains bedrückte Stimmung nicht zu bemerken schien. »Haben sie schon mit dem König gesprochen?«

»Nein.« Brinnah schüttelte den Kopf. »Warti ist noch zu erschöpft, und Nam ist aus seinem tiefen Schlaf bisher nicht erwacht. Die Heiler sorgen sich rührend um ihn. Sie sind guter Dinge, dass er bald aufwachen wird.«

»Das ist eine gute Nachricht«, sagte Ferwyned. »Das Wissen der beiden ist für uns von unschätzbarem Wert.« Er schaute Brinnah an, und für einen Augenblick wirkte er traurig. »Ich wünschte, ich könnte dich begleiten«, sagte er wehmütig. »Wie gern würde ich dem König in der Stunde der Not zur Seite stehen.«

»Gräme dich nicht. Du hast schon mehr als genug für ihn getan.« Chulain legte Ferwyned in einer freundschaftlichen Geste die Hand auf den Arm. »Und sobald du ganz genesen bist, wirst du wieder in seine Dienste treten können. Die Götter mögen mir meinen Argwohn verzeihen, aber ich fürchte, dass wir schon bald jeden Elfen brauchen werden, der einen Riesenalp zu reiten vermag.«

Der Morgen hatte Thale einen Wetterumschwung beschert. Dunkle Wolken waren aufgezogen und hatten dem sonnigen, frühherbstlichen Wetter ein Ende bereitet.

Ein kühler Wind aus dem Norden riss die bunten Blätter von den Bäumen und trieb Brinnah einen feinen Nieselregen ins Gesicht, als sie sich am frühen Nachmittag auf Artairs Rücken dem Höhlenausgang näherte, um den Botenflug ins Grasland zu beginnen.

Obwohl viele schon losgeflogen waren, herrschte in den Höhlen noch immer ein dichtes Gedränge. Überall sah man

Elfen, die ihren Reitvögeln das Geschirr anlegten, Proviant verstauten oder noch einmal die unzähligen Schnallen und Verschlüsse prüften, die ihnen Halt und Sicherheit gaben. Chulain, der mit Munya bereits auf dem Weg in die Sümpfe war, hatte kopfschüttelnd angemerkt, dass er noch nie so viele Riesenalpe mit ihren Reitern auf einem Haufen gesehen hatte. In seinen Augen grenzte es an ein Wunder, dass es bei all den Starts und Landungen bisher nicht zu Unfällen gekommen war.

»Angst?«, fragte Brinnah Artair in Gedankensprache, als sie auf das windumtoste Plateau hinaustraten.

»Überhaupt nicht.« Noch nie hatte Brinnah Artair vor einem Flug so unbefangen erlebt. Er wirkte selbstsicher und voller Tatendrang, wie jemand, dem eine schwere Last von den Schultern genommen worden war.

»Dann müssen wir Ferwyned ja doppelt danken«, sagte sie voller Zuneigung. »Ich bin stolz auf dich.«

Artair antwortete nicht. An der Seite von drei anderen Riesenalpen trat er an den Rand des Plateaus.

»Bereit?«, höre Brinnah ihn fragen.

»Bereit.« Brinnah rechnete fest damit, dass Artair den anderen den Vortritt lassen würde, aber sie täuschte sich. Als hätte er nie etwas anderes getan, stürzte er sich als Erster in die Tiefe, fing den Sturzflug nach wenigen Herzschlägen geschickt ab, gewann im Aufwind an der schroffen Felswand kreisend an Höhe und schwenkte schließlich in einem weiten Bogen nach Norden ein, dem fernen Grasland entgegen.

»Warti, wach auf. Er kommt zu sich!«

Die Stimme schwebte Warti durch den leichten Halbschlaf zu, den sein Körper immer wieder einforderte. Glaubte er den Heilerinnen, war die Mattigkeit eine Folge der kräftezehrenden Strapazen, die er durchlitten hatte, und wichtig, damit Körper und Geist sich erholen konnten. Verwunderlich war nur, dass sich das Schlafbedürfnis ganz danach zu richten schien, ob er gerade gebraucht wurde oder nicht.

Als der Elfenkönig ihm am frühen Nachmittag einen Besuch abgestattet hatte, um mit ihm über die Eberkrieger zu sprechen, hatte er sich kräftig genug gefühlt, das Krankenlager zu verlassen. Doch kaum war der König gegangen, waren die Heilerinnen wieder mit ihren Elixieren gekommen, und die Müdigkeit war zurückgekehrt.

Es war Ennaiel, die ihn nun weckte. Sie war mit dem Elfenkönig gekommen und hatte beschlossen, an Nams Lager zu wachen, bis dieser die Augen aufschlug. Der kleine Harrdamis schien sie zu faszinieren, denn sie hatte allerlei Fragen zu seiner Herkunft und der Welt gestellt, aus der er stammte. Warti hatte sich bemüht, diese nach bestem Wissen zu beantworten, aber schnell festgestellt, dass er viel zu wenig über Nam wusste, um verlässlich Auskunft geben zu können. Als ihm die Augen zufallen wollten, hatte Ennaiel ihm zugesichert, Wache zu halten und ihn sofort zu wecken, wenn Nam erwachte. Sie hielt es für besser, wenn er nach dem langen Schlaf zuerst in ein vertrautes Gesicht blickte, und hoffte, dass seine Verwirrung sich dann in Grenzen halten würde.

»Warti?« Ennaiel berührte ihn sanft am Arm.

Blinzelnd öffnete er die Augen. Wie schön sie ist!, war sein erster Gedanke, als er sie lächeln sah. Die ebenmäßigen Gesichtszüge mit den hohen Wangenknochen, die helle Haut, das lange goldene Haar und Augen von der Farbe des Frühlingshimmels … Warti schalt sich einen Narren. Für die Maare sahen die Nebelelfen alle gleich aus. Schlank, anmutig, edel, mit spitzen Ohren und wenig Farbe in Haut und Haaren.

Aber sie ist etwas ganz Besonderes. Die Worte schlichen sich wie von selbst in seine Gedanken, und er lächelte.

»Ist alles in Ordnung?«, erkundigte Ennaiel sich bei ihm.

»Ja.« Warti nickte. »Ich habe nur gerade an etwas gedacht.«

»An etwas Schönes?«

»Das kann man so sagen.«

»Das ist schön.« Ennaiel drehte sich um und reichte ihm einen Becher mit einer dunklen Flüssigkeit. »Hier«, sagte sie fürsorglich. »Trink das. Es wird dir Kraft geben.«

»Dann ist es nicht das Zeug, das mich so müde gemacht hat?«, fragte Warti misstrauisch.

»Warum sollte ich dich wecken, wenn ich dir ein Schlafmittel geben wollte?«, antwortete Ennaiel mit einer Gegenfrage.

»Auch wieder richtig.« Warti seufzte und leerte den Becher in einem Zug. Die Wirkung setzte fast augenblicklich ein. Die Mattigkeit verflog, und er fühlte sich so frisch und ausgeruht wie zu dem Zeitpunkt, da er mit dem König gesprochen hatte.

Auf dem Lager zu seiner Rechten regte sich Nam stöhnend unter seinen Decken.

»Er wacht auf!« Ennaiel legte den Finger auf die Lippen und bedeutete Warti, leise zu sein, während er sich aufrichtete und an Nams Lager trat.

»Warrtie?« Nams Stimme war nicht mehr als ein Krächzen. »Aquib ... aquib ...«

»Er verlangt nach Wasser«, übersetzte Warti für Ennaiel, die ihm sofort einen Becher mit frischem Quellwasser reichte. Warti half Nam, sich aufzurichten, und reichte ihm das Wasser. Nam trank hastig und in großen Schlucken. Er zitterte vor Schwäche, aber er verschüttete keinen Tropfen. Als der Becher leer war, sank er seufzend zurück in die Kissen. Sein Blick huschte über die hohe Decke des Raums, auf der das Gemälde eines Wasserfalls prangte. »Wo ... wo ...?«

»In meiner Heimat.« Warti ergriff Nams kühle, hagere

Hand und lächelte ihm zu. »Wir sind in Thale. Die Nebelelfen haben dir die Ketten abgenommen. Du bist in Sicherheit. Du bist frei.«

»Frreii?« Nam legte die Stirn in so viele Falten, dass er aussah wie ein Greis. Eine Weile schien er zu überlegen. Dann glättete sich sein Gesicht. »Nam frreii?«, wiederholte er gedehnt, bewegte vorsichtig die Beine, als könne er es nicht glauben, und strahlte dann vor Glück. »Aij, Nam frreiii!« Doch plötzlich huschte ein Schatten über sein Gesicht. Sein Blick irrte suchend umher, und er fragte ängstlich: »Diie Magiiär – wo?«

»Nicht hier.« Warti schüttelte den Kopf. Plötzlich hatte er das Gefühl, sich bei Nam dafür entschuldigen zu müssen, dass er ihn ungefragt mitgenommen hatte. »Sie haben dich verletzt«, setzte er zu einem Erklärungsversuch an. »Du bist gestürzt. Sie hätten dich getötet. Ich ... ich konnte dich nicht zurücklassen. Deshalb habe ich dich in das Pentagramm gezogen und mitgenommen.«

»Du Nam gerettet Leben?«

»Ich denke schon. Ja.«

»Dank.« Nam drückte schwächlich Wartis Hand, lächelte und entspannte sich seufzend. »Dank.«

»Ich ... ich wollte dich nicht aus deiner Heimat verschleppen. Wirklich nicht«, beteuerte Warti, den immer noch ein schlechtes Gewissen plagte. »Aber ich ... ich hatte keine andere Wahl. Was hätte ich denn tun sollen? Ach, ich bin so froh, dass es dir wieder besser geht.« Er räusperte sich und trat zur Seite, damit Nam Ennaiel sehen konnte. »Das ist Ennaiel«, stellte er ihm die Priesterin vor. »Sie hat an deinem Lager gewacht, bis du aufgewacht bist.«

»Ah, Eeelfee. Käfiieg. Niiet diiet!« Nam strahlte, als er Ennaiel erblickte. »Gut. Seerr gut.«

»Nein, warte. Es ist nicht wie, du denkst.« Warti warf Ennaiel einen vielsagenden Blick zu. »Die Elfe im Käfig hieß

Brinnah. Sie ist auch hier im Palast. Es geht ihr gut, aber sie ist es nicht. Diese Elfe hier heiß Ennaiel.«

»Ssswester?«, erkundigte sich Nam.

»Nein, sie ist auch keine Schwester von Brinnah.« Warti seufzte. »Nebelelfen sehen sich ziemlich ähnlich. Daran musst du dich gewöhnen. Ennaiel ist eine Priesterin, die an deiner Seite ausgeharrt hat, weil sie viele Fragen an dich hat.«

»Frragen?« Nam runzelte wieder die Stirn. »Warrum?«

»Weil du uns helfen kannst.« Warti beugte sich vor und sagte mit ernster Miene: »Sie sind hier, Nam. Alle. Die Magier, die Gurrline und ich fürchte, An-Rukhbar ist auch nicht mehr weit. Sie stellen ein gewaltiges Heer zusammen und werden schon bald angreifen. Du bist der Einzige, der ihre Schwächen kennt. Und nicht nur der König hofft, dass du ihm bei den Vorbereitungen für die Verteidigung wertvolle Hinweise geben kannst.«

»Gurrliinne? Hiä?« Nam erbleichte und schaute sich erschrocken um. Sein Atem beschleunigte sich »Nam hiä niet siicherr?«, fragte er furchtsam.

»Doch. Du bist hier sicher. Die Gurrline sind noch weit weg«, beeilte sich Warti, Nam zu beruhigen. »Aber es wird Krieg geben – bald.« Er senkte die Stimme. »So wie in deiner Heimat. Und so wie dein Volk, werden auch die Nebelelfen den Gurrlinen unterliegen, wenn wir kein Mittel gegen sie finden.«

Nam schwieg lange. Dann nickte er und sagte: »Ja«, mit einer festen Stimme, die sein gebrechliches Aussehen Lügen strafte, »Nam Gurrline hassen. Ich heelffen.«

»Danke!« Ennaiel trat vor und ergriff Nams Hand. »Ich kann dir nicht sagen, wie froh mich das macht.« Sie reichte ihm einen Becher, in dem dieselbe Flüssigkeit schimmerte, die auch Warti schon getrunken hatte. »Ich weiß, dass du dich schwach fühlst und eigentlich ruhen müsstest«, sagte sie. »Aber die Zeit drängt. Wenn du gestattest, würde ich gern den König holen. Auch er hat viele Fragen an dich.«

»Köönig?« Nam strahlte. Offenbar kannte er die Bedeutung des Wortes und fühlte sich geehrt. »Ja, Nam sprrechen Kööniig.«

»Aber erst trinken!«, forderte Ennaiel so streng, als spräche sie mit einem störrischen Kind. »Vorher hole ich ihn nicht.«

»Äh?« Nam warf Warti einen fragenden Blick zu.

»Du sollst das austrinken«, wiederholte dieser und unterstrich die Worte mit einer eindeutigen Geste. »Dann kommt der König.«

»Ah!« Nams Miene hellte sich auf. Er setzte den Becher an die Lippen, leerte ihn in einem Zug und fragte: »Guuut?«

»Ja, sehr gut.« Ennaiel nahm den Becher an sich und ging zur Tür. »Wartet hier«, bat sie, obwohl sicher keiner von beiden auf die Idee gekommen wäre, die Räume zu verlassen. »Ich bin gleich mit dem König zurück.«

3

Brinnah und Artair kämpften gegen die Unbill des Wetters an. Ein schneidend kalter Nordwind machte dem Riesenalp das Fortkommen schwer, während Brinnah nass und frierend hinter seinem breiten Nacken Schutz suchte.

Die Sicht war schlecht. Die dicken Wolken ließen nur einen Bruchteil des Sonnenlichts passieren, und die feinen Schleier aus Nieselregen taten ein Übriges, um die Welt ringsumher in einheitliches Grau zu tauchen. Brinnah war froh, wenigstens hin und wieder eine vertraute Landmarke zu erkennen, die ihnen die Richtung wies. »Man könnte meinen, dieser An-Rukhbar, vor dem ihr euch alle so fürchtet, beeinflusst sogar das Wetter, um den Aufbau der Verteidigung zu erschweren«, hörte sie Artair in Gedanken sagen.

Brinnah spürte, wie sich Unbehagen in ihr regte, sagte aber: »So viel Macht besitzt selbst er nicht. Das würden unsere Götter niemals zulassen.«

»Nun, immerhin haben sie tatenlos zugesehen, wie er das Volk der Maare vernichtete«, gab Artair zu bedenken. »Wie kannst du dir da so sicher sein, dass sie mit euch nicht ähnlich verfahren?«

»Wie kommst du darauf, dass sie so etwas tun würden?«

»Wer kann schon sagen, was die Götter planen?«, gab der Riesenalp fast schon philosophisch zur Antwort. »Wenn ich die Priesterinnen am Hofe so reden höre, beschleicht mich häufig das Gefühl, dass selbst sie nicht viel über eure Götter wissen. Alles, was sie tun, ist beten, Opfer darbringen und hoffen, dass ihre Wünsche und Gebete erhört werden.«

»Du kannst nicht abstreiten, dass die Götter viele Hundert Winter schützend die Hände über uns gehalten haben.«

»Wo es keine Bedrohung gibt, muss auch nichts beschützt werden.«

»Artair!« Allmählich wurde Brinnah wütend. »Nur weil ihr Riesenalpe nicht an Götter glaubt, gibt es dir noch lange nicht das Recht, die meinen ständig infrage zu stellen.«

»In der Not erweist sich der wahre Freund«, sagte Artair scheinbar zusammenhangslos und fügte hinzu. »Es spielt keine Rolle, woran ich glaube. Ich finde nur, dass die Götter – die angeblich eure Freunde sind – euch langsam mal ein Zeichen geben könnten. Eine Geste, die Hoffnung macht, und keinen Regen, der König Gwiddans Pläne zu ertränken droht.«

Brinnah antwortete nicht. Sie spürte die Wahrheit, die in Artairs Worten lag, aber sie mochte sie nicht hören. Sie wollte daran glauben, dass die Götter sie beschützten, wollte hoffen, dass ein Wunder geschah, weil sie wusste, dass sie sonst verzweifeln würde.

Es war nicht das erste Mal, dass sie mit Artair über die Wahrhaftigkeit der Götter stritt. Wie alle Riesenalpe konnte auch er den Zeremonien und Gebeten der Nebelelfen nicht viel abgewinnen, die er, wenn sie allein waren, schon so manches Mal als nutzlose Zeitverschwendung bezeichnet hatte. Für ihn gab es keine Götter, die die Geschicke eines Volkes lenkten. Wie alle Riesenalpe war auch er davon überzeugt, dass es für alles eine Ursache gab und jede Ursache eine Wirkung hatte. Daneben gab es noch glückliche und unglückliche Zufälle und natürlich den weißen Riesenalp als Todesboten, aber keine Götter. Artair konnte seine Ansichten sehr überzeugend vertreten, und obwohl er sie oft nachdenklich gestimmt hatte, hatte Brinnah nie auch nur ein einziges Mal daran gezweifelt, dass es die Götter, zu denen sie betete, wirklich gab. Der Glaube daran war in ihrem Volk so tief verwurzelt, dass er sogar die großen Kriege und die Flucht unbeschadet überstanden hatte. Diesmal jedoch blieben Artairs Worte nicht ohne Wirkung. Was sind das für Götter, die tatenlos zusehen, wie ein ganzes Volk ausgerottet wird? Der Gedanke schlich sich in ihr Bewusstsein und setzte sich dort fest. Können wir wirklich sicher sein, dass uns nicht das Gleiche widerfährt?

Brinnah spürte, wie ihre Überzeugung zu wanken begann, und zwang sich, an etwas anderes zu denken. »Lass uns einen trockenen Platz zum Rasten und Schlafen suchen«, bat sie Artair. »Es wird dunkel, und mir ist kalt.«

Wenig später fand sie sich in einer der vielen Rasthütten wieder, die die Nebelelfen für die Kurierreiter an bevorzugten Landeplätzen im ganzen Land errichtet hatten. In dem kleinen gemauerten Kamin knisterte ein behagliches Feuer, und auf dem Tisch, an dem Brinnah ihre mitgebrachte Mahlzeit verzehrte, spendete eine kleine Öllampe etwas Licht.

Brinnah seufzte und schaute durch das einzige Fenster in

die Dunkelheit hinaus. Wie immer, wenn sie bei schlechtem Wetter in einer der Hütten Unterschlupf fand, während Artair draußen ausharren musste, quälte sie ein schlechtes Gewissen. Artair schien das zu spüren. »Es regnet nicht mehr!«, ließ er sie wissen, als sie sich wenig später auf der schmalen Pritsche in ihre Decken einrollte, um ein wenig zu schlafen. »Und der Wind hat auch nachgelassen.«

»Danke.« Brinnah gähnte. »Wie fühlst du dich?«

»Nass, aber sonst ganz gut. Unter den Kristalltannen ist der Boden weich und trocken. Mach dir um mich keine Sorgen. Offenbar haben eure Götter ein Einsehen. Morgen kommen wir sicher besser voran.«

»Das ist gut.« Brinnah gähnte erneut. Die wohlige Wärme in dem kleinen Raum machte sie schläfrig, und obwohl Nebelelfen auch mit wenig Schlaf auskommen konnten, war sie froh, die Nacht an einem warmen und sicheren Ort verbringen zu können. Eine Weile lauschte sie noch auf die Geräusche des Windes, der sanft durch die Wipfel der Tannen strich, und beobachtete die tanzenden Schatten, die das Feuer im Kamin an die Wände zeichnete. Dann fielen ihr die Augen zu.

Sie fühlte sich aufgehoben und getragen. Es war ein seltsames Gefühl, so als treibe sie auf einem träge dahinfließenden Strom. Obwohl es stockdunkel war, hatte sie keine Angst. Es lag nichts Böses in der Dunkelheit. Im Gegenteil: Brinnah fühlte sich beschützt und geborgen wie als Kind in den Armen ihrer Mutter.

Das Licht kam als sanfter grauer Schimmer in der Ferne, so wie es der aufgehenden Sonne am Morgen vorauseilt. Es wurde heller und umfing Brinnah mit Wärme und einem Gefühl lieblichen Wohlbefindens. Es dauerte lange, ehe sie sich bewusst wurde, dass sie die Augen immer noch geschlossen hielt, und noch länger dauerte es, bis sie bemerkte, dass das Gefühl des Getragenwerdens verschwunden war.

Ich bin am Ziel. Brinnah fragte sich nicht, woher sie das wusste. Es war einfach so. Wie schwerelos richtete sie sich auf, bewegte sich schwebend auf das Licht zu und tauchte ohne zu zögern in die Helligkeit ein. Für einen Augenblick war sie geblendet, dann fand sie sich ganz unvermittelt in einem Garten wieder, der so schön war, dass ihr das Herz aufging. Da war ein kleiner Weiher, an dessen Ufer eine efeubewachsene Bank zum Verweilen einlud. Ringsherum wuchsen Blumen und Sträucher, deren üppige Blüten in einem großartigen Farbenspiel miteinander zu wetteifern schienen. Zarte Schmetterlingswesen labten sich an den Blütenkelchen, während eine liebliche Melodie wie ein Windhauch durch den Garten strich.

Brinnah schwebte weiter, berauscht von den Eindrücken und überwältigt von der Schönheit, die sie überall umfing. Nach einer Zeit, die zu ermessen ihr unmöglich war, kam sie zu einem efeubewachsenen Brunnen, der inmitten eines kleinen Haselhains in einem abgelegenen Teil des Gartens stand. Als sie sich über den Brunnenrand beugte und die Hand in das kristallklare Wasser tauchte, ertönte ein liebliches Summen, das rasch anschwoll und sich schon bald mit einer anderen Melodie vereinte, die, getragen von winzigen Lichtern, von allen Seiten des Gartens auf den Brunnen zustrebte. Es waren so viele, dass der ganze Haselhain schon bald in ihrem goldenen Licht erstrahlte. Und noch immer strömten weitere Lichter herbei. Sie umfingen Brinnah und liebkosten ihre Haut mit sanften Berührungen, wie von einer Feder.

»Bleib bei uns!«, wisperten sie. »Bleib hier!«

Brinnah fühlte sich willkommen geheißen. Sie hatte diesen wundersamen Ort noch nie gesehen, und doch war ihr, als käme sie nach Hause. Die Funken setzten ihren Tanz fort. Erst langsam, dann immer schneller umkreisten sie Brinnah, bis sie zu einem einzigen Leuchten verschmolzen, das Brinnah wie eine flammende Feuersäule einhüllte. Und immer noch spürte sie keine Furcht. Sie war einfach nur glücklich und wünschte …

»Brinnah!«

Der Klang ihres Namens ließ das Traumbild jäh erlöschen. Sie wurde zurückgerissen und fand sich ganz unvermittelt in der kleinen Hütte wieder. Das Licht des frühen Morgens flutete durch das Fenster, das Feuer war erloschen, und es war kalt.

»Brinnah, wach endlich auf!« Das war Artair.

»Ich bin ja schon wach.« Mit steifen Gliedern rappelte Brinnah sich auf, faltete ihre Decken zusammen und packte ihre Sachen.

»Das wurde auch Zeit. Die Sonne geht gleich auf, und wir haben noch einen weiten Weg vor uns.« Artair klang mürrisch. »Was ist los mit dir, du schläfst doch sonst nicht so lange?«

»Ich hatte einen wunderbaren Traum.« Obwohl Brinnah die warme, fellgefütterte Jacke der Kurierreiter trug, fröstelte sie, als sie die Hütte verließ.

»So, so, einen Traum.« Artair schüttelte unwillig das Gefieder und streckte den Flügel aus, damit Brinnah aufsitzen konnte. »Der muss wahrlich schön gewesen sein. Ich habe dich mindestens zehnmal gerufen.«

»Ja, das war er.« Brinnah seufzte, als sie an den prächtigen Garten dachte, und wunderte sich zugleich, dass dieser ihr so gut in Erinnerung geblieben war. Sie träumte selten, und wenn, dann konnte sie sich hinterher meist nicht mehr an Einzelheiten erinnern. Dieser Traum war anders. Er war nah. So nah, dass sie nur die Augen schließen musste, um den Garten wieder vor sich zu sehen. »Er war wunderschön.«

»Dann bewahre ihn dir gut auf.« Artair trat an den Rand des kleinen Steilhangs, der als Start- und Landeplatz diente, breitete die Schwingen aus, stieß sich kräftig ab und gewann kreisend an Höhe. »Ich fürchte, in den kommenden Sonnenläufen werden wir nur sehr wenig Schönes zu sehen bekommen.«

»Schwerter und Pfeilspitzen aus Sternenebulit?« Alban hatte sich erhoben und warf Gwiddan-Sh-e-Nat einen zweifelnden Blick zu. »Hat er das wirklich gesagt?«

»Es steht dir frei, ihn selbst zu fragen«, erwiderte der Elfenkönig ruhig. Bis tief in die Nacht hatte er mit Ennaiel bei dem einzigen überlebenden Maar und dem seltsam anmutenden Wesen gesessen, das sich selbst als ein Harrdamis bezeichnete. Gemeinsam hatten sie den abenteuerlichen Berichten der beiden gelauscht und mit ihnen darüber gesprochen, wie die Eberkrieger erfolgreich bekämpft werden konnten. Was er erfahren hatte, war erschreckend und niederschmetternd, aber es gab auch Anlass zur Hoffnung. Nach einer viel zu kurzen Nacht, in der er kaum Schlaf gefunden hatte, hatte er die Ratsmitglieder bei Sonnenaufgang wieder zusammengerufen, um ihnen mitzuteilen, was er erfahren hatte. »Ihre Rüstungen sind aus Sternenebulit geschmiedet. Kein anderes Metall ist stark genug, sie zu durchdringen.«

»Dann sind wir verloren.« Alban senkte den Blick und schüttelte das ergraute Haupt. »Ein Schwert aus Sternenebulit zu schmieden dauert mindestens zwei Mondläufe. So viel Zeit haben wir nicht.«

»Pfeilspitzen ließen sich schneller herstellen«, wandte Elnath ein.

»Ach ja?«, fuhr Alban ihn an. »Wie viele denn? Ein paar Hundert, vielleicht tausend. Angesichts des gewaltigen Heeres, von dem Chulain gesprochen hat, ist das nicht mehr als ein Wassertropfen auf verdorrten Boden. Die Magier haben ihren Feldzug gut geplant. Die Minen sind für uns verloren, es ist uns unmöglich, an Sternenebulit zu kommen. Woraus sollen wir dann die Waffen fertigen? Und wer soll es tun? Bisher haben die Maare für uns die Waffen geschmiedet. Kein Nebelelf wird das Handwerk ohne Lehrmeister in so kurzer Zeit erlernen können. Schon gar nicht, wenn ...«

»Verzeih, dass ich dich unterbreche, aber wir haben Schmiede«, fiel Elnath Alban ins Wort.

»Ja, Kunstschmiede!« Alban betonte das Wort auf eine Weise, als hätte es einen bitteren Beigeschmack. »Schöngeister, die singend Blüten und Blätter aus Metall formen.«

»Und doch sind es Schmiede.« Elnath ließ sich nicht beirren.

Alban setzte zu einer scharfen Antwort an, aber Gwiddan kam ihm zuvor. »Elnath hat recht«, sagte er bestimmt. »In dieser Zeit der Not müssen wir alle zusammenstehen, um unser Land vor den Eindringlingen zu beschützen. Dhaofey, du nimmst dir ein paar Wachen, löst unsere gesamten Vorräte an Sternenebulit auf und verteilst sie an die Schmiede. Diese sollen unverzüglich mit dem Schmieden von Pfeilspitzen beginnen – das ist ein Befehl. Des Weiteren wirst du die Botschaft verbreiten lassen, dass alle Kunstgegenstände aus Sternenebulit im Palast abzugeben und einzuschmelzen sind, damit sie zur Herstellung von Waffen verwendet werden können. Auch das ist ein Befehl!«

»Es wird alles so geschehen, wie du es wünschst.« Dhaofey nickte zustimmend, erhob sich und verließ den Raum.

»Und wir«, Gwiddan blickte aufmerksam von einem zum anderen, »werden nun gemeinsam einen Plan ausarbeiten, wie wir den Palast verteidigen können.«

»Der Palast wird nicht ihr erstes Ziel sein.« Lirin-Thion, ein Nebelelf mit ungewöhnlich dunklem Haar, der dem Rat schon viele Sonnenläufe angehörte und für alle Belange der Kurierreiter zuständig war, stieß die Tür auf und betrat den Saal mit schnellen, raumgreifenden Schritten. »Ich habe gerade erfahren, dass das Heer den Weg nach Norden eingeschlagen hat und in die Wälder gezogen ist«, berichtete er. »Unter dem immer noch dichten Blätterdach können die Riesenalpreiter sie nur schwer ausmachen, es sieht jedoch ganz so aus, als bliebe der Palast vorerst von einem Angriff verschont.«

»Das ist kein Grund zur Freude.« Alban runzelte die Stirn. »Sie haben einen Plan, nur wissen wir nicht, welchen.«

»Das gilt es herauszufinden.« Gwiddan bedeutete dem Hinzugekommenen, sich zu setzen. »Ich danke dir, Lirin«, sagte er. »Auch wenn sich uns der Sinn dieser unverhofften Richtungsänderung nicht erschließt, so hat sie doch etwas Gutes, denn sie verschafft uns ein wenig mehr Zeit, unsere Verteidigung zu planen.«

»Ich halte es für nicht besonders klug, wenn wir uns hier verschanzen«, gab Nibawh, der Befehlshaber der königlichen Wachen und Kommandant des kleinen königlichen Heeres, zu bedenken. »Dieser Palast wurde nicht dazu erbaut, einem feindlichen Angriff zu trotzen. Mit seinen vielen Toren, Brücken und Bogengängen bietet er den Angreifern unzählige Möglichkeiten einzudringen. Zum anderen bestehen die Gebäude, die im Lauf der Winter um den Palast erbaut wurden, ausnahmslos aus Holz. Sie würden als Erste in Flammen aufgehen. Der Rauch würde uns die Sicht nehmen und den Angreifern zuspielen. Es würde nicht lange dauern, bis sich unser Heer in sinnlosen Gemetzeln und Einzelkämpfen aufreiben würde. Die Ordnung würde verloren gehen, und es wäre unmöglich, den Kriegern Befehle zu erteilen. Ganz zu schweigen von den vielen unschuldigen Opfern, die ein solcher Kampf unter den Nebelelfen fordern würde.«

Alle schauten sich betroffen an. Keiner der Anwesenden hatte sich Gedanken darüber gemacht, welche Probleme und Gefahren ein Angriff auf den Palast mit sich bringen würde. Wie selbstverständlich waren sie davon ausgegangen, dass die Palastmauern stark genug sein würden, einem Angriff zu trotzen. Nun mussten sie erkennen, dass ihre Zuversicht nichts als ein verklärter Wunschgedanke war, der nicht das Geringste mit den Regeln der Kriegsführung gemein hatte – ein fataler Fehler, der sie alle in eine vernichtende Niederlage führen würde.

»Was schlägst du vor?« Gwiddans Stimme brach das Schweigen.

»Wir müssen ihnen entgegenziehen«, sagte Nibawh mit geballter Faust. »Wenn sie die Wälder durchquert haben, werden sie das Grasland erreichen. Auf der weiten freien Fläche können wir unsere stärkste Waffe gegen sie einsetzen – die Riesenalpe. Mit Angriffen aus der Luft könnten wir die geschlossenen Formationen des feindlichen Heeres brechen und Teile davon abspalten, die wir unseren Bogenschützen dann gezielt in die Arme treiben. Mit etwas Glück gelingt es uns auf diese Weise, das Heer so weit schrumpfen zu lassen, dass wir einen direkten Angriff wagen können.«

»Das sind schöne Worte«, wandte Alban ein. »Aber du vergisst, dass wir keinerlei Erfahrung in dieser Form der Kriegsführung haben.«

»Wir haben auch keine Erfahrung damit, eine Stadt zu verteidigen«, konterte Nibawh. »Doch es liegt auf der Hand, dass wir die Riesenalpe in der Nähe des Palastes nicht einsetzen können, ohne uns selbst erheblichen Schaden zuzufügen.« Er wandte sich an Gwiddan. »Natürlich kann ich den Erfolg nicht garantieren. Aber es ist ein Plan, der uns zumindest eine Aussicht auf Erfolg gibt. Wir haben mehr als einhundert Riesenalpe, um Angriffe auf das heranrückende Heer zu fliegen. Sie könnten brennendes Öl auf die Eberkrieger gießen oder Felsbrocken auf sie werfen. Das würde reichlich Verwirrung stiften und den Angriff zumindest streckenweise zum Erliegen bringen.«

Zustimmendes Gemurmel erfüllte den Raum, als sich die Ratsmitglieder ihren Tischnachbarn zuwandten und leise zu diskutieren begannen. Gwiddan sagte nichts. Er saß nur da, in Gedanken versunken, während er das Für und Wider von Nibawhs Plan erwog.

»Wie lange würde es dauern, ein schlagkräftiges Heer ins Grasland zu bringen?«, fragte er schließlich.

»In der Stadt und im Palast haben sich schon mehr als zweitausend Freiwillige gemeldet«, gab Nibawh zur Antwort. »Wir erwarten noch einmal so viele aus dem ganzen Land. Daraus ein Heer zusammenzustellen, dürfte etwa zwei Sonnenläufe erfordern. Ein Fußmarsch ins Grasland vier Sonnenläufe – immer vorausgesetzt, das Wetter meint es gut mit uns. Aber wir sollten auch bedenken, dass wir genügend Waffen, Wundverbände und Proviant im Tross mitführen müssen.«

»Das lass nur meine Sorge sein.« Gwiddan gab sich zuversichtlich. »Wenn das Heer aufbricht, wird es ausreichend Waffen und Nahrung für alle mit sich führen. Darauf gebe ich dir mein Wort.«

»Dann stimmst du mir zu?«

»Ja«, erwiderte Gwiddan. »Du hast recht. Es ist sicherer, die Eberkrieger in einer unbewohnten Gegend herauszufordern.« Er ließ den Blick über die Gesichter der Ratsmitglieder schweifen, die zustimmend nickten. Dann sagte er: »Also ist es beschlossen. Stell das Heer zusammen, Nibawh. In drei Sonnenläufen ziehen wir ins Grasland.«

Mit kühlen Nebeln legte sich die Nacht über das Grasland. Der Atem des Herbstes strich über die Steppe und ließ die Halme der Steppengräser erstarren, während die Monde To und Yu das Licht der Sonne nach Westen vertrieben, wo es über den fernen Gipfeln des Ylmazur-Gebirges in einem feurigen Glühen erlosch.

Brinnah und Artair waren auf dem Heimweg. Von Sonnenaufgang bis Sonnenuntergang waren sie von Dorf zu Dorf geflogen, wo Brinnah den Nebelelfen des Graslandes die Befehle des Königs überbracht hatte.

Es war ein schwieriges Unterfangen, denn das Grasland war in weiten Teilen eine flache Ebene, die den Riesenalpen keinen geeigneten Hügel zum Start bot. Nur zweimal hatte Artair landen und Brinnah die Worte des Königs direkt übermitteln können. In sieben der neun Dörfer war Artair gezwungen gewesen, über der Mitte des Dorfes zu kreisen, während Brinnah die Botschaft von seinem Rücken aus an die Einwohner überbracht hatte. Doch ganz gleich, auf welche Weise die Elfen die Neuigkeiten erfahren hatten, die Worte hatten ihre Wirkung nicht verfehlt. Schon am Nachmittag hatten sie erste kleine Gruppen gesehen, die sich auf den Weg zum Palast machten.

Als die Schatten der Nacht den letzten Silberstreifen am Horizont verdrängten, erreichten Brinnah und Artair die kleine Hütte, in der Brinnah schon in der Nacht zuvor gerastet hatte. Während Artair zur Jagd aufbrach und sich anschließend unter den Tannen von dem langen und anstrengenden Flug erholte, entfachte Brinnah ein Feuer in dem kleinen Kamin, verzehrte eine kalte Mahlzeit aus gefüllten Teigfladen, die man ihr im Grasland geschenkt hatte, und legte sich schon bald zum Schlafen nieder.

In dieser Nacht begegnete sie dem weißen Riesenalp zum ersten Mal.

Auf Artairs Rücken flog sie über die schneebedeckten Gipfel und Grate eines gewaltigen Gebirges hinweg. Die Sonne schien hell von einem wolkenlosen Himmel und tauchte die verschneiten Hänge in ein so strahlendes Weiß, dass es ihr in den Augen schmerzte.

Artair schien sein Ziel zu kennen. Unbeirrt hielt er auf eine funkelnde Mulde zwischen zwei schroffen, hoch aufragenden Felswänden zu, wo die Berge einen riesigen Strom aus Eis gebaren, dessen von Rissen und Spalten durchzogene Zunge sich bis weit hinunter ins Tal erstreckte. Am oberen Ende des Eisstroms entdeckte Brinnah einen dunklen Punkt in der Felswand – eine Höhle, auf die Artair zuhielt.

Instinktiv spürte Brinnah, dass sie am Ziel waren, und obwohl sie nicht wusste, was sie erwartete, hatte sie keine Angst.

So unvermittelt, wie es nur im Traum möglich ist, fand sie sich im Eingang der Höhle wieder. Unschlüssig blieb sie stehen und spähte in das Dunkel.

»Tritt näher und hab keine Furcht.« Obwohl sie die Worte in ihren Gedanken hörte, schienen sie in der Höhle widerzuhallen.

»Wer bist du?«, fragte sie laut, ohne der Aufforderung nachzukommen.

»Ich bin der, der war und der immer sein wird.«

»Ein Geist oder ein Gott?«

»Ein Geist? Vielleicht. Ein Gott – nein.« Brinnah glaubte so etwas wie ein Lachen zu spüren, das in den Worten mitschwang. »Ich bin das, was ihr in mir sehen wollt.« Etwas regte sich in der Dunkelheit, und Brinnah erhaschte einen Blick auf etwas Helles, das sich darin bewegte. »Für die Riesenalpe bin ich der Bote des nahen Todes, der ihnen den Weg zu den Ahnen weist. Für euch Nebelelfen bin ich nur eine Legende, aber für dich bin ich mehr als das. Für dich bin ich das Schicksal.«

Brinnah erschauerte. Als sie immer noch keine Anstalten machte, die Höhle zu betreten, löste sich aus den Schatten die Gestalt des größten Vogels, den sie jemals gesehen hatte – eines weißen Riesenalps!

Brinnah keuchte auf und wich zurück. In jedem anderen Traum wäre sie an dieser Stelle erwacht, aber etwas hielt sie zurück.

»Wir werden uns wiedersehen«, hörte sie die Stimme des Riesenalps wie eine düstere Prophezeiung in ihren Gedanken. »Wenn die Not am größten ist, wird sich entscheiden, wer den Kampf um deine Heimat und deine Seele gewinnen wird …«

Mit klopfendem Herzen fuhr Brinnah auf der harten Pritsche in die Höhe, keuchend, als hätte sie soeben ein kräftezehrendes Rennen hinter sich. Sie schwitzte. Die langen hellen

Haare klebten ihr an den Wangen, auf der Stirn und im Nacken. Dem Traum noch nicht ganz entronnen, blickte sie sich gehetzt um. Es war dunkel und kalt, die Luft vom Geruch verbrannten Holzes geschwängert. Das Feuer war fast erloschen; nur die Glut in der Asche ließ erahnen, wo sich der Kamin befand.

Die Pritsche, der Kamin … die Hütte!

Sie zwang sich, ruhiger zu atmen, und versuchte, die Benommenheit abzuschütteln, fand aber nur langsam in die Wirklichkeit zurück. Fröstelnd schlang sie sich die Decke um die Schultern und erhob sich mit weichen Knien, um das Feuer neu zu entfachen. Die ungewohnte Bewegung bekam ihr gar nicht gut. Ihr Magen rumorte, und für einen Augenblick musste sie sich an der Wand abstützen, weil ihr schwindelig wurde.

»Artair?« Plötzlich hatte sie das Gefühl, mit jemandem reden zu müssen, um die Ängste und das Gefühl der Einsamkeit abzuschütteln, aber als sie den Geist des Riesenalps berührte, fand sie diesen schlafend vor. Seufzend legte sie zwei neue Scheite in die Glut. Sie hätte Artair wecken können, verzichtete jedoch darauf, es zu tun. Der Riesenalp hatte sich seinen Schlaf redlich verdient. Es war nicht recht, ihn zu wecken, nur weil ein Albtraum sie gequält hatte. Als die ersten Flämmchen aufsprangen und das Holz knisternd und knackend zu verzehren begannen, ging Brinnah zu ihrer Pritsche zurück und legte sich nieder. Schlaf fand sie keinen mehr. Wann immer sie die Augen schloss, sah sie erneut den weißen Riesenalp vor sich und hörte in Gedanken seine letzten Worte: *»Wenn die Not am größten ist, wird sich entscheiden, wer den Kampf um deine Heimat und deine Seele gewinnt …«*

4

Über den Gipfeln der Valdor-Berge zog der Morgen mit einem fahlen Licht herauf, das die hohen Wolken kaum zu durchdringen vermochte. In der Nacht hatte sich Nebel gebildet. Die grauen Schwaden über der Ebene schienen die düstere Stimmung wiederzuspiegeln, die sich nach dem anfänglichen Hochgefühl unter den Nebelelfen ausbreitete.

Ein Sonnenlauf war vergangen, seit Gwiddan-Sh-e-Nat dem Volk die Beschlüsse des Rates und den Ernst der Lage in einer dramatischen Rede geschildert hatte. Seitdem wurden allerorten die Vorbereitungen für die Verteidigung des Landes fieberhaft vorangetrieben. Während immer mehr Elfen ihre Besorgnis äußerten, hielten nach wie vor viele, vor allem die jungen Nebelelfen, die Ausführungen für übertrieben. In einem jedoch waren sich alle einig: Ganz gleich, ob am Ende des Feldzugs ein Sieg oder eine Niederlage stehen mochten, keiner war gewillt, den feindlichen Kriegern das Land kampflos zu überlassen. Und so rauchten die Essen der Schmieden unaufhörlich, und das monotone Klirren der Schmiedehämmer begleitete die Elfen selbst im Schlaf.

Wer Schmuck oder Kunstgegenstände aus Sternenebulit sein Eigen nannte, raffte diese zusammen, um aus ihnen Pfeilspitzen herstellen zu lassen, die das Heer so dringend benötigte. Schon in der Früh bildeten sich lange Schlangen vor den Schmieden. Der Kommandant der Palastwache stellte Krieger dazu ab, das wertvolle Metall entgegenzunehmen. Unzählige Freiwillige wurden eingesetzt, um die Gegenstände von nutzlosem Zierrat zu reinigen und das Sternenebulit einzuschmelzen.

Auf den zahlreichen freien Plätzen sammelten sich Elfen, die sich unter Anleitung der wenigen erfahrenen Krieger im Umgang mit Schwert und Bogen übten. Wer dafür zu alt oder zu jung war, half mit, die Wagen des Trosses mit Proviant und anderen Dingen zu beladen, die das Heer auf seinem

Weg ins Grasland benötigte. Zelte, Nahrungsmittel, Wasserfässer, Geschirr, Decken, Heilmittel und eine Fülle anderer Gegenstände wurden aus dem Palast, der Stadt und dem Umland herbeigeschafft. Jenen, die zurückblieben, ließ man gerade so viel, dass sie keinen Hunger würden leiden müssen.

Als es der Sonne endlich gelang, den Nebel zu durchbrechen, zeigte sich, dass auch die Reise der Riesenalpreiter erfolgreich verlaufen war. Waren es zuvor nur wenige Neuankömmlinge gewesen, passierte nun eine stetig wachsende Anzahl von Nebelelfen das Palasttor, um sich bei den eilig eingerichteten Zählstellen als Freiwillige zu melden.

»Ich hätte nicht zu hoffen gewagt, dass so viele dem Ruf folgen.« Alban stand auf einer der unzähligen Balustraden des Palastes und ließ den Blick über die Ebene streifen, wo sich Hunderte Freiwillige aus allen Himmelsrichtungen auf den Palast zubewegten.

»Ich hoffe nur, dass wir ausreichend Waffen herstellen und Lebensmittel beschaffen können, bis das Heer aufbricht.« Lirin, der neben ihm stand, schaute besorgt drein. »Was nützen uns so viele Freiwillige, wenn sie dem Feind ohne Waffen gegenübertreten müssen?«

»Und was nützen uns so viele waffentragende Freiwillige, wenn sie nicht damit umzugehen wissen?« Elnath trat neben die beiden, stützte die Hände auf die gemauerte Brüstung und schüttelte den Kopf. »Ich sage euch, das geht nicht gut«, gestand er schließlich. »Dieser Feldzug erinnert mich bedenklich an das letzte Aufbäumen eines sterbenden Riesenalps. Unsere treuen Freunde nehmen für ihre letzte Reise noch einmal alle Kräfte zusammen, um dann zu sterben.«

»So kannst du das nicht sehen«, wandte Alban ein.

»Warum nicht?« Elnath warf dem älteren Ratsmitglied einen fragenden Seitenblick zu. »Die Riesenalpe wissen, dass sie in den Tod gehen. Und wir wissen es auch. Ich sehe da keinen Unterschied.«

»Für die Riesenalpe gibt es keine Hoffnung. Für uns schon.«

»Hoffnung?« Elnath lachte auf. »Hoffung worauf? Darauf, ein Leben in Ketten zu fristen, wie es dem Volk des Fremden ergangen ist?« Er schüttelte den Kopf. »Wenn das die Hoffnung ist, von der du sprichst, ziehe ich einen schnellen Tod vor.«

»Schweig!« Lirin wandte sich empört um. »In Zeiten wie diesen ist es unsere Pflicht, dem Volk ein Vorbild zu sein. Es ist Zuversicht, die sie von uns erwarten und die wir ihnen geben müssen, so wie unser König es in seiner Rede getan hat.« Er deutete in einer weit ausholenden Geste über die Ebene. »All diese Elfen kommen hierher, weil sie eines verbindet – Hoffnung. Und selbst wenn wir Zweifel hegen, ist es nicht richtig, diese öffentlich zu äußern. Wir müssen stark sein – alle. Ein Feind wie die Eberkrieger kann nur gemeinschaftlich bezwungen werden. Es ist an uns, diese Gemeinschaft bis zum Ende aufrechtzuerhalten.«

»... bist zum Tod?«, fragte Elnath herausfordernd.

»Wenn es sein muss, auch bis zum Tod.« Lirin nickte.

»Lirin hat recht«, mischte sich Alban in das Gespräch ein. »Den Freiwilligen den Mut zu nehmen, ehe der Kampf begonnen hat, würde nur dem Feind in die Hände spielen. Alle, die sich dem Heer anschließen, um ihre Familien und ihr Heim zu beschützen, mögen auf vieles verzichten können, nicht aber auf ihren Mut.«

»Also schön, ich werde nicht mehr davon sprechen.« Elnath hob die Hände in einer entschuldigenden Geste. »Dann lassen wir sie eben mutig in den Tod ziehen – mit oder ohne Waffen.«

»Du hast doch gehört, was Gwiddan dem Volk verkündet hat. Wenn es so weit ist, werden alle gerüstet sein.« Lirin gab sich zuversichtlich. »Die Riesenalpe werden das Heer auf seinem Marsch mit Pfeilen versorgen. Selbst wenn es nicht gelingt, alle Freiwilligen bis zum Abmarsch mit Waffen auszustatten – zur Schlacht werden alle bereit sein.«

»Wunderbar.« Elnath lächelte und warf Lirin einen vielsagenden Blick zu. »Dann müssen wir ja nur noch darauf warten, dass unser König unbeschadet zurückkehrt. Sonst ist der Krieg womöglich beendet, ehe er begonnen hat.«

»Das wird er.«

»Zurückkehrt?« Alban schaute ratlos von einem zum anderen. »Wovon redet ihr?«

»O verzeih, ich habe ganz vergessen, dass Gwiddans Reise so geheim ist, dass nicht einmal der Rat davon weiß.« Elnaths Tonfall stand in krassem Gegensatz zu seinen Worten und ließ keinen Zweifel daran, dass er diese sehr bewusst ausgesprochen hatte. »Wie dumm von mir.«

»Eine Reise?«, hakte Altan sichtlich verstimmt nach. »Wohin? Und wann?«

Lirin sog die Luft scharf durch die Zähne und warf Elnath einen finsteren Blick zu. Doch dieser schien nur auf Albans Frage gewartet zu haben. »Gwiddan hat darauf bestanden, sich persönlich ein Bild von den Angreifern zu machen«, erklärte er. »Ummittelbar nach seiner Rede kam er in die Kuriervogelhöhlen und gab den Befehl, Rhyn zu satteln.«

»Bei den Göttern!« Albans Blick huschte von Lirin zu Elnath und wieder zurück. »Ist das wahr?«

»Leider ja.« Lirin nickte betrübt. »Ich habe versucht, es ihm auszureden, aber dir muss ich wohl nicht sagen, wie halsstarrig unser König sein kann. Wenn er sich etwas in den Kopf gesetzt hat, bringt er es auch zu Ende.«

»Nun, ich kann ihn sogar verstehen«, warf Elnath ein. »Natürlich ist es nicht richtig, dass er sich in Gefahr begibt, wenn er hier gebraucht wird. Aber er hat schwerwiegende Entscheidungen zu treffen und nicht mehr als ein paar unzuverlässige Berichte, auf die er sich stützen kann. Ist es da nicht verständlich, dass er sich selbst ein Bild von der Lage machen will?«

»Nein, das ist es nicht. Es ist unverantwortlich!« Alban schüttelte empört den Kopf. »Was denkt der Junge sich nur? Er ist kein Halbwüchsiger mehr, der so mir nichts, dir nichts zu haarstäubenden Abenteuern aufbrechen kann. Er ist der König!«

»Das sehe ich auch so«, pflichtete Lirin Alban bei. »Glaub mir, ich habe alles versucht, ihn umzustimmen, aber nichts konnte ihn von seinem Vorhaben abbringen.«

»Heißt das, er ist allein unterwegs?« Alban schnappte nach Luft. »Lirin, wie konntest du nur …?«

»Er ist der König«, erwiderte Lirin achselzuckend. »Ich kann ihm raten, aber nicht befehlen. Ich hätte es auch lieber gesehen, wenn Gwiddan Chulain mitgenommen hätte. Er ist der Einzige, der Erfahrung mit den Angreifern hat. Aber Chulain war wie alle anderen zu einem Botenflug unterwegs.«

Alban schwieg lange, dann fragte er: »Wann erwartest du den König zurück?«

»Bei Sonnenaufgang, vielleicht etwas später.«

»Nun gut.« Alban seufzte ergeben und wandte sich zum Gehen. »Es lässt sich ja ohnehin nicht mehr ändern. Wir können nur hoffen und beten, dass ihm nichts geschieht und bis dahin alles ruhig bleibt.«

»Brinnah …?«

»Brinnah!«

»Brinnah, sag doch was. Was ist los? Warum antwortest du nicht? Bist du überhaupt noch da drin?«

Brinnah stöhnte, verschränkte die Arme vor dem Bauch und krümmte sich zusammen. Sie wusste, dass sie Artair antworten musste, ehe dieser vor lauter Sorge damit begann, die Hütte zu zertrümmern, aber sie konnte es nicht. Sie war krank.

Nachdem sie in der Nacht schweißgebadet aufgewacht war, hatte sie keinen Schlaf mehr gefunden. War es zunächst noch der Nachhall des Traums gewesen, der sie daran gehindert hatte, Ruhe zu finden, quälte sie seit dem ersten Morgengrauen eine entsetzliche Übelkeit, die mit schlimmen Magenkrämpfen, Schüttelfrost und Fieberschüben einherhing und es ihr unmöglich machte, auch nur einen einzigen klaren Gedanken an Artair zu senden.

»Brinnah!« Ein Schatten schob sich vor das kleine Fenster, als Artair versuchte, mit einem Auge ins Innere der Hütte zu blicken. »He, Brinnah, ich sehe dich doch. Du liegst auf der Pritsche. Was ist mit dir?«

»Ich ... bin ... krank.« Die drei Worte, nicht mehr als ein Lebenszeichen, zwischen Magenkrämpfen hervorgepresst, gingen fast über Brinnahs Kräfte.

»Krank? O Brinnah, ich bin so froh ... nein, natürlich bin ich nicht froh, dass du krank bist, aber ich dachte schon, du wärst ... du hättest ... also, ich dachte wirklich, du bist ... nicht mehr da!« Artair war völlig durcheinander. In all den Wintern, die er schon mit Brinnah flog, war sie noch nie krank gewesen, und er schien große Mühe damit zu haben, dass dies nun anders war.

»Was ... was hast du denn?«, erkundigte er sich besorgt. »Kann ich dir helfen?«

»Nein!« Brinnah biss die Zähne zusammen und wappnete sich gegen die aufkommende Übelkeit. »Lass mich einfach in Ruhe.«

»Brauchst du etwas?«

»Nein!«

»Soll ich Hilfe holen?«

»Nein!«

»Soll ich ...?

»Barad, Artair! Lass mich einfach in Ruhe.« Brinnah ärgerte sich. Artair hatte es nicht verdient, dass sie ihn so anfuhr, aber sie fühlte sich so elend wie noch nie in ihrem Leben und wollte einfach nur ihre Ruhe haben.

»Gut, dann … dann halte ich hier Wache«, ließ Artair sie kleinlaut wissen. Der Schatten vor dem Fenster verschwand. »Aber sag Bescheid, wenn du Hilfe brauchst.«

Brinnah antwortete nicht. Von Fieber, Schmerzen und Krämpfen gepeinigt, war sie davon überzeugt, hier und jetzt sterben zu müssen.

»Wenn die Not am größten ist, wird sich entscheiden, wer den Kampf um deine Heimat und deine Seele gewinnt …«, hatte der Riesenalp im Traum zu ihr gesagt, und sie fragte sich, ob dies vielleicht ein Hinweis auf die nahende Krankheit gewesen sein mochte, so sterbenselend, wie sie sich fühlte, war sie davon überzeugt, dass keine Not schlimmer sein konnte als die Qualen, die sie an diesem Morgen durchlitt.

Der Morgen verging, ohne dass Brinnah eine Linderung verspürte. Als die Sonne ihren höchsten Stand erreichte, gab es in ihrem Magen nichts mehr, das sie hätte erbrechen können. Die Krämpfe und das Fieber aber wollten nicht weichen. Immer wieder fiel sie in einen kurzen Dämmerschlaf, der ihr keine Erholung brachte.

Der weiße Riesenalp ließ sich nicht blicken, weder in ihren wirren Fieberträumen noch draußen vor der Hütte. In den wenigen klaren Momenten, die Brinnah vergönnt waren, kam sie zu der Überzeugung, dass in dem Traum keine Wahrheit verborgen liegen konnte.

Am späten Nachmittag war ihr Wasservorrat aufgebraucht. Es gab nichts mehr, womit sie ihre trockenen Lippen befeuchten konnte. Im Wald hinter der Hütte entsprang eine Quelle, aber sie war zu schwach, um sich dorthin zu schleppen.

Artair erkundigte sich regelmäßig nach ihrem Befinden. Er schien zu spüren, wie schlecht es ihr ging, gab sich aber mit ihren knappen Antworten zufrieden. Wie alle Nebelelfen besaß auch Brinnah einen ausgeprägten Stolz. Sie wusste, dass sie Hilfe benötigte, hätte es aber nicht ertragen, von einem Fremden in dieser unwürdigen Lage gesehen zu werden. Obwohl Artair mehr und mehr besorgt wirkte, gestattete sie ihm nicht, Hilfe zu holen.

Am Ende war es der Durst, der sie bei Einbruch der Dunkelheit aus der Hütte trieb. Artair gab einen überraschten Laut von sich, als sie die Tür öffnete und gekrümmt ins Freie taumelte.

»Brinnah!«

Brinnah antwortete nicht. Sie fühlte sich so schwach, dass sie sich kaum auf den Beinen halten konnte, doch ihr Körper gierte nach Wasser. Der Gedanke an die nahe Quelle ließ sie ungeachtet der Schmerzen und der Erschöpfung einen Fuß vor den anderen setzen.

»Brinnah, was tust du hier?«, fragte Artair erschrocken. »Es wird bald dunkel, und du …«

»Wasser!« Brinnah schluckte trocken, sank auf alle viere und krümmte sich zusammen. »Wasser«, presste sie noch einmal hervor – dann wurde ihr schwarz vor Augen.

Im Licht der Abendsonne, die sich als glutrote Scheibe dem Horizont zuneigte, erblickte Gwiddan-Sh-e-Nat in der Ferne das dunkle Band der großen Wälder und dahinter die schneebedeckten Gipfel des Ylmazur-Gebirges. Majestätisch, eisig und stumm erhob sich die Bergkette Tausende von Längen über dem Land und rief ihm ins Bewusstsein, wie kurz selbst die Lebensspanne eines Elfen angesichts der zeitlosen Schönheit des Felsmassivs doch war.

Die Berge waren schon dort gewesen, als ihre Ahnen vor Tausenden von Wintern in dem weiten Tal Zuflucht gesucht hatten, und sie würden auch dann noch dort sein, wenn die letzten Elfen das Land verließen. Vielleicht würden danach andere Bewohner kommen und gehen und danach wiederum andere. Sie alle würden die Berge so sehen, wie er sie in diesem Augenblick sah. Unerschütterlich und unzerstörbar – ein Stück der Ewigkeit.

Niemand hatte sie je bezwungen, und niemand wusste, was dahinterlag, auch wenn die Legenden von einem weiten Ozean berichteten, dessen schäumende Wellen sich an endlosen Stränden aus weißem Sand brachen. Die große Muschel im Thronsaal, die ein mutiger Kurierreiter der Legende nach dem Elfenkönig einst zum Geschenk gemacht hatte, schien das Rauschen eingefangen zu haben. Niemand vermochte mit Gewissheit zu sagen, wie viel Wahrheit in der Legende des mutigen Reiters lag, denn keiner von denen, die sich aufgemacht hatten, das Meer zu suchen, war jemals zurückgekehrt. Es war eine schöne, aber auch todbringende Legende, deren letztes Opfer Niethel-Sh-e-Nat gewesen war, der ältere Bruder von Gwiddans Vater Lotheron-Sh-e-Nat. Er hätte den Thron besteigen sollen, doch er hatte das Abenteuer gewählt und dafür mit seinem Leben bezahlt.

Vergeblich hatte Gwiddans Großvater viele Winter auf die Heimkehr seines Sohnes gehofft, ehe er seinen Zweitgeborenen zum König ernannte. Lotheron selbst war darüber nicht glücklich gewesen. Er hatte seinem Bruder sehr nahegestanden und lange um ihn getrauert. Als er zum König ernannt worden war, hatte er ein Gesetz erlassen, das es jedem Kurierreiter verbot, die Grenzen des Landes zu überschreiten. Seit dieser Zeit hatte es niemand mehr gewagt, die gefährliche Reise anzutreten, aber Gwiddan wusste, dass die Muschel im Thronsaal auch weiterhin die Phantasie der jungen Kurierreiter beflügelte.

Wie es von einem Thronfolger erwartet wurde, hatte Gwiddan schon früh eine Ausbildung zum Riesenalpreiter erhalten und war die Verbindung mit einem Riesenalp eingegangen. Rhyn war ein prächtiger Vogel, und obwohl die Pflichten am Hofe Gwiddans nur wenig Zeit für gemeinsame

Flüge ließen, tat dies ihrer Verbundenheit keinen Abbruch. Dies alles kam dem König nun zugute. Rhyn war ausgeruht und voller Tatendrang und freute sich, seinen Teil zur Rettung des Landes beitragen zu können. Mit kräftigem Flügelschlag trug er den Elfenkönig über das Land, wie damals, als es für Gwiddan noch keine Pflichten und kein strenges Protokoll gegeben hatte. Der junge König genoss den Flug und das Gefühl der Freiheit, das dieser trotz des ernsten Anlasses mit sich brachte.

Rhyn kannte sein Ziel und bewegte sich sicher darauf zu, denn er war in Gedanken mit den Riesenalpen verbunden, deren Reiter das feindliche Heer beobachteten.

Was die Späher zu berichten wussten, war mehr als beunruhigend. Entweder bewegte sich das Heer viel schneller, als es ihm möglich sein könnte, oder es war weitaus größer als bisher angenommen. Nachdem es in die Wälder eingedrungen war, waren die Beobachter davon ausgegangen, dass es mindestens zwei Sonnenläufe dauern würde, bis es das Grasland erreichte, doch schon bei Sonnenaufgang hatten die ersten Krieger den Wald wieder verlassen. Inzwischen hatte sich eine gewaltige Anzahl von Kriegern nördlich der Wälder versammelt, und immer noch kamen weitere hinzu.

Berichte wie diese waren es gewesen, die Gwiddan zu dem spontanen Flug bewogen hatten. Er wollte die Eberkrieger mit eigenen Augen sehen und sich davon überzeugen, wie groß das Heer wirklich war. Wie sollte er die Verteidigung planen, wenn er nicht wusste, mit wem er es zu tun hatte?

Der Gefahr, in die er sich begab, war er sich ebenso bewusst wie der Tatsache, dass er im Rat damit auf wenig Gegenliebe stoßen würde. Beides kümmerte ihn wenig. Er war überzeugt, das Richtige zu tun. Außerdem hatte er nicht vor, lange fortzubleiben. Sobald er sich ein Bild gemacht hatte, würde er zum Palast zurückkehren und schon am Morgen seinen Pflichten wieder nachkommen.

»Wir sind da!« Rhyns Stimme unterbrach Gwiddan in seinen Gedanken. Er richtete sich im Sattel ein wenig auf, spähte voraus und sah – nichts. Im schwindenden Licht der Dämmerung blickte er von oben auf eine einheitlich graue Nebelschicht herab, die in der kühlen und windstillen Luft über dem von der Sonne erwärmten Boden aufstieg.

Gwiddan ballte die Fäuste und fluchte leise. Sollte alles vergebens gewesen sein? »Was sagen die Riesenalpe der Späher?«, sandte er einen Gedanken an Rhyn. »Gibt es irgendwo eine Stelle, an der man etwas sehen kann?« Es wäre dem König ein Leichtes gewesen, die Späher selbst mittels Gedankensprache zu fragen, aber diese wussten nicht, dass er eigens zu einem Erkundungsflug aufgebrochen war, und sollten es auch nicht erfahren. Vor dem Abflug hatte er sich daher mit Rhyn darauf verständigt, dass er sich so verhalten sollte, als wäre er allein unterwegs, um für seinen Reiter, den König, weitere Informationen über das feindliche Heer zu sammeln. Diesen Eindruck galt es nun aufrechtzuhalten.

»Sie sagen, es sei alles grau«, gab Rhyn kurz darauf zur Antwort. »Und jetzt?«

»Wir warten.« Nach allem, was er auf sich genommen hatte, war Gwiddan nicht bereit zurückzufliegen, ohne eigene Erkenntnisse zu sammeln »Flieg ein paar weite Kreise. Vielleicht senkt sich der Nebel, und wir können doch noch etwas sehen.«

Gwiddans Geduld wurde auf eine harte Probe gestellt, am Ende aber belohnt. Gerade als er Rhyn den Befehl geben wollte, zum Palast zurückzufliegen, lichtete sich der Nebel ein wenig und erlaubte ihm im Licht der Monde To und Yu einen Ausblick über die Ebene.

Was er sah, war beeindruckend und Furcht einflößend zugleich. Zunächst waren es nur wenige Lagerfeuer, deren Schein den Nebel durchdrang, aber schon bald kamen immer neue hinzu, und ehe Gwiddan sich versah, kreiste Rhyn über dem gewaltigsten Heerlager, welches das friedliche Land jemals gesehen hatte. Es erstreckte sich vom Waldrand bis weit in die Ebene hinein und drängte sich mit seinen östlichen Ausläufern an den Yunktun. Gwiddan traute seinen Augen nicht. Er hatte gewusst, dass er ein großes Heer vorfinden würde, nicht aber, dass es derart gewaltig war.

»Das sind ganz schön viele«, bemerkte Rhyn nüchtern.

»Es ist unglaublich.« Gwiddan rang die aufkommende Hoffnungslosigkeit nieder, die ihn angesichts der schieren Übermacht zu überwältigen drohte. Im Mondlicht waren die lagernden Krieger nicht mehr als dunkle Punkte, die sich um die Feuer scharten, aber selbst bei dem spärlichen Licht war gut zu erkennen, dass es sich bei jedem Einzelnen von ihnen um einen wahren Hünen handelte.

Im Mondschein sah Gwiddan Hunderte von Waffen und Schilden aufblitzen, und der Gedanke, dass dies nur ein Bruchteil der mitgeführten Gerätschaften war, ließ eine düstere Vorahnung in ihm aufsteigen. Was konnte sein Volk gegen einen so übermächtigen Gegner ausrichten? Ohne Kampferfahrung und ausreichend Waffen erschien ihm der geplante Feldzug von vornherein zum Scheitern verurteilt. Ein verzweifelter Versuch, das Unabwendbare aufzuhalten, der sein Volk geradewegs in den Untergang führen würde.

»Ihr seid nicht allein«, bemerkte Rhyn auf die ruhige, besonnene Art, die Gwiddan so sehr an ihm schätzte. »Meine Brüder und Schwestern werden euch zur Seite stehen. Aus der Luft können wir Schaden anrichten, ohne selbst in Gefahr zu geraten. Wir können ihre Reihen lichten und die Formationen auflösen, damit das Elfenheer es nicht mit einer geschlossenen Phalanx, sondern mit einem versprengten Haufen zu tun hat. Mit brennendem Öl können wir sie direkt angreifen oder sie mit Felsen von oben zermalmen, ehe sie auch nur einen Schuss abgeben können.«

»Danke fürs Mutmachen, mein Freund.« Gwiddan seufzte. Seine heimliche Hoffnung, dass die Berichte von Warti, Nam, Brinnah und Chulain sich als übertrieben herausstellen würden, hatte sich nicht erfüllt. Er war aufgebrochen, um Gewissheit zu bekommen, und was er herausgefunden hatte, hatte seine schlimmsten Befürchtungen bei Weitem übertroffen.

Obwohl die Eberkrieger für ihn in der Dunkelheit nicht mehr waren als konturlose Gestalten, spürte er instinktiv, dass der bevorstehende Kampf alles in den Schatten stellen würde, was in den Geschichtsbüchern über die Kriege der Alten aufgezeichnet war. Dem Volk der Nebelelfen stand einer dieser bedeutenden Augenblicke bevor, in denen die Wege des Schicksals neu geschrieben werden und allein die Götter wissen, wer überleben wird oder dem Untergang geweiht ist.

Ein letztes Mal ließ Gwiddan den Blick über das Heer schweifen. Dann gab er Rhyn den Befehl, zum Palast zurückzukehren, während in seinem Kopf bereits neue Pläne für den beginnenden Feldzug heranreiften.

Unschlüssig, was er tun sollte, blickte Artair auf die schlafende Brinnah herab. Nachdem sie zusammengebrochen war, hatte er sie vorsichtig mit dem Schnabel an der Kleidung gepackt, sie auf das weiche Nadelbett unter den Kristalltannen gezogen und mit seinem Gefieder gewärmt.

Verzweifelt hatte er gehofft, dass sie wieder zu sich kommen würde. Aber die Nacht schritt voran, und sie hatte sich seither nicht mehr gerührt.

»Wasser, Wasser!«, waren ihre letzten Worte gewesen. Ein untrügliches Zeichen dafür, dass es der Durst gewesen sein musste, der sie Fieber und Schwäche zum Trotz aus der Hütte getrieben hatte. Artair wünschte, er hätte einen Wasserschlauch, aber die Kurierreiter führten immer nur einen mit sich, und den musste Brinnah bereits geleert haben. Hinter sich im Wald hörte er das verführerische Plätschern einer Quelle, aber die Bäume standen zu dicht, als dass er seinen massigen Körper hätte hindurchzwängen können.

Artair seufzte und tastete mit seinen feinen Sinnen nach Brinnahs Bewusstsein, das sich immer weiter von ihm zu entfernen schien. Die einzige Möglichkeit, Hilfe zu holen, lag in einem Notruf, den er mittels Gedankensprache an seine Brüder und Schwestern übermittelte. Mehrfach hatte er sich vorgenommen, einen solchen auszusenden, dann aber gezögert, weil Brinnah es ihm strengstens verboten hatte.

Aber sie stirbt, wenn ich es nicht tue ...

Der Gedanke jagte Artair einen eisigen Schrecken durch die Glieder. Er konnte doch nicht tatenlos zusehen, wie Brinnah starb ...

»Hilfe! Hört mich jemand?« Erst zögernd, dann immer dringender sandte er den Gedanken in die Nacht hinaus. »Brinnah ist schwer verletzt. Sie stirbt! Wir brauchen dringend Hilfe.«

»Ein Hilferuf?« Gwiddan war so tief in Gedanken versunken, dass er Rhyns Worte zunächst nicht wahrgenommen hatte. »Woher? Was ist geschehen?«

»Ganz in der Nähe, in einer der Rasthütten«, gab Rhyn zur Antwort. »Eine Kurierreiterin. Sie liegt besinnungslos neben ihrem Riesenalp am Boden und droht zu verdursten.«

»Ist sie verletzt?«

»Nein, aber schwer erkrankt.«

»Sind noch andere Riesenalpe in der Nähe?«, wollte Gwiddan wissen.

»Nicht so nahe wie wir.« Rhyn schien zu ahnen, was Gwiddan bewegte, denn er fügte hinzu: »Keine Sorge, wir werden nicht viel Zeit verlieren.«

»Und selbst wenn ...« Gwiddan ließ den Satz unvollendet und fuhr fort: »Verlorene Zeit lässt sich wieder aufholen, ein

Leben hingegen ist für immer eingebüßt. Richte dem Riesenalp aus, dass wir kommen.«

Wenig später erreichten sie die Stelle, die der Riesenalp ihnen gewiesen hatte. Während Rhyn den Schwung der Landung geschickt abfing, griff Gwiddan nach seinem Wasserschlauch, löste die Gurte und eilte, kaum dass Rhyn zum Stehen gekommen war, zu der reglosen Gestalt, die an der Seite ihres Riesenalps auf dem Boden lag.

»Bei den Göttern, das ist ja Brinnah!« Besorgt beugte Gwiddan sich über die Kurierreiterin und legte ihr die Hand auf die Stirn. »Sie hat hohes Fieber«, stellte er fest, öffnete seinen Wasserschlauch, hob Brinnahs Kopf vorsichtig an und versuchte, ihr etwas Wasser einzuflößen. Als sie nicht schluckte, versetzte er ihr mit der flachen Hand ein paar sanfte Schläge gegen die Wange, um sie zu wecken. »Trink!«, forderte er sie auf. »Bitte trink.« Nichts geschah; das Wasser rann Brinnah aus den Mundwinkeln. Gwiddan presste die Lippen aufeinander und schlug etwas heftiger zu. Brinnah stöhnte im Schlaf. Ihre trockenen Lippen rissen ein und bluteten. Es war nur ein schwaches Geräusch wie aus weiter Ferne, aber ein Zeichen von Leben.

»Trink!« Gwiddan versuchte es noch einmal, und diesmal hatte er Erfolg. Zunächst mit kleinen, vorsichtigen Schlucken, dann immer gieriger begann Brinnah zu trinken, ohne jedoch aufzuwachen.

Als sie sich verschluckte und husten musste, nahm Gwiddan den Wasserschlauch fort. »Was ist mit ihr?«, richtete er eine Frage an Artair.

»Ich weiß es nicht«, gab dieser ehrlich Auskunft. »Als ich heute Morgen erwachte und sie nicht erreichen konnte, habe ich mir Sorgen gemacht. Es ging ihr furchtbar schlecht, aber sie wollte nicht, dass ich Hilfe hole. Gegen Abend kam sie dann taumelnd aus der Hütte. Ich glaube, sie hatte großen Durst. Aber sie war zu schwach und konnte die Quelle im Wald nicht erreichen. Sie ist einfach ohnmächtig geworden. Eine Weile habe ich bei ihr gewacht und sie gewärmt, dann habe ich um Hilfe gerufen.«

Gwiddan nickte. »Sie muss sofort in den Palast zu den Heilerinnen«, sagte er bestimmt. »Flieg du voraus, ich nehme sie mit.« Er erhob sich, schulterte den Wasserschlauch und nahm Brinnah vorsichtig auf die Arme.

»Wird sie wieder gesund?«, fragte Artair vorsichtig.

»Das wissen allein die Heilerinnen«, erwiderte Gwiddan. »Sie ist halb verdurstet. Sieht ganz so aus, als sei sie vergiftet worden.«

»Vergiftet?« Artair wirkte entsetzt. »Aber wer …?«

»Das kann ich nicht sagen.« Gwiddan war mit Brinnah schon auf dem Weg zu Rhyn, der den Flügel ausstreckte, damit er aufsitzen konnte. »Sobald sie erwacht, werden wir mehr wissen.«

5

Einen Sonnenlauf später als geplant zog das Heer der Nebelelfen vom Palast aus nach Norden, um sich dem übermächtigen Feind im Grasland entgegenzustellen. Es war das größte Heer, das jemals die Vorberge durchquert hatte, aber weder die prächtigen Banner des Hauses Nat, die wie ein Zeichen des unbeugsamen Willens an der Spitze des Zuges im Wind wehten, noch das blank polierte Metall Hunderter Schilde, die im Licht der Sonne glänzten, konnten darüber hinwegtäuschen, dass mehr als die Hälfte des Aufgebots aus unerfahrenen Freiwilligen bestand, die mit kaum mehr als dem Mut der Verzweiflung in die Schlacht zogen.

Gwiddan führte das Heer hoch zu Ross an. Sein helles Haar fiel offen über den dunklen, mit weißem Fell besetzten

Reiseumhang, den er zum Schutz gegen das kühle Wetter angelegt hatte. Ihm folgten dichtauf die Mitglieder des Rates, von denen nur der alte Alban im Palast zurückgeblieben war, um den Nachschub an Waffen und Proviant für das Heer sicherzustellen. Sie alle trugen glänzende Rüstungen, in denen sie wie unbesiegbare Helden wirkten. Es war ein prächtiger, wenn auch trügerischer Anblick, aber durchaus dazu angetan, den zumeist nur notdürftig im Umgang mit Waffen ausgebildeten Elfen auf dem Weg in ihr ungewisses Schicksal Mut zu machen.

Hinter den Ratsmitgliedern ritten die Angehörigen der königlichen Garde und die Palastwache in ihren farbenprächtigen Uniformen. Ihre langen, mit bunten Wimpeln geschmückten Lanzen ragten wie ein undurchdringlicher Wald in den Himmel, während die kunstvollen Verzierungen der Uniformen im Sonnenlicht blitzen und blinkten.

Den Berittenen folgte zu Fuß das Heer der Freiwilligen, mehr als viertausend Speere stark, schlecht ausgerüstet und einem ungeordneten Haufen gleich, aber mit entschlossenen Mienen und dem eisernen Willen, Heimat und Familie vor den Eindringlingen zu schützen.

Am Ende des langen Heerwurms befand sich der Wagentross mit Vorräten, Waffen, Werkzeugen und allem, was sonst noch für den Feldzug benötigt wurde. Die großen hölzernen Speichenräder holperten über die unbefestigten Straßen und ließen die Wagen wie bockende Pferde erscheinen. Die Elfen, die neben den Wagen hergingen und die Pferde am Zügel führten, hatte große Mühe, diese ruhig zu halten, und jene, die zwischen Kisten und Fässern einen Platz auf der Ladefläche hatten erhaschen können, verließen diesen schon bald und schlossen sich freiwillig dem Fußvolk an.

Als die Sonne den höchsten Stand erreichte, gönnte Gwiddan den Männern eine kurze Rast. In der kurzen Ansprache, die er unmittelbar vor dem Aufbruch an die Elfen gerichtet hatte, hatte er die gebotene Eile betont, nichts beschönigt und allen mit klaren Worten einen Ausblick auf das gegeben, was die Elfen erwartete. So beschwerte sich niemand, als er schon bald wieder zum Aufbruch drängte, und es dauerte nicht lange, bis sich das Heer erneut in Bewegung setzte.

Nebelelfen waren von Natur aus ausdauernd und benötigten nur wenig Schlaf, dennoch waren die meisten erschöpft, als die Nacht hereinbrach, und sehnten eine Rast herbei. Über den Vorbergen hatte sich in der feuchten Luft Nebel gebildet, der sich mit Einsetzen der Dämmerung allmählich zu einer grauen Düsternis verdichtete, die es den Ratsmitgliedern an der Spitze unmöglich machte zu erkennen, ob das Heer noch beisammen war. Obwohl berittene Krieger der Palastwache unermüdlich am Heer entlangpatrouillierten und dem König mittels Gedankensprache meldeten, dass es seine geschlossene Formation noch nicht verloren hatte, gab Gwiddan schließlich den Befehl, vorzeitig das Nachtlager aufzuschlagen.

In einer Welt aus Licht und Schatten, in der Träume zur Wirklichkeit wurden und die Wirklichkeit wie ein Traum erschien, trieb Brinnah dahin. Nicht schlafend, aber auch nicht wach. Die Zeit hatte ihre Bedeutung verloren.

Manchmal, wenn das Erwachen nahe war, spürte sie die Decken, die ihren Körper umhüllten, und das Bett, auf dem sie lag. Dann hörte sie Stimmen und sah ein Licht ganz in der Nähe, dessen warmer Schein ihre Umgebung im Wechsel mit samtener Dunkelheit erfüllte. Sobald sie jedoch versuchte, die Eindrücke festzuhalten, glitt sie zurück in die Welt des Vergessens, wo Bilder bedeutungslos an ihrem geistigen Auge vorüberzogen.

Bilder von Freunden, die sie verloren hatte, von ihren Eltern, von Riesenalpen, von Orten, an denen sie gewesen war, und solchen, die sie nie gesehen hatte und allein aus Beschreibungen anderer kannte. Doch obwohl es zumeist Bilder aus ihrem Leben waren, stand sie diesen so distanziert gegenüber, als gehörten sie zu einem Fremden.

Manchmal erhielt sie Nahrung. Wasser oder eine dünne Suppe, die sie gehorsam schluckte, weil ihr Körper danach verlangte. Man sprach mit ihr, und sie lauschte, ohne die Worte zu verstehen, ehe ihr die Wirklichkeit wieder entglitt und das Spiel von Neuem begann.

Es war der weiße Riesenalp, der den Kreislauf durchbrach. *Irgendwann fand sich Brinnah im Eingang der Höhle am Ende des gewaltigen Eisstroms wieder und blickte erneut in die Dunkelheit, wo sich der geisterhafte Schemen des Riesenalps auf sie zubewegte. Wie schon bei ihrer ersten Begegnung wich sie auch diesmal furchtsam zurück, doch anders als damals sprach der Riesenalp nicht zu ihr. Schweigend kam er näher und näher, die Schwingen leicht gespreizt, den riesigen Kopf drohend erhoben.*

Panik erfasste Brinnah. Sie wollte etwas sagen, aber die Worte versteckten sich, und als sie den Mund öffnete, kam ihr kein Laut über die Lippen. Den Blick fest auf den Riesenalp gerichtet, wich sie noch weiter zurück, Schritt um Schritt, bis ihr Fuß jäh ins Leere trat. Ein gellender Schrei löste sich aus ihrer Kehle, als sie den Halt verlor, nach hinten kippte und mit rasender Geschwindigkeit auf den Eisstrom zustürzte, während der weiße Riesenalp wie ein Bote des Todes vor dem finsteren Höhleneingang thronte und ihren Sturz mit ausdrucksloser Miene beobachtete …

Als Brinnah erwachte, war von dem Dämmerschlaf, der sie so lange gefangen gehalten hatte, nichts mehr zu spüren. Sie wusste sogleich, wo sie war, und erkannte auch das Gesicht der jungen Heilerin wieder, die an ihrem Krankenlager gewacht hatte und leise etwas von einem Wunder murmelte.

Zum ersten Mal seit Langem bekam Brinnah feste Nahrung zu essen. Die Heilerin brachte ihr Wasser, damit sie sich waschen konnte, und frische Kleidung, erlaubte es ihr aber nicht aufzustehen. Dann verließ sie den Raum, um Ennaiel von Brinnahs wundersamer Genesung zu berichten.

Es überraschte Brinnah nicht, von Ennaiel zu hören, dass sie sehr krank gewesen war. Artair hatte Hilfe gerufen, weil er sich große Sorgen um sie gemacht hatte. Ein anderer Kurierreiter hatte sie schließlich gefunden und zum Palast gebracht, wo sie mehr als drei Sonnenläufe mit dem Tod gerungen hatte.

»Manch einer hatte dich schon aufgegeben«, wusste Ennaiel zu berichten. »Dass es nicht so weit kam, ist der jungen Heilerin zu verdanken, die vorhin hier war. Sie hat sich unermüdlich um dich gekümmert. Obwohl es fast unmöglich war, gab sie dir Wasser zu trinken und versuchte, dir etwas Brühe einzuflößen, damit du wieder zu Kräften kommst.« Sie lächelte. »Dein Leben stand auf Messers Schneide. Ich wage nicht daran zu denken, wie es ohne ihre Fürsorge ausgegangen wäre.«

Brinnah schaute sich suchend um. »Wo ist sie jetzt?«

»Sie schläft vermutlich.« Ennaiel lächelte. »Die Arme hat in den vergangenen Sonnenläufen kaum ein Auge zugetan. Sie hat sich ihren Schlaf redlich verdient.«

»Wo sind Ferwyned, Warti und Nam?«, wollte Brinnah wissen, die sich erinnerte, dass die drei auch von den Heilerinnen gepflegt wurden.

»Warti und Nam sind in einem Nebenzimmer. Sie wissen noch nicht, dass du wieder bei Bewusstsein bist, denn ich fürchte, dass sie dich sofort besuchen wollen.«

»Und Ferwyned?« Brinnah war nicht entgangen, dass die Priesterin ihre Frage nicht vollständig beantwortet hatte.

»Er ... ist am Morgen mit dem Heer ausgezogen.« Ennaiel senkte die Stimme. »Er wollte hierbleiben, aber sie brauchen jeden Elf, der einen Riesenalp reiten kann.‹ Sie seufzte betrübt. »Es tut mir leid, dass ich keine bessere Nachricht für dich habe.«

»Das Heer ist fort?« Ruckartig fuhr Brinnah auf. »So lange schon?« Sie blickte Ennaiel mit einer Mischung aus Enttäuschung und Verzagtheit an. »Aber ich wollte mitgehen.«

Die Priesterin schüttelte den Kopf. »In deinem Zustand gehst du nirgendwohin«, sagte sie bestimmt. »Du bist noch viel zu schwach.«

»Aber ich will meiner Heimat die …«

»Du hast deiner Heimat bereits unschätzbare Dienste erwiesen und kannst ihr wieder dienen, wenn du zu Kräften gekommen bist.« Ennaiels Tonfall duldete keine Widerrede. »Zuvor aber müssen wir herausfinden, woher die Krankheit rührt.«

Brinnah seufzte und ließ sich in die Kissen zurücksinken. Tief in sich spürte sie, dass Ennaiel recht hatte. Ihr Körper war geschwächt. Das Aufrichten hatte sie viel Mühe gekostet, und sie war sich nicht mal sicher, ob ihre Beine sie überhaupt tragen würden. »Ist … ist Artair auch mit dem Heer geflogen?«, fragte sie auf eine Weise, die deutlich machte, dass sie die Antwort fürchtete.

»Nein!« Ennaiel schüttelte lächelnd den Kopf. »Er ist im Palast zurückgeblieben, um wichtige Botenflüge zu erledigen.« Sie verstummte und schaute nachdenklich Brinnah an. »Aber nun zu dir. Kannst du dich noch daran erinnern, was in der Hütte geschehen ist?«

»Ich weiß nur, dass mir mitten in der Nacht übel wurde.« Brinnah überlief es eiskalt, als sie sich daran erinnerte. »Ich konnte nicht aufstehen. Ich lag einfach nur da und wartete, dass die Schmerzen, das Fieber und die Übelkeit vorübergehen würden. Dann hatte ich kein Wasser mehr. Der Durst wurde unerträglich, und ich habe mich aus der Hütte geschleppt. Danach weiß ich nichts mehr.«

»Erinnerst du dich noch, was du am Abend zuvor gegessen hast?«, erkundigte sich Ennaiel.

»Ist das so wichtig?«

»O ja.« Ennaiel nickte. »Was glaubst du wohl, warum du hier ganz allein bist?«

»Weil alle mit dem Heer ausgezogen sind?«

»Nein.« Die Priesterin schmunzelte. »Du bist allein, weil wir Sorge hatten, dass du eine ansteckende Krankheit haben könntest. Nicht auszudenken, wenn die Hälfte des Heeres in dieser Lage das gleiche Schicksal ereilen würde.«

»Oh.« Brinnah machte ein betroffenes Gesicht. Daran, dass sie andere anstecken könnte, hatte sie noch gar nicht gedacht.

»Keine Sorge, ich denke, eine ansteckende Krankheit können wir inzwischen ausschließen«, hörte sie Ennaiel sagen. »Weder die Heilerin noch der Riesenalpreiter, der dich hierher brachte, klagen über irgendwelche Beschwerden. Ich vermute vielmehr, dass du etwas Unverträgliches gegessen hast.«

»Die Teigtaschen!« Brinnahs Miene hellte sich auf, als ihr einfiel, was sie an dem besagten Abend gegessen hatte. »Die Elfen aus dem Grasland gaben mir gefüllte Teigtaschen mit auf den Weg, die ich vor dem Schlafengehen gegessen habe.«

»Schmeckten sie ungewöhnlich?«

»Nein.« Brinnah schüttelte den Kopf.

»Weißt du denn noch, womit sie gefüllt waren?«, erkundigte sich Ennaiel.

»Mit gekochtem Gemüse.« Brinnah überlegte. »Wurzeln, Bohnen und Pilzen.«

»Pilze?« Ennaiel horchte auf. »Das könnte passen.«

»Heißt das, die Pilze waren giftig?«

»Gut möglich.« Ennaiel nickte. »Es ist natürlich zu lange her, um das mit Gewissheit sagen zu können, aber das Krankheitsbild und der Verlauf würden zu einer Vergiftung mit dem grünen Morgentau passen. Er sieht dem grünen Grasschwamm zum Verwechseln ähnlich und wurde schon so manchem Elf im Grasland zum Verhängnis.« Sie sah Brinnah ernst an. »Wenn das wahr ist, solltest du den Göttern danken. Die meisten Vergiftungen mit dem grünen Morgentau enden tödlich.«

»Ich sollte auch denen danken, die mich gerettet haben«, erwiderte Brinnah. »Artair, weil er mein Verbot missachtet hat, der Heilerin, die ungeachtet ihrer eigenen Gesundheit für mich gesorgt hat, und auch dem Riesenalpreiter, der mich zum Palast gebracht hat. Weißt du, wer es war?«

»Nein!« Die Antwort kam eine Spur zu schnell, um glaubwürdig zu klingen. Brinnah spürte, dass die Priesterin mehr wusste, als sie zugeben wollte, fragte aber nicht weiter nach. Wenn Ennaiel es ihr nicht sagen wollte, konnte sie immer noch Artair fragen.

Viel wichtiger als der Dank war es, wieder zu Kräften zu kommen und dem Heer nachzureisen. Auf keinen Fall wollte sie mit den Kindern, Alten und Kranken im sicheren Palast ausharren, während alle anderen im Grasland ihr Leben für die Freiheit der Nebelelfen aufs Spiel setzten.

Ferwyned saß mit einigen andern Kurierreitern um ein kleines Feuer, streckte die Hände den wärmenden Flammen entgegen und verzehrte eine kalte Mahlzeit aus Brot, Käse und einer Handvoll getrockneter Früchte. Die meisten Kurierreiter waren mit ihren Riesenalpen im Palast zurückgeblieben, um von dort weitere Pfeile und Speere aus Sternenebulit zum Heer zu bringen, ehe die Schlacht begann. Wer von den Kurierreitern das Heer begleitete, war entweder zu jung, um einen eigenen Riesenalp zu fliegen, zu alt oder … verkrüppelt.

Der Elf erschauerte. In den ersten Sonnenläufen seiner

Genesung hatte er zunächst nicht bemerkt, welch dramatische Folgen der Rettungsversuch bei den Sternenebulitminen für ihn hatte. Mit jedem Morgen hatte er sich kräftiger gefühlt und zum Glück auch körperlich keine ernsten Verletzungen davongetragen. Erst als er Brinnah eine Nachricht hatte schicken wollen, die mit Artair zu einem Botenflug ins Grasland aufgebrochen war, und diese ihm auch nach dem achten Versuch nicht geantwortet hatte, hatte er bemerkt, dass mit ihm etwas nicht stimmte. Er hatte es zunächst nicht wahrhaben wollen, hatte nach einigen weiteren vergeblichen Versuchen aber einsehen müssen, dass er den wichtigsten seiner Sinne verloren hatte. Einen Sinn, der jedem Nebelelf angeboren war, den aber vor allem Kurierreiter perfekt beherrschen mussten, um mit den großen Riesenalpen zu fliegen – die Fähigkeit der Gedankensprache. Obwohl er kein Kurierreiter mehr war, wog der Verlust für ihn fast noch schwerer als eine plötzliche Blindheit, und zum ersten Mal in seinem langen Leben erkannte er, welch unschätzbarer Wert der Gabe zu eigen war, die er – wie alle anderen Elfen auch – stets als selbstverständlich erachtet hatte. Ganz gleich, ob er mit einem Elf oder einem Riesenalp in Kontakt treten wollte, er konnte weder etwas hören noch eine Botschaft übermitteln. Bisher hatte er es noch niemandem gesagt, und zum Glück hatte es auch keiner bemerkt, aber Ferwyned wusste, dass er es nicht ewig würde geheim halten können. Spätestens wenn man ihm einen Riesenalp zuteilte, würde er die Wahrheit sagen müssen. Bis dahin klammerte er sich weiter an die Hoffnung, dass es sich nur um eine vorübergehende Schwäche handelte, die mit der Zeit ihre Bedeutung verlor.

»Brinnah ist wieder zu sich gekommen.« Chulain, der mit Munya dem Heer als Späher vorausflog, tauchte wie aus dem Nichts aus dem immer dichter werdenden Nebel auf und setzte sich neben Ferwyned. »Sie versucht die ganze

Zeit, dich zu erreichen, aber wie es scheint, hörst du sie nicht.«

»Ich … ich bin von dem langen Marsch sehr erschöpft.« Noch während er das sagte, wusste Ferwyned, dass es eine schwache Ausrede war. »Außerdem spüre ich noch die Nachwirkungen des Giftes, die meine Sinne betäuben. Vermutlich habe ich sie deshalb nicht gehört.«

»Deshalb bat sie mich, dich aufzusuchen.« Chulain legte Ferwyned kameradschaftlich die Hand auf die Schulter. »Ich soll dir ausrichten, dass sie dem Heer folgen wird, sobald die Heilerinnen ihr gestatten, das Lager zu verlassen.«

»Danke!« Ferwyned nickte Chulain zu. »Das ist gut zu wissen. Ich war sehr in Sorge um sie. Weiß man schon, woran sie erkrankt war?«

»Sie sagte, sie habe wohl etwas Falsches gegessen.«

»Dann war es keine ansteckende Krankheit?«

»Nein.«

»Das ist gut.« Ferwyned atmete auf, sagte aber nichts mehr. Schweigend saßen die beiden Freunde noch eine Weile beisammen, starrten in die Flammen und tranken von dem heißen Wein, den einer der jungen Kurierreiter in einem Kessel über dem Feuer erhitzt hatte, um die Kälte aus den Gliedern zu vertreiben.

Nicht nur zwischen ihnen, über dem ganzen Lager lastete an diesem Abend eine bedrückende Stille. Die Aufregung, die vor allem die jungen und ungestümen Elfen beim Aufbruch am Morgen ergriffen hatte, war einer dumpfen Erschöpfung gewichen, und der Nebel tat ein Übriges, die Stimmung zu dämpfen. Wer nicht schlief, hing seinen eigenen Gedanken nach, und nur sehr selten war in der Ferne ein unterdrücktes Lachen oder halblautes Reden zu hören.

»Ich muss gehen.« Chulain hatte ausgetrunken und erhob sich. »Die Nacht ist kurz, und Munya plagt ein ungutes Gefühl.« Er lachte freudlos. »Ist ja auch kein Wunder bei dem Nebel. Wir werden früh aufbrechen und den Weg erkunden.«

»Seid vorsichtig.«

»Keine Sorge. Ich passe auf.« Chulain reichte Ferwyned seinen Becher und fügte hinzu: »Und was deine Sinne angeht, sei unbesorgt, das wird schon wieder.« Dann drehte er sich um und verschwand im Nebel.

In dieser Nacht träumte Brinnah wieder von dem Garten. Wie schon beim ersten Mal sah sie den Spiegel und gelangte an den Brunnen, über dem Tausende winziger Funken einen anmutigen Tanz zu einer lieblichen Melodie aufführten, die keinen Ursprung zu haben schien. Die bezaubernde Blütenpracht und der Frieden, die diesen Ort erfüllten, weckten eine tiefe Sehnsucht in ihr, und sehr viel stärker als beim ersten Mal fühlte sie sich zu diesem Ort hingezogen.

Als sie erwachte, verblieben das Bild des blühenden Gartens und die liebliche Melodie in ihren Gedanken. Die junge Heilerin, die ihr das Morgenmahl brachte, schien zu bemerken, wie aufgewühlt sie war, sagte aber nichts. Brinnah verzehrte die köstlichen Speisen mit großem Appetit. Als sie gegessen hatte, streckte sie sich widerstrebend in ihrem Bett aus. Der Traum hatte nicht nur Sehnsucht in ihr geweckt, sondern ihr auch eine rastlose Unruhe beschert, die sie drängte, das Lager zu verlassen, um dem Heer zu folgen, wie es ihre Bestimmung war.

Meine Bestimmung? Brinnah stutzte. Seit wann wusste sie, was ihre Bestimmung war? Diese kannten allein die Götter. Der Garten mit all seiner Schönheit und dem Frieden, der dort herrschte, wollte so gar nicht mit dem bevorstehenden Krieg zusammenpassen. Aber vielleicht war es auch gerade der Wunsch nach Frieden und dem beschaulichen Leben ihrer Vorfahren, der in ihren Träumen in Form eines Gartens Gestalt annahm. Brinnah lehnte sich zurück, verschränkte die Arme hinter dem Kopf, schloss die Augen und versuchte, nicht weiter auf die Unruhe zu achten, die der Traum ihr beschert hatte, während sie sich noch einmal die efeubewachsene Bank nahe dem Weiher in Erinnerung rief.

Anders als Brinnah fand Ferwyned sich in einer albtraumhaften Welt wieder, als er die Augen aufschlug. Der Nebel hatte sich in der Nacht nicht aufgelöst, er schien sogar noch dichter geworden zu sein. Träge hing er zwischen den flachen Hügeln der Vorberge: ein grauer Schleier, den weder Wärme noch Licht durchdringen konnten und der alle Geräusche verschluckte.

Die Stille im Heerlager war angespannt und beängstigend, wie eine gähnende Leere, die angesichts der vielen Tausend Elfen mehr als unheimlich wirkte. Kein Vogel begrüßte den nahenden Morgen mit seinem Gesang, kein Pferd schnaubte, und nirgends war auch nur ein Laut zu hören, der auf die Nähe der anderen Elfen schließen ließ.

Ferwyned richtete sich auf und schlang sich die klamme Decke fröstelnd um die Schultern. Ein so dichter Nebel war im Herbst nicht ungewöhnlich, aber etwas war anders. Hätte Ferwyned nicht gewusst, dass es unmöglich war, er hätte schwören können, dass der Nebel keines natürlichen Ursprungs war. Er war wie ein lebendes Ding. Ein Feind. Der Nebel schien nicht einfach nur in der Luft zu hängen, er bereitete sich mit düsteren Vorahnungen auch in seinem Kopf aus, während die feuchtkühlen Nebelfinger ihm unheilvoll über die Haut strichen.

»... Munya plagt ein ungutes Gefühl«, hatte Chulain am Abend gesagt, und Ferwyned fragte sich besorgt, ob das Riesenalpweibchen damit vielleicht noch mehr gemeint haben könnte als den Nebel und die bedrückende Stimmung an diesem Morgen.

»Aufstehen, es geht los! Aufstehen!« Aus dem Nebelgrau

tönte die Stimme eines Hauptmanns zu ihm herüber. Die befehlenden Worte hallten körperlos durch die Stille, aber sie brachen den Bann, den der ungewöhnliche Nebel über die rastenden Elfen gelegt hatte, und zogen zahlreiche andere Geräusche nach sich, die das beklemmende Gefühl aus Ferwyneds Herz vertrieben.

Ihm gegenüber, auf der anderen Seite der erkalteten Feuerstelle, regten sich zwei junge Kurierreiter verschlafen unter ihren Decken. Überall wurde nun leise geredet. Waffen und Rüstungen klirrten. Und während ein jeder seine Habe zusammenpackte, erklang an der Spitze des Heereszuges nun das ungeduldige Schnauben und Stampfen der Pferde.

Ferwyned war froh, als sich seine Gruppe endlich in Bewegung setzte. Das Laufen wärmte seine Glieder, und das Beobachten der Unebenheiten auf dem Boden hielt ihn davon ab, weiterhin trübe Gedanken zu pflegen.

Lautlos wie ein Geisterheer bahnte sich der Heerwurm seinen Weg durch feuchtes Gras und das aufgewühlte Erdreich der Vorberge. Einzig die Reiter, die unermüdlich an den Flanken patrouillierten und das Heer durch verhaltene Rufe zum Aufschließen und Zusammenbleiben aufforderten, boten den Marschierenden ein wenig Abwechslung in der geisterhaft anmutenden Landschaft. Ohne ihre Hilfe wären vermutlich ganze Heeresteile im Nebel verloren gegangen, der sich mit zunehmender Helligkeit so weit verdichtete, dass Ferwyned sogar Mühe hatte, den vor ihm gehenden Elf zu erkennen.

Mittag kam und ging vorüber, ohne dass der Elfenkönig dem Heer eine Rast gönnte, aber es gab niemanden, der darüber klagte. Alle wussten, dass sie viel zu langsam vorankamen, und verzehrten ihre Mahlzeit im Gehen.

Ferwyned hörte einen jungen Kurierreiter besorgt fragen, ob sie nicht vielleicht längst vom Weg abgekommen seien. Ohne die Riesenalpe, die bei der schlechten Sicht nicht aufsteigen konnten, war der König bei der Wahl der Richtung allein auf die berittenen Späher angewiesen, und es war fraglich, ob diese die spärlichen Wegmarken im Nebel immer richtig deuteten. Allen Zweifeln zum Trotz gab er sich dem jungen Kurierreiter gegenüber zuversichtlich. Die Lage war schon schwierig genug. Es half niemandem, wenn auch noch die Furcht um sich griff.

So marschierten sie weiter, im Vertrauen auf die Götter und darauf, dass sich das Wetter bald bessern würde.

Die Hoffnung erfüllte sich nicht. Der zähe, undurchdringliche Nebel haftete an ihnen wie ein lebendiges Ding. Er löste sich auch bei Einbuch der Dunkelheit nicht auf und machte es den Heerführern unmöglich, nach einem geeigneten Lagerplatz Ausschau zu halten. Am Ende ließen sich die Elfen einfach an Ort und Stelle nieder, erschöpft und froh, endlich ausruhen zu dürfen.

6

»Giftige Pilze?« Warti schaute Brinnah erstaunt an. »Unfassbar. Wie konnte das geschehen?«

»Sie waren in einer Teigtasche eingebacken, die ich in einem der Dörfer bekommen habe – und sie schmeckten gar nicht mal schlecht.« Brinnah konnte schon wieder Scherze über ihr Missgeschick machen. Sie freute sich, dass Nam und Warti ihr einen Besuch abstatteten. Beide wirkten erholt, und obwohl Warti noch sehr unter dem Verlust seiner Familie und seines Volkes litt, ließ er es sich ihr gegenüber nicht anmerken.

Für Brinnah war der Besuch eine willkommene Abwechslung. Hatte sie sich zunächst über die Ruhe gefreut, die Ennaiels Besuchsverbot ihr bescherte, so hatte sie sich doch schon am zweiten Morgen begonnen zu langweilen. Dazu kam, dass ihre Kräfte nun rasch zurückkehrten. Je weiter sich die Sonne auf ihrer Bahn dem Horizont zugeneigt hatte, desto besser fühlte sie sich. Am liebsten wäre sie aufgestanden, um Artair zu besuchen, aber die Heilerinnen erlaubten es ihr noch nicht.

Immerhin hatten Warti und Nam sie am Abend endlich besuchen dürfen, was Brinnah sehr freute. Inzwischen war es draußen so dunkel geworden, dass man die Bäume vor den Fenstern nicht mehr sehen konnte. »Wie es Ferwyned wohl gerade geht?«, überlegte Brinnah laut.

»Warum fragst du ihn nicht?«, meinte Warti. »Ihr Elfen beherrscht doch die Sprache der Gedanken.«

Brinnah seufzte. »Ich habe schon so oft versucht, ihn zu erreichen, aber wie es scheint, hört er mich nicht.«

»Warum nicht?«

»Chulain glaubt, dass Ferwyned noch unter den Nachwirkungen des Überantwortens leidet. Es meint, ich müsse Geduld haben.«

»Dann hast du mit Chulain gesprochen?« Warti gab sich keine Mühe, seine Neugier zu verbergen.

»Ja, vorhin, ehe ihr gekommen seid.«

»Wo ist das Heer jetzt?« Warti war dankbar für alles, was er über das Heer in Erfahrung bringen konnte. Von allen, die im Palast zurückgeblieben waren, hatte er die größten Verluste zu beklagen. Zu gern hätte er das Heer begleitet, aber der Elfenkönig hatte es ihm nicht gestattet.

»Ich bewundere deinen Mut, Warti«, hatte Gwiddan-She-e-Nat noch unmittelbar vor dem Aufbruch zu ihm gesagt, »und ich verstehe auch deinen Wunsch zu vergelten, was man dir angetan hat. Aber dieser Feldzug ist nicht die rechte Gelegenheit für Rache. Am Ende werden auf beiden Seiten viele Tote zu beklagen sein, und ich würde es mir nie verzeihen, wenn du darunter wärst.« Warti hatte nicht widersprochen und war im Palast geblieben, aber Brinnah wusste, dass er darüber nicht glücklich war.

»Ich vermute, dass sie die Hälfte des Weges bereits hinter sich haben«, sagte sie. »Gewiss haben sie ihr Nachtlager schon in den Vorbergen errichtet.« Sie überlegte kurz und sagte dann: »Ich werde noch einmal versuchen, Ferwyned zu erreichen, vielleicht kann er mich wieder hören.« Sie schloss die Augen und konzentrierte sich, während Nam und Warti sie aufmerksam beobachteten.

»Und?«, fragte Warti gespannt.

»Nichts.« Brinnah schüttelte enttäuscht den Kopf. »Da ist nur so ein Rauschen ...« Sie stutzte. »Augenblick mal!« Sie schloss noch einmal die Augen und riss sie gleich darauf wieder auf. »Barad!«

»Was ist los?« Warti schaute sie aufmerksam an.

»Das Rauschen!« Brinnah hatte große Mühe, ihre Aufregung zu unterdrücken. »Es ist überall. Ich kann weder Ferwyned, Chulain noch andere erreichen, die mit dem Heer ausgezogen sind. Das Rauschen ist zu stark.«

»Vielleicht sind sie schon zu weit entfernt?«, meinte Warti.

»Nein.« Brinnah schüttelte den Kopf. »Die Gedankensprache ist nicht von der Entfernung abhängig. Noch gegen Mittag habe ich mit Chulain gesprochen, da war noch alles in Ordnung. Er hat mir erzählt, dass das Heer von dichtem Nebel eingeschlossen ist und nur sehr langsam vorankommt. Aber die Verbindung war einwandfrei.«

»Neebel?« Nam erbleichte.

»Ja, ein ziemlich dichter Nebel sogar.« Brinnah schaute den Harrdamis verwundert an. »Warum?«

Nam ging nicht auf ihre Frage ein »Oh, verrgiss, oh, oh«, jammerte er mit einem todunglücklichen Gesichtsausdruck. »Nam verrgiss Kööniig sagen ... oh ... oh.« Er schluchzte auf und schlug die Hände vor das Gesicht.

»Beruhige dich, Nam!« Warti legte seinem Freund tröstend den Arm um die Schultern. »Was ist denn los? Was hast du vergessen, dem König zu sagen?«

»Nebel! Nam verrgiss … vergiss Nebel!« Nams Schultern bebten, während er sprach. Er war so außer sich, dass er sich gar nicht beruhigen konnte. »Gurrlinn iimmer angrreife iin Neebel! Oh, bööse Nam. Vergiss Köönig warrnen.«

»Ach, Unsinn.« Warti strich Nam beruhigend über den spärlich behaarten Hinterkopf. »Du hast doch gehört, was Brinnah gesagt hat. So ein Nebel ist hier im Herbst nicht …«

»Er hat recht!«, sagte Brinnah auf eine Weise, als spräche sie mit sich selbst. »Barad, dass ich nicht selbst darauf gekommen bin!«

»Was meinst du?« Warti sah sie fragend an.

»Das Rauschen! Es stammt von den Eberkriegern oder den Magiern. Und jetzt der Nebel …« Brinnah war so aufgeregt, dass die Worte nur so aus ihr hervorsprudelten. »Versteht ihr, was das bedeutet?«

»Nein.« Warti runzelte die Stirn und bedachte Nam, der heftig nickte, mit einem kurzen Seitenblick. »Was?«

»Wenn es stimmt, was Nam sagt, und die Magier den von ihnen geschaffenen Nebel dazu nutzen, um den Angriff der Gurrline unbemerkt vorzubereiten, und wenn es wirklich so ist, dass sie das Rauschen in der Sphäre erzeugen, um zu verhindern, dass Botschaften an den Palast gesendet werden können, dann ist das Heer in allergrößter Gefahr.« Noch während sie sprach, schwang sich Brinnah aus dem Bett und begann sich anzukleiden.

»Was hast du vor?«, fragte Warti voller Unbehagen.

»Na, was wohl? Ich fliege hin und warne sie.« Brinnah stutzte und fügte dann leiser hinzu: »Wenn es dafür nicht schon zu spät ist.«

»Du … du meinst, der Nebel ist … eine Falle?« Allmählich schien auch Warti zu begreifen, wie ernst die Lage war. »Falllee!! Ija.« Nam nickte heftig. »Bööse Falle. Alle diet!« Er fuhr sich mit der Hand in einer eindeutigen Handbewegung an der Kehle entlang und bekräftigte noch einmal: »Diet! Alle!«

»Danke für die Aufmunterung.« Brinnah legte sich den Gürtel mit dem Jagdmesser um und schnitt eine Grimasse. »Ich kann nur hoffen, dass die Krieger wachsam sind. Nach den Plänen des Rates sollten sie erst in zwei Sonnenläufen auf das feindliche Heer stoßen. Es steht also zu befürchten, dass sie sich noch in Sicherheit wähnen und den Nebel nicht ungewöhnlich finden.« Sie schlüpfte in ihre hohen Stiefel aus weichem Leder, griff nach ihrem warmen Umhang, stopfte die Reste des Brotlaibs, der auf dem Tisch lag, in eine der Taschen und nahm einen großen Schluck Wasser.

»Ich komme mit!« Warti wollte zur Tür laufen, um seine Sachen zu holen, aber Brinnah vertrat ihm den Weg. »Kommt nicht infrage, ich fliege allein.«

»Aber …?« Die Enttäuschung auf dem Gesicht des Maars war nicht zu übersehen.

»Kein Aber.« Brinnah ließ sich nicht beirren. »Artair muss schnell fliegen und kann kein zusätzliches Gewicht tragen. Außerdem brauche ich euch hier.«

»Und wozu?« Wartis Tonfall ließ keinen Zweifel an seinem Unmut.

»Sobald ich losgeflogen bin, müsst ihr beide Alban von unserem Verdacht berichten«, erklärte Brinnah. »Lasst euch nicht fortschicken, ehe ihr es ihm gesagt habt. Er wird wissen, was zu tun ist.« Brinnah legte Warti die Hand auf die Schulter, sah ihn an und fragte: »Wirst du das für mich tun? Es ist sehr wichtig.« Warti antwortete nicht sofort. Brinnah konnte spüren, wie aufgewühlt er war. Alles in ihm schrie danach, sich dem Heer anzuschließen. Dass ihm dieser Wunsch erneut verwehrt wurde, war für ihn schwer zu ertragen. Schließlich gab er nach.

»Ja«, sagte er und senkte den Blick. »Du kannst dich auf mich verlassen.«

»Danke.« Brinnah schenkte ihm ein Lächeln und nickte auch Nam aufmunternd zu. »Mach dir keine Vorwürfe,

Nam«, sagte sie. »Es wird alles gut!« Dann drehte sie sich um und machte sich auf den Weg zu den Kuriervogelhöhlen, wo Artair schon auf sie wartete.

»Khoury! Wach auf!«

Nibawh rammte die Fackel in den Boden, packte den jungen Nebelelfen, der schlafend an einen Baum gelehnt saß, unsanft an der Schulter und rüttelte ihn. Als Kommandant des Heeres war es an ihm, die Nachtwachen einzuteilen. Wie schon in der Nacht zuvor hatte er auch diesmal sehr bewusst junge und unerfahrene Elfen dazu ausgewählt, vor allem solche, die versuchten, sich mit vollmundigen Sprüchen über zu erwartende Heldentaten und andere Prahlereien hervorzutun. Sie sollten lernen, was es hieß, Verantwortung zu übernehmen, und gleichzeitig am eigenen Leib erfahren, dass dieser Marsch ins Grasland kein Ausflug war.

Nibawh wusste, dass die jungen Elfen mit dieser Aufgabe hoffnungslos überfordert waren. Bei seinen Kontrollen in der Nacht zuvor hatte er fast alle Wachen schlafend vorgefunden, doch auch das gehörte zu seinem Plan. Zwei Sonnenläufe vom feindlichen Heer entfernt, war es nahezu ausgeschlossen, des Nachts auf einen Feind zu stoßen. Selbst die gefürchteten Quarline zollten einer so großen Anzahl von Nebelelfen erfahrungsgemäß Respekt und würden es nicht wagen, das Heer anzugreifen.

Ein schlafender Posten bedeutete daher keine große Gefahr für das Heer. Für den Posten selbst aber war es eine unangenehme Lehrstunde im Versagen, wenn Nibawh ihn schlafend vorfand.

Kein einziger der Wachtposten, die er und seine Männer in der vergangenen Nacht erwischt hatten, hatte während des darauffolgenden Marsches noch einmal die Stimme erhoben. Ein sicheres Zeichen dafür, dass sie ihre Lektion gelernt hatten.

Nebelelfen waren ein stolzes Volk, immer darauf bedacht, ihr Gesicht zu wahren. Pflichten zu missachten, galt gemeinhin als Schande. Sprach sich ein Versäumnis oder gar ein Versagen herum, konnte der gute Ruf für viele Winter darunter leiden.

»Barad! Khoury, ich rede mit dir. Wach endlich auf!« Nibawh verstärkte seinen Griff noch ein wenig und rüttelte fester. Khourys Kopf pendelte hin und her. Das Kinn war ihm auf die Brust gesunken. Er schien Nibawh weder zu hören noch die Berührung zu spüren. »Khoury!« Nibawhs Stimme nahm einen strengen Tonfall an.

Er nahm die Fackel wieder an sich, um den jungen Elf genauer ansehen zu können, und erstarrte. Ein schwarzer Pfeil hatte Khourys Brust durchbohrt und ihn an den Baum genagelt.

»Bei den Göttern.« Nibawh ließ den Wachposten los und wich entsetzt zurück. Fassungslos starrte er auf das Blut, das den Umhang des jungen Nebelelfen tränkte. Einige Herzschläge verstrichen, ehe Nibawh es wagte, erneut die Hand auszustrecken und den Posten an der Wange zu berühren. Sie war noch warm.

Ein eisiger Schrecken durchzuckte Nibawh, als er erkannte, was das bedeutete. Ruckartig richtete er sich auf, den Blick angstvoll auf den Nebel gerichtet. Sein Herz raste. Ich muss die anderen warnen!, dachte er, während er gleichzeitig versuchte, die aufkommende Panik niederzuringen. Der König. Ich muss zum König! Er wirbelte herum – und hielt mitten in der Bewegung inne. Vor ihm, nicht einmal fünf Schritte entfernt, ragte, noch halb im Nebel verborgen, das furchtbarste Wesen auf, das er jemals gesehen hatte. Ein Monstrum von solch barbarischer Gestalt, dass die Furcht ihn lähmte und ihm die Kehle zuschnürte.

Sie sind hier! Ich muss …

Zwei dumpfe Schläge auf die Brust raubten Nibawh den

Atem. Keuchend krümmte er sich zusammen. Die Fackel entglitt seinen Händen, während er mit einer Mischung aus Unglauben und Entsetzen nach den beiden schwarz gefiederten Schäften tastete, die seine Brust durchbohrt hatten. Er spürte keinen Schmerz, nur eine Schwäche, die wie eine große Müdigkeit nach ihm griff.

Der König. Ich muss den König warnen!

Der Gedanke blitzte kurz hinter seiner Stirn auf. Er öffnete den Mund zu einem Schrei, aber der Eberkrieger war schneller.

Als die zweischneidige Axt Nibawhs Genick durchtrennte, erlosch das Bild vor seinen Augen, und die Welt versank in Finsternis.

»Chulain!«

»Wach auf, Chulain.« Chulain versuchte die Stimme nicht zu beachten, die sich in seine Träume schlich, aber sie ließ nicht locker.

»Wach endlich auf!«

Noch halb im Traum sah Chulain Munya vor sich. Das Riesenalpweibchen hockte auf ihrem Lieblingsplatz in der Höhle der Kuriervögel und blickte ihn aus ihren faustgroßen schwarzen Vogelaugen an. Dann erhob sie sich, packte ihn mit dem Schnabel, schleppte ihn zur Landeplattform und ließ ihn einfach in die Tiefe fallen.

»Was, zum ...!« Erschrocken fuhr Chulain auf und sah sich um. Es war Nacht, und es war neblig. So neblig, dass er Munya nur als dunklen Umriss in dem schwachen Mondlicht erkennen konnte, das durch die grauen Schwaden sickerte. »Barad, Munya. Was fällt dir ein, mich mitten in der Nacht zu wecken?«, knurrte er verschlafen.

»Hier stimmt was nicht. Da draußen ist etwas.«

»Ja, Nebel.« Chulain seufzte, fuhr sich mit den Händen müde über die Augen und wollte gerade noch etwas hinzufügen, als ihn eine Ahnung von Panik, Furcht und Entsetzen streifte. Augenblicklich war er hellwach.

»Hast du das auch gespürt?«, fragte Munya in seinen Gedanken.

»Ja. Wie lange spürst du es schon?«

»Lange genug, um mir Sorgen zu machen.«

»Hast du Geräusche gehört?«, wollte Chulain wissen. »Schreie, Warnrufe, …?«

»Nein. Nichts«, erwiderte Munya. »Aber diese Stille ist nicht normal. Sie ist wie … wie der Tod.«

Chulain lauschte. Wie alle Nebelelfen besaß er hochempfindsame Sinne, konnte an der drückenden Stille, die mit dem nächtlichen Nebel einherging, jedoch nichts Ungewöhnliches feststellen. Dennoch. Er wusste, dass Munyas außergewöhnliches Feingefühl nur selten irrte, und war entschlossen, der Sache nachzugehen. So setzte er sich auf, griff nach seinem Kurzschwert und erhob sich.

Das Lager der Kundschafter lag etwas abseits des Heeres auf einer Hügelkuppe, die den Riesenalpen das Starten am Morgen erleichtern würde. Der Nebel war so dicht, dass Chulain das Heer nicht sehen konnte, aber er spürte die Nähe der vielen Tausend Nebelelfen und wusste, wohin er sich wenden musste.

»Was hast du vor?«, hörte er Munya in Gedanken fragen.

»Ich gehe rüber und sehe nach, was da los ist.«

»Nachsehen?« Munya klang belustigt. »Bei dem Wetter?«

»Der Nebel stört mich nicht. Irgendetwas geht da drüben vor sich. Und ich werde herausfinden, was es ist.« Chulain löste das Jagdmesser vom Gürtel und machte sich daran, den Hügel hinunterzugehen.

»Willst du keine Fackel mitnehmen?«, erkundigte sich Munya.

»Es ist besser, wenn mich niemand sieht.« Chulain hatte

sich nur ein paar Schritte entfernt, aber als er sich umblickte, war Munya schon nicht mehr zu sehen.

»Dann pass auf dich auf!«, sandte das Riesenalpweibchen ihm einen Gedanken nach. Chulain antwortete nicht. Seine ganze Aufmerksamkeit galt dem grauen Einerlei, das die Welt verschlungen zu haben schien. Vorsichtig setzte er einen Fuß vor den anderen, blind tastend und mehr auf seine anderen Sinne vertrauend, als die Augen zu nutzen. Das Ende des Hangs erkannte er daran, dass er nicht mehr bergabgehen musste. Jetzt konnte es nicht mehr weit bis zum Heer sein, das einem Pfad zwischen den Hügeln gefolgt war und dort an Ort und Stelle lagerte.

Je länger er sich durch den Nebel bewegte, desto mehr wurde Chulain sich der Stille bewusst. Diese Stille war unheimlich und bedrohlich und erfüllt von der Ahnung einer drohenden Gefahr, die ihm das Atmen schwer machte.

Was geht …? Chulain stieß mit dem Fuß jäh gegen ein Hindernis und stolperte ein paar Schritte vorwärts. Als er sich umblickte, sah er den Toten. Es war einer der jungen Elfen, die Nibawh schon in der vergangenen Nacht zur Wache eingeteilt hatte. Wie schlafend lag er am Boden, das Kurzschwert noch in der Hand. Seine Kehle war durchtrennt, das feuchte Gras darunter schimmerte ölig.

Chulain keuchte auf. Den Halbwüchsigen tot im Gras liegen zu sehen, überstieg selbst seine schlimmsten Befürchtungen. Mit steifen Gliedern, unfähig, den Blick von dem Grauen abzuwenden, wich er zurück – und wäre fast über den nächsten Toten gestolpert. Diesmal war es eine Elfe; ein schwarzer Pfeil steckte in ihrer Brust, ein weiterer hatte ihren Hals durchbohrt. Mit unnatürlich verrenkten Gliedern lag sie im Gras, die Augen weit aufgerissen, den Mund zu einem stummen Schrei geöffnet.

Ein schwarzer Pfeil. Chulain überlief es eiskalt, als er begriff, was das bedeutete. Sie waren hier. Die Feinde. Im Nebel.

Überall. Für einen Augenblick blitzte vor seinem geistigen Auge das Bild eines dahingeschlachteten Heeres auf. Tausende Nebelelfen, im Schlaf gemeuchelt, ohne sich dem Feind im Kampf stellen zu können.

»Nein!« Das Wort entfloh seinen Lippen in einem Atemzug verwoben und doch so laut, dass er sich erschrocken umsah. Er war kein Krieger. Heldentum war ihm fremd. Sein ganzes Leben hatte er in Wohlstand und Frieden verbracht. Der Tod war für ihn stets etwas gewesen, das am Ende eines langen, erfüllten Lebens stand. Und obwohl die heimtückischen Angriffe auf Seithrun und Berchan ihm gezeigt hatten, dass es auch anders kommen konnte, war ihm der Tod niemals zuvor in einer so grausamen Form begegnet. Schwer atmend stand Chulain inmitten der geisterhaften Stille und starrte auf die Elfen, deren Leben ein so schreckliches Ende gefunden hatte.

Sie sind hier, wisperte es hinter seiner Stirn. *Die Feinde sind überall. Und sie morden lautlos weiter …*

Zum ersten Mal in seinem Leben bekam das Wort Krieg für ihn ein Gesicht. Er wusste, dass er Alarm geben musste – sofort.

Und doch zögerte er. Der Gedanke, die Aufmerksamkeit der Feinde mit dem Ruf auf sich zu ziehen und selbst Opfer einer lautlosen Klinge zu werden, schnürte ihm die Kehle zu. Endlose Augenblicke verstrichen, in denen er mit sich und seinen Ängsten rang, dann kämpfte er die Furcht nieder und brüllte, so laut er konnte: »Alarm! Wir werden angegriffen!«

»Ihr habt recht.« Alban, noch im Nachtgewand, zog erstaunt eine Augenbraue in die Höhe. »Was ich auch versuche, ich kann das Heer nicht erreichen. Alles, was ich höre, ist ein Rauschen.«

»Sag ich doch! Die Magier haben eine Barriere mit störenden Geräuschen um das Heer errichtet, damit der König keine Hilfe anfordern kann«, erklärte Warti mit sich überschlagender Stimme. »So haben sie es auch in der Siedlung bei den Minen gemacht, um zu verhindern, dass die Nebelelfen im Palast gewarnt werden.«

»Aber warum sollten sie das tun? Unser Heer ist noch zwei Sonnenläufe vom Feind entfernt.« Alban runzelte die Stirn und gähnte. Er war gerade erst eingeschlafen, als die beiden ihn durch beharrliches Klopfen geweckt hatten. Die nächtliche Störung hatte ihn verärgert. Noch schlimmer aber war es gewesen, dass die beiden vor Aufregung wild durcheinandergeredet hatten, nachdem er ihnen Einlass gewährt hatte. Er hatte ernsthaft überlegt, sie hinauszuwerfen. Aber dann hatte Warti angemerkt, dass die Kurierreiterin Brinnah mitten in der Nacht aufgebrochen sei, um das Heer zu warnen, und das hatte seine Aufmerksamkeit geweckt. Es hatte ihn einige Mühe gekostet, aus den Worten der beiden so weit schlau zu werden, dass er gezielte Nachfragen stellen konnte.

»Vermutlich sind die Eberkrieger gerade dabei, das Heer zu überfallen«, erklärte Warti in einem Ton, als hätte er das schon mehrfach gesagt. »Einer der Kurierreiter hat Brinnah am Nachmittag erzählt, dass das Heer von einem ungewöhnlich dichten Nebel eingeschlossen ist. Da war die Gedankenverbindung wohl noch möglich. Doch als sie uns das erzählt hat, erinnerte sich Nam«, er deutete auf den Harrdamis, »plötzlich wieder daran, dass die Gurrline sich gern in dichtem, mittels Magie erzeugtem Nebel verbergen, um sich heimlich an den Feind heranzuschleichen.«

»Bei den Göttern!« Endlich begriff Alban, warum seine nächtlichen Besucher so aufgeregt waren. »Hat er dem König davon berichtet?« Alban sah zuerst Warti und dann Nam an, der ruckartig den Blick senkte und verbissen auf seine nackten Füße starrte.

»Er hat es vergessen.« Es war Warti, der schließlich antwortete. Offensichtlich hatte er das Gefühl, seinen Freund in Schutz nehmen zu müssen, denn er fügte hastig hinzu: »Bitte bestraft ihn nicht. Die … die Angriffe der Gurrlin liegen in seiner Heimat schon weit zurück. Damals war er noch ein Junges. Er hat sich nicht mehr daran erinnert. Erst als Brinnah von dem Nebel sprach, ist es ihm wieder eingefallen.«

»Bestrafen?« Obwohl Alban in Gedanken bereits dabei war, die nächsten Schritte zu planen, gelang ihm ein mildes Lächeln, und er fragte: »Warum sollte ich das tun? Wir verdanken deinem Freund so viel. Und wenn er etwas vergessen hat, dann sicher nicht in böser Absicht.«

»Nam, niet Frreeunt Gurrliinn! Niet Frreeunt Gurrliin!«, bekräftigte Nam noch einmal mit angstvoll geweiteten Augen, und endlich verstand Alban auch, wovon er die ganze Zeit geredet hatte. »Hattest du etwa Angst, wir könnten dich verdächtigen, ein Spitzel zu sein?«, fragte er in einem fast väterlichen Tonfall.

Nam biss sich auf die Unterlippe, senkte den Blick und nickte.

»So ein Unsinn. Du bist unser Gast. Und du hast uns wertvolle Hinweise gegeben«, sagte Alban. »Wir vertrauen dir. Mach dir keine Sorgen. Niemand wird dich bestrafen. Aber nun müsst ihr mich entschuldigen. Die Neuigkeiten zwingen mich, unverzüglich zu handeln. Auch wenn Brinnah schon unterwegs ist, müssen die anderen Riesenalpe sich bereitmachen. Wenn die Eberkrieger wirklich jetzt schon angreifen, wird jeder Alp beim Heer gebraucht.« Alban stand auf, um Warti und Nam zur Tür zu begleiten, aber der kleine Harrdamis war noch nicht fertig. Wie ein Kind, das nicht fortgeschickt werden will, ergriff er Albans Hand und sagte: »Niet gegen. Nam saagen was. Biitte.«

»Nun, wenn es nicht allzu lange dauert.« Alban schaute Nam aufmerksam an.

»Köönig voorrsichtiig seien mussen«, erklärte Nam so unbeholfen, als müsse er erst mühsam jedes Wort suchen, damit Alban ihn verstand.

»Das weiß ich doch.«

»Niet weissen! Niet!« Nam breitete die Arme aus und beschrieb damit einen großen Bogen. »Magiierr grroossen Däämonn beschwö… äh … beschw… äh … ssauberren köönnen. Shyfandil määchtig Feeuerrdäämonn. Alles brrennen. Alles zerrstörren. Köönig aufpassen mussen. Wenn Däämonn da, niet kann tööten das!«

»Ein Feuerdämon?« Alban schaute Nam fassungslos an. »Willst du damit sagen, dass diese Magier einen unbesiegbaren Feuerdämon beschwören können?«

»Niet saggen! Nam weiiss!« Nam unterstrich seine Worte mit entsprechenden Kopfbewegungen.

»Hast du noch mehr solche furchtbaren Neuigkeiten?«, fragte Alban entmutigt.

»Niet.« Nam schüttelte den Kopf und fügte hinzu: »Nurr Dämonn.«

»Dann erzähle mir alles, was du weißt«, bat Alban. »Der König muss wissen, was ihn noch erwarten könnte.«

Nam nickte. »Syhfandil aallee Haarrdamis diet«, begann er zu erzählen. »Maagiier rrufen Däämonn, als Haardamis fast gesiiigt. Daann …«

Niemand wagte Nam zu unterbrechen, während er die entscheidende Schlacht seines Volkes gegen die Magier mit unbeholfenen Worten schilderte. Nur hin und wieder half Warti nach einem Hilfe suchenden Blick mit einem Wort aus. Es war eine grausame Geschichte, die Nam zu erzählen wusste, erfüllt von zerstörten Hoffnungen und nutzlosem Heldenmut, an deren Ende der Untergang einer friedlichen Hochkultur stand, die derjenigen der Nebelelfen einmal sehr ähnlich gewesen sein musste. Als Nam geendet hatte, hatte nicht nur er Tränen in den Augen.

»Ich danke dir für deine Offenheit.« Albans gefasste Stimme verbarg meisterhaft seine wahren Gefühle. »Die vielen unschuldigen Opfer, dahingeschlachtet wie Vieh. Das dämonische Feuer, gegen das es vermutlich auch hier kein Mittel gibt, und die unglaubliche Grausamkeit, mit der die Gurrline töten ... es ist unfassbar, wozu diese Magier fähig sind. Er schüttelte zutiefst betroffen den Kopf. Dann sagte er: »Ich werde versuchen, Brinnah zu erreichen, damit sie den König warnen kann. Und nun lasst mich allein. Ich habe viel zu tun.« Er erhob sich und begleitete seine Gäste zur Tür. Er ließ es sich auch jetzt nicht anmerken, aber es ging ihm gar nicht gut. Zu schnell war das Heer aufgebrochen, zu viel gab es, das Gwiddan aus Unwissenheit nicht bedacht hatte, und zu groß war die Sorge, ob es nicht längst zu spät war, den vorzeitigen Nachschub auf den Weg zu bringen. Als er die Tür hinter Nam und Warti schloss, fühlte er zum ersten Mal in seinem Leben die Last des Alters auf seinen Schultern ruhen und fragte sich verzweifelt, warum die Götter tatenlos zusahen, wie sein Volk und seine Heimat untergingen.

7

»Mein König!«

Gwiddan-Sh-e-Nat schlug die Augen auf. Jemand rüttelte heftig an seiner Schulter. In dem notdürftig errichteten Zelt, das kaum Schutz vor der nächtlichen Kälte bot, aber immerhin die Nässe des Nebels fernhielt, war es dunkel.

»Mein König, schnell! Wir werden angegriffen!«

»Angegriffen?« Gwiddan fuhr auf. Augenblicklich war er hellwach. Es dauerte jedoch noch einige Herzschläge, bis er in der schattenhaften Gestalt neben seinem Bett Lirin erkannte. »Von wem?«

»Die Eberkrieger. Sie sind hier. Sie haben fast alle Wachen auf der Westseite getötet und ein furchtbares Blutbad unter den schlafenden Kriegern am Ende des Heereszuges angerichtet. Viele Wagen des Trosses brennen und …«

»Barad!« Gwiddan hatte genug gehört. Mit einer geschmeidigen Bewegung schwang er sich von seinem Lager, legte in Windeseile Brustharnisch und Armschienen an und verließ das Zelt. Draußen bot sich ihm ein gespenstisches Bild. Wohin er auch blickte, sah er nichts als eine graue Nebelwand, die hinter einer der Hügelkuppen von einem unheilvollen roten Leuchten erhellt wurde. Aufgeregte Stimmen, vom Nebel zu dumpfen Lauten gedämpft, drangen ihm an die Ohren, als Krieger mit Fackeln an ihm vorbeihasteten, um den Bedrängten am Ende des Heereszuges zur Hilfe zu eilen, während der Kampflärm selbst nicht bis zu ihm vordrang.

»Mein Schwert!« Einer der Bediensteten, die vor dem Zelt beisammenstanden, reichte Gwiddan die kunstvoll verzierte Klinge aus poliertem Sternenebulit. Gwiddan legte den Schwertgurt an und wandte sich Lirin zu, der neben ihn getreten war. »Wo ist Nibawh?«

»Er ist … verschwunden.«

»Verschwunden?«

»Er hat sich vor Kurzem auf den Weg gemacht, um die Wachen zu kontrollieren. Seitdem hat ihn niemand mehr gesehen. Wir haben versucht, ihn mithilfe der Gedankensprache zu erreichen, aber er antwortet nicht.« Lirin machte eine bedeutungsvolle Pause. Dann fügte er hinzu: »Ich fürchte, er ist tot.«

Gwiddan sagte nichts. Mit versteinerter Miene blickte er zu den Flammen hinüber, die rasch weiter an Kraft gewannen, und kämpfte mit den düsteren Vorahnungen, die Lirins Worte in ihm weckten. Nibawh war einer der wenigen, die sich noch mit den Taktiken von Kriegsführung und Verteidigung auskannten. Wenn er wirklich zu den Opfern dieses Überfalls zählte, wäre dies ein Verlust mit nicht absehbaren Folgen.

»Komm.« Er gab Lirin ein Handzeichen und lief los.

»Warte!« Lirin schloss rasch zu ihm auf, legte ihm die Hand auf die Schulter und zwang ihn, stehen zu bleiben. »Was hast du vor?«

»Ich muss sehen, was dahinten vor sich geht.« Gwiddan streifte die Hand ab.

»Aber das ist viel zu gefährlich.« Lirin startete einen weiteren Versuch, Gwiddan aufzuhalten. »Du bist der König! Du kannst nicht …«

»Ich werde mich nicht feige verstecken, wenn meine Brüder sterben«, herrschte Gwiddan Lirin an. »Wie soll ich einen Feind bekämpfen, den ich nicht kenne? Wie eine Schlacht gewinnen, wenn ich nicht weiß, mit wem ich es zu tun habe? Und was gibt mir das Recht, von den Kriegern Mut zu verlangen, wenn ich ihn selbst nicht aufbringe?« Gwiddan schaute Lirin leidenschaftlich an. »Ich verstehe deine Bedenken«, fuhr er in versöhnlicherem Tonfall fort. »Aber dies ist nicht der Augenblick, um abzuwarten. Als König ist es meine Pflicht, den Kriegern ein Vorbild zu sein. Sie geben ihr Leben für ihre Heimat und für das, woran sie glauben. Mein Platz ist an ihrer Seite.«

Der Nebel war so dicht, dass niemand den König erkannte, der im Strom der Krieger dorthin eilte, wo die wertvollen Vorräte für den Feldzug gerade in Flammen aufgingen. Je weiter er sich der Hügelkuppe näherte, desto dichter wurde der Strom derer, die sich mit eilig zusammengerafften Kleidung und nur notdürftig bewaffnet den Angreifern entgegenstellen wollten. Niemand gab Befehle oder versuchte, eine Ordnung herzustellen, denn niemand hatte mit dem heimtückischen Angriff gerechnet und Pläne zur Verteidigung ersonnen.

Längst waren die zuvor mühsam aufgeteilten Gruppen der Krieger zerfallen, die Gruppenführer ihrer Streiter beraubt. Die unerfahrenen Krieger handelten blind und planlos. Niemand scherte sich um die Befehle, die hin und wieder gebrüllt wurden und wirkungslos im Nebel verhallten. Doch obwohl das Heerlager einem aufgescheuchten Haufen schlecht ausgebildeter und undisziplinierter Nebelelfen glich, gab es kaum jemand, der sich vor dem Kampf zu drücken versuchte. Alle wussten, dass der Feldzug – und damit ihre Heimat – ohne Waffen und Vorräte verloren war, noch ehe er richtig begonnen hatte, und so war es der Mut der Verzweiflung, der alle dort zusammenführte, wo sich die Flammen der brennenden Wagen wie feurige Zungen in den Himmel reckten.

Je näher Gwiddan der Hügelkuppe kam, desto wärmer, heller und lauter wurde es. Beißender Rauch machte ihm das Atmen schwer. Schon von Weitem hörte er das Klirren der Waffen und die gellenden Schreie der Verwundeten. Im Feuerschein hatten sich Nebel und Rauch blutig rot gefärbt, während das triumphierende Brüllen und wütende Knurren der Eberkrieger keinen Zweifel daran ließ, wer in diesem Kampf die Oberhand gewonnen hatte.

Auf der Hügelkuppe stieß er auf eine Gruppe von Bogenschützen, die alle einen Pfeil aufgelegt hatten, aber offensichtlich nicht zu schießen wagten.

»Barad! Was ist hier los?«, herrschte er die Bogenschützen an. »Da unten sterben eure Brüder und Schwestern. Warum helft ihr ihnen nicht? Schießt endlich!«

Der Bogenschütze vor ihm senkte den Langbogen. »Das versuchen wir«, erklärte er sichtlich betroffen. »Aber der Nebel und der Rauch behindern unsere Sicht. Außerdem sind die Kämpfenden ständig in Bewegung. Die Gefahr, unsere Brüder zu treffen, ist zu groß.« Er deutete den Hügel hinunter. »Sieh selbst. Wir können die Pfeile nicht einsetzen.«

Gwiddan drehte sich um und verstand. Am Fuß des Hügels tobte eine furchtbare Schlacht. Die Angreifer waren eindeutig in der Unterzahl, doch nicht das Blut der Eberkrieger war es, das den Boden färbte. Obwohl fünf oder mehr Nebelelfen einem Feind gegenüberstanden und mit ihren Schwertern auf ihn eindrangen, war der Kampfplatz von getöteten Nebelelfen übersät. Die Hiebe und Stiche der Elfen prallten wirkungslos von den gepanzerten Riesen ab, während diese mit ihren zweischneidigen Äxten blutige Ernte hielten. Die meisten Elfen starben, weil es ihnen im Gedränge zwischen den brennenden Wagen nicht gelang, den Hieben auszuweichen.

»Es ist, wie der Fremde gesagt hat. Unsere Schwerter vermögen diesen Bestien keinen Schaden zuzufügen.« Lirin war neben Gwiddan getreten und beobachtete das Sterben der Elfenkrieger mit Grauen. »Nun rächt es sich, dass wir statt Schwertern nur Pfeile haben schmieden lassen.«

»Schwerter wären niemals rechtzeitig fertig geworden.« Gwiddan entging der Vorwurf in Lirins Worten nicht, aber es war nicht der richtige Augenblick, um zu streiten. Die Schlacht um die Vorräte war verloren, das erkannte er auf den ersten Blick. Die Elfenkrieger starben so schnell, wie andere nachrückten, aber selbst mit der erdrückenden Übermacht konnte kein einziger Eberkrieger besiegt werden.

»Wir müssen sie zurückrufen!«

»Wie?« Auf Lirins Gesicht spiegelte sich Entsetzen. »Aber das bedeutet, dass wir die Wagen aufgeben.«

»Das bedeutet, dass wir unseren Kriegern das Leben retten.« Gwiddans Entschluss stand fest. Er musste dem sinnlosen Sterben ein Ende bereiten. Nur wenn die Elfen den Platz verließen, würden die Pfeilspitzen aus Sternenebulit ihre tödliche Wirkung entfalten können. »Sag den Bogenschützen, sie sollen sich bereit machen«, wies er Lirin an. »Ich werde gleich den Befehl zum Rückzug geben. Fünf wohlgezielte Pfeile auf einen Eberkrieger sollten genügen, um zu verhindern, dass sie in den Nebel fliehen. Wenn einer nicht sofort stirbt, schickt eine zweite Salve hinterher.«

»Verstanden.« Lirin wirkte nicht überzeugt, aber er nickte und wandte sich den Bogenschützen zu, während Gwiddan die Augen schloss und den Befehl zum Rückzug mittels Gedankensprache an die Kämpfenden sandte.

Der Plan ging auf. Auf den geheimen Befehl ihres Königs hin ergriffen alle Elfen nahezu gleichzeitig die Flucht. Einen Augenblick später fanden sich die überraschten Eberkrieger allein inmitten der getöteten Elfen wieder. Die Bogenschützen zögerten nicht. Nur wenige Herzschläge, nachdem Gwiddan den Befehl zum Rückzug gegeben hatte, erhob sich ein Pfeilhagel sirrend über dem Hügel und senkte sich mit tödlicher Präzision auf die verwirrten Eberkrieger herab. Einer nach dem anderen sank keuchend in die Knie, die Hand an die Kehle oder an die Brust gepresst, aus der die Elfenpfeile ragten. Den wenigen, die hastig die Flucht ergriffen, schickten die Bogenschützen weitere Pfeile hinterher. Die Geschosse durchbohrten die gepanzerten Rückenschilde, als wären sie aus Wachs. Keinem einzigen Angreifer gelang die Flucht. Am Ende lagen mehr als dreißig Eberkrieger in ihrem Blut am Boden und rührten sich nicht mehr.

Als die Nebelelfen die unbesiegbar erscheinenden Gegner sterben sahen, brachen sie in Jubel aus.

»Das war ein hervorragender Plan.« Lirin trat zu Gwiddan und nickte ihm anerkennend zu. »Ich hätte nicht gedacht, dass es so leicht sein würde.«

»Leicht?« Gwiddan konnte den Blick nicht von den getöteten Elfen und den brennenden Wagen abwenden. Für einen Augenblick weilten seine Gedanken bei den Opfern, dann sagte er: »Ja, es war ein guter Plan, aber bei den Göttern, um welchen Preis?«

Pfeilschnell schoss Artair mit Brinnah durch die Nacht. Das schlafende Land glitt unter ihnen dahin, von To und Yu in silbernes Licht gehüllt, während der Himmel übersät war von Abermillionen funkelnder Sterne.

Hin und wieder sah Brinnah eine Sternschnuppe mit glühendem Schweif zur Erde stürzen. Unter den Elfen galten die seltenen Himmelserscheinungen als Botschaft der Götter. Es waren Trostspender, die ihnen zeigen sollten, dass es den Ahnen in den fernen Gestaden gut ging und sie die Lebenden nicht vergessen hatten. In dieser Nacht aber vermochten selbst die Sternschnuppen die düstere Stimmung nicht zu verdrängen, die Brinnahs Herz erfasst hatte. Immer wieder richtete sie sich in Artairs Nacken auf, stemmte sich gegen den Wind und spähte voraus, als ließe sich die Entfernung zum Heer mit der Kraft ihrer Blicke verkürzen. Es war ein gefährliches Unterfangen, denn sie ritt ohne Sattel und die sichernden Gurte. Die Furcht, zu spät zu kommen, hatte sie die eigene Sicherheit vergessen lassen. Aber das ließ sich jetzt nicht mehr ändern. Alles, was zählte, war, dass sie dem König von dem magischen Nebel berichten konnte, ehe ein Unglück geschah.

»Brinnah?«

Vor lauter Anspannung hätte sie die Stimme fast nicht bemerkt, die sich leise in ihre Gedanken wob. »Brinnah, kannst du mich hören? Ich bin es, Alban!«

Alban! Brinnah kauerte sich im Schutz von Artairs Nackengefieder zusammen und konzentrierte sich. »Ich höre dich.«

»Gut!« Brinnah spürte, wie Alban aufatmete. »Deine Freunde waren eben bei mir. Sie haben mir erzählt, was es mit dem Nebel auf sich hat, der unser Heer bedrängt. Richte dem König aus, dass die Riesenalpe unverzüglich aufbrechen werden, um ihm zu Hilfe zu eilen.«

»Das werde ich«, antwortete Brinnah und fügte im Stillen hinzu: Wenn ich nicht zu spät komme.

»Und noch etwas musst du ihm ausrichten«, hörte sie Alban in ihren Gedanken sagen. »Es ist wichtig. Deshalb höre mir gut zu. Nam ist noch etwas eingefallen. Etwas, das sich für das Heer als weitaus verheerender und vernichtender erweisen könnte als der magische Nebel.«

»Was ist es?« Noch während sie die Frage aussprach, wusste Brinnah, dass sie die Antwort eigentlich nicht hören wollte. War denn nicht alles schon schlimm genug? Oder hatten die Götter nun endgültig den Untergang ihres Volkes beschlossen?

»Nam sprach von einem Feuerdämon, den die Magier beschwören können. Er nannte ihn den Shyfandil. Viel wusste er nicht darüber zu berichten, nur dass er unbesiegbar sein soll. In den Legenden seines Volkes heißt es, dass die Magier den Dämon in dem letzten großen Krieg zu Hilfe gerufen hätten, als sie dem Heer der Harrdamis zu unterliegen drohten.«

»Einen Dämon?« Brinnah glaubte sich verhört zu haben. »Aber so etwas gibt es doch bloß in ...«

»Nur weil wir ein Wesen nicht kennen, heißt es nicht, dass es nicht irgendwo anders existiert«, unterbrach Alban sie. »Ganz gleich, was wir von Nams Geschichte halten, der König muss davon wissen, damit er seine eigenen Schlüsse ziehen und Entscheidungen treffen kann.«

»Du hast recht«, lenkte Brinnah ein. »Ich werde ihm davon berichten.«

»Ich danke dir«, sagte Alban. »Kannst du das Heer schon sehen?«

Brinnah reckte sich und spähte voraus, sah aber nichts als Dunkelheit. »Nein«, gab sie zur Antwort. »Es kann aber nicht mehr weit sein.«

»Dann wünsche ich uns, dass du rechtzeitig dort eintriffst«, hörte sie Alban sagen. »Mögen die Götter dir und dem Heer wohlgesonnen sein.« Er verstummte, und sie spürte, wie er die Gedankenverbindung unterbrach.

»War es wichtig?«, erkundigte sich Artair, dem Brinnahs Gedankenwechsel nicht entgangen war.

»Ich hoffe nicht.« Brinnah nahm einen tiefen Atemzug und blieb Artair die Erklärung schuldig. Der Riesenalp schien zu spüren, dass sie nicht darüber reden wollte, und fragte nicht weiter nach. Schweigend flogen sie durch die Nacht, ihrem ungewissen Ziel entgegen.

Obwohl sie sich dagegen wehrte, spürte Brinnah schon bald, wie die Müdigkeit nach ihr griff. Immer öfter fielen ihr die Augen zu, und zweimal war es allein Artairs Aufmerksamkeit zu verdanken, dass sie nicht einschlief. Brinnah ärgerte sich über ihre Schwäche, die gewiss von der nicht auskurierten Vergiftung herrührte. Diesmal hatte sie ihre Kräfte wohl überschätzt. Ohne Sattel und Sicherheitsriemen konnte selbst ein kurzer Schlaf auf dem Rücken eines Riesenalps tödlich enden, und so nahm sie es Artair auch nicht übel, als er sie verärgert ermahnte, vorsichtiger zu sein.

»Sieh nur, da vorn ist etwas!« Wieder war es Artair, der sie aus dem gefährlichen Dämmerzustand riss. Brinnah zuckte erschrocken zusammen.

»Wo?«, fragte sie hastig und spähte voraus.

»Das muss die Nebelbank sein, in der das Heer festsitzt«, gab Artair Auskunft, verstummte kurz und sagte dann: »So einen seltsamen Nebel habe ich noch nie gesehen.«

Brinnah reckte sich und erkannte sogleich, was Artair meinte. Die Nebelbank vor ihnen war gewaltig. So weit das Auge reichte, erstreckte sie sich nach Osten und Westen. Eine graue Wand, die, einer schnurgeraden Grenze folgend, direkt aus dem Boden zu wachsen schien und bis in große Höhen hinaufreichte. Unnatürlich und unheimlich.

»Was machen wir jetzt?«, fragte Artair. »Soll ich hineinfliegen?«

»Ich fürchte, wir haben keine andere Wahl.« Brinnah

warf einen prüfenden Blick nach Osten, wo sich vor dem Hintergrund der fernen Valdor-Berge der erste zaghafte Schimmer des Morgens am Himmel zeigte. »Uns bleibt nicht die Zeit, auf den Sonnenaufgang zu warten.«

»Das Sonnenlicht würde uns nicht weiterhelfen«, bemerkte Artair. »Der Nebel ist so dicht, dass es darin kaum heller werden wird als in der Dämmerung.«

Brinnah wusste, dass Artair recht hatte. Sie nahm einen tiefen Atemzug und sagte: »Also dann, versuchen wir es.«

An diesem Morgen zahlte es sich aus, dass Artair sein ganzes Leben lang in niedrigen Höhen geflogen war. Inmitten des Nebels herrschte nicht nur eine schlechte Sicht, sondern auch nahezu Windstille. Die für die Riesenalpe so wichtigen Aufwinde, die nach Sonnenaufgang über dem sich erwärmenden Boden entstanden, fehlten völlig. Die meisten Riesenalpe hätte ein solches Wetter zum Landen gezwungen, aber Artair besaß genug Erfahrung, um die Lage zu meistern. Mit gleichmäßigem Flügelschlag trug er Brinnah durch den Nebel, gerade so hoch, dass er nicht gegen einen der unzähligen Hügel prallte, aber doch so niedrig, dass Brinnah den Boden nach Anzeichen des Heeres absuchen konnte.

Brinnah selbst flog blind. Sie vertraute ganz auf Artair, der wie alle Riesenalpe ein angeborenes Gefühl für die Himmelsrichtungen besaß. Ganz gleich, wie dunkel oder neblig es auch sein mochte, Riesenalpe wussten immer, wo Norden war, und nur selten geschah es, dass sie die Richtung verloren oder im Kreis flogen. Das Wissen um den angeborenen Instinkt und das Vertrauen in Artairs Flugkünste gestatteten es ihr, sich ganz auf die Suche nach dem Heer zu konzentrieren, eine Aufgabe, die angesichts des dichten Nebels nahezu aussichtslos erschien. Obwohl es immer heller wurde, besserte sich die Sicht nur unwesentlich. Der einzige spürbare Unterscheid zur Nacht bestand darin, dass sich das allgegenwärtige Dunkelgrau allmählich in ein trübes Hellgrau verwandelte.

Mehrmals versuchte sie Chulain oder Ferwyned zu erreichen, um von ihnen einen Hinweis darauf zu erhalten, wo das Heer lagerte, aber wie schon zuvor im Palast hörte sie auch diesmal nur ein heftiges Rauschen.

»Das ist seltsam«, wandte sie sich schließlich an Artair. »Ich kann immer noch niemanden im Heer erreichen.«

»Ich habe auch schon versucht, mit meinen Brüdern und Schwestern Kontakt aufzunehmen«, erwiderte Artair, »aber sie antworten nicht. Das Rauschen ist so stark, dass ich nichts anderes hören kann.«

»In der Maarensiedlung konnten Ferwyned und ich die Gedankensprache noch ohne Einschränkung nutzen«, überlegte Brinnah. »Dort war nur die Verbindung zum Palast unterbrochen.«

»Vielleicht haben die Magier die Störungen verstärkt, um zu verhindern, dass im Heer Befehle weitergegeben werden«, vermutete Artair. »Wenn ich einen Angriff planen würde und diese Möglichkeit hätte, würde ich sie sofort nutzen.«

»Du verstehst es, einem Mut zu machen.« Brinnah versuchte nicht auf das flaue Gefühl in der Magengrube zu achten, das Artairs Worte bei ihr hervorriefen. »Aber warum können wir dann noch miteinander reden?«

»Darüber habe ich mir auch schon Gedanken gemacht.« Mit einem ruckartigen Manöver wich Artair einer besonders hohen Hügelkuppe aus, die unvermittelt im Nebel vor ihnen auftauchte.

»Ich bin kein Magier, und ich habe auch keine Ahnung, wie sie das mit dem Rauschen machen«, fuhr er schließlich fort, als das Hindernis hinter ihnen lag, »aber ich stelle mir unsere Gedankensprache immer wie eine Art Weg vor. Auf dem einen Weg sind die Nebelelfen, auf einem anderen verständigen sich die Riesenalpe untereinander. Auf beiden

Wegen haben die Magier eine Barriere errichtet, damit die Elfen im Palast nicht mit den Elfen im Heer oder in der Maarensiedlung in Verbindung treten können. Warum wir beide nicht gestört werden, weiß ich nicht. Vielleicht gibt es einen dritten Weg, auf dem sich Elfen und Riesenalpe in Paaren bewegen. Vielleicht wissen die Magier nichts davon, oder ihnen fehlt schlichtweg die Kraft für eine dritte Barriere.«

»Du überraschst mich immer wieder.« Brinnah war so beeindruckt, dass ihr die Worte fehlten. Sie überlegte kurz und sagte dann: »Wenn du recht hast, muss es einen wichtigen Grund dafür geben, dass die Magier die Barriere erweitert und verstärkt haben. Das kann eigentlich nur bedeuten …«

»… dass der Angriff unmittelbar bevorsteht.« Artair sprach aus, woran Brinnah kaum zu denken wagte. »Wenn wir sie nicht bald finden, könnte es zu spät sein.«

Aber alles Suchen blieb vergebens. Wann immer der Nebel Brinnah einen Blick auf den Boden gewährte, entblößte er nichts als Gräser und knorriges Buschwerk. Nirgends fand sie einen Hinweis auf das Heer. Es war zum Verzweifeln. Obwohl sich irgendwo in diesem Nebel Tausende von Elfen und vermutlich auch Tausende Feinde aufhielten, hatte sie das Gefühl, ganz allein zu sein. In ihrer Not versuchte sie auf Geräusche zu achten, die von einem Kampf kündeten, aber auch diese schien der Nebel zu verschlucken.

Sie hatte die Hoffnung schon fast aufgegeben, als sie in der Ferne einen schwachen roten Lichtschein entdeckte.

»Artair, sieh! Das müssen sie sein.«

Der Riesenalp schwenkte sofort ein und hielt auf den Feuerschein zu, schoss dann aber abrupt nach oben.

»Was ist los?« Brinnah hatte alle Mühe, sich festzuhalten.

»Da unten ist ein Heer, aber es sind keine Elfen!«

»Du meinst …?« Brinnah schluckte trocken.

»Da unten lagern Eberkrieger«, erklärte Artair. »Ich weiß nicht, wie viele es sind, ich habe nur zwei von ihnen nahe dem Feuer gesehen, aber ich werde ganz gewiss nicht noch einmal in ihre Nähe fliegen.«

»Das verlange ich auch nicht.« Brinnah hatte sich von dem Schrecken erholt. »Lass uns weitersuchen«, sagte sie mit neuem Tatendrang. »Wenn sie noch in ihrem Lager sind, kommen wir vielleicht doch nicht zu spät.«

»Vierhundert Tote?« Fassungslos starrte Gwiddan-Sh-e-Nat Lirin an, der die Löscharbeiten an den Wagen beaufsichtigt und sich einen ersten Überblick über die Verluste verschafft hatte. Zusammen mit Dhaofey und Elnath saß der Elfenkönig an einem Lagerfeuer, verzehrte eine heiße Suppe und beriet mit ihnen das weitere Vorgehen.

»Und fast dreihundert zum Teil schwerst Verletzte, die gewiss nicht mehr werden kämpfen können.« Lirin ließ sich neben dem König auf einem der weichen Felle nieder, die rings um das Feuer bereitlagen, und starrte niedergeschlagen in die Flammen. »Die meisten wurden im Schlaf getötet. Die Gurrline haben zuerst die Wachen ausgeschaltet und dann die schlafenden Krieger angegriffen.«

»Aber es waren kaum mehr als dreißig von ihnen im Lager.« Angesichts der ungeheuerlichen Verluste erschien es Gwiddan nahezu unmöglich, dass es wirklich nur so wenige Angreifer gewesen sein sollten. »Wie ist das möglich?«

»Magie?« Lirin schüttelte den Kopf und zog bedauernd die Schultern in die Höhe. »Verzeih, aber ich weiß es auch nicht. Ich weiß nur, dass unsere Verluste katastrophal sind. Und das ist noch nicht alles. Viel mehr Sorge bereiten mir die Krieger, die überlebt haben.«

»Wie meinst du das?«

»Sie haben Angst«, sagte Lirin in einem Ton, als erkläre dies alles. »Vor dem Nebel, vor der Nacht, vor den Feinden –

und vor dem Tod. Wenn es Sinn und Zweck des Überfalls war, unseren unerfahrenen Kriegern das Fürchten zu lehren, haben die Magier auf ganzer Linie einen Sieg errungen.« Er seufzte. »Die ersten haben sich bereits heimlich davongemacht.«

»Was hast du erwartet?«, mischte Elnath sich in das Gespräch der beiden ein. Er saß auf einem Wolfsfell und polierte sein Schwert auf eine Weise, als gebe es nichts Wichtigeres zu tun. »Dieses Heer besteht nur aus Aufschneidern, Wichtigtuern und Maulhelden, die noch nie echtes Blut haben fließen sehen. Dachtest du wirklich, wir hätten mit diesem erbärmlichen Haufen eine Aussicht auf einen Sieg? ›Eine Waffe in der Hand macht aus einem Hasenfuß keinen Helden‹ – dieser Spruch ist so alt wie die Berge und hat nichts von seiner Gültigkeit verloren. Ich hätte euch gleich sagen können, dass so etwas passieren wird.«

»Ach, ja?«, fuhr Lirin Elnath an. »Und warum hast du es dann nicht getan?«

»Man hat mich nicht gefragt.« Elnath hob die Stimme gerade so weit, dass es mehr entschuldigend als beleidigt klang. »Außerdem hätte es nichts geändert. Dieses Heer ist alles, was unser Volk aufbieten kann. Die Freiwilligen mögen unwissend und schlecht ausgebildet sein, aber es mangelte ihnen nicht an Mut und Entschlossenheit.« Die Andeutung eines Lächelns huschte über Elnaths Gesicht, als er aufblickte und hinzufügte: »Bis jetzt.«

Lirin schnappte nach Luft und setzte zu einer scharfen Antwort an, aber Dhaofey, die den Gesprächen schweigend gelauscht hatte, kam ihm zuvor. »Mut ist ein gutes Stichwort«, sagte sie, schaute Elnath herausfordernd an und fragte: »Wo warst du eigentlich, als die Eberkrieger den Tross angegriffen haben? Ich habe dich nirgends entdecken können.«

»Was vermutlich daran liegt, dass du dich zu weit abseits

des Geschehens aufgehalten hast«, erwiderte Elnath spitz, ohne die Frage zu beantworten.

»Abseits?« Dhaofey sprang erbost auf. »Willst du damit sagen, ich würde mich ...«

»Genug! Ein Streit hilft uns nicht weiter«, fiel Gwiddan Dhaofey ins Wort. »Dass die Krieger sich vor dem Feind fürchten, sobald es die ersten Kämpfe gegeben hat, war zu erwarten. Wir haben es hier nicht mit einer beliebigen Diebesbande zu tun, sondern mit Heerführern, die über eine große Erfahrung verfügen. Sie wissen sehr genau, was sie tun müssen, um ihre Ziele zu erreichen – was wir von uns nicht gerade behaupten können.

Der heimtückische Überfall zielte allein darauf ab, unsere Kampfmoral zu untergraben und die Krieger zu verängstigen. Es ist nun an uns, die wir die Verantwortung tragen, den entstandenen Schaden so gering wie möglich zu halten und unseren Kriegern die Hoffnung zurückzugeben. Es ist unsere Pflicht, den Überlebenden Mut zuzusprechen. Nicht, indem wir uns gegenseitig Vorwürfe machen, sondern indem wir ihnen aufzeigen, wie wir den Kampf trotz der verheerenden Verluste gewinnen können.«

»Und wie stellst du dir das vor?«, fragte Elnath.

»Wir müssen aus der Niederlage lernen.« Gwiddan ließ sich nicht beirren. »Wir hätten uns niemals auf einen Nahkampf einlassen dürfen. Nam hat uns gewarnt. Wir wussten, dass unsere Schwerter die Rüstungen der Eberkrieger nicht zu durchdringen vermögen. So rühmlich es ist, dass die Krieger den Tross schützen wollten, war es doch ein schwerer Fehler, der sich nicht wiederholen darf. Wenn wir gewinnen wollen, müssen wir die Eberkrieger auf Abstand halten, damit unsere Pfeile aus Sternenebulit zum Einsatz kommen können. Damit konnten wir die Eindringlinge töten, und damit werden wir auch das feindliche Heer vernichtend schlagen, wenn die Götter uns beistehen.«

»Die Pfeile.« Elnath nickte bedächtig. »Gut. Aber wie willst du das umsetzen? Ohne schützendes Bollwerk werden wir uns diese Bestien im flachen Grasland niemals vom Hals halten können. Sie wissen jetzt, wie verwundbar wir sind. Sie werden den Nahkampf suchen und ihn uns aufzwingen. Was dann geschieht, daran möchte ich lieber nicht denken.«

»Deshalb werden wir uns ihnen auch nicht im Grasland stellen!«

»Nicht?«

»Aber wo denn sonst?«

Gwiddans Worte schlugen ein wie ein Blitz. Mit einer Mischung aus Erstaunen und Verwunderung starrten die Ratsmitglieder ihn an und warteten auf eine Erklärung.

»Wir kehren um!«, sagte Gwiddan in einem Tonfall, der deutlich machte, dass er die Möglichkeit schon länger erwogen hatte. »Der Plan, sich den Feinden im Grasland zu stellen, um den Palast und unsere Familien zu schützen, mag oberflächlich betrachtet vernünftig gewesen sein. Jetzt aber erkenne ich, dass es ein Fehler war, den Palast zu verlassen. Statt hier im Nebel herumzuirren und unsere Krieger schutzlos den Feinden preiszugeben, hätten wir die Zeit und unsere Kräfte besser dafür nutzen sollen, den Palast zu befestigen. Wir hätten Wälle errichten können und Gräben ausheben, die unseren Bogenschützen vor den Pfeilen der Angreifer Schutz gewähren. Wir hätten alle verfügbaren Krieger im Bogenschießen unterweisen sollen, anstatt sie mit Waffen auszustatten, die unwirksam sind.«

»Ich stimme dir zu.« Elnath legte sein Schwert fort, stützte die Ellenbogen auf die Oberschenkel und beugte sich leicht nach vorn. »Ich halte es allerdings nicht für klug, jetzt noch umzukehren. Wenn wir den Palast erreichen, haben wir vier Sonnenläufe verloren. Die Feinde werden uns dicht auf den Fersen sein, und es wird keine Zeit mehr verbleiben, um einen Verteidigungswall zu erreichten.«

»Was schlägst du vor?«, fragte Lirin.

»Wir sollten versuchen, ein natürliches Bollwerk zu finden, das uns die mühsame Arbeit erspart, und uns ganz auf die Verteidigung vorbereiten.«

»Ein natürliches Bollwerk!« Lirin gab einen geringschätzigen Laut von sich. »So etwas gibt es hier nirgends.«

»Doch.«

»Und wo?«

»Am Himmelsturm.«

»Unmöglich.« Lirin starrte Elnath an, als habe dieser den Verstand verloren. »Der Himmelsturm ist doppelt so weit von hier entfernt wie der Palast. Und nicht nur das, das feindliche Heer lagert …«

»… genau zwischen diesem Ort und dem Palast.«

Alle wandten sich um und schauten die junge Elfe an, die es gewagt hatte, sich auf so ungebührliche Weise in die Beratung einzumischen.

»Brinnah?« Gwiddan-Sh-e-Nat erhob sich und bedeutete ihr, sich zu ihnen zu setzen. »Was tust du denn hier?«

»Ich komme direkt vom Palast.« Brinnah nickte dem Elfenkönig dankbar zu, setzte sich und streckte die Hände dem Feuer entgegen. Der lange Flug und der Mangel an Schlaf machten sich nun nachdrücklich bemerkbar, aber sie riss sich zusammen und sagte knapp: »Artair und ich sind die ganze Nacht hindurch geflogen, um euch zu warnen. Euch in diesem Nebel zu finden, war nicht leicht. Den Eberkriegern hingegen begegneten wir überall.«

»Überall?«, wiederholte Lirin. »Was bedeutet das?«

Brinnah ließ den Blick langsam von einem zum anderen schweifen. Dann sagte sie: »Das bedeutet, dass ihr weder den Palast noch den Himmelsturm erreichen könnt. Ihr seid eingeschlossen.«

8 »Eingeschlossen?« Gwiddan fuhr entsetzt auf. »Aber das ist unmöglich. Das feindliche Heer müsste noch zwei Sonnenläufe entfernt sein. Sie können nicht jetzt schon hier sein.«

»Und doch ist es so.« Brinnah suchte den Blick des Elfenkönigs. Die Verzweiflung, die sie darin fand, weckte ein tiefes Mitgefühl in ihr. »Ich wünschte, ich könnte bessere Kunde bringen, aber ich habe mit eigenen Augen gesehen, dass die Eberkrieger ein Lager zwischen dem Heer und dem Palast errichtet haben, das euch den Rückweg abschneidet«, erklärte sie. »Auch rings um das Heer werden Krieger zusammengezogen. Und das ist noch nicht alles. Dieser Nebel ist nicht natürlichen Ursprungs. Er ist ein Werk der Magier. So wie das Rauschen, das es uns unmöglich macht, unsere Gedankensprache zu nutzen.«

»Bei den Göttern! Es ist noch schlimmer, als ich befürchtet habe.« Elnath ballte die Fäuste. »Aber es passt zusammen. Im Schutz des Nebels konnte das feindliche Heer uns unbemerkt umgehen. Auch der heimtückische Angriff war nur so möglich. Indem sie die Verbindung zum Palast unterbrochen haben, verhindern sie, dass wir nach der Vernichtung der Vorratswagen Nachschub erhalten. Dass Gwiddan den Kriegern mittels Gedankensprache den entscheidenden Befehl erteilte, damit hatten sie wohl nicht gerechnet, aber sie haben schnell reagiert und die Störungen auch auf das Heer ausgeweitet, um uns handlungsunfähig zu machen.« Er schaute erst Gwiddan und dann die anderen an. »Wisst ihr, was das bedeutet?«

Gwiddan nickte, sein Gesicht war zu einer ausdruckslosen Maske erstarrt. »Sie bereiten einen Angriff vor.«

»Der jeden Augenblick erfolgen kann.« Lirin nickte grimmig.

»Eine Falle«, hauchte Dhaofey sichtlich erschüttert. »Und wir haben es nicht einmal bemerkt.« Sie ließ den Blick über den Nebel schweifen, als müsse sie sich erst vergewissern, dass ihnen niemand lauschte, dann fragte sie: »Was machen wir jetzt?«

Niemand antwortete. Gwiddan starrte ins Feuer, die Lippen zu einem dünnen Strich zusammengepresst, die Hände zu Fäusten geballt. Lirin fixierte einen Punkt im Nebel, während Elnath sein Schwert wieder zur Hand genommen hatte und nachdenklich mit dem Finger auf der Schneide entlangfuhr.

»Wenn Nibawh hier wäre …«, hob Dhaofey an, aber Lirin unterbrach sie sofort: »Nibawh ist tot.«

»Ich weiß.« Dhaofey seufzte. »Es ist so bitter, dass es ausgerechnet ihn treffen musste. Er hätte sicher einen Ausweg gewusst.«

»Seinen Tod zu beklagen, bringt uns auch nicht weiter«, meinte Lirin kühl. »Wenn ihr meine Meinung hören wollt, sollten wir schnellstens damit beginnen, die Krieger zu formieren, damit es uns nicht noch einmal so ergeht wie heute Nacht. Lasst uns aus den Trümmern der Wagen einen Schutzwall errichten, den wir mit den Bogenschützen …«

»In diesem Nebel?« Elnath gab ein spöttisches Lachen von sich. »Von wo willst du sie erwarten, Lirin? Von vorn oder von hinten? Von rechts oder von Links? Oder willst du gar einen Ring aus Bogenschützen um das Heer aufstellen, um für Angriffe aus allen Richtungen gewappnet zu sein? Und vergiss die geringe Sichtweite nicht. Wie viele Pfeile, glaubst du, werden die Krieger auflegen können, wenn sie den Feind erblicken? Einen oder zwei?« Er schüttelte den Kopf. »Glaub mir, die Eberkrieger werden die Bogenschützen überrennen, ehe diese den dritten Pfeil auf die Sehne legen können. Danach wird es keinen Kampf mehr geben, nur noch ein blutiges Gemetzel, das niemand überleben wird.«

»Ich nehme an, du hast einen besseren Plan?« Lirins

Worte sollten spöttisch klingen, aber die leise Hoffnung, die darin mitschwang, nahm ihnen die Schärfe.

»Ja.«

»Und welchen?« Dhaofey stand die Anspannung ins Gesicht geschrieben.

»Wir verschanzen uns am Himmelsturm«, erklärte Elnath in einem Ton, als sei es dorthin nur ein Spaziergang. »Ein Erdrutsch hat dort vor mehr als einhundert Wintern den Zugang zu einem Tal verschüttet und seine Felsmassen wie einen natürlichen Wall aufgetürmt. Es ist der perfekte Ort, um den Angriff der Eberkrieger mit unseren Bogenschützen zu erwarten.«

»Ich kenne den Ort.« Gwiddan nickte anerkennend. »Elnath hat recht. Er wäre wie geschaffen für eine Schlacht mit vielen Bogenschützen. Wir haben nur ein Problem: Wir sitzen hier fest.«

»Nicht, wenn wir die Krieger durch die Zwischenwelt schicken.«

»Durch die Zwischenwelt?« Dhaofey und Gwiddan starrten Elnath entgeistert an, und Lirin fügte hinzu: »Aber das ist viel zu gefährlich!«

»Gefährlicher, als hier auf den Tod zu warten?«, fragte Elnath lauernd. »Vergiss nicht, dass wir keine Wahl haben. Wir sitzen in der Falle. Die Zwischenwelt ist der einzige Ausweg.«

»Aber die Quarline …«

»Elnath hat recht«, ergriff Gwiddan das Wort. »Wir haben keine Wahl. Wenn die Gruppen groß genug sind, können wir hoffen, dass die Quarline keine Gefahr darstellen. Aber wir müssen schnell sein. So viele Krieger und das verbliebene Material durch die Zwischenwelt zum Himmelsturm zu bringen, wird, selbst wenn wir riesige Pentagramme zeichnen, vermutlich bis zum nächsten Sonnenaufgang dauern.«

»Das Material können auch die Riesenalpe zum Himmelsturm bringen«, schlug Brinnah vor. »Nach Norden erstreckt sich die Nebelwand nicht mehr allzu weit, danach ist die Sicht wieder klar. Alban hat die Riesenalpe aus dem Palast schon mit Pfeilen und Verpflegung auf den Weg geschickt. Sicher können sie noch etwas Ladung aufnehmen und diese gleich zu Himmelsturm bringen.«

»Das sind ausnahmsweise einmal gute Neuigkeiten.« Gwiddan schenkte Brinnah ein Lächeln und wandte sich wieder an alle. »Dann ist es also beschlossen«, sagte er voller Tatendrang. »Dhaofey, du sorgst dafür, dass in der Mitte des Heeres zwei große Pentagramme entstehen, von denen jedes mindestens fünfzig Krieger aufnehmen kann. Lirin, du kümmerst dich darum, dass sich die Krieger marschbereit machen, und weist ein paar Gruppen an, alles, was aus dem Wagentross noch brauchbar ist, zu den Kuriervögeln zu schaffen. Aber unauffällig. Wir müssen damit rechnen, dass die Magier uns aus dem Nebel heraus beobachten. Sie dürfen auf keinen Fall mitbekommen, dass wir die Flucht vorbereiten. Die Gefahr, dass sie dann sofort angreifen, ist zu groß. Elnath, du stellst die Gruppen für die Reise zusammen. Es ist wichtig, dass immer fünf der fünfzig das Ziel kennen, damit sie die Gruppe sicher durch die Zwischenwelt führen können. Und sorge dafür, dass jeder Gruppe auch fünf Verwundete angehören. Wir werden sie auf keinen Fall hier zurücklassen.« Er wandte sich Brinnah zu. »Und du gehst zurück zu den Kurierreitern und berichtest ihnen von dem, was hier beschlossen wurde. Wenn die Riesenalpe aus dem Palast eintreffen, sollen sie sofort zum Himmelsturm weiterfliegen. Die anderen müssen so gut es geht beladen werden und ihnen folgen. Ich fürchte, dass jeder mehr als einmal die Strecke fliegen muss, um alle Waffen und Vorräte von hier fortzuschaffen. Sag ihnen deshalb, sie sollen mit ihren Kräften sparsam umgehen und jedes Risiko vermeiden.«

»Das werde ich.« Brinnah nickte ernst, machte aber keine Anstalten, die Anweisungen auszuführen.

»Was ist?« Gwiddan schaute sie fragend an.

»Nichts. Es … es ist nur …« Brinnah zögerte. Angesichts der Bedrohung erschien ihr Anliegen nichtig und klein, aber sie sorgte sich und wollte nicht gehen, ohne wenigstens nachgefragt zu haben. »Es ist wegen Ferwyned«, sagte sie schließlich. »Ich habe ihn nirgends entdecken können. Niemand weiß, wo er ist. Ich mache mir große Sorgen um ihn und dachte, dass jemand von euch mir vielleicht sagen kann …«

»Ferwyned?« Elnath schüttelte den Kopf. »Nie gehört.«

»Ich kann dir leider auch nicht weiterhelfen.« Dhaofey schüttelte bedauernd den Kopf.

»Ferwyned?« Gwiddan überlegte. »Ist das nicht der Kurierreiter, dessen Riesenalp gerade erst gestorben ist? Der das Gift aus deinem Riesenalp in sich aufgenommen hatte?«

»Ja.« Brinnahs Augen leuchteten. »Ja«, sagte sie noch einmal. »Das ist er. Wo …?«

»Er muss mit den anderen Reservisten am Ende des Heereszugs gewesen sein.« Die Art, wie der Elfenkönig das sagte, jagte Brinnah einen eisigen Schauder über den Rücken.

»Und …?«, fragte sie leise.

»Genau dort fand der Überfall statt.« Dhaofey legte Brinnah die Hand auf den Arm und schaute sie mitfühlend an. »Das muss nichts zu bedeuten haben, Kind. Es gibt viele Verletzte und noch mehr, deren Schicksal noch ungewiss ist.«

»Und Tote? Gab es auch Tote?« Brinnah, die den Beginn der Beratung nicht mit angehört hatte, sah Gwiddan fragend an. Der Elfenkönig presste die Lippen zusammen und nickte. »Zu viele.«

»Bei den Göttern! Ich … ich …« Brinnah schnappte nach Luft. Hin- und hergerissen zwischen dem Wunsch, Ferwyned zu suchen, und der Pflicht, den Riesenalpreitern die Befehle des Königs zu überbringen, sprang sie auf. »Ich … ich muss los!«, stieß sie nach einem kurzen Zögern hervor, drehte sich um und stürmte davon.

Brinnah rannte so schnell sie konnte. Der Elfenkönig hatte keinen Zweifel daran gelassen, wie wenig Zeit ihnen noch blieb, und wenn es im Augenblick auch noch keinen Hinweis auf einen bevorstehenden Angriff der Eberkrieger gab, musste doch jederzeit damit gerechnet werden. Wenn sie noch nach Ferwyned suchen wollte, musste sie sich beeilen. Aber zuerst musste sie die Befehle des Königs den Kurierreitern überbringen, denn ihnen stand die längste Reise bevor.

Durch die Zwischenwelt würden die Krieger den Himmelsturm sehr viel schneller erreichen als die Riesenalpe. Ohne Waffen und Vorräte würden sie dort aber nicht lange bestehen können.

Es war die Nähe zu Artair, die Brinnah im dichten Nebel sicher durch das unbekannte Lager bis zu der Anhöhe führte, auf der die Kuriervögel lagerten.

Die Riesenalpe aus dem Palast waren noch nicht eingetroffen, als sie den Hügel erreichte. Sofort rief sie die Kurierreiter zusammen und erklärte ihnen mit wenigen Worten, was der Rat beschlossen hatte. Der Angriff auf den Tross hatte sich auch hier längst herumgesprochen, und so stellte niemand die Entscheidung des Königs infrage. Im Gegenteil, die Aussicht, dem Nebel endlich entfliehen zu können, schien die Kurierreiter zu ermuntern. Alle machten sich sofort daran, ihre Riesenalpe zu satteln, und ersannen Möglichkeiten für den bevorstehenden Transport von Waffen und Vorräten – alle bis auf Brinnah.

»Ich gehe Ferwyned suchen«, teilte sie Artair mittels Gedankensprache mit, als sich die Kurierreiter an die Arbeit machten. »Ich muss wissen, wie es ihm geht.«

»Die Antwort könnte dir nicht gefallen«, gab Artair zu bedenken. »Ich weiß nicht, ob es klug ist, jetzt ...«

»Ich gehe ihn suchen.« Brinnahs ungewohnt strenger Tonfall ließ keinen Zweifel an ihrer Entschlossenheit aufkommen. »Und ich werde ihn finden.« Mit diesen Worten drehte sie sich um und stapfte den Hügel hinunter.

»Brinnah?« Sie zuckte zusammen, als sie Munyas Stimme in ihren Gedanken hörte. Das Riesenalpweibchen galt als schweigsam und teilte sich für gewöhnlich nur Chulain mit.

»Wenn du mich aufhalten willst, kannst du ...«

»Ich will dich nicht aufhalten«, erwiderte Munya sanft. »Ich möchte dich um etwas bitten.«

»Worum geht es?« Brinnah blieb stehen und schaute zurück. Munya war neben Artair getreten. Ihr gewaltiger Körper zeichnete sich nur schwach im wogenden Nebel ab, dennoch erkannte Brinnah sie sofort. Der Anblick erinnerte sie daran, dass sie Chulain noch gar nicht gesehen hatte. Als oberster Kurierreiter und Mitglied des Rates hätte er der Beratung beiwohnen müssen, aber er war nicht dort gewesen.

»Chulain«, hörte sie Munya in Gedanken sagen. »Ich ... ich habe ihn verloren.«

»Verloren?«, fragte Brinnah erschrocken. »Wie ist das möglich?«

»Unmittelbar vor dem Angriff ist er zum Heer gegangen, weil ich dort eine seltsame Veränderung zu spüren glaubte. Seitdem erreiche ich ihn nicht.«

»O Munya.« Brinnah fühlte, wie ihr die Kehle eng wurde.

»Wenn du Ferwyned suchst, kannst du dann auch nach Chulain Ausschau halten?«, fragte Munya. »Bitte.«

»Natürlich.« Brinnah schluckte trocken. Sie spürte, wie sehr Munya litt, und fühlte mit ihr. Die Bindung zwischen einem Riesenalp und seinem Reiter war so eng, dass Munya es spüren würde, wenn Chulain tot wäre. Dass sie es nicht tat, war dennoch kein gutes Zeichen. »Ich werde ihn finden«, sagte Brinnah und legte alle Zuversicht, die sie aufbringen konnte, in ihre Worte. »Das verspreche ich.«

Diesmal hatte Brinnah bei ihrer Suche nichts, wonach sie sich richten konnte. Im Heerlager waren alle in Aufruhr. Obwohl die meisten versuchten, sich unauffällig zu verhalten, waren Aufbruchstimmung und Anspannung allgegenwärtig. Wogen von Eile, Furcht und Sorge, aber auch von Hoffung und Erleichterung streiften Brinnah auf ihrem Weg durch das Lager wie die kühlen Finger des Nebels, der alles in ein gespenstisches Grau hüllte.

Anfangs war Brinnah gezwungen, vorbeieilende Elfen nach dem Weg zu fragen. Später begegnete sie mehr und mehr Elfen, die Waffen und Nahrungsmittel zu den Riesenalpen brachten. Sie kamen von dort, wo sich am Vorabend der Wagentross befunden hatte, und Brinnah erkannte, dass sie ihnen nur entgegengehen musste, um zu ihrem Ziel zu gelangen.

Lange bevor sie den Hügel erreichte, hinter dem der Tross gelagert hatte, wies ihr der Geruch von kalter, feuchter Asche den Weg, und sie ging schneller. Müdigkeit und Erschöpfung waren vergessen. Ohne auf die schmerzenden Muskeln zu achten, hastete sie den Hügel hinauf – und blieb erschüttert stehen.

Das Bild, das sich ihr bot, war so verstörend, dass ihr Verstand sich zunächst weigerte, es aufzunehmen. Nur drei der dreißig Wagen des Trosses waren dem vernichtenden Feuersturm entgangen, der hier gewütet hatte. Verkohlte Bretter, Räder und Streben zeugten davon, wie die Wagen gestanden hatten. Die Planen fehlten, und von der Ladung war kaum etwas dem Hunger der Flammen entgangen. Es war ein Bild des Schreckens, dazu angetan, den Mut zu verlieren. Aber schlimmer noch als die schwelenden Trümmer war der Anblick der Toten. Obwohl mehr als ein Dutzend Nebelelfen damit beschäftigt waren, die Körper der Gefallenen entgegen dem üblichen Feuerritual in eilig ausgehobenen Gruben zu bestatten, lagen immer noch unzählige Tote zwischen den Wagen und auf dem Platz davor, wo ein heftiger Kampf getobt haben musste.

So viele Tote! Brinnah spürte, wie sich ihr Herz schmerzhaft zusammenkrampfte. Wenn dies wirklich der Ort war, an dem die Reservisten gelagert hatten, musste sie mit dem Schlimmsten rechnen.

»He, was stehst du da rum?«, fuhr ein Elf mit rußgeschwärztem Gesicht sie an. »Wenn du nichts zu tun hast, hilf uns tragen.« Er deutete auf einen schmutzigen Sack, den er über der Schulter trug. »Oder melde dich bei den Heilerinnen, die die Verwundeten pflegen. Die können jede helfende Hand gebrauchen.«

»Die Verwundeten?« Brinnah horchte auf. »Ja, das mache ich. Wo finde ich sie?«

»Dahinten bei den Wagen, die das Feuer verschont hat«, sagte der Elf. Dann fügte er mit spöttischem Unterton hinzu: »Die Götter meinen es wahrlich gut mit uns. Sie haben den Wagen mit den Heilmitteln verschont, damit wir das Leiden derer, die keinen schnellen Tod fanden, ein wenig verlängern können.« Mit diesen Worten drehte er sich um und stapfte davon.

Brinnah zögerte nicht. Mit klopfendem Herzen rannte sie den Hügel hinunter, nahm dann aber einen Umweg in Kauf, um nicht zwischen den verkohlten Wagen hindurch- und an den Toten vorbeigehen zu müssen. Als sie den ersten der unversehrten Wagen erreichte, hörte sie eine verhaltene Stimme.

»... die nicht so schwer verletzt sind, sollen zuerst zu den Pentagrammen gebracht werden. Die anderen folgen, sobald es im neuen Lager genügend Heilmittel und Heilerinnen gibt, um sie zu versorgen.«

»Heißt das, dieser Angriff war nur …«

»… ein kleiner Vorgeschmack auf das, was uns erwartet, wenn wir nicht fliehen.«

»Verstehe. Ich werde sofort die nötigen Anweisungen geben.«

Brinnah ging um den Wagen herum und erkannte einen Angehörigen der Palastwache, der mit einer der älteren Heilerinnen gesprochen hatte. Sie grüßte höflich und bemühte sich, so zu tun, als hätte sie das Gespräch nicht belauscht. Dann nahm sie all ihren Mut zusammen und sagte: »Ich … äh … ich suche einen Freund. Einen Kurierreiter, der bei den Reservisten war. Kannst … kannst du mir sagen, ob er unter den Verwundeten ist? Er heißt Ferwyned.«

»Ferwyned?« Die Heilerin schüttelte den Kopf. »Tut mir leid, den Namen habe ich noch nie gehört.« Sie deutete mit einem matten Kopfnicken über die Schulter und fügte hinzu. »Wir haben dahinten Dutzende von Verletzten, die das Bewusstsein noch nicht wiedererlangt haben. Vielleicht ist er einer von ihnen.«

»Darf ich mich dort einmal umsehen?«, fragte Brinnah. »Bitte, es ist mir sehr wichtig.«

Die Heilerin zögerte. »Ich glaube nicht, dass das klug ist«, sagte sie abwägend. »Es ist wahrlich kein schöner Anblick dort. Wie viel Blut, Elend und Verstümmelung hast du in deinem Leben schon gesehen?«

»Wenig«, gab Brinnah ehrlich zu. »Aber das ist mir gleich. Ich muss wissen, wo Ferwyned ist.«

»Nun, wie willst.« Die Heilerin seufzte. »Es waren schon viele hier, die Freunde und Verwandte gesucht haben. Aber versprich mir, dass du nicht im Weg stehst.«

»Keine Sorge, das werde ich nicht.« Brinnah wollte an der Heilerin vorbeigehen, aber die legte ihr die Hand auf die Schulter und hielt sie zurück. »Warte!«

»Was ist?«

»Du bist auch eine Kurierreiterin?«

»Ja.«

»Gut.« Ein Schatten huschte über das Gesicht der Heilerin. »Chulain ist hier«, sagte sie auf eine Weise, die Brinnah einen Schauder über den Rücken jagte.

»Das … das ist eine gute Nachricht«, stammelte sie, weil sie nicht wusste, was sie sonst antworten sollte. »Wir … wir haben uns schon gefragt, wo er sein könnte.«

»Es steht nicht gut um ihn«, sagte die Heilerin.

»Was …?« Brinnah ließ die Frage unvollendet. Ein Teil von ihr wollte unbedingt erfahren, was Chulain zugestoßen war, während der andere es lieber nicht wissen wollte.

»Sein Bein.« Die Heilerin machte ein betrübtes Gesicht. »Ein Axthieb hat es ihm fast vom Körper getrennt.« Sie stockte und fuhr dann fort: »Er hat viel Blut verloren und großes Glück gehabt, dass man ihn so schnell fand. Sein Leben konnten wir retten, das Bein aber nicht.«

»Er hat ein Bein verloren?« Brinnah keuchte auf. Noch nie hatte sie davon gehört, dass ein Elf eines seiner Gliedmaße eingebüßt hatte. Die Vorstellung war so furchtbar, dass es ihr den Atem raubte. »Wo ist er jetzt?«

»Er liegt in dem ersten der Zelte, in denen wir die Schwerverletzten behandeln«, sagte die Heilerin. »Aber er ist nicht bei Bewusstsein.«

»Ich werde trotzdem nach ihm sehen.« Brinnah nickte der Heilerin zu. »Danke, dass du es mir gesagt hast.« Mit diesen Worten wandte sie sich um und eilte zu dem Zelt.

»Hattest du ihnen nicht ausdrücklich den Befehl gegeben, sich unauffällig zu verhalten?« Kopfschüttelnd starrte Elnath auf die dicht gedrängten Reihen der Elfen, die sich um die beiden Pentagramme versammelt hatten und schiebend und schubsend versuchten, einen Platz in einer der ersten beiden Gruppen zu erhalten. Wären die Palastwachen nicht gewesen, die sich den Herandrängenden in doppelter Reihe entgegenstemmten, wären die Pentagramme, die notdürftig auf den von Gras und Gestrüpp bewachsenen Boden gezeichnet worden waren, längst von Tausenden Füßen zertrampelt worden.

»Sie haben Angst.« Gwiddan seufzte. »Und ich kann es ihnen nicht mal verdenken.«

»Noch vor zwei Sonnenläufen hätte keiner von ihnen freiwillig auch nur eine Zehe in die Zwischenwelt gestreckt.« Elnath gab einen verächtlichen Laut von sich. »Bei den Göttern, das ist wahrlich ein tapferes Heer.«

»Dein spöttisches Gerede hilft uns jetzt auch nicht weiter«, bemerkte Dhaofey gereizt. »Lasst uns lieber beginnen. Je schneller wir hier weg sind, desto wohler fühle ich mich.« Entschossen durchquerte sie das erste Pentagramm und stellte sich in die Mitte des anderen, um die ersten fünfzig Nebelelfen zum Himmelsturm zu führen. »Wünsch mir Glück«, rief sie Elnath zu, der die zweite Gruppe durch die Zwischenwelt führen sollte. »Mögen die Götter uns schützen.«

»Die Götter.« Elnath schüttelte fast unmerklich den Kopf. »Die haben uns doch längst vergessen.« Seine Finger umschlossen das Heft seines Schwertes, während er mit ausdrucksloser Miene beobachtete, wie Dhaofey ihre Begleiter auswählte und wenig später mit ihnen verschwand.

»Nun du.« Gwiddan sah Elnath von der Seite her an.

»Willst du es dir nicht noch einmal überlegen?«, fragte Elnath.

»Nein.« Gwiddan schüttelte den Kopf. »Mein Platz ist hier, bis alle in Sicherheit sind.« Er legte Elnath kameradschaftlich die Hand auf die Schulter. »Wir sehen uns am Himmelsturm.«

Elnath murmelte etwas Unverständliches und trat in das Pentagramm. Vier weitere Elfen, die das Ziel kannten und die Gruppe mit anführen sollten, gesellten sich zu ihm.

Dann gewährten die Palastwachen vierzig Wartenden den Zutritt. Am Schluss folgten fünf Verwundete, die eine Weile ohne die Fürsorge der Heilerinnen auskommen konnten. Als alle beisammen waren, schloss Elnath die Augen und rezitierte leise die geheimen Worte, die ihnen das Tor in die Zwischenwelt öffnen würden. Wenige Augenblicke später waren auch sie verschwunden.

»Mein König!« Ein Nebelelf tauchte wie aus dem Nichts neben Gwiddan auf und berührte ihn zaghaft am Arm.

»Was gibt es?«

»Die Kurierreiter schicken mich, um euch zu vermelden, dass die Riesenalpe aus dem Palast angekommen und bereits auf dem Weg zum Himmelsturm sind. Auch die Riesenalpe, die uns begleitet haben, sind schon mit ihren Lasten aufgebrochen.«

»Hab Dank. Das ist eine gute Nachricht.« Gwiddan nickte dem Elfen zu. »Mögen die Götter geben, dass uns noch genügend Zeit bleibt.«

»Mein König, das war noch nicht …«

Ein dumpfer Ton ließ den Boden erbeben.

»Was war das?« Lirin, der neben Gwiddan stand und beobachtete, wie die dritte Gruppe sich bereit machte, warf dem Elfenkönig einen besorgten Blick zu.

»Wenn ich nicht wüsste, dass es unmöglich ist, würde ich sagen, es war ein Trommelschlag.«

»Aber wir haben keine so großen …« Lirin stutzte. »Die Magier«, presste er hervor. »Es sind die Magier.« Wie um seine Worte zu bestätigen, ertönte in diesem Augenblick erneut ein dumpfer Ton, der eine weitere Schockwelle durch den Boden jagte. Die Elfen rings um das Pentagramm wurden unruhig, aber noch konnte die Palastwache sie zurückhalten, während die dritte Gruppe vor ihren Augen langsam verblasste und eine vierte das Pentagramm betrat.

Gwiddan selbst wirkte wenig beunruhigt. »Sag, welche

Nachricht hast du noch für mich?«, wandte er sich an den Boten, der keine Anstalten machte zu gehen.

»Die Riesenalpreiter vom Palast trugen mir auf, dem Rat zu vermelden, dass das Heer vom Feind eingeschlossen ist. Sie konnten beobachten, dass Eberkrieger sich formieren, und befürchten, dass der Angriff bei Einbruch der Dunkelheit erfolgen wird.«

»Barad, Gwiddan, wenn das wahr ist, sind wir viel zu langsam.« Lirins Stimme bebte. »Lass uns ein weiteres Pentagramm zeichnen«, schlug er vor. »Oder besser noch zwei, dann …«

»… können wir nicht sicher sein, dass die Elfen den Himmelsturm auch erreichen.« Gwiddan schüttelte den Kopf. »Du weißt so gut wie ich, dass die Zwischenwelt nicht unendlich viele Reisende verträgt. Fünfzig auf einmal zu schicken ist mehr, als je ein Elf gewagt hat. Und auch wenn alle den Himmelsturm so unbeschadet wie die Vorhut erreichen, dürfen wir nicht zu sorglos sein. Die Gefahr, dass unsere Krieger in der Zwischenwelt verloren gehen, ist einfach zu groß.«

Wieder jagte eine Erschütterung durch den Boden, und diesmal war deutlich zu spüren, dass sie an Kraft gewonnen hatte.

»Sie kommen näher!« Lirin keuchte auf. »Und wir haben gerade mal dreihundert Krieger in Sicherheit bringen können.«

»Die Trommelschläge sollen uns Angst einjagen«, sagte Gwiddan gefasst. »Die Magier sind sich ihres Sieges sicher. Sie wissen, dass wir in der Falle sitzen, und spielen mit uns wie ein Quarlin mit seiner Beute.« Er überlegte kurz und sagte dann: »Es ist nicht mehr nötig, dass wir dem Feind ein normales Lagerleben vorspielen. Sie wollen, dass wir uns ängstigen. Das können sie haben. Schicke Boten aus und rufe alle, die keine Aufgabe mehr haben, zu den Pentragrammen. Eine Gruppe von Kriegern soll den Heilerinnen beim

Transport der Schwerverletzten helfen. Wenn alle hier versammelt sind, postiere die Bogenschützen so um das Heer, dass sie eine erste Angriffswelle abwehren können.« Er schaute Lirin an und seufzte. »Ich weiß, das ist kein besonders einfallsreicher Plan«, gab er zu, »aber es ist der einzige, der sich umsetzen lässt. Je mehr Zeit wir gewinnen, desto mehr Elfen werden wir zum Himmelsturm bringen. Mehr können wir im Augenblick nicht tun.«

9

Der erste dumpfe Trommelschlag hallte wie ein ferner Donner durch den Nebel und ließ den Boden erbeben, als Brinnah die Zeltplane zurückschlug und in das Halbdunkel dahinter spähte. Im Innern des Zeltes war es noch dunkler als draußen. Das dichte, ölgetränkte Gewebe der Plane hielt neben der Feuchtigkeit auch das wenige Licht fern, das den Nebel zu durchdringen vermochte, und obwohl an jedem der zehn notdürftig errichteten Krankenlager ein Talglicht brannte, konnte Brinnah nur schwer Einzelheiten erkennen. Zögernd trat sie ein. Es roch nach Kräutern und Heilsalbe, aber auch der metallische Geruch von Blut und die Ausdünstungen fiebriger Leiber streiften ihre Nase.

Eine junge Elfe im hellen Gewand der Heilerinnen, die einem Verletzten die Stirn mit einem feuchten Tuch kühlte, schaute kurz auf, als sie eintrat, sagte aber nichts.

Brinnah ging weiter. Was sie sah, zerriss ihr fast das Herz. Obwohl dicke Verbände gnädig die entsetzlichen Wunden verdeckten, die die Waffen der Eberkrieger in die Körper der Elfen geschlagen hatten, hatte sie Mühe, ihr Entsetzen zu verbergen. Einem Elf war der Schwertarm unterhalb der Schulter abgetrennt worden, einem anderen hatten die Heilerinnen den Kopf so stark verbunden, dass nur die Augen, die Nase und der Mund daraus hervorschauten. Vom rechten Auge bis zu der Stelle, an der sich das rechte Ohr befinden musste, färbte Blut die Verbände rot.

Der Verwundete hatte die Augen geschlossen. Er musste höllische Schmerzen leiden, denn er zuckte und stöhnte unentwegt im Schlaf. Brinnah wandte sich ab und trat an das nächste Krankenlager, als ein weiterer dumpfer Trommelschlag den Boden erzittern ließ. Die Talglichter flackerten unruhig, als spürten sie die nahende Gefahr, und auch Brinnah war nicht gefeit gegen die Furcht, die das unheilvolle Dröhnen in ihr Herz trug. Hastig ging sie zu dem nächsten Lager, vor dem ein Elf auf einem Schemel saß. Um seinen Kopf war ein Verband geschlungen, allerdings ein sehr schmaler, der nur die Stirn und den Hinterkopf bedeckte. Er wandte ihr den Rücken zu, aber die Art, wie er dasaß, verriet ihr, dass er eingeschlafen war.

Hier am Ende des Zeltes war das Licht besonders schlecht. Brinnah musste sehr nahe an das Lager herantreten, um einen Blick auf das Gesicht des Verwundeten zu werfen. Was sie sah, ließ ihr Herz höher schlagen.

»Chulain!«, sagte sie so laut, dass sie selbst erschrak. Hastig biss sie sich auf die Unterlippe und schaute sich um, ob sie jemanden geweckt hatte. Aber niemand schien sie gehört zu haben. Die junge Heilerin war fort, und die Verletzten schienen unter der Wirkung berauschender Kräuter so fest zu schlafen, dass nichts sie aufwecken konnte.

»Brinnah? Brinnah!« Der Elf, der neben Chulain gesessen hatte, sprang auf und schloss sie von hinten ungestüm in die Arme. Brinnah versteifte sich und wollte ihn von sich stoßen, doch als sie sich umdrehte, durchströmte sie jäh ein tiefes Glücksgefühl.

»Ferwyned? O, Ferwyned! Du lebst. Ich habe mir solche Sorgen um dich gemacht.«

»Ich hatte Glück.« Ferwyned gelang ein Lächeln. »Ich habe nur einen Schlag auf den Kopf bekommen.« Er drehte sich um, warf einen Blick auf Chulain und fuhr mit gesenkter Stimme fort. »Ihn hat es leider schlimmer erwischt.«

»Ich habe schon davon gehört«, sagte Brinnah. »Sein Bein …«

»Er wird nie wieder fliegen können.« Ein Schatten huschte über Ferwyneds Gesicht. »Es ist gut, dass er schläft. Ich weiß nicht, ob er die Wahrheit verkraften könnte.« Er sah Brinnah an und wechselte das Thema. »Aber sag, was machst du hier? Bist du schon wieder so weit bei Kräften, dass du fliegen kannst?«

»Ich hatte keine Wahl.« Mit knappen Worten schilderte Brinnah Ferwyned, warum sie zum Heer gekommen war. »Nam wusste, dass der Nebel nicht natürlichen Ursprungs ist«, schloss sie ihren Bericht. »Aber er vergaß, es Gwiddan …«

Die Zeltplane wurde ruckartig zur Seite geschlagen, und ein Elf in der Gewandung der Palastwache erschien im Eingang. »Alle raus hier!«, rief er gut vernehmlich. »Befehl des Königs. Die Schwerverletzten müssen unverzüglich zu den Pentagrammen gebracht werden.«

»Es geht los. Bei den Göttern, so bald schon.« Brinnah erschrak und berichtete Ferwyned vom Plan des Elfenkönigs.

»Sie wollen mehr als dreitausend Elfen durch die Zwischenwelt führen? Aber das ist unmöglich.«

»Es ist der einzige Ausweg.« Brinnah nickte. »Sie haben schon damit begonnen.«

Im Zelteingang erschienen drei Heilerinnen, die eilig damit begannen, Heilmittel und Verbandszeug zusammenzupacken. Während sie ein paar Kriegern Anweisungen zum Transport der Verletzten gaben, ließ ein erneuter Trommelschlag den Boden erzittern. Diesmal war die Erschütterung so stark, dass die Mörser in den Tonschalen klirrten und ein paar kleinere Gefäße zu Boden stürzten. Zwei Krieger kamen, um Chulain zu holen, aber Ferwyned schüttelte den Kopf. »Das ist nicht nötig«, sagte er bestimmt. »Wir kümmern uns um ihn.«

Die Krieger nickten und wandten sich einem anderen Verletzten zu. »Wir kümmern uns um ihn?« Brinnah sah Ferwyned fragend an. »Was meinst du damit? Ich kann mich nicht um ihn kümmern. Ich muss zu Artair und Waffen und Gerät zum Himmelsturm bringen.«

»Eben.« Ferwyned war schon dabei, das Krankenlager mit wenigen Handgriffen in eine Trage zu verwandeln.

»Ich verstehe nicht ...« Brinnah schüttelte den Kopf.

Ferwyned schaute sie von der Seite her an. »Welcher Riesenalp außer Artair ist noch zurückgeblieben?«

»Munya«, antwortete Brinnah ganz automatisch. »Sie trug mir auf, Chulain zu suchen, weil sie ihn nicht erreichen kann und sich um ihn sorgt.«

»Dann solltest du ihr sagen, dass du ihn gefunden hast und dass wir ihn zu ihr bringen«, sagte Ferwyned, ohne in seinem Tun innezuhalten. »Sag ihr, dass Chulain schwer verletzt ist, und frage sie, ob sie auch mit mir fliegen würde.«

»Was hast du vor?«

»Ich bringe Chulain hier raus«, erklärte Ferwyned. »Und wenn ich ihn den ganzen Weg bis zum Himmelsturm festhalten muss. Ich werde ihn auf keinen Fall zurücklassen.«

»Aber die Pentagramme«, erinnerte Brinnah ihn. »Du hast doch gehört, was der Krieger gesagt hat. Die Schwerverletzten werden durch die Zwischenwelt zum Himmelsturm gebracht. Außerdem braucht Chulain Ruhe. Die Wunde an seinem Bein ist noch frisch. Du kannst ihn unmöglich auf einem Riesenalp transportieren.«

»Ich kann und ich werde es. Mit oder ohne deine Hilfe.« Ferwyneds Entschluss stand fest. Er erhob sich, trat auf Brinnah zu und sagte leise: »Wir wissen nicht, wie viel Zeit uns noch bleibt. Was, wenn nicht allen die Flucht gelingt? Wenn Chulain nicht rechtzeitig fortkommt? Was, wenn er bei dem bevorstehenden Angriff stirbt? Was willst du Munya dann erzählen? Dass wir ihn im Stich gelassen haben, obwohl wir ihn hätten mitnehmen können? Wie willst du ihr das erklären?« Er holte tief Luft und fuhr dann fort: »Chulain ist mein Freund. Er kommt mit uns. Ich werde ihn nicht im Stich lassen.«

»Dann hast du schon mit Munya gesprochen?«, fragte Brinnah.

»Nein!« Ferwyned schüttelte den Kopf und verzog schmerzhaft das Gesicht. »Das musst du machen. Seit ich den Schlag auf den Kopf bekommen habe, kann ich mich nicht mehr der Gedankensprache bedienen, weder mit Elfen noch mit Riesenalpen.«

»Die Wunde wird aufreißen und Chulain verbluten«, prophezeite Brinnah düster.

»Nicht, wenn ich es verhindern kann.« Ferwyned schien sich seiner Sache sicher zu sein. »Vergiss nicht, dass ich eine entsprechende Ausbildung genossen habe.«

»Also gut.« Brinnah gab sich geschlagen. »Aber nur, wenn Munya einverstanden ist.« Sie nickte Ferwyned zu, schloss die Augen und nahm in Gedanken Kontakt zu dem Riesenalpweibchen auf.

Keine hundert Herzschläge später waren sie unterwegs. In dem Strom aus Kriegern, die die Verletzten auf Tragen mit sich führten, Heilerinnen und Verwundeten, die den Weg zu den Pentagrammen aus eigener Kraft bewältigen konnten, fielen sie mit Chulain nicht weiter auf. Eine ganze Weile hatte es den Anschein, als hätten sie das gleiche Ziel, dann entfernten sie sich unauffällig von den anderen und schlugen den Weg zu den wartenden Riesenalpen ein.

Munya erwartete sie voller Ungeduld. Sie plagte eine große

Unruhe, die nicht nur von den Trommelschlägen herrührte, welche nun in immer kürzeren Anständen wie die Vorboten des nahen Todes durch den Nebel hallten. Sie glaubte auch die Nähe der Eberkrieger spüren zu können, die sich von allen Seiten auf das Heer zubewegten und nur auf den Befehl zum Angriff warteten.

Brinnah und Ferwyned spürten nichts dergleichen. Sosehr Brinnah ihre feinen Elfensinne auch bemühte, gelang es ihr nicht, einen Beweis für Munyas düstere Vorahnungen zu finden. Dessen ungeachtet beeilten sie sich, Chulain vorsichtig auf Munyas Rücken zu legen und eine sichere Position für ihn zu finden.

Außer ihnen, Munya und Artair hatten alle Elfen und Alpe den Hügel verlassen. Wer nicht mit den Riesenalpen geflogen war, hatte sich auf den Weg zu den Pentagrammen gemacht. Waffen und Vorräte standen sorgsam in riesigen Bündeln aus Zeltplanen verpackt zum Abtransport bereit, aber es gab niemanden mehr, der sie bewachte.

Nachdem Brinnah zwei der Bündel auf Artairs Rücken befestigt und einen dritten zum Transport im Schnabel bereitgestellt hatte, sandte sie ein kurzes Gebet zu den Göttern, dass die verbleibenden Bündel nicht dem Feind in die Hände fallen mögen. Dann stieg sie auf Artairs Rücken und gab Ferwyned das Zeichen zum Abflug.

Ein neuerliches Donnergrollen begleitete sie, als sich die beiden Riesenalpe in die Lüfte schwangen und in einem weiten Bogen den Weg zum Himmelsturm einschlugen.

»Jetzt sind wir in Sicherheit«, fing Brinnah einen Gedanken von Artair auf.

... in Sicherheit. Brinnah seufzte. Waren sie das wirklich? Oder war der Flug zum Himmelsturm nur ein Aufschub dessen was noch kommen mochte? Gedankenverloren ließ sie den Blick über den Nebel unter ihren Füßen schweifen, der ein wenig dünner erschien und ihr hin und wieder einen

Blick auf den Boden erlaubte. Die vielen Tausend Fackeln, die sich wie ein feuriger Ring auf das Heer der Elfen zuschoben, ließen ihr das Blut in den Adern gefrieren und machten ihre Hoffnung, dass sich alles vielleicht doch noch zum Guten wenden würde, mit einem Schlag zunichte.

Die ungeheure Masse der Angreifer, die sich ihr aus der Luft offenbarte, überstieg selbst ihre schlimmsten Erwartungen. Sie musste erkennen, dass sich das eilig zusammengewürfelte Heer der Nebelelfen einem schier übermächtigen und grausamen Feind entgegenzustellen hatte, den alle unterschätzt hatten. Einem Feind, der erst dann ruhen würde, wenn alle tot waren oder der letzte Elf sein Haupt demütig vor An-Rukhbar in den Staub presste. Wenn alles verloren war.

Gwiddan-Sh-e-Nats Blick huschte voller Sorge über die dicht gedrängte Menge der Nebelelfen, die sich am frühen Nachmittag rings um die beiden Pentagramme. Vierzig Gruppen, fast zweitausend Krieger, hatten die Zwischenwelt bereits durchschritten, aber immer noch warteten mehr als tausend darauf, die Zuflucht am Himmelsturm zu erreichen. Nachdem etwa zwanzig Gruppen durch die Tore gegangen waren, war die Räumung des Lagers ins Stocken geraten. Es gab niemanden mehr, der sich das Bild des Felssturzes am Himmelsturm ins Gedächtnis rufen konnte, eine unabdingbare Voraussetzung, wenn man sicher durch die Zwischenwelt reisen wollte. So mussten die Übrigen darauf warten, dass eine Gruppe von Wegbereitern vom Himmelsturm zurückkehrte und sich ihrer annahm.

Die Elfen, die die Gruppen anführten, setzten sich damit einer großen Gefahr aus. Den Quarlinen waren die vielen Reisenden nicht entgangen, die sich durch die Zwischenwelt bewegten. Da die riesigen Raubkatzen es nicht wagten, eine Gruppe von fünfzig Kriegern anzugreifen, galt ihre Aufmerksamkeit vor allem den zurückkehrenden Wegbereitern.

Die Bedrohung durch die Quarline machte den Rückweg zu einem Wettlauf gegen die Zeit. Seit die Räumung des Lagers begonnen hatte, hatte es schon zwei Quarlinangriffe gegeben. Dabei waren vier Elfen getötet und sechs verletzt worden. Daraufhin hatte Gwiddan den Befehl gegeben, dass auch die Rückkehrer die Reise nur noch in größeren Gruppen antreten durften, denn die Zahl der hungrigen Quarline, die sich in der Zwischenwelt drängten, nahm immer weiter zu.

Es war ein großes Glück für die Elfen, dass Quarline Einzelgänger waren und es nicht verstanden, im Rudel zu jagen. Vor einem Rudel Quarline wären selbst fünfzig Elfen nicht sicher gewesen. So aber blieben die schmerzlichen Verluste gering, denn die riesigen Raubkatzen verwendeten viel Kraft darauf, sich ihre Artgenossen vom Leib zu halten.

Gwiddan beobachtete, wie die nächste Gruppe Nebelelfen durch das unsichtbare Tor in die Zwischenwelt glitt, und lauschte auf den Trommelschlag, dessen Takt im Lauf des Nachmittags immer schneller geworden war. Was als einzelner Donnerschlag begonnen hatte, den eine lange Pause vom nächsten Ton trennte, war zu einem rhythmischen Stampfen geworden, das den Boden erzittern ließ. Je weiter der Sonnenlauf voranschritt, desto schneller schlugen die Feinde ihre Trommeln. Es war ein zermürbendes und Furcht einflößendes Geräusch, dazu angetan, auch das tapferste Herz vor Angst erstarren zu lassen.

Gwiddan wusste, dass er diesen Trommelschlag niemals würde vergessen können. Dennoch war er froh um jeden Schlag, den er hörte, denn ihm war klar, dass der Angriff in ebendem Augenblick beginnen würde, da die Trommeln verstummten.

Erleichtert bemerkte er, dass auch das zweite Pentagramm leer war. Einhundert Leben weniger, um die er sich sorgen musste.

»Du solltest jetzt aufbrechen.« Lirin, der zusammen mit zwei anderen Mitgliedern des Rates den Verteidigungsring aus Bogenschützen in Augenschein genommen hatte, trat neben Gwiddan und legte ihm in einer freundschaftlichen Geste die Hand auf den Unterarm. »Die Bogenschützen stehen in doppelter Reihe«, teilte er Gwiddan mit. »Wenn die Götter es gut mit uns meinen, werden sie uns bei einem Angriff zumindest ein wenig Zeit verschaffen können. Es gibt nichts, was du hier noch ausrichten könntest.«

»Da irrst du dich«, erwiderte Gwiddan. »Ich kann denen, die noch warten müssen, Hoffnung geben. Wenn ich jetzt gehe, werden sie glauben, dass der Angriff jeden Augenblick erfolgen wird. Sie werden denken, dass ich sie im Stich lasse, um mein eigenes Leben zu retten.« Er schüttelte den Kopf. »Deine Sorge ehrt dich, Lirin. Aber ich kann mein Volk nicht verlassen. Wenn ich hier stehe, wo alle mich sehen können, werden sie Ruhe bewahren. Solange ich keine Furcht zeige, werden auch sie ihre Ängste unterdrücken. Glaube mir, wenn ich mich davonmache, wird hier ein erbitterter Kampf um die Plätze in den Pentagrammen losbrechen, der einem Angriff der Eberkrieger in Härte und Grausamkeit in nichts nachstehen wird. Jeder würde versuchen, noch irgendwie fortzukommen, auch mit Gewalt.«

Lirin nickte. Er kannte Gwiddans Beweggründe zur Genüge, machte aber keinen Hehl daraus, dass sie ihm nicht gefielen. Ginge es nach ihm, würde Gwiddan längst am Himmelsturm weilen, aber er respektierte dessen Entscheidung und bewunderte die selbstlose Haltung. Dennoch gab er sich diesmal nicht so leicht geschlagen. Er beugte sich etwas vor und sagte gerade so laut, dass Gwiddan es hören konnte: »Die Späher haben den Feind keine hundertfünfzig Schritte vor den Bogenschützen entdeckt. Sie verbergen sich im Nebel.« Er deutete auf den Nebel, der mit dem schwindenden Licht wieder dichter zu werden schien. »Wir sind umzingelt, Gwiddan. Da draußen warten Hunderte, vielleicht sogar Tausende dieser furchterregenden Bestien auf den Befehl zum Angriff. Unsere Bogenschützen werden machtlos sein. Die wenigen Pfeile, die wir noch besitzen, mögen den Wartenden ein Gefühl der Sicherheit vermitteln, aber wir beide wissen, dass sie nicht mehr ausrichten können als Steine, die ein Kind nach einem Riesen wirft.« Er sah den Elfenkönig flehend an. »Wenn der Angriff beginnt, ist es für eine Flucht zu spät, Gwiddan«, mahnte er. »Sie werden uns überrennen, ohne unseren Widerstand überhaupt zu spüren. Ich weiß es, und du weißt es auch. Also sei vernünftig und geh, solange es noch möglich ist. Was immer hier geschieht, dein Platz ist am Himmelsturm, wo unsere Krieger auf dich warten.«

»Wie viele Gruppen sind noch hier?«, fragte Gwiddan.

»Vierzehn oder fünfzehn.«

»Gut, dann werde ich mit einer der letzten fünf gehen.«

»Gwiddan, bitte!« Lirin hob in einer verzweifelten Geste die Hände.

»Mein Platz ist hier!«, beharrte Gwiddan. »Ein erbärmlicher König ist, wer sich beim ersten Anzeichen von Gefahr ängstlich verkriecht und sein Volk im Stich lässt.«

»Aber das ist Wahnsinn!«, rief Lirin aus. »Niemand hier zweifelt an deinem Mut. Allen bist du ein leuchtendes Vorbild. Doch es ist nur ein schmaler Grat zwischen Mut und Leichtsinn, und als dein Freund ist es meine Pflicht, dir zu sagen, dass du gerade dabei bist, diesen zu überschreiten.«

»Ich habe es gehört und danke dir«, erwiderte Gwiddan gelassen. »Dennoch, mein Entschluss steht fest.«

»Barad, du machst es mir wirklich nicht leicht.« In hilfloser Wut ballte Lirin die Fäuste. Fast beiläufig nahm er wahr, dass der Trommelschlag den Takt hämmernder Herzen angenommen hatte und offenbar seinem Höhepunkt entgegenstrebte. Die winzige Geste, die er mit den Händen in der Luft beschrieb, bemerkte Gwiddan ebenso wenig wie den Elf, der lautlos hinter ihn trat. Erst als Lirin in einem fast entschuldigenden Ton sagte: »Also gut, du hast es nicht anders gewollt«, schien der König die Gefahr zu bemerken, aber da war es schon zu spät. Ein gezielter Handkantenschlag gegen den Hals warf ihn zu Boden und schickte ihn ins Reich der Träume.

Lirin beugte sich über den bewusstlosen König, ergriff dessen Hand und murmelte: »Verzeih mir, mein Freund, aber es ging nicht anders.« Zwei Elfen kamen herbei, hoben Gwiddan auf eine Trage und trugen ihn in das Pentagramm. Den besorgten Kriegern erklärte Lirin, dass der König einen Unfall gehabt habe und unverzüglich zum Himmelsturm gebracht werden müsse.

Als er die Gruppe mit dem König wenig später in der Zwischenwelt verschwinden sah, atmete Lirin auf. Zwei Drittel des Heeres befanden sich bereits am Himmelsturm. Gwiddans Platz war dort und nicht hier, denn er war es, der das Heer zusammenhielt. Nur ihm würden sie folgen. Und wenn seine Beweggründe auch noch so ehrenhaft sein mochten: Es durfte nicht sein, dass ihm etwas zustieß. Das Wohl einiger weniger durfte nicht über das Wohl des ganzen Elfenvolkes gestellt werden.

Lirin seufzte. Er wusste, dass er richtig gehandelt hatte, aber das schlechte Gewissen ließ sich nicht so einfach ausschalten. Irgendwann, so hoffte er, würde Gwiddan das einsehen und ihm verzeihen. Um sich abzulenken, blickte er zum Pentagramm hinüber, in dem sich bereits die nächste Gruppe versammelt hatte. Da bemerkte er eine Veränderung, die ihm das Blut in den Adern gefrieren ließ. Im ersten Augenblick hoffte er noch auf einen Irrtum und lauschte. Doch sein Gefühl trog nicht. Die Trommeln waren verstummt!

»Hörst du das?«

Artairs Frage weckte Brinnah aus dem leichten Schlummer, der sie in der zunehmenden Dunkelheit übermannt hatte. Auf ihrem Flug nach Norden hatten sie den unnatürlichen Nebel schon bald hinter sich gelassen. Artair flog dicht hinter Munya, die mit Rücksicht auf Chulain einen kräftesparenden Gleitflug gewählt hatte.

Die sanften Bewegungen des Vogelkörpers, das Gefühl, in Sicherheit zu sein, und das Wissen darum, dass es nichts zu tun gab, hatten Brinnah schläfrig gemacht. Seit sie den Palast verlassen hatte, hatte sie sich keine Ruhe gegönnt, und so hatte sie sich nur allzu gern den sanften Händen des Schlafs überlassen.

Sie lauschte. »Ich höre nichts«, gab sie schließlich zur Antwort.

»Eben.«

»Artair, sprich bitte nicht in Rätseln.« Brinnah gähnte. »Ich bin todmüde.«

»Die Trommeln«, erwiderte Artair auf eine Weise, als erkläre dies alles. »Bis eben konnte ich sie noch hören. Jetzt sind sie verstummt.«

»Bei den Göttern!« Schlagartig war Brinnah hellwach. Wenn die Trommeln nicht mehr geschlagen wurden, konnte das nur eines bedeuten! Erschaudernd fragte sie sich, wie viele Elfen wohl noch im Nebel festsitzen mochten, und sandte ein kurzes Gebet an die Götter, in dem sie um Beistand für die Bedrängten bat.

Die junge Heilerin, die sich um den Fiebernden gekümmert hatte, kam ihr in den Sinn, und sie dachte an all die Elfen, mit denen sie auf ihrer Suche nach Ferwyned gesprochen hatte. Wie viele von ihnen mochten jetzt um ihre Leben bangen? Wie viele würden den Himmelsturm nie erreichen?

Und ich mache mich einfach feige aus dem Staub … Der

Gedanke kam völlig überraschend. Plötzlich schämte sie sich, weil sie hier auf Artairs Rücken saß und die anderen ihrem Schicksal überließ. Warum hatte sie niemanden mitgenommen? Trotz der Lasten, die Artair trug, hätten noch zwei Elfen auf seinem Rücken Platz gefunden. Zwei Leben, die den Eberkriegern nicht zum Opfer gefallen wären. Zwei Leben, die nun verloren waren, weil sie feige und selbstsüchtig gewesen war.

Feige und selbstsüchtig. Brinnah erschrak. Hatte sie wirklich so gehandelt? War es das, was man von ihr denken würde, wenn sie den Himmelsturm erreichte?

»Unsere Aufgabe ist es, die Waren zum Himmelsturm zu bringen«, hörte sie Artair in ihre Gedanken hinein sagen. »Nicht mehr und nicht weniger. Die anderen haben auch keine Elfen mitgenommen, als sie fortgeflogen sind. Du musst dir also keine Vorwürfe machen.«

»Das ist etwas anderes«, hielt Brinnah ihm entgegen. »Sie gingen davon aus, dass es alle durch die Zwischenwelt schaffen würden, aber wir wussten, dass der Angriff jeden Augenblick beginnen konnte. Wir wussten, wie groß die Gefahr ist. Wir hätten helfen können – nein, müssen –, aber wir haben es nicht getan.«

»Wie auch immer, jetzt ist es zu spät. Du hast getan, was man von dir verlangt hat. Niemand kann dir deshalb Vorwürfe machen.«

»Doch, ich.« Brinnah presste die Lippen fest zusammen, während sie mit sich rang. »Ich würde mir Vorwürfe machen, weil ich nicht geholfen habe. Zwei Leben zu retten mag angesichts der Masse nicht viel erscheinen, und das ist es auch nicht. Wichtig ist allerdings, dass ich überhaupt etwas tue und das, was ich zu leisten vermag, zum Wohle der anderen einsetze.«

»Das tun wir doch, indem wir Waffen und Verpflegung zum Pass bringen.«

»Aber das ist nicht genug!« Brinnah war außer sich. »Barad, verstehst du das denn nicht? Dahinten sterben meine Brüder und Schwestern, und ich habe nicht einmal daran gedacht, ihnen meine Hilfe anzubieten. Das werde ich mir nie verzeihen.«

»Und was willst du jetzt tun?«, fragte Artair auf eine Weise, die deutlich machte, dass er die Antwort schon zu kennen glaubte.

Brinnah antwortete nicht sofort. Für wenige Herzschläge rang sie noch mit sich. Dann sagte sie: »Wir fliegen zurück!«

Es war, als bliebe die Zeit stehen.

Nicht nur die Trommeln der Gurrlin, jeder Laut schien von einem Wimpernschlag zum nächsten zu verstummen. Die neunhundert Elfen, die sich um die Pentagramme drängten, wagten nicht zu atmen. Verunsichert schauten sie sich an oder warfen furchtsame Blicke in Richtung des Nebels, in dem sich die Angreifer verbargen. Die Bogenschützen standen bereit, die Sehnen der Bogen straff gespannt, die Pfeile mit den Spitzen aus Sternenebulit auf ein Ziel gerichtet, das sie nicht ausmachen konnten. Niemand rührte sich.

Geräuschlos verschwand eine Gruppe von Elfen in der Zwischenwelt, und ebenso geräuschlos machte sich die nächste Gruppe bereit. Es war ein gespenstisches Bild, unwirklich in der zunehmenden Dunkelheit und erfüllt von einer Furcht, die so stark war, dass Lirin glaubte, sie mit den Händen greifen zu können.

Wie alle wartete auch er. Und wie bei den anderen wurde auch seine Geduld auf eine harte Probe gestellt. So unheimlich das Dröhnen der Trommeln auch gewesen sein mochte, angesichts der Stille, die sich wie ein Bahrtuch über das Heer gebreitet hatte, wünschte er sich das dumpfe Dröhnen fast schon zurück. Aus den Augenwinkeln sah er, wie eine weitere Gruppe in die Zwischenwelt glitt, und atmete auf. Fünfzig Leben in Sicherheit – vielleicht blieb doch noch genug Zeit, um die verbliebenen Gruppen …

Ein Feuerschein, der als rotes Glühen irgendwo in Norden jenseits des Nebels aufflammte, ließ ihn in Gedanken innehalten. Er war zu weit entfernt, um wirklich bedrohlich zu wirken, aber Lirin spürte die abgrundtiefe Bosheit, die darin mitschwang, und befürchtete das Schlimmste.

Das Leuchten wurde stärker, kam jedoch nicht näher. Mit rasender Geschwindigkeit breitete es sich so weit nach Osten und Westen aus, bis ein feuriger Streifen den Nebel entflammte. Doch damit nicht genug. Ehe Lirin sich versah, flammte auch im Süden ein Feuer auf, das sich in Windeseile ausbreitete, auf das Feuer im Norden zustrebte und sich mit ihm vereinte.

Keine zwanzig Herzschläge nachdem Lirin den Feuerschein entdeckt hatte, schloss sich der Kreis. Rings um die überraschten Elfen erstrahlte der Nebel in einem blutigen Rot, während der Wind Lirin den Geruch verbrannten Öls zutrug.

»Das ist eine Falle! Sie werden uns alle verbrennen!« Der schrille Ruf irgendwo aus der Menge brach den Bann, den die Stille über die Elfen gelegt hatte. Plötzlich schrien alle durcheinander und versuchten rücksichtslos, die Pentagramme zu erreichen. In Bruchteilen eines Augenblicks zerfiel die Ordnung, und es kam, wie Gwiddan es vorhergesehen hatte. Freunde wurden zu Feinden, Brüder und Schwestern zu erbitterten Widersachern. Im Kampf ums Überleben gab es weder Rücksichtnahme noch Hilfsbereitschaft. Jeder dachte nur an sich selbst. Verletzte wurden zurückgelassen, Wer stürzte, wurde niedergetrampelt, wer den Weg nicht freigab, brutal niedergeschlagen.

Die Palastwache, die die empfindlichen Zeichnungen am Boden bisher geschützt hatte, hatte den Heranstürmenden nichts entgegenzusetzen. Von allen Seiten drangen die Elfen in den freien Raum ein und zerstörten dabei nicht nur die Linien der fünfzackigen Sterne, sondern auch die magischen Symbole an deren Spitzen, ohne die das Tor zur Zwischenwelt nicht geöffnet werden konnte. Als die Elfen erkannten, was sie angerichtet hatten, brach endgültig Panik aus. Ohne Waffen, den sicheren Tod vor Augen, versuchten viele zu fliehen. Blindlings drängten sie sich durch die Reihen der Bogenschützen und rannten in den Nebel hinaus – direkt in die Arme der Eberkrieger, die sie dort schon erwarteten.

Als die ersten Todesschreie durch den Nebel gellten, wusste Lirin, dass sie verloren hatten. Die Magier hatten ihren Angriff sorgfältig geplant. Die Grausamkeit und Entschlossenheit, mit der sie dies getan hatten, überstieg sein Vorstellungsvermögen bei Weitem. Erst jetzt, da es zu spät war, wurde ihm bewusst, wie sehr alle den Feind unterschätzt hatten. Die Magier waren gekommen, um zu töten. Ihr Ziel war es, das Heer der Elfen zu vernichten. Kein Einziger sollte überleben.

Die ganze Zeit hatte Lirin sich gefragt, warum die Gurrline nicht angriffen, jetzt wusste er es. Im Schutz des Nebels hatten sie rings um das Heer einen Graben ausgehoben und diesen mit Öl gefüllt. Indem sie das Feuer hinter den eigenen Linien entzündeten, stellten sie sicher, dass ihnen kein einziger Elf entkommen würde.

Von der Fähigkeit der Elfen, durch die Zwischenwelt zu reisen, schienen die Magier indes nichts zu ahnen. Lirin bedauerte fast, nicht mit ansehen zu können, wenn die Magier erkannten, dass ihnen so viele Elfen entkommen waren. So blieb ihm allein das Gefühl eines kleinen Triumphes, als er sein Schwert zog und mit versteinerter Miene auf die Gurrline zuschritt, die sich wie eine tödliche Phalanx vor dem Hintergrund des feurigen Nebels abzeichneten und den Ring um die verzweifelten Elfen immer enger zogen.

10

»Feuer!« Erschüttert blickte Brinnah von oben auf den lodernden Ring herab, der die Nebelelfen einschloss. »Bei den Göttern, sie haben Feuer gelegt.«

»Bist du sicher, dass ich da hindurchfliegen soll?«, fragte Artair.

»Natürlich!« Brinnahs Entschluss stand fest. »Meine Brüder und Schwestern sind in höchster Not. Ich bin nicht zurückgeflogen, um tatenlos zuzusehen, wie sie sterben.« Sie spürte, wie Artair die Flügel anlegte und auf die schwarzen Rauchwolken zuglitt, die über dem Feuer aufstiegen und ihnen die Sicht versperrten.

»Halt den Atem an«, wies Artair Brinnah an und tauchte in die schwarze Wand ein. Für wenige Herzschläge flogen sie blind durch den beißenden Rauch. Dann klärte sich die Sicht.

»Bei den Göttern!« Brinnah riss entsetzt die Augen auf. Sie hatte damit gerechnet, die Elfen in Bedrängnis vorzufinden, und geahnt, dass die wenigen, denen die Flucht nicht gelungen war, keine Aussicht hatten zu überleben. Im Geiste hatte sie sich bereits auf den Anblick von Toten und Verwundeten vorbereitet. Doch was sie am Boden erblickte, überstieg selbst ihre schlimmsten Erwartungen. Zum ersten Mal in ihrem Leben bekam der Begriff *Schlachtfeld* ein Gesicht.

Das Heer der Elfen gab es nicht mehr.

Die Zurückgebliebenen lagen tot am Boden. Hunderte Freiwillige, die ausgezogen waren, ihre Heimat vor den Eindringlingen zu schützen, hatten unter den Klingen der zweischneidigen Streitäxte einen grausamen Tod gefunden. Niedergemäht wie reifes Getreide, lagen sie dicht nebeneinander in ihrem Blut, verstümmelt und entstellt, die Hände noch um die Schwerter gekrallt, die ihnen keinen Schutz hatten bieten können. Überall sah Brinnah Eberkrieger, die auf der Suche nach Verwundeten zwischen den Toten umherstreiften und mit einem raschen Axthieb beendeten, was ihnen zuvor entgangen war. Der Anblick war so grauenhaft, dass er Brinnah die Kehle zuschnürte. Zu spät, dachte sie mit Tränen in den Augen. Ich komme zu spät.

»Das war kein Kampf, das war ein grausames Abschlachten.« Auch Artair war zu tiefst erschüttert. »Lass uns zurückfliegen, ehe sie uns bemerken«, riet er. »Es ist vorbei. Hier können wir nichts mehr ausrichten.«

Brinnah wusste, dass Artair recht hatte, zögerte aber, ihm zuzustimmen. In der Hoffnung, irgendwo noch eine Spur von Leben zu entdecken oder jemanden, der ihre Hilfe benötigte, ließ sie den Blick über das Schlachtfeld schweifen. Doch wohin sie auch blickte und wann immer sie eine Bewegung zu erkennen glaubte, überall waren es nur die Eberkrieger, die ihr grausiges Werk mit blitzenden Klingen vollendeten. Sie hatten den Riesenalp noch nicht bemerkt, der in der Dunkelheit hoch über ihnen und dem Schlachtfeld kreiste, aber Brinnah wusste, dass es nur eine Frage der Zeit war, bis man sie entdeckte.

Schweren Herzens fasste sie den Entschluss zu fliehen. Gerade als sie Artair zustimmen wollte, weckte eine Bewegung auf dem Hügel, der einen Sonnenlauf zuvor den Riesenalpen als Rastplatz gedient hatte, ihre Aufmerksamkeit. Zwischen den Säcken und Bündeln, die dort noch immer zum Abtransport bereitlagen, bewegte sich etwas im Schein der lodernden Feuerwand. Ein kurzer Gedanke genügte, und Artair flog zu dem Hügel, wo Brinnah ihre Vermutung bestätigt fand.

Im Schutz der Säcke kauerten zwei Elfen. Dicht aneinandergedrängt, spähten sie immer wieder angstvoll zu den Eberkriegern hinüber, die sich nicht für die zurückgelassenen Waffen und Vorräte zu interessieren schienen.

Brinnahs Herz begann wie wild zu pochen. Wenn es ihr gelingen sollte, die beiden zu retten, war nicht alles vergebens gewesen. In Gedanken versuchte sie abzuschätzen, wie viel Zeit ihnen für eine Rettungsaktion blieb. Wie schnell konnten die Eberkrieger den Hügel erreichen? Würde Artair in der kurzen Zeit landen, die beiden Elfen aufnehmen und davonfliegen können?

»Ich werde es versuchen.« Artair schien seine Entscheidung bereits getroffen zu haben. »Aber wir müssen schnell sein. Wenn ich tiefer gehe, werden die Gurrline mich bemerken. Dann zählt jeder Augenblick.«

»Keine Sorge, wir schaffen das.« Brinnah straffte sich und machte sich für den kommenden Sturzflug bereit. Wie ein Stein ließ Artair sich vom Himmel fallen. Dicht über dem Boden fing er den Sturz geschickt ab und landete mit kräftigen Flügelschlägen ummittelbar neben den beiden Elfen auf dem Hügel.

Auf dem Schlachtfeld wurden Rufe laut. Als die Eberkrieger Artair entdeckten, wirbelten sie herum, nahmen ihre Waffen zur Hand und rannten mit wütendem Gebrüll auf den Hügel zu.

»Kommt schnell. Beeilt euch!« Brinnah richtete sich im Sattel auf und winkte den beiden Elfen zu. Diese reagierten sofort. Ohne auf die heranstürmenden Gurrline zu achten, verließen sie ihre Deckung und eilten zu dem Riesenalp, der ihnen den Flügel entgegenstreckte, damit sie schneller aufsitzen konnten. Brinnah erkannte die junge Heilerin wieder, die sie schon in Chulains Zelt gesehen hatte. Ihr folgte ein junger Elf, der verletzt war und humpelte. Nur wenige Herzschläge später saß die junge Heilerin vor Brinnah in Artairs Nacken, während der Elf hinter der Kurierreiterin Platz genommen hatte.

Aber auch die Eberkrieger hatten zu ihnen aufgeschlossen. Sie waren inzwischen so nah, dass Brinnah ihre scheußlichen Gesichter sehen konnte. »Flieg«, gab sie Artair in Gedanken den Befehl, während sie die Arme um die Heilerin schlang und beide Elfen mit einem lauten »Festhalten!« warnte.

Artair spannte die Muskeln und stieß sich kraftvoll vom Boden ab. Gleichzeitig breitete er die Flügel aus und versuchte, durch wuchtige Flügelschläge so schnell wie möglich an Höhe zu gewinnen. Das schwere Bündel für die Elfen am Himmelsturm, das er die ganze Zeit im Schnabel getragen hatte, ließ er achtlos auf dem Hügel zurück, um Gewicht zu sparen.

Der Boden blieb rasch unter ihnen zurück.

Brinnah hörte die Gurrline zornig aufbrüllen. Aus den Augenwinkeln sah sie, wie einer die Axt hob und sie Artair in einer wütenden Bewegung hinterherschleuderte, während drei andere ihnen mit ihren Bogen die gefürchteten schwarzen Pfeile hinterherschickten. Zwei davon sirrten dicht an Artairs Kopf vorbei und verfehlten ihn nur um Haaresbreite.

Wir sind nicht hoch genug, schoss es Brinnah durch den Kopf. Barad, wir sind nicht hoch genug. Und wie um ihre Sorge zu bestätigen, zischten erneut zwei Pfeile an ihr vorbei. Brinnah sah, dass auch diese ihr Ziel verfehlten, und atmete auf. Da spürte sie plötzlich ein Erbeben, das Artairs Körper durchzuckte.

»Was ist los?«, sandte sie ihm einen besorgten Gedanken. »Bist du verletzt?«

»Nein.« Etwas an der Art, wie Artair antwortete, verriet ihr, dass er log.

»Jetzt sag schon, was los ist!«, drängte sie. »Haben sie dich getroffen?«

»Es ist nichts«, erwiderte Artair leicht gereizt. »Nur ein schmerzhafter Kratzer an meinem Lauf. Mach dir keine Sorgen. Du weißt doch, was für lausige Bodenschützen diese Eberkrieger sind. Und jetzt sag den anderen, dass sie die Luft anhalten sollen. Ich fliege durch den Rauch.«

Wenig später waren sie in Sicherheit.

Je weiter sie sich vom Schlachtfeld entfernten, desto mehr verdeckten Dunkelheit und Nebel den feurigen Lichtschein, der den Ort des Grauens erhellte. Was blieb, war die Erinnerung an das Gemetzel. Sie waren noch nicht lange unterwegs, da spürte Brinnah, dass die Heilerin weinte. Gern hätte sie etwas zu ihr gesagt, aber ihr fehlten die Worte. So beschränkte sie sich darauf, ihr wortlos Trost zu spenden, indem sie sie fest in den Arm nahm und ihr zeigte, dass sie nicht allein war.

Der Elf hinter ihr saß an ihren Rücken gelehnt und schlief. Das war nicht ganz ungefährlich, da er sich nicht mit Gurten gesichert hatte, aber Brinnah wusste, dass er Schmerzen hatte, und brachte es nicht übers Herz, ihn zu wecken. Die Nöte der beiden Geretteten erforderten ihre ganze Aufmerksamkeit, aber die Freude darüber, ihnen das Leben gerettet zu haben, beflügelte sie und ließ sie ihre eigene Erschöpfung vergessen. Artair kannte das Ziel, und sie war sicher, dass er auch ohne ihr Zutun den kürzesten Weg einschlagen würde. In Gedanken vertieft, bemerkte sie nicht, dass sein Flügelschlag schwächer wurde und sie langsam immer tiefer sanken. Erst als einer der Flügel eine Baumkrone berührte und geräuschvoll kleine Zweige knickte, zuckte sie erschrocken zusammen.

»Artair?«, fragte sie besorgt. »Ist alles in Ordnung? Was ist los? Bist du müde?«

»Müde, ja.« Die Worte, die Brinnah erreichten, kündeten davon, wie viel Mühe es Artair kostete, sie zu übermitteln. »Ich … muss landen.«

»Landen?« Brinnah glaubte, sich verhört zu haben. »Hier? Mitten in der Nacht? Warum?«

»Weil ich muss.« Die Worte hatten etwas so Endgültiges an sich, dass Brinnah erschauerte. »Artair?«, fragte sie noch einmal sanft. »Was ist los?«

»Ich kann nicht mehr.« Artair keuchte auf. Wieder spürte Brinnah das Erbeben, das seinen Körper durchlief – und endlich verstand sie.

»Barad, du bist schwer verletzt!«, sandte sie ihm einen erschrockenen Gedanken. »Die Pfeile! Bei den Göttern. Warum hast du mir das nicht gesagt?«

»Ich dachte, ich schaffe es bis zum Himmelsturm.« Der unbeholfene Flügelschlag, mit dem Artair zur Landung ansetzte, zeigte Brinnah, wie schwach er schon war. »Aber da habe ich mich wohl getäuscht.« So vorsichtig, wie es ihm möglich war, setzte Artair die riesigen Klauenfüße auf dem weichen Gras auf, lief noch ein Stück, um den eigenen Schwung abzufangen, und blieb dann stehen. »Hier endet unser Flug«, verkündete er. »Ihr müsst absteigen.«

»Absteigen?«, wiederholte Brinnah. »Warum?«

»Weil ich nicht mehr weiterkann«, kam die Antwort von Artair. »Ich habe euch so weit getragen, wie es mir möglich war. Aber jetzt ...«

»Was ist jetzt?« Noch während sie das sagte, wusste Brinnah, dass sie die Antwort nicht hören wollte. Stärker als jemals zuvor spürte sie Artairs Erschöpfung und mehr noch: einen kalten Hauch, der ihn umgab wie die Ahnung von etwas, an das sie selbst in ihren schlimmsten Albträumen nicht denken wollte.

»Ich sterbe«, sagte er so gefasst, dass es Brinnah die Tränen in die Augen trieb. »Ich weiß, dass du es fühlst. Zwei Pfeile stecken in meinen Lungen. Ich spüre, wie sie sich mit Blut füllen und mir die Kraft nehmen. Nicht mehr lange, und ich werde die letzte Reise antreten.«

»Nein!« Brinnah schrie ihre Verzweiflung so laut in die Nacht hinaus, dass der Elf hinter ihr erwachte. Er fragte sie etwas, aber sie hörte ihm nicht zu. Ihre Gedanken waren bei Artair, den sie mehr liebte als alles andere und den sie nun durch ihre eigene Schuld verlieren würde.

»Dich trifft keine Schuld.« Wieder war es, als hätte Artair ihre Gedanken gelesen. »Ich weiß, dass ich es dir hätte sagen müssen«, sagte er reumütig. »Aber ich wollte es nicht. Ich wusste, dass es für mich keine Heilung gibt, aber du hättest gewiss darauf bestanden, dass ich sofort lande, obwohl die Gurrlin … obwohl sie noch so nah waren … und dann wäre … wäre alles umsonst gewesen.« Artair brach ab. Das Sprechen bereitete ihm große Mühe. Aber Brinnah wollte nicht aufgeben.

»Halte durch«, ermahnte sie ihn. »Ich hole Hilfe. Es ist nicht mehr weit zum Himmelsturm. Wenn ich Munya jetzt eine Nachricht schicke, wird schon bald ein Heiler hier sein, der …«

»Er wird zu spät kommen.« Artairs Stimme war so dünn, dass Brinnah die Worte kaum verstehen konnte. »Ich höre den Ruf des weißen Begleiters. Er kommt mich holen … bald schon … bald.«

»Nein! Nein, nein, nein!« Brinnah war außer sich. Mit zitternden Fingern löste sie ihr Messer vom Gürtel und durchtrennte die Gurte, die beide Bündel mit Pfeilen für das Heer auf Artairs Rücken hielten, um ihm die Last zu nehmen. Während die Bündel klirrend zu Boden fielen, wies Brinnah die verdutzten Elfen an, sofort von Artairs Rücken zu steigen. Dabei verhielt sie sich so unwirsch, dass die beiden der Aufforderung nachkamen, ohne Fragen zu stellen. »Ich lasse dich nicht gehen«, wandte Brinnah sich schließlich wieder an Artair. »Niemals! Wir gehören zusammen. Für immer. Das weißt du doch.«

»Auch das Immer hat irgendwann ein Ende«, erwiderte Artair mit einem Anflug von Trauer in der Stimme. »Sei nicht traurig. Du bist jung und wirst einen anderen Riesenalp …«

»Nein!« Brinnah warf sich nach vorn, schlang die Arme um Artairs Nacken und krallte die Hände in sein kühles

Gefieder. »Ich will keinen anderen. Ich will dich! Halte durch! Ich flehe dich an. Ich habe Munya eine Nachricht geschickt. Sie und Ferwyned werden sich gleich mit einem Heiler auf den Weg hierher machen. Dann wird alles gut. Du wirst sehen.«

»Ich muss gehen, Brinnah.« Artair klang, als hätte er ihre Worte schon nicht mehr gehört. »Steig ab. Bitte. Es ist so weit. Er ruft mich. Wir müssen Abschied nehmen.«

»Nein! Ich lasse dich nicht gehen!« Purer Trotz sprach aus Brinnahs Worten. Der Kummer zerriss ihr fast das Herz. Artair starb, weil sie unbedingt die Heldin hatte spielen müssen. Hätte sie den Preis gekannt, den er für ihren Leichtsinn zu zahlen hatte … Brinnah schluchzte auf und vergrub ihr Gesicht in Artairs Gefieder. Niemals zuvor hatte sie sich so schuldig gefühlt. »Wenn du gehst, werde ich dich begleiten«, sagte sie unter Tränen. »Ganz gleich, wohin.«

»Der Ort ist nicht für Elfen bestimmt«, sagte Artair sanft und erstaunlich klar in ihren Gedanken. »Gräme dich nicht. Ich mache dir keine Vorwürfe. Du hast getan, was du tun musstest. Niemand konnte ahnen, dass es so endet.« Er zuckte wie unter Schmerzen. Als er weitersprach, war alle Kraft aus seinen Worten verschwunden. »Geh!«, drängte er. »Bitte geh! Die letzte Reise muss ich allein antreten.«

»Ich bleibe bei dir!« Brinnahs Entschluss stand fest. Ein Teil von ihr hoffte immer noch, dass Artair sich von ihrem Starrsinn aufhalten lassen würde, aber dieser Teil wurde immer kleiner. Als er sich aufrichtete, wusste sie, dass sie verloren hatte.

»Rührt euch nicht von der Stelle«, rief sie der jungen Heilerin und dem verletzten Elf noch schnell zu, die verwirrt und fassungslos zu ihr hinaufsahen. »Ich sende eine Nachricht an den Himmelsturm. Ein Riesenalp wird kommen und euch hier abholen!« Noch während sie das sagte, schwang sich Artair mit einer ungeheuren Kraftanstrengung, die selbst Brinnah überraschte, aus dem Stand in die Lüfte und flog mit ihr nach Westen, einem unbekannten Ziel entgegen.

Mit zarten Schleiern grauen Zwielichts kündigte sich der Morgen über dem Grasland an und trug die Ahnung von Licht und Wärme in die Steppe. Die Sterne verblassten, und weit im Osten tauchte die aufgehende Sonne den Himmel in zarte Pastelltöne aus Hellblau und Rosa.

Es war ein Morgen, wie Brinnah ihn liebte, aber diesmal hatte sie keine Augen für die Schönheit der Natur. Sie stand neben Artair, der reglos im Gras kauerte. Seine Augen waren geschlossen, sein Atem kaum mehr als ein Hauch, der von einem erlöschenden Lebensfunken kündete.

Artair starb. Er war nach Westen geflogen, bis die Kräfte ihn endgültig verlassen hatten. Dann war er gelandet und an Ort und Stelle liegen geblieben. Seitdem hatte er nicht mehr zu Brinnah gesprochen. Angesichts der schweren Verletzung war es ein Wunder, dass er überhaupt noch atmete. Jeder Herzschlag füllte seine Lungen weiter mit Blut. Brinnah spürte, wie er ihr immer mehr entglitt, aber noch war er nicht bereit, loszulassen. Es schien fast, als wartete er auf etwas oder jemanden – auf den weißen Riesenalp!

Brinnah erschauerte. Die Arme um Artairs Hals geschlungen, das tränennasse Gesicht in seinem Gefieder verborgen, pochte ihr Herz in schmerzhafter Trauer. Sie fühlte sich schuldig und wünschte, sie könnte die Zeit zurückdrehen, um das Schreckliche ungeschehen zu machen. Sie hatte zwei jungen Elfen das Leben gerettet, so wie sie es sich erhofft hatte. Aber bei den Göttern, um welchen Preis?

Artair hatte sie gewarnt, aber sie hatte darauf bestanden, noch einmal zurückzufliegen. Inzwischen wusste sie, dass es ein Fehler gewesen war, aber für Reue war es zu spät. Von heute an würde sie mit der Gewissheit leben müssen, die

Schuld am Tod ihres liebsten Freundes und Gefährten zu tragen.

Sie konnte nichts mehr für ihn tun. Ihn nicht einmal um Verzeihung bitten. So blieb ihr nichts anderes übrig, als an seiner Seite zu wachen. Ein letzter trauriger Dienst für den gewaltigen Vogel, der ihr so viel näherstand, als ein Elf es je vermocht hätte.

»Brinnah?« Ein leiser Ruf zog durch ihre Gedanken und ließ sie aufhorchen. Für den Bruchteil eines Augenblicks hoffte sie, dass es Artair war, der dort nach ihr rief, aber die Hoffnung erfüllte sich nicht. »Brinnah, wo bist du? Antworte doch!« Es war Munya, die erneut versuchte, sie zu erreichen. Gemeinsam mit Ferwyned und einem Heiler hatte sie die beiden Elfen gefunden und sich ihrer angenommen. Die Heilerin hatte Ferwyned erzählt, was vorgefallen war, ohne jedoch die wahren Hintergründe zu kennen. Inzwischen waren die fünf auf dem Weg zum Himmelsturm. Brinnah hatte sich Munyas Bericht in der Nacht angehört, die Verbindung dann aber ohne eine Erklärung abgebrochen. Seitdem versuchte Munya unentwegt, sie zu erreichen. Auch diesmal antwortete Brinnah nicht. Sie wollte nicht gestört werden. Dieser letzte gemeinsame Morgen gehörte allein Artair, und sie war entschlossen, sich durch nichts davon ablenken zu lassen.

Ein erster Sonnenstrahl strich sanft über Artairs Gefieder, tröstend, wärmend, Abschied nehmend. Der Anblick war für Brinnah nur schwer zu ertragen. »Bitte geh nicht«, hauchte sie. Eine Träne stahl sich aus ihrem Augenwinkel und rann als glitzernder Tropfen über sein graues Federkleid.

»Brinnah, sieh nur, die vielen Riesenalpe!« So dünn und zerbrechlich wie aus weiter Ferne schlich sich Artairs Stimme in ihre Gedanken. Sie spürte, wie sein Herz raste, und hörte seinen rasselnden Atem. »Da ist … Cyrill. Sieh doch.

Er lebt! Und da ist auch Betivahr. Betivahr! Sie ruft mich zu sich.«

»Dann solltest du sie nicht länger warten lassen.«

Ganz unvermittelt hörte Brinnah die fremde Stimme in ihren Gedanken. Sie zuckte erschrocken zusammen, wirbelte herum und erstarrte. Hinter ihr stand der größte Riesenalp, den sie jemals gesehen hatte. Sein weißes Gefieder schimmerte im Sonnenschein wie frisch gefallener Schnee, der Kopf mit dem gewaltigen Schnabel schwebte mehr als drei Längen über ihr.

Der weiße Riesenalp – Bote des Todes, Geschöpf unzähliger Legenden. Noch nie hatte ein Elf ihn zu Gesicht bekommen. Und jetzt stand er nicht einmal zehn Schritte hinter ihr.

Brinnah war so überrascht, dass ihr die Worte fehlten. Selbst mit ihren feinen Elfensinnen hatte sie den Riesenalp nicht kommen hören, und sie fragte sich unwillkürlich, wie lange er sie wohl schon beobachtete.

»Lange genug.« Der weiße Riesenalp schien in ihren Gedanken zu lesen wie in einem offenen Buch.

»Bist du gekommen, ihn zu holen?« Brinnah machte sich nicht die Mühe, den herausfordernden Ton zu unterdrücken, der in den Worten mitschwang. All ihre Wut und Verzweiflung richteten sich plötzlich gegen den weißen Riesenalp, der erschienen war, um ihr das Liebste zu entreißen.

»Das auch, aber nicht nur.«

»Wie … wie meinst du das?«

»Denk nach. Erinnere dich.«

»Erinnern? Woran?«

»Wir sind uns schon einmal begegnet.«

»Aber das war ein Traum!«

»War es das?« Wieder so eine Frage, die Brinnah verunsicherte. So viel war geschehen, seit sie fiebernd und krank in der Hütte gelegen hatte. Den Traum hatte sie schon fast wieder vergessen. Dann plötzlich erinnerte sie sich: »*Wir werden uns wiedersehen*«, hörte sie die Stimme des Riesenalps wie eine düstere Prophezeiung in ihren Gedanken noch einmal sagen. »*Wenn die Not am größten ist, wird sich entscheiden, wer den Kampf um deine Heimat und deine Seele gewinnen wird …*«

»Wenn die Not am größten ist …«, wiederholte der Riesenalp noch einmal. »Und siehe, hier bin ich.«

»Was willst du von mir?« Instinktiv drängte sich Brinnah näher an Artair, als könnte dieser ihr Schutz gewähren.

»Die Frage ist nicht, was ich will, sondern was du willst«, erwiderte der Riesenalp. »Artair hat sein Leben für eine Sache gegeben, die nicht die seine war. Wie weit würdest du gehen?«

»Für Artair?«, fragte Brinnah. »Ich würde alles tun, damit er bei mir bleiben kann.«

»Er stirbt.« Der weiße Riesenalp schüttelte den Kopf. »Ich werde ihm Kraft geben und ihn auf seinem letzten Weg begleiten. Diesen umzukehren steht nicht in meiner Macht.«

»Dann komme ich mit!« Brinnah schlang die Arme um Artairs Nacken. »Ich lasse ihn nicht allein. Ich bleibe bei ihm bis zum Schluss.«

»Es ist kalt in den Bergen«, bemerkte der Riesenalp. »Und gefährlich. Was ist, wenn du nie mehr zurückkehrst?«

»Das ist mir gleich.« Brinnah ließ sich nicht beirren. »Was habe ich denn noch zu verlieren, wenn Artair nicht mehr bei mir ist? Wir waren in den vergangenen zweihundert Wintern nicht einen Sonnenlauf getrennt. Wo er hingeht, da werde ich auch hingehen.«

»Hat Artair dir nicht gesagt, dass die Ahnengestade der Riesenalpe von keinem anderen Wesen betreten werden dürfen?«

»Doch, das hat er.« Brinnah straffte sich. »Dann werde ich ihn eben so weit begleiten, wie es mir gestattet ist. Jeder

Augenblick, den ich bei ihm sein kann, ist mir unendlich kostbar.« Sie sah den weißen Riesenalp an. »Bitte«, sagte sie flehend. »Lass mich bei ihm sein.«

»Wenn dies dein sehnlichster Wunsch ist.« Der weiße Riesenalp neigte den Kopf leicht zur Seite. »Nun gut, steig auf. Ich werde Artair etwas von meiner Kraft geben, damit er seine letzte Reise antreten kann.«

»Ich ... ich darf mit?« Brinnah zögerte. Sie hatte nicht wirklich damit gerechnet, dass der weiße Riesenalp es ihr gestatten würde, Artair zu begleiten. Dass er es dennoch tat, machte sie stutzig. Das ist eine Falle, wisperte es in ihr. Noch nie hat ein Reiter seinen Riesenalp begleiten dürfen. Sei auf der Hut! Er führt gewiss etwas im Schilde.

»Was ist los?«, hörte sie den weißen Riesenalp in ihre Gedanken hinein fragen. »Fürchtest du dich nun doch?«

»Nein!« Energisch schob Brinnah alle Zweifel zur Seite, drehte sich um, stieg auf Artairs Rücken und beobachtete, wie der weiße Riesenalp sich vorbeugte und seine Stirn gegen Artairs Stirn presste. Was dann geschah, grenzte an ein Wunder. Nahezu augenblicklich durchströmte Wärme Artairs kühlen Körper und entfachte die fast erloschene Flamme des Lebens in ihm. Brinnah spürte, wie er sich unter ihr regte, und obwohl sie wusste, dass ihnen nur noch ein kurzer Flug vergönnt war, durchströmte sie ein so grenzenloses Glücksgefühl, dass ihr die Tränen kamen. »Verzeih mir, Artair«, flüsterte sie schluchzend, während sie die Wange an sein Nackengefieder presste und noch einmal den vertrauten Duft in sich aufnahm. »Bitte, verzeih mir.«

Der Morgen war mit einem prächtigen Sonnenaufgang heraufgezogen und hatte die Dunkelheit westwärts getrieben. Milde Temperaturen brachten eine Ahnung des vergangenen Sommers zurück, aber die Blauschwäne, die in einer präzisen Pfeilformation über das lagernde Elfenheer hinweg nach

Süden zogen, kündeten bereits von dem nahenden Winter.

Gwiddan sah ihnen nach und schloss die Augen. Die mächtigen Schwingen der großen Vögel erzeugten in der Stille des Morgens ein Geräusch, das einem Gesang sehr ähnlich war. Es war ein trauriges Lied, das den Kummer und die Verzweiflung in seinem Herzen schürte.

In der Nacht hatte er kaum Schlaf gefunden. Die Ungewissheit war unerträglich. Wäre Dhaofey nicht an seiner Seite gewesen und hätte ihn ermahnt, vernünftig zu sein, er hätte gewiss ein Pentagramm gezeichnet und wäre allein zum Heer zurückgekehrt.

Gwiddan war wütend, aber auch voller Sorge. Seit er aus der Bewusstlosigkeit erwacht war, gärte in ihm eine Wut auf Lirin, der sich auf eine anmaßende und respektlose Weise über seine Befehle hinweggesetzt hatte, die in der Geschichte der Nebelelfen seinesgleichen suchte. Noch nie war der König der Elfen auf eine solch entwürdigende Weise von einem seiner Ratsmitglieder hintergangen worden. Und obwohl Gwiddan inzwischen eingesehen hatte, dass sein Platz am Himmelsturm war, konnte er Lirin den Verrat nicht verzeihen.

Jetzt wartete er. Den ganzen Abend hatte er auf den Felsen ausgeharrt, die das Tal hinter ihm wie ein natürliches Bollwerk vor Eindringlingen schützten, hatte in die Steppe hinausgestarrt und darauf gewartet, dass auch die letzten Gruppen des Heeres den Himmelsturm erreichten.

Als die Nacht sich über das Ylmazur-Gebirge gesenkt hatte, war Dhaofey zu ihm gekommen, hatte ihm sanft die Hand auf die Schulter gelegt und ausgesprochen, was er nicht einmal zu denken wagte. »Sie werden nicht mehr kommen. Es ist vorbei.«

Die Worte hatten Gwiddan durch die Nacht begleitet und ihm den Schlaf geraubt. Aber selbst jetzt, da die Sonne immer höher stieg, weigerte sich sein Verstand, das anzunehmen, was Dhaofey längst akzeptiert hatte.

Sie würden nicht mehr kommen.

Lirin nicht und auch nicht Elnath, der mit der letzten Gruppe von Wegbegleitern zum Heer zurückgekehrt war, um weitere Elfen zum Himmelsturm zu führen. Sie und die mehr als achthundert Freiwilligen würden das Lager am Himmelsturm niemals erreichen. Der Gedanke erstickte Gwiddans Ärger. Lirin war einer seiner besten Freunde gewesen. Ein Freund, von denen ein König meist nur eine Handvoll besaß – und er hatte ihm das Leben gerettet.

»Sollen wir Riesenalpe hinschicken, um die Lage zu erkunden?«

Dhaofey war lautlos neben ihn getreten und ließ den Blick wie er über die Steppe schweifen. »Vielleicht gibt es Überlebende.«

»Glaubst du das wirklich?« Gwiddan seufzte und schüttelte den Kopf. »Diese Bestien machen keine Gefangenen«, sagte er düster. »Sie wollen Blut sehen.«

»Dennoch sollten wir … Warte einmal!« Dhaofey hob die Hand schützend an die Stirn und schaute blinzelnd nach Süden, wo sich vor dem Hintergrund des hellblauen Morgenhimmels ein dunkler Punkt rasch auf sie zubewegte. »Hast du schon einen Kurier losgeschickt?«, fragte sie. »Da kommt ein Riesenalp.«

»Ein Riesenalp?« Gwiddan sprang auf. »Ich weiß nichts von einem Kurier.«

»Dann sollten wir herausfinden, wer sich da so eigenmächtig auf den Weg gemacht hat.« Dhaofey nickte Gwiddan zu. »Er kommt aus dem Süden. Vielleicht haben sie etwas gesehen.«

Als Gwiddan und Dhaofey wenig später die kleine Anhöhe erreichten, auf der die Riesenalpe landeten, erlebten sie eine

Überraschung. Der Riesenalp trug nicht einen, sondern vier Reiter. Neben Ferwyned erkannte Gwiddan noch einen der Heiler, die auch verletzte Riesenalpe versorgten, und zwei weitere Elfen, die sich in einem bemitleidenswerten Zustand befanden. Ihre Gewänder waren zerrissen, die Haare aufgelöst und so voller Ruß wie die Hände und Gesichter. Einer schien verletzt zu sein, denn er humpelte.

»Mein König!« Als Ferwyned Gwiddan erblickte, eilte er auf ihn zu und senkte zum Gruß kurz das Haupt. »Ich bringe furchtbare Kunde.«

»Sprich.« Gwiddan spürte, wie ihm die Kehle eng wurde. Er ahnte, was jetzt kommen würde, und wollte es eigentlich nicht hören, aber er wusste auch, dass man das Furchtbare nicht ungeschehen machen konnte, indem man die Augen davor verschloss.

»Sie sind tot!«, sagte Ferwyned, und auch ihm fiel das Sprechen schwer. »Alle! Diese beiden«, er deutete auf die junge Heilerin und den verletzten Elf, »sind die Einzigen, die das Massaker überlebt haben.«

»Was ist geschehen?«

»Nach allem, was ich erfahren konnte, begann der Angriff mit Einbruch der Dunkelheit«, hob Ferwyned an. »Die Magier hatten unbemerkt einen Graben um die Elfen und die eigenen Krieger ziehen lassen, diesen mit Öl gefüllt und in Brand gesetzt. Es war eine tödliche Falle. Unsere Brüder und Schwestern starben schnell. Die Eberkrieger kannten kein Erbarmen. Niemand ist entkommen.«

Gwiddan fehlten die Worte. Er hatte mit einer niederschmetternden Nachricht gerechnet. Dass es so grausam war, daran hatte er nicht einmal denken wollen.

»Wie konntest du die beiden dann retten?«, wollte Dhaofey wissen, als Gwiddan schwieg.

»Nicht ich habe sie gerettet«, sagte Ferwyned. »Das waren Brinnah und Artair.«

»Brinnah?« Gwiddan sah sich um. »Wo ist sie jetzt?«

»Das weiß niemand.« Ferwyned seufzte. »Bei der Rettung wurde Artair offenbar von Pfeilen verletzt. Brinnah setzte die beiden Geretteten und die Bündel mit den Vorräten mitten in der Steppe ab. Dann rief sie Munya zu Hilfe und flog mit Artair davon. Munya hat mehrfach versucht, sie zu erreichen, aber sie antwortet nicht.«

»Sie wird sicher bald kommen.« Gwiddan bemühte sich, zuversichtlich zu klingen. »Jetzt gilt es, Pläne für unsere Verteidigung zu erarbeiten. Die Magier werden inzwischen bemerkt haben, dass sie nicht alle Elfen töten konnten, und nicht ruhen, bis ihnen das gelungen ist. Ich bin sicher, sie wissen bereits, wo wir sind. Es wird nicht mehr lange dauern, bis sie hier sind.« Er sah Ferwyned an. »Kümmere du dich um die beiden«, sagte er. »Gib ihnen zu essen und zu trinken und so weit es möglich ist, auch neue Gewänder. Ich weiß, sie haben Furchtbares erlebt und brauchen Ruhe, aber zuvor müssen sie uns alles berichten, was sie gesehen haben. Uns bleibt nicht viel Zeit. Nur wenn wir wissen, wie der Feind kämpft, können wir uns für den bevorstehenden Angriff wappnen.«

11

Im Licht der Sonne, die weit im Westen als glutrote Scheibe hinter den schneebedeckten Gipfeln des Ylmazur-Gebirges versank, erreichten Brinnah und Artair die steil aufragende Flanke der Berge. Tausende von Längen über ihnen ließ das Abendrot die majestätischen Gipfel erglühen und den tief verschneiten Himmelsturm wie einen Berg aus Feuer erscheinen, der sich inmitten der Giganten wie ein einsamer Riese über den schroffen Graten und tiefen Schluchten erhob.

Für Brinnah, die am Fuß der Berge aufgewachsen und oft mit Artair dorthin geflogen war, war es ein vertrauter Anblick. Alles sah aus wie immer und war doch so ganz anders.

Sie blickte voraus und sah den weißen Riesenalp in den Aufwinden vor den Felswänden kreisen. Artair tat es ihm gleich. Mit weit ausgebreiteten Schwingen folgte er dem Todesboten auf seinem Weg zu den Gipfeln, hoch und immer höher hinauf, bis der Yunktun unter ihnen nur noch als ein dünner silberner Faden zu erkennen war, der sich im schwindenden Licht glitzernd durch die Steppe wand.

Brinnah vermied es, nach unten zu blicken. Erst einmal, als sie die Prüfung zur Kurierreiterin abgelegt hatte, war sie mit Artair so hoch geflogen. Damals hatte sie, von Gurten gehalten, sicher in einem Sattel gesessen. Jetzt hatte sie nur Artairs Gefieder, an dem sie sich festhalten konnte. Um sich abzulenken, ließ sie den Blick über die schneebedeckten Hänge schweifen, die sich unberührt in ihrer eisigen Schönheit vor ihr erstreckten. Es war ein friedlicher Anblick, aber Brinnah wusste aus Erfahrung, wie schnell sich die Stimmung ändern konnte. Das Ylmazur-Gebirge war berüchtigt für seine Wetterstürze. Binnen weniger Augenblicke konnte sich ein strahlend blauer Himmel verfinstern und ein Schneesturm losbrechen, wie man ihn in der Ebene in den schlimmsten Wintern nicht erlebte. Die Temperatur sank schnell, Fallwinde stürzten wie aus dem Nichts kommend zu Tal und rissen Schneebretter von den Hängen, die als Lawinen zu Tal rauschten und alles mit sich rissen, was ihnen im Weg stand. Die plötzlich auftretenden Unwetter waren unter den Elfen sehr gefürchtet und hatten schon so manchem unerfahrenen Wanderer das Leben gekostet.

An diesem Abend schien sich das ruhige Wetter zu halten. Kalt wurde es trotzdem.

Obwohl sich Brinnah die Kapuze ihres Reitumhangs tief ins Gesicht gezogen hatte und wärmende Handschuhe trug, fror sie erbärmlich. Zudem wurde die Luft wurde immer dünner und zwang sie, schneller zu atmen. Aus den Augenwinkeln sah sie, wie ihr Atem an den fellbesetzten Rändern der Kapuze zu Reif gefror. Mit jeder weißen Wolke, die ihre Lippen verließ, wurde die Eisschicht ein wenig dicker. Sie war froh, als der weiße Riesenalp den Steigflug endlich beendete, nach rechts schwenkte und auf ein Felsplateau zuglitt, von dem der Wind den Schnee fast gänzlich heruntergefegt hatte.

»Es ist Zeit«, hörte sie ihn in Gedanken sagen, nachdem sie gelandet waren. »Weiter kannst du ihn nicht begleiten. Ihr müsst Abschied nehmen.«

... Abschied nehmen ... Abschied nehmen ...

Die Worte hallten in Brinnah nach, und sie spürte, wie sie sich innerlich versteifte. Die ganze Zeit hatte sie gewusst, dass dieser Augenblick kommen würde, ihn aber weit von sich geschoben. Nun brach es über sie herein wie eine der gefürchteten Schneelawinen. Und so hilflos, wie sich ein Wanderer im Angesicht der donnernden Schneemassen fühlen mochte, so hilflos fühlte auch sie sich jetzt. »Nein!«, hauchte sie, unfähig, etwas anderes zu sagen oder zu denken. »Nein!«

»Brinnah, bitte. Sei vernünftig.«

»Artair?« Brinnah horchte auf. Seit er in der Steppe zusammengebrochen war, hatte Artair nicht mehr zu ihr gesprochen. Die vertraute Stimme noch einmal zu hören, ließ ihr Herz höher schlagen und einen Funken Hoffnung aufkeimen, dass doch noch alles gut werden würde. »Artair, bist du das?«

»Ja.« Sie spürte, wie schwer es dem Riesenalp fiel zu antworten. »Mir bleibt nicht viel Zeit. Die Kraft, die ich für diese Reise erhielt, ist fast aufgebraucht. Meine Schwester erwartet mich. Und Cyrill ... die beiden rufen nach mir. Wenn ich nicht aufbreche, werde ich hier sterben und sie nie erreichen.«

»Aber du darfst nicht gehen!« Brinnah war so verzweifelt, dass sie die Worte in die Nacht hinausschrie »Bitte, Artair, lass mich nicht allein. Ich brauche dich doch!«

»Nein, Brinnah. Du brauchst mich nicht. Nicht mehr.« Artairs Stimme war nicht mehr als ein Flüstern in ihren Gedanken. »Das Schicksal hat bestimmt, dass sich unsere Wege hier trennen. Ich werde gehen, und auch du wirst deinen Weg finden. Steig ab, Brinnah. Dir wurde eine Gnade zuteil, die noch keinem Elfen gewährt wurde, aber hier ist auch für dich die Reise zu Ende.«

»Artair!« Brinnah schluchzte auf und schlang die Arme um den Hals des geliebten Riesenalps. »O Artair, es tut mir so leid. Ich wollte nicht ...«

»Ich bin dir nicht böse. Alles ist richtig, und alles ist gut.« Die Art, wie Artair das sagte, hatte etwas Beschwörendes an sich, dem Brinnah sich nicht entziehen konnte. Mehr denn je spürte sie, dass Artair gehen musste. Obwohl es ihr unendlich schwerfiel, löste sie die Arme und glitt von Artairs Rücken. Die Trauer blieb. Ein letztes Mal strich sie über das graue Gefieder des Riesenalps, wich schweigend ein paar Schritte zurück und sagte mit fester und klarer Stimme: »Dann flieg, mein Freund. Flieg. Ich gebe dich frei.«

Und Artair flog.

Mit Tränen in den Augen schaute Brinnah ihm nach, wie er vor dem Hintergrund von Abertausend Sternen in die frostklare Nacht glitt. »Artair!« Ihre Lippen bebten, während sie immer wieder das eine Wort flüsterte, wie eine Beschwörung, die ihr den geliebten Freund zurückbringen sollte. Selbst als die beiden Riesenalpe nicht mehr zu sehen waren, rührte sie sich nicht, sondern starrte weiter auf die Stelle, wo sie Artair zum letzten Mal gesehen hatte.

Es war der auflebende Wind, der sie schließlich zwang, an der Felswand Schutz zu suchen. Mit seinen eisigen Fingern durchdrang er mühelos ihre dicke Kleidung und ließ die Tränen auf ihren Wangen gefrieren. Die Beine dicht an den Körper gezogen, das Gesicht in den Armen verborgen, kauerte sie sich in den kargen Windschutz einiger herabgestürzter Feldbrocken und weinte, bis sie keine Tränen mehr hatte.

Als sie die Augen öffnete, war es hell. Die Sonne hatte sich über den Horizont erhoben und spendete ihr nach der kalten Nacht willkommene Wärme. Brinnah spürte, wie das Leben langsam in ihre steifen Glieder zurückkehrte, streckte sich und bewegte vorsichtig Hände und Füße. Aufzustehen wagte sie nicht, denn anders als am Abend pfiff nun ein eisiger Wind über die Hochlagen der Berge.

Und wie komme ich zurück? Ratlos sah Brinnah sich um. Selbst bei gutem Wetter würde der Abstieg mindestens zwei Sonnenläufe dauern. Sie scheute den weiten Weg nicht, aber außer etwas Dörrfleisch und getrocknetem Obst, das sie sich vor dem Abflug eilig in die Taschen gestopft hatte, hatte sie weder Nahrung noch Zunder dabei, mit dem sie ein Feuer entfachen konnte. Dass sie den ärgsten Durst mit etwas Schnee würde löschen können, war nur ein schwacher Trost.

Sie richtete sich auf und suchte mit den Augen nach einem Weg, auf dem sie den Abstieg beginnen konnte. Doch wohin sie auch blickte, fand sie nichts als schroffe Felswände, die sich entweder hundert Längen über ihr in den Himmel reckten oder ebenso weit senkrecht nach unten abfielen. Sie wollte aufstehen, um das Plateau zu erkunden, aber dazu fehlte ihr noch die Kraft. So blieb sie einfach sitzen und dachte an Artair.

»Alles ist gut«, hatte er zu ihr gesagt, und obwohl Brinnah dies ganz und gar nicht so empfand, hatten die Worte doch auch etwas Tröstliches an sich. Artair hatte sich klaglos in das Unausweichliche gefügt. Sie wusste, dass er dies auch von ihr erwartete. Aber es war ihr unmöglich, sich ein Leben ohne ihn vorzustellen. Ein Leben, das, allen versöhnlichen Worten zum Trotz, von der Last geprägt sein würde, schuld an seinem Tod zu sein.

Brinnah fuhr sich mit den Händen über das Gesicht und zwang sich, an etwas anderes zu denken. Sie musste den Abstieg beginnen, je schneller, desto besser. Irgendwo dort unten erwarteten ihre Brüder und Schwestern den entscheidenden Angriff der Eberkrieger. Wenn es so weit war, wollte sie an ihrer Seite sein. Jeder Elf, der ein Schwert zu tragen vermochte, zählte, wenn es ihrem Volk nicht so ergehen sollte wie Nams …

Nam!

Nam … die Magier … der unbesiegbare Feuerdämon …

Brinnah hatte das Gefühl, der Boden würde ihr unter den Füßen weggezogen. Sie hatte Alban versprochen, den Elfenkönig zu warnen. Aber sie hatte es nicht getan. Sie hatte es vergessen.

Ich muss den König warnen, bevor es zu spät ist! Der Gedanke ließ Brinnah aufspringen. Müdigkeit und Kummer waren vergessen und machten einem Gefühl der Dringlichkeit Platz, das keinen Raum für andere Gedanken ließ. Alles, was jetzt zählte, war, dass sie das Heer erreichte, bevor der Angriff begann. Aber wie?

In ihrer Not sah sie nur einen Ausweg. »Munya?« Der klang des Namens kam einem Hilferuf gleich. »Munya?«

Nichts. Keine Antwort. Brinnah atmete tief durch, konzentrierte sich und versuchte es erneut. Das Ergebnis blieb das Gleiche. Obwohl hier oben kein Rauschen die Verbindung störte, schien Munya sie nicht zu hören, auch wenn das Riesenalpweibchen sich ganz in der Nähe am Fuße des Himmelsturms befinden musste. Was sie auch tat, wie sehr sie sich auch bemühte, sie konnte Munya nicht erreichen.

Dann kamen die Wolken. Ein schmutzig-trübes Grau schob sich vor die Sonne und machte das Plateau binnen weniger Herzschläge zu einem verlorenen Flecken, von dem es kein Entkommen ab.

Brinnah war verzweifelt. So laut sie konnte, rief sie um Hilfe, aber die Wolken schienen ihre Worte zu verschlucken. Schluchzend lehnte sie sich an die Felswand und schlug die Hände vors Gesicht.

»... dir wurde eine Gnade zuteil ...«, hatte Artair zu ihr gesagt, und sie hatte es ebenso gesehen. Nun aber war sie sich dessen nicht mehr so sicher. Einsam, verloren und von Ängsten heimgesucht, kauerte sie sich in der feuchten Kälte an der Felswand zusammen und schlang die Arme wie ein Kind Schutz suchend um die Knie. Ohne dass sie etwas dagegen unternehmen konnte, formten sich hinter ihrer Stirn albtraumhafte Gedanken, die sich angesichts der Ausweglosigkeit, in der sie sich befand, nicht verscheuchen ließen.

Hatte der weiße Riesenalp sie am Ende in eine Falle gelockt? Stand er gar mit den Magiern im Bunde? Diente die vermeintliche Gnade womöglich allein dazu zu verhindern, dass sie Gwiddan von dem Feuerdämon berichtete? Eines fügte sich ins andere und ergab ein Bild, das entsetzlicher nicht hätte sein können: Der weiße Riesenalp war ein Verräter, der sich mit den Feinden der Elfen verbündet hatte. Es war unfassbar!

»Du tust mir Unrecht.«

Aus dem dichten Grau tauchte die Gestalt des weißen Riesenalps vor ihr auf. Brinnah erschrak. »Was ... was willst du von mir?«, stieß sie hervor.

»Es ist noch gar nicht so lange her, da hast du mich das schon einmal gefragt«, erwiderte der Riesenalp ruhig. »Die Antwort ist immer noch die gleiche: Die Frage ist nicht, was ich will, sondern was du willst. Artair hat sein Leben für eine Sache gegeben, die nicht die seine war. Wie weit würdest du gehen?«

»Für Artair?«

»Das weiß ich bereits.«

Brinnah überlegte. »Um mein Volk zu retten?«

»Um dein Volk zu retten!«

»Dafür würde ich alles tun. Alles!«, rief Brinnah leidenschaftlich aus. »Und wenn du mich tötest …«

»Warum sollte ich das tun?« Der Riesenalp neigte den Kopf ein wenig zur Seite.

»Tu nicht so unwissend«, herrschte Brinnah den Riesenalp an. »Du hast meine Gedanken gelesen und weißt, wovon ich rede. Die Götter sind meine Zeugen, dass …«

»Die Götter?«, unterbrach der Riesenalp sie erneut, und diesmal klang er fast ein wenig belustigt. »Welche Götter?«

»Die … die Götter meines Volkes.« Brinnah stockte. Die Worte des Riesenalps verunsicherten sie. »Ich weiß, dass ihr Riesenalpe nicht an Götter glaubt«, fuhr sie schließlich fort. »Das ändert aber nichts daran, dass …«

»In diesem Land gibt es keine Götter.« Wieder ließ der Riesenalp sie nicht ausreden. »Weder für Riesenalpe noch für Elfen. Ich muss es wissen, denn ich war dabei, als die letzten von ihnen dieses Land und die ewigen Gärten des Lebens für immer verließen.«

»Du … du warst dabei?« Brinnah blinzelte verwirrt. »Wann war das?«

»Ach, das ist schon lange her«, erwiderte der Riesenalp nun im Plauderton. »Viele Hundert Winter, bevor dein Volk hierherkam. Damals war ich ein Riesenalp, so wie Artair auch. Die Götter riefen mich zu sich, bevor sie gingen, und übertrugen mir die Aufgabe, den Riesenalpen den Weg zu den Ahnen zu weisen, da viele von ihnen den Weg allein nicht finden können. Im Gegenzug erhielt ich von ihnen Unsterblichkeit. Das ist ganz nett. Ein wenig einsam vielleicht …« Er seufzte, schüttelte das Gefieder und sagte dann: »Aber das ist eine andere Geschichte. Für dich ist es nur wichtig zu wissen, dass es hier keine Götter gibt. Weder für Elfen noch für irgendein anderes Volk.«

»Aber warum? Warum sind sie gegangen? Und wo sind die Götter, zu denen wir all die Winter gebetet haben?« Brinnah war nun völlig verwirrt. Nicht nur ihr Glaube, ihr ganzes Weltbild geriet ins Wanken. Waren die Gebete, die Opfer und die Hoffnungen umsonst gewesen? Sollte Artair am Ende recht behalten?

»Das sind viele Fragen«, hob der Riesenalp an. »Zu viele, um sie alle umfassend zu beantworten. Aber du hast ein Recht, es zu erfahren, und ich will versuchen, mich kurz zu fassen: Die Götter dieses Landes herrschten einst über ein primitives und kleines Volk. Es waren vier. Mun, der Gott der Sonne und des Lichts, Wal, die Göttin des Mondes und der Nacht, Firn, der Gott der Elemente, und Jago, die über Liebe, Leben und Tot herrschte. Irgendwann begannen die Götter sich zu streiten. Was genau die Ursache dafür war, kann ich dir nicht sagen. Sie beschlossen sich zu trennen und eigene Wege zu gehen. So schickte Jago dem Volk eine tödliche Seuche, die alle dahinraffte. Zurück blieben nur die Riesenalpe, um die ich mich fortan kümmerte.«

»Das ist ja furchtbar.« Brinnah fehlten die Worte. »Was sind das nur für grausame Götter, die ihr eigenes Volk dahinraffen? Unsere Götter würden nie ...«

»Vorsicht. Du weiß nicht, wovon du sprichst.«

»Aber du, du weiß es wohl – ja?« Allmählich wurde Brinnah wütend. Nicht genug, dass der weiße Riesenalp sie auf dieses unzugängliche Plateau entführt hatte. Jetzt beleidigte er auch noch ihre Götter.

»Ja, ich weiß es.« Der Riesenalp ließ sich nicht aus der Ruhe bringen. »Ich sah euch kommen. Ein gestrandetes, heimatloses Volk. Ihr hattet einen Krieg verloren, Elfen gegen Elfen. In der alten Heimat gab es keinen Platz mehr für euch. Dieses Land nahm euch auf. Hier fandet ihr ein neues Zuhause. Aber ich sah auch, was euch verborgen blieb.«

»Ah ja? Und was war das?« Brinnah versuchte, ihre Neugier hinter Trotz zu verbergen. Was der Riesenalp ihr da erzählte, lag viele Generationen zurück, nur die alten Geschichten kündeten noch davon. Es gab niemand mehr, der sich daran erinnerte – niemand außer dem Riesenalp.

»Kannst du es dir nicht denken?«, fragte der Riesenalp. »Da war ein Krieg, erbittert geführt, bis aufs Blut. Ob es um Land ging, um Macht oder Ehre, spielt keine Rolle. Was zählt, ist das, was daraus erwuchs, die Spaltung des einst so mächtigen Volkes der Elfen.« Er schaute Brinnah durchdringend an. »Ein Volk, behütet und beschützt von Göttern, die euch wohlgesonnen waren. Nach der Spaltung aber mussten sich die Götter entscheiden und ... Mal ehrlich, wer entscheidet sich schon gern für Verlierer?«

»Was willst du damit sagen?«

»Sie haben sich gegen euch entschieden«, erklärte der Riesenalp. »Alle. Sie blieben bei denen, die euch einst besiegt haben. Es war ihnen gleich, was mit euch geschah, und sie scherten sich nicht darum, ob ihr sie in euren Herzen mit in die neue Heimat getragen habt. Bis heute verschließen sie sich vor euren Gebeten. Die dargebrachten Opfer verdorren unbeachtet auf den Altären der Priesterinnen.«

»Das ist nicht wahr!«, rief Brinnah so aufgebracht, als könne sie die Worte damit zur Wahrheit machen.

»Es ist wahr, und du weißt es«, sagte der Riesenalp beinahe sanft. »Die Götter haben euch nicht verlassen, sie waren niemals hier. Ihr habt es nur nicht bemerkt, weil es euch so gut ging. Erst jetzt, im Angesicht des Krieges, zeigt sich, wie schutzlos dein Volk ohne den Beistand der Götter ist.« Er machte eine bedeutungsvolle Pause und sagte dann: »Sie werden unterliegen, Brinnah. Selbst wenn du Gwiddan von dem Feuerdämon erzählst. Was würde das ändern? Dieser

Dämon ist nahezu unbesiegbar. Gwiddan kann ihn nicht aufhalten. Niemals.«

»Dann ist alles verloren?«, folgerte Brinnah mit dünner Stimme. »Sie werden sterben? Alle?«

»Vielleicht.« Der Riesenalp neigte den Kopf leicht zur Seite. »Du hast es in der Hand, Brinnah. Du kannst das Blatt wenden. Wenn du willst.« Er sah sie lange an und fügte dann hinzu: »Verstehst du nun meine Frage? Wie weit bist du bereit zu gehen, um dein Volk zu retten?«

»Ich würde alles tun. Alles.« Brinnahs Stimme wankte nicht, als sie ihre Antwort noch einmal wiederholte. Was immer der weiße Riesenalp von ihr verlangte, wenn es dazu dienen würde, ihr Volk zu retten, war sie bereit, jedes Wagnis einzugehen – selbst wenn es sie das Leben kosten würde.

»Es ist ein Weg, von dem es kein Zurück gibt.« Wieder schien der Riesenalp ihre Gedanken gelesen zu haben.

»Und wenn schon.« Das klang gelassener, als Brinnah sich fühlte. Ihr Herz hämmerte wie wild, und sie hatte furchtbare Angst vor dem, was kommen würde, aber ihr Entschluss stand fest. »Artair ist gegangen«, sagte sie mit fester Stimme. »Es gibt nichts mehr, was mich hält. Also, was muss ich tun?«

»Steig auf.« Auf unbestimmte Weise wirkte der Riesenalp erleichtert, als er Brinnah einladend den Flügel entgegenstreckte.

Brinnah zögerte. »Werde ich sterben?«, fragte sie.

»Sterben oder Unsterblichkeit erlangen«, erwiderte der Riesenalp vielsagend. »Erinnerst du dich? *Wenn die Not am größten ist, wird sich der Kampf um deine Heimat und um deine Seele entscheiden …* Was daraus erwächst, liegt allein in deinen Händen. Und nun komm, ich bringe dich an den Ort, wo sich dein Schicksal erfüllen wird.«

»Sie kommen viel zu schnell voran.« Voller Sorge lauschte Gwiddan-Sh-e-Nat dem Bericht des Riesenalpreiters, der den

Vormarsch des feindlichen Heeres im Grasland ausgespäht hatte.

Drei Sonnenläufe waren vergangen, seit die Nachhut des Elfenheeres unter den Äxten der Maar-Gurrlin ein grausames Ende gefunden hatte. Seitdem näherte sich der Feind zielstrebig dem Himmelsturm. Ein gewaltiges Heer schwarz gepanzerter Leiber, von dem die Kurierreiter nur mit Furcht im Blick sprachen.

Es war ein schwacher Trost, dass auch die Befestigung des natürlichen Walls am Fuße des Himmelsturms weiter voranschritt und dass es sogar einige halbwegs brauchbare Pläne gab, ihn zu verteidigen. Allerdings war die Nähe zu den Bergen ein enormer Vorteil für die Riesenalpe. An mehreren Stellen wurden auf den Hängen riesige Felsbrocken zusammengetragen, die die Riesealpe mit den Krallen greifen und über dem feindlichen Heer abwerfen konnten. Einem solchen Geschoss, dessen war Gwiddan sich sicher, würde selbst eine Rüstung aus Sternenebulit nicht standhalten.

Die schnelle Flucht verschaffte den Elfen zudem die Möglichkeit, Nachschub aus dem Palast zu holen und das zu ersetzen, was bei dem heimtückischen Überfall der Gurrline verloren gegangen war.

Von Sonnenaufgang bis Sonnenuntergang wurde gearbeitet. Wer etwas Zeit fand, übte sich im Umgang mit Pfeil und Bogen, denn dies waren die Waffen, auf die sich die Hoffnung des Elfenkönigs stützte. Dass ausgerechnet die fähigsten Bogenschützen mit der Nachhut den Tod gefunden hatten, war ein schmerzlicher Verlust und zugleich ein taktischer Fehler, wie Gwiddan nun erkannte, aber es war zu spät, um sich den Kopf darüber zu zerbrechen. Wenn der hundertfache Tod der Zurückgebliebenen nicht vergebens gewesen sein und das Volk der Elfen überhaupt noch eine Aussicht haben sollte zu überleben, mussten sie nach vorn schauen und alle Kräfte darauf verwenden, den Feind zu besiegen.

»Noch zwei Nächte.« Gwiddan ballte die Fäuste. »Nur noch zwei Nächte.«

»Wir werden bereit sein.« Dhaofey, die ganz in der Nähe an einem Feuer saß, sah zu Gwiddan auf und lächelte. »Diesmal werden sie uns nicht überraschen«, sagte sie. »Was immer auch geschieht, wir werden ihnen zeigen, dass auch wir zu kämpfen wissen.«

Kaum dass der Riesenalp sich in die Lüfte geschwungen hatte, hüllten die Wolken ihn und Brinnah ein. Während das Plateau unter ihnen zurückblieb, kleideten sich die Berge in graue Gewänder, die ihre Umrisse immer weiter verschwimmen ließen, bis sie sich Brinnahs Blicken gänzlich entzogen. Es war ein Flug wie im Traum. Zeit und Raum verloren ihre Bedeutung unter den mächtigen Flügelschlägen des Riesenalps, der sich seinen Weg so zielsicher durch das Nebelgrau bahnte, dass Brinnah ihn im Stillen dafür bewunderte. Tief in die weichen, weißen Federn des Riesenalps geschmiegt, spürte sie eine willkommene Wärme, die sie müde machte, und obwohl sie sich vor dem Einschlafen fürchtete, konnte sie nicht verhindern, dass sie immer wieder für eine kurze Weile in die Welt der Träume glitt.

Je länger der Flug dauerte, desto häufiger wechselten die Phasen des Wachens und Schlafens, bis es ihr schließlich unmöglich war zu bestimmen, wie lange der Flug schon andauerte oder wie weit sie geflogen waren.

Die erste Veränderung, die sie spürte, war die Wärme. Von einem Augenblick zum nächsten war sie überall, als hätte der Riesenalp eine unsichtbare Grenze überflogen, die den Winter vom Frühling trennte. Liebliche Düfte stiegen ihr in die Nase. Sie kündeten von Blumen und blühenden Sträuchern, aber auch von sonnenwarmem Gras. Sie berührten Brinnahs Sinne, hießen sie willkommen und weckten eine tiefe Sehnsucht in ihr, die sie drängte, dorthin zu gehen, woher die Düfte stammten. Zum ersten Mal, seit der Flug begonnen hatte, streckte sie sich, um einen Blick auf die Umgebung zu erhaschen, aber noch verhüllte der Nebel, was sich in ihm verbarg.

»Ist es noch weit?« Plötzlich hatte Brinnah Angst, der Riesenalp könne an diesem wunderbaren Ort vorbeifliegen.

Statt einer Antwort hörte sie einen schrillen Pfiff und sah einen Falken, der wie aus dem Nichts neben ihr auftauchte und den Riesenalp auf seinem Weg ein Stück begleitete. Brinnahs Herz begann heftig zu pochen. Sie wusste, dass sie dem Falken schon einmal begegnet war, aber die Erinnerung wollte sich nicht einstellen. Wie selbstverständlich streckte sie den Arm aus, und der Falke nahm die Einladung ohne zu zögern an. Brinnah spürte sofort eine tiefe Zuneigung zu dem schönen Vogel, ganz so, als würden sie sich schon ewig kennen und nach einer langen Zeit des Getrenntseins wiedersehen.

Dem Falken schien es ähnlich zu ergehen. Er öffnete den Schnabel und stieß erneut einen schrillen Pfiff aus. Und als wäre dieser Laut ein Schlüssel, der ihr ein Tor zu einer anderen Welt öffnete, lichtete sich fast gleichzeitig der Nebel und gab den Blick frei auf einen sonnenbeschienenen Garten, der sich in alle Himmelsrichtungen im Nebel verlor.

»Wo sind wir?« Brinnah war überwältigt von der Schönheit und dem Frieden, der von diesem Ort ausging.

»Ahnst du es nicht?« Der Riesenalp begann über dem Garten zu kreisen. Brinnah beugte sich weit nach vorn, unfähig, den Blick abzuwenden. Die Fülle der Farben und Formen nahm sie gefangen, und sie wünschte, der Riesenalp würde endlich landen.

Dann sah sie den Teich.

Schimmernd lag er inmitten der Blumen. Davor stand eine efeubewachsene Bank, die ihr seltsam vertraut war. Und endlich erinnerte sie sich. Sie war schon einmal hier gewesen. In ihren Träumen. Irgendwo ganz in der Nähe musste der Brunnen sein, über dem die Lichter getanzt hatten …

Und wirklich: Als der weiße Riesenalp einen weiteren Bogen flog, entdeckte sie ihn. Jetzt war Brinnah sich ganz sicher. »Das ist der Garten aus meinen Träumen«, teile sie dem Riesenalp mit. »Alles ist genau so, wie ich es gesehen habe.« Sie verstummte und überlegte kurz, dann fragte sie: »Wer wohnt hier?«

»Niemand.«

»Niemand?«, fragte Brinnah überrascht. »Aber jemand muss doch all diese Blumen pflegen.«

»Was du hier siehst, hat noch kein lebender Elf erblickt«, erwiderte der Riesenalp. »In deinem Volk nennt man diesen Ort die ewigen Gärten des Lebens. Hier beginnt alles, und hier endet es.«

»Dann bin ich tot?« Brinnah durchzuckte ein eisiger Schrecken. Sie fühlte sich nicht anders als sonst. Konnte es sein, dass man starb, ohne es zu spüren?

»Nein – du lebst.« Auf unbestimmte Weise klang der Riesenalp belustigt. »So wie auch ich lebe.«

»Aber der Garten ist die Heimat von Freyen, der Totengöttin der Elfen. Ich kann doch nicht …«

»Dieser Garten ist niemandes Heimat«, erklärte der Riesenalp, während er einen weiteren Kreis flog. »Er ist ein Ebenbild von Freyens Garten, aber sie ist nicht hier. Wie alle Götter blieb auch sie in eurer alten Heimat zurück. Dein Volk aber nahm einen kleinen Teil ihres Reiches mit sich. Die Welt der Lebenden und Toten ist untrennbar miteinander verbunden. Freyen konnte es nicht verhindern. Dies ist der Ort der Ahnen. Hier wohnen alle, die gegangen sind, seit dein Volk durch den Krieg gespalten wurde.«

»Warum zeigst du mir das alles?«, fragte Brinnah misstrauisch. Sie spürte, dass der Riesenalp sie nicht nur zum Ansehen hierher geführt hatte. Er verfolgte einen Plan, dessen war sie sich sicher.

»Weil du deinem Volk hier den größten Dienst erweisen kannst«, erwiderte der Riesenalp. »Mehr noch: Dieser Ort gibt dir die Macht, dein Volk zu retten.«

»Und was muss ich dafür tun?« Die Worte des Riesenalps klangen verlockend, aber Brinnah war sich im Klaren darüber, dass es eine solche Hilfe nicht ohne eine Gegenleistung geben würde.

»Wie weit bist du bereit zu gehen?«, hatte er sie gefragt, aber jetzt erst glaubte sie wirklich zu verstehen, was er damit gemeint hatte. Die Hilfe für ihr Volk gab es nicht geschenkt. Sie würde dafür bezahlen müssen, und der Preis würde hoch sein.

»Du musst hierbleiben.«

»Wie lange?«

»Für immer.«

»Bis zu meinem Tod?« Nun wurde Brinnah doch etwas unbehaglich zumute.

»Wenn du es so nennen willst – ja.« Der Riesenalp zog weiter seine Kreise, während der Falke verspielt an dem fellbesetzten Saum von Brinnahs Mantel zupfte. »Aber du solltest wissen, dass du, wie ich, Unsterblichkeit erlangst, wenn du dich entscheidest zu bleiben. Die Zeit und das Alter haben hier keine Macht über dich. Noch in tausend Wintern wirst du so jung und schön sein wie heute.«

»Oh.« Brinnah fehlten die Worte

»Sobald dein Fuß den Boden berührt, wirst du alle Beschränkungen ablegen, die dir als Elf auferlegt sind«, fuhr der Riesenalp fort. »Du wirst mächtiger sein, als du es dir jemals vorstellen konntest. Du wirst die neue Hüterin dieses Gartens und Schutzpatronin deines Volkes sein und eine Lücke füllen, die längst hätte geschlossen werden müssen. Von diesem Augenblick an werden die Nebelelfen nicht mehr ohne göttlichen Beistand sein.«

»Das ist unmöglich.« Obwohl der Gedanke sehr verlockend war, schüttelte Brinnah den Kopf. »Wie stellst du dir das vor? Meine Brüder und Schwestern wissen doch gar nicht, dass die alten Götter uns verraten haben, und beten noch zu ihnen. Wie soll ich für sie sorgen, wenn sie mich nicht einmal kennen?«

»Indem du sie vor den Eberkriegern rettest.«

»Das ist unmöglich. Ich bin allein. Wie sollte ich das vollbringen?«

»Es gibt eine Waffe gegen die Dämonen, von denen die Maare besessen sind«, erklärte der Riesenalp. »Die Krallen meiner verstorbenen Brüder und Schwestern. Fein zermahlen, wird aus ihnen ein Pulver mit magischen Kräften. Die Schamanen des Volkes, das einst hier lebte, verwendeten das Pulver, um verschiedene Krankheiten zu heilen. Durch Zufall entdeckten sie die vernichtende Wirkung, die es gegen widernatürliche Wesen entfaltet. Ihr Elfen könnt es nicht wissen, aber damals gab es tatsächlich noch Dämonen und andere furchterregende Geschöpfe in diesem Land. Dass diese heute ausgerottet sind, habt ihr allein den Schamanen und dem Pulver der Riesenalpkrallen zu verdanken.«

»Das … das wusste ich nicht«, sagte Brinnah staunend.

»Wie solltest du auch? Das alte Volk hat weder Aufzeichnungen noch Spuren hinterlassen. Ich bin der Einzige, der sich ihrer erinnert und um die zerstörerische Macht der Riesenalpkrallen weiß. Dennoch – die Krallen sind hart. Das Pulver herzustellen, erfordert viel Zeit und ein großes Geschick. Das Geschick mag dein Volk besitzen. Die Zeit aber hat es nicht. Du musst ihnen helfen, indem du deine besonderen Kräfte nutzt. Wenn die Zeit gekommen ist, musst du die Krallen, die ich dem König bringen werde, in Pulver verwandeln.«

»Und wie?«

»Du hast die Macht. Ein Fingerzeig von dir genügt.«

Brinnah antwortete nicht. Nachdenklich strich sie dem zutraulichen Falken über das Gefieder, während sie den Blick über die Gärten des Lebens schweifen ließ. Ihr Herz hatte sich längst entschieden, das spürte sie genau, aber ihr Verstand mahnte sie zur Vorsicht. Den Garten zu betreten bedeutete, Unsterblichkeit zu erlangen, doch es bedeutete auch immerwährende Einsamkeit …

Aber hatte sie überhaupt eine Wahl? War es nicht ihre Pflicht – ihr Schicksal –, ihrem Volk zu helfen? Brinnah beobachtete den Falken, der sich das Gefieder putzte, und straffte sich. Artair war tot. Es gab niemanden, der in ihrer Heimat auf sie wartete.

»Also gut«, sagte sie mit fester Stimme. »Ich bleibe hier.«

12

Mit Einbruch der Nacht griffen die Maar-Gurrline an. Kein Nebel verhüllte ihr Näherrücken; nur die Dunkelheit breitete ihre finsteren Schwingen über die heranstürmende Masse der Angreifer, die sich wie eine tosende Flut über das Grasland ergoss. Der Boden erbebte unter den stampfenden Schritten Tausender Eberkrieger und den Schlägen der großen Kriegstrommeln, deren pulsierender Rhythmus die Krieger unbarmherzig vorantrieb.

Spätestens jetzt wurde deutlich, dass die Magier, die dieses Heer erschaffen hatten, sich wenig um taktische Kriegsführung scherten. Sie waren offenbar sicher, dass allein die Masse und Kampfkraft der Eberkrieger genügte, um die unerfahrenen Nebelelfen schon im ersten Ansturm zu überrennen.

So waren die Blicke der feindlichen Krieger allein auf den von unzähligen Fackeln erhellten Wall gerichtet, hinter dem die Elfen sich verschanzt hatten. Diesen einzunehmen und alles, was sich dahinter bewegte, zu töten, war ihr Ziel.

Als sie die Gefahr bemerkten, die sich ihnen im Schutz der Dunkelheit in Form von hundert Flügelpaaren näherte, war es bereits zu spät. Ein tödlicher Regen aus Felsbrocken, abgeworfen von den Riesenalpen, ging lautlos über dem Heer nieder und zerschmetterte mehr als hundert der gepanzerten Leiber in wenigen Augenblicken. Die Schreie der Sterbenden und Verwundeten gellten durch die Nacht, während weitere Krieger über die Gefallenen stürzten und der Ansturm ins Stocken geriet.

Die Elfen auf dem Wall jubelten den Kurierreitern zu, die ohne eigene Verluste zu den Hängen zurückkehrten, wo die Riesenalpe unverzüglich weitere Steine aufnahmen und eine zweite Angriffswelle begannen. Diese profitierte von dem Durcheinander, das die niederstürzenden Felsbrocken unter den Eberkriegern ausgelöst hatten, und lichtete die Reihen der Bestien ohne Verluste auf der eigenen Seite.

Mit dem dritten Anflug wendete sich das Blatt. Die Eberkrieger waren gewarnt und hatten ihre Bogenschützen in Stellung gebracht. Die Riesenalpe in der ersten Reihe hatten keine Chance. Schwarze Pfeile spickten ihr Brustgefieder und ihre Schwingen, ehe sie die Felsbrocken über dem Heer abwerfen konnten. Ohne Schaden anzurichten, schlugen die riesigen Steine im Grasland ein. Mehrere der großen Vögel stürzten getroffen zu Boden, während die anderen im letzten Augenblick einschwenkten und die ungeschützte Nachhut des Heeres angriffen.

An der Spitze des Heeres hatten die Gurrline ihren Schrecken überwunden. Unter furchterregendem Gebrüll setzten sie den Angriff fort und stürmten auf den Wall zu. Als sie sich den Verteidigern bis auf eine Pfeilschussweite genähert hatten, schwenkte Gwiddan eine Fackel und gab den Bogenschützen ein Zeichen. Ein vibrierendes Summen ertönte, als

Hunderte Pfeile sich in die Lüfte erhoben und wie ein tödlicher Schauer aus Sternenebulit über den Heranstürmenden niedergingen. Dem ersten Pfeilhagel folgten augenblicklich weitere. Die Elfen feuerten so schnell sie konnten. Ein jeder wusste, dass sie die Gurrline aufhalten mussten, ehe diese dem Wall zu nahe kamen.

Ihr Mut wurde belohnt. Da die Eberkrieger keine Schilde bei sich führten, fanden fast alle Pfeile in der dicht gedrängten Masse ihr Ziel. Unzählige verletzte und tödlich getroffene Gurrline stürzten zu Boden und wurden rücksichtslos von denen überrannt, die ihnen folgten. Der stete Pfeilhagel fügte den Angreifern schmerzliche Verluste zu und brachte den Vormarsch erneut ins Stocken – aufzuhalten vermochte er ihn nicht.

Aber auch darauf waren die Elfen vorbereitet – und sie hatten von den Gurrlinen gelernt. In rastloser Arbeit hatten sie in einer Entfernung von fünfzig und hundert Längen vor dem Wall zwei Gräben ausgehoben und mit einem zähen Öl gefüllt, das weiter im Norden, am Fuße des Ylmazur-Gebirges, aus den Tiefen der Erde an die Oberfläche trat und einen schwarzen See füllte. Dem unermüdlichen Einsatz der Riesenalpe, die das Öl herangeflogen hatten, war es zu verdanken, dass die beiden halbkreisförmigen Gräben rechtzeitig fertiggestellt werden konnten, die nun den Gurrlinen zum Verhängnis werden sollten.

Mit atemloser Spannung verfolgten die Elfen die Flugbahnen der Brandpfeile, die sich über dem Wall erhoben und mit tödlicher Präzision in die zähflüssige schwarze Masse des ersten Grabens eintauchten, in der unzählige Gurrline bereits feststeckten. Ihr zorniges Brüllen schlug in schrilles, panisches Geschrei um, als überall Feuer aufflammte, an Kraft gewann und sich rasch seinen Weg entlang der Gräben suchte.

Der Vormarsch der Eberkrieger brach nun endgültig zusammen. Solange die glutheißen Flammen loderten, wagte es keiner von ihnen, die Barriere zu überqueren. Die Elfen nutzten die Zeit, um weitere Pfeile auf die Angreifer zu feuern, aber auch über der Ebene erhoben sich nun schwarz gefiederte Pfeile, die erste Lücken in die Reihen der Verteidiger rissen. Die Schmerzensschreie der Elfen gellten durch die Nacht und mischten sich mit dem Brüllen der Gurrline, dem Fauchen der Flammen und dem Dröhnen der Trommeln zu einem grausigen Lied, das von Tod und Verzweiflung kündete. Und über all dem flogen die verbliebenen Riesenalpe unermüdlich ihre Angriffe, indem sie Felsbrocken oder Fässer mit brennendem Öl über das Heer der Gurrline trugen.

»Die Maar-Gurrline haben beträchtliche Verluste erlitten.« Ein Bote, den Gwiddan zu den Kurierreitern geschickt hatte, kehrte zurück, um dem König Bericht zu erstatten. »Hunderte sind tot oder verwundet«, stieß er keuchend hervor. »Die Kuriere sind zuversichtlich. Sie fliegen nun achtsamer und habe kaum noch Verluste zu beklagen.« Ein Lächeln huschte über das Gesicht des jungen Elfen, und er fügte hinzu: »Es gibt noch Hoffnung.«

»Ich danke dir.« Feuerschein spiegelte sich auf Gwiddans Gesicht, als er den Boten entließ.

»Es ist gut, dass sie noch Hoffnung haben«, hörte er Dhaofey sagen, die neben ihm stand und den Verlauf der Schlacht beobachtete. »Viel mehr können wir ihnen nicht bieten.«

»Ich kann nicht glauben, dass sich die Magier von Pfeilen und Feuer einschüchtern lassen«, erwiderte Gwiddan, ohne den Blick von den Flammen abzuwenden, die das Öl allmählich verzehrt hatten und immer schneller in sich zusammenfielen. »Wir haben nur noch einen Graben«, sagte er düster. »Diesmal werden sie vorsichtiger sein. Wir werden sie nicht überraschen können.«

»Aber das Feuer wird den Bogenschützen Zeit geben, ihr

Werk zu beenden«, erwiderte Dhaofey zuversichtlich. »Die Magier haben uns unterschätzt. Sie haben bittere Verluste hinnehmen und einsehen müssen, dass wir uns zu wehren wissen.«

Gwiddan wollte etwas antworten, kam aber nicht dazu, denn in diesem Augenblick überwand der erste Gurrlin die erlöschende Flammenwand mit einem beherzten Sprung. Immer mehr Eberkrieger folgten seinem Beispiel, und nur wenige Herzschläge später rückten die Gurrline wieder vor. Ihre Reihen hatten sich gelichtet, viele waren von Verletzungen gezeichnet, die einem Elf das Leben gekostet hätten. Aber die Gurrline schienen es nicht einmal zu bemerken. Sie stapften weiter, als wäre Schmerz ihnen fremd. Es dauerte nicht lange, bis der fünfzig Längen messende Streifen zwischen den beiden Gräben schwarz von Angreifern war.

»Brandpfeile!« Gwiddan schwenkte die Fackel erneut, und ehe er sich versah, stand auch der zweite Graben in Flammen. Die Gurrline wichen vor der Hitze zurück, aber schnell wurde deutlich, dass dieses zweite Feuer für sie nur einen kurzen Aufschub bedeutete.

Indes feuerten die Elfen weiter.

Die Pfeile aus Sternenebulit säten Tod und Verderben unter den Angreifern, während die Riesenalpe weiter Angriffe gegen den rückwärtigen Teil des Heeres flogen. Angesichts der Erfolge wurden die Elfen jenseits des Walls von neuer Zuversicht erfasst, aber Gwiddan wusste, dass ihre Anstrengungen nicht ausreichen würden. Am Ende würde die Überlegenheit der Angreifer ihren Widerstand zerschmettern und …

»Seht doch! Sie ziehen sich zurück!« Der Ruf ertönte über dem Heer der Elfen, und augenblicklich brandete Jubel auf. Gwiddan hob den Blick. Und wirklich: Was kaum einer zu hoffen gewagte hatte, geschah. Die Kriegstrommeln waren verstummt, die Eberkrieger traten den Rückzug an. Zurück blieben unzählige Verwundete und Tote, deren Leiber das Grasland schwarz färbten.

»Wir haben gewonnen.« Dhaofey strahlte über das ganze Gesicht. »Wir haben tatsächlich gewonnen!«

Gwiddan schüttelte den Kopf. »Gewonnen haben wir noch lange nicht«, sagte er düster. »Wir haben ihnen lediglich gezeigt, dass sie uns unterschätzt haben. Auf diesen Angriff waren wir vorbereitet. Das dürfte sie verunsichert haben. Aber du weißt so gut wie ich, dass wir ihnen nicht mehr lange hätten standhalten können. Es ist ein Glück, dass die Magier nicht wissen, wie schlecht es um unsere Verteidigung bestellt ist. So ist uns zumindest eine kleine Atempause vergönnt.« Er sah den Eberkriegern hinterher, die in der rauchgeschwängerten Dunkelheit schon fast nicht mehr zu erkennen waren, und seufzte. »Was immer sie vorhaben«, sagte er mehr zu sich selbst, »eines ist sicher: Sie werden wiederkommen.«

Ein fließendes, weiß schimmerndes Gewand umspielte Brinnahs schlanke Gestalt, als sie im ersten Morgengrauen durch die Gärten des Lebens zu dem kleinen Weiher ging, an dem die mit Efeu bewachsene Bank auf sie wartete. Obwohl die Zeit in diesen Gestaden keine Macht besaß, spürte sie, dass sich in dem Land, das sie einst ihre Heimat genannt hatte, etwas regte.

Der weiße Riesenalp hatte ihr versprochen, rechtzeitig mit den Krallen zur Stelle zu sein, aber Brinnah wusste, dass der unerwartete Tod so vieler Riesenalpe seine Zeit beanspruchte, und sie quälten Zweifel, ob er sein Versprechen auch wirklich einhalten konnte. So zog es sie zu dem Weiher, über dem sich im frühen Dunst des Morgens die Wolke der Weisheit gebildet hatte und ihr einen Blick auf das erlaubte, was sich in der Steppe am Fuß des Himmelsturms zutrug.

Am Ufer des Weihers blieb Brinnah stehen, berührte den Nebel leicht mit der Hand und sagte mit warmer, wohlklingender Stimme: »Zeig mir das Heer der Elfen.« Augenblicklich löste sich der wallende Nebel von der Mitte der Wolke her auf und gewährte Brinnah einen Blick auf die Steppe. Hier herrschte tiefe Nacht, aber keiner schlief. Die Elfen hatten sich auf dem Wall versammelt. Dicht gedrängt standen sie dort und blickten nach Osten, wo sich vor dem tiefschwarzen Nachthimmel ein gewaltiger Feuerschein abzeichnete.

Brinnah ballte die Fäuste. Anders als die Elfen, die das seltsame Schauspiel mit einer Mischung aus Furcht und Verwirrung beobachteten, wusste sie, was sich keine zehn Pfeilschussweiten vom Heer entfernt regte. Der glutrote Widerschein des Feuers sprach eine deutliche Sprache. Nicht mehr lange, und die Magier würden ihre furchtbarste Waffe gegen die Elfen einsetzen – den Feuerdämon, den Nam Shyfandil genannt hatte.

Mit einer Mischung aus Furcht und Sorge blickte Ferwyned nach Süden, wo der Widerschein eines gewaltigen Feuers den Himmel entflammte. Wie alle Elfen des Heerlagers war auch er sofort zum Wall gelaufen, als ihn die Kunde von dem ungewöhnlichen Feuer erreicht hatte. Nun stand er inmitten der Menge und versuchte zu ergründen, was dies zu bedeuten hatte.

Ein leichter Wind trug ihm ein auf- und abschwellendes Summen zu, das auf unheilvolle Weise an eine Beschwörung erinnerte. Je höher die Flammen loderten, desto lauter wurde das Summen, bis der Feuerschein, einem glühenden Sonnenaufgang gleich, fast den ganzen südlichen Horizont einnahm.

»Magie.« Die junge Priesterin, die neben Ferwyned stand, konnte den Blick nicht von dem bedrohlichen Schauspiel abwenden. »Sie rufen etwas an.«

Ferwyned erschauerte. Wie gebannt starrte er nach Süden, wo sich in diesem Augenblick die Erde selbst aufzutun schien und feurige Funken in den Nachthimmel spie.

»Das ist das Ende«, hörte er einen Elf neben sich murmeln. »Die Götter selbst haben sich gegen uns verschworen.«

»Noch ist nichts entschieden«, sagte ein anderer und hob drohend die geballte Faust. »Sollen sie nur kommen, diese Barbaren. Wir haben sie schon einmal zurückgeschlagen und werden sie ihr Blut schmecken lassen.«

Der andere erwiderte etwas, worauf die beiden in Streit gerieten. Ferwyned hörte nicht hin. Streitgespräche wie diese hatte er seit dem Morgen zu Hunderten vernommen. Die beiden so unterschiedlichen Äußerungen hätten die Stimmung im Heer nicht treffender bezeichnen können. Der überraschende Abzug der Gurrline hatte bei vielen Elfen eine fast euphorische Siegesstimmung aufkommen lassen. Sie hatten gefeiert und getanzt und fühlten sich nahezu unbesiegbar. Andere hingegen sahen in dem Rückzug lediglich eine Taktik, die nichts damit zu tun hatte, dass sich die Gurrline vor den Elfen fürchteten. Sie mahnten zur Besonnenheit und hatten den Sonnenlauf dafür genutzt, die kostbaren Pfeile einzusammeln, die zu Tausenden zwischen den toten Eberkriegern verstreut lagen.

Die Verluste der Elfen waren geringer ausgefallen als erwartet. Es wäre ein Grund zur Freude gewesen, aber der Tod von einem Dutzend Riesenalpen gab dem vermeintlichen Sieg einen bitteren Beigeschmack.

Plötzlich wurde es still.

Das monotone Summen verstummte so abrupt, dass die beiden Elfen neben Ferwyned sogar ihren Streit vergaßen. Selbst der Wind schien in ehrfürchtigem Schweigen zu verharren. Die Elfen auf dem Steinwall wagten nicht, sich zu bewegen.

Die Stille schien sich weiter zu vertiefen, als der Feuerschein langsam in sich zusammensank und sich zu einem tiefroten Glühen zusammenballte, das nichts Gutes verhieß. »Bei den Göttern, was …« Der junge Elf neben Ferwyned verstummte, als ein grauenhafter Schrei die Stille zerfetzte. Ein Schrei, so furchterregend und abscheulich, dass den Elfen das Blut in den Adern gefror. Gleich darauf hallte ein dumpfer Laut durch die Nacht und brachte den Boden zum Erbeben. Erschrockene Rufe wurden laut, als einige Elfen den Halt verloren und stürzten, weil die Erschütterung Felsbrocken aus dem Wall löste, die polternd zu Boden fielen.

Dem ersten Beben folgten weitere. Ein Takt … Schritte! Ferwyned spürte Panik in sich aufsteigen. Seine Phantasie reichte nicht aus, sich ein Wesen vorzustellen, das solche Erschütterungen durch den Boden zu jagen vermochte.

Die Ungewissheit währte nur kurz. Ein Aufschrei durchlief die Reihen der Elfen und lenkte Ferwyneds Aufmerksamkeit auf das Ende der Ebene, wo sich ein albtraumhaftes Feuerwesen langsam und mit schweren Schritten auf den Wall zubewegte. Sein Körper war in ein Kleid aus rauchlos lodernden Flammen gehüllt, in denen die Augen wie Kohlenstücke glommen. Es ging gebückt, den Rücken wie von einer schweren Last gekrümmt. Die überlangen Arme schleiften auf dem Boden, setzten die Gräser in Flammen und hinterließen zwei lange Brandnarben in der Steppe.

»Ein Dämon!« Das Gesicht der jungen Priesterin zu seiner Linken war kalkweiß. »Wir sind verloren.« Kaum hatte sie das gesagt, gerieten die geschlossenen Reihen der Elfen in Bewegung. Angesichts des feurigen Dämons schien keiner mehr an einen Sieg über die Gurrline zu glauben. Die Elfen warfen ihre Waffen fort und suchten ihr Heil in der Flucht. Allein die Bogenschützen machten sich bereit. Im Vertrauen auf die Pfeilspitzen aus Sternenebulit bezogen sie auf dem

Wall Stellung, bereit, die Bestie mit Pfeilen zu spicken, sobald sie nahe genug heran war.

Ferwyned wartete nicht darauf, ob ihnen Erfolg beschieden war. Er rannte. Sein Atem ging keuchend, und sein Herz raste. Doch obwohl auch er sich vor dem Feuerwesen fürchtete, dachte er keinen Augenblick an Flucht. Sein Ziel waren die Kuriervögel, die sich auf einem Hang etwas oberhalb des Walls ausruhten. Die großen Vögel waren in seinen Augen die Einzigen, die gegen das furchtbare Wesen etwas auszurichten vermochten.

Mit diesem Gedanken war er nicht allein.

Kaum, dass er die Hälfte der Strecke hinter sich gebracht hatte, entdeckte er die ersten Riesenalpe in der Luft. Mit gewaltigen Felsbrocken in den Krallen griffen sie den Feuerdämon an, so wie sie es auch schon bei den Gurrlinen erfolgreich getan hatten.

Die ungeheure Last machte es ihnen schwer, an Höhe zu gewinnen, aber sie schafften es. Ferwyned sah, wie drei Riesenalpe den Dämon umkreisten, der stehen geblieben war und sich zu seiner vollen Größe aufgerichtet hatte, während er mit schwerfälligen Armbewegungen die Riesenalpe zu packen versuchte. Diese hatten alle Mühe, den Angriffen des Dämons auszuweichen. Vor allem aber kamen sie nicht nah genug heran, um die Felsbrocken gezielt auf ihn zu werfen. Inzwischen waren sie schon zu fünft. Jetzt mussten die Reiter nicht mehr allein auf den Dämon achten, es galt auch, einen Zusammenstoß mit den anderen Riesenalpen zu vermeiden.

Atemlos verfolgte Ferwyned die verzweifelten Bemühungen der Riesenalpe. In Gedanken war er bei ihnen. Viel konnten sie nicht ausrichten, aber ihr Mut war den anderen ein Beispiel. Nach und nach kehrten die Elfen an den Wall zurück und griffen wieder zu den Waffen.

Ferwyned bemerkte das nur am Rande. Der Kampf in der

Luft nahm ihn so gefangen, dass er den Blick nicht abwenden konnte. Er sah nicht, wie sich das Feuer des Dämons verstärkte, wie er sich straffte und Kraft sammelte ... Erst als das Monstrum den Kopf in den Nacken legte und den feurigen Schlund wie zu einem tiefen Atemzug öffnete, erkannte Ferwyned die Gefahr.

»Weg! Fliegt weg!« Er schrie aus Leibeskräften, aber es war zu spät. Ein glutheißer Feuerstrahl schoss aus dem Rachen des Dämons hervor und verbrannte zwei Riesenalpe und ihre Reiter noch in der Luft zu Asche. Die Felsbrocken fielen zu Boden, ohne Schaden anzurichten.

Die drei anderen Riesenalpe drehten augenblicklich ab und suchten das Weite. Aber sie waren zu langsam. Unter grässlichem Fauchen öffnete der Dämon erneut sein feuriges Maul und sandte den Flüchtenden einen tödlichen Feuerstoß hinterher. Zwei Riesenalpe stürzten mit brennendem Gefieder zu Boden, wo sie unter den Äxten der Gurrline ein schreckliches Ende fanden. Der Letzte teilte das Schicksal der ersten beiden Opfer. Von dem Vogel und seinem Reiter blieb nur graue Asche, die wie Schnee zu Boden schwebte. Der Felsbrocken, den er bei sich getragen hatte, schlug als glühender Feuerball auf der Erde ein.

Von Trauer und Kummer überwältigt, musste Ferwyned mit ansehen, wie der Dämon sich bückte, die glühenden Felsen aufhob, als wären es Kieselsteine, und sie auf das Heer der Elfen schleuderte. Dreimal erzitterte der Boden, als die Brocken einschlugen. Dreimal sah Ferwyned zischende Feuersäulen über dem Heer aufflammen und hörte die gellenden Schreie der Sterbenden und Verwundeten. Für das Grauen und Entsetzen, das er empfand, gab es keine Steigerung.

Er wusste, dass sie in der Falle saßen. Eingekreist von dem Heer der Gurrline und mit den steil aufragenden Felswänden des Ylmazur-Gebirges im Rücken, gab es keinen Ort, wohin sie hätten fliehen können. Seine Heimat und sein Volk waren verloren.

Als Brinnah die Riesenalpe und die Elfen sterben sah, zerbrach etwas in ihr. Hass zu empfinden war ihr in diesen Gestaden unmöglich. So blieben ihr nur die Tränen, die wie funkelnde Regentropfen in den Weiher fielen und dessen Oberfläche kräuselten, und die Hoffnung, dass der weiße Riesenalp dem Elfenkönig rechtzeitig das Geschenk würde überreichen können, das sie gemeinsam ersonnen hatten, um sein Heer zu retten und ihren neuen Namen in die Herzen der Elfen zu tragen.

Als sie wieder in den Nebel blickte, erkannte sie weitere Riesenalpe, die todesmutig den Kampf gegen den übermächtigen Gegner aufgenommen hatten, während die Bogenschützen vom Wall aus einen Pfeilhagel nach dem anderen auf den Dämon abschossen. Schnell wurde klar, dass die Pfeile dem Feuerwesen keinen Schaden zufügen konnten, auch wenn es bei jedem Treffer zusammenzuckte und versuchte, sich die Pfeile aus dem Körper zu reißen, ehe deren Schäfte verbrannten und die Spitzen zurückblieben.

Der Einsatz der Bogenschützen verschaffte den Riesenalpreitern nicht nur etwas Zeit, er lenkte den Dämon auch von ihnen ab, sodass sie es aufs Neue wagten, sich ihm zu nähern. Diesmal führten sie keine Steine mit sich, sondern große, gewachste Tücher, deren vier Ecken hochgebunden waren. Die primitiven Gefäße hatten schon beim Transport des Öls für die Gräben gute Dienste geleistet. Nun waren sie mit Wasser gefüllt, wohl in der Hoffnung, das Feuer des Dämons damit löschen zu können und ihn so zu vernichten.

Als sich der erste Wasserschwall aus großer Höhe über dem Dämon ergoss und die lodernden Flammen auf seiner Haut für eine kurze Weile löschte, jubelten die bedrängten Elfen. Doch ihre Freude kam zu früh. Zwar vermochte das Wasser den Feuerdämon zu schwächen und seinen Vormarsch zu verlangsamen – töten konnte es ihn nicht. Indes hatten auch die Eberkrieger die neue Gefahr erkannt und richteten ihre Pfeile gezielt gegen die Riesenalpe.

»Sie schaffen es nicht.« Dhaofey, die vom Wall aus den mutigen Einsatz der Riesenalpe beobachtete, warf Gwiddan einen niedergeschlagenen Blick zu. »Der Dämon wird schwächer, aber bei den Göttern, um welchen Preis? Wir verlieren viel zu viele Riesenalpe.«

»Und das ist noch nicht alles.« Gwiddans Gesicht zeigte keine Regung, als er nach Süden deutete, wo sich eine geschlossene Phalanx aus Eberkriegern formiert hatte, die nur auf den Befehl zum Angriff warteten. »Wir haben verloren, Dhaofey«, sagte er tonlos. »Die Götter haben sich von uns abgewandt. Selbst wenn wir den Dämon besiegen, aus dieser Falle gibt es kein Entrinnen. Bald haben unsere Bogenschützen alle Pfeile verschossen, und wir haben nichts mehr, das den Eberkriegern noch gefährlich werden könnte.«

»Wir könnten wieder Pentragramme zeichnen und zum Palast fliehen«, schlug Dhaofey vor.

»Ja, das könnten wir.« Gwiddan nickte. »Auf dem felsigen, von Geröll übersäten Untergrund wären sie aber nur sehr klein. Ein Elf oder zwei – mehr würden nicht hineinpassen. Zudem bleibt uns kaum noch Zeit. Um alle Nebelelfen in kürzester Zeit in Sicherheit zu bringen, müssten wir Hunderte Pentagramme zeichnen, doch viele derer, die diese Kunst beherrschen, sind tot.« Er seufzte und schüttelte den Kopf. »Außerdem, was würde es uns bringen, wenn hundert oder zweihundert von uns die Rückkehr zum Palast gelingt? Wir wären vernichtend geschlagen und verdammt, ein Leben in grausamer Knechtschaft zu führen.«

Wie um seine Worte zu bestätigen, erhob sich in diesem

Augenblick summend ein Pfeilhagel über der Ebene, der gleich drei Riesenalpe auf einmal vom Himmel fegte. Dessen ungeachtet versuchten zwei andere das mitgeführte Wasser gegen den Dämon zu richten. Ein Wagnis, das auch diese beiden mit dem Leben bezahlten. Die Verluste schienen den verbliebenen Riesenalpen den letzten Mut zu nehmen. Kein einziger kreiste noch über dem Heer der Angreifer. Der Himmel war wie leer gefegt.

Nun waren es die Eberkrieger, die ihren Sieg mit kehligen Lauten in die Nacht hinausbrüllten. Die Kriegstrommeln nahmen ihren Takt wieder auf, und ein neuerlicher Angriff begann.

»Es ist so weit.« Gwiddan nahm sein Schwert zur Hand und machte sich bereit. »Wir werden sterben«, sagte er mit grimmig entschlossener Miene. »Aber um unserer Ehre willen, wir werden uns nicht kampflos ergeben.«

»Ich bin stolz, dich gekannt zu haben.« Mit dem Schwert in der Hand trat Dhaofey neben Gwiddan und schenkte ihm ein Lächeln. »Du warst ein guter König.«

Gwiddan nickte ihr zu, antwortete aber nicht. Seine ganze Aufmerksamkeit galt den Eberkriegern, deren Schritte den Boden erbeben ließen. In einer geschlossenen Reihe stapften sie auf die verschanzten Elfen zu, wie eine schwarze Woge, die alles zu verschlingen drohte. Dort, wo der Feuerdämon kauerte und darauf wartete, dass seine Kräfte zurückkehrten, teilte sich die Linie, um sich unmittelbar dahinter wieder zu schließen.

Aus dem Augenwinkel sah Gwiddan den Morgen im Osten strahlend und schön heraufziehen. Der Anblick stimmte ihn traurig. Er wollte sich abwenden, als er vor dem Hintergrund des blassen Morgenrots eine Bewegung ausmachte. Ein Riesenalp!

Mit kräftigem Flügelschlag kam der große Vogel näher, während die Bogenschützen der Elfen ihre letzten Pfeile auf die Eberkrieger verschossen und dem Schicksal noch ein wenig Zeit abtrotzten.

»Er trägt keinen Reiter.« Auch Dhaofey hatte den Riesenalp entdeckt. An der Seite des Elfenkönigs beobachtete sie, wie er sich ihrem Heer näherte und zur Landung ansetzte.

»Bei den Göttern, es ist der weiße Riesenalp!«, stieß Gwiddan überrascht hervor.

»Der weiße ...?« Dhaofey führte den Satz nicht zu Ende, denn in diesem Augenblick landete das mächtige Tier im Schutz des Walls und kam, einen gewaltigen Sack im Schnabel tragend, mit wiegendem Schritt auf Gwiddan zu. »Ein Geschenk der Ahnen ist es, das ich dir bringe«, teilte er dem König ohne jede Begrüßung in Gedankensprache mit. »Sie geben euch das Kostbarste, was ihre längst zu Staub zerfallenen Körper besitzen, auf dass ihre Nachkommen überleben mögen.« Er legte den Sack auf den Boden und trat einen Schritt zurück. Gwiddan zögerte. Dann sprang er vom Wall, eilte zu dem Sack und öffnete ihn.

»Krallen?«, sagte er und sah den weißen Riesenalp mit einer Mischung aus Erstaunen und Verwunderung an. »Was sollen wir damit?«

»Ja, Krallen.« Der weiße Riesenalp neigte den Kopf wie zu einem Nicken und fuhr dann fort: »Und doch viel mehr als nur das. Zu feinem Pulver zermahlen und über den Angreifern verstreut, besitzen sie die Macht, selbst Dämonen zu vernichten.«

»Zu Pulver zermahlen?« In jeder anderen Lage hätte Gwiddan aufgelacht, doch nun wirkte er niedergeschlagen. »Ich danke dir für deine Hilfe. Aber du kommst zu spät. Diese Krallen zu zermahlen kostet Zeit, die wir nicht haben. Die Schlacht ist so gut wie verloren. Die Bogenschützen werden die anrückenden Eberkrieger nicht mehr lange aufhalten können.«

»Ich weiß.« Der Riesenalp warf einen Blick zum Feuerdämon hinüber, dessen Flammen schon fast wieder so kräftig aus der Haut hervorzüngelten wie zuvor. »Und doch gibt es einen Weg.«

»Welchen?«

»Die Gütige Göttin schickt mich, euch ihr Wohlwollen mitzuteilen. Sie, die sich nicht von den Nebelelfen abgewendet hat, wird euch in der Stunde der Not beistehen. Bitte sie um Hilfe, und sie wird sie dir gewähren.«

»Die Gütige Göttin?« Gwiddan warf dem Riesenalp einen verwunderten Blick zu. »Eine solche Göttin kenne ich nicht.«

»Da irrst du dich«, sagte der Riesenalp geheimnisvoll. »Du kennst sie besser, als du denkst. Sei versichert, dass sie das Volk der Elfen über alles liebt. Sie selbst hat ein großes Opfer gebracht, um euch in der Stunde der Not beistehen zu können.«

»Aber wer ...?«

»Es steht mir nicht zu, dir mehr zu verraten.« Ungeduld schwang in der Stimme des Riesenalps mit, als er weitersprach. »So wähle: Soll dein Volk überleben oder untergehen?«

»Mein Volk soll überleben.« Gwiddan wechselte einen kurzen Blick mit Dhaofey, die neben ihn getreten war und zustimmend nickte. Dann nahm er einen tiefen Atemzug, schloss die Augen und sandte ein kurzes Gebet an die unbekannte Göttin, deren Namen er nie zuvor gehört hatte ...

Und das Wunder geschah.

Kaum hatte das letzte Wort seine Lippen verlassen, zerfielen die eisenharten Krallen der Riesenalpe binnen eines Wimpernschlags zu funkelndem Staub. »Das ... das ist ... ein Wunder.« Gwiddan traute seinen Augen nicht.

»Sie gab dir die Waffe, führen musst du sie selbst«, sagte der Riesenalp.

»Ich werde sie nicht enttäuschen.« Plötzlich hatte Gwiddan es sehr eilig. »Richte der Gütigen Göttin meinen Dank aus«, sagte er, während er den Sack an sich nahm und in Gedanken Rhyn, seinen Riesenalp, zu sich rief. »Sollten wir siegreich sein, wird das Volk der Nebelelfen der Gütigen Göttin ewig in Dankbarkeit verbunden sein.«

Der weiße Riesenalp deutete ein Nicken an, antwortete aber nicht. Noch ehe Rhyn den freien Platz hinter dem Wall erreichte, breitete er die Schwingen aus, erhob sich mit einem machtvollen Satz aus dem Stand in die Lüfte und flog davon.

13

Durch die Wolke der Weisheit beobachtete Brinnah, wie Gwiddan den Sack mit dem Riesenalpkrallenpulver zur Hand nahm und einen Teil davon in einen großen ledernen Beutel füllte, dessen Bänder er um sein Handgelenk schlang. Den Rest des Pulvers ließ er bei Dhaofey zurück, mit der Anweisung, es an die übrigen Riesenalpreiter zu verteilen. Wenn er Erfolg hätte, sollten sie ihm folgen.

Dann stieg er auf Rhyns Rücken und flog dem Feind entgegen.

Überwältigt von dem, was sie getan hatte, schaute Brinnah dem Elfenkönig nach. Es war unfassbar. Ein einziger Fingerzeig hatte genügt, um die Riesenalpkrallen zu Staub zerfallen zu lassen. Dabei hatte sie das Bild in den Nebeln nur ganz kurz berührt. Der weiße Riesenalp hatte recht behalten. Als sie den Fuß auf den Boden des Gartens gesetzt hatte, hatte sie ihrer Sterblichkeit entsagt und die Einsamkeit gewählt. Im Gegenzug aber hatte sie eine Macht erhalten, wie sie wohl nur die Götter besaßen. Sie würde nicht altern und nicht krank werden, weder Hunger noch Durst verspüren, vor allem aber würde sie niemals sterben …

In Bruchteilen eines Augenblicks hatte sich ihr ganzes Leben verändert, zu schnell, als dass sie das ganze Ausmaß der Veränderung wirklich erfassen konnte, aber wenn es noch eines Beweises bedurft hätte, war der kurze Augenblick der Macht, mit dem sie Gwiddan die benötigte Waffe in die Hand gegeben hatte, genug gewesen, um auch ihre letzten Zweifel zu beseitigen.

Jetzt war es an ihm, ihrem Opfer einen Sinn zu geben. Die Zukunft der Elfen – und die ihre – lag in seinen Händen.

Durch die Wolke der Weisheit sah sie, wie der Dämon sich aufrichtete. Er hatte Gwiddan gesehen und machte sich bereit. Auch die Eberkrieger hatten den einsamen Riesenalpreiter entdeckt. Brinnah sah, wie mehr als ein Dutzend der hünenhaften Krieger ihre Bogen spannten …

Sie werden Rhyn erschießen, schoss es ihr durch den Kopf. Ich muss ihm helfen. Ich muss etwas tun. Ohne lange zu überlegen, spitzte sie die Lippen und blies ihren Atem scharf mitten in die Wolke der Weisheit hinein. Der Wind erreichte den Riesenalp gerade im rechten Augenblick. Unter seinem Leib bildeten sich graue Luftwirbel, die die Pfeile erfassten und in alle Himmelsrichtungen ablenkten, ehe sie ihr Ziel erreichen konnten. Die Elfen am Boden jubelten, während die Gurrline sofort neue Pfeile auflegten. Diesmal waren es mehr als fünfzig Geschosse, die auf Rhyn und den Elfenkönig zuflogen, aber Brinnah gelang es, sie durch einen gezielten Luftzug so abzulenken, dass keiner von ihnen Gwiddan oder Rhyn Schaden zufügen konnte.

Aber auch Gwiddan tat seinen Teil dazu.

Brinnah sah, wie er den Lederbeutel öffnete, hineingriff und mehrere Hände voll des Pulvers in der Luft über den Eberkriegern verstreute. Wie eine Wolke aus funkelndem Sternenstaub schwebten die feinen Körner im Licht der aufgehenden Sonne zur Erde.

Während Gwiddan den Feuerdämon in sicherem Abstand zu umkreisen begann, kehrte auf dem Schlachtfeld eine beängstigende Stille ein. Elfen wie Eberkrieger schauten fasziniert nach oben, nicht ahnend, was da vom Himmel fiel.

Als die ersten Flocken die Eberkrieger berührten, wurde die Stille über dem Grasland jäh von grauenhaften Schreien und Gebrüll zerrissen. Die getroffenen Gurrline begannen unkontrolliert zu zucken und sich zu krümmen. Aus ihren Mäulern trat blutiger Schaum. Die Waffen entglitten ihren Händen, während sie zu Boden sanken und im Schlamm einen qualvollen Tod fanden.

Das Lärmen und Toben der Gurrline, die sich zu Hunderten sterbend im Schlamm wälzten, schien den Shyfandil zur Raserei zu bringen. Unablässig stieß er seinen glutheißen Feueratem gegen den ihn umkreisenden Rhyn aus und schlug mit den Armen nach ihm, ohne ihn jedoch zu erreichen. Sein wütendes Brüllen übertönte selbst die Schreie der Gurrline und ließ den Boden erzittern.

Rhyns Gewandtheit machte den Feuerdämon rasend. Als er erkannte, dass er den Riesenalp nicht fangen konnte, setzte er sich brüllend in Bewegung und stapfte über die Ebene auf den Wall zu, hinter dem sich die Elfen verschanzt hatten. Dabei richtete er seinen Feueratem wahllos gegen alles, was ihm in den Weg kam. Unzählige Gurrline verbrannten binnen weniger Augenblicke zu Asche, während diejenigen, die noch laufen konnten, die Flucht ergriffen.

Gwiddan folgte dem Dämon, hatte aber immer noch Mühe, dicht genug an ihn heranzukommen, ohne dabei selbst in Gefahr zu geraten. Während Rhyn Kreise zog, ließ Gwiddan immer wieder funkelnden Staub auf das Heer der Gurrline niedergehen, das sich angesichts der heimtückischen Waffe immer mehr aufzulösen begann.

Wäre der Feuerdämon nicht gewesen, der sich den wehrlosen Elfen mit todbringendem Glutatem näherte, hätten diese gewiss gejubelt. So aber flohen sie von dem Wall und suchten in dem nahen Tal Schutz, das für sie schnell zu einer tödlichen Falle werden konnte.

Der Anblick der fliehenden Elfen weckte den Jagdinstinkt des Shyfandil. Mit wilder Entschlossenheit schritt er schneller aus, eine Schneise der Verwüstung und brennende Erde hinter sich zurücklassend.

Verzweifelt versuchte Gwiddan ihm nahe genug zu kommen, damit das Pulver seine tödliche Wirkung entfalten konnte. Aber der Feuerdämon war trotz seiner Größe und Unbeholfenheit erstaunlich schnell und geschickt. Zweimal gelang es Rhyn erst im allerletzten Augenblick, einem Feuerstoß auszuweichen, und einmal musste er sogar ein paar Federn lassen, als die feurige Klaue des Dämons ihn streifte. Indes schwand der Abstand zu den Elfen immer schneller.

»Bitte«, flehte Brinnah, die dem Schauspiel wie gebannt folgte. »Du darfst nicht scheitern.«

Doch auch der nächste Versuch des Elfenkönigs ging fehl. Diesmal hatte er einen weiten Bogen über dem feindlichen Heer geflogen und in großer Höhe Kurs auf den Dämon genommen. Dabei hatte er nicht bedacht, wie hoch der Dämon seinen feurigen Atem schleudern konnte. Ein Fehler, der Rhyn eine versengte Flügelspitze und zweifellos starke Schmerzen einbrachte.

Der Schrei des verwundeten Riesenalps gellte durch den Morgen und brachte die Hoffnungen derer ins Wanken, die auf einen Sieg ihres Königs gehofft hatten. Für den Bruchteil eines Augenblicks sah es so aus, als würde Rhyn das Gleichgewicht verlieren und abstürzen, aber dann fing er sich und brachte sich mit kräftigen Flügelschlägen außer Reichweite des Dämons.

Brinnah sah es und atmete auf. Aber die Gefahr war noch nicht gebannt. Wenn es Gwiddan nicht gelang, den Dämon zu besiegen, waren die Elfen verloren. Sie musste etwas tun. Irgendetwas, das den Feuerdämon aufhalten würde.

Dieser hatte gerade den ersten Graben erreicht, in dem noch Reste des Feuers glommen. Ungeachtet der schwelenden öligen Masse, in der die Toten halb eingesunken waren, setzte er den Fuß mitten hinein. Das eigene Gewicht ließ ihn tief einsinken. Brinnah erkannte die Gelegenheit und zögerte nicht.

»Erstarre!« Ein Fingerzeig von ihr genügte, um aus der schlammigen Masse ein festes Gestein zu formen.

Als der Feuerdämon erkannte, dass er gefangen war, brüllte er seine Wut mit unkontrollierten Feuerstößen der aufgehenden Sonne entgegen. Wie wild zerrte und zog er an seinem Bein, aber selbst seine ungeheuren Kräfte reichten nicht aus, die erstarrte Masse zu brechen.

Dann ging alles sehr schnell.

Noch bevor der Dämon sich befreien konnte, glitt Gwiddan auf Rhyn in niedriger Höhe über den Shyfandil und schüttete dabei eine große Menge des funkelnden Riesenalpkrallenpulvers direkt über dessen feurigem Körper aus. Der Dämon war in seiner Wut so sehr mit seinem Bein beschäftigt, dass er die Gefahr zu spät erkannte. Schon hüllte die Wolke aus funkelndem Staub ihn ein. Aus seinem wütenden Brüllen wurde ein entsetztes Kreischen. Wie zuvor die Gurrline, wand auch er sich unter furchtbaren Qualen, während die Flammen, die aus seinem Körper züngelten, immer schwächer wurden. Zunächst stieg schwarzer, dann weißer Rauch über seinem Körper auf. Seine Schreie wurden schwächer und erstarben schließlich ganz, während er selbst wie ein zuckender Haufen in sich zusammensank und das letzte Flämmchen zischend erlosch.

Dann war es still.

Angreifer und Verteidiger hatten das grässliche Schauspiel atemlos mit angesehen. Und während die Feinde allmählich begriffen, dass sie der geheimnisvollen Waffe der Elfen nichts entgegenzusetzen hatten, erkannten die anderen das Wunder, das ihnen an diesem Morgen zuteil wurde. Die Götter hatten sie nicht verlassen. Der Wind und die plötzliche Verwandlung des Erdreichs waren ihnen Beweis genug, und so galt der Jubel, der hinter dem Wall aufbrandete, nicht allein dem Elfenkönig, sondern auch der unbekannten neuen Göttin, die ihnen zu diesem Sieg verholfen hatte.

Jubel und Hochrufe begleiteten Gwiddan-Sh-e-Nat, als er mit Rhyn jenseits des Walls landete. Die Elfen klopften dem Riesenalp anerkennend das Gefieder und ließen ihren König hochleben, aber Gwiddan wusste, dass die Schlacht noch nicht gewonnen war. Mit Sorge, aber auch mit Zuversicht beobachtete er die Riesenalpreiter, die nun seinem Beispiel folgten und das Pulver über den flüchtenden Eberkriegern verteilten, um zu beenden, was ihr König begonnen hatte.

Brinnah sah den Shyfandil sterben und fühlte, wie sich der Ring aus Furcht löste, der sich um ihre Brust gelegt hatte. Erleichtert und mit Stolz beobachtete sie den Elfenkönig bei seiner Rückkehr. Gwiddans Erfolg war zum Teil auch der ihre. Und auch wenn er es gewesen war, der sein Leben aufs Spiel gesetzt hatte, so hatte sie allen Grund zur Freude.

Als sie den Blick über die Ebene schweifen ließ, sah sie die Eberkrieger fliehen. Das Lager, von dem aus die Magier den Angriff geführt hatten, war verlassen. Während sich die Eberkrieger in alle Himmelsrichtungen verstreuten und zu Dutzenden dem Staub aus den Beuteln der Riesenalpreiter zum Opfer fielen, fehlte von ihren Anführern jede Spur.

Seltsam.

Brinnah legte die makellose Stirn in Falten. Die Schlacht war verloren. Die versprengten Eberkrieger würden bald keine Gefahr mehr darstellen. Die Magier hingegen hatten rechtzeitig das Weite gesucht. Nur, wohin waren sie gegangen? Wo würden sie Schutz suchen?

Brinnah überlegte fieberhaft. Doch wie sie es auch drehte und wendete, immer fiel ihr nur ein einziger Ort ein, den die besiegten Magier aufsuchen konnten: die Sternenebulitminen. Dort befand sich das Tor zu Nams Welt. Je länger sie darüber nachdachte, desto mehr war sie davon überzeugt, dass ihre Annahme richtig war. Die Magier würden versuchen, Thale zu verlassen und in ihre eigene Welt zurückzukehren. Dass von ihnen weit und breit nichts zu sehen war, ließ Schlimmes erahnen. Brinnah wusste nur sehr wenig über die Fähigkeiten der fremden Magier, wagte jedoch zu bezweifeln, dass sie sich zu Fuß auf die Flucht gemacht hatten. Vermutlich standen ihnen ganz andere Wege offen, die für Elfen und Eberkrieger verschlossen waren und die sie schnell ans Ziel bringen würden.

Plötzlich hatte sie es sehr eilig. Die Kurierreiter benötigten ihre Hilfe nicht länger. Jetzt galt es, sich dem wahren Feind zu stellen.

»Zeig mir die Siedlung der Maare«, wies sie die Wolke an. Das Bild der Steppe verschwamm, und der Anblick der verlassenen Maarensiedlung erschien in der Mitte des Nebels. Wie ein Vogel, der über der Siedlung kreiste, suchte Brinnah die Straßen und Plätze nach Hinweisen ab, fand aber nirgends einen Hinweis.

»In die große Höhle der Minen.« In Gedanken formte Brinnah ein Bild der Höhle, die sie sehen wollte. Das Abbild der Siedlung verschwand, und schon im nächsten Augenblick fand sie sich in einer von unzähligen Fackeln erleuchteten Höhle wieder. Mehr als dreißig Gestalten in langen dunkelblauen Umhängen drängten sich um eine glänzende Obsidianplatte im Boden. Alle hatten den Blick nach oben gerichtet, wo sich ein grünes Leuchten als dünne Kreislinie in der Höhlendecke abzeichnete.

»Barad!« Brinnahs Herz begann wie wild zu pochen, als sie ihre schlimmsten Befürchtungen bestätigt fand. Viel schneller, als sie vermutet hatte, war es den Magiern gelungen, die Minen zu erreichen. Wenn es ihnen gelang, das Tor zu öffnen, waren sie in Sicherheit.

Ich muss sie aufhalten, und zwar schnell. Brinnah überlegte fieberhaft …

Irgendwo da oben fließt ein unterirdischer Fluss durch den Berg. Wie von selbst kamen ihr die Worte in den Sinn, die Warti zu ihr gesagt hatte, als sie ihn nach einem Ausweg aus der Höhle gefragt hatte. Damals war ihr die Erklärung lästig gewesen, jetzt war sie dankbar dafür. Ein listiges Lächeln umspielte ihre Lippen, als sie den Finger auf das Gestein der Höhlendecke legte und den Berg durch einen winzigen Gedanken zum Erbeben brachte.

Mit Genugtuung beobachtete sie, wie die Magier erschraken. Staub und kleine Steine rieselten von der Decke. Nach einigen bangen Augenblicken schienen die Magier jedoch zu dem Schluss zu kommen, dass die Höhle standhalten würde, und widmeten sich wieder dem Zauber, der ihnen das Weltentor öffnen sollte.

Auch Brinnah entspannte sich. Sie hatte gefunden, wonach sie suchte, und folgte nun im Geiste dem Riss, der, von der Höhlendecke ausgehend, durch das Felsgestein verlief. Weiter und weiter fraß er sich, bis er nur wenige Herzschläge später den unterirdischen See erreichte, welchen der Fluss speiste, von dem Warti gesprochen hatte. Augenblicklich sickerte Wasser in den dünnen Spalt und folgte diesem, bis die ersten Tropfen den Höhlenboden benässten.

Darauf hatte Brinnah gewartet. Sie presste die Hände fest zusammen und führte sie dann mit den Worten »Öffne dich!« weit auseinander.

Kaum hatte sie das gesagt, schoss ein gewaltiger Wasserstrahl aus der Höhlendecke. Die Magier schrien erschrocken auf; ihre Magie konnte das Unglück nicht mehr aufhalten. Der ungeheure Wasserdruck des Sees riss Steine und Felsen mit sich und erweiterte den Riss zu einem gewaltigen Tunnel, durch den das Wasser ungehindert in die Tiefe rauschte. Die wenigen Magier, denen die Flucht aus der Höhle gelang, mussten feststellen, dass das Erdbeben die Ausgänge verschüttet hatte. Auch ihnen blieb nicht die Zeit, sich mithilfe ihrer Magie in Sicherheit zu bringen. Nur wenige Augenblicke, nachdem der erste Tropfen den Höhlenboden berührt hatte, zeigte der Nebel der Weisheit Brinnah eine bis zur Decke geflutete Höhle, in der dunkel gewandete Gestalten wie Unterwassergeister umhertrieben.

Brinnah betrachtete das schaurige Bild eine Weile, ohne Reue zu verspüren. Dann löschte sie es. Die Magier hatten ihre gerechte Strafe erhalten. Sie würden keinem mehr ein Leid zufügen. Nicht in Nams Welt und auch nicht in der ihren.

Im milden Sonnenlicht des späten Herbstes stand Ferwyned auf einem der unzähligen Balkone des königlichen Palastes und blickte nach Westen. Weit unter ihm, am Fuße der Palastmauer, ging das geschäftige Treiben in der Hauptstadt der Elfen seinen Gang, ganz so, als hätte es den Überfall der Eberkrieger mit all seinen schrecklichen Folgen niemals gegeben.

Nein, nicht ganz so, korrigierte er sich selbst mit einem Blick auf das schwarze Band der Trauer, das er um sein Handgelenk geschlungen hatte. Lange hatte er sich geweigert, es anzulegen, hatte die Hoffnung nicht aufgeben wollen. Aber zwei Mondläufe waren ins Land gegangen, und weder Brinnah noch Artair waren zurückgekehrt. Niemand hatte sie gesehen, niemand etwas von ihnen gehört. Seit Brinnah Munya und ihn zu Hilfe gerufen hatte, um die beiden geretteten Elfen in der Steppe aufzulesen, war sie wie vom Erdboden verschluckt.

Nach allem, was Ferwyned erfahren hatte, war Artair bei dem Versuch, die Elfen zu retten, schwer verletzt worden. Es war nicht ungewöhnlich, dass sterbende Riesenalpe einfach davonflogen. Auch Cyrill hatte so gehandelt. Was Ferwyned nicht verstehen konnte, war, warum Brinnah ihn begleitet hatte. Den letzten Flug bestritten die Riesenalpe immer ohne ihre Reiter. Das war ein Gesetz, dem alle sich fügen mussten. Ferwyned spürte, dass sich seine Gedanken im Kreis zu drehen begannen, und schüttelte den Kopf. Es wurde Zeit, sich damit abzufinden, dass Brinnah tot war. Der Feldzug gegen die Eberkrieger hatte so viele Opfer gefordert, dass kaum jemand davon unberührt geblieben war. Tausende Familien hatten Tote zu beklagen. Söhne und Töchter, Väter, Mütter, Brüder und Schwestern. Nahezu ein Viertel aller Nebelelfen hatte den verheerenden Angriff der Gurrline nicht überlebt.

Oberflächlich betrachtet, mochte das Leben in und um den Palast wie zuvor erscheinen, doch nicht nur die Trauerbänder, die an fast jedem Handgelenk zu sehen waren, kündeten davon, dass der Krieg tiefe Wunden hinterlassen hatte – auch bei ihm selbst.

Ferwyned seufzte. Chulain hatte seine schwere Verletzung überlebt, aber er würde nie wieder auf einem Riesenalp reiten können. Munya war darüber sehr traurig, aber Ferwyned und sie hatten zueinandergefunden, und sie hatte ihn als neuen Reiter angenommen. Es war eine gute Wendung, denn nach den schmerzlichen Verlusten wurde jeder Kurierreiter dringend gebraucht.

»Ach, hier bist du.« Ennaiels Stimme riss Ferwyned aus den Gedanken. Er hatte die Priesterin nicht kommen hören und drehte sich hastig um.

»Verzeih, ich wollte dich nicht erschrecken.« Ennaiel trat neben ihn, legte die Hände auf die steinerne Brüstung und ließ den Blick über die vielen Häuser schweifen, die jenseits des Palastes zu einer Stadt herangewachsen waren. »Von hier oben könnte man glauben, es hätte den Krieg nie gegeben«, sagte sie nachdenklich. Dann sah sie Ferwyned an und sagte: »Warti und Nam sind zurück. Es ist wahr, die Minen sind tatsächlich geflutet worden. Der König vermutet, dass es ein Werk der Magier ist. Er hat angeordnet, ein Tor schmieden zu lassen, damit die Minen niemals wieder betreten werden können.«

Ferwyned nickte »Es ist besser, wenn keiner etwas von dem Tor dort erfährt. Die Versuchung könnte zu einer Gefahr für uns alle werden.« Er stutzte und fragte dann: »Wie hat Nam es aufgenommen?«

»Der Kleine ist sehr tapfer.« Ennaiel lächelte. »Er will mit Warti in die Berge gehen und eine Hütte an einem See errichten. Ich denke, die zwei verstehen sich ganz gut. Beide haben alles verloren, so etwas verbindet.«

Ferwyned sagte nichts darauf. Schweigend stand er neben der Priesterin und starrte blicklos in die Ferne.

»Sie wird nicht zurückkommen«, hörte er Ennaiel plötzlich sagen.

»Wer?«

»Sie.« Ennaiel deutete auf sein Trauerband. »Sie hat ihre Bestimmung gefunden.«

»Sie ist tot.«

»Nein.« Ennaiel lächelte geheimnisvoll und sah einem Falken zu, der schon eine ganze Weile über dem Palast kreiste. »Sie ist uns allen sehr nah.«

Epilog

Es war Nacht, und Brinnah träumte.

Auf dem Rücken eines Riesenalps glitt sie im düsteren Nebelgrau über ein verwüstetes Land dahin. Das feuchte Erdreich war aufgewühlt und von Blut getränkt. Überall lagen Rüstungsteile und Waffen und immer wieder Erschlagene, an deren klaffenden Wunden sich schwarze Vögel gütlich taten. Der Geruch von kalter Asche und Verwesung hing in der Luft. Und eine Stille, die so furchtbar war, dass Brinnah es kaum ertragen konnte, lastete über dem Land.

»Nein … nein!« Geplagt von den düsteren Träumen und Visionen, in denen immer wieder die dämonische Fratze An-Rukhbars auftauchte, warf Brinnah sich auf ihrem Lager hin und her, keuchend und schwitzend, die Hände in das dünne Laken gekrallt, das ihr als Decke diente, während in ihrem Kopf nur ein einziger furchtbarer Satz widerhallte: »Ich komme wieder!«

»Nein!« Mit einem Schrei schreckte Brinnah aus dem Schlaf auf, zitternd vor Furcht und mit der Gewissheit, dass alle Nebenelfen tot waren. Erst als sie sich umschaute und die vertrauten Gegenstände in ihrem Schlafgemach erblickte, begriff sie, dass sie alles nur geträumt hatte.

… nur geträumt.

Der Gedanke hatte etwas Tröstliches an sich und ließ die Furcht allmählich verblassen. Aber etwas blieb. Tief in sich spürte sie, dass der Traum nicht nur ein Spiegel ihrer Ängste und des Erlebten gewesen war. Er war mehr: eine Vorahnung, eine düstere Prophezeiung, die sich irgendwann einmal erfüllen mochte, wenn ihre Kräfte versiegten oder sie unachtsam wurde.

Nachdem sie sich ein wenig beruhigt hatte, erhob sie sich,

suchte gemessenen Schrittes den großen Spiegel in der Halle der Träume auf, nahm den Stab der Weisheit zur Hand und rief mit einem leisen, trällernden Laut ihren Falken herbei, der draußen vor den hohen Fenstern in den Gärten des Lebens wartete.

»Ich habe eine Aufgabe für dich«, sagte sie voller Zuneigung und strich ihrem treuen Diener liebevoll über das Gefieder. Dann hob sie den Stab und vollführte damit eine kreisende Bewegung vor dem Spiegel, dessen starre Oberfläche sich jäh in eine senkrechte Wasserfläche zu verwandeln schien.

»Flieg«, flüsterte Brinnah dem Falken zu und hauchte ihm einen Kuss auf die Stirn. »Flieg nach Hause und zeige mir, wie es den Nebelelfen ergeht.«

Der Falke zögerte nicht. Er breitete die Flügel aus und stürzte sich in die schimmernde Oberfläche. Kein Laut war zu hören, als er in den Spiegel eintauchte, und einen Wimpernschlag später erinnerten nur noch die ringförmigen Wellen auf der Oberfläche an ihn.

Brinnah wartete. Geduldig beobachtete sie, wie sich die Wellen beruhigten, ehe sie erneut den Stab hob und die kreisende Bewegung wiederholte. Das Bild wurde klar und zeigte ihr eine sonnenbeschienene Landschaft in den feurigen Farben des Herbstes. Wie zuvor im Traum den Riesenalp, begleitete sie nun den Falken auf seinem Flug, und was sie erblickte, erfüllte ihr Herz mit Freude. Ihre Heimat war wieder ein friedliches Land, in dem die Nebelelfen ohne Furcht leben konnten. Nichts erinnerte mehr an den Krieg, die Zerstörung und die furchtbaren Opfer, die er gefordert hatte.

Brinnah seufzte zufrieden und lächelte, als sie das Bild löschte und zu ihrer Liegestatt zurückkehrte, wissend, dass sie alles richtig gemacht hatte. Ihr Volk würde weiterleben. Frei und in Frieden.

Die Heimat der Nebelelfen war gerettet – auch wenn ihr

Volk einen hohen Preis dafür gezahlt hatte. Und obwohl die Eberkrieger am Ende vernichtend geschlagen worden waren, so hatte sich doch eine ungewisse Anzahl von ihnen in die Finstermark geflüchtet – an einen lebensfeindlichen Ort weit im Norden, an den ihnen die Nebelelfen nicht folgen würden.

Ohne die Macht ihrer Magier stellten die Gurrline keine Bedrohung mehr dar, doch genügte allein der Gedanke daran, dass sie sich irgendwo in der roten Einöde versteckten, um Unbehagen in Brinnah zu wecken. Sie streckte sich aus, schloss die Augen und verdrängte das beunruhigende Gefühl. Daran wollte sie jetzt nicht denken.

Alles war gut, und es würde so bleiben, solange sie ihre schützende Hand über das Land breitete. Auch sie hatte schmerzliche Verluste erlitten. Sie wusste jedoch, dass diese nötig gewesen waren, um ihr zu helfen, ihre wahre Bestimmung zu finden.

In ihrer Heimat würde man sie fortan die Gütige Göttin nennen, und sie war bereit, diese Herausforderung anzunehmen. Ihre Liebe zu dem Land der Nebelelfen war grenzenlos. Sie hätte ebenso grenzenlos glücklich sein können, wäre da nicht tief in ihr der winzige dunkle Punkt gewesen, den An-Rukhbars letzte Worte in ihre Seele gebrannt hatten: »Ich komme wieder!«

Inhalt

Mary Stanton

Im Namen der Engel

Die überirdischen Fälle der Bree Winston 1. Aus dem Amerikanischen von Michael Koseler. 384 Seiten. Piper Taschenbuch

Die junge Anwältin Bree Winston ist schön, ehrgeizig und chaotisch, kurz – ungemein sympathisch. Bree arbeitet in Savannah, der Stadt der Gespenster. Hier ist alles ein wenig anders als im Rest der Welt. Brees Klienten sind Tote, ihre Angestellten himmlische Gesandte. Ihr erster Mandant meldet sich mit einem vertrackten Fall aus dem Jenseits. Mithilfe des unerhört attraktiven Gabriel Striker muss Bree vor dem himmlischen Gerichtshof antreten. Doch das Fegefeuer lodert bereits …

05/2550/01/L

Mary Stanton

Anwältin der Engel

Die überirdischen Fälle der Bree Winston 2. Aus dem Amerikanischen von Michael Koseler. 400 Seiten. Piper Taschenbuch

Die Anwältin der Engel ermittelt! Bree Winston soll ein Mädchen vertreten, das im Shoppingcenter grundlos eine arglose Pfadfinderin angegriffen hat. Scheinbar ein unspektakulärer Fall – bis ein Geist mit Bree Kontakt aufnimmt und von ungeklärten Geschehnissen aus der Familiengeschichte berichtet. Und bald geschieht ein Mord. Jetzt braucht Bree himmlischen Beistand, denn jemand versucht, das dunkle Geheimnis der Familie zu wahren – um jeden Preis. Doch Bree gerät auch noch in andere Schwierigkeiten: Ihre Jugendliebe taucht ungefragt auf und bringt ihr Gefühlsleben gehörig durcheinander …

05/2551/01/R